LES ROSES
DE GUERNESEY

Charlotte Link

LES ROSES DE GUERNESEY

Traduit de l'allemand par
Corinne Tresca

FRANCE LOISIRS

Titre original : *Die Rosenzüchterin*

Édition du Club France Loisirs,
avec l'autorisation des Presses de la Cité

France Loisirs,
123, boulevard de Grenelle, Paris
www.franceloisirs.com

ISBN 2-7441-8201-X

PROLOGUE

Il y avait des moments où la simple vue des roses l'exaspérait. Elle ne supportait plus leur beauté, le velouté de leurs pétales, la délicatesse de leurs couleurs, l'arrogance avec laquelle elles s'offraient au soleil comme si la chaleur qu'il dispensait n'était destinée qu'à elles seules. Les roses sont des fleurs bien plus fragiles qu'on ne l'imagine. Un jour, elles ont trop d'eau, le lendemain trop froid, le surlendemain trop chaud, ou bien alors il y a trop de vent. Parfois, sans que l'on sache pourquoi, elles piquent du nez, présentent tous les signes d'une mort imminente et leur sauvetage coûte des trésors d'énergie et de patience. En même temps, et de façon tout aussi inexpliquée, elles peuvent s'avérer d'une surprenante opiniâtreté. Elles résistent aux pires intempéries, bravent les traitements sacrilèges et prospèrent, fleurissent et embaument comme si de rien n'était. Elles ne rendent jamais la vie de ceux qui s'en occupent facile.

Je ne devrais pas m'en prendre comme ça aux roses, se dit-elle. C'est absurde, cette agressivité, et hors de propos.

Pendant quarante années elle avait cultivé des roses, quoique sans avoir jamais eu la main très verte. Cela tenait peut-être au fait qu'elle ne les aimait pas et avait en réalité toujours eu envie de faire autre chose. Elle avait néanmoins réussi quelques croisements intéressants, pour l'essentiel des hybrides de thé, la seule espèce de rose à avoir un semblant d'attrait à ses yeux. Les hybrides de thé étaient des fleurs solides qui alliaient une élégance dépourvue de mièvrerie à une certaine rusticité, et elles se vendaient bien. Bon an, mal an, elle était toujours parvenue à pourvoir aux besoins de sa famille, mais elle avait souvent pensé que si une bonne fée surgissait un jour avec un coffre rempli d'or, plus jamais elle ne toucherait une rose de sa vie.

Quand elle réfléchissait à son aversion pour les roses et à la façon, à vrai dire jamais très rigoureuse, dont elle les avait cultivées, Béatrice Shaye se demandait parfois ce qui lui plaisait vraiment. Il fallait de temps à autre qu'elle s'assure qu'il y avait autre chose dans sa vie, parce qu'avoir consacré le plus clair de son existence à une activité et à une fleur avec lesquelles elle se sentait si peu d'affinités était un constat qui tout à la fois la déprimait et la plongeait dans des abîmes de réflexion. Pourtant, si quelqu'un avait eu la dent dure contre les tenants des grandes interrogations existentielles, c'était bien elle. Dans son esprit, la vie avait le sens strictement pragmatique de *survie* – de survie dans l'acception la plus simple du terme, sans aucune connotation dramatique. Vivre signifiait donc accomplir les gestes indispensables à la survie, tels que se lever, s'acquitter du travail qu'il y avait à faire, manger, boire, se coucher et dormir. Le reste, le reste, c'était de l'accessoire, le cadre qui enjolivait l'ensemble. L'or pâle du sherry dans un verre ; un morceau de musique qui faisait vibrer les sens et battre le cœur plus vite ; un livre qu'on ne pouvait plus lâcher ; un coucher de soleil sur la mer, là-bas, à Pleinmont Tower, dont on revenait bouleversé et ému ; le museau d'un chien, sa truffe fraîche et humide cherchant fougueusement les caresses ; une journée d'été, chaude et immobile, à Moulin Huet Bay, où seuls le cri des mouettes et le doux murmure des vagues venaient troubler le silence ; la chaleur, sous les pieds nus, de rochers polis par les vagues ; le parfum des champs de lavande...

Guernesey. C'est là qu'était la réponse à son interrogation. Ce qu'elle aimait, c'était Guernesey, son île, son pays. Elle aimait Saint Peter Port, la petite capitale pleine de charme qui à l'est faisait face au continent. Elle aimait les jonquilles qui au printemps fleurissaient au bord des chemins, les jacinthes sauvages dont le bleu lumineux éclairait les sous-bois. Elle aimait le sentier escarpé qui courait sur la falaise, surtout quand il surplombait la mer entre la pointe de Pleinmont et Petit Bôt Bay. Elle aimait Le Variouf, son village, sa maison de granit située un peu à l'écart, tout en haut du bourg. Elle aimait jusqu'aux blessures qui enlaidissaient l'île, les hideuses tours d'observation des anciennes fortifications construites par l'occupant allemand, le sinistre dédale de galeries souterraines du German Military Underground Hospital, que des prisonniers avaient dû creuser dans la roche granitique, les gares que les Allemands avaient fait agrandir pour transporter les matériaux nécessaires à leur projet d'extension du mur de l'Atlantique. Et elle aimait ces paysages et cette île pour maintes choses que personne hormis elle ne voyait ou n'entendait. Pour des images, des voix, des moments gravés à jamais dans sa mémoire, pour ce que tant d'années où elle n'avait vécu que sur l'île avaient rendu cher à son cœur. Soixante-dix ans, une vie entière... A croire que l'on finissait par aimer ce que l'on connaissait depuis toujours. Bons ou mauvais, les souvenirs se trouvent une place et s'enracinent dans ce coin du cœur où naît l'attachement. Un jour arrive où l'on cesse d'attendre de la vie qu'elle vous donne ce qu'elle ne vous a pas donné. On fait avec ce que l'on a reçu.

Naturellement, il lui arrivait parfois de songer à ce

qu'aurait été sa vie à Cambridge. Des soirs comme celui-ci, c'est souvent qu'elle pensait à la vieille ville universitaire anglaise. Elle avait dû regarder la nuit tomber sur le port en buvant un sherry des milliers de fois, au point que c'en était devenu le symbole même de sa vie à Guernesey, l'image emblématique de ce qu'elle vivait, au lieu de ce qu'elle aurait vécu à Cambridge.

Ou de ce qu'elle aurait pu vivre en France, après la guerre, avec Julien. Si elle avait pu le suivre...

Mais à quoi bon ressasser le passé ou s'obstiner à chercher des explications ? Après tout, la tournure qu'avait prise sa vie était peut-être la tournure qu'elle devait prendre. Et puis chaque parcours ne s'accompagne-t-il pas de tout un cortège d'occasions manquées, de chances que l'on a laissées filer ? Qui peut se vanter de n'avoir jamais transigé avec sa conscience, d'avoir toujours été déterminé et conséquent avec soi-même ?

Elle avait vécu avec ses fautes et ses erreurs en les rangeant dans sa tête au même titre que tous les événements qui étaient survenus dans sa vie. Au milieu de la quantité, elles étaient un peu submergées, elles perdaient de l'importance, elles pâlissaient. Il lui était déjà arrivé de réussir à ne plus les voir, parfois même de réussir à les oublier.

Dans son esprit, cela s'appelait s'accommoder de la situation.

Il n'y avait que des roses qu'elle ne s'accommodait pas.

Et d'Hélène.

Le patron s'approcha de la table qu'occupaient les deux vieilles dames, près de la baie vitrée.

— Deux sherrys, comme d'habitude ?

Béatrice et Mae levèrent les yeux.

— Deux sherrys, comme d'habitude, répondit Béatrice, et deux salades d'avocat à l'orange.

— Ça marche !

Il marqua une hésitation, puis renonça à s'éloigner. Il aimait bien bavarder et aussi tôt dans la soirée – il était à peine dix-huit heures –, aucun autre client n'avait encore poussé la porte de son établissement.

— On a à nouveau volé un bateau, annonça-t-il en baissant la voix. Un petit deux-mâts blanc. Le *Heaven Can Wait*[1], ajouta-t-il en hochant la tête. Un drôle de nom, vous ne trouvez pas ? Mais probable qu'il ne l'a pas gardé bien longtemps. Et sa belle couleur immaculée non plus. Il a dû être repeint et vendu à un Français du continent en moins de temps qu'il n'en faut pour le dire.

— Le vol de bateaux est aussi vieux que l'île elle-même, remarqua Béatrice. Il y en a toujours eu et il y en aura toujours. D'ailleurs, ça n'émeut pas grand monde.

— Tout de même, les gens ne devraient pas laisser leurs bateaux des semaines sans surveillance, dit le patron en prenant un cendrier sur la table voisine pour le poser sur celle de Béatrice et Mae, à côté du bouquet de roses qui cette semaine-là égayait chaque table de la salle.

Il désigna le petit chevalet de réservation.

— J'aurai besoin de la table à vingt et une heures.

— Ne vous inquiétez pas, à cette heure-là, nous serons parties depuis longtemps.

Le Nautique était situé directement sur les quais. Ses deux grandes baies vitrées offraient une vue exceptionnelle sur le port et la multitude de yachts qui mouillaient dans les marinas. On se sentait si

1. Le « Ciel peut attendre ». *(N. d. T.)*

proche des bateaux que l'on avait l'impression d'être sur l'un d'eux et de participer à l'activité du port.

L'agencement des tables permettait de voir les gens flâner sur les pontons flottants, les enfants jouer, les chiens courir et sauter, et même, dans le lointain, la grosse silhouette des ferries qui arrivaient du continent avec leur cargaison de touristes. Certains jours, le tableau avait quelque chose d'irréel. Les couleurs étaient trop belles, l'ensemble trop parfait, comme les photos des catalogues de voyages.

C'était le 30 août, un lundi. La journée avait été ensoleillée et il faisait encore chaud mais on sentait déjà poindre l'automne. L'air n'avait plus la douce tiédeur de l'été, il était léger, frais et transparent comme du cristal. Le vent était chargé d'odeurs nouvelles, plus âpres. Les mouettes montaient dans le ciel et piquaient dans les vagues en criant furieusement comme si elles pressentaient l'imminence du froid et du mauvais temps, des nappes de brouillard qui engourdiraient l'île et alourdiraient leurs ailes. L'été pouvait se maintenir encore dix ou quinze jours, puis il tirerait définitivement sa révérence.

Les deux femmes parlaient peu. Elles s'accordèrent à constater que la salade était aussi délicieuse que d'habitude et que rien n'était meilleur qu'un bon sherry, surtout quand il était généreusement servi, comme au *Nautique*, dans de grandes flûtes à champagne. Elles n'échangeaient sinon presque aucune parole. Toutes deux semblaient perdues dans leurs pensées.

Mae examinait Béatrice d'un œil critique, ce qu'elle se permettait d'autant plus que celle-ci ne s'en rendait manifestement pas compte. Elle estimait que son amie ne s'habillait pas du tout comme il seyait à une femme de soixante-dix ans, ce dont elles avaient déjà maintes fois et longuement discuté sans qu'il en sortît rien de positif. Béatrice portait essentiellement des jeans qu'elle usait jusqu'à la corde, des tee-shirts décolorés et des pull-overs informes qui n'avaient d'autre charme que d'offrir une protection contre le froid et le vent. Ses cheveux blancs et bouclés étaient la plupart du temps retenus sur la nuque par un simple élastique.

Mae, qui affectionnait les tailleurs clairs coupés près du corps, se rendait tous les quinze jours chez le coiffeur et s'efforçait de dissimuler sous le maquillage les outrages du temps, ne pouvait renoncer à tenter de convaincre son amie d'accorder plus de soin à son apparence.

« Tu ne peux pas continuer à t'habiller comme une adolescente ! Nous avons l'âge que nous avons, il faut l'accepter et en tenir compte. Ces jeans sont beaucoup trop moulants et…

— Si j'étais grosse, ce serait effectivement un problème.

— … et ces éternelles baskets sont…

— … ce qu'il y a de plus confortable quand on est debout toute la journée.

— Ton pull-over est plein de poils de chien », continuait Mae sur un ton à la fois accusateur et résigné, car elle savait qu'elle n'aurait pas plus d'influence sur les poils de chien que sur les baskets ou les jeans.

Ce jour-là, pourtant, elle ne dit rien. Elle connaissait Béatrice depuis l'enfance et au fil des années elle avait développé un sixième sens pour analyser les humeurs de son amie. Béatrice n'était pas dans un bon jour, elle le sentait. Quelque chose la préoccupait, ce n'était pas la peine d'ajouter à ses tracas en lui faisant des remarques sur sa façon de s'habiller.

Pour être mince, elle est mince, reconnut Mae de bonne grâce. Elle n'a pas pris un gramme depuis ses vingt ans. Elle savait que Béatrice avait encore la souplesse et l'agilité d'une jeune fille, à croire que les petites misères de l'âge étaient une invention qui ne la concernait pas.

Le yacht volé dont le patron avait parlé lui revint à l'esprit. *Heaven Can Wait*.

Vraiment un nom curieux, songea-t-elle.

Complètement absorbée par ses pensées, Béatrice buvait son sherry à petites gorgées en regardant le port sans le voir.

Mae finit par rompre le silence.

— Comment va Hélène ? demanda-t-elle.

Béatrice haussa les épaules.

— Comme d'habitude. Elle se plaint beaucoup, sans que l'on sache au juste ni pourquoi ni de quoi.

— Elle ne le sait peut-être pas elle-même, hasarda Mae. Elle a tellement l'habitude de se plaindre qu'elle ne peut plus faire autrement, voilà tout.

Béatrice détestait parler d'Hélène.

— Comment va Maya ? demanda-t-elle pour changer de sujet.

Lui parler de sa petite-fille assombrissait toujours l'humeur de Mae.

— Ses fréquentations m'inquiètent, dit-elle. Je l'ai rencontrée l'autre jour avec un homme... tellement sinistre. Une brute. J'en ai encore des frissons. Qu'est-ce que je ne donnerais pas pour que ça marche enfin entre elle et Alan !

Alan était le fils de Béatrice. Elle n'avait pas envie de parler de lui.

— C'est leur problème, répliqua Béatrice sur un ton qui signifiait clairement qu'elle ne souhaitait pas aborder la question.

Mae n'insista pas et le silence se réinstalla. Puis elles commandèrent un second sherry et regardèrent par la baie vitrée les bateaux qui regagnaient le port avant la tombée de la nuit.

Soudain, dans la lumière déclinante du crépuscule, Béatrice crut reconnaître un homme qu'elle n'avait pas vu depuis de longues années. Un visage parmi la foule. Elle tressaillit, pâlit. Une fraction de seconde plus tard, elle s'était ressaisie, certaine de s'être trompée. Mae cependant avait vu son visage se transformer.

— Qu'est-ce qui se passe ? demanda-t-elle.

Béatrice plissa le front et détacha son regard de la baie vitrée. De toute façon, il faisait maintenant trop sombre pour distinguer précisément le visage des flâneurs.

— Rien. J'ai seulement eu l'impression de voir quelqu'un...

— Ah ? Et qui était-ce ?

— Julien.

— Julien ? Notre Julien ?

Il n'a jamais été « notre » Julien, songea Béatrice avec irritation, mais elle garda sa remarque pour elle.

— Oui. Je me suis certainement trompée. Qu'est-ce qu'il ferait à Guernesey ?

— Sans compter que, depuis le temps, il doit avoir beaucoup changé, dit Mae. Quel âge ça lui fait, maintenant, pas loin des quatre-vingts, j'imagine ?

— Soixante-dix-sept.

— Ce n'est guère mieux. J'ai du mal à croire qu'on serait capables de le reconnaître...

Elle rit bêtement et Béatrice se demanda ce qui lui paraissait si drôle.

— ... et que lui serait capable de reconnaître deux vieux croûtons comme nous !

Béatrice ne répondit pas. Elle regarda à nouveau par la baie vitrée, mais même s'il avait fait encore assez jour pour distinguer autre chose que des silhouettes, l'homme en qui l'espace d'un instant elle avait cru reconnaître Julien avait dû, depuis longtemps, se fondre dans la foule.

Je me suis trompée, se dit-elle. Oui. Je me suis

certainement trompée. Il n'y a aucune raison pour que mon cœur s'emballe comme ça.

— Viens, dit-elle à Mae. Payons et rentrons à la maison. Je suis fatiguée.

— Entendu, dit Mae. Rentrons.

PREMIERE PARTIE

1

Tous les matins de Béatrice se ressemblaient. A six heures, son réveil sonnait. Elle s'accordait cinq minutes supplémentaires sous les couvertures avant de se lever, au chaud et au calme. Un calme troublé par le pépiement familier des oiseaux dans le jardin et parfois, quand le vent était favorable, le doux murmure de la mer. Quelque part dans la maison, le parquet craquait, un des chiens se grattait, le tic-tac d'une horloge résonnait. Puis la porte de la chambre de Béatrice s'entrebâillait et le museau de Misty apparaissait. Le poil de Misty était du même gris bleuâtre que la brume qui à l'automne envahissait Petit Bôt Bay, c'est pour cette raison que lorsqu'elle avait pour la première fois tenu le chiot dans ses bras, le nom de Misty[1] s'était si promptement imposé à son esprit. A l'époque, Misty était une grosse boule de poils hirsute et pataude aux yeux noirs comme du charbon. Aujourd'hui, c'était une chienne grande et haute sur pattes comme un veau.

Misty prit son élan et sauta sur le lit, qui gémit sous son poids. Elle se coucha sur les couvertures, roula sur le dos, agita ses pattes en l'air, puis, ultime preuve d'amour matinal, humide et spontané, gratifia Béatrice de grands coups de langue rapides sur le visage.

— Misty, descends tout de suite du lit ! la gronda Béatrice sans conviction.

1. « Brumeux », de *mist,* qui signifie « brume » en anglais. *(N. d. T.)*

Misty, qui savait qu'elle n'était pas obligée d'obéir, resta où elle était.

Les cinq minutes de répit de Béatrice étaient écoulées. Elle se leva d'un bond, refusant, autant que faire se pouvait, de prêter attention à la raideur diffuse de ses articulations qui lui rappelait qu'elle n'était plus aussi jeune qu'elle aurait aimé le croire. Elle ne voulait à aucun prix devenir comme Mae, qui passait son temps à s'écouter et à s'ausculter et consultait son médecin deux fois par semaine parce qu'elle « sentait que quelque chose n'allait pas ». De l'avis de Béatrice, c'était le meilleur moyen d'avoir effectivement des ennuis de santé. Elles en avaient souvent discuté, mais ni l'une ni l'autre n'avait jamais changé d'avis. D'ailleurs, leur amitié consistait pour l'essentiel à se considérer mutuellement avec des hochements de tête tantôt étonnés, tantôt affligés.

Béatrice réfléchissait à la façon dont elle allait utiliser sa journée en prenant sa douche. Depuis qu'elle avait cessé l'activité professionnelle proprement dite qui avait jusque-là rythmé ses journées, elle pouvait laisser vagabonder son esprit. Elle ne s'occupait de sa roseraie que pour son plaisir personnel, quoique « plaisir » fût plus une façon aimable de présenter les choses que le strict reflet de la réalité. Elle avait des roses, elle s'en occupait. Cela n'allait pas plus loin. Quand quelqu'un proposait de lui acheter des roses, notamment les touristes de passage, elle en vendait, mais elle ne faisait plus de publicité dans les journaux locaux et elle avait cessé de vendre par correspondance. Elle avait également renoncé à tenter de nouveaux croisements. Elle laissait cela aux autres, d'autant que ça ne l'avait jamais passionnée. Quand elle sortit de la salle de bains, elle avait trouvé des douzaines de choses à faire et ses gestes trahissaient déjà la vivacité et l'impatience qui la caractérisaient. Tout ce que faisait Béatrice, elle semblait le faire dans l'urgence, ce que la plupart des gens qui la côtoyaient jugeaient extrêmement fatigant.

De six heures et demie à sept heures et demie, Béatrice se promenait avec ses chiens. Outre Misty, elle possédait deux autres grands chiens, mélanges de races et d'origines indéfinis. Béatrice aimait tous les chiens sans distinction, cependant elle s'entourait plus volontiers d'animaux au gabarit de poneys ou de petits veaux. Elle ouvrait à peine la porte que les chiens se précipitaient dehors. De la maison, située en hauteur au-dessus du Variouf, le regard portait loin sur la mer. Alentour, s'étendaient de vastes prairies ponctuées de bouquets d'arbres. Çà et là, de vieux moulins à eau en ruine, vestiges du passé, jalonnaient les berges des ruisseaux qui coulaient vers la mer. Des murets de pierre délimitaient les grandes pâtures où paissaient vaches ou chevaux. L'air sentait le sel et l'iode, les algues et le sable humide. Plus on approchait de la mer, plus le vent fraîchissait et plus l'air devenait transparent.

Béatrice atteignit bientôt le sentier de la falaise qui surplombait le rivage. A cet endroit, seuls quelques rares arbres malmenés par le vent et les embruns poussaient. Des haies sauvages bordaient le chemin qui serpentait entre des ajoncs et des ronces chargées de grosses mûres noires. Excités par le vent et le cri des mouettes, les chiens couraient devant en aboyant. Béatrice s'arrêta un instant face à la mer et aspira l'air à pleins poumons.

Bien qu'il fût encore tôt, le soleil pointait déjà à l'est et ses premiers rayons teintaient les vagues de rouge. Le ciel était complètement dégagé et la journée promettait d'être aussi belle que les précédentes. Depuis une semaine, il faisait exceptionnellement beau et chaud pour la saison. Sur le bord de la falaise, les bruyères mauves étaient en fleur, sur le rivage, le sable sec paraissait presque blanc. Cormorans et hirondelles de mer partaient en chasse.

Béatrice reprit sa marche. De temps à autre, elle cueillait une mûre qu'elle écrasait dans sa bouche avec gourmandise. Dans un sens, c'était une manœuvre de diversion. Cette promenade au bord de la mer qu'elle entreprenait chaque jour aux premières heures de la matinée était l'un des moments les plus dangereux de ses journées. Le sentier menait à Petit Bôt Bay, un endroit de l'île auquel trop de souvenirs étaient attachés, des bons et des mauvais, mais cela ne faisait guère de différence. Les mauvais souvenirs ravivaient de vieilles frayeurs, dont certaines étaient toujours aussi vivaces. Quant aux bons souvenirs, ils étaient indissociables d'un sentiment de perte définitive et de tristesse puisqu'ils étaient la preuve même que si des moments de bonheur pouvaient survenir dans la vie, jamais ils ne s'y ancraient. Il y avait longtemps que Béatrice s'était interdit de s'apitoyer sur son sort, pourtant elle ne pouvait parfois s'empêcher de penser non sans amertume que la vie n'avait pas été très tendre avec elle. Quand elle songeait à ce que Mae avait reçu en partage, avec quelle insouciance elle avait toujours vécu... du moins tant qu'elle ne s'inventait pas quelque maladie ou ne noircissait pas à outrance l'avenir de la planète. Mae n'avait jamais eu à surmonter d'épreuve réellement dramatique ; ce qu'elle avait connu de plus douloureux était la mort de son père, cinq ans auparavant. Il avait succombé à un infarctus, à quatre-vingt-douze ans, dans une confortable maison de retraite de la banlieue de Londres. Béatrice considérait qu'il avait eu une vieillesse et une mort plus douces que bien d'autres, mais tandis que sa vieille mère, désormais seule dans la maison de retraite, faisait face à l'adversité avec beaucoup de dignité, Mae avait affecté de vivre un drame épouvantable.

Mae était l'épouse d'un homme qui l'avait choyée, dorlotée et avait assumé toutes les charges du ménage, ses enfants ne lui avaient apporté que des satisfactions et ses petits-enfants promettaient tous d'être exceptionnels. Sauf peut-être Maya, dont aucun homme de l'île n'était à l'abri, mais il était tout à fait possible qu'elle devienne une jeune personne très bien quand elle se serait assagie. Non, Mae n'avait assurément jamais été malmenée par la vie.

Et moi ? se demanda Béatrice. La vie m'a-t-elle malmenée ?

Presque toujours la question lui traversait l'esprit lorsqu'elle atteignait le surplomb de la falaise. Elle se disait parfois qu'elle ferait peut-être mieux d'éviter la baie et ses alentours, mais jusque-là elle était toujours parvenue à refouler la question dans un coin de sa tête sans y répondre et, chaque matin depuis des dizaines d'années, elle mettait une sorte d'obstination rageuse à emprunter le même sentier. Il ferait beau voir que les idées noires qui la taraudaient l'en chassent !

Fidèle à elle-même, elle refusa ce matin-là aussi de faire l'inventaire de sa vie et rappela ses chiens. Il était temps de rentrer. Hélène était déjà certainement assise dans son lit à attendre son thé. Béatrice savait avec quelle impatience elle guettait son retour. Non qu'elle eût faim ou soif. Mais après une longue nuit solitaire, elle aspirait à s'épancher et à se plaindre auprès de quelqu'un. Hélène pleurait volontiers et abondamment et, à l'instar de Mae, souffrait constamment d'une chose ou d'une autre. Mais tandis que Mae avait aussi un côté chaleureux et enjoué réellement agréable, Hélène n'était que plaintes et lamentations.

— Allez, les chiens ! lança Béatrice. On rentre, maintenant ! Il faut qu'on s'occupe d'Hélène !

Les chiens rebroussèrent aussitôt chemin et passèrent devant leur maîtresse pour gagner la maison.

Si jusque-là c'était la perspective d'une course folle sur la plage qui les avait animés, à présent c'était l'imminence d'un solide petit déjeuner.

Ils sont toujours contents parce que les choses les plus simples sont importantes pour eux, songea Béatrice. Ils ne se posent pas de questions. Ils se contentent de vivre.

Elle prit le chemin du retour d'un pas léger et, quand elle atteignit le portail, toutes ses idées sombres s'étaient envolées.

Dans la lumière du matin, la belle demeure en granit doré cernée de roses, de rhododendrons et d'immenses hortensias bleus avait quelque chose d'un paradis paisible et accueillant. Les volets verts étaient tous ouverts à l'exception de ceux de la chambre d'Hélène, au premier étage. Il était exactement sept heures et demie. Tout Guernesey aurait pu régler sa montre sur Béatrice.

A huit heures moins dix, Béatrice entra dans la chambre d'Hélène avec un plateau sur lequel étaient disposées une tasse de thé et une assiette contenant deux toasts. Hélène prétendait qu'elle était incapable de manger quoi que ce soit le matin, mais les toasts n'en disparaissaient pas moins. Un jour que Béatrice s'en était étonnée, Hélène lui avait répondu qu'elle les donnait aux oiseaux, ce que Béatrice n'avait cru qu'à moitié. Hélène était menue, mais elle ne donnait nullement l'impression d'être sous-alimentée ; à l'évidence, elle mangeait plus qu'elle ne voulait bien l'avouer.

Elle avait allumé sa lampe de chevet et se tenait adossée à ses oreillers, peignée, un soupçon de rouge sur les lèvres. Agacée, Béatrice se demanda pourquoi, puisqu'elle s'était déjà levée, elle n'avait pas été capable d'ouvrir sa fenêtre et ses volets. Emplie de pénombre et sentant le renfermé, sa chambre faisait irrésistiblement penser à une tombe, ce qui était certainement l'impression qu'Hélène voulait donner. Elle avait quatre-vingts ans et, s'il lui arrivait parfois de perdre un peu le fil de ses idées ou d'avoir des absences de mémoire, pour ce qui était d'éveiller la pitié de son entourage, elle faisait preuve d'un sens aigu et jamais pris en défaut de la mise en scène.

Hélène voulait qu'on la plaigne du matin au soir. Béatrice reconnaissait qu'elle n'avait pas toujours été comme ça, mais elle avait néanmoins toujours eu tendance à se poser en femme fragile et démunie pour forcer l'attention et la commisération et inciter les gens qui gravitaient autour d'elle à lui apporter aide et soutien. Ce trait de caractère s'était accentué avec l'âge, au point que seuls quelques rares amis supportaient encore son discours éternellement plaintif et son ton larmoyant.

— Bonjour, Hélène, dit Béatrice en posant le plateau sur une table à côté du lit. As-tu bien dormi ?

La réponse, qu'elle connaissait déjà, ne tarda pas.

— Eh bien, pour tout te dire, je n'ai quasi pas fermé l'œil de la nuit. Je n'ai fait que me tourner et retourner dans mon lit. J'ai rallumé plusieurs fois la lumière pour essayer de lire un peu, mais je suis dans un tel état de tension, en ce moment, que je n'ai pas réussi à me concentrer et...

— Il fait trop chaud, dans cette chambre, l'interrompit Béatrice qui avait déjà le sentiment d'étouffer au bout d'une demi-minute dans l'air moite et vicié de la pièce. Je ne comprendrai jamais que tu puisses dormir les fenêtres fermées en plein été !

— Ce n'est plus l'été ! Nous sommes le 2 septembre !

— Mais il fait aussi chaud qu'en été.

— J'ai peur que quelqu'un entre par la fenêtre, dit Hélène sur un ton boudeur.

Béatrice eut un soupir méprisant.

— Voyons, Hélène, comment veux-tu que ce soit

possible ? Tu sais bien qu'il n'y a rien à quoi s'accrocher pour grimper !

— Le mur n'est pas complètement lisse. Quelqu'un d'habile pourrait escalader la façade...

Béatrice ouvrit la fenêtre et poussa les volets. Des flots d'air frais et doux pénétrèrent dans la chambre.

— Aussi loin que je me souvienne, j'ai toujours dormi la fenêtre ouverte, Hélène. Et jamais personne n'est entré par là dans ma chambre. Pas même quand j'étais jeune et y aurais peut-être pris grand plaisir, ajouta-t-elle, soucieuse à présent d'atténuer par une plaisanterie l'agacement que son intonation avait probablement révélé.

Hélène ne sourit pas. Elle ferma à demi les yeux pour se protéger de la lumière brutale, prit la tasse sur le plateau, la porta à ses lèvres et but une gorgée de thé.

— Quels sont tes projets pour la journée ? demanda-t-elle alors.

— J'ai plusieurs choses à faire au jardin ce matin. Cet après-midi, j'ai rendez-vous avec Mae. A Saint Peter Port.

— Ah ?

Le ton d'Hélène était plein d'espoir. Parfois, quand elles se décidaient pour une promenade quelque part dans l'île ou quand elles projetaient de faire des courses ensemble, Béatrice et Mae l'invitaient à se joindre à elles. Hélène aimait la compagnie de Mae. Mae se montrait toujours très attentionnée, elle était plus gentille et plus douce que Béatrice. Elle s'inquiétait de sa santé et écoutait patiemment le récit de ses petites misères. Jamais elle ne l'interrompait brutalement, ce que faisait souvent Béatrice, et jamais elle ne lui donnait le sentiment d'être une vieille dame désagréable qui insupportait son entourage. Mae était toujours charmante et aimable. Malheureusement, c'était rarement elle qui avait l'initiative des réjouissances, c'était Béatrice, et celle-ci n'avait pour ainsi dire jamais proposé à Hélène de partager quoi que ce fût avec elle.

Pas plus cette fois que les autres, elle ne réagit au « Ah ? » interrogatif d'Hélène. S'affairant dans la chambre, elle rassembla le linge sale d'Hélène, prit des sous-vêtements propres dans la commode et les disposa sur un fauteuil.

— Et vous pensez faire quoi, à Saint Peter Port ? insista Hélène. Prendre un café ?

— Tu sais bien que je ne vais jamais quelque part dans le seul but de prendre un café, Hélène, répondit Béatrice avec impatience. Non, nous avons simplement différentes courses à faire. Maya doit nous rejoindre, il faut qu'elle cherche ce que Mae lui offre pour son anniversaire, et j'ai moi aussi l'intention de lui faire un petit cadeau.

— Maya ne fête son anniversaire que le mois prochain, protesta timidement Hélène qui s'efforçait à l'impartialité bien que la petite-fille de Mae suscitât en elle des sentiments mitigés. Quel âge va-t-elle avoir ?

— Vingt-deux ans. Elle prévoit de faire une grande fête et pour l'occasion de trouver quelque chose à se mettre qui soit tellement sexy qu'elle attirera tous les hommes comme le miel les abeilles – c'est du moins en ces termes qu'elle s'est exprimée.

Hélène soupira. Une femme bien ne pouvait que désapprouver l'instabilité amoureuse de Maya ; pourtant, à son grand étonnement, elle se surprenait parfois à éprouver une pointe d'envie mêlée au rejet et à la réprobation que lui inspirait le comportement de Maya, et aussi une secrète satisfaction – il arrivait que la morale fût sauve ! – quand les mœurs par trop légères de la jeune fille lui valaient des désagréments, par exemple un œil au beurre noir dû à un amoureux éconduit ou, plus sérieusement, une douloureuse intervention destinée à mettre un terme aux suites indésirables d'ébats amoureux. Maya s'était déjà fait avorter deux fois – du moins Hélène était-elle au courant de deux avortements, mais il y en avait peut-être eu d'autres. Mae lui avait confié que Maya était la championne toutes catégories de l'oubli de pilule. Hélène se disait qu'il ne devait pas y avoir un homme sur Guernesey ni même sur tout l'archipel prêt à épouser un jour une femme qui, comme Maya, avait couché avec presque tous les hommes qui avaient croisé son chemin. Il n'y avait donc rien à lui envier. Elle n'en éprouvait pas moins ce sentiment diffus dont elle comprenait mal l'origine, ou qu'elle ne voulait pas s'expliquer parce qu'il aurait mis au jour des vérités douloureuses. Elle savait bien qu'elle avait été jeune à une époque différente et qu'alors on ne voyait pas les choses de la même façon, pourtant elle ne pouvait s'empêcher d'établir des comparaisons entre la Maya qu'elle connaissait et la jeune fille qu'elle-même avait été. Et chaque fois elle en concevait une souffrance étrangement vive.

Tu aurais pu faire bien autre chose de ta vie, si tu t'en étais seulement donné la peine, lui avait dit un jour une petite voix sans complaisance et, depuis ce jour, la petite voix résonnait toujours dans sa tête.

— J'aimerais bien, moi aussi, faire un cadeau à Maya, dit-elle promptement. Je viens avec vous, comme ça, si quelque chose lui plaît, je pourrai directement le lui offrir !

Béatrice soupira ; elle avait su, avant même d'aborder le sujet, qu'Hélène tenterait sa chance.

— Hélène, tu n'as absolument pas envie de faire un cadeau à Maya, et personne ne l'attend de toi non plus. Tu n'aimes pas beaucoup Maya, ce qui est ton droit le plus strict, c'est inutile de faire comme s'il en allait autrement sous prétexte que c'est son anniversaire.

— Mais...

— Tu veux seulement venir avec nous parce qu'une fois de plus tu n'as aucun projet pour la journée qui s'annonce. C'est tout sauf une bonne idée. Tu sais comment est Maya quand elle se cherche un cadeau... Elle passe toutes les boutiques en revue au pas de course. Même nous, nous avons du mal à la suivre. Si en plus tu es là, on n'avancera pas. Pense à tous les raidillons et à tous les escaliers de Saint Peter Port. Avec le mal que tu as déjà à marcher à cause de tes rhumatismes !

Hélène tressaillit puis ses yeux s'emplirent de larmes.

— Tu es parfois vraiment très dure, Béatrice. Pourquoi ne dis-tu pas directement que je vous dérange ?

— Parce que tu me trouverais encore plus dure, répliqua Béatrice en se dirigeant vers la porte.

Elle avait à peine fini de mettre un peu d'ordre dans la chambre qu'à nouveau la sensation d'être sur le point d'étouffer si elle supportait une minute de plus le ton geignard et le teint blafard d'Hélène l'assaillit.

— La journée promet d'être belle. Tu devrais t'installer au jardin pour lire, et te réjouir de ne pas être obligée de galoper à droite et à gauche en ville.

Hélène pinça les lèvres. Quiconque faisait la même mimique avait aussitôt l'air revêche, pas Hélène. Elle réussissait toujours à faire pitié.

— Toi qui sembles porter tant d'intérêt à l'anniversaire de Maya, dit-elle dans un souffle, t'arrive-t-il de te souvenir que c'est aussi bientôt le mien ?

— Je ne vois pas comment je pourrais l'oublier, répliqua-t-elle sans aménité.

Comment, en effet, l'aurait-elle pu quand elles étaient toutes les deux nées le même jour, un 5 septembre ? A ceci près qu'Hélène était née dix ans plus tôt que Béatrice, et pas à Guernesey, comme elle, mais en Allemagne.

Hélène était allemande.

Béatrice avait commandé du fumier de bovins à un agriculteur du village. Elle voulait l'épandre au pied de ses rosiers pour les fumer une dernière fois avant l'hiver. Le fumier de bovins était ce qu'il y avait de mieux, c'était bien meilleur que tous ces engrais qu'on trouvait dans le commerce. Sam, l'agriculteur, avait déboulé avec son tombereau de fumier juste après le petit déjeuner. Le tas odorant fumait maintenant dans l'appentis et Béatrice ne trouvait pas le courage de se mettre au travail. Sans doute faisait-il simplement trop chaud. Sam lui-même avait déclaré qu'il allait faire une chaleur accablante et à coup sûr tout à fait hors de saison.

« Je m'en suis rendu compte dès que je me suis levé, avait-il dit en repoussant son chapeau en arrière pour s'éponger le front avec un mouchoir. Va faire sacrément chaud, aujourd'hui, que je me suis dit. Et à cette heure-là, y avait encore un peu d'air. Maintenant, il n'y a plus rien qui bouge, vous avez vu ? Pas une feuille, pas un brin d'herbe ! Ça va pas être facile de travailler !

— Je dois justement aller en ville aujourd'hui, avait dit Béatrice. Mais c'est comme ça. Et je m'en remettrai.

— Pour sûr, madame Shaye ! Solide comme vous êtes ! »

Il était parti d'un grand rire et, en dépit de la chaleur, avait accepté le petit verre d'eau-de-vie qu'elle lui avait proposé. Sam refusait rarement de trinquer, à condition que ce soit en cachette de sa femme qui sinon lui faisait une scène de ménage.

Béatrice songeait à ce que lui avait dit Sam tout en déambulant dans le jardin, un grand chapeau pour la protéger du soleil sur la tête, un panier d'osier au bras et un sécateur à la main pour couper les fleurs fanées et les rejets des rosiers. Un travail tranquille et agréable adapté à la température de la journée.

Pour sûr, madame Shaye ! Solide comme vous êtes !

Elle savait qu'elle avait la réputation d'être indestructible et de ne se laisser démonter par rien ni personne. L'obstination de son entourage à la percevoir ainsi n'était pas ce qui l'étonnait le moins quand elle-même ne se sentait pas à moitié aussi forte qu'elle en donnait manifestement l'impression. Pour sa part, elle avait plutôt le sentiment d'avoir réussi à se forger une solide cuirasse qui résistait vaillamment à tout ce qui venait de l'extérieur, et surtout protégeait admirablement son intimité des regards curieux. Il y avait au fond de son cœur plusieurs blessures mal refermées qui ne voulaient pas se laisser oublier. Par chance, personne ne semblait avoir percé son secret.

Elle taillait et nettoyait ses rosiers avec adresse et rapidité mais sans proférer la moindre parole. Son père avait toujours parlé à ses roses et prétendu que c'était d'une extrême importance.

« Ce sont des êtres vivants. Elles ont besoin de sentir que l'on s'intéresse à elles, qu'on les prend au sérieux et qu'on les aime. Elles comprennent parfaitement qu'on leur veut du bien, qu'on respecte leur caractère, leur personnalité, leurs particularités. Tout comme elles se rendent compte qu'on les traite avec mépris ou indifférence. »

Petite fille, Béatrice avait accordé le plus grand sérieux à ces explications et n'avait pas douté une seconde de leur véracité. Andrew Stuart, son père, était pour elle au moins aussi important que le bon Dieu et il n'y avait rien venant de lui qu'elle n'eût cru. Dans un sens, elle était aujourd'hui encore d'avis qu'il avait raison, mais elle n'était jamais parvenue à mettre ses paroles en pratique. Sa capacité à faire sienne la façon calme et sereine qu'avait son père de vivre en harmonie avec la nature n'avait pas résisté aux heures les plus noires de la guerre, puis aux années difficiles qui avaient suivi. Andrew avait un côté fragile et trop sensible qu'elle ne pouvait ni ne voulait se permettre. Elle en était même arrivée à penser que quelqu'un qui parlait aux fleurs prêtait le flanc aux ennuis. C'était un jugement assurément excessif, mais il eut pour effet qu'elle devint incapable d'adresser le moindre mot à ses roses. Elle avait quinze ans la dernière fois qu'elle leur avait parlé et elle sentait intuitivement que se laisser aller à recommencer déclencherait un cataclysme.

Quand le téléphone sonna dans la maison et qu'Hélène l'appela, elle fut soulagée de pouvoir ainsi échapper quelques minutes à la chaleur de plus en plus accablante.

— Qui est-ce ? demanda-t-elle en pénétrant dans le vestibule.

Hélène, vêtue d'une robe de chambre en satin rose, se tenait devant le miroir de l'entrée, le combiné à la main.

— Kevin. Il voudrait te demander quelque chose.

Kevin cultivait lui aussi des roses mais, à la différence de Béatrice, il était encore en pleine activité. Il avait trente-huit ans, était homosexuel et très attaché aux deux vieilles dames du Variouf. Sa roseraie était située à la pointe sud-ouest de l'île, à vingt minutes de voiture de chez elles.

Kevin téléphonait régulièrement ; il n'avait jamais réussi à construire une relation solide qui fût satisfaisante et il se sentait souvent seul. Sa longue amitié avec un jeune homme nommé Steve venait de voler en éclats, de même que le couple qu'il formait parallèlement avec un Français plutôt ambigu. Guernesey offrait peu de possibilités aux homosexuels. Kevin disait rêver de s'installer à Londres pour trouver « l'homme de sa vie », mais quiconque le connaissait savait que jamais il ne quitterait l'île. Du reste, il n'était pas armé pour se frotter à la vie dans une grande ville.

Béatrice prit le combiné des mains d'Hélène.

— Kevin ? Comment vas-tu ? Tu trouves aussi qu'il fait beaucoup trop chaud pour travailler, non ?

— Je ne peux malheureusement pas me permettre de tirer au flanc ne serait-ce qu'une journée, tu le sais bien.

Au téléphone, Kevin avait une voix chaude et grave qui rendait les femmes à demi folles.

— Ecoute, Béatrice, j'aurais besoin de ton aide. C'est vraiment délicat, mais... pourrais-tu me prêter un peu d'argent ?

— Moi ?

Béatrice était surprise. Kevin n'était pas le dernier à emprunter de l'argent, surtout depuis les six derniers mois, mais d'ordinaire c'est à Hélène qu'il s'adressait. Elle était complètement sous son charme et il pouvait être sûr de ne jamais repartir les mains vides.

— Je n'ose pas faire de nouveau appel à Hélène, expliqua Kevin, mal à l'aise. Elle m'a encore prêté une grosse somme il n'y a pas très longtemps, alors... si tu pouvais, toi...

— De combien as-tu besoin ?

Il hésita.

— Mille livres, dit-il enfin.

Béatrice sursauta.

— C'est beaucoup d'argent.

— Je sais. Mais ce n'est que pour un temps. Je te promets de te rembourser le plus tôt possible, tu n'as pas à t'inquiéter.

Béatrice avait au contraire toutes les raisons de

s'inquiéter. Kevin n'avait toujours pas remboursé le premier penny de ce qu'il devait à Hélène. Il n'avait pas d'argent. Il n'en avait jamais.

— D'accord, Kevin, je te dépanne volontiers, dit-elle. Et tu me rembourseras quand tu seras plus à l'aise. Mais je ne comprends pas bien pourquoi tu as besoin de telles sommes. Tes affaires vont donc si mal que ça ?

— Qui, de nos jours, n'a pas de difficultés ? observa-t-il sans répondre à sa question. La concurrence est rude, et la conjoncture économique n'est pas particulièrement favorable non plus. Et puis, je viens d'acheter deux nouvelles serres, d'ici que je les aie amorties, il va me falloir du temps. Je te promets néanmoins de...

— C'est entendu, Kevin. Passe demain matin, je te ferai un chèque.

Béatrice n'avait nulle envie de l'entendre se répandre en promesses, pas plus qu'elle n'avait envie de lui faire des reproches. Elle trouvait qu'il vivait bien au-dessus de ses moyens. Cravates en soie, pull-overs en cachemire, champagne... tout cela coûtait de l'argent.

Il ne réussira jamais à mettre un sou de côté, songea-t-elle.

— Tu es un amour, dit Kevin avec soulagement. Je te revaudrai ça à la première occasion.

— Bien volontiers !

Kevin remerciait toujours de la même façon. Il faisait divinement la cuisine et organisait mieux que personne des soupers fins avec chandelles, fleurs, cristal étincelant et flambée dans la cheminée. C'était un esthète qui aimait recevoir avec faste. Il conviait souvent Hélène à dîner, mais ce n'était jamais totalement désintéressé. En revanche, il avait déjà dit plusieurs fois à Béatrice qu'elle était la seule femme dont il fût jamais tombé amoureux.

Béatrice raccrocha et resta un moment dans le couloir à côté du téléphone, songeuse. Kevin lui avait paru aux abois. Cette histoire d'argent semblait revêtir une importance inhabituelle.

Elle espérait qu'il n'avait pas d'ennuis plus graves que ce qu'il prétendait.

— Que voulait donc Kevin ? demanda Hélène en surgissant opportunément dans le couloir.

Après s'être discrètement retirée dans la cuisine pendant la conversation, elle tentait maintenant de faire croire qu'elle se trouvait par hasard à côté du téléphone, ce qui n'était pas vrai. Hélène ne faisait jamais rien par hasard. Elle vivait dans une sorte de veille permanente. Les sens perpétuellement en alerte, concentrée et sur le qui-vive, elle faisait en sorte que rien de ce qui se passait dans la maison ne lui échappe, surtout quand cela concernait Béatrice – de quoi et avec qui elle parlait, qui elle voyait, ce qu'elle projetait et pourquoi.

« Ce besoin de tout savoir est pathologique ! » lui avait un jour lancé Béatrice, excédée. Hélène avait fondu en larmes, et rien n'avait changé.

— Kevin a besoin d'argent, annonça Béatrice qui savait qu'Hélène avait écouté la conversation et qu'il était donc inutile qu'elle tente de dissimuler quoi que ce fût. Je vais le dépanner.

— Combien t'a-t-il demandé ?

— Mille livres.

— Mille livres ? Encore ?

La surprise d'Hélène ne semblait pas simulée.

— Comment ça ? Il t'a demandé la même chose ?

— Oui, la semaine dernière. Je viens à peine de lui donner mille livres. Pourquoi ne m'a-t-il pas demandé, à moi ?

— Sans doute précisément pour cette raison.

Béatrice s'efforçait de parler gentiment mais ces

quelques mots échangés avec Hélène lui avaient déjà mis les nerfs à vif.

— Il n'a pas eu envie de quémander ton aide une deuxième fois.

— Pourquoi a-t-il besoin de tout cet argent ?

— Je ne sais pas. Ça ne me dit rien qui vaille. Je suppose qu'il a un nouvel amant spécialement dispendieux. Ça lui ressemblerait assez.

— Mais pourquoi...

— Hélène ! Ça suffit, maintenant ! Arrête de me pousser à bout avec tes questions. Je ne sais pas ce qu'a Kevin. Si tu tiens absolument à le savoir, va chez lui et pose-lui toi-même la question !

— Pourquoi me parles-tu si méchamment ?

— Parce qu'il faut toujours que tu saches tout ! Tu veux peut-être aussi que je te fasse un compte rendu écrit de mes rêves et que je note noir sur blanc combien de fois dans la journée je vais faire pipi ?

Les yeux d'Hélène s'emplirent de larmes.

— Tu n'es vraiment pas gentille avec moi. Il faut toujours que tu trouves le moyen de me faire comprendre que je te tape sur les nerfs. Je suis toute seule toute la journée, personne ne se soucie de moi, je ne suis utile à personne, je n'intéresse strictement personne et, quand j'essaye de participer un peu à ta vie, tu...

Quand Hélène commençait à se plaindre de son existence, il y en avait pour des heures et l'affaire avait toutes les chances de se terminer par des torrents de larmes. Béatrice ne se sentait pas d'humeur à supporter le numéro.

— Ecoute, Hélène, je propose que nous parlions des graves difficultés que tu rencontres au quotidien une autre fois. J'aimerais finir ce que j'ai commencé au jardin, puis descendre en ville retrouver Mae. Penses-tu que ce soit possible ?

Elle s'était efforcée d'adopter le ton redoutablement poli et bienséant dont elle savait qu'il impressionnait vivement Hélène. L'effet fut immédiat. La vieille dame serra les mâchoires, se détourna et commença à gravir lentement l'escalier pour regagner sa chambre, où elle laisserait libre cours à ses larmes.

Béatrice la suivit des yeux en se demandant pourquoi cette vieille dame malheureuse et hystérique ne lui inspirait aucune pitié. Hélène était une femme fondamentalement insatisfaite, elle l'était depuis toujours. Rien n'était jamais parvenu à apaiser sa frustration, pas même l'âge.

Non, je ne parviens pas à avoir pitié d'elle, se dit Béatrice. Et elle eut presque peur de la violence de ses sentiments quand elle se surprit à ajouter malgré elle : Je n'y parviens pas parce que je la hais chaque jour davantage.

2

A peine dans l'avion, Franca avait pressenti que tout irait de travers. Pour commencer, elle s'était assise par inadvertance à une place qui n'était pas la sienne et le passager auquel le siège avait été attribué l'avait prise à partie comme si elle avait commis un acte répréhensible d'une extrême gravité. Elle s'était excusée et avait erré entre les rangées de fauteuils jusqu'à ce qu'une hôtesse remarque son désarroi, regarde sa carte d'embarquement et la conduise à sa place. Au bord de la panique, elle s'était laissée choir dans son fauteuil, puis, les doigts tremblants, avait fouillé son sac à la recherche de ses comprimés. Quand, enfin, elle avait mis la main sur la petite boîte et l'avait ouverte, elle avait constaté avec une stupeur horrifiée qu'elle était presque vide. Jamais une chose pareille ne lui était arrivée. Jamais. Quand elle devait s'absenter de chez elle, ce qu'elle ne pouvait pas toujours éviter, elle vérifiait cent fois qu'elle n'avait pas oublié ses tranquillisants, et encore cent fois qu'elle en avait en quantité suffisante pour ne pas se trouver à court. Elle s'était bien évidemment assurée qu'elle avait ce dont elle avait besoin avant de partir, elle s'absentait pour tellement longtemps, jamais elle n'aurait oublié. Elle aurait juré que les deux plaquettes que contenait la boîte étaient pleins.

Comment était-ce possible ? A l'exception d'un unique comprimé, les deux plaquettes étaient vides.

Sa première réaction fut de bondir hors de l'appareil. Elle ne pouvait pas partir. Il ne fallait pas qu'elle parte ! Guernesey, c'était l'étranger, elle n'y trouverait pas ses comprimés, sans compter qu'elle n'avait pas son ordonnance sur elle. Puis l'avion commença lentement à manœuvrer pour gagner la piste d'envol et elle comprit que c'était trop tard. Quelques heures plus tard, elle serait à Guernesey et elle n'aurait qu'un seul comprimé pour tenir le coup.

Habituellement, elle ne le savait que trop, ses attaques de panique survenaient sans signes avant-coureurs, elles la submergeaient comme une immense vague qui, de longues et terrifiantes minutes, la précipitait dans un état de désespoir et d'effroi proche de l'anéantissement. Mais la crise qui à présent l'assaillait était de celles qu'elle sentait venir. C'est l'agression dont elle avait été victime quand elle s'était trompée de place qui l'avait déclenchée, et la découverte de la boîte de comprimés quasi vide qui l'avait définitivement mise sur les rails. Franca s'efforçait de respirer régulièrement bien qu'elle sût que rien, une fois qu'il avait été enclenché, ne pouvait enrayer le processus. En quelques secondes, son léger pull-over de coton fut imbibé de sueur, elle eut l'impression de ne plus avoir de jambes et son rythme cardiaque s'emballa comme si elle venait de courir un marathon. Puis un froid intense l'envahit ; un froid qui venait de l'intérieur et que rien n'aurait pu atténuer. Ses dents s'entrechoquaient, presque silencieusement. Quand elle était en crise, son teint virait au gris cendre. Elle devait avoir une tête effroyable.

En même temps que les symptômes physiques apparaissaient, l'angoisse envahissait tout son être avec la rapidité d'un incendie en été. Elle croyait entendre Michael, son ton impatient et agressif : « Peur ? Mais peur de quoi, grand Dieu ? »

C'était la question qu'il posait toujours, et à

laquelle, à l'évidence, elle n'avait toujours pas su donner de réponse satisfaisante.

« Ce n'est pas simplement de la peur. Le mot est trop faible. C'est de la panique. Mais une panique indéfinissable. Un sentiment de désespoir. De souffrance. De piège sans issue. Une peur abstraite, sans objet, à laquelle on ne peut rien opposer puisqu'on ne sait pas d'où elle vient.

— Ça n'existe pas, les "peurs abstraites" et les "paniques indéfinissables" ! On sait toujours de quoi on a peur !

— Eh bien... de tout. De la vie. Des gens. De l'avenir. Tout paraît sombre et menaçant. C'est comme... »

Chaque fois ses tentatives d'explication s'achevaient sur l'impossibilité de trouver les mots justes.

« C'est... je ne sais pas, Michael. C'est affreux. Et je me sens complètement démunie.

— Tu t'inventes des histoires. On n'est jamais complètement démuni. C'est une question de volonté. Seulement voilà, ça fait maintenant un bon bout de temps que tu te réfugies derrière la confortable idée que tu n'as pas de volonté et que tu t'autorises du même coup à tranquillement baisser les bras et à vivoter d'une attaque de panique à l'autre. »

L'avion roulait maintenant à pleine vitesse sur la piste d'envol. La voix de Michael résonnait à son oreille, dure et impitoyable, tandis qu'elle cherchait vainement un moyen quelconque de maîtriser ses tremblements et son angoisse.

Le comprimé... Si elle l'avalait, il suffirait d'une petite minute à peine pour qu'elle soit calmée. Mais elle n'aurait plus de médicaments. Son effet durait cinq heures, six au maximum. Et elle devait rester à Guernesey jusqu'au surlendemain.

— Vous ne vous sentez pas bien ?

La voix de sa voisine lui parvint à travers une sorte

de brouillard. Des cheveux blancs, un regard bienveillant : le visage flou d'une vieille dame aimable était tourné vers elle.

— Vous avez perdu toutes vos couleurs et vous tremblez comme une feuille. Voulez-vous que j'appelle l'hôtesse ?

— N'en faites rien, je vous en prie.

Surtout ne pas se faire remarquer. Elle savait par expérience que cela ne faisait qu'aggraver la situation.

— J'ai un comprimé… Je vais le prendre, ça ira tout de suite beaucoup mieux.

— Vous avez peur de l'avion ?

— Non… je suis… Je traîne une mauvaise grippe…

C'était assurément peu crédible mais elle n'était pas en état de trouver mieux. Elle dut s'y reprendre à trois fois pour extraire le comprimé de son logement. Elle tremblait quand elle le posa sur sa langue, mais elle l'avala sans ciller. A force de devoir le faire dans les moments les plus invraisemblables, elle savait depuis longtemps avaler un comprimé sans eau.

— Moi aussi, j'avais autrefois terriblement peur de prendre l'avion, dit la vieille dame ignorant l'histoire de la grippe. Il y a même eu une période où j'ai complètement cessé d'utiliser ce mode de transport. Puis je me suis dit que ça ne pouvait plus durer. Ma fille est mariée à Guernesey. Je n'allais pas renoncer à la voir et à connaître mes petits-enfants ! En voiture, c'est interminable, quant au train… ce n'est même pas la peine d'y penser. Eh bien, j'ai appris à prendre l'avion, je me suis entraînée. Et voyez le résultat : je n'ai plus peur du tout ! Vous y arriverez, vous aussi ! conclut-elle avec un sourire engageant.

Franca ferma les yeux. Le comprimé commençait à agir. Ses tremblements diminuèrent, elle cessa de grelotter, de transpirer. Lentement la panique refluait. Elle respira à fond plusieurs fois de suite.

— Voilà déjà que vous reprenez des couleurs, constata sa voisine. Ce médicament est vraiment formidable. C'est quoi, au juste ?

— De la valériane, associée à un composé chimique quelconque…

Franca fit rapidement disparaître la boîte dans son sac. Son corps se détendait, elle se laissa aller contre son dossier.

Six heures. Six heures en étant optimiste, mais maintenant que son remède miracle faisait de l'effet, l'optimisme n'était pas ce qui lui faisait défaut. Elle misa sur six heures de quiétude.

Et après ?

Comment vais-je faire à la banque demain matin ? Comment vais-je réussir à sortir de l'hôtel ?

Elle pouvait se passer de repas du soir et de petit déjeuner et rester tranquillement dans sa chambre. Avec un peu de chance, elle trouverait peut-être des sandwiches à l'aéroport et n'aurait même pas besoin de renoncer à se nourrir. Mais elle ne pourrait pas faire l'impasse sur la banque, et elle se demandait bien comment elle allait réussir ce tour de force.

J'y réfléchirai demain matin, décida-t-elle. Au reste, il est possible que je n'aie pas d'attaque, auquel cas il n'y aura aucun problème.

Au fond d'elle-même, elle sentait confusément qu'elle aurait une attaque, parce que jamais cela ne lui avait été épargné dans pareilles circonstances, mais le médicament qu'elle avait pris empêchait cette vague intuition de prendre corps. Un voile de bien-être la protégeait de ses sensations. Demain serait un nouveau jour.

Reza Karim agita fébrilement les mains, se lança dans une longue explication dans sa langue maternelle, puis il se ravisa, abandonna le pakistanais et revint à son anglais haché et approximatif.

— Je ne le sais pas ! Je ne sais vraiment pas ce qui a pu se passer. Je n'ai aucune réservation ! Madame Palmer, je suis très désolé ! Peut-être avez-vous oublié de me prévenir ?

Les deux mains agrippées au comptoir de la réception, Franca dévisageait fixement Reza Karim.

— Monsieur Karim, mon mari a réservé une chambre. Ou plutôt, sa secrétaire. Comme d'habitude. Et jusqu'ici, nous n'avons jamais eu de problème.

— Oui, mais cette fois je n'ai pas de réservation.

Karim feuilletait nerveusement son cahier de réservations dans un sens puis dans l'autre.

— Il n'y a rien dedans ! On marque tout dedans ! Il n'y a rien dedans !

— J'ai besoin d'une chambre, monsieur Karim.

Elle commençait à transpirer. C'était peut-être dû à la chaleur qui accablait l'île puisqu'elle était toujours sous l'effet du tranquillisant, mais qu'allait-elle faire si elle n'avait pas de chambre ?

Quand elle séjournait à Guernesey, elle descendait toujours au *Saint George Inn*. Le gîte y était peu onéreux, d'ailleurs il lui était souvent arrivé de penser que Michael aurait pu lui offrir un hôtel plus confortable que ce modeste établissement coincé dans une ruelle étroite, dont les murs étaient imprégnés de relents de graillon, l'épaisse moquette bordeaux raide de crasse, l'escalier malcommode et dangereux et les salles de bains rudimentaires, sans parler de la taille des chambres, ou plutôt des minuscules cellules, dans lesquelles on ne pouvait ni se retourner ni se sécher les cheveux sans se cogner contre les murs. Puis elle s'était habituée aux petites pièces étouffantes et à M. Karim, ainsi que Michael l'avait escompté. Franca finissait toujours par s'accrocher à ce qu'elle connaissait. Elle ne se plaisait pas dans cet hôtel, néanmoins elle considérait qu'une solution détestable mais qui lui était familière et qu'elle maîtrisait était nettement préférable à une nouvelle expérimentation, toujours susceptible d'aboutir à une situation tout aussi détestable et de surcroît inconnue.

— Bien sûr que vous avez besoin d'une chambre, dit alors M. Karim, malheureusement, l'hôtel est complet. Vous savez que je n'ai jamais eu à me plaindre de l'absence de clients !

Il rit. Franca n'en avait rien su, et elle avait du mal à l'imaginer, mais elle supposa qu'il lui disait la vérité. S'il avait eu le moindre placard nauséabond à lui offrir, il l'aurait mise dedans.

— Je peux téléphoner ? demanda-t-elle.

— Je vous en prie !

Il fit glisser l'appareil vers elle, un énorme engin noir qui devait dater de la préhistoire du téléphone. Franca composa le numéro de son mari au laboratoire.

Il décrocha instantanément.

— Oui ?

— Michael, c'est moi, Franca. Je suis au *Saint George* et... euh... Ecoute, je ne comprends pas très bien, mais il a dû y avoir un problème quelque part. Aucune chambre n'a été réservée pour moi.

— Ce n'est pas possible.

— Je t'assure. M. Karim n'a rien reçu.

— Il n'a qu'à te donner n'importe quelle chambre.

— L'hôtel est complet. Il n'a absolument rien de libre.

Michael soupira.

— Ce n'est pas possible !

Cette fois, son ton signifiait : « Qu'est-ce que tu as encore fait de travers ? N'y a-t-il donc rien, pas la moindre petite chose, que tu puisses faire un jour correctement ? »

Elle ressentit quelque part dans son corps une douleur diffuse ; c'était une sensation familière, mais impossible à localiser et indéfinissable. Comme si elle avait été blessée des années plus tôt et que le moindre effleurement réveillait cette ancienne douleur.

— Ce n'est peut-être pas possible, mais c'est ainsi. Aucune chambre n'a été réservée dans cet hôtel à mon nom.

— Eh bien, c'est une erreur, dit Michael. En tout cas, j'ai bien demandé à Sonia de le faire.

Sonia était sa secrétaire, et habituellement elle s'acquittait de son travail avec une grande conscience professionnelle.

— Mais qu'est-ce que je vais faire maintenant ? demanda Franca d'une voix mal assurée.

Michael poussa un second soupir.

— Tu vas bien réussir à trouver un autre hôtel et à prendre une chambre, non ? Tu ne comptes tout de même pas sur moi pour faire quelque chose d'ici ?

— Michael, j'ai peur. Je préférerais rentrer... Je...

Elle hésitait à avouer l'erreur qu'elle avait commise, puis les mots franchirent ses lèvres :

— Je n'ai pas mes comprimés. Il m'en restait un... j'ai dû le prendre dans l'avion. Je ne sais pas comment je...

— Non, mais je rêve ! s'exclama Michael, puis il poursuivit comme s'il s'adressait à une simple d'esprit qu'il ne supportait plus : Je t'envoie à Guernesey, je te paye l'avion, je te demande une chose, une seule, et...

— Je suis souvent venue ici pour toi.

— Et c'est bien la seule chose que je peux te demander. Parce que, en dehors de ça, je n'attends rien de toi ! Rien ! Il y a beau temps que j'ai remballé même les plus petites exigences qu'un mari pourrait avoir à l'égard de sa femme. Je ne te demande que ce service-là, deux fois par an. Et c'est encore trop ? C'est un défi impossible ? Tu es maintenant, en plus du reste, trop fragile, trop délicate pour ça ?

— Je n'ai jamais dit une chose pareille.

La douleur lancinante se manifesta à nouveau. Le comprimé faisait toujours de l'effet, mais, si elle ne mettait pas rapidement un terme à la conversation, Franca savait qu'elle n'aurait jamais six heures de répit.

— Tu restes à Guernesey ! Il n'est pas question que tu rentres maintenant ! Tu m'entends ? Va demain matin à la banque et ne rentre qu'après. Si tu ne veux pas rester jusqu'à samedi, trouve un vol pour demain soir. Mais tu vas à la banque ! Nous sommes-nous bien compris ?

— Oui, souffla Franca.

Quand Michael lui parlait ainsi, elle se sentait devenir toute petite. Au sens propre du terme. Elle avait l'impression de se tasser sur elle-même, de rétrécir. Un jour, elle serait tellement petite que plus personne ne la verrait. Même, elle disparaîtrait complètement.

Michael se radoucit. Il parut se souvenir que les attaques de panique de sa femme pouvaient être sévères, et peut-être lui vint-il à l'esprit que, au lieu de lui ôter le peu de confiance en elle qui lui restait, il ferait mieux de tenter de la rassurer.

— Allez, tout va bien se passer. Mets-toi donc tout de suite à la recherche d'un autre hôtel. Interroge M. Karim, il a peut-être des idées. Et appelle-moi ce soir pour me dire comment ça s'est passé.

Sur ce, il raccrocha et Franca, qui avait autre chose à lui dire, ravala ses paroles avant de raccrocher à son tour.

— Pouvez-vous m'aider à trouver une chambre ? demanda-t-elle à M. Karim.

Il se gratta la tête.

— Hum... ça va être difficile. Terriblement difficile. Je crains qu'il n'y ait plus rien de libre sur l'île.

Alan Shaye se sentait complètement ridicule. Il s'était garé en face de la maison où habitait Maya et regardait fixement la façade comme si une chose extraordinaire devait y apparaître d'un instant à l'autre.

Un minable petit fouineur, voilà ce que je suis, songea-t-il. Si Maya me voyait, elle serait morte de rire.

Les voitures qui remontaient de temps à autre la petite rue pentue et très étroite avaient de réelles difficultés à dépasser son véhicule. Certains conducteurs le regardaient en secouant ostensiblement la tête pour manifester leur désapprobation, d'autres en se frappant le front. Il ne leur prêta pas un regard. Il fixait sans discontinuer le deuxième étage de la maison en se demandant ce qu'il s'y passait.

En réalité, il le savait parfaitement. Il connaissait si bien Maya, peut-être mieux que lui-même. Elle ne disparaissait pas dans son appartement avec un homme pour bavarder devant une tasse de thé. Maya avait une conception très concrète du plaisir. Ses critères d'évaluation des hommes étaient simples : étaient-ils capables de satisfaire son haut niveau d'exigence sexuelle ? Avaient-ils de l'argent et, si oui, étaient-ils prêts à le dépenser sans compter pour elle ? Etaient-ils disposés à ne manifester aucun sentiment de propriété, à se contenter de ce qu'ils avaient et à ne pas commencer à ameuter toute l'île avec leur jalousie en découvrant qu'ils partageaient les faveurs de Maya avec une douzaine d'autres élus ? Parce que Maya n'était pas du genre à se contenter d'un seul homme.

« Ce serait comme si je ne lisais qu'un seul livre ! avait-elle un jour objecté alors qu'il émettait des réserves sur sa façon de pratiquer la fidélité. Ou comme si je ne connaissais qu'un seul pays. Tous les jours des spaghettis et rien d'autre. Tous les jours le même vin. Mon horizon serait affreusement limité !

— Voyons, Maya, ce ne sont pas des choses comparables. On ne peut pas mettre manger, boire, voyager, lire et les hommes dans le même panier. Tu ne voudrais tout de même pas faire une étude comparative des hommes comme on en fait avec la lessive ou les aspirateurs ? »

Elle avait ri.

« Et pourquoi pas ? Explique-moi en quoi c'est différent. Pourquoi ne pourrais-je pas tester tout ce qui s'offre à moi avant de me décider ?

— Personne n'a jamais dit que tu devrais rester toute ta vie avec le premier venu. »

De nouveau, elle avait ri.

« Parce que ce n'était pas toi. Sinon, ça aussi, tu l'exigerais de moi !

— Maya, ce que tu fais n'a pas grand-chose à voir avec faire des expériences et découvrir la vie. C'est de la consommation intensive, et sans discernement. D'ailleurs, tu ne restes jamais assez longtemps avec un homme pour commencer à apprendre à le connaître. Pour toi, ce n'est qu'un sport. En plus, tu n'as absolument pas envie de te décider pour l'un plutôt que pour un autre. J'aurais même l'impression que tu as choisi de faire de cette boulimie une règle de vie. »

Elle avait noué les bras autour de son cou et souri. Elle était jolie comme un cœur et pouvait être tout à fait charmante.

« Oh, Alan ! Tu parles comme une vieille gouvernante. Et avec un air si sérieux. Pourtant, à ma façon, je suis très fidèle. Regarde, cela fait déjà presque quatre ans que je suis avec toi. Quoi qu'il arrive, jamais je ne te quitte vraiment ! »

Il s'était dégagé de son étreinte. Ce qu'elle disait était absurde et très humiliant.

« Nous ne sommes pas depuis presque quatre ans ensemble. Ça fait quatre ans que tu consens, sporadiquement, à m'admettre dans le cercle de tes amants. Tu aimes bien être de temps en temps avec moi, mais tu n'es pas prête à construire une relation durable avec moi.

— Elle existe déjà !

— Sans doute n'avons-nous pas la même conception de la chose. Pour moi, une vraie relation implique de se faire totalement confiance. Tu comprends ? Et ça exclut une troisième personne. Si je suis avec toi, je ne vais pas m'amuser à coucher avec d'autres femmes.

— Tu le pourrais.

— Si tu penses ce que tu dis, c'est que tu n'éprouves pas d'amour.

— Ah ! »

Elle s'était détournée, agacée.

« L'amour ? Alan, j'ai vingt et un ans ! Qu'attends-tu de moi ? Que je te fasse une grande déclaration ? Que je me prosterne ? Que je jure sur ta tête et la mienne que c'est toi pour l'éternité ? C'est peut-être ce qui se fait à ton âge, Alan, mais, en tout cas, pas au mien ! »

Elle avait fait mouche. C'est là, en effet, qu'était le problème. Leur différence d'âge était trop importante. Il y songeait encore alors qu'il s'obstinait à guetter un signe d'elle derrière ses fenêtres. Il avait quarante-deux ans, Maya pas encore vingt-deux. Vingt ans les séparaient. Il ne se sentait nullement vieux mais, comparé à elle, il l'était bel et bien. Il se trouvait à une étape différente de sa vie, rien d'étonnant à ce qu'il ait une autre façon de voir les choses. Encore que, pour autant qu'il se souvienne, même à vingt ans sa vie amoureuse n'avait pas été aussi erratique que celle de Maya. Au reste, il ne connaissait personne qui vive ou ait jamais vécu sa sexualité sur un mode aussi excessif.

Oublie-la, se dit-il avec lassitude. Tourne la page, elle n'est pas faite pour toi !

Il s'était promis de ne pas chercher à la rencontrer pendant son nouveau séjour. La dernière fois qu'ils s'étaient vus, au début de l'été, il lui avait dit que, pour sa part, il considérait que leur histoire était terminée. Elle avait haussé les épaules.

« De toute façon, nous ne nous voyons pratiquement pas, avait-elle répondu. Toi à Londres, moi ici… Pour le peu de fois dans l'année où tu es là… Enfin, c'est ce que tu voulais.

— Je voulais que tu viennes à Londres !

— Oui, mais à tes conditions. Tu voulais que je suive une formation, que je travaille, que je…

— C'est vrai, je voulais que tu aies au moins un diplôme. Mais ça ne nous aurait pas empêchés de vivre ensemble, et financièrement tu n'aurais eu aucun souci.

— C'est rien de dire que tu défends la morale et les bonnes mœurs ! Je me comporte sagement et dignement et j'ai droit à une récompense. Formidable. Sauf que tu ne peux pas me traiter comme une petite fille, Alan. Je suis une adulte.

— Alors comporte-toi en adulte. Structure un peu ta vie. Tu ne peux pas continuer comme ça à vivre au jour le jour et à ne rien faire de tes journées si ce n'est te faire entretenir par ta grand-mère. Tu dors jusqu'à midi, tu traînes tout l'après-midi, tu passes tes nuits à boire et à danser… Et tu as l'air de croire que ça va durer éternellement !

— Bien sûr que ça va durer. Pourquoi devrais-je me soucier aujourd'hui de ce que je vais faire dans dix ans ? Je trouverai bien quelque chose.

— Mae ne sera pas toujours là.

— Eh bien, il y aura quelqu'un d'autre.

— Tu veux dire… un homme ?

— Oui. Je trouverai toujours un homme. »

Il l'avait observée, songeur, ses lèvres rieuses, ses yeux pétillants.

« Tu n'auras pas toujours vingt ans, Maya. Tu ne seras pas toujours aussi séduisante qu'aujourd'hui. Ne t'en rends-tu pas compte ? Tu n'auras pas ta vie durant une armée de soupirants à tes pieds.

— Oh, Alan, il faut toujours que tu noircisses le tableau ! Qu'est-ce que tu peux être rabat-joie ! Tu es tellement défaitiste que tu serais capable de démoraliser une armée entière », avait-elle ajouté en riant, incapable du moindre pessimisme.

Un peu plus tôt, en posant le pied sur le tarmac de l'aéroport de Saint Martin, il s'était dit qu'il aurait du mal à éviter de rencontrer Maya, ne serait-ce que le dimanche, jour de l'anniversaire de sa mère, où elle se montrerait certainement. Il s'en voulait de ne pouvoir s'empêcher d'y penser, mais il redoutait cette rencontre. Il redoutait que son visage trahisse les sentiments qu'il lui portait et que depuis des années il tentait vainement de combattre. Il se demanda pourquoi il ne parvenait pas à se détacher de Maya, à se l'arracher une fois pour toutes de la tête. Il l'avait constamment à l'esprit. Chez lui, à son bureau, quand il était avec des amis. Il pensait à elle même quand il était avec une autre femme. Il avait Maya dans la peau. Maya l'obsédait.

Il se disait parfois qu'il fallait avoir bien peu de caractère pour être à ce point sous l'emprise de quelqu'un.

A l'aéroport, il avait loué une voiture mais, au lieu de se rendre directement chez sa mère, au Variouf – ce dont il n'avait nulle envie et où il irait toujours assez tôt –, il avait pris la direction de Saint Peter Port, puis remonté la rue dans laquelle habitait Maya. Elle vivait dans un très agréable deux-pièces dont sa grand-mère payait le loyer. Les fenêtres de l'arrière offraient une vue magnifique sur la mer et Castle Cornet, la puissante forteresse qui se dresse à l'entrée du port.

Il s'apprêtait à descendre de voiture quand soudain il l'avait vue. Elle marchait au milieu de la rue, avec une lenteur extrême adaptée à la chaleur. Elle portait une minijupe moulante, un tee-shirt blanc qui s'arrêtait au-dessus du nombril et des chaussures de tennis légères. Ses jambes longues et fines étaient bronzées à point et elle avait l'air aussi insouciante qu'à l'accoutumée.

L'homme qui marchait à ses côtés, de type méditerranéen, fit à Alan une impression détestable. Ses cheveux noirs étaient outrageusement gominés, et ses yeux dissimulés derrière une paire de lunettes d'aviateur américain à verres réfléchissants. Il était sec et nerveux, mais musclé et certainement fort. Une caricature de souteneur des faubourgs.

Et il le serait que ça ne m'étonnerait pas, songea Alan.

Il se tassa sur son siège en espérant que Maya ne l'avait pas vu. Il n'y avait pas de risque qu'elle reconnaisse la voiture, et pour le reste, visiblement, ses préoccupations étaient ailleurs. Elle décocha un merveilleux sourire à son compagnon, qui resta de marbre. Il la suivit dans la maison et la porte se referma sur eux. Alan se dit que le mieux à faire était de mettre son moteur en marche et de filer. Rester là était du masochisme. A quoi bon se rendre malade à attendre en pensant à ce que Maya faisait dans ce maudit appartement ? Mais quelque chose l'empêchait de partir, quelque chose l'obligeait à subir cette torture, à ne pas bouger de cette voiture garée sous les fenêtres derrière lesquelles elle s'ébattait avec un homme. Ça va bien finir par s'arrêter. Il ne pensait pas au rendez-vous amoureux de Maya, il pensait à son obsession. Oui, un matin, il se réveillerait et découvrirait qu'il n'aimait plus Maya Ashworth. Qu'elle appartenait au passé et qu'il avait retrouvé sa liberté. Qu'il pouvait tomber amoureux d'autres femmes et profiter à nouveau de la vie.

Vers six heures du soir, il n'y tint plus. Qu'il ait soif, avec la chaleur qu'il faisait, n'était pas étonnant. Cependant, au fil des heures, ce n'est plus à un verre d'eau fraîche ou de jus d'orange qu'il aspirait. Il lui fallait quelque chose de plus fort. Comme d'habitude. Comme tous les jours.

Le pub situé à quelques mètres en contrebas de chez Maya ouvrait à dix-huit heures. Quand Alan en poussa la porte, hormis les quatre serveurs qui se tenaient derrière le comptoir, l'endroit était désert. Une grande affiche annonçait un concert pour le soir même. Alan commanda un whisky et s'installa avec son verre devant la grande cheminée qui faisait face au comptoir. L'établissement était immense, avec des salles sur deux étages, de grosses poutres au plafond et une multitude de tables et de chaises en bois. Si vers onze heures du soir, toutes les salles étaient bondées, il s'écoula presque trois quarts d'heure avant que deux nouveaux clients ne s'installent, des pêcheurs à en juger par les impressions qu'ils échangeaient sur une sortie en mer jusqu'à Sercq avec des touristes. Entre-temps, Alan avait bu deux autres whiskies. Il en aurait volontiers commandé un quatrième mais il devait encore conduire et, au surplus, s'il sentait l'alcool, il lui faudrait subir les reproches de sa mère. S'attendant plus ou moins à voir entrer Maya avec son drôle de type, il n'avait pas quitté la porte des yeux. Il lui arrivait de venir dans ce pub, mais ce jour-là, à l'évidence, soit elle avait préféré rester chez elle, soit elle avait choisi un autre endroit. Il se leva lourdement, se dirigea vers le bar, paya ce qu'il devait, puis sortit.

Dehors, l'automne commençait à se faire sentir. Le soleil avait disparu derrière les maisons et il faisait frais dans l'ombre des rues. Le pull-over devenait indispensable.

Bientôt, il fera gris toute la journée, songea-t-il. Et encore plus à Londres qu'ailleurs. Les soirées seront longues, tristes, sombres. Sans une bonne dose de whisky…

Aucune lumière ne brillait derrière les fenêtres de Maya mais cela ne signifiait pas qu'elle était partie. Elle s'était peut-être simplement endormie. Avec lui. Le whisky rendait l'idée plus supportable.

Tout ça ne me regarde pas, se dit-il. Il faut que j'arrête d'y penser.

Il vit la femme au moment où il s'apprêtait à ouvrir la portière. Elle était sur le trottoir, de l'autre côté de la voiture. Il crut un instant qu'elle ne parvenait pas à passer. Il avait en effet si mal garé sa voiture qu'il ne restait qu'un étroit passage entre le véhicule et le mur. Puis il se rendit compte qu'elle se tenait à deux mains au toit de la voiture. Son teint était gris, ses lèvres décolorées. Son visage semblait baigné de sueur.

— Quelque chose ne va pas ?

Il pouvait difficilement démarrer tant qu'elle s'agrippait ainsi au toit.

— Je peux vous aider ?

Elle ne l'avait sans doute pas vu car elle sursauta et le dévisagea, l'air surpris. Le désespoir qu'il lut dans ses yeux le laissa un instant sans voix. D'un coup, il eut le sentiment d'être dégrisé.

— Peut-être êtes-vous montée trop vite, suggéra-t-il. La côte est raide, et avec cette chaleur… Voulez-vous vous reposer un moment… ? Attendez, je vous ouvre.

La voiture n'avait pas de système de verrouillage centralisé. Il contourna le véhicule et ouvrit la portière côté passager.

— Voilà. Asseyez-vous. Vous ne tenez plus sur vos jambes.

Elle remua les lèvres. Il ne comprit pas ce qu'elle dit.

— Essayez de parler un peu plus fort. Que vous arrive-t-il ?

Elle se laissa tomber sur le siège. Dans un geste infiniment las, elle posa sa tête sur le dossier et ferma les yeux. Alan ouvrit le coffre, fouilla dans son sac de voyage et en sortit une barre énergétique. Il déchira l'emballage et tendit la barre à la jeune femme.

— Tenez, mangez un peu. Ça vous fera du bien.

Devant son absence de réaction, Alan en cassa un morceau qu'il tenta de glisser entre ses lèvres. Elle résista, puis finalement se laissa faire.

— Mâchez doucement, puis je vous en donnerai un deuxième.

Elle ouvrit les yeux.

— Ça… va… déjà mieux, murmura-t-elle.

— Mais vous n'avez tout de même pas l'air bien du tout. Ne voulez-vous pas que je vous conduise chez un médecin ?

Elle secoua la tête.

— Je… n'ai… pas… de chambre, articula-t-elle lentement.

Alors il comprit ce qui jusque-là l'avait troublé : son anglais. Elle parlait couramment, mais avec un accent qu'il n'identifiait pas. Elle n'était certainement pas de Guernesey, et pas anglaise non plus. Probablement une touriste. Sans point de chute ? Pourtant, elle n'avait pas l'air d'être de ces jeunes qui dorment sur la plage dans des sacs de couchage. Elle avait refermé les yeux, lui offrant ainsi la possibilité de l'examiner en détail.

Il n'aurait pas su dire s'il la trouvait jolie ou pas. Elle lui parut essentiellement terne. Très mince, pâle, sans la moindre trace de maquillage, ses cheveux blonds retenus sur sa nuque par un simple élastique. Elle était vêtue d'un jean et d'un pull-over en coton clair qui était froissé et paraissait humide. Elle aurait peut-être pu tirer parti de son physique, mais à l'évidence elle ne se souciait pas de son apparence.

— Vous n'avez pas de chambre ? répéta-t-il. Quand êtes-vous donc arrivée ?

Elle souleva les paupières. Alan jugea qu'elle avait de beaux yeux. D'un bleu-vert peu ordinaire, ils étaient ombrés de cils remarquablement longs.

— Aujourd'hui, répondit-elle. D'Allemagne.

— Et vous n'avez pas de chambre ?

— Eh bien... il y a eu un problème avec ma réservation...

Son regard devenait plus clair. Elle se redressa.

— Je vais mieux, dit-elle. Je vous assure, je me sens vraiment mieux.

Un peu de couleur avait réapparu sur ses joues.

— Je veux bien vous croire. Vous avez en effet l'air d'aller mieux. Mais restez assise ! Je vous en prie, ajouta-t-il promptement comme elle faisait mine de se lever pour descendre de voiture. Vous ne me paraissez tout de même pas aussi en forme que ça !

— C'est la secrétaire de mon mari qui était chargée de la réservation. Je ne sais pas ce qui s'est passé...

— C'était quel hôtel ?

— Le *Saint George Inn*. C'est toujours là que je descends. J'y ai laissé mes bagages. M. Karim – c'est le gérant de l'hôtel – a téléphoné partout, mais il n'a rien pu trouver. Je pensais m'adresser à l'office de tourisme, en bas, sur le port. En y allant, je me suis arrêtée au... je ne me rappelle plus le nom. Un self près de l'église. Un peu exotique...

Il le connaissait.

— Ce doit être *La Terrasse*.

— Oui, je crois bien. Je faisais la queue pour payer,

avec mon plateau... J'étais presque à la caisse, quand...

Elle s'interrompit.

Il la regardait attentivement.

— Oui ?

— J'ai été prise de panique, poursuivit-elle à mi-voix. Tout s'est mis à tourner autour de moi. Les gens... J'ai cru que j'allais m'effondrer. Il fallait que je sorte, je n'avais que ça en tête... J'ai tout laissé tomber ; le plateau, je veux dire... avec tout ce qu'il y avait dessus...

— Et vous vous êtes précipitée dehors ?

— Oui. Je me suis enfuie. Littéralement. Je voulais retourner prendre mes affaires à l'hôtel... Je marchais et, brusquement, il a fallu que je m'arrête. Mes jambes ne m'obéissaient plus... C'est là que je me suis rattrapée à votre auto.

Elle fit à nouveau un geste pour descendre de voiture mais Alan l'en empêcha doucement.

— Reposez-vous encore un peu. Vous n'avez pas tout à fait repris figure humaine.

— Mais je vous retiens...

— Vous ne me retenez pas du tout. Et vous savez quoi ? Je vous invite en face, au *Cock and Bull*. Un petit alcool fort vous fera beaucoup de bien !

— Il faut que je m'occupe de trouver une chambre.

— Je crois que j'ai une idée. Ma mère possède une grande maison. Il arrive qu'elle loue une chambre. Je vais l'appeler, si la chambre est libre, vous pourriez la prendre. Le Variouf est un petit village très isolé, au sud de l'île, mais ça vous est égal, n'est-ce pas ?

— Oh, oui, du moment que je peux passer la nuit quelque part.

Elle descendit lentement de voiture. Elle ne semblait pas très solide sur ses jambes mais elle allait manifestement mieux.

— Il faut que j'aille à *La Terrasse* payer ce que je

leur dois, les plats que j'avais pris, la vaisselle cassée…

— Je crains que ce ne soit fermé à cette heure-ci. Et rien ne presse, vous pourrez toujours y aller demain.

Il se demanda s'il devait lui prendre le bras, puis finalement s'abstint. Il marcherait à côté d'elle, il pourrait toujours intervenir s'il remarquait qu'elle avait besoin de son aide. Mais à chaque pas sa démarche devenait plus sûre.

Dans quoi s'embarquait-il ? Cette femme ne lui plaisait pas particulièrement, pourquoi se la mettait-il sur le dos ? Non seulement il l'invitait à prendre un verre, mais voilà qu'il proposait de résoudre son problème d'hébergement. Si sa mère avait déjà loué la chambre, ou n'avait pas envie d'avoir un locataire – ce qui arrivait parfois, et quand elle avait décidé que c'était non, c'était non –, il se voyait mal larguer cette pitoyable chose au bord de la route. Il faudrait qu'il lui trouve un endroit pour dormir.

Tout ça, c'est uniquement pour avoir un prétexte pour retourner boire un verre, s'avoua-t-il avec une honnêteté implacable.

Entre-temps, le *Cock and Bull* s'était rempli. La plupart des clients avaient pris place au bar, quelques-uns s'étaient installés devant la cheminée. Les musiciens qui donnaient le concert venaient d'arriver et déballaient leurs instruments, l'un d'eux accordait son violoncelle.

La jeune femme s'arrêta sur le seuil, ses traits se crispèrent et elle parut sur le point de faire demi-tour.

— Tous ces gens…

— Il n'y a pas tant de monde que ça. Et la salle est tellement grande… ce n'est pas gênant.

Il pria intérieurement pour qu'elle ne change pas d'avis. Maintenant qu'il sentait l'alcool, il éprouvait un besoin quasi irrépressible de boire.

— Venez, asseyez-vous près de l'entrée, insista-t-il. Comme ça, vous vous sentirez moins enfermée.

Elle se laissa à demi convaincre et s'assit avec réticence sur l'extrême bord d'une chaise, prête à bondir, l'air traquée. Il alla au bar demander s'il pouvait téléphoner et en profita pour avaler un premier whisky. Cette femme l'agaçait, l'alcool l'aiderait à la supporter. Et à supporter les remontrances que sa mère n'allait pas tarder à lui faire.

Elle savait parfaitement à quelle heure son avion avait atterri et elle se faisait du souci depuis un bon moment.

— Tu aurais pu téléphoner, tout de même, non ? Où es-tu ? Dans un pub ?

Compte tenu des bruits de fond, il pouvait difficilement le nier.

— Oui. Avec quelqu'un.

Il ignorait jusqu'au nom de la jeune femme, mais rien ne l'obligeait à s'en vanter.

— Dis-moi, maman, poursuivit-il, est-ce que par hasard ta chambre d'amis serait libre ? J'aurais éventuellement un locataire à te proposer…

Ainsi qu'il l'avait craint, elle n'avait pas du tout envie de s'embarrasser d'un locataire.

— A vrai dire, j'aimerais mieux pas. Il y aura beaucoup de monde, dimanche. Avec tout ce qu'il va y avoir à préparer, je ne pense pas que ce soit une…

— C'est une jeune femme dont tu n'auras absolument pas à t'occuper.

La jeune femme en question lui paraissait peu autonome et psychologiquement fragile mais il se garda de faire part de ses impressions ; cela non plus, sa mère n'avait pas besoin de le savoir.

— Je l'amène avec moi. Elle n'a pas trouvé d'hôtel. Ce serait bien que tu puisses l'héberger.

Elle soupira.

— Le principal, c'est que tu te décides enfin à te

montrer. Tu restes des semaines sans venir et tu mets à peine le pied sur l'île que tu gâches un après-midi entier au pub. Je me fais du souci, Alan. Tu sais bien comment ça se passe quand tu commences à boire. Tu ne peux...

Il en avait déjà trop entendu.

— A tout de suite, maman. Nous n'allons pas tarder !

Il raccrocha, se fit servir deux whiskies et, un verre dans chaque main, retourna à la table où il avait laissé la jeune femme. Toujours en équilibre sur le bout des fesses, elle ne s'était pas détendue.

— Tenez ! fit-il en posant un verre devant elle. Buvez ça. Au fait, je me présente : Alan Shaye.

— Franca Palmer. Je suis de Berlin.

Elle trempa ses lèvres dans le whisky, puis reposa le verre et fouilla hystériquement la salle du regard. Enfin ses yeux s'arrêtèrent sur Alan.

— Qu'a dit votre mère ?

— Ça marche. Sa chambre est disponible. Elle est à vous.

Il s'assit à côté d'elle. L'odeur de malt qui émanait des verres l'anéantissait. Il n'aurait pas dû revenir. Maintenant qu'il avait recommencé à boire, il n'allait plus pouvoir s'arrêter. Il finirait lamentablement ivre, incapable de tenir sur ses jambes et bredouillant des paroles incohérentes.

Apparemment, Franca commençait à se détendre. La perspective de savoir où passer la nuit devait l'apaiser.

— Mon Dieu, dit-elle, quelle journée !

— Vous avez sans doute présumé de vos forces, et vous avez eu un coup de pompe. Demain, il n'y paraîtra plus.

Les yeux de la jeune femme reprirent leur course folle. Alan enrageait de voir qu'elle avait à peine bu une gorgée de whisky. Il s'accrochait à son verre déjà presque vide pour ne pas se jeter sur le sien et le vider d'un trait.

— Demain, il faut que j'aille à la banque, dit-elle sans poser son regard.

— Ce n'est pas un problème. Il y a un car qui passe au Variouf. Mais il y aura bien quelqu'un pour vous descendre en ville. Ma mère aura certainement des courses à faire à Saint Peter Port, et j'irai sans doute moi aussi. Vous n'aurez que l'embarras du choix.

Elle laissa échapper un soupir et fit tourner son verre entre ses mains.

De quoi a-t-elle si peur ? s'interrogea Alan. On dirait un lapin pris dans les phares d'une voiture.

— Je reste à Guernesey jusqu'à lundi, dit-il.

En réalité, il n'avait nulle envie de révéler quoi que ce soit de sa vie à cette étrangère, mais il voulait parler, engager la conversation avec elle, essentiellement pour détourner son attention de son envie dévorante de commander un autre whisky.

— J'habite Londres. Mais j'ai grandi ici. La famille de ma mère vit à Guernesey depuis des générations.

— Et que faites-vous, à Londres ? demanda-t-elle poliment. Je veux dire, comme métier ?

— Je suis avocat.

— C'est une profession intéressante.

— Oui, elle me plaît beaucoup. D'aussi loin que je me souvienne, j'ai toujours voulu être avocat... Et Londres me plaît aussi beaucoup, ajouta-t-il après une courte pause. Je ne vivrais nulle part ailleurs. Connaissez-vous Londres ?

— Non. J'ai un peu voyagé, enfant, mais je ne suis jamais allée à Londres.

— Et aujourd'hui, vous ne voyagez plus ?

Elle secoua négativement la tête.

— Depuis déjà près de dix ans.

— Mais pourquoi ?

La question parut l'embarrasser.

— Excusez-moi, je ne voulais pas être indiscret.

— Non, ce n'est pas ça. Je... Simplement, je ne sais pas quoi vous répondre. C'est une longue histoire.

Il ne se sentait aucun désir d'écouter ses confessions, d'autant qu'il les soupçonnait d'être totalement dénuées d'intérêt, mais il ne voulait pas rentrer chez lui. Il savait que l'alcool commençait à lui troubler les idées et la perspective de devoir supporter les lamentations de sa mère était au-dessus de ses forces. Quant à se coucher, il ne le souhaitait pas non plus. Il ne pourrait pas s'empêcher de penser à Maya, puis à Maya et lui, et cela finirait, comme toujours, par une douloureuse séance d'introspection.

— Racontez-moi donc cette longue histoire, l'encouragea-t-il. Maintenant que vous vous êtes à demi évanouie au pied de ma voiture...

Elle eut un pâle sourire.

— Par quoi commencer ? Je...

Elle s'interrompit brutalement et une expression concentrée apparut sur son visage, qu'Alan, sous le charme, jugea beaucoup plus attrayante que l'air de bête traquée qu'il lui avait vu jusque-là.

— Oh, en fait, ça peut aussi se raconter en quelques mots, reprit-elle. J'étais professeur. J'ai dû arrêter. Je n'arrivais plus à enseigner. Depuis, je n'ai toujours pas retrouvé mon équilibre. Je n'émerge pas. Et depuis quelques années, je prends des tranquillisants. Beaucoup. Sans médicaments, je suis pratiquement incapable de sortir de chez moi.

— Oh... fit Alan, surpris.

Jamais il n'aurait imaginé que cette jeune femme triste avait besoin de se droguer pour vivre. Parce que tu pensais que les gens pharmacodépendants avaient une tête particulière ? se dit-il presque dans le même temps. Une mine spécialement dramatique ? Bien sûr que non. Ce n'est écrit sur la figure de personne. Et ça peut arriver à tout le monde.

— Et, aujourd'hui, c'est ce qui... commença-t-il prudemment.

Franca acquiesça.

— Ce n'était pas la chaleur. Ni la fatigue du voyage. J'ai oublié mes médicaments. En Allemagne. Je n'avais qu'un seul et unique comprimé sur moi. C'est ce qui m'a permis de tenir pendant le vol. Puis l'effet s'est estompé. Je faisais la queue à *La Terrasse* et... et vous connaissez la suite, conclut-elle avec un petit haussement d'épaules.

— Oui, je connais la suite.

Il se leva.

— Excusez-moi, je vais chercher un autre whisky.

Il eut quelque mal à garder le cap sur le bar. Le sol tanguait sous ses pieds. Il espéra qu'il serait encore en état de conduire pour rentrer. Je devrais m'arrêter, se répétait-il, je devrais m'arrêter. Il savait qu'il en était incapable. Il avait physiquement besoin d'alcool. Tout son corps réclamait de l'alcool, et toute sa tête aussi. A chaque gorgée Maya lui devenait un peu plus indifférente, mais elle ne l'était pas encore suffisamment. Il lui fallait un verre de plus, deux peut-être, pour accepter sereinement de la voir flirter avec tous les hommes de l'île.

Son verre à la main, il regagna la table en s'appliquant à ne pas perdre l'équilibre. La jeune femme, toujours posée sur le bord de sa chaise, tenait son verre plein à deux mains et dévisageait chaque nouvel arrivant avec des yeux agrandis par l'angoisse.

Quelle loque, songea-t-il avec une soudaine agressivité, mais presque immédiatement il faillit éclater de rire. Pour qui se prenait-il pour la juger ainsi ? N'était-il pas aussi accroché au whisky qu'elle à ses médicaments ? Leurs angoisses, leurs phobies n'étaient peut-être pas de même nature, mais au fond la différence n'était pas bien grande. Il ne parvenait pas à vivre sans whisky, elle devait avaler des tranquillisants pour mettre le nez hors de chez elle.

On est dans le même bateau et parfaitement assortis, songea-t-il avec une ironie amère et, au vu du visage tourmenté de la jeune femme, cette idée lui fut extrêmement désagréable. Il ne donnait tout de même pas cette impression de fragilité et d'instabilité psychique ? Ou bien était-ce le cas et ne s'en rendait-il pas compte ?

— Il vous arrive tout de même de voyager un peu, dit-il. Vous ne seriez pas ici, sinon ?

— Oui, deux fois par an. Je passe deux fois par an deux ou trois jours à Guernesey. Et c'est bien tout ce que je suis capable de faire.

— Mais vous y parvenez ?

— Avec mes comprimés, oui, s'excusa-t-elle avec un timide haussement d'épaules.

— Et pourquoi ne restez-vous jamais plus longtemps ? C'est dommage quand on vient de si loin. Vous ne devez jamais avoir le temps de visiter l'île.

Elle hésita avant de répondre.

— Je suis ici pour les affaires de mon mari. Je ne viens pas en touriste.

— Je comprends.

Il comprenait vraiment. Sans doute s'agissait-il d'une histoire de transfert de fonds. Il devinait que Franca venait chercher l'argent que son mari avait déposé dans une banque guernesiaise pour le soustraire au fisc allemand. Guernesey était un paradis fiscal et les affaires de ce type étaient banales. Il savait que le procédé relevait de la fraude fiscale, mais cela ne le regardait pas et il ne s'y intéressait pas.

— Vous devriez rester plus longtemps un de ces jours, dit-il. Pourquoi pas cette fois ? Le temps est splendide. Il devrait continuer à faire beau toute la semaine. Vous pourriez profiter du soleil, faire des balades, vous baigner, vous reposer un peu.

Elle eut un sourire infiniment las.

— Ce n'est pas possible. Il faut que je rentre, dit-elle lentement. J'ai besoin de mes comprimés, et de l'ordonnance de mon médecin. Vous ne pouvez pas comprendre...

Elle plissa le front, parut faire de gros efforts de concentration. Comment lui expliquer ?

— Je vais très mal quand je n'ai pas mes médicaments, dit-elle. Je ne peux alors répondre de rien. J'ai de terribles attaques de panique. Et je ne sais jamais comment je vais m'en sortir.

— Vous vous êtes très bien sortie de celle-ci.

Elle le regarda d'un air interrogateur.

— Que voulez-vous dire ?

— Eh bien, il y a environ deux heures, à *La Terrasse*, vous avez eu une attaque de panique, n'est-ce pas ? Et vous n'aviez pas de comprimés. Cependant, vous l'avez surmontée.

— A vrai dire, je ne...

— Non. *Vous l'avez surmontée.* C'était affreux, très pénible, mais vous n'en êtes pas morte.

— J'ai cru mourir. Je ne savais plus comment...

Cette fois, il n'hésita pas à la toucher. Il posa une main apaisante sur son bras. Il percevait le léger tremblement de son corps.

— Vous avez eu l'impression de mourir. C'est quelque chose que je comprends tout à fait. Vous pensiez que vous ne vous en sortiriez pas. Et que s'est-il passé ensuite ?

— Vous êtes arrivé et vous vous êtes occupé de moi.

Il secoua la tête.

— Je vous ai proposé de vous reposer dans ma voiture. Mais ça n'a pas été un geste décisif. La panique aurait de toute façon reflué. D'elle-même.

— Comment le savez-vous ?

— C'est un principe. Et la façon dont cette crise a évolué le confirme. Je crois que c'est la première fois depuis très longtemps que vous avez laissé la panique atteindre son paroxysme. Par force, puisque vous ne disposiez d'aucun remède pour l'enrayer. Mais rien, absolument rien, ne peut dépasser son propre point culminant. Une fois celui-ci atteint, le mouvement inverse s'enclenche. C'est comme les vagues de la mer. Elles enflent, gonflent, deviennent de plus en plus menaçantes. Elles ne cessent de grossir. Puis elles atteignent leur point de rupture. Alors elles cassent, s'effondrent dans un fracas de mousse et deviennent ensuite d'inoffensives vaguelettes qui déferlent et s'évanouissent dans le sable.

Elle repoussa son verre devant elle.

— Je suis affreusement fatiguée. Pourrions-nous aller chez votre mère, maintenant ?

Le verre d'Alan était vide. S'il avait été seul, il aurait continué à boire jusqu'à rouler sous la table, il était dans la bonne voie pour finir la journée comme ça. La demande de la jeune femme était peut-être ce qui pouvait lui arriver de mieux. Rentrer sans plus attendre lui épargnerait l'humiliation d'un effondrement en public – et une super gueule de bois au réveil.

— Entendu, allons-y ! déclara-t-il en prenant sur lui-même.

Il se leva. Le liquide ambré qui restait dans le verre de la jeune femme était un véritable défi. Ce whisky qu'elle ne finirait pas, ce verre qu'il lui suffisait de... Non, il ne le ferait pas. Si dans l'état de faiblesse où elle était, elle avait réussi à surmonter sa panique sans ses drogues, le moins qu'il puisse faire était de l'égaler en résistant à la tentation.

Dehors, la nuit était tombée. L'air frais et iodé leur fit du bien.

— Il ne faudra jamais que vous oubliiez ce jour, dit-il alors qu'ils marchaient côte à côte dans l'obscurité. Souvenez-vous toujours de la façon dont la crise est survenue, de votre absence totale de moyens pour l'enrayer. De ce que vous avez ressenti quand la panique s'est emparée de vous, a grandi, grandi encore, vous a coupé la respiration. Vous avez cru que vous alliez mourir. Puis l'angoisse est retombée. Vous avez pu à nouveau respirer, calmement et régulièrement. Vos tremblements ont cessé. Vous avez retrouvé vos esprits, été capable de nouveau de penser et réfléchir, et vous avez alors compris que vous n'alliez pas mourir. Ça se passera toujours comme ça.

— Ça se passera toujours comment ? demanda-t-elle, troublée.

— Jamais vous n'en mourrez. Vous survivrez toujours à votre panique. Cela signifie que vous n'avez aucune raison d'avoir peur comme vous avez peur.

Elle dit très bas, d'une voix à peine audible :

— J'ai peur, pourtant. Je ne peux pas m'en empêcher. Et j'ai l'impression que je ne pourrai jamais ne pas avoir peur.

— Vous y arriverez. Quand vous penserez à aujourd'hui.

Il ouvrit la portière de la voiture.

— C'était la première fois depuis très longtemps que vous surmontiez une crise, n'est-ce pas ?

— Oui.

— Vous devez en être fière. C'est une victoire. Et ayez toujours à l'esprit que ce que vous avez fait une fois, vous pourrez toujours le refaire.

Elle ferma un instant les yeux.

— Je vous en prie, démarrez, maintenant.

— Nous passons d'abord à l'hôtel prendre vos bagages, d'accord ?

Elle ne répondit pas. Confiante comme un petit

enfant, elle laissa aller sa tête contre le dossier du siège.

C'est bien ma chance, se résigna-t-il. Je n'aurais décidément jamais dû venir.

Il jeta un bref regard aux fenêtres de Maya.

Aucune lumière ne filtrait de l'appartement.

3

Une plaie, ce double anniversaire et tout ce tralala, songeait Béatrice, agacée.

Pour sa part, elle aurait aussi bien laissé passer le 5 septembre dans la plus grande discrétion. Elle ne pensait pas qu'avoir un an de plus nécessitât de donner lieu à de grandes réjouissances, *a fortiori* quand on franchissait le cap des soixante-dix ans. Il n'y avait plus guère de choses bien extraordinaires à attendre de la vie et elle détestait que les invités se croient obligés de lui brosser un tableau idyllique de l'avenir pour se montrer aimables.

« Béatrice, j'en suis sûre, les turbulences se rapprochent, il va encore t'arriver des tas de choses ! » avait déclaré Mae en la serrant contre elle avant de lui offrir un foulard Hermès.

Un foulard que Béatrice ne porterait jamais. Mae le savait mais elle était fermement décidée à ne jamais mettre un terme à ses tentatives de transformer Béatrice en dame élégante.

« Petit à petit, l'oiseau fait son nid », disait souvent Mae. C'était peut-être vrai, mais, en ce qui la concernait, Béatrice doutait fort que la persévérance de Mae soit un jour récompensée.

« Mae, je n'ai aucune envie de traverser de quelconques turbulences ! » avait-elle protesté.

Mae avait répliqué que, dans la vie, on ne vous demandait jamais si vous aviez envie ou pas de quelque chose, que c'était même un principe fondamental. Mae adorait assener ainsi ce qu'elle prenait pour des vérités philosophiques et que Béatrice considérait secrètement comme de la psychologie de bazar.

Ce jour-là, Béatrice resta à l'écart, laissant à Hélène le rôle de reine de la fête. Hélène tenait à ce que son anniversaire soit célébré dans les règles, et jamais Béatrice n'était parvenue à la convaincre, ne serait-ce qu'une fois, de renoncer à convier le ban et l'arrière-ban à la congratuler. Cependant, si elle se sentait horriblement mal à l'aise, au moins le visage rayonnant de bonheur d'Hélène l'aidait-il à accepter l'effort qu'elle devait faire sur elle-même pour jouer le jeu. Hélène, qui avait souvent l'air frustrée et triste, souriait sans discontinuer et ses yeux brillaient d'un éclat tout à fait exceptionnel. Elle portait une robe d'été à fleurs, assurément beaucoup trop jeune pour elle, mais sa garde-robe se composait exclusivement de vêtements tout juste adaptés à des femmes qui avaient trente ans de moins qu'elle. Elle s'était mis du rouge sur les joues sans l'estomper, s'était peint les lèvres dans le même ton et avait piqué une rose artificielle dans ses cheveux ramassés en chignon sur le haut de sa tête. Une coupe de champagne à la main, elle bavardait avec les invités, heureuse et détendue.

Béatrice observait Kevin qui examinait d'un œil soupçonneux les mets disposés sur le buffet. Cuisinier hors pair, il affichait des exigences culinaires à la hauteur de son talent et rares étaient les préparations qui trouvaient grâce à ses yeux. Amusée, elle constata qu'il avait apparemment découvert quelque nouveau sacrilège. Le buffet était l'œuvre d'un excellent traiteur de Saint Peter Port, mais ce redoutable fin gourmet trouverait sûrement une multitude de petites choses à critiquer et Béatrice ne serait pas étonnée qu'il décroche son téléphone le lendemain matin pour se plaindre auprès des responsables.

— Bonjour, Béatrice, dit une voix féminine légèrement voilée, derrière elle. Tu as tout à fait l'air de quelqu'un qui voudrait être ailleurs.

Béatrice se retourna. Maya l'avait rejointe, un sourire moqueur plissant ses yeux. Elle portait une sorte de micro-robe noire, un minuscule rien du tout qui dévoilait la quasi-totalité de son corps parfaitement bronzé. Ses cheveux longs jusqu'à la taille flottaient librement dans son dos. Ses ongles de mains et de pieds étaient laqués de vernis noir et plusieurs fins anneaux d'argent tintinnabulaient à son poignet droit.

— Bonjour, Maya, répondit Béatrice.

De même qu'à chaque fois qu'elle n'avait pas vu Maya ne serait-ce qu'un jour, elle fut, l'espace d'un instant, subjuguée par la beauté de la jeune femme. Il émanait de Maya une jeunesse et une sensualité qui laissaient parfois les gens qui la rencontraient sans voix. Mélange d'attente et de provocation, elle paraissait offrir son corps en permanence ; ses seins, petits et fermes, étaient en eux-mêmes un défi.

« Cette gamine fait un geste, dit un mot, ou même ne fait rien d'autre que seulement être là et c'est comme si elle vous invitait à coucher avec elle, s'était un jour étonnée Mae. Je me demande bien à quoi ça tient ! Sans doute qu'elle n'y peut rien. »

Mais elle le sait, se dit Béatrice. Elle a parfaitement conscience de l'effet qu'elle produit, et elle en joue avec une grande habileté.

— Je devrais te féliciter pour ton anniversaire, déclara Maya, mais comme je suppose que tu en as assez d'entendre toujours les mêmes platitudes, je vais m'abstenir. Veux-tu en contrepartie que j'aille te chercher quelque chose au buffet ?

— Non, je te remercie. Comment pouvez-vous tous boire tant de champagne ? Il fait tellement chaud.

— Oh, moi, rien ne pourrait m'empêcher de boire du champagne !

Maya balaya l'assistance du regard puis s'arrêta sur Kevin qui s'était finalement décidé à tester prudemment quelques amuse-gueule qu'il choisissait avec un air presque dégoûté avant de les poser sur une assiette.

— Comment trouves-tu Kevin ? Il est super, non ? poursuivit-elle. Je n'ai encore jamais connu d'homme avec une allure pareille. Faut dire aussi qu'il sait s'habiller. Son jean est trop génial.

Pour Béatrice, tous les jeans se ressemblaient et elle était incapable de seulement comprendre quels mystérieux critères faisaient qu'un jean était « trop génial » ou « absolument impossible », tout au moins aux yeux des jeunes. Cependant, Maya avait mille fois raison : Kevin était superbe. Il était, avec Maya, ce que l'on pouvait croiser de plus séduisant parmi les invités.

— Tous les deux, esthétiquement parlant, vous formeriez un couple assurément magnifique, approuva Béatrice. Malheureusement, cela ne fait pas partie des choses possibles !

— Ce serait effectivement une affaire purement esthétique. Et ça m'étonnerait que ce soit drôle très longtemps !

Béatrice rit.

— Surtout pour toi ! Le régime serait pire qu'une cure de désintoxication.

Maya rit avec elle.

— Tu as sans doute raison. Oh, mon Dieu, il faut que j'aille féliciter Hélène. Elle va encore me regarder avec cet air qui me donne l'impression d'être une dévergondée et je vais me rendre compte que ma robe est un peu inconvenante. C'est bizarre, n'est-ce pas ? Hélène est la seule personne qui réussisse à m'intimider. Je me demande si c'est parce qu'elle est allemande. On dit que les Allemands…

— Stop, stop, stop ! l'interrompit Béatrice. Ne va

surtout pas dire ça devant elle ! Tu déclencherais une crise d'hystérie. S'il y a une chose qui la contrarie, ce sont bien ses origines.

— Eh bien, elle complique quelque chose qu'il n'y a aucune raison de compliquer. Elle est allemande, et alors ? La guerre est tout de même finie depuis longtemps.

— Pour toi et les jeunes de ta génération. Et c'est une bonne chose. Mais il y a encore beaucoup d'habitants de Guernesey qui ont souffert de la guerre. Hélène était la femme d'un officier de l'armée d'occupation. Elle ne peut pas l'oublier. Et il y a beaucoup de gens ici qui ne l'oublient pas non plus.

— Depuis le temps, elle est complètement intégrée. Personne ne lui reproche rien.

Béatrice voyait Hélène, à l'autre bout de la pièce, parler à une fillette qui venait de lui offrir un bouquet de fleurs.

— C'est une époque qui nous a tous beaucoup marqués, expliqua-t-elle. Chacun s'en accommode à sa façon, mais il y a des choses qui ne peuvent pas être effacées.

Béatrice comprit au regard de Maya que ses pensées étaient déjà ailleurs. Elle n'en fut pas surprise. Les jeunes n'aimaient entendre parler ni de la guerre ni de l'occupation allemande. C'était pour eux de l'histoire ancienne, ils ne se sentaient pas concernés. Ce qui s'était passé dans les îles Anglo-Normandes ne les intéressait pas, et Maya, dont la vie tournait essentiellement autour des hommes et des boîtes de nuit, s'y intéressait encore moins que les autres.

— Allez, je vais voir Hélène, comme ça, ce sera fait, dit-elle. On se revoit après, Béatrice, à tout de suite !

Dès qu'elle s'approcha d'elle, le visage d'Hélène s'assombrit.

Elles ne trouveront jamais le moyen de s'entendre, songea Béatrice en les observant de loin.

Elle évaluait ses possibilités de s'éclipser discrètement quand Alan, qui ne s'était pas montré de la matinée, fit son apparition. Elle soupira. Elle ne pouvait décemment pas disparaître au moment où son fils venait lui souhaiter son anniversaire.

En vieillissant, Alan ressemblait de plus en plus à son père. Brun aux yeux presque noirs, on aurait pu le croire d'origine méditerranéenne. C'était un homme séduisant, quoique visiblement marqué par une consommation excessive d'alcool. A quarante-deux ans, ses traits commençaient déjà à s'affaisser, des poches sous les yeux alourdissaient son regard. Il était véritablement alcoolique, depuis longtemps au surplus, Béatrice ne se faisait aucune illusion, même si, vu de l'extérieur, tout allait pour le mieux, que sa vie professionnelle était une réussite et qu'il parvenait encore à dissimuler habilement sa dépendance. Sa mère savait que quelques années auparavant il avait eu une aventure avec Maya – du moins avait-elle cru qu'il s'agissait d'une aventure. Puis elle s'était rendu compte qu'Alan avait beaucoup plus investi sur la jeune fille qu'il ne le reconnaîtrait jamais. Il était épris jusqu'à l'obsession. Béatrice ne parvenait pas à comprendre comment un homme intelligent et cultivé pouvait éprouver pareille attirance pour une personne aussi superficielle. Si ravissante fût-elle, aucun homme de bon sens ne pouvait sérieusement désirer construire une relation durable avec Maya. Elle ne se transformerait jamais en épouse fidèle, l'homme qui partagerait sa vie serait trompé plus souvent qu'à son tour. Béatrice espérait qu'Alan finirait par s'en apercevoir et refuserait de mettre le doigt dans l'engrenage.

— Bonjour, Alan, dit-elle quand il fut devant elle. Nous sommes dimanche, il est onze heures du matin et tu es déjà debout. Dois-je prendre ça comme un témoignage exceptionnel de ton affection ?

Alan lui piqua un baiser sur la joue. Son haleine sentait fortement la menthe, mais les bonbons qu'il venait de sucer, à l'évidence à des fins de camouflage, ne masquaient que très imparfaitement une tenace odeur de whisky.

— Bon anniversaire, maman. Tu es superbe pour ton âge, vraiment !

— Je suppose que c'est un compliment. Merci, Alan… Maya est là-bas, avec Hélène, si par hasard tu la cherchais, ajouta-t-elle en le voyant fouiller la pièce des yeux. Tu vas pouvoir lui parler.

Alan sourit mais il paraissait mal à l'aise.

— Je ne cherchais pas du tout Maya, maman. Je regardais simplement qui était là. Beaucoup de vieilles dames, on dirait. As-tu autant d'amies ? Ou bien est-ce Hélène ?

— Ce sont, disons, des relations. Aucune de ces vieilles bonnes femmes ne m'est particulièrement chère, mais dès qu'il s'agit de manger et de boire gratuitement quelque part, elles arrivent en rangs serrés. Pour te dire la vérité, je me passerais bien de leur présence, à toutes autant qu'elles sont, mais Hélène a besoin de croire que son anniversaire est une grande fête. Ça lui fait plaisir et, une fois dans l'année, je me prête au jeu.

— Hum, hum.

Le regard d'Alan s'arrêta un instant sur Maya qui parlait toujours avec Hélène mais dès qu'il remarqua que sa mère l'observait, il se détourna.

— Et sinon, comment ça va, maman ? s'enquit-il sur un ton badin. Que deviennent tes roses ? De nouveaux somptueux hybrides en préparation ?

— Il y a longtemps que je n'essaye plus de faire des croisements. Non, je me suis complètement retirée des affaires. Je vis au jour le jour et je ne fais plus que ce qui m'amuse.

Elle eut une moue mi-triste, mi-moqueuse puis reprit :

— Tu sais, quand on vieillit, la vie devient ennuyeuse.

— Mais pas la tienne, maman !

Il prit une coupe de champagne sur le plateau qui passait à côté de lui, la porta avidement à ses lèvres et d'un trait en but la moitié.

— Tu as des projets à revendre, tu es constamment sur le pont à t'activer. Je crois que je ne t'ai jamais vue inoccupée.

— Ça ne rend pas les choses que je fais plus intéressantes pour autant. Mais laissons cela. Comment va ton travail ? Bien ?

— Tout à fait bien.

Sa coupe était vide mais la chance était avec lui. Le plateau passa une seconde fois à sa portée et il échangea promptement sa coupe vide contre une pleine.

— Tu sais, dans mon métier, les contacts sont essentiels et c'est une chose qui ne m'a jamais posé de problèmes. Je connais deux, trois personnes relativement influentes. Ça me simplifie pas mal le boulot.

— C'est une chance, en effet. Je suis heureuse que ça marche bien, dit Béatrice.

La main d'Alan qui tenait la coupe de champagne tremblait légèrement. Béatrice le remarqua et aussitôt son inquiétude s'éveilla. Trois jours plus tôt, il s'était enivré, c'était le soir où il était arrivé en sortant d'un pub quelconque de Saint Peter Port, la jeune femme qu'il avait ramassée dans la rue à ses basques. Que son premier geste une fois sur l'île fût de pousser la porte d'un pub l'avait mise en colère, mais au moins était-ce en fin de journée. Le vendredi et le samedi, il n'avait pas bougé de la maison. Il avait certes bu du vin à table, mais dans des proportions raisonnables. Tandis que là, il n'était pas encore midi et il avait manifestement déjà commencé au whisky. Peut-être a-t-il fait la même chose hier et avant-hier, je ne m'en suis seulement pas rendu compte, pensa-t-elle.

L'idée acheva de la démoraliser. La déchéance de son fils était plus engagée qu'elle ne l'avait imaginé.

— Et... ta vie privée ? interrogea-t-elle prudemment. Du nouveau ?

— Ma vie privée se porte tout à fait bien également, répondit Alan sans hésiter, un peu trop vite, toutefois, et d'un ton trop enjoué pour paraître crédible. Un flirt par-ci, une aventure par-là. Rien de trop sérieux. Je suis très heureux comme ça. Le vieux couple, la relation bourgeoise classique, ce n'est pas dans mon caractère.

Béatrice était certaine qu'il aspirait à construire une « relation bourgeoise classique », mais il ne semblait pas près de l'avouer.

— Pourtant, avoir quelqu'un dans sa vie, une relation solide, c'est important, dit-elle. Ça rend tout plus facile. L'attrait de ce que l'on croit être la liberté est trompeur. C'est un leurre. Un jour, la liberté n'est plus que du vide et de l'ennui.

— Maman... commença Alan avec impatience.

Béatrice l'interrompit aussitôt :

— C'est ta vie, je sais. Je n'ai aucunement le droit de m'en mêler. Cependant, je me demande si tu vas aussi bien que tu le prétends. Que tu ne puisses, dès le matin, te passer d'alcool tendrait à prouver que tu as quelques problèmes de taille avec toi-même.

— Comment ça, je ne peux, dès le matin, me passer d'alcool ? répliqua Alan, énervé. Sommes-nous en train de fêter quelque chose ou pas ? Regarde autour de toi, excepté toi, tout le monde boit du champagne ! Et j'aimerais savoir pourquoi tu proposes du champagne à tes invités si ça te déplaît tant qu'ils en boivent ?

— Je ne parle pas du champagne, Alan, répondit doucement Béatrice. Tu avais déjà bu avant d'arriver, j'ai nettement senti ton haleine, et ce n'était certainement pas qu'un petit peu.

— Mon Dieu, deux ou trois gorgées de whisky après le petit déjeuner ! Est-ce vraiment dramatique ?

Béatrice secoua la tête.

— Non. Mais ça peut le devenir. Tu t'abrutis, Alan. Je crois que le vide dont je parlais, tu le ressens déjà. Et tu essayes de le combler. Le whisky est un piètre remède. Il te fait croire que tout est plus facile, alors qu'en réalité il ne fait qu'aggraver la situation.

Alan vida rageusement sa seconde coupe de champagne.

— Tu sais quoi, maman, j'ai une excellente idée à te suggérer pour tromper ton ennui, dit-il sans cacher sa colère. Va donc prêcher chez les Alcooliques anonymes. Je te trouve très douée pour ça. Tu auras toutes les brebis égarées à remettre dans le droit chemin que tu voudras. Et...

— Alan, tu devrais...

— Tiens, j'ai encore mieux à te proposer. Ce n'est pas une histoire d'alcoolisme, mais c'est bien pareil.

Il chercha parmi les invités, puis désigna du menton le coin de la pièce où Franca Palmer, tassée sur une chaise, jetait des regards anxieux autour d'elle. Un homme qui avait échangé quelques phrases avec elle dans l'espoir d'engager la conversation s'éloignait, dépité. Il était très difficile d'établir un contact avec Franca.

— Cette jeune femme est pharmacodépendante, maman. Tu sais ce que ça veut dire ? Elle prend des tranquillisants à haute dose. Elle ne peut pas s'en passer. Elle a des crises d'angoisse et des attaques de panique. Exerce donc tes talents sur elle.

Béatrice regarda Franca.

— Je me demande comment tu as fait pour tomber sur elle. Elle est tellement différente des femmes que tu ramènes d'habitude.

— Je t'ai déjà expliqué que c'était un pur hasard. Elle s'est quasi effondrée devant ma voiture. Et je te le répète : occupe-toi d'elle. Elle t'en sera peut-être plus reconnaissante que moi.

Il se détourna, prit avec ostentation une nouvelle coupe et fendit la foule des invités, son champagne à la main. Arrivé près d'Hélène et Maya, il s'arrêta et se lança dans un monologue ponctué de gestes désordonnés.

— Quel idiot, lâcha Béatrice pour elle-même.

Cette fois, elle en avait vraiment assez de cette réception. Peut-être réussirait-elle à convaincre la timide petite souris qu'était Franca Palmer de quitter sa chaise pour faire un tour dans le jardin... Elle était curieuse d'en savoir plus sur cette femme qu'Alan lui avait ramenée. Il l'avait certes rencontrée par hasard, mais il devait bien y avoir chez elle au moins un détail qui l'avait attiré pour qu'il lui propose son aide. Il y avait peut-être quelque chose à en tirer. Béatrice aurait donné gros pour faire cesser l'emprise de Maya Ashworth sur son fils. Et cela ne ferait de mal à personne qu'elle examine d'un peu plus près cette jeune Allemande.

Elle prit deux coupes de champagne et se dirigea vers Franca. Elle ne supportait plus de voir Hélène rechercher les hommages et Alan béer d'admiration devant Maya. En s'enivrant consciencieusement. Deux heures plus tard tout au plus, il ne saurait même plus comment il s'appelait.

4

— J'ai lu un livre intéressant, aujourd'hui, dit Franca. L'histoire d'un homme qui vivait dans les îles Anglo-Normandes pendant l'occupation allemande.

Un « Ah ? » las et distrait lui répondit.

Il était tard. Michael, l'air ailleurs, était attablé dans la cuisine devant un verre de vin rouge. Il avait une journée harassante derrière lui et se serait couché depuis longtemps s'il avait trouvé le courage de se lever de table, de monter au premier, de se déshabiller et de se laver les dents. Franca était assise en face de lui. Elle paraissait en forme et moins triste que d'habitude. L'air de la nuit, encore doux en ce début du mois de septembre, pénétrait dans la pièce par la fenêtre ouverte. Un calme particulier baignait la maison, un peu étrange parce qu'il paraissait empreint de mystère et qu'il semblait comme receler une promesse, l'annonce d'un changement.

Une nuit différente, une promesse… Je rêve, songea Franca. Il est peu probable que Michael soit sur la même longueur d'onde.

Il y avait une éternité qu'ils n'avaient pas ainsi partagé un instant d'intimité, assis dans la cuisine devant un verre de vin, sans attente particulière. Ils échangeaient quelques mots, puis à nouveau se taisaient, mais c'était un silence léger, dénué de ce malaise qui d'ordinaire paralysait Franca. Peut-être était-ce lié au fait que Michael était visiblement épuisé et qu'elle savait n'en avoir rien à redouter. Quand il était très fatigué et qu'en plus il buvait de l'alcool, son agressivité s'émoussait. Cela rappela à Franca leurs toutes premières années de vie commune, quand ils s'entendaient encore si bien. A Kreuzberg, dans leur misérable chambre d'étudiants, il leur était plusieurs fois arrivé de passer ainsi une soirée à boire tranquillement du mauvais vin qui le lendemain leur donnait la migraine et qu'ils ne trouvaient pas particulièrement bon mais qu'ils prenaient tout de même plaisir à siroter.

Ils avaient commencé à s'éloigner l'un de l'autre subrepticement, sans presque s'en rendre compte. Puis les échecs professionnels de Franca, son malêtre et la dépression qui s'ensuivirent avaient creusé l'éloignement. Le carriérisme de Michael, son appétit de réussite et sa volonté de gagner toujours plus d'argent avaient essentiellement contribué à aggraver la situation. La distance n'avait ainsi cessé de croître et un jour ils s'étaient retrouvés chacun isolé sur une montagne, avec un gouffre entre eux et aucun pont pour les relier. L'incompréhension s'était installée.

— Je t'ai bien parlé de cette femme chez qui j'ai habité à Guernesey, n'est-ce pas ? poursuivit hâtivement Franca, soucieuse d'exploiter ce moment béni de calme et d'intimité. Béatrice Shaye. Elle vit avec une vieille dame allemande. Une certaine Hélène Feldmann. Béatrice parle d'ailleurs parfaitement allemand.

— Ah, c'est bien. Comme ça tu n'as pas besoin de trop te creuser la tête avec ton anglais, commenta distraitement Michael, puis il bâilla. Mon Dieu, je suis exténué ! Je devrais monter me coucher.

— Pendant la guerre, l'allemand était obligatoire dans toutes les écoles de l'archipel Anglo-Normand, dit Franca. Tu le savais ?

— Non.

— Hélène Feldmann était mariée à un officier de l'armée d'occupation. C'est comme ça qu'elle est arrivée à Guernesey. Ils avaient réquisitionné la maison dans laquelle vivait Béatrice. Ses parents s'étaient enfuis. Elle a grandi avec les Feldmann.

— Je ne comprends pas pourquoi tu te préoccupes tant de ces gens, dit Michael. Ils n'ont rien d'extraordinaire. Et tu ne les reverras sans doute jamais.

— Je retournerai bien à Guernesey pour tes affaires, non ?

— Bien sûr, mais tu iras à l'hôtel. Cette chambre à... comment dis-tu que cet endroit s'appelle ? Le Variouf ? Bref, cette chambre, au Variouf, était une solution de dépannage. Tu ne retourneras pas t'installer dans ce bout du monde !

— Dans ce livre sur les îles Anglo-Normandes pendant la guerre, insista Franca en revenant à son sujet initial, Erich Feldmann, le mari d'Hélène, est plusieurs fois mentionné. A l'origine, il était commandant, puis il a été promu lieutenant-colonel. Il était responsable du transport de matériaux sur les îles – tu sais, tout ce dont ils avaient besoin pour construire leurs ouvrages de défense et les galeries souterraines dans lesquelles ils avaient l'intention de stocker des munitions. Il faisait naturellement travailler beaucoup de prisonniers. L'auteur du livre le décrit comme quelqu'un de totalement imprévisible. Il pouvait être d'excellente humeur et faire distribuer des rations supplémentaires de nourriture à tous les prisonniers et, dans l'heure qui suivait, se transformer en une brute épaisse quand sa colère avait besoin d'un exutoire.

— A l'époque, des types comme ça, il y en avait à la pelle, dit Michael. Une façade respectable et, derrière, des sadiques. Le IIIe Reich est allé les chercher dans leur trou et les a mis sur le devant de la scène. Ils ont tranquillement donné libre cours à leurs mauvais penchants et en plus on leur a décerné des médailles. Cet Erich Feldmann en est un parmi des milliers d'autres.

— Il serait responsable d'exécutions, de tortures, d'un tas d'abominations...

— Je suppose qu'il n'est plus de ce monde ?

— Il est mort en 1945, au début du mois de mai, juste avant la capitulation. Les circonstances de sa disparition ne sont pas très claires, mais dans la confusion générale c'est probablement passé inaperçu.

— Il a dû se faire lyncher par des prisonniers libérés. En tout cas, il l'aurait mérité. Mais pourquoi t'intéresses-tu à un individu pareil ?

— Parce que j'ai fait la connaissance de sa femme et de la femme qui, enfant, vivait sous le même toit que lui. J'aimerais en savoir plus sur cette histoire.

— Va aux archives de la presse. Fouille dans les dossiers de cette époque. Non que cette activité présente une quelconque utilité, mais ça t'occupera l'esprit et tu penseras à autre chose qu'à tes nerfs. Je t'ai toujours dit que tu devrais faire du journalisme, ou au moins t'orienter dans cette direction. Mais tu voulais...

— Je sais. Je ne voulais rien entendre. Je voulais m'en tenir à *ma* décision. Elle était mauvaise, je me suis trompée et je dois maintenant vivre avec. Nous en avons souvent discuté.

— Non ! Tu ne dois pas vivre avec. Tu peux changer.

— J'ai trente-quatre ans. Je...

— Justement : tu peux changer. A soixante-quatre, à quatre-vingt-quatre, il suffit de le vouloir. La condition sine qua non, c'est bien évidemment, tu t'en doutes, d'avoir, ne serait-ce qu'un tout petit peu, la volonté de changer. Mais la volonté, ça s'acquiert. Le courage, ça s'acquiert !

Son regard, empreint d'une détermination farouche, la transperçait.

Il est une force destructrice, songea-t-elle, son

énergie est impitoyable... Quand il me regarde comme ça, je perds le peu de confiance en moi que j'ai pu garder.

Soudain épuisée, elle dit doucement :

— Je ne voulais pas aborder ce sujet. Je voulais seulement te raconter...

— Nous devrions pourtant aborder ce sujet.

— Non.

— Pourquoi ?

— Parce que, se buta-t-elle.

Michael hocha la tête. Il ne se sentait plus fatigué, il était tout à fait réveillé, en pleine possession de ses moyens, et donc à nouveau dangereux.

— Tu te comportes comme une môme. Seul un enfant répond « parce que » quand il est à court d'arguments. Tu ne vas donc jamais te décider à devenir adulte ?

— Je...

— Tu ne sais plus que rester les bras ballants, au sens figuré du terme, j'entends. Tu as renoncé, tu t'apitoies sur ton sort décidément bien triste. Tu as raté quelque chose et tu n'as pas le cran de te lever et de tenter un nouveau départ. Au lieu de te bouger, tu vas t'allonger sur le divan de ton analyste et tu pleurniches. Ah, j'oubliais : tu te bourres aussi de pilules qui te font croire que tu ne t'en sors finalement pas si mal. Ça ne fait que t'affaiblir un peu plus...

— A Guernesey, intervint Franca sans conviction, j'ai tenu trois jours entiers sans comprimés.

Il balaya le timide argument d'un geste de la main.

— Et tu considères ça comme une grande victoire ? Tu n'avais pas le choix, tu as bien été obligée de tenir le coup d'une façon ou d'une autre. Et plutôt mal que bien si je m'en réfère à ce que tu m'as raconté. N'as-tu pas dû payer – avec *mon* argent – tout ce que tu avais cassé dans un restaurant après que tu as fait une crise d'hystérie au beau milieu de la file d'attente ? Je ne trouve pas que ça ressemble à quelqu'un qui s'est soudainement repris en main !

— Je n'ai pas fait de crise d'hystérie. J'ai eu une attaque de panique. Tu ne peux pas...

— Tu coupes les cheveux en quatre ! Hystérie, panique... Le fait est qu'il existe des milliers de femmes qui vont au restaurant de par le monde et qui s'y comportent de façon tout à fait normale. C'est vrai ou pas ? Qui n'en ressortent pas en laissant la moitié de la salle en miettes derrière elles !

Les premiers picotements avant-coureurs des larmes brûlaient ses paupières. Il exagérait, il déformait la vérité, il était blessant. Et ce n'était pas tant ce qu'il disait que la façon dont il le disait qui la détruisait. Dans sa bouche, les mots devenaient des flèches empoisonnées d'une précision mortelle.

— Je n'ai pas cassé toute la salle, commença-t-elle, puis elle s'interrompit.

Cela n'avait pas de sens, il n'écouterait pas. Son analyste lui avait dit qu'elle réagissait beaucoup trop vite par la défensive. « Ne vous justifiez pas continuellement ! Un enfant se justifie. Ou un accusé devant un tribunal. Vous n'êtes ni l'un ni l'autre. Vous êtes une femme adulte qui n'a pas à donner à tout bout de champ d'explications sur son comportement. »

Elle ne connaît pas Michael, songeait Franca. Elle ne sait pas comment il s'y prend pour agresser et blesser. Elle ne sait pas ce que c'est que d'avoir le sentiment d'être clouée au mur et d'agiter vainement les bras et les jambes.

— Quant à tes recherches sur cet Erich Feldmann, poursuivit Michael sur un ton qui ne laissait aucun doute sur ce qu'il pensait de l'intérêt de sa femme pour un officier nazi mort depuis plus de cinquante ans, tu vas, comme tout ce que tu entreprends, les laisser tomber avant même de commencer. Ça ne mène pas à grand-chose, de perdre son temps avec ça, mais, comme je te l'ai déjà dit, ça aurait au moins le mérite d'éviter que tu ne t'occupes que de ta petite personne vingt-quatre heures sur vingt-quatre. Fréquenter les Archives nationales ou une bibliothèque serait toujours mieux que rester à la maison et t'inventer des phobies ou ruminer je ne sais quelles histoires. Mais sais-tu ce que je pense ? Tu ne feras rien ! Tu ne mettras pas le nez dehors, et encore moins dans un quelconque lieu public. Tu n'es déjà pas capable de venir me voir au labo. Même au supermarché, tu n'y vas pas souvent. Si tu veux mon avis : tu te surestimes, Franca. Mais après tout, peut-être que ça te fait du bien de t'inventer des histoires.

Il fulminait. A chaque phrase sa colère était montée d'un cran. Franca reçut de plein fouet la hargne et l'agressivité qu'il avait accumulées contre elle au fil des années. Il ne supportait plus ce qu'elle lui faisait vivre. A lui à qui tout le reste réussissait. Séduisant et brillant P-DG d'un grand laboratoire de prothèses dentaires qui lui appartenait en propre, cultivé, sociable, s'intéressant à mille choses, il était ligoté à une épouse dépressive et phobique qui redoutait de sortir de chez elle, ne voulait recevoir personne et se montrait incapable de l'accompagner quelque part. Une femme qui s'enfonçait chaque jour un peu plus dans la vacuité et l'inconsistance, portait continuellement les mêmes vêtements informes et n'osait ni éclaircir ses cheveux ni acheter autre chose qu'une jupe qui lui descendait jusqu'aux chevilles. Il aurait voulu une femme différente, elle le savait. Une femme qui aurait réellement partagé sa vie.

— Je suis tout de même allée encore une fois seule à Guernesey, dit-elle à mi-voix.

Michael joignit les mains dans un geste outrancier de remerciement.

— Tu es allée à Guernesey ! Encore une fois ! Que

Dieu qui dans sa grande bonté a étendu ses ailes protectrices au-dessus de ta tête pour te protéger quand tu partais seule ainsi au péril de ta vie en soit loué ! Mais quelle histoire jusqu'à ce que je réussisse à te mettre dans l'avion ! Crises de larmes, refus, panique. Tu pars enfin et, là, le pompon : tu as oublié tes drogues. Et quand tu découvres que tu n'as pas de chambre… alors, là, patatras, tout s'écroule. C'est la fin du monde, pas moins ! Pourtant, il ne s'agissait que d'un petit séjour à Guernesey. Pour me rendre service. Et à toi aussi, ajouta-t-il d'un ton plus calme, mais aussi plus glaçant. Parce que ce n'est pas désagréable de profiter de mon argent, n'est-ce pas ?

— J'ai tenu trois jours sans médicaments. Dans un pays étranger. Parmi des étrangers. J'ai surmonté une grave attaque de panique sans comprimés. Ça ne compte pas pour toi ?

Il but une dernière gorgée de vin et se leva. Il était à nouveau parfaitement maître de lui-même, il ne se laisserait pas une deuxième fois emporter par sa colère. Cependant, il n'en était pas pour autant disposé à se montrer aimable ou conciliant.

— Je t'en prie, n'attends pas maintenant de moi que je te sois reconnaissant de t'être, pour une fois, comportée d'une façon un peu moins excentrique que d'habitude, dit-il d'un ton las. Je ne peux pas. Et je n'ai pas envie de faire semblant, pas envie de te faire croire à quelque chose qui n'existe pas. Je ne parviens plus à te comprendre. Je ne supporte plus tes explications, tes justifications, tes faux-fuyants, tes minuscules réussites, petits éclairs de lumière dans le noir du tunnel qui ne se transforment jamais en grande victoire. Je ne peux pas te donner ce que tu attends. Je ne peux pas te caresser les cheveux en te disant : « Bravo, Franca ! Tu vas dans le bon sens ! Je suis fier de toi ! » Je ne suis pas fier de toi, Franca. Je ne suis plus fier de rien de ce que tu dis ou fais. J'ai toujours méprisé la faiblesse. Ce n'est peut-être pas ce qu'il y a de mieux chez moi, mais je suis comme je suis. Et je ne vois pas pourquoi je ferais semblant d'être différent.

Il pivota sur les talons et sortit de la cuisine. Ses pas résonnèrent sur le carrelage de l'entrée, puis l'escalier gémit quand il monta au premier.

Franca fixa la porte, qu'il avait fermée derrière lui. Il ne l'avait pas claquée. Il n'était plus hargneux, seulement épuisé. Et résigné. Elle aurait peut-être mieux accepté sa colère. Le calme avec lequel il avait exprimé son mépris lui causait une douleur indicible. Il avait évité toute emphase et il ne lui avait pas non plus jeté à la figure des choses sans réelle importance pour libérer son agressivité et dont, une fois calmé, il aurait été le premier à dire qu'il ne les pensait pas. Ce qu'il venait de dire, il le pensait vraiment. Jamais il ne renierait ses paroles. Ni dans huit jours, ni dans quinze, ni plus tard.

C'est le fond, songea-t-elle. Elle avait froid et se sentait étrangement calme. J'ai touché le fond. Il ne peut pas me faire plus mal. Personne ne pourra un jour me faire plus mal.

Elle épia le silence, soudain submergée par l'idée absurde que la nuit ne pouvait plus être la même, après que tant de choses terribles avaient été dites. Mais rien n'avait changé. La pendule accrochée au-dessus du réfrigérateur faisait régulièrement tic-tac. Le réfrigérateur lui-même ronronnait silencieusement. Dehors, à quelques rues de là, une voiture démarrait. Un chien aboya, puis s'arrêta presque aussitôt. C'était une nuit tiède et calme de septembre.

Je ne vais peut-être pas vivre très longtemps, se dit Franca.

L'idée la consola.

5

15 septembre 1999

Chère Béatrice,

J'espère que vous ne trouverez pas ma lettre déplaisante, mais les trois jours passés dans votre maison, dans le cadre enchanteur et paisible de ce charmant village du Variouf, ont été pour moi véritablement agréables. Je souhaitais remercier votre fils de m'être venu en aide quand je me sentais si misérable à Saint Peter Port et de m'avoir conduite chez vous. Je n'aurais pas été capable de trouver une chambre toute seule. Malheureusement, je ne connais pas son adresse à Londres. Pourriez-vous lui transmettre mes remerciements ? Ce serait très aimable à vous.

C'était merveilleux de m'inviter à partager votre anniversaire. J'ai beaucoup apprécié notre longue promenade dans votre grand jardin, et ce que vous m'avez raconté de votre passé commun, à Hélène Feldmann et vous-même, m'a réellement intéressée. Cette période de l'Occupation semble avoir été tout à fait particulière. Je me suis un peu informée depuis mon retour à Berlin. Mes connaissances en la matière étaient essentiellement scolaires, et très lointaines. Pour peu que l'on se penche sur le sujet, l'histoire de l'occupation allemande en France, en Hollande, en Pologne ou n'importe où en Europe est très connue et largement documentée, mais, sur Jersey et Guernesey, on ne sait presque rien. Des îles oubliées. D'ailleurs, pour autant que je le sache aujourd'hui, oubliées, elles l'ont aussi été et pendant la guerre et lors du débarquement de Normandie.

J'ai déniché un ouvrage documentaire sur les forces d'occupation allemande à Guernesey dans lequel il est question d'Erich Feldmann, le mari d'Hélène. Il n'est pas présenté sous un jour très favorable. Je serais heureuse d'en apprendre un peu plus sur lui. J'aimerais savoir comment il était au quotidien, comment il se comportait en privé, chez lui, avec sa femme et vous-même.

Si moi-même ou mon intérêt vous paraissent trop indiscrets, je vous en prie, ne tenez pas compte de cette lettre.

Bien amicalement,

Franca Palmer.

6

22 septembre 1999

Chère Franca,

Je ne vous trouve pas du tout indiscrète. Je suis simplement étonnée que vous accordiez quelque importance à ces choses. Vous êtes une jeune femme, j'imagine d'une trentaine d'années, guère plus. Quand je fais mine de raconter ce que nous avons vécu à cette époque à des gens de votre génération, ils bâillent et ne peuvent s'empêcher de jeter à droite et à gauche des regards inquiets, l'air de dire : Pourvu qu'elle ait bientôt fini de radoter ! Dans le meilleur des cas, ils manifestent une attention polie qui n'existe absolument pas. Je suis assez vieille pour me rendre compte que l'on fait semblant.

Peut-être est-ce différent en Allemagne. Votre pays a un passé qui vous contraint à rester ouverts à toutes les informations concernant cette période. Cela fait en quelque sorte partie du devoir de réparation que l'Histoire a imposé à votre génération. Il ne vous est pas possible de décréter que cela vous est égal ou ne vous intéresse pas.

Ou bien est-ce un discours que tient aussi la jeunesse allemande ? Je ne suis jamais allée en Allemagne et n'ai jamais eu non plus l'occasion d'aborder ce sujet avec des touristes allemands en vacances ici. Je sais bien peu de choses en la matière.

Erich Feldmann est mentionné dans un livre ? Tant mieux. C'est une bonne chose que ses méfaits soient rendus – du moins je l'espère – publics. J'ai effectivement goûté au plaisir de vivre cinq ans dans la maison d'un homme gravement névrosé dont le mal de vivre se traduisait trop souvent par des accès imprévisibles de sadisme.

A vrai dire, c'est de l'inverse qu'il s'agissait. C'est lui qui vivait dans ma *maison. Il l'avait réquisitionnée. Il s'y était installé, y prenait ses aises et l'envahissait comme une plante exubérante qui prolifère et étouffe toutes les autres plantes autour d'elle. Il n'y avait que lui qui comptait. Toujours et exclusivement. Dans d'autres circonstances, sans doute aurait-il été un fonctionnaire ordinaire qui n'aurait exercé sa tyrannie que sur sa seule famille et quelques subordonnés. Malheureusement, le régime national-socialiste lui a donné un pouvoir autrement plus grand et a mis toute une batterie de moyens dangereux à sa disposition. Il avait droit de vie et de mort sur certaines personnes, et il usait de ce droit selon son bon plaisir. Pour faire le bien comme pour faire le mal. Il aimait autant les deux.*

Je dois dire que j'étais loin de tout comprendre, à l'époque. Je ne le pratiquais qu'à la maison, qui était tout mon univers puisque je n'étais qu'une enfant. Je ne savais pas grand-chose de ce qui se passait au-delà des haies du jardin. Pourtant, au fil des années, j'ai tout de même fini par me faire une idée assez juste du personnage.

Je n'aurais pas su dire quels sentiments il éveillait alors en moi. Haine, attirance, gratitude, peur… Son humeur changeait plus vite que les nuages dans le ciel par gros temps. Aujourd'hui, je crois que la haine était le sentiment dominant. Haine pour un homme qui parfois me manifestait une sorte d'amour paternel mais cependant toujours me décevait quand je prenais ces marques d'affection au sérieux et au fond de moi commençais timidement à y croire. Oui, à la fin, je n'éprouvais plus que de la haine...

Guernesey, juin 1940

Pourtant, au début, il lui était apparu comme un ange salvateur. Elle avait eu si peur, elle était si seule et elle avait si faim... Deux jours durant, des avions avaient survolé l'île. Leurs vrombissements avaient terrifié Béatrice. Elle avait passé tout ce temps recroquevillée dans un petit coin du salon entre le canapé à fleurs et le fauteuil à bascule. Ses jambes ne voulaient plus la porter. Elle avait parcouru à pied tout le chemin entre Saint Peter Port et sa maison, tantôt en courant, tantôt plus lentement pour reprendre sa respiration. Des heures. A la fin, elle avait grimpé la colline à quatre pattes. Puis elle s'était réfugiée dans le salon et avait commencé à trembler sans discontinuer.

Les premiers jours – combien était-ce, au juste ? Deux ? Une semaine ? –, elle s'était à plusieurs reprises traînée jusqu'à la cuisine, avait mangé une pomme ou un croûton de pain, bu quelques gorgées d'eau, puis avait aussitôt regagné le salon et s'était pelotonnée dans son refuge comme un petit animal apeuré. Depuis que les avions étaient passés, elle n'avait pas quitté son abri. Elle savait que quelque chose de terrible allait se produire et qu'il n'y aurait personne pour lui venir en aide. Elle attendait en se disant qu'elle allait probablement mourir.

Quand l'inconnu surgit soudain devant elle, elle n'était même plus en état d'avoir peur. Elle leva la tête et le regarda, presque avec indifférence. Il portait un uniforme gris et de hautes bottes de cuir noir. Il tenait sa casquette à la main. Il était très grand. A vrai dire, il n'avait pas l'air dangereux.

— Tiens ! Et qui avons-nous là ? dit-il.

Il parlait anglais, mais d'une drôle de façon. Ce n'était certainement pas un Anglais.

— Comment t'appelles-tu, petite ?

Elle n'était pas sûre de pouvoir émettre un son. Elle n'était même pas sûre de parvenir à faire bouger sa langue et ses lèvres. Pourtant, elle réussit à former un mot, puis un deuxième. On aurait dit le pépiement d'un petit oiseau :

— Béatrice. Béatrice Stewart.

— Ah, ah. Béatrice. Dis-moi, Béatrice, ne veux-tu pas sortir de ta cachette ? C'est très difficile, pour moi, de te parler, parce que tu es à moitié sous un fauteuil et que je ne peux pas voir ton visage.

Elle acquiesça et essaya de se lever, mais aussitôt ses jambes recommencèrent à trembler et elle s'effondra. L'inconnu se pencha prestement vers elle. Deux bras solides l'empoignèrent et elle se sentit soulever dans les airs. Elle perçut une odeur épicée qui lui parut agréable, probablement les effluves d'une eau de toilette, mais meilleure que celle qu'utilisait son père. L'inconnu la déposa sur le canapé à fleurs et disparut un bref instant. Quand il revint, il avait un verre d'eau à la main.

— Tiens, bois ça, dit-il. Je ne sais pas depuis combien de temps tu étais assise là, mais tu m'as l'air bien faible. Y a-t-il quelque chose à manger dans la maison ?

Elle but l'eau à petites gorgées. Elle ne parviendrait pas à avaler autre chose, elle le sentait.

— Je... n'ai pas faim, murmura-t-elle.

Il s'assit en face d'elle sur une chaise.

— Dis-moi, quel âge as-tu ?

— Onze ans.

— Ah. Bien. Et où sont tes parents ?

— Ils sont partis.

— Partis ? Où sont-ils allés ?

Elle avait bu toute l'eau qu'il lui avait offerte. Son sang paraissait recommencer à lentement circuler dans ses veines. Ses jambes ne semblaient plus en coton. Sans doute pourrait-elle bientôt à nouveau tenir debout.

— Avec le bateau, répondit-elle. Ils sont partis avec le bateau.

— Ils ont été évacués. Oui, plus de vingt mille personnes ont été évacuées de Guernesey, dit-il, puis il demanda, l'air étonné : Tes parents ne t'ont pas emmenée avec eux ?

Pas une fois, Béatrice n'avait pleuré. Elle avait été comme pétrifiée, toute émotion semblait l'avoir désertée. Mais, là, soudainement sa gorge se serra et elle eut l'impression qu'un énorme torrent de larmes menaçait de la submerger.

Ses parents, Déborah et Andrew, n'avaient bien évidemment pas voulu la laisser. Jamais ils n'auraient eu une idée pareille. C'était un accident.

— Ils sont montés sur un bateau, dit-elle. Pas moi.

L'homme hocha la tête en signe de compréhension et parut compatir.

— Vous avez été séparés dans la foule, c'est cela ?

Elle acquiesça. Jamais elle n'oublierait tous ces gens qui se pressaient sur les quais, le port noir de monde. Béatrice ne comprenait pas pourquoi, en ce clair matin de juin, elle devait quitter son beau jardin pour embarquer sur un bateau surpeuplé. « Il est possible que les Allemands essayent de s'installer sur notre île, lui avait alors expliqué Déborah. Cela veut dire qu'ils risquent d'être bientôt là. Tous ceux qui savent où aller doivent quitter Guernesey. Nous allons être transportés en Angleterre. »

Béatrice avait toujours souhaité connaître l'Angleterre, Londres, surtout, dont sa mère, qui y avait grandi, lui avait parlé avec tant d'enthousiasme. Cependant, pour une raison mal définie, elle ne parvenait pas à se réjouir de ce voyage imprévu. Tout était arrivé si vite et, les jours précédents, il avait régné une ambiance étrange sur l'île. Toute la population s'était mise à écouter la radio, les gens avaient l'air grave et soucieux, partout dans la rue de petits groupes se formaient qui parlaient, parlaient, parlaient…

Béatrice apprit ainsi que l'Allemagne avait envahi la France. Cela l'effraya parce qu'apparemment cela effrayait les adultes. La côte bretonne était proche, beaucoup trop proche. En dépit de son jeune âge, elle assimila le fait que les Allemands étaient dangereux. Le nom d'Hitler hantait les conversations comme un mauvais esprit au point que Béatrice en vint à imaginer derrière une sorte de démon, une puissance maléfique.

Un jour, la nouvelle se répandit que Paris était tombé et que le gouvernement français avait capitulé. Béatrice entendit de plus en plus souvent prononcer le mot « évacuation ».

« C'est quoi l'évacuation ? avait-elle demandé à sa mère.

— Cela veut dire que nous allons être déplacés, avait expliqué Déborah. Nous serons conduits en Angleterre, où nous serons en sécurité. Nous ne serons plus ici quand les Allemands arriveront.

— Que vont devenir les roses de papa ? »

Déborah avait haussé les épaules.

« Nous devons les laisser.

— Mais… notre maison ! Nos meubles ! Notre vaisselle ! Mes jouets !

— Nous ne pouvons emporter que peu de choses. Mais peut-être n'arrivera-t-il rien à nos affaires en notre absence. »

Doucement, Béatrice avait demandé : « Reviendrons-nous ? »

Des larmes avaient brillé dans les yeux de sa mère tandis qu'elle répondait : « Bien sûr que nous reviendrons. Les soldats anglais vont chasser les soldats allemands. Nous pourrons revenir chez nous et tout sera exactement comme avant. Prends ce voyage comme des vacances, de longues et belles vacances.

— Où habiterons-nous ?

— Chez tante Natalie, à Londres. Tu t'y plairas. »

Tante Natalie était la sœur de Déborah, et Béatrice ne l'aimait pas. Mais personne ne semblait s'intéresser à ce qu'elle pensait de ces projets d'évacuation. Les valises furent bouclées en un clin d'œil, et la panique gagna toutes les îles de l'archipel Anglo-Normand comme un virus contagieux. Béatrice dut choisir quel jouet elle emporterait ; elle se décida pour le clown qui était suspendu au-dessus de son lit et auquel il manquait une jambe et un œil. Andrew répandit de l'engrais au pied de ses rosiers et les arrosa, il paraissait avoir le cœur brisé. Déborah ferma soigneusement la maison, verrouilla tous les volets, elle avait le visage fermé et les yeux fiévreux et secs.

« Mae et ses parents viennent bien avec nous, n'est-ce pas ? avait demandé encore une fois Béatrice pour se rassurer.

— Oui, oui », avait répondu Déborah.

Béatrice n'était pas complètement sûre que ce fût vrai. Il lui paraissait impensable d'aller en Angleterre si sa meilleure amie restait à Guernesey. Il n'y avait qu'avec Mae que ce séjour forcé à Londres avait des chances d'être supportable.

On aurait cru que tous les habitants de l'île s'étaient rassemblés à Saint Peter Port. Il y avait tant de monde dans les rues et les ruelles qu'il était impossible d'y passer avec un véhicule, si bien que des centaines de voitures et de cars étaient garés sur les hauteurs de la ville, loin du port et du centre.

C'était devant les guichets des bureaux d'information que la foule était la plus dense. Tous voulaient, avant qu'il ne soit trop tard, s'assurer qu'il était vraiment nécessaire de partir.

« Nous devons veiller à ne pas nous perdre, recommanda Andrew avec insistance alors qu'ils descendaient du car qui les avait amenés du Variouf. Vous deux, restez tout près derrière moi. Béatrice, tiens bien fort la main de maman ! »

Béatrice serrait la main de Déborah de toutes ses forces. Tout ce grouillement autour d'elle lui donnait le vertige. Jamais elle n'aurait imaginé que tant de gens vivaient sur l'île. Elle était poussée, bousculée, recevait des coups de coude ou de sac dans les côtes, de valise dans les mollets et, au-dessus de sa tête, des gens s'appelaient, criaient, poussaient des jurons. Déborah marchait beaucoup trop vite, Béatrice avait du mal à la suivre. Tout en avançant, elle cherchait Mae des yeux mais ne la vit nulle part. Il eût aussi été tout à fait extraordinaire de réussir à retrouver quelqu'un au milieu de cette cohue. Ils se rapprochaient tant bien que mal des bateaux à l'ancre dans le port, à l'ombre de Castle Cornet, la sombre forteresse moyenâgeuse qui semblait veiller sur la ville mais n'offrait aujourd'hui plus aucune protection. Beaucoup des bateaux paraissaient en piteux état, certaines voiles déchirées avaient été raccommodées à la hâte, plusieurs coques étaient percées de trous cernés de suie. Béatrice entendit qu'on répondait à un homme qui s'en étonnait qu'il s'agissait de certains des bateaux qui venaient de servir à l'évacuation des soldats britanniques encerclés dans la poche de Dunkerque par des troupes allemandes et que l'évacuation n'avait pas été facile parce que « ça tirait de partout ». Les choses prenaient une tournure décidément effrayante. Béatrice ne réussit plus du tout à faire semblant de croire à un départ en vacances. Cette évacuation ressemblait trop à une aventure réellement dangereuse.

Jamais elle ne sut précisément comment il était arrivé qu'elle lâche la main de sa mère. Ce fut à l'instant où ils s'engageaient sur la passerelle d'un des bateaux. La bousculade était à son comble. Personne ne faisait plus attention à personne, chacun se précipitait en avant dans l'espoir d'obtenir une bonne place ou au moins de réussir à monter. Un homme grand et fort poussa violemment Béatrice sur le côté. Elle trébucha et fut arrachée à la main de sa mère.

Aussitôt elle cria : « Maman ! Maman ! »

Elle entendit Déborah qui elle aussi l'appelait, désespérément, d'un ton suraigu, comme une chatte appelle ses petits. Une main s'empara de la sienne et un homme cria : « Je l'ai ! Tout va bien ! Je l'ai ! »

C'était un inconnu. Plus tard, en se repassant le film des événements, Béatrice arriva à la conclusion que Déborah, qu'elle avait instantanément perdue de vue, avait probablement cru que c'était Andrew qui avait rattrapé Béatrice. Dans la confusion qui régnait, elle avait pu confondre une voix d'homme avec celle de son mari. Toujours est-il qu'elle avait cessé d'appeler. A moins que Béatrice ne l'ait plus entendue. Il s'écoula tout au plus quelques minutes avant que la main de l'inconnu lui échappe également. Elle se mit à hurler, personne ne lui répondit, personne ne fit attention à elle. La foule qui se pressait en avant la repoussait en arrière, mètre par mètre, jusqu'à ce qu'elle se retrouve au pied de la passerelle. Si seulement elle avait essayé de remonter sur le bateau...

C'est probablement une sorte de réaction de panique qui guida alors ses gestes. Seule au milieu de la marée humaine, elle n'eut plus qu'une idée en tête : rentrer à la maison. Fuir ce bruit et cette cohue, s'extraire de cette masse mouvante qui menaçait de l'étouffer ou de la renverser et de la piétiner. Du moins crut-elle des années plus tard se souvenir d'avoir ressenti cela. Mais peut-être n'avait-elle rien ressenti du tout, rien pensé. Elle avait été en état de choc, s'était mue comme une marionnette, mécaniquement, sans réfléchir ni penser. Puis elle s'était retrouvée devant sa maison, complètement épuisée. Les doigts tremblants, elle avait soulevé la pierre sous laquelle était cachée une clé de secours, dans la plate-bande, avait ouvert la porte et s'était terrée dans le salon, entre le fauteuil à bascule et le canapé, comme un renard se terre devant la meute.

L'inconnu lui sourit avec encouragement.

— Allez, petite, tout cela n'est pas dramatique. Tu n'es plus seule, maintenant.

— Pouvez-vous me conduire à mes parents ?

Il secoua négativement la tête.

— Ce n'est pas possible. Présentement, personne ne peut quitter l'île pour l'Angleterre, et inversement personne ne peut revenir d'Angleterre.

— Mais quand...

— Quand nous aurons occupé toute l'Angleterre, alors il n'y aura plus de problèmes.

Elle comprit seulement à cet instant que l'homme assis en face d'elle devait être un Allemand. C'est pour cela qu'il avait cette façon si particulière de prononcer certains mots, pour cela qu'il portait un uniforme. Il ne ressemblait pas à l'image terrifiante qu'elle s'était faite des Allemands. Il lui avait offert de l'eau au lieu de tout de suite la tuer, et il n'avait pas non plus l'air d'avoir l'intention de lui faire du mal. Pourtant, une tristesse sans fond l'envahit et elle eut l'impression de sombrer dans un abîme. Au fur et à mesure que l'état de sidération dans lequel elle avait jusque-là vécu s'estompait, l'absence de Déborah et Andrew prenait toute son acuité, en même temps que s'imposait à son esprit l'idée qu'il lui serait impossible de les revoir avant longtemps.

— Qu'est-ce que je vais faire, alors ? dit-elle dans un souffle.

— Nous ne sommes pas inhumains. Il ne t'arrivera rien.

— Mais je veux ma maman !

C'était la réaction d'un petit enfant, elle s'en rendait compte et déjà les larmes faisaient trembler son menton.

— Il faut maintenant que tu sois une jeune demoiselle courageuse, dit l'homme avec, pour la première fois, un soupçon d'impatience dans la voix. Pleurer ne sert à rien. Tu reverras tes parents un jour et, jusque-là, tu vas te comporter de manière qu'ils puissent être fiers de toi.

Elle ravala ses larmes et hocha la tête. Il n'en eut peut-être pas conscience, mais il venait de prononcer les mots qui au cours de toutes ces années qui l'attendaient devaient aider Béatrice à vivre.

Elle se comporterait de manière qu'Andrew et Déborah puissent être fiers d'elle.

7

— Tu te lances dans un échange épistolaire avec cette femme ? s'étonna Kevin. Tu la connais à peine !

— Je sais, répondit Béatrice, mais elle m'a posé des questions que je trouve intéressantes. Elle paraît sincère. Et je ne vois pas pourquoi je ne lui raconterais pas ce que je sais.

Elle était assise sur une chaise, dans la cuisine de Kevin, et le regardait s'affairer aux fourneaux. Il l'avait invitée à dîner, pour la remercier de lui avoir prêté de l'argent, en lui proposant de venir plus tôt pour lui tenir compagnie tandis qu'il préparerait le repas. Il savait qu'elle y prenait un réel plaisir. Elle aimait se trouver dans sa petite cuisine aux meubles peints en blanc, boire un verre de vin, fumer une cigarette et bavarder avec lui. Elle disait souvent que rien ou presque ne la détendait et ne la reposait autant que ces moments partagés, surtout quand Hélène n'était pas avec eux.

— Cette... comment s'appelle-t-elle ? Franca ? Cette Franca débarque un jour à Guernesey puis retourne en Allemagne et se passionne soudain pour l'histoire de deux femmes qu'elle ne connaissait jusque-là ni d'Eve ni d'Adam ? Je trouve cela extrêmement curieux. J'espère qu'elle n'a pas je ne sais quelles mauvaises intentions.

Béatrice éclata de rire. Elle alluma une cigarette et tira une longue bouffée.

— Quelle sorte de mauvaises intentions veux-tu qu'elle ait ?

Kevin réfléchit.

— Je ne sais pas... Elle cherche peut-être à ramasser de l'argent.

— Et de quelle façon ? Sans compter que, entre Hélène et moi, il n'y a pas lourd à prendre.

Kevin secoua pensivement la tête.

— Tu es bien trop confiante. Et un peu naïve. En ce qui me concerne, je n'irais pas raconter ma vie à un parfait inconnu.

— Elle est bien inoffensive. C'est une jeune femme qui apparemment a de gros problèmes. Et qui m'a paru très seule.

— Elle est mariée ?

— Oui.

— Alors elle n'est pas seule !

— Le fait d'être mariée n'implique pas que l'on ne souffre pas de solitude. On peut être très seule, dans un mariage... Tu as l'intention de martyriser encore longtemps ces tomates ? demanda-t-elle soudain, passant du coq à l'âne. Il ne va bientôt plus en rester du tout !

Kevin cessa de frotter les tomates.

— Avec les légumes, on n'est jamais trop prudent. Tu ne veux pas que je t'empoisonne, n'est-ce pas ?

— Ce ne sont pas les tomates de ton jardin ? Purs produits de l'agriculture biologique de surcroît ?

— Si, mais il ne s'agit pas seulement des pesticides. Il y a aussi tous les microbes qui nous environnent.

— A mon âge, on a survécu à tellement de microbes qu'un de plus, un de moins...

Elle fit une pause et tira sur sa cigarette tout en observant Kevin.

— Tu as l'air soucieux, ces derniers temps, reprit-elle sur un ton plus grave. Et souvent absent. Quelque chose te préoccupe.

— Oh, j'ai quelques ennuis financiers, comme tu le sais.

— Toujours ?

— Ton chèque m'a beaucoup aidé. Je ne te remercierai jamais assez, dit Kevin, mais le sourire qui accompagnait sa déclaration paraissait forcé. Tout est rentré dans l'ordre.

— Tu en es sûr ?

— J'en suis sûr, Béatrice. Je t'en prie, ne me regarde pas avec ces yeux-là ! Et changeons de sujet, tu veux bien ? Ne gâchons pas notre petite soirée avec ces choses ennuyeuses.

— D'accord, Kevin, n'en parlons plus, dit-elle d'un ton léger. C'est beau, chez toi. Je ne connais personne qui ait une cuisine aussi belle et aussi merveilleusement propre que la tienne. Quand je pense à celle d'Alan, à Londres… A vrai dire, elle est également très propre et plutôt bien rangée, mais elle est froide, impersonnelle. On n'a pas envie d'y cuisiner.

— N'empêche. Je suis bien certain que tu préfères que ce soit lui ton fils plutôt que moi. Je ne connais pas beaucoup de mères qui se réjouiraient d'avoir un fils gay.

Béatrice réfléchit.

— Je pense qu'il leur est difficile de s'en réjouir quand leur fils n'est pas heureux. La qualité d'une relation importe sans doute plus que sa nature. L'homosexualité est assortie d'une kyrielle de problèmes, ce n'est pas à toi que je vais l'apprendre. Mais… la façon dont vit Alan… elle me cause aussi beaucoup de souci, tu sais. Il ne se sent chez lui nulle part, il n'a aucun point d'ancrage. Je crois qu'il n'est pas en mal de conquêtes, mais ce ne sont jamais que des aventures sans lendemain.

— C'est peut-être le genre de vie qui lui plaît, dit Kevin qui était parti pour faire subir à la salade le même récurage qu'aux tomates. En tout cas, je trouve que c'est toujours mieux que rester accroché à cette mangeuse d'hommes de Maya.

Béatrice secoua la tête.

— Je crains malheureusement qu'il ne soit resté accroché à Maya. C'est précisément son problème. Il est obsédé par elle. Il ne voit qu'elle, ne pense qu'à elle. Au point qu'il est incapable d'envisager de construire une relation durable avec une autre femme. Ça me rend malade, cette histoire.

— Il est toujours là ?

— Non, il a repris l'avion le soir même de mon anniversaire. Maintenant, je ne le reverrai sans doute qu'à Noël.

Soudain, Kevin se figea.

— Tu as entendu ? souffla-t-il, l'air tendu.

Béatrice le regarda avec étonnement.

— Non. Qu'y a-t-il ?

— J'ai cru entendre quelqu'un à la porte.

— Eh bien, va voir ! Encore que si tu avais eu un visiteur, il serait tout simplement entré.

— Non, j'ai fermé le verrou. Es-tu certaine de n'avoir rien entendu ?

Béatrice se leva.

— J'y vais.

Kevin avait effectivement verrouillé la porte et même mis la chaîne de sûreté. Béatrice ouvrit, s'avança sur le seuil. Il n'y avait rien ni personne. Seul un chat indolent s'étirait sur le mur de la cour que le soleil du soir caressait de ses rayons. A quelques maisons de là, la silhouette ronde du clocher de Saint-Philippe de Torteval se détachait sur le bleu d'un ciel qu'aucun nuage ne troublait. Les fleurs sauvages et les buissons qui poussaient devant chez Kevin étaient baignés de lumière dorée. Béatrice respira profondément. Comme c'est beau, ici, songea-t-elle. Elle aimait encore plus Torteval que Le Variouf, son village. De Torteval, qui était situé au sud-ouest de l'île, on pouvait se rendre à pied à la pointe de Pleinmont, et elle préférait la nature âpre et sauvage de cette côte déchiquetée et battue par les vents, où les vagues se fracassaient dans de grandes gerbes d'écume sur les rochers, à la beauté un peu mièvre des paysages de la côte Sud. Pleinmont était son lieu de prédilection. Quand elle avait besoin de réfléchir, d'être seule, de faire le point avec elle-même, c'est là qu'elle se réfugiait.

Elle regagna la cuisine.

— Personne en vue ! lança-t-elle. Sauf un chat.

— Alors j'ai dû me tromper. As-tu refermé à clé ?

— Non, j'ai laissé ouvert. Depuis quand fermes-tu à clé ?

— De nos jours, on ne peut plus se permettre d'être aussi insouciant. Les cambriolages sont partout en augmentation.

— Mais pas à Guernesey ! protesta-t-elle en riant.

Elle l'observa tandis qu'il disposait dans le saladier une salade dont le lavage lui avait apparemment enfin donné satisfaction. Il commençait à devenir un peu bizarre. Cette obsession de la propreté, sa peur des cambrioleurs… Probablement vivait-il seul depuis trop longtemps. Pour autant qu'elle ait pu l'observer autour d'elle, il n'était pas rare que les gens développent alors de curieuses manies. Ils vivaient trop centrés sur eux-mêmes, n'avaient, du matin au soir, à s'occuper que d'eux-mêmes. A force, cela rendait un peu singulier.

Pauvre Kevin, pensa-t-elle avec tendresse.

Avec sa sensibilité à fleur de peau, il devina qu'elle était en train de s'interroger à son sujet et promptement fit en sorte d'interrompre le cours de ses pensées.

— Alors comme ça, tu vas à nouveau écrire à cette femme en Allemagne ? dit-il.

— Bien sûr. On devient bavard en vieillissant, et maintenant que j'ai trouvé quelqu'un qui semble intéressé par mes histoires, pourquoi n'en profiterais-je pas ?

— Parce que ça risque de remuer ce qui vient tout juste de s'apaiser.

Elle suivit pensivement des yeux le trajet sinueux de la fumée de sa cigarette.

— Je ne sais pas si tant de choses se sont apaisées, dit-elle enfin. En fait, je crois qu'elles ne le sont pas tant que ça. Il y a des choses que l'on ne surmonte jamais. On les refoule, mais ce n'est pas les surmonter.

— On dit toujours que c'est nocif, de refouler quelque chose. A mon avis, c'est stupide, observa Kevin. Ce n'est qu'une de ces affirmations à la mode qui ne reposent sur rien. Pourquoi ne devrait-on pas refouler ce qui est désagréable si ça permet d'être plus heureux ? Et je crois qu'on vit assurément mieux quand on ne ressasse pas les horreurs du passé. A quoi bon ? On mène une vie agréable, relativement tranquille... Autant oublier ce qui un jour a pu nous rendre l'existence si lourde à porter.

— Pour ma part, je serais bien incapable d'oublier. Il y a des souvenirs collants comme la glu. Impossible de s'en dépêtrer. Et parfois, il est plus facile d'en parler que de s'épuiser à les empêcher de refaire surface.

— Tu dois savoir ce que tu fais, commenta laconiquement Kevin.

Les rayons flamboyants du soleil couchant avaient atteint la fenêtre de la cuisine et inondaient la pièce de leur chaude lumière. Kevin s'affairait silencieusement au milieu de ses casseroles. Encore quelques minutes et le soleil disparaîtrait derrière l'horizon, laissant place à un doux crépuscule de fin d'été.

Les pensées de Béatrice s'évadèrent. Elle avait passé l'après-midi à écrire une lettre à Franca, qu'elle n'avait pas encore envoyée et dont elle n'était pas sûre qu'elle le ferait. Son attitude avait beaucoup troublé Kevin, elle s'en était rendu compte, et peut-être avait-il raison. Elle ne connaissait quasi pas cette femme devant laquelle elle étalait sa vie avec tant de complaisance.

En même temps, songea-t-elle, ce n'est pas l'histoire de ma vie que je lui raconte. Elle est allemande, elle est déjà venue plusieurs fois ici et elle s'intéresse à ce qui s'est passé dans les îles Anglo-Normandes il y a cinquante ans. Je lui parle de ce que je connais un peu. Voilà tout.

Ce n'était pas complètement vrai, elle n'en était pas dupe. Elle lui avait décrit avec une relative précision ce que la petite fille oubliée sur le quai avait ressenti, sa terreur en entendant vrombir les avions. Elle avait entrouvert son âme à une inconnue, lui en avait plus révélé sur elle-même qu'à son propre fils. Il est vrai qu'Alan ne l'aurait jamais encouragée à lui conter par le menu « les vieux machins d'avant le déluge », comme il les appelait.

Peut-être devrais-je mettre un terme à cet échange épistolaire, se dit-elle. Franca Palmer est une jeune femme discrète et attentive aux autres. A la moindre allusion d'une lassitude quelconque de ma part, elle cessera de m'interroger. Je peux arrêter à tout instant.

Pour commencer, elle devrait surtout arrêter de ne penser qu'à cette histoire. Elle s'efforça de se concentrer sur Kevin qui discourait avec passion sur l'augmentation de la criminalité dans le monde. Elle se demanda d'où lui venait cette soudaine phobie d'être cambriolé, d'autant qu'à l'évidence il n'y avait pas grand-chose à voler chez lui. Elle était certaine qu'il repasserait au Variouf avant longtemps pour demander un petit coup de pouce. Sans doute, cette fois, s'adresserait-il à Hélène.

Hélène avait un faible pour Kevin. Poli, ordonné, très soigné : il correspondait par maints côtés à son idéal masculin. Et il ne passait pas son temps à

« cavaler derrière des bonnes femmes » comme les autres célibataires de son âge. Hélène avait un talent bien à elle pour escamoter l'homosexualité de Kevin et superbement ignorer qu'il « cavalait derrière les hommes » avec une remarquable constance. De même, elle refusait de considérer que, en dépit de son amour de l'ordre et de son raffinement, la vie privée de Kevin était tout ce qu'il y a de moins ordonné, qu'il vivait constamment au-dessus de ses moyens et pour l'heure en empruntant à droite et à gauche, ce qui n'était pas du tout le cas d'Alan. Hélène était une grande spécialiste de l'aveuglement. Elle savait mieux que personne transformer les choses jusqu'à ce qu'elles correspondent à ses désirs.

Il n'empêche, un jour viendra où elle ne pourra plus aider Kevin, songea Béatrice. Quelle que soit la somme qu'elle a économisée, ses ressources ne devraient pas être loin de s'épuiser.

Ses pensées l'avaient malgré elle ramenée à Hélène et, par enchaînement, à nouveau à Franca. Elle lui avait écrit une longue lettre, confortablement installée dans un fauteuil d'osier sous le pommier, les pieds sur une chaise en face d'elle et un livre sur les genoux en guise de sous-main. Comme lors des jours précédents, la chaleur avait été inhabituelle pour la saison mais la lumière et le ciel pâle avaient déjà eu une coloration automnale.

Hélène avait été invitée à prendre le thé chez Mae, et Béatrice avait prié pour qu'elle y reste jusqu'au soir. Quand Hélène n'était pas à la maison, aussitôt elle se sentait mieux, elle avait l'impression d'être plus libre, de pouvoir respirer plus facilement.

« Hélène Feldmann m'a volé ma vie » : ainsi avait-elle commencé sa lettre à Franca.

Mais à peine avait-elle écrit cette phrase qu'elle était revenue dessus et l'avait barrée, puis raturée jusqu'à ce que l'on ne puisse plus lire ce qu'elle avait confié au papier. Ces quelques mots révélaient trop de choses, bien plus que ce qu'elle était disposée à confier à une étrangère. Bien plus que ce qu'elle était d'ailleurs disposée à confier à quiconque. Elle n'avait jamais rien dit de tel à Mae. A vrai dire, c'était même une phrase que pas une fois elle ne s'était dite. Elle portait certes l'idée en elle, mais elle ne l'avait jamais formulée, n'avait jamais osé la formuler tant ce qu'elle impliquait était difficile à accepter. Une vie volée, ce n'était pas comme une voiture volée. L'impossibilité absolue de lui rendre ou de remplacer ce qu'on lui avait pris la précipitait dans une sorte d'état d'affolement extrême, lui coupait la respiration. Quand elle avait raturé les mots sur le papier, avec une vigueur telle que le livre qui lui servait de support en portait encore la marque, c'était une façon d'essayer de les effacer aussi pour toujours de sa mémoire. Elle savait cependant qu'elle avait peu de chances d'y parvenir. Ce qui avait vécu sur le papier n'était pas facile à anéantir. Elle devinait déjà que les mots terribles la hanteraient désormais avec plus d'insistance.

Elle avait pris une feuille vierge et commencé sa seconde lettre par quelques nouvelles sans importance, des platitudes sur le temps et la sécheresse qui semblait vouloir s'installer sur l'île. Puis elle s'était lancée dans le récit de ce qu'elle avait vécu. De ses premières semaines avec Erich Feldmann dans la maison de ses parents.

Guernesey, juin-juillet 1940

Il n'était pas reparti. Il avait inspecté les lieux et déclaré avec l'enthousiasme du connaisseur : « Voilà ce qu'il me faut. C'est parfait. Je reste. »

Un second soldat allemand, un tout jeune homme,

entra dans la pièce. Lui et l'officier échangèrent quelques phrases, mais, comme ils parlaient en allemand, Béatrice ne comprit pas un traître mot de leur conversation. L'homme qui l'avait découverte et fait sortir de sa cachette lui avait dit s'appeler Erich Feldmann. C'était un nom difficile à prononcer, elle s'entraînait mentalement à le répéter pour se familiariser avec ces sonorités nouvelles. Erich Feldmann.

Erich la désigna d'un signe de tête en disant quelque chose et le jeune soldat acquiesça. Il s'approcha de Béatrice, lui prit la main et dit :

— Viens, nous allons voir ce que nous pouvons trouver à manger pour toi.

Son anglais était presque parfait et il avait l'air doux et amical. Béatrice le suivit dans la cuisine. La pièce avait besoin d'être aérée. Il y faisait une chaleur étouffante et une odeur de lait sur et de pourriture flottait dans l'air.

— Il faut qu'on fasse apporter de la glace, dit-il avec une grimace dégoûtée après avoir ouvert la porte de la glacière. Tout est fondu, là-dedans !

Il fouilla dans les placards. Pour Béatrice, qui le regardait faire, c'était une agression difficilement supportable. Les placards de Déborah ! Puis elle se dit que c'était dans une bonne intention. Il voulait trouver quelque chose pour elle.

— Comment vous appelez-vous ? demanda-t-elle doucement.

— Wilhelm. Mais tout le monde m'appelle Will. Et toi ?

— Béatrice.

— C'est un joli prénom, Béatrice. Et comment t'appellent les gens ?

— Ils m'appellent par mon nom.

— Et ton père ? Ta mère ? Ils n'ont pas un diminutif pour toi ?

Sa gorge se serra.

— Ma mère…

Elle ne reconnut pas sa voix.

— Ma mère m'appelle souvent Béa.

— Si tu veux, moi aussi, je t'appellerai comme ça… Ou bien est-ce le petit nom réservé à ta maman ? ajouta-t-il en posant sur elle un regard pénétrant.

Sa gorge se serra encore plus. Une seconde et elle allait fondre en larmes. Elle ne voulait pas pleurer, elle ne voulait pas qu'il la prenne dans ses bras, qu'il la console, qu'il lui caresse la tête, parce qu'elle sentait bien que c'était ce qu'il ferait. Il la regardait, avec dans les yeux une compassion sincère et une vraie chaleur.

Elle déglutit, déglutit encore et les larmes ne vinrent pas.

— Je préférerais que vous m'appeliez Béatrice, articula-t-elle enfin.

Il poussa un léger soupir.

— Entendu, Béatrice. Ecoute, dans cette cuisine, il n'y a rien qui ne soit pourri ou moisi. Je crains que tu ne doives encore patienter un peu. Mais tu auras quelque chose à manger d'ici ce soir, je te le promets.

Elle n'avait absolument pas faim mais elle ne dit rien. Les adultes avaient la manie de toujours vouloir gaver les enfants et les Allemands étaient certainement comme les Anglais sur ce point.

— S'il vous plaît, je peux monter dans ma chambre ? demanda-t-elle.

Will acquiesça. Il paraissait soucieux. Béatrice sentit combien il avait de la peine pour elle, combien il souhaitait trouver un moyen de la consoler.

Mais peut-être que je n'ai pas envie qu'un Allemand me console ! songea-t-elle dans un élan soudain d'agressivité. Elle se détourna et, sans ajouter un mot, se dirigea vers l'escalier.

Sa chambre ressemblait à ce qu'elle avait toujours été. Rien n'avait changé depuis le départ en catastrophe de la famille. Le papier peint à fleurs, la commode bleu pâle avec le miroir assorti accroché au-dessus, les petits tableaux représentant des vues de l'archipel, le lit, sur lequel étaient assis des poupées et des animaux en peluche, le bureau, l'armoire peinte en blanc : tout était là, paisible, intact. Une grosse abeille bourdonnait en se cognant contre la vitre. Béatrice ouvrit la fenêtre et elle se fondit avec soulagement dans le ciel bleu.

La chaleur de l'été pénétra à flots dans la pièce, le parfum des roses qui s'épanouissaient sous sa fenêtre se répandit, suave et sensuel. Béatrice eut l'impression que c'était des roses, bien plus que de tous les objets familiers qui l'entouraient, qu'émanait la sérénité qui avait constitué le fondement le plus solide de sa vie, quand elle croyait encore que l'harmonie et l'immuabilité qui rythmaient les jours et les heures allaient de soi. Elle avait l'intuition que les jours heureux ne reviendraient pas, mais elle essayait de toutes ses forces de s'accrocher à l'espoir que le cauchemar allait cesser et que tout redeviendrait comme avant.

Elle passa l'après-midi assise sur son lit, le dos droit, les genoux serrés, étrange petite fille sage aux cheveux emmêlés, aux traits tirés et aux yeux affamés. Une grande animation régnait dans la maison. Des voitures allaient et venaient, des bruits de pas, des éclats de voix résonnaient dans toutes les pièces. La langue allemande lui parut n'être qu'une succession de sons menaçants, essentiellement parce qu'elle était incapable de la comprendre et ne pouvait même pas savoir si c'était d'elle ou du sort qu'on lui réservait que tous ces gens, derrière la porte, s'entretenaient.

Elle résista au désir de serrer l'une de ses poupées ou son ours dans ses bras. Cela lui paraissait déplacé. C'était comme si le monde avait fait un tour complet sur lui-même et en avait profité pour prendre un nouvel aspect, un visage sans aucune ressemblance avec le précédent. Son enfance était terminée. Elle s'était achevée brutalement, il n'y avait pas eu de passage en douceur vers l'étape suivante. Plus jamais elle ne trouverait de réconfort à serrer une poupée ou un ours dans ses bras.

En tout début de soirée, Will réapparut pour l'inviter à descendre manger. Béatrice n'avait toujours pas le sentiment d'avoir faim, mais elle se leva et le suivit. En bas, des caisses et des cartons s'empilaient dans le hall d'entrée. Par la porte ouverte, elle vit une jeep garée devant la maison, à laquelle deux Allemands étaient adossés. Ils riaient et bavardaient, le visage tourné vers le soleil du soir. On aurait dit deux jeunes gens en vacances, libres et heureux. Ils ne ressemblaient pas à des soldats en guerre.

C'est un jeu, pour eux, songea Béatrice avec un frisson d'effroi.

Erich se trouvait dans la salle à manger avec trois autres officiers allemands. Ils se tenaient autour de la table, fumaient et s'entretenaient dans leur langue. Sur la table, il y avait les plus belles assiettes en porcelaine de Déborah, les verres à vin en cristal et les couverts anciens en argent. La famille ne les sortait que pour les repas de fête, à Noël, à Pâques ou pour les anniversaires. Les Allemands semblaient avoir l'intention de transformer ces précieux objets en vaisselle de tous les jours. Ou bien considéraient-ils ce jour comme un jour exceptionnel ? Ils fêtaient peut-être leur victoire sur les îles. Toujours est-il que des bougies brûlaient dans tous les chandeliers et des roses de couleurs différentes, rondes et mousseuses, flottaient dans la grande coupe en verre remplie d'eau posée sur le buffet. La porte donnant sur le jardin était ouverte, dans le soleil du soir la pelouse était d'un vert émeraude profond.

C'était la première fois depuis longtemps que le grondement des avions ne couvrait pas le chant des oiseaux et les stridulations des grillons. Que, en dépit des événements dramatiques, l'île n'ait pas changé de visage fit presque mal à Béatrice.

Quand elle entra dans la pièce, Erich se tourna vers elle. Il souriait.

— Ah, voilà notre jeune demoiselle ! s'exclama-t-il dans son anglais fortement teinté d'accent allemand. Messieurs, puis-je vous présenter Mlle Béatrice Stewart ?

Il n'ajouta pas, mais peut-être les en avait-il informés auparavant, qu'en l'absence de ses parents cette maison était *sa* maison. Il la traitait comme une invitée qui a pris quelque retard et que l'on présente après coup.

Elle entendit prononcer les noms des convives, mais elle ne les comprit pas, et du reste ne s'y intéressait guère. Elle saisit seulement que tous paraissaient être des officiers. Erich lui-même se faisait donner du *Herr Major* et était traité avec grand respect. Il se comportait tout à fait en maître des lieux. Il envoyait Will – dont Béatrice supposa qu'il était une sorte de serviteur attaché à son service – chercher du vin à la cave et faisait généreusement remplir les verres. Béatrice, qui savait combien son père avait été fier de ses grandes bouteilles, enrageait de voir Erich Feldmann se rengorger en lisant les étiquettes à la ronde comme s'il avait été pour quelque chose dans la constitution de la cave.

Un cuisinier apporta les plats. Il était maigre, pâle et parfaitement silencieux, mais, à en juger par l'excellence du repas à cinq services qu'il proposa, c'était quelqu'un qui connaissait son métier. Au cours de l'après-midi, Erich avait fait livrer des monceaux de nourriture. Béatrice se demanda si les Allemands avaient apporté ces victuailles dans leurs bagages ou s'ils les avaient réquisitionnées sur l'île en prenant possession des lieux. Elle but avec empressement le jus d'orange que Will avait posé devant elle mais toucha à peine à ce qu'il y avait dans son assiette. Les hommes parlaient en allemand, s'esclaffaient, riaient. Ils paraissaient de très bonne humeur. Ce n'est qu'au dessert qu'Erich s'adressa à nouveau à elle.

— A partir de demain, Will va te donner deux heures de leçons d'allemand tous les jours. Je pense que tu apprendras vite notre langue. A ton âge, on est encore très réceptif.

— Elle me semble, en outre, une très intelligente petite lady, ajouta l'un des officiers avec un clin d'œil complice à l'intention de Béatrice.

— Pourquoi devrais-je apprendre l'allemand ? demanda-t-elle. Je n'irai jamais habiter en Allemagne.

Un silence déconcerté s'ensuivit. Will, qui était en train de servir du vin, se figea au milieu de son geste. Puis Erich partit d'un grand rire sonore qui parut à Béatrice agressif et menaçant.

— Chère enfant, c'est absolument charmant ! Je vois que tu es à un âge où la réalité échappe encore. Tu vis déjà en Allemagne, n'as-tu donc pas compris ?

— Je... commença Béatrice, mais Erich l'interrompit aussitôt.

— Il faut que ce soit bien clair dans ta tête. Et le plus tôt sera le mieux. Guernesey, toutes ces îles, *c'est* l'Allemagne, maintenant !

L'un des officiers devait penser que Béatrice avait été choquée par les événements successifs qu'elle venait de vivre et que ce n'était pas le moment de l'initier à la pensée nazie.

— La petite est certainement fatiguée, intervint-il, gêné. En outre, elle a...

— Oui, elle est fatiguée, mais il faut qu'elle l'apprenne ! répliqua Erich.

Sa diction était un peu embarrassée et il parlait

trop fort. Ses yeux avaient un éclat métallique. Béatrice n'avait pas l'impression qu'il avait beaucoup bu. Apparemment, il supportait mal l'alcool. Elle fut presque sûre qu'il n'était pas en état de se lever sans vaciller.

— Le monde entier sera l'Allemagne, poursuivit-il. Comprends-tu ? Au nord, au sud, à l'est, à l'ouest : où que tu ailles, ce sera l'Allemagne. N'as-tu pas remarqué que nous occupions inéluctablement tous les pays ? Où est-il, le peuple capable de nous résister ? Hein ? Dis-le-moi ! Dis-moi qui est plus fort que nous !

— C'est encore une enfant, intervint à nouveau l'autre officier.

Erich se tourna vers lui comme un rapace fond sur sa proie.

— Oui ! C'est encore une enfant ! Et c'est justement pour ça qu'il faut qu'elle comprenne à quel point le monde dans lequel elle vit va changer. Nous allons tout transformer ! Rien – il faut qu'elle le sache –, rien ne sera plus comme avant !

Tous demeurèrent silencieux. L'écho des paroles d'Erich planait au-dessus de la table. Will reprit le service du vin. Dès lors, on n'entendit plus que le choc léger des couverts sur la porcelaine et le tintement des verres. Béatrice regarda Erich. Ses joues avaient pris une coloration brique peu naturelle et il buvait son vin beaucoup trop vite. Elle ressentait presque physiquement la menace qui émanait de cet homme. Il y avait quelque chose d'incontrôlé chez lui, de violent. Elle n'en avait rien perçu, le matin, lors de leur première rencontre, mais c'était devenu manifeste. L'alcool, même en petite quantité, contribuait probablement à révéler cette facette de sa personnalité.

Dès le repas terminé, Béatrice se leva de table et monta au premier. A entendre les voix et les rires toujours plus forts, dans la salle à manger, les hommes devaient continuer à faire honneur à la cave de son père. La voix d'Erich était aisément reconnaissable parmi les autres.

Béatrice s'efforça de fermer sa conscience aux bruits qui montaient du rez-de-chaussée. Elle s'accouda à sa fenêtre grande ouverte et aspira à longues goulées l'air tiède de cette claire nuit de juin. Elle pensa à sa mère et à son père, les imagina ensemble avec toute la force dont elle était capable. Où étaient-ils ? Etaient-ils bien arrivés en Angleterre ? Ils étaient certainement malades d'inquiétude. Déborah pensait-elle aussi à elle à cet instant ? Peut-être leurs pensées se rencontraient-elles quelque part dans l'espace qui les séparait. Béatrice sentait, *savait*, que sa maman regardait la nuit comme elle et espérait ardemment serrer sa petite fille contre elle.

— Ne te fais pas de souci, maman, murmura-t-elle. Je suis déjà grande, je vais m'en sortir. Il ne faut pas que tu aies peur pour moi. Et nous allons nous retrouver, ce ne sera sûrement pas très long.

Elle s'attendait à demi à ce que Will frappe à sa porte pour lui souhaiter bonne nuit, mais il ne se montra pas, aussi se décida-t-elle à se déshabiller, puis à se coucher. Elle ne s'était pas rendue à la salle de bains, bien que de l'eau, du savon et du dentifrice lui eussent fait le plus grand bien, de crainte de croiser Erich dans le couloir. Cependant, elle cherchait le sommeil depuis une heure quand elle comprit que, si elle pouvait remettre une bonne séance sous la douche à plus tard, elle ne pourrait pas se retenir encore bien longtemps d'aller aux toilettes. Elle se leva et tâtonna dans l'obscurité jusqu'à la salle de bains. Aucun bruit ne montait plus du rez-de-chaussée. Elle verrouilla la porte derrière elle et s'y adossa avec un soupir de soulagement. Le pâle fantôme qu'elle découvrit dans le miroir en face d'elle lui fit presque peur. Elle avait beaucoup maigri, ses joues avaient fondu, ses pommettes saillaient et ses yeux, immenses, étaient emplis d'effroi. Ses cheveux blonds tombaient en longues mèches ternes et emmêlées sur ses épaules. Sa chemise de nuit blanche semblait flotter autour d'elle.

Une fois dans la salle de bains, elle en profita pour se laver un peu, se brosser les dents et se peigner. Elle avait déjà meilleure figure et se sentait aussi beaucoup mieux, cependant, alors qu'elle observait son reflet dans le miroir d'un œil critique, elle eut comme une révélation : elle ne devait pas rester. C'est *ma* maison, mais ils l'ont prise, maintenant. Et cet homme est dangereux. Il faut que je trouve le moyen de me sauver.

L'idée était si effrayante qu'elle fut saisie de palpitations et dut s'agripper un instant au rebord du lavabo. En dépit de tout, elle avait jusque-là considéré la maison comme un refuge au milieu du chaos et l'idée de renoncer à cette sécurité la paniquait. Mais les choses avaient changé, la maison n'était plus son foyer. Elle se trouvait désormais aux mains de l'ennemi et pouvait se muer en un piège. Dorénavant, ce qui comptait, c'étaient les gens, les gens qui l'aimaient et sauraient la protéger.

Ce n'étaient pas les amis qui manquaient, sur l'île, seulement comment savoir lesquels étaient encore là ? Il y avait une telle foule, sur le port… A se demander si elle n'était pas la seule à ne pas être…

— Tu ne le sauras que si tu vas voir, se dit-elle à voix basse.

Déborah avait prétendu que Mae et sa famille avaient également été évacuées, cependant rien ne permettait de l'affirmer. Mae et ses parents étaient peut-être encore là. Une folle envie de retrouver sa chère Mae la submergea. Elle n'avait plus de temps à perdre.

Elle regagna sa chambre à pas de loup et s'habilla en hâte. Elle choisit de mettre son uniforme d'écolière, c'était ce dont elle aurait besoin quand elle retournerait en classe. Dans une petite valise recouverte de tissu, qui à l'origine appartenait à ses poupées, elle fourra un peu de linge, un pantalon et un pull-over. Cela devait suffire, d'autant qu'elle pourrait toujours emprunter des vêtements à Mae. Pourvu que Mae soit là ! Elle ouvrit la porte de sa chambre sans faire de bruit, se faufila dans le couloir et descendit précautionneusement l'escalier, attentive à éviter d'un bond léger la marche qui craquait.

Arrivée dans le hall d'entrée, elle prit une longue inspiration. Elle tendait le bras pour attraper son petit béret de marin qui était suspendu à une patère quand elle perçut un bruit derrière elle. Elle se retourna et vit Erich apparaître sur le seuil du salon où il s'arrêta et la regarda sans mot dire.

La lune qui derrière lui baignait la pièce d'une clarté laiteuse le transformait en ombre sans visage. Béatrice pouvait entendre sa respiration, et sentir l'odeur d'alcool qu'il dégageait. Elle ne dit rien non plus et ils demeurèrent ainsi à se considérer en silence. Puis l'ombre fit un mouvement et la lumière jaillit.

Béatrice plissa les yeux. Le visage d'Erich était d'une pâleur spectrale et luisait de sueur. Il ne ressemblait en rien à l'image qu'il donnait encore trois heures auparavant quand son teint, au cours du repas, avait viré au rouge brique et que lui-même était apparu gras et repoussant. Toute couleur s'était retirée de son visage et, avec ses lèvres exsangues, on aurait dit un être transparent, inerte et malade.

— Mais voyez-vous ça, dit-il enfin.

Il parlait en traînant un peu sur les mots mais Béatrice avait remarqué qu'il s'exprimait plus lentement en anglais qu'en allemand.

— Partirais-tu en voyage ?

Comme la petite valise était posée à côté d'elle, il

lui était difficile de prétendre qu'elle sortait simplement regarder la lune dans le jardin.

— Je voudrais aller chez mon amie Mae, répondit Béatrice.

— Chez ton amie Mae ? Et où habite-t-elle, je te prie ?

— Plus bas dans le village.

— Hum. N'a-t-elle pas été évacuée ?

C'était précisément ce que Béatrice ignorait, mais elle affirma, non sans hardiesse :

— Non. Elle est là.

La pâleur d'Erich s'accentua, mais son ton demeurait calme.

— Ah. Et pourquoi voulais-tu disparaître comme ça en pleine nuit ? Pourquoi n'as-tu pas attendu demain matin pour en parler avec moi ?

Elle se demanda si elle pouvait lui dire la vérité, puis elle songea qu'au fond elle n'avait rien à perdre.

— J'étais certaine que vous ne me laisseriez pas partir.

Il sourit. Son sourire n'était pas méchant mais il était dénué de chaleur.

— Tu en étais certaine ? Alors tu t'es dit : j'embobine le vieux par précaution et je me sauve, ni vu ni connu.

— Mae et ses parents sont comme ma famille. Je...

Il souriait toujours.

— As-tu seulement pensé combien j'allais m'inquiéter ?

Il se serait inquiété ? Après tout, peut-être. Il lui avait depuis le début manifesté une sorte d'intérêt paternel et, hormis son violent discours lors du dîner qui ne lui avait pas plu, elle n'avait rien à lui reprocher. Elle demeura silencieuse.

Des perles de sueur se formèrent sur le front moite d'Erich. Il paraissait passablement mal en point.

— Il faut que tu saches, Béatrice, que je me sens

responsable de toi, dit-il. Ou plutôt : je ne me *sens* pas seulement responsable de toi, je le *suis*. Je t'ai trouvée dans le salon, tremblante et malheureuse, oubliée de tous. Depuis cet instant je suis responsable de toi. Tu as peut-être le sentiment d'être très adulte, et je reconnais que tu es indéniablement mûre pour ton âge, mais tu es une enfant et tu as besoin que quelqu'un s'occupe de toi. Tes parents ne sont plus là et, comme je te l'ai déjà expliqué, il risque de s'écouler pas mal de temps d'ici que tu les retrouves. Jusque-là, et je souhaite que tu le comprennes bien, c'est de moi que tu dépends. Je suis, en quelque sorte, ton tuteur. Cela signifie…

Il fit une courte pause, puis reprit, très lentement, en soulignant chaque mot :

— Cela signifie *que tu fais ce que je dis. Que tu vis dans ma maison. Sous ma surveillance.* Est-ce clair ?

— Je vous ai compris, dit sèchement Béatrice.

L'espoir de retrouver Mae s'effondra. Il lui parut peu raisonnable de tenter une seconde fois de s'enfuir.

— Il est possible que tu tentes une nouvelle fois de te sauver, dit Erich comme s'il lisait dans ses pensées. Mais sache que cela n'aurait strictement aucun sens. Nous sommes ici sur une île, comme tu le sais. Une île qui est pleine de soldats allemands. Il n'y a pas un centimètre carré que nous ne contrôlions. Ce qui veut dire que je te retrouverais en un rien de temps. Tu n'as aucune chance, Béatrice, mets-toi bien ça dans la tête.

— Pourquoi voulez-vous absolument que je reste ? demanda Béatrice. Ce serait si facile que j'habite chez mon amie.

— J'ai décidé que tu restais ici et je ne changerai pas d'avis. Plus tôt tu te feras à cette idée, mieux ce sera pour nous deux. Et maintenant, tu retournes dans ta chambre, tu enlèves ton bel uniforme et tu te mets au lit. Tu as l'air fatiguée.

Et toi, tu as l'air malade, brûla-t-elle de répliquer avec une colère naïve, mais elle s'abstint, pivota sur les talons et, sa ridicule valise de poupée à la main, remonta silencieusement au premier étage et disparut dans sa chambre. Elle ferma ostensiblement sa porte à clé. Quelques instants plus tard, elle entendit Erich monter à pas lourds. Il se rendit à la salle de bains, puis sans hésitation dans la chambre des parents de Béatrice. De tout ce qu'elle avait vécu, c'est cela, que l'officier allemand puisse ainsi entrer dans la chambre de Déborah et Andrew et se l'approprier, un minuscule épisode en apparence anodin, qui lui fit le plus mal.

Trois semaines plus tard, Hélène Feldmann arriva à Guernesey.

Au cours de ces trois semaines, Béatrice s'était peu à peu remise de l'état de choc dans lequel le départ de ses parents l'avait plongée, cependant chaque jour était une nouvelle épreuve parce que le cauchemar était toujours là, serait toujours là le lendemain, le surlendemain et sans doute aussi le mois suivant. Pas le moindre signe n'indiquait que les Allemands avaient l'intention de quitter l'île ou que quelque chose allait se produire qui les y obligerait. Quinze jours durant, Béatrice avait guetté, pleine d'espoir, l'arrivée de l'armée britannique, de la RAF, de la marine, de myriades de vaillants soldats qui auraient envoyé les nazis au diable. Rien ne se produisant, elle avait commencé à se douter que Londres s'était accommodée de la situation, tout au moins provisoirement.

Les Allemands avaient été précédés de la réputation d'opérer vite, en profondeur et très systématiquement. De prendre les choses à bras-le-corps et de les mener à bien avec volonté et énergie. Les sujets britanniques restés sur les îles Anglo-Normandes virent, non sans stupéfaction, avec quelle rigueur scrupuleuse l'occupant entendait faire honneur à sa réputation.

Le paysage urbain s'était modifié avec une extrême rapidité. Outre que l'île grouillait d'uniformes allemands, des drapeaux à croix gammée ornaient tous les bâtiments publics et plusieurs rues, lieux ou édifices importants avaient déjà été rebaptisés avec des noms allemands.

Castle Cornet, l'impressionnante et très célèbre forteresse qui veillait sur les installations portuaires de Saint Peter Port, s'appelait désormais « le Château du port ». Le village pittoresque de Torteval devint « l'Eglise conique » en raison de la silhouette particulière et repérable de loin de la flèche de son église. Utiliser les noms nouveaux à l'exclusion de toute autre dénomination était une obligation, mais la population n'en avait cure et, en tout état de cause, ce n'était pas quelque chose que les Allemands pouvaient réellement contrôler.

L'immédiate entrée en vigueur de la nouvelle réglementation de la circulation s'avéra, en revanche, nettement plus difficile à vivre pour les Anglais. Du jour au lendemain, on ne roula plus à gauche, mais à droite, comme c'était l'usage sur le continent. Il en résulta une certaine confusion, même parmi l'occupant, car du même coup toute la signalisation était devenue obsolète alors qu'il était impossible de remplacer rapidement l'ensemble des panneaux indicateurs. Il est vrai que rares étaient les îliens à posséder encore une voiture. La plupart avaient été réquisitionnées, il fallait un permis spécial pour pouvoir conserver son véhicule et, en règle générale, il était uniquement délivré aux possesseurs de véhicules agricoles ou de voitures de livraison. L'essence était rationnée et, de même que les produits alimentaires, payable exclusivement avec des tickets de rationnement.

Les Allemands édictèrent une interdiction générale de réunion, qui s'appliquait même aux plus innocentes associations de loisir, comme les clubs de bridge, et instaurèrent un couvre-feu. Les structures scolaires, complètement désorganisées avant l'arrivée des Allemands, devaient être remises sur pied sans délai et il fut décrété que le premier objectif pédagogique était désormais l'apprentissage de la langue allemande.

Ce mois de juillet fut chaud, sec et désespérant. Béatrice ne tenta pas de s'échapper une seconde fois. Elle s'occupa des roses du jardin, ce qui lui donnait le sentiment d'être proche de son père, et ce qu'Erich considérait avec un sourire méprisant, mais néanmoins tolérait.

— Ce n'est vraiment pas le moment de s'intéresser aux fleurs et à toutes ces stupides choses futiles, disait-il. C'est la guerre. Mais en fin de compte, je ne suis pas opposé à ce que tu t'occupes du jardin, Béatrice.

Ainsi qu'il l'avait annoncé, il tint à ce que chaque jour Will lui donne des cours d'allemand. Béatrice détestait être obligée d'apprendre l'allemand, mais elle se disait que l'Occupation risquait de durer encore un bon moment et qu'elle aurait tout à gagner à comprendre la langue de l'ennemi.

Elle s'entendait bien avec Will, c'était déjà ça. Des liens d'amitié s'étaient rapidement tissés entre eux et il devint un peu le grand frère dont Béatrice avait toujours rêvé. Elle aurait aimé qu'il vive dans la maison, avec Erich et elle, mais apparemment Erich ne considérait pas que c'était sa place car il lui avait assigné le petit logement en soupente au-dessus de la grange où logeaient les journaliers qu'Andrew faisait de temps à autre travailler. Déborah avait décoré avec goût la pièce aux murs enduits de badigeon blanc. La fenêtre du chien-assis était encadrée de rideaux à fleurs que le vent d'été gonflait, dans la journée, le lit pouvait être utilisé en divan et il y avait une table ronde, un fauteuil en rotin et, dans un angle de la pièce, un lavabo surmonté d'un miroir, ainsi qu'un petit réchaud électrique et sa bouilloire. Will avait proposé de venir lui donner ses cours à la maison, mais Béatrice avait promptement répliqué qu'elle préférait, si c'était possible, venir chez lui. Will avait accepté sans poser de questions et Béatrice supposa qu'il avait deviné ses motivations : s'éloigner, ne serait-ce que quelques heures, de l'orbite d'Erich. Pour obtenir l'aval de celui-ci, elle prétendit ne pas pouvoir se concentrer dans la maison, ce qu'Erich pouvait difficilement contester eu égard au nombre impressionnant d'officiers qui allaient et venaient en permanence entre les étages, aux réunions d'état-major organisées dans le salon et au ballet de véhicules militaires qui se tenait quotidiennement sous les fenêtres de Béatrice.

Ainsi donc, tous les après-midi à trois heures, Béatrice empruntait l'échelle de meunier qui menait au domaine de Will où, deux heures durant, elle tentait de se familiariser avec les complexités de la langue allemande. Will l'accueillait toujours avec quelques mots gentils et une grande théière de thé chaud. Jamais il n'aurait laissé échapper une remarque désobligeante sur Erich en présence de Béatrice, mais elle avait vite compris qu'il n'aimait pas son supérieur. Appartenir à une armée d'occupation ne semblait pas non plus être un rôle dans lequel il se sentait à l'aise, mais de cela aussi il se gardait de parler.

Une seule fois, il osa une timide incursion dans le sujet, un jour où Béatrice qui était arrivée avec quelques minutes d'avance l'avait trouvé en train d'écrire une lettre. Il avait posé son stylo et regardait par la fenêtre. Le temps tournait à l'orage, une chaleur oppressante écrasait le jardin en fleurs. Le visage de Will reflétait une profonde tristesse qui émut étrangement Béatrice.

— Will ? appela-t-elle prudemment.

Il sursauta, à l'évidence il ne l'avait pas entendue venir.

— Ah, tu es là !

L'ombre qui assombrissait son regard disparut, il était à nouveau le Will chaleureux à la gaieté communicative. Mais Béatrice avait vu son autre visage.

— Je mets tout de suite de l'eau à chauffer, dit-il. Ou bien trouves-tu qu'il fait trop chaud pour boire du thé ?

— Je préférerais un verre d'eau, répondit Béatrice, puis après une courte pause elle ajouta : Vous aviez l'air si triste, Will. Qu'y a-t-il ?

Il remplit deux verres d'eau fraîche et les posa sur la table.

— J'étais en train d'écrire à mes parents. Et c'est toujours…

Il haussa les épaules sans achever sa phrase.

— Votre pays vous manque, c'est ça ?

Will hésita avant de répondre :

— Oui. Surtout ma famille. Mais tu ne sais que trop ce que c'est.

Ils se regardèrent avec la même gravité, la fillette de onze ans et le jeune adulte, étonnamment proches soudain, unis en cet instant dans la même peine, au-delà de tout ce qui les séparait, de leur langue, de leur nationalité, de la guerre.

Finalement, Béatrice dit doucement :

— Mais je n'ai rien fait pour être séparée de mes parents. Tandis que vous…

— Ah, Béatrice, ce n'est pas aussi simple. Si tu crois que j'ai souhaité un jour vivre ça…

Il y avait dans sa voix une amertume que Béatrice ne lui connaissait pas.

— Ne crois pas que tous les soldats allemands se réjouissent du cours des choses, crut-il nécessaire d'ajouter.

Il dut se rendre compte qu'il s'était aventuré beaucoup trop loin, car il sourit et déclara sans transition :

— Mais ce n'est pas du tout ce dont nous voulions parler aujourd'hui, n'est-ce pas ? Tu es là pour apprendre l'allemand. Tu me montres tes devoirs ? Je suis certain que tu n'as encore fait aucune faute !

Il avait peur d'Erich, Béatrice le sentait. Ils avaient tous peur d'Erich. Les soldats qui fréquentaient la maison lui manifestaient une soumission que Béatrice avait perçue sans même comprendre la langue. Personne n'aurait osé prendre le risque de l'irriter. Béatrice supposa que le luxe de précautions avec lequel on le traitait était directement en rapport avec le caractère totalement imprévisible du personnage. Elle n'avait jamais rencontré quelqu'un dont l'humeur changeât aussi souvent et aussi fondamentalement au cours d'une même journée, au point qu'elle avait parfois l'impression de se trouver en face de personnes différentes. Cependant, elle remarqua bientôt que les sautes d'humeur d'Erich présentaient une certaine régularité.

En tout début de matinée, il était abattu, avait une mine épouvantable et desserrait à peine les dents. Il ne mangeait autant dire rien, buvait seulement du café, noir et fort, et tirait nerveusement sur sa première cigarette de la journée. Son humeur s'améliorait toutefois rapidement, de même que son apparence. Ses joues prenaient des couleurs, ses yeux s'animaient, il devenait loquace, plein d'entrain, parfois même franchement cordial. Dans cette phase, même les pires nouvelles ne l'ébranlaient pas et quiconque lui rendait visite était reçu comme un prince.

Un nouveau renversement de tendance s'opérait en début d'après-midi ; il n'était cependant pas fatigué et amorphe comme le matin, mais d'une nervosité fébrile. Il s'agitait, commençait une chose, passait à une autre, allumait une cigarette au mégot de l'autre, l'écrasait d'un geste agacé, en rallumait une. Il prenait à partie tous ceux qui croisaient son chemin et parfois ses mains tremblaient si fort qu'il pouvait à peine porter une tasse de café à ses lèvres. Vers dix-sept heures – rien qu'à l'observer, Béatrice aurait pu dire l'heure qu'il était –, il remontait la pente et se métamorphosait lentement en cet homme trop bavard et à la jovialité forcée que Béatrice gardait toujours en mémoire depuis le premier soir. A dix-huit heures, il prenait l'apéritif avec ses invités – tous les soirs il recevait des officiers à dîner –, un peu plus tard, il se mettait au vin et son teint virait dès lors rapidement au rouge brique tandis que son comportement devenait plutôt extravagant. Il riait, parlait fort, se lançait dans de grandes élucubrations sur la situation mondiale. Puis, habituellement sans réelle transition et d'ordinaire très rapidement, il était pris d'une fatigue incommensurable, s'effondrait et plongeait dans une tristesse proche de la dépression. Tout le sang se retirait de son visage. Parfois, Béatrice l'entendait errer dans la maison en marmonnant des paroles qu'elle ne pouvait pas comprendre.

Un jour du mois de juillet, avant sa leçon d'allemand, Will prit un air mystérieux et annonça avec son sourire habituel :

— C'est aujourd'hui qu'arrive Mme Feldmann. Elle devrait être là vers cinq heures.

Béatrice n'avait pas imaginé qu'Erich puisse être marié.

— Vraiment ? s'exclama-t-elle, stupéfaite.

— Oui, vraiment. Il paraît qu'elle ne voulait pas quitter l'Allemagne, mais le major Feldmann a exigé qu'elle vienne. Il ne devait pas avoir envie de continuer à mener une vie de célibataire.

Béatrice eut besoin de plusieurs minutes pour se remettre de sa frayeur. Non qu'elle eût la moindre envie de rester ne serait-ce qu'une journée seule avec Erich, mais au moins la situation présente commençait-elle à lui être familière. Cette Mme Feldmann qu'elle ne connaissait pas lui faisait peur. Peut-être était-ce une affreuse femme autoritaire qui lui mènerait la vie dure.

— Oh, Will... soupira-t-elle. Et comment est-elle, cette Mme Feldmann ?

— Je ne sais pas, je ne la connais pas. J'ai seulement entendu dire qu'elle était très belle.

Cela découragea un peu plus Béatrice. Elle s'imagina une grande bourgeoise élégante et mondaine, une de ces femmes hautaines et condescendantes perpétuellement en représentation qui trouverait à redire à tout. Rien ne serait assez bien pour elle et la première chose qu'elle ferait serait de réorganiser la maison à son goût. Un homme comme Erich, dont la position sur l'île était à l'évidence de première importance, se devait d'avoir une femme très en vue.

C'était de toute façon un jour où elle se sentait particulièrement triste et malheureuse. Depuis le début, elle guettait des nouvelles de ses parents, mais rien, pas une lettre, pas une carte postale, pas même un coup de téléphone alors qu'elle restait des heures à regarder l'appareil en l'exhortant à sonner. Will avait beau lui dire que cela ne signifiait rien, puisqu'il n'existait aucune possibilité pour quiconque d'établir un contact avec l'Angleterre au départ des îles Anglo-Normandes et inversement, elle espérait contre toute raison que ses parents réussiraient à lui faire parvenir un message. Qu'il n'en fût rien la plongeait dans un immense désarroi. Elle ne parvenait toujours pas à pleurer, mais sa souffrance devenait chaque jour plus profonde. De surcroît, au petit déjeuner, Erich s'était violemment emporté contre elle au prétexte qu'elle n'apprenait pas assez vite l'allemand. Il s'était, pour une fois, adressé à elle dans sa langue maternelle et qu'elle ne l'ait pas compris l'avait mis hors de lui.

— Qu'est-ce que vous faites donc, Will et toi, tous les jours pendant deux heures quand tu es chez lui ? vociféra-t-il, sa léthargie habituelle cédant la place à une vive colère. Vous jouez aux petits chevaux ou quoi ? De toute façon, ajouta-t-il en la regardant d'un œil noir, ce n'est pas bien que tu passes tant de temps seule avec un jeune homme dans son appartement. Il y a longtemps que j'aurais dû m'en rendre compte. A partir de maintenant, il vient ici et je surveillerai moi-même ce que tu fais, c'est compris ?

Par chance, à midi il était dans une phase de bonne humeur et quand Béatrice annonça qu'elle se rendait chez Will pour sa leçon, il semblait avoir oublié ce qu'il avait décidé le matin.

— Je t'en prie, Béatrice, pars donc, dit-il, l'air distrait, et sois bien attentive. Je fonde de grands espoirs sur toi, tu sais.

Elle ne comprit pas ce que cette dernière phrase signifiait, mais elle lui parut inquiétante.

Elle parla à Will des déroutantes variations d'humeur d'Erich, à quoi Will répondit prudemment que de nombreuses personnes avaient fait le même constat et que c'était un des grands sujets de conversation de l'île.

— Heureusement que j'ai à peu près compris quand je dois l'éviter, dit Béatrice.

A voix basse elle ajouta :

— Si seulement tout ça s'arrêtait !

La leçon du jour leur parut à tous deux interminable. Will était déconcentré et Béatrice fit sensiblement plus de fautes qu'à l'ordinaire. Quand ils eurent peiné pendant leurs deux heures réglementaires, Will mit fin à leur supplice commun et donna un livre à Béatrice en lui demandant d'essayer d'en lire le premier chapitre pour le lendemain.

— Allez, va, maintenant. Et ne te mets pas martel en tête. Mme Feldmann est peut-être très gentille.

Béatrice n'avait envie de se trouver nez à nez avec aucun des deux Feldmann. Elle évita soigneusement la maison et s'enfonça dans le jardin pour se réfugier à sa place favorite, un haut mur blanc contre lequel son père avait planté des pieds de vigne. Les îles n'offraient pas les conditions idéales à la culture de la vigne, néanmoins, quand on la palissait et lui offrait un emplacement ensoleillé et abrité du vent, elle pouvait remarquablement prospérer. Le mur de pierre qu'Andrew avait construit de ses mains réfléchissait la lumière et restituait la nuit la chaleur du soleil qu'il absorbait le jour ; ils avaient toujours obtenu quelques grappes de raisin. Mais là aussi la guerre se manifestait, la nature reprenait ses droits sur le jardin délaissé, partout les mauvaises herbes gagnaient du terrain.

— Pauvre jardin, murmura-t-elle. Je ne pourrai jamais empêcher ce désastre. Je ne peux pas en faire assez…

Elle ouvrit le livre que Will lui avait donné et essaya de lire la première histoire, mais il lui manquait trop de vocabulaire et elle ne parvenait pas à comprendre le sens des phrases. Au bout d'un moment, elle se découragea et referma le livre. Je n'arriverai jamais à apprendre cette langue, se dit-elle, prise de lassitude.

La chaleur l'engourdissait, elle somnolait au soleil, les yeux mi-clos, peut-être même dormit-elle pour de bon quelques minutes. Soudain, un bruit qu'elle ne sut tout d'abord pas identifier la fit sursauter, puis elle crut reconnaître les pleurs d'une femme et elle se leva pour en avoir le cœur net.

De l'autre côté du mur, une jeune femme était assise sur le rebord d'une vasque de pierre qui faisait office de baignoire pour les oiseaux. Il y avait près d'un mois que personne n'avait songé à y remettre de l'eau et de gros bourrelets de mousse avaient pris possession de toutes les fissures. Quand la jeune femme se lèverait, sa robe blanche serait maculée de taches vertes. Elle se tenait la tête dans les mains et sanglotait par à-coups, s'arrêtait, reprenait de plus belle. Dans le soleil, ses cheveux blonds prenaient des reflets roux. Ils étaient ramassés en un chignon compliqué sur le haut de sa tête mais elle avait perdu quelques épingles et de longues mèches ondulées s'échappaient de l'édifice.

Béatrice sut d'instinct qu'elle se trouvait devant Mme Feldmann.

— Bonjour, dit-elle timidement.

Mme Feldmann releva brusquement la tête. Son visage était baigné de larmes, ses yeux rouges et gonflés. Elle paraissait extrêmement jeune, peut-être parce qu'elle pleurait comme une enfant. Béatrice estima qu'elle n'avait pas la moitié de l'âge d'Erich. Sa robe était élégante et de belle qualité, mais elle n'avait rien d'une mondaine. Elle ressemblait à une petite jeune fille malheureuse qui s'est perdue et ne sait plus comment rentrer chez elle.

— Bonjour, répondit-elle en s'essuyant les yeux du revers de la main.

Elle esquissa un geste pour se lever mais parut ne pas en trouver le courage et resta assise.

— Tu dois être Béatrice.

Son accent anglais était meilleur que celui de son mari, toutefois elle hésitait plus souvent sur les mots.

— Mon mari m'a parlé de toi. Je suis Hélène Feldmann.

Elle sortit un mouchoir chiffonné de la poche de sa robe et se moucha.

— Je suis désolée, dit-elle. Je pensais qu'il n'y avait personne dans le jardin. Je dois te faire une curieuse impression.

Sa voix était mal assurée, elle était sur le point de fondre à nouveau en larmes.

— J'étais assise derrière le mur. J'essayais de lire ce livre, expliqua Béatrice en montrant le livre que Will lui avait donné. Je ne comprends presque rien. J'essaye d'apprendre l'allemand, mais j'ai l'impression de ne pas avancer.

— Tu y arriveras. A ton âge, on apprend vite. On a parfois l'impression de ne pas progresser et, tout d'un coup, il se produit comme un déclic et on se demande pourquoi cela paraissait si difficile auparavant. Tu verras, tu rêveras bientôt en allemand.

Béatrice n'était pas certaine que la perspective présentât matière à se réjouir, mais elle comprit qu'Hélène avait voulu se montrer gentille. Ses craintes s'évanouirent, malheureusement le fol espoir d'avoir trouvé quelqu'un qui la bercerait dans ses bras pour la rassurer et la consoler s'évanouit à son tour aussi vite qu'il était apparu. Hélène était un oiseau tombé du nid. Elle n'aurait pas autre chose à lui offrir que des efforts maladroits pour trouver les mots qui sauraient la consoler et, pendant tout le temps de ses vaines tentatives, ses propres yeux mendieraient réconfort et consolation.

Hélène recommençait déjà à pleurer. Elle bredouilla une excuse mais de toute évidence elle ne parvenait pas à endiguer ses larmes. Béatrice attendit un instant, puis elle s'assit prudemment à côté d'elle sur le rebord moussu de la baignoire des oiseaux et enfin glissa un bras timide autour de ses épaules.

Ce geste suffit à faire perdre à Hélène le peu de maîtrise qui lui restait. Sanglotant bruyamment, elle enfouit son visage dans le cou de Béatrice.

— Tout va très bien se passer, dit Béatrice qui ne

croyait pas aux mots qu'elle prononçait et sans savoir pourquoi Hélène était si malheureuse.

Hélène pleura, pleura encore, puis peu à peu se calma, son corps cessant de trembler. Quelque chose la réconfortait, elle paraissait reprendre espoir, même si elle-même n'aurait su expliquer en quoi elle se sentait réconfortée.

Elle avait trouvé en Béatrice, une petite fille de onze ans, le soutien qu'elle cherchait. Elle s'y accrocherait.

8

— Et rien n'a changé depuis, dit Béatrice.

Kevin, qui posait un plat de légumes sur la table, la regarda sans comprendre :

— Qu'est-ce qu'il y a ?

— Oh, rien. Je pensais seulement à Hélène. A notre première rencontre, dans le jardin, au milieu de toutes ces roses...

— Je t'ai dit que tu ne devrais pas revenir tout le temps sur le passé.

— C'est curieux, dit Béatrice, songeuse, il y a plein de petits détails qui reviennent à la mémoire quand on fait vraiment l'effort de se souvenir. Des choses que l'on avait complètement oubliées. Brusquement, elles sont à nouveau là.

— Et de quoi t'es-tu donc souvenue ? De quel détail capital ?

— De la robe qu'Hélène portait ce jour-là. Je la revois très précisément. J'aurais encore été incapable de te la décrire hier, mais maintenant, je me rappelle très bien comment elle était.

Kevin apporta les pommes de terre.

— Et en quoi est-ce extraordinaire ?

— En rien. Je trouve seulement très intéressante la façon dont la mémoire fonctionne. Les vêtements qu'Hélène porte aujourd'hui sont romantiques, apprêtés, juvéniles : la copie conforme de sa robe de l'époque. Jamais elle n'a changé de style. Comme si elle s'était arrêtée à un stade et n'avait jamais pu aller plus loin.

— C'est exactement ça.

— Autre chose m'est également revenu. Elle a longtemps pleuré dans mes bras, puis, au bout d'un temps infini, elle s'est tout de même calmée. Elle s'est alors détachée de moi et m'a dit…

— Oui ? Que t'a-t-elle dit ? l'encouragea Kevin.

— Eh bien, à peu de chose près, que j'étais une petite fille très courageuse. Que j'étais forte et que très certainement je prendrais un jour ma vie en main et… que j'irais sans crainte de l'avant, quoi que j'aie à surmonter.

— Voilà une femme perspicace, dit Kevin. Elle avait raison. Pourtant, elle te connaissait à peine.

Béatrice regardait fixement la flamme de la bougie dont l'ombre dansait sur le mur comme un feu follet.

— Elle a dit aussi autre chose : qu'elle n'était pas comme moi, qu'elle ne le serait jamais. Et que jamais elle ne pourrait vivre comme elle en avait envie.

— C'est bien du Hélène, dit Kevin. Mais ce n'est pas très nouveau. Elle répète ça à longueur de temps.

— A l'époque, insista Béatrice, c'était la première fois qu'elle le disait. J'aurais dû me méfier. Elle ne se lamentait pas sur son sort comme elle le fait aujourd'hui à tout bout de champ. Il y avait de la jalousie dans sa voix, de la jalousie à l'état pur, bien laide. Plus jamais je ne l'ai perçue chez elle, elle la contrôlait bien. Ou plutôt elle avait développé une stratégie pour vivre avec. Elle avait tout simplement décidé – peut-être inconsciemment, mais pas moins fermement pour autant – de conformer ma vie à l'image de la sienne. En faisant peser sur moi toutes ses angoisses, ses peurs et sa prudence excessive, elle m'empêchait de vivre, comme elle s'était elle-même toujours empêchée de vivre. C'était un moyen de se fabriquer une partenaire à son goût, une compagne d'infortune. Faire de moi une victime a permis à Hélène d'accepter son propre rôle de victime. Et ce jour-là, dans le jardin, elle a commencé à se servir de moi pour combler le vide de sa vie.

Kevin servit le vin et prit place en face de Béatrice.

— Si, à l'époque, tu avais pu te rendre compte de tout cela, ce qui me semble tout à fait impossible compte tenu de l'âge que tu avais, mais en admettant que tu aies compris qu'en réalité elle était jalouse de toi et que tu aies su en tirer les bonnes conclusions, qu'est-ce que cela aurait changé ? Qu'aurais-tu pu faire d'autre ?

— Rien, répondit Béatrice. Allez, mangeons avant que ça refroidisse.

9

Un cauchemar réveilla Franca au milieu de la nuit. Elle était en nage et dans sa poitrine son cœur battait à se rompre, mais elle ne se souvenait pas de ce dont elle avait rêvé. Elle resta quelques minutes allongée sur le dos, les yeux grands ouverts dans l'obscurité, et brusquement les images de son rêve se bousculèrent dans sa tête. Un gémissement lui échappa. Aussitôt Michael bougea à côté d'elle et elle retint son souffle pour ne pas le réveiller. Il avait un sommeil léger, doublé d'un flair infaillible pour les états d'âme de Franca. Il remarquerait tout de suite qu'elle n'était pas bien et soit il l'accablerait de reproches irrités, soit il lui prodiguerait des conseils qui la démoraliseraient encore plus. Elle en était arrivée au point où elle se serait plus volontiers ouverte de ses problèmes à son boulanger qu'à son mari, pourtant elle pensait que si l'on se mariait c'était aussi pour se soutenir mutuellement dans les moments difficiles.

Peut-être que son « moment difficile » durait un peu trop. C'est en tout cas ce que Michael répliquerait si elle lui exposait sa conception du mariage.

« Bien sûr qu'on se soutient dans les moments difficiles, dirait-il. A ceci près que lorsqu'un moment difficile dure des années, il devient impossible d'assurer la permanence. Il faut que celui qui va mal apprenne à se sortir de l'ornière tout seul. »

Il aimait se servir de cette expression. A ses yeux, se sortir seul de l'ornière représentait indéniablement la quintessence de la force et de la détermination. Il ne doutait pas d'avoir lui-même réalisé ce tour de force une bonne douzaine de fois dans sa vie, quand Franca était persuadée, premièrement, qu'en réalité jamais Michael ne s'était trouvé dans une situation réellement difficile et, deuxièmement, que cette vieille lubie de se sortir seul de l'ornière était tout bonnement impossible.

On a besoin d'aide dans la vie, songea-t-elle. On a constamment besoin d'aide.

Puis elle se corrigea. Ce n'était pas « on » qu'elle devait dire, mais « je ». Elle avait besoin d'aide. Michael n'en avait encore jamais eu besoin.

Elle se leva sans faire de bruit et sortit de la chambre sans oser prendre son peignoir dans la salle de bains de peur de le réveiller. Elle descendit au rez-de-chaussée en frissonnant. Dans le salon, elle trouva un plaid dans lequel elle s'enveloppa, puis elle se pelotonna dans le fauteuil près de la fenêtre. Dehors, aucune lueur n'annonçait une aube naissante. C'était une nuit d'octobre d'un noir d'encre, profonde, silencieuse. Franca savait que le jardin sentait la terre humide et les feuilles mortes. Bientôt le froid serait là. Un sentiment de grande solitude l'envahit et elle frémit sous le plaid douillet.

Dans la journée, elle avait répondu à la lettre de Béatrice. Elle était revenue sur ce qu'elle lui avait confié de sa première rencontre avec Hélène et du comportement d'Erich. « Serait-il possible, avait-elle écrit, qu'il ait pris des neuroleptiques ? Des calmants, puis des stimulants et des antidépresseurs, en alternance selon son état du moment ? Ce que vous décrivez tendrait à le faire croire. Sans doute a-t-il eu besoin de doses toujours plus fortes et entre chaque phase avait-il des comportements toujours plus excessifs. »

Elle avait hésité à parler d'elle, de ces cauchemars

qui revenaient si souvent et de ces deux ou trois choses qui lui étaient arrivées et qui ne la laissaient pas en paix, mais elle n'avait pas réussi à se décider et sa lettre s'était achevée sur quelques lieux communs sans caractère d'intimité. Elle pensait que ce qu'elle aurait pu écrire ne pouvait pas intéresser Béatrice. Béatrice lui en avait déjà beaucoup dit sur elle, et il était probable qu'elle continuerait parce qu'elle avait manifestement besoin de parler. Cependant, elle pouvait tout autant mettre brutalement un terme à leur relation et ne plus donner signe de vie. En revanche, il était bien certain qu'elle n'aurait aucun plaisir à débattre épistolairement des problèmes personnels de Franca. Du reste, comparés à ce qu'elle-même avait vécu, ils devaient lui paraître bien anodins.

Dans le cauchemar qui l'avait réveillée, elle s'était à nouveau trouvée face à une classe, une meute déchaînée et impitoyable qui se repaissait du mal qu'elle lui faisait.

Quand elle avait parlé à Michael de ce qu'elle vivait au collège, du temps où elle enseignait encore, il l'avait rabrouée sans ménagement : « Il faut toujours que tu exagères. Ce n'était pas une “meute déchaînée”, et encore moins une meute qui se “repaissait” du mal qu'elle te faisait. Ce n'était qu'une bande de gamins qui en avaient par-dessus la tête de rester assis sans bouger à écouter un cours – c'était ton cours mais ça aurait tout aussi bien pu être celui d'un de tes collègues. Sauf qu'ils ont senti qu'avec toi ils pouvaient se permettre de chahuter. Les enfants sont comme les jeunes chiens, ils testent jusqu'où ils peuvent aller. C'est à toi de mettre les limites. »

Elle s'était souvent demandé si c'était vrai que ce n'était pas contre elle en tant que personne que les méchancetés de ses élèves étaient dirigées, mais contre la prof qui ne savait pas se défendre. Au bout du compte, cela revenait strictement au même : elle était une victime. Et une victime suscite rarement la pitié. Dans le meilleur des cas, ce sont des marques discrètes de mépris ; dans le pire, un surcroît de sadisme de la part des bourreaux. Il arriva un jour où les élèves jouèrent à deviner quelle rosserie pourrait bien pousser Franca Palmer soit à se suicider, soit à quitter le collège.

Ils n'omirent rien : ils bloquèrent la porte de l'ascenseur au moment où elle voulait en sortir pour l'obliger à redescendre puis à remonter à pied, ils aspergèrent son manteau d'encre, accrochèrent une feuille avec des dessins obscènes dans son dos, ils crevèrent les pneus de sa voiture, mirent des crottes de chien dans ses poches, la dessinèrent sous forme de caricature grimaçante au tableau. Elle ne pouvait pas ouvrir la bouche sans déclencher aussitôt des cris et des hurlements. Ses collègues commencèrent à se plaindre du bruit qui venait des salles où elle enseignait. Un jour, le principal surgit inopinément dans la classe. Après coup, Franca se dit qu'il avait dû avoir l'impression de se trouver en pleine guerre civile. Des élèves, debout sur les tables et les chaises, se bombardaient à coups d'avions et de boulettes en papier, quelques-uns nettoyaient le tableau constellé de graffitis avec une éponge dégoulinante d'eau en poussant des ululements joyeux. Des morceaux de craie volaient en tous sens et deux adolescentes, le nez collé à la petite glace accrochée au-dessus de l'évier, se mettaient du mascara sur les cils. Quelque part au milieu du chaos, Franca parlait de la révolution anglaise au XVIIe siècle. A ce moment-là, elle cherchait désespérément comment reprendre la situation en main et expérimentait sans cesse de nouvelles stratégies. Ce jour-là, elle avait opté pour la tactique consistant à ignorer le chahut et à faire cours comme si de rien n'était. Tout ce qu'elle avait pu dire ou faire pour rétablir l'ordre – avertissements, menaces, réprimandes, cris – s'était avéré d'une totale inefficacité et de toute façon elle n'avait plus le courage de se bagarrer.

Elle n'avait pas remarqué que quelqu'un était entré dans la salle, mais soudainement les élèves arrêtèrent de pousser des cris, plus un morceau de craie, plus une boulette de papier ne vola au-dessus des têtes et les deux adolescentes occupées à peaufiner leur maquillage remballèrent leurs brosses à cils et regagnèrent leurs places en essayant de ne pas se faire remarquer. Pas une seconde Franca ne pensa qu'elle pût être à l'origine de ce revirement, il y avait longtemps qu'elle se savait incapable d'un pareil miracle. Puis elle perçut un courant d'air et se tourna vers la porte. Elle se sentit pâlir.

Le principal attendit jusqu'à ce qu'il n'y ait plus un bruit, ce qu'il obtint en quelques secondes, puis il tonna : « Qu'est-ce que c'est que ce bazar ? »

Personne ne répondit. Presque tous les élèves avaient piqué du nez, ils ne se risquèrent même pas à sourire dans leur barbe. Le principal du collège jouissait d'une grande autorité.

« Qui est le délégué de classe ? » demanda-t-il. Le délégué leva le doigt. Il paraissait très mal à l'aise. Le directeur lui reposa sa question sur l'origine du chahut, ce à quoi le délégué ne trouva naturellement rien à répondre. « Euh.... c'est bientôt le week-end », hasarda-t-il après une longue hésitation.

Cette fois, quelques sourires narquois apparurent ici et là.

Le principal se tourna vers Franca, qui se liquéfiait de honte derrière son bureau. « Je vous attends à l'interclasse, madame Palmer », déclara-t-il, puis il se dirigea vers la porte et sortit sans saluer.

Le principal ne s'était pas montré désagréable ; il aurait plutôt fait preuve d'inquiétude et de compassion. Franca s'était sentie humiliée comme jamais.

Apparemment, une kyrielle de collègues s'étaient plaints et elle découvrit qu'on la considérait depuis longtemps comme un des « gros problèmes » de l'établissement. Le principal lui conseilla, il est vrai avec tact mais sans ambiguïté, de consulter un psychologue car ces difficultés permanentes devaient bien avoir une origine.

Emmitouflée dans son plaid à fixer l'obscurité, Franca se souvenait encore de la gifle qu'elle avait reçue ce jour-là dans le bureau de son supérieur hiérarchique, et de son indignation, comme d'habitude soigneusement cachée au plus profond d'elle-même. Pourquoi est-ce *moi* qui devrais me faire soigner ? Pourquoi personne ne songe à envoyer ces adolescents détraqués sur le divan ?

Elle se souvint combien l'absence de solidarité de ses collègues lui avait paru cruelle. Ce n'était pourtant pas faute d'avoir envoyé des signaux de détresse. Combien de fois avait-elle parlé de certains élèves particulièrement difficiles, espérant en retour une petite phrase du genre : « Oh, je sais ce que c'est. J'ai moi-même pas mal de problèmes avec X ou Y... » Mais jamais aucun d'entre eux ne lui avait répondu cela. On aurait même cru qu'ils prenaient un certain plaisir à déclarer le contraire de ce qu'elle espérait entendre. Ils prétendaient n'avoir justement jamais rencontré de difficultés avec cet élève-là ou cette classe-là. Du reste, ils n'avaient jamais de difficultés. Tout simplement. Elle se rendit compte que, au lieu de puiser un peu de courage auprès de ses collègues, c'est eux qui par contrecoup se sentaient renforcés dans leur ego et s'estimaient supérieurs à elle.

Isolée, blessée dans son amour-propre et incomprise, elle partit à la dérive. Elle prit des tranquillisants pour trouver le courage de franchir la porte du collège, puis elle commença à souffrir de troubles du sommeil et d'asthme. Elle consulta un médecin pour des maux d'estomac qui la pliaient en deux.

« Si vous continuez comme ça, vous allez avoir un ulcère, la prévint-il. Supprimez les excitants et détendez-vous. Le stress ne vous vaut rien. Il faut absolument que vous évitiez les contrariétés. »

Et pourquoi ne pas décrocher la lune, pendant qu'il y était ? Elle avait encore dans l'oreille le rire amer qui l'avait secouée. Les contrariétés s'accumulèrent, son stress grandit. Elle perdit plusieurs kilos, parce qu'elle n'avait plus d'appétit ou vomissait ce qu'elle réussissait à avaler. Michael mit longtemps à prendre la mesure de la gravité de l'état de Franca. Ce en quoi il fut parfaitement fidèle à lui-même. On aurait pu mourir à côté de lui sans qu'il s'en rende compte.

Puis un jour – pour autant qu'elle s'en souvienne, c'était le matin au petit déjeuner –, il l'avait soudainement observée d'un œil critique et, d'un ton de reproche, avait constaté qu'elle avait beaucoup minci. « Tu es même maigre. Que se passe-t-il ? Tu fais un régime ? »

Il avait été informé de l'histoire des pneus crevés et les taches d'encre sur ses vêtements ne lui avaient pas échappé non plus, cependant il ignorait l'étendue des tracasseries dont Franca faisait quotidiennement l'objet.

« Je ne me sens pas très en forme », murmura-t-elle.

Une pleine journée de cours l'attendait et elle avait vu, dans la salle de bains, quelle mine épouvantable lui avait renvoyée le miroir.

« Si tu ne te sens pas bien, va consulter un médecin, avait dit Michael d'un ton définitif. Tu n'as effectivement pas l'air au mieux de ta forme, avait-il ensuite ajouté après l'avoir observée plus attentivement. Tu couves quelque chose ?

— Je ne sais pas. Peut-être…

— Va chez le médecin », avait-il répété, puis il

s'était levé d'un bond, avait fini son café debout et filé au laboratoire avant de se mettre plus en retard.

Franca resserra le plaid de laine autour d'elle. Où les gens trouvaient-ils la force nécessaire pour vivre ? Où se cachait la mystérieuse source à laquelle ils puisaient ? Où la petite Béatrice avait-elle trouvé le courage de faire face à un destin aussi injuste ?

Béatrice semblait posséder la remarquable faculté de s'adapter aux événements sans renoncer à sa personnalité. Elle ne faisait pas semblant d'être gentille, elle n'était pas flatteuse mais elle ne s'opposait pas à ce qu'elle n'avait pas le pouvoir de changer et elle s'efforçait de tirer le meilleur parti des choses. Elle apprenait l'allemand pour comprendre la langue de l'ennemi et elle cultivait ses liens d'amitié avec Will pour avoir un allié dans la place au cas où elle en aurait besoin un jour. Elle se méfiait instinctivement d'Erich et s'efforçait de l'éviter, mais elle veillait en même temps à rester en bons termes avec lui. Elle s'arrangeait seule de ses peurs et du chagrin d'être séparée et sans nouvelles de ses parents. Nulle part dans ses lettres, elle ne disait s'être plainte ou lamentée – ce qui du reste incitait Franca à penser qu'elle était restée plusieurs semaines dans une sorte d'état de sidération qui annihilait ses sentiments. C'était, en effet, le naturel avec lequel Erich avait pris possession de la maison de ses parents qui l'avait le plus choquée. Tout en elle s'était révolté contre ce qu'elle avait perçu comme une agression intolérable.

Franca essaya d'imaginer ce qu'elle ressentirait si des étrangers envahissaient sa maison et se comportaient comme s'ils étaient chez eux. Ce serait bien pire que le choc causé par une simple violation de domicile. Ces bottes étrangères qui martelaient les tapis, ces mains étrangères qui ouvraient et fermaient portes et fenêtres, ces bouches étrangères qui se posaient sur les verres devaient infliger des blessures dont on ne guérissait peut-être jamais. Comment croire encore à l'intégrité de sa propre intimité après une telle intrusion ?

Elle entendit des pas légers dans l'escalier et retint sa respiration. Un déclic, et la lumière illumina le salon. Michael, vêtu d'un simple caleçon qui soulignait avantageusement sa silhouette parfaite, se tenait dans l'encadrement de la porte. Il paraissait extrêmement surpris.

— Franca, mais qu'est-ce que tu fais ?

Elle n'imaginait que trop l'impression qu'elle devait donner, l'air vaguement ahurie, blottie sous sa couverture comme un Indien. Prise de court, elle ne sut quoi répondre et sourit en manière d'excuse.

— Il est deux heures et demie, dit Michael. Comment se fait-il que tu ne sois pas couchée ?

— J'étais couchée, répliqua Franca.

— Je sais. Pourquoi t'es-tu levée ? Et qu'est-ce que tu fais dans le noir ? Tu pourrais au moins lire ou regarder la télévision.

Michael ne changerait décidément jamais. Ne pas dormir, passait encore, mais ne rien faire, il ne pouvait pas l'admettre.

— Je pensais, expliqua-t-elle.

Il soupira comme s'il avait affaire à un enfant rétif auquel il ne parvenait pas à faire entendre raison.

— Ah. Et à quoi pensais-tu ? demanda-t-il sans dissimuler son agacement. A tes élèves ? A ce qu'ils t'ont soi-disant fait vivre ?

Il ne pouvait pas savoir de quoi elle avait rêvé, mais, en parlant de ses élèves, il savait qu'il avait toutes les chances de tomber juste. Franca n'avait toutefois aucune envie de reconnaître quoi que ce fût.

— Désolée de te décevoir, mais ce n'est pas à cela que je pensais, répliqua-t-elle, butée.

— Tu en es sûre ?

— J'en suis sûre.

— Eh bien, soit. J'imagine alors que tu pensais à ta confidente anglaise ?

— Et après ?

Michael leva les yeux au ciel.

— Mais enfin, tu m'as dit qu'elle avait plus de soixante-dix ans. Qu'a-t-elle donc qui te fascine tant ?

— Je ne pense pas que tu veuilles vraiment le savoir.

Il fronça les sourcils, la pointe d'agressivité de la repartie ne lui avait pas échappé. Il y avait longtemps qu'elle n'avait pas parlé sur ce ton, si tant est qu'elle l'ait fait un jour.

— Si ça ne m'intéressait pas, je ne te le demanderais pas.

Curieusement, elle n'éprouvait aucune envie de lui répondre. Elle observa ses longues jambes nues en se demandant quand elle avait fait l'amour avec lui pour la dernière fois. Ce devait être environ six mois auparavant. Il avait été invité à un dîner d'affaires auquel, comme d'habitude, il s'était rendu seul et dont il était rentré au milieu de la nuit, légèrement ivre et d'excellente humeur. Elle était endormie, mais il l'avait réveillée quand il s'était laissé tomber sur le lit et l'avait prise dans ses bras.

« Que se passe-t-il ? » avait-elle demandé dans un demi-sommeil, l'esprit embrumé par les somnifères qu'elle prenait toujours pour s'endormir.

« Tu es belle, murmurait-il, tu es merveilleuse… » C'étaient des mots qu'elle n'avait quasi jamais entendus dans sa bouche et elle en fut si étonnée qu'elle retrouva un peu de vie. Elle le laissa poser ses mains sur son corps, bien qu'au fond elle n'en eût pas envie, se sentant trop mal dans sa peau, trop fragile pour s'abandonner à un désir des sens. Il se glissa sur elle en gémissant faiblement et pendant tout le temps elle voulut croire que tout allait bien, que c'était agréable d'être désirée, d'éveiller le désir physique d'un homme. Mais une petite voix intérieure lui disait aussi qu'il ne fallait pas qu'elle s'imagine que Michael était réellement avec elle. Quelque chose au cours de la soirée – sans doute une femme qui elle aussi assistait au dîner – avait dû stimuler son imagination. Elle était simplement la première femme qu'il avait sous la main. Jamais l'incident ne s'était reproduit, et il ne lui avait jamais redit qu'il la trouvait belle.

— Me perçois-tu encore en tant que femme ? demanda-t-elle. Je veux dire : en tant qu'objet de désir ?

— Qu'est-ce que tu veux savoir ? répliqua-t-il d'un ton irrité.

— Exactement ce que je viens de te demander.

Un sourire étira fugitivement ses lèvres, ou plutôt seulement l'esquisse d'un sourire, mais cela suffit pour qu'elle comprenne comment il la percevait. Ce sourire reflétait comme un miroir l'image qu'elle lui offrait : pelotonnée sous sa couverture, grelottante, chassée de son lit par un cauchemar. Faible. L'image même de la faiblesse. C'était cela qu'il voyait et elle comprit à son expression que rien d'autre, la concernant, ne pouvait lui venir à l'esprit. Sa question dut lui paraître d'une rare stupidité.

Elle rejeta la couverture et se leva.

— Laisse tomber, dit-elle. Oublie ce que je t'ai demandé. C'était idiot.

— Ecoute… commença-t-il prudemment.

Elle ne le laissa pas continuer.

— Je t'en prie, ne dis rien. J'ai dit une bêtise, n'en parlons plus. Et j'aimerais que tu n'y penses plus.

— Comme tu voudras.

Il n'insista pas, mais Franca se sentait trop blessée pour en tirer une quelconque satisfaction.

Michael pivota sur les talons.

— Tu remontes te coucher ?

— Non, ne m'attends pas. Finalement, je vais

regarder un peu la télévision. Je ne crois pas que je pourrai dormir.

Michael parut vouloir ajouter quelque chose, puis il se ravisa. Ses pieds nus claquèrent discrètement sur le carrelage du couloir.

Franca appuya son front brûlant contre un carreau noir et froid de la fenêtre du salon. Libre. Si seulement elle pouvait être libre. Se libérer des souvenirs qui la tourmentaient, des images qui la hantaient. Si seulement elle pouvait se libérer d'elle-même.

10

24 décembre 1999

Chère Franca,

Aujourd'hui c'est Noël et je vous envoie tout un paquet de lettres. Je suis restée tellement longtemps sans vous donner de nouvelles que vous avez certainement cru que je ne voulais pas poursuivre cet échange épistolaire. Pourtant, ainsi que vous pouvez le constater, je vous ai très régulièrement écrit – je viens de compter dix lettres ! – mais une sorte de gêne m'a empêchée d'aller jusqu'au bout de ma démarche et de vous les envoyer. Ne me demandez pas pourquoi. Peut-être est-ce lié au fait que je ne vous connais encore que très peu. C'est pour moi d'un côté une invite à vous confier des choses que j'ai toujours gardées secrètes mais de l'autre également ce qui m'arrête et m'incite à me poser des questions. Je me demande pourquoi je vous écris et, comme je suis incapable de trouver une réponse satisfaisante, je perds confiance et retombe pour quelques jours dans ma réserve habituelle. Je suis alors peu encline à parler – ou plutôt peu encline à écrire. Disons, pour être tout à fait exacte, que je n'ai rien contre le fait d'écrire, mais que je ne me sens pas prête à faire parvenir mes lettres à leur destinataire. Je me dis chaque fois que c'est pour moi que je le fais. Je couche mes souvenirs sur le papier, les bons comme les mauvais, puis je range le tout dans un tiroir et on n'en parle plus.

Ecrire, c'est comme une avalanche. Cela commence

par une petite coulée de neige, puis la coulée grossit, encore et encore, et à la neige se mêlent des cailloux, et de la terre, et des arbres entiers. A la fin, c'est une masse énorme que rien au monde ne pourrait arrêter qui dévale la pente. Je ne pourrais pas arrêter maintenant, et je ne le veux pas. Et comme bien sûr je ne suis pas totalement dénuée de vanité et que votre intérêt me flatte, je vais prendre aujourd'hui mon courage à deux mains et vous expédier les lettres que j'ai amoncelées.

Il est encore tôt, mais je suis déjà sortie avec les chiens, dans le noir absolu. Nous n'avons pas de neige. Il est tout à fait exceptionnel que nous ayons de la neige dans les îles, pourtant je me souviens qu'en 1940, c'était donc le premier Noël de l'Occupation, une mince couche de poudre blanche recouvrait les prairies, les arbres, les haies, toute la campagne. Les Allemands, qui ne conçoivent pas un Noël sans neige, furent tout émus que Guernesey leur offre cette manière de cadeau de bienvenue. Il est bien évidemment arrivé que nous ayons à nouveau de la neige depuis cette lointaine époque, mais je n'en garde pas de souvenir précis. Il n'en va pas de même du 24 décembre 1940.

Erich était né un 24 décembre. Je crois que, dans un sens, il tirait une certaine fierté d'être venu au monde en un jour aussi exceptionnel, mais, en même temps, ça l'agaçait prodigieusement qu'année après année le Christ lui vole la vedette. Contrairement à chez nous, en Allemagne c'est le 24 qui est le jour le plus important, et si Erich veillait à ce qu'on le fête avec tous les égards dus à son rang, il ne pouvait pas empêcher que même ses compatriotes les plus dévoués à sa cause aient tout autre chose en tête que la célébration du jour de sa naissance. A l'exception du dernier, tous les Noëls des cinq années où il m'a été donné de vivre sous le même toit qu'Erich Feldmann ont tourné au désastre parce qu'à chaque fois Erich pensait qu'on ne l'avait pas honoré comme l'on aurait dû.

Nous fêtons Noël demain, ce sera un vrai Noël anglais. J'espère que la journée sera réussie. J'ai prévu d'offrir à Hélène deux, trois choses dont elle a besoin ainsi que des livres, des disques et une grosse boîte de massepains. Elle en raffole, même si elle prétend qu'elle ne peut pas en manger.

Elle va m'offrir du parfum – à Pâques, à Noël, pour mon anniversaire, c'est toujours ce qu'elle m'offre. Et elle m'a fabriqué un calendrier avec des photos, elle m'en offre un également tous les ans. Ce sont des photos de roses. Une photo différente pour chaque mois : un bouquet, puis un bouton fermé, une fleur éclose, des perles de rosée sur ses pétales, une nature morte sur une pierre moussue, un assortiment dans une coupe... Elle se donne beaucoup de mal, elle cherche des poèmes ou des maximes en rapport avec le mois concerné et les transcrit sous les photos. Cela fait maintenant près de cinquante ans que je reçois un tel calendrier. Photographier les roses du jardin est chez Hélène une véritable obsession, elle doit bien avoir des milliers de clichés. Celles qu'elle préfère sont les roses qui poussent entre le mur blanc et le bain des oiseaux, là où nous nous sommes rencontrées le jour de son arrivée sur l'île. Elle les mitraille comme si elle était payée pour ça. Je dois dire que la voir tourner autour des rosiers avec son appareil à la main a le don de me mettre les nerfs à vif ; elle prend un air solennel, avance à pas prudents, lentement, comme si un mouvement brusque pouvait tuer une rose ou désacraliser le lieu.

Le plus bête de cette histoire de calendrier, c'est que je n'aime pas particulièrement les roses et que ses efforts me semblent bien inutiles. Vous ai-je déjà parlé de mon aversion pour les roses ? C'est étrange, n'est-ce pas ? On s'attend à ce qu'une personne dont le métier est de cultiver des roses aime les fleurs auxquelles elle consacre sa vie – une vie, c'est souvent un métier, ou bien voyez-vous les choses autrement, Franca ? Eh bien, c'est là qu'est mon problème : ces maudites roses ont été ma vie, mais ce n'est pas du tout cette vie-là que je voulais vivre.

Mes études terminées, je serais bien partie le nez au vent voir ce qu'il y avait au-delà de l'université de Southampton. Je me suis arrêtée à Cambridge. Ce n'était pas le vaste monde dont j'avais rêvé, cependant la ville me plaisait et j'y serais bien restée. Au lieu de cela, je me suis retrouvée à Guernesey à cultiver des roses, sans passion et sans particulièrement briller non plus. Je mourrai dans la maison dans laquelle je suis née et où j'ai toujours vécu. Si Hélène ne meurt pas avant moi – elle a dix ans de plus que moi mais cela ne veut rien dire –, elle ne manquera pas d'accrocher un de ses chers calendriers au-dessus de mon lit de mort. Peut-être que j'aurai assez de force pour le tourner face au mur ou le décrocher. A l'heure de ma mort, j'aimerais qu'un chien me lèche la figure, j'aimerais sentir son haleine chaude et toujours légèrement fétide, et je veux pouvoir plonger ma main dans une toison douce et épaisse. J'aurais ainsi l'impression d'emporter un morceau de vie avec moi. Hélène serait bien capable de me coller une rose fraîchement ouverte sous le nez, histoire d'embaumer mes derniers instants, et je ne suis pas sûre de pouvoir me retenir de vomir.

Oh, Franca, mais qu'est-ce que je vous raconte ! C'est Noël et voilà que je vous ennuie avec des histoires morbides. Vous devez penser que je commence à perdre sérieusement la boule. Je n'ai pourtant aucune raison d'avoir des idées noires, au contraire ! Alan est arrivé hier, il dort encore et je ne pense pas le voir avant midi. Quand il est en vacances, il est rare qu'il se lève plus tôt, surtout quand il s'est laissé aller à quelques excès la veille au soir. Il a vidé une bouteille de vin rouge à lui tout seul, puis plusieurs schnaps et, avant de passer à table, il avait déjà bu un double whisky. Je me demande dans quel état est son foie. Il ne va pas pouvoir continuer comme ça longtemps.

Ce soir, enfin, façon de parler puisqu'il va commencer dès le milieu de l'après-midi, c'est Kevin qui fait la cuisine. Il pense qu'il est impossible de préparer un repas digne de ce nom avec ma petite batterie de cuisine, alors il vient avec ses ustensiles au complet, ou presque. Ce serait naturellement plus simple que nous allions chez lui, mais dîner ici le 24 décembre est une tradition, et il ne faut pas rompre avec les traditions. Le repas promet d'être somptueux ; je parie qu'Hélène n'osera pas prétendre qu'elle ne peut rien avaler. Ne serait-ce que parce qu'elle adore Kevin. Et qu'elle sait qu'il l'aime. Ils se ressemblent, tous les deux, ils ont un peu la même façon d'être délicats, et ce sont les plus grands hypocondriaques que je connaisse. Ils se comprennent. Jamais ils ne se moquent des petits bobos de l'autre, ils s'écoutent mutuellement avec beaucoup de respect et de compassion.

J'ai également invité Mae et Maya. En réalité, je n'ai invité que Mae, mais elle m'a appelée hier pour me demander si elle pouvait venir avec Maya. Elle vient de se disputer une fois de plus avec ses parents et sa grand-mère pense qu'il est préférable qu'ils ne se voient pas pendant quelques jours.

Je pouvais difficilement dire non. Maya est une séductrice infatigable, son comportement frise la pathologie, mais ça ne me dérange pas, au contraire, voir la mine consternée d'Hélène quand elle a vent des exploits de Maya est tellement drôle. Enfin, cela dit, depuis que je sais qu'Alan est raide amoureux d'elle, j'aimerais autant la savoir aux antipodes. J'espère que ce n'est pas à cause d'elle qu'il boit autant, et même… que pourrais-je y changer ?

J'aimerais tellement lui remettre la tête à l'endroit, lui expliquer ce qu'il faut qu'il recherche chez une femme. Maya est une petite dévergondée et, en plus, elle a un cœur de pierre. Mais il n'accepterait pas que je le lui dise. On est mère pour la vie, ça ressemble un peu à une malédiction. Jamais on ne cesse de se faire du souci pour ses poussins, même quand ils ont plus de quarante ans, sont avocats et alcooliques.

Bref, c'est comme ça. Mais la journée sera bien agréable, j'en suis certaine. Nous irons faire une grande balade au bord de la mer, sans Kevin qui ne voudra pas quitter ses casseroles des yeux, puis nous rentrerons dans une maison bien chaude qui sentira merveilleusement bon et nous mangerons pendant des heures. Puis viendra le moment où Hélène se plaindra d'être fatiguée et montera se coucher. (Simplement dire *qu'elle est fatiguée est une chose qu'elle ne sait pas faire, il faut toujours qu'elle* se plaigne *de l'être.) Alan se saoulera en dévorant Maya des yeux, qui, elle, prendra un malin plaisir à superbement l'ignorer.*

Que faites-vous pour Noël, Franca ? Vous parlez peu de vous dans vos lettres. Je suppose que vous préférez garder vos problèmes pour vous. Notre histoire est en train de devenir un échange à sens unique, mais ce n'est pas de ma faute, vous seule pouvez y changer quelque chose, n'est-ce pas ?

Joyeux Noël, Franca. Et que le nouveau millénaire vous apporte joie et bonheur. J'ai l'étrange impression que l'année qui vient sera décisive, mais c'est peut-être mon imagination qui travaille. On ne peut jamais savoir ce que la vie nous réserve, c'est bien le problème, d'ailleurs. Finalement, c'est plutôt rassurant qu'elle soit aussi jalonnée de menus repères, solides, immuables, sur lesquels on peut miser sans risque. Comme le fait de recevoir tous les ans un flacon de parfum et un calendrier.

J'espère que vous trouverez un peu de temps pour vous plonger dans la suite de mon récit et que vous y prendrez plaisir.

Passez de joyeuses fêtes de fin d'année.

A très bientôt.

Béatrice.

Guernesey, août-septembre 1940

Béatrice crut un temps qu'Erich la gardait sous la main pour le cas où il aurait besoin d'une victime. Elle s'efforçait de s'armer intérieurement, mais elle comprit vite que ce rôle avait été dévolu à Hélène et que ce n'était nullement un rôle occasionnel. Hélène était victime à plein temps, pas seulement quand il avait besoin qu'elle le soit. A moins qu'il ait eu besoin d'une victime en permanence. Toujours est-il qu'Hélène excellait dans le rôle.

Elle avait vingt et un ans, presque vingt-deux. Un jour, elle dit à Béatrice qu'elle était du 5 septembre et, quand Béatrice lui répondit qu'elle aussi était née un 5 septembre, elle poussa des exclamations de ravissement.

— C'est merveilleux ! Et ce n'est pas un hasard, c'est un signe, je le sens !

— Et un signe de quoi ? s'interposa Erich, agacé. Il n'y a rien de magique là-dedans, c'est tout à fait banal.

Hélène piqua un fard et se mordit la lèvre inférieure. Mais ce jour-là, la colère d'Erich valut aussi pour Béatrice.

— Quant à toi, jeune demoiselle, sache que cette façon que tu as de faire de l'opposition avec moi, ça ne marchera pas. Tu vas t'insérer dans notre vie de famille, je te le garantis !

— Je ne comprends pas ce que vous voulez dire, protesta Béatrice.

— Tu le comprends parfaitement ! Nous sommes fin août. Ton anniversaire est dans une semaine et tu n'en souffles mot. Si Hélène n'avait pas abordé le sujet, tu aurais laissé passer le 5 septembre sans rien dire. Nous vivons sous le même toit, il me semble normal que nous sachions quand l'un de nous fête son anniversaire. Ce n'est pas ton avis ?

— Vous ne m'avez rien demandé.

— Il y a des choses que tu vas me dire, même si je ne te les demande pas. Tu vas me les dire parce que tu es une petite fille bien élevée qui sait ce qu'elle doit faire. Naturellement, je peux aussi prendre à mon compte de t'apprendre les bonnes manières, je t'encourage cependant à songer qu'il serait peut-être plus simple que tu essayes d'abord de te souvenir de celles que tu as déjà apprises.

— Quel âge vas-tu donc avoir ? s'enquit Hélène sur le ton enfantin qu'elle prenait quand son mari venait de la rabrouer.

— Douze ans.

— A douze ans, on est une vraie jeune fille, déclara Erich avec une soudaine bonhomie. Nous pourrions peut-être organiser une petite fête pour célébrer cela, encore que tu ne le mérites pas, après que tu nous as caché que c'était ton anniversaire.

— Et si nous organisions une fête pour nous deux ? proposa Hélène, s'attirant à nouveau les foudres de son mari.

— Serait-il possible, pour une fois, que tu ne te mettes pas en avant ? Ou bien est-ce trop te demander ? N'as-tu donc même pas assez d'amour-propre pour t'effacer devant une enfant de douze ans ?

— Je pensais seulement que...

— Tu ne pensais rien du tout, Hélène, et c'est précisément le problème. Tu as simplement cru, une fois de plus, que tu serais lésée, alors tu as essayé de reprendre l'avantage. Mon Dieu, j'aimerais vraiment savoir quand tu vas enfin devenir adulte !

Les yeux d'Hélène s'embuèrent, elle repoussa sa chaise d'un geste maladroit et se dirigea vers la porte. Un coup de tonnerre l'arrêta.

— Tu restes ici ! aboya Erich. Nous discutons de l'anniversaire de Béatrice !

Béatrice n'avait jamais entendu son père parler à sa mère sur ce ton, et elle avait du mal à imaginer Déborah obéissant à une injonction aussi grossière. Mais Hélène s'arrêta net, comme si on avait tiré brutalement sur sa laisse. Elle était pâle et tendue.

— Alors, reprit Erich en se tournant vers Béatrice, comment as-tu imaginé ta fête ?

Béatrice n'avait rien imaginé, elle attendit qu'Erich précise sa pensée.

— Nous pouvons recevoir quelques amis. Qui souhaiterais-tu inviter ?

Béatrice n'avait pas du tout envie de faire une fête, mais elle perçut une charge d'agressivité prête à exploser derrière le ton paternel d'Erich et elle estima plus prudent d'accepter son offre.

— J'aimerais inviter Will, déclara-t-elle.

Erich haussa les sourcils.

— Will ? Tu l'aimes beaucoup, à ce que je vois. Eh bien, c'est ton anniversaire, c'est toi qui décides, concéda-t-il, l'air vaguement contrarié. Qui d'autre ? poursuivit-il en tambourinant nerveusement sur la table.

Béatrice décida de tenter une deuxième percée.

— Mae, dit-elle.

— Mae ? répéta Erich. Est-ce l'amie chez laquelle tu voulais t'enfuir la première nuit ?

— Oui.

— Voyons, tu ne sais même pas si elle n'est pas partie !

— C'est vrai. Mais elle est peut-être encore là et, comme ça, je pourrais la revoir.

— Nous allons tirer ça au clair. Bien, alors nous invitons Will et ton amie Mae. Hélène, tu t'occupes de l'organisation. Gâteaux, boissons, etc. Béatrice, tu m'autorises à faire partie de la fête, n'est-ce pas ? On ne va pas laisser ce brave Will affronter seul deux jeunes demoiselles !

A compter de cet instant, Béatrice vécut dans l'espoir fou que Mae n'avait pas quitté l'île et qu'elles allaient bientôt se revoir. Erich promit de s'en occuper, demanda quel était le nom de famille de Mae, son adresse. Béatrice aurait souhaité qu'il entamât les démarches nécessaires dès le petit déjeuner terminé, mais il ne parut pas pressé de mettre ses projets à exécution. A l'évidence, faire mijoter Béatrice lui procurait un plaisir certain.

Elle transmit son invitation à Will à l'heure de sa leçon d'allemand, en précisant bien que toute cette histoire de fête était une idée d'Erich.

— Je n'ai pas envie de faire une fête, mais si j'avais refusé, je crois qu'il se serait mis violemment en colère.

Will approuva avec circonspection.

— Il aime bien exercer une pression sur les gens. Même avec sa générosité.

— Quel âge a-t-il, au juste ?

— Le major Feldmann ? Autour de quarante ans, j'imagine.

— Hélène va avoir vingt-deux ans. Elle est beaucoup plus jeune que lui. Et il n'est pas très gentil avec elle.

Will hocha la tête.

— Oui, je l'ai également remarqué. Il la traite comme une petite fille. En même temps, cela se comprend un peu, c'est sans doute comme ça qu'il la voit, il pourrait presque être son père.

En regagnant la maison après sa leçon, Béatrice se demanda pourquoi Hélène avait épousé Erich. Avec Mae, elles avaient parfois échangé leurs impressions sur l'amour, en pouffant de rire et sans bien savoir de quoi elles parlaient. Un jour, Mae s'était prise de passion pour un garçon de Saint Martin, elle avait déclaré que ce qu'elle éprouvait pour lui était de l'amour et que dès lors elle comprenait très bien pourquoi les hommes et les femmes se mariaient. Mais quand Béatrice avait rapporté le fait à sa mère, celle-ci lui avait expliqué que Mae était trop jeune pour éprouver de l'amour.

« Ne soyez pas si pressées, avait-elle dit. Le jour où vos premiers émois amoureux vous mettront sens dessus dessous arrivera toujours assez vite. »

En tout cas, l'amour faisait commettre des erreurs. Erich était beau et c'était probablement ce qui avait incité Hélène à se marier si jeune. A ce moment où sa liberté n'était plus qu'un souvenir, elle devait amèrement regretter sa précipitation. Béatrice se promit de se montrer très vigilante.

Elle n'avait pas encore atteint l'allée qui menait à la maison qu'elle entendit la voix d'Erich, dure, haineuse. Un frisson la parcourut. D'ordinaire, à cette heure-là, l'humeur d'Erich était pourtant en phase ascendante.

Une jeep était garée devant la maison. Quatre soldats allemands armés jusqu'aux dents étaient alignés à côté. L'un d'eux tenait son arme en joue.

Devant les soldats, leur tournant le dos, il y avait deux hommes dans un état effroyable. Ils avaient ôté leur casquette, ils étaient grands, mais ils se tenaient le dos voûté et la tête basse, leurs vêtements sales et déchirés flottaient sur leur corps trop maigre. Ils avaient les joues creuses, le teint gris, les pommettes saillantes. Ils avaient peur et paraissaient en même temps accablés de désespoir. Erich allait et venait devant eux en aboyant des ordres en anglais.

— Vous vous occuperez du jardin et, quand je dis que vous vous en occuperez, j'entends que vous le fassiez vraiment ! Je ne veux pas voir une feuille sur la pelouse, pas une rose fanée non coupée. C'est à moi personnellement que vous en rendrez compte. Est-ce compris ? Et estimez-vous heureux. Les autres creusent des galeries souterraines. Ils ne chôment pas, transporter des pierres est un travail fichtrement pénible, je peux vous l'assurer. Mais ne vous figurez pas non plus qu'ici ce sera la belle vie. Vous êtes là pour travailler !

Il s'arrêta et apostropha le plus grand des deux :

— Regarde-moi quand je te parle ! Ton nom ?

L'homme releva la tête. Ses yeux très sombres étaient emplis de tristesse.

— Je m'appelle Julien, répondit-il en anglais avec un fort accent français.

— Ah. Et toi ?

Erich s'adressait maintenant à son compagnon, le même absolu désespoir voilait son regard.

— Je m'appelle Pierre.

— Bon. Julien et Pierre. Vous travaillerez ici. Et vous ne ferez pas semblant. C'est compris ? Vous prendrez vos ordres de moi-même et de Mme Feldmann. J'attends de vous du sérieux. Beaucoup de sérieux. Savez-vous qui je suis ? Je suis le major Feldmann. Vous m'appellerez *Herr Major*. Vous êtes tenus de me saluer quand vous me voyez. Ne l'oubliez jamais. Et...

Il monta d'un ton, devint encore plus cassant :

— ... n'oubliez jamais que vous n'êtes rien ! Vous n'êtes que deux fientes. Et il y en a des milliers comme vous. En conséquence, si vous ne me convenez pas, vous serez remplacés. Immédiatement. Qu'il y ait deux fientes de moins sur la Terre ne l'empêchera pas de tourner, elle ne s'en rendra même pas compte. Parce que, qu'il y ait des fientes ou qu'on les fasse disparaître, ça ne la dérange pas beaucoup, la Terre. N'ai-je pas raison ?

Aucun des deux ne répondit. Erich plissa les yeux.

— J'ai demandé si j'avais raison ! Julien ? Pierre ?

— Oui, dit Julien.

— Oui, dit Pierre.

Pas un muscle du visage d'Erich ne bougea.

— Et maintenant : au travail ! Le jardin est en piteux état. Vous avez de quoi vous occuper.

C'est à cet instant qu'il découvrit la présence de Béatrice qui s'était lentement rapprochée. Il sourit.

— Ah, Béatrice ! J'ai une bonne nouvelle pour toi. Ton amie et ses parents n'ont effectivement pas quitté l'île. Elle accepte ton invitation.

Béatrice tressaillit. Mae lui était un bref instant sortie de l'esprit. Son cœur fit un bond dans sa poitrine et elle sentit le rouge lui monter aux joues. Erich parut heureux de pouvoir lui faire plaisir.

— Tu vois, tout ne va pas si mal, dit-il.

Les deux prisonniers disparurent dans le jardin avec un soldat. Béatrice les suivit des yeux.

— Qui est-ce ?

— Des prisonniers de guerre. Français.

— Des prisonniers de guerre ?

— Oui. L'Allemagne a conquis la France, comme tu le sais peut-être. Méfie-toi d'eux. La plupart des Français sont des bons à rien. Ils sont dissimulateurs, il ne faut pas s'y fier. Tu trouveras beaucoup de malfrats dans leurs rangs.

Les deux prisonniers n'avaient pas paru dangereux à Béatrice, mais elle décida néanmoins de rester sur ses gardes. En outre, elle avait maintenant des choses autrement plus importantes en tête.

— Ne pourrais-je pas aller voir Mae tout de suite ? demanda-t-elle, pleine d'espoir.

Aussitôt Erich prit son air important.

— Ecoute, ma petite Béatrice, il faut aussi savoir attendre. Tu voulais absolument faire une fête pour ton anniversaire et je t'ai donné mon accord. Maintenant, il faut que tu acceptes de patienter un peu !

Il était inutile de lui dire qu'elle n'avait jamais voulu faire de fête. Elle le connaissait suffisamment pour savoir qu'il était fermé à toute discussion et qu'il transformait les faits à loisir. Elle ne répondit pas, monta dans sa chambre et referma ostensiblement la porte derrière elle. Elle s'appuya au rebord de sa fenêtre et laissa son regard errer sur le jardin où çà et là apparaissaient les prémices de couleurs automnales. Un jour, Déborah lui avait dit que l'on pouvait entrer en contact avec une personne qui se trouvait très loin par la seule force de la pensée. « Si tu penses très fort à elle, si tu lui envoies plein de pensées et de sentiments, elle le sentira. Ce sera comme si un lien invisible vous reliait. »

Elle essaya de se concentrer sur Déborah et Andrew.

— Je pense à vous, murmura-t-elle. Je pense très, très fort à vous. J'espère que vous le sentez. J'aimerais tellement sentir que vous pensez à moi. Je suis sûre que vous pensez à moi. Je sais que tu as peur pour moi, maman. Mais il ne faut pas que tu t'inquiètes. Il ne m'arrivera rien, et puis je sais qu'un jour nous serons à nouveau tous ensemble.

Elle resta longtemps ainsi, tout au sentiment d'avoir établi un lien avec ses parents, un lien qu'elle croyait percevoir et dont elle espérait qu'il n'était pas une illusion. Dans le jardin, les ombres avaient grignoté les dernières flaques de lumière, le soleil voilé de brume était bas sur l'horizon.

Béatrice se rendit compte qu'elle avait faim et s'étonna que personne n'ait annoncé le dîner. Elle sortit de sa chambre et s'apprêtait à descendre quand un bruit qu'elle n'identifia pas l'arrêta.

Cela venait de la chambre de ses parents, désormais occupée par Erich et Hélène. C'était un bruit plutôt inquiétant, comme si quelqu'un était blessé et souffrait. A son étonnement, elle eut l'impression que c'était Erich qui poussait ces gémissements déconcertants.

Elle s'approcha à pas de loup. La porte de la chambre n'était pas complètement fermée, si bien qu'elle put discrètement regarder ce qui se passait à l'intérieur. Elle vit le lit de ses parents, puis Erich et Hélène, nus, haletants et apparemment en sueur. Erich était allongé sur le dos, il gémissait, les yeux clos, la tête rejetée en arrière. Hélène, assise sur lui, montait et descendait à un rythme rapide. Ses longs cheveux d'or pâle ruisselaient dans son dos jusqu'au bas des reins. Sa peau était blanche et satinée comme de l'ivoire poli. Hélène était très mince, ses bras parfaits, ses cuisses longues et fermes. Elle se tenait les épaules en arrière, ses petits seins pointés en avant, avec sur le visage une expression de triomphe, de satisfaction intense que Béatrice ne lui avait jamais vue. Pour un peu, elle aurait paru presque heureuse, elle semblait une autre personne. Elle était forte. Plus forte qu'Erich qui ahanait sous elle. C'était le monde à l'envers. En l'espace de quelques instants, le rapport de force s'était inversé. Le changement aurait laissé Béatrice sans voix si elle n'avait déjà été muette de stupéfaction et d'horreur.

Elle trouvait répugnant ce que cet homme et cette femme faisaient, même si elle ne comprenait pas vraiment de quoi il s'agissait. Elle n'était certes pas complètement ignare en la matière, mais quand elle avait demandé des explications à Andrew, il lui avait conseillé de s'adresser à Déborah, Déborah qui lui avait alors répondu qu'elle était trop jeune, qu'on lui expliquerait plus tard. Finalement, c'était encore Mae, dont le grand frère représentait une source intarissable d'informations sur le sujet, qui lui en avait le plus appris. La plupart des histoires lui paraissaient si invraisemblables qu'elle ne voulait pas en croire un mot. Cependant, à en juger par ce qu'elle voyait, son grand frère n'avait pas inventé les horreurs que Mae avait rapportées à Béatrice. Les corps nus luisants de sueur, la brutalité, les gémissements, les visages déformés, la violence de la scène... Pour des raisons inexplicables, deux êtres se livraient un combat à mort sous les yeux de Béatrice.

La respiration d'Erich s'accéléra, Hélène se mouvait avec une violence telle que ses cheveux volaient. Soudain Erich poussa un râle de bête à l'agonie, tous les muscles de son corps se tendirent, puis il s'effondra et resta inerte, le souffle court, une expression à la fois d'épuisement et de satisfaction sur les traits.

Hélène cessa de bouger. Elle demeura un instant assise sur Erich puis elle se laissa glisser sur le côté et s'allongea contre lui. Elle serra son corps contre le sien, l'enlaça d'un bras et enfouit son visage dans le creux de son épaule. Béatrice n'aurait pas su dire à quoi elle s'en était rendu compte, toujours est-il qu'en l'espace de quelques minutes le rapport de force s'était à nouveau inversé et chacun avait retrouvé sa place initiale. Hélène était en position de faiblesse, Erich de domination. Peut-être Béatrice le décelat-elle à l'insistance avec laquelle Hélène quémandait de la tendresse et à l'impassibilité avec laquelle Erich la lui refusait. Il ne la repoussait pas, mais il ne répondait pas à ses avances. Soudain il lança ses jambes hors du lit et d'un bond se leva en écartant le bras d'Hélène comme un insecte gênant.

— Erich, souffla-t-elle, l'air malheureuse et blessée.

Il lui répondit quelque chose en allemand, que Béatrice ne comprit pas. Le ton toutefois était froid et méprisant. Le corps nu d'Erich se découpa sur le rectangle clair de la fenêtre. Ses jambes étaient longues, ses épaules très larges. C'était un bel homme, de même qu'Hélène était une belle femme ; ils formaient un couple parfaitement harmonieux, immédiatement séduisant. Personne n'aurait imaginé que ce beau couple était en pleine déliquescence.

Hélène remonta la couverture jusqu'à son menton. L'expression de triomphe qui quelques minutes auparavant avait transformé son visage s'était évanouie. Elle était redevenue la biche aux abois qui luttait contre les larmes.

Erich revêtit son uniforme et se lissa les cheveux devant le miroir de la coiffeuse. Il avait complètement repris le contrôle de lui-même ; il était de nouveau le *Herr Major* qui faisait régner une crainte diffuse autour de lui et dont on ne savait jamais ce qu'il avait derrière la tête.

— Il est l'heure de dîner, déclara-t-il.

Béatrice comprit ce qu'il avait dit. Il était désormais assez fréquent qu'elle comprenne une phrase ou au moins une partie de phrase.

Hélène ne bougea pas. Tout son être réclamait de la tendresse mais elle aurait aussi bien pu supplier une pierre.

— Il est l'heure de dîner, répéta Erich, et cette fois l'invite sonnait comme une menace.

Hélène s'enfonça un peu plus sous les couvertures, elle était pâle, défaite, et ne semblait pas du tout disposée à se lever. Erich avait enfilé ses bottes, il était prêt. Il prit un paquet de vêtements sur une chaise et le lança en direction du lit, pile sur Hélène.

— Habille-toi et descends ! lança-t-il en se dirigeant vers la porte.

Béatrice eut juste le temps de disparaître dans la salle de bains avant qu'Erich sorte de la chambre et s'engouffre bruyamment dans l'escalier.

Puis ce fut le 5 septembre et Mae apparut à la porte du jardin ; ses parents l'accompagnaient. Quand elle la vit, pour la première fois depuis l'instant où le bateau était parti sans elle, Béatrice sentit les larmes lui monter aux yeux, mais elle se ressaisit et presque dans le même temps les refoula. Elle s'était juré que jamais Erich ne la verrait pleurer.

Les deux fillettes tombèrent dans les bras l'une de l'autre. Mae riait et pleurait tout à la fois, posait une question, puis une autre et encore une autre sans laisser à Béatrice le temps de répondre.

— Nous pensions que vous étiez en Angleterre ! J'ai cru que je rêvais quand j'ai appris que tu étais là ! s'exclama-t-elle.

Mme Wyatt, la mère de Mae, n'était que sollicitude.

— Ma chérie, je suis tellement désolée. Si nous nous étions seulement doutés que tu étais là, nous ne t'aurions jamais laissée seule. Tes parents nous avaient dit que vous partiez, comment aurions-nous pu imaginer que tu n'avais pas pu partir avec eux ?

— Béatrice vit avec ma femme et moi, intervint Erich. Vous n'avez aucune raison de vous inquiéter.

Les parents de Mae jetèrent un regard hostile à l'officier allemand mais ne répondirent pas. Comme tous les Guernesiais restés sur l'île, ils souffraient des restrictions et des incessantes chicaneries de l'occupant. Le Dr Wyatt avait dû protester avec la dernière énergie pour récupérer sa voiture abusivement réquisitionnée – il insista jusqu'à ce que les Allemands eux-mêmes conviennent qu'en tant que médecin il avait besoin de pouvoir se déplacer. Mme Wyatt était épouvantée par la redoutable efficacité de la machine de guerre allemande. Elle ne reconnaissait plus son île, plusieurs de ses relations avaient été arrêtées ; l'Occupation ne lui avait rien laissé de sa vie paisible et confortable d'épouse d'un médecin de campagne. Elle regrettait d'avoir refusé d'être évacuée. Sur le moment, elle n'avait pas pu se décider à quitter son beau cottage, puis son mari lui avait expliqué que sa fonction lui imposait, plus qu'à aucun autre, de rester. Elle tremblait qu'on lui prenne sa maison. C'était arrivé à tant d'autres. Les Allemands réquisitionnaient à tout-va et, quand ils n'étaient pas jetés dehors, ce qui était le cas le plus fréquent, les infortunés propriétaires se voyaient parqués dans une seule et unique pièce.

Le Dr Wyatt se tourna vers Erich.

— Nous serions heureux que Béatrice s'installe chez nous, déclara-t-il. Nous étions très liés avec ses parents. Je crois qu'ils auraient souhaité que nous nous occupions de leur fille.

Erich sourit mais son regard resta de glace.

— Eh bien, pour ma part, je crois que c'est ce que je souhaite *moi* qui importe. Béatrice restera ici avec nous. Mae peut venir la voir, cependant pour le moment je ne souhaite pas que Béatrice aille chez vous.

Le Dr Wyatt ne répondit pas mais il caressa brièvement la tête de Béatrice. C'était un geste d'encouragement, de réconfort et d'apaisement, la promesse qu'en dépit de tout il serait là et ne la quitterait pas des yeux.

Hélène avait dressé la table dans le jardin. Les soirées étaient fraîches désormais, mais l'après-midi il faisait délicieusement bon au soleil. Une odeur douce et sucrée de fruits mûrs flottait dans l'air, les roses, dont le parfum était plus capiteux qu'en juin, embaumaient.

Hélène portait le costume traditionnel allemand. D'après ce que Béatrice avait compris, c'était une exigence d'Erich, Hélène ne s'aimait pas habillée comme cela. Elle affichait un air renfrogné et insatisfait et paraissait encore plus jeune que d'habitude.

Les parents de Mae furent poliment mais très

clairement congédiés par Erich lorsque celui-ci leur expliqua que Will raccompagnerait leur fille chez eux.

L'étrange petite assemblée passa alors au jardin et prit place autour de la table qu'Hélène avait amoureusement dressée avec la plus belle vaisselle de Déborah.

Erich prit l'une des délicates tasses en porcelaine et la présenta à la ronde.

— Vois-tu, Mae, tu peux apprendre beaucoup de ma femme Hélène, dit-il. Oui, vraiment beaucoup.

Des taches rouges marbrèrent le front et les joues d'Hélène, Mae jetait des regards d'incompréhension.

Erich reposa la tasse brutalement.

— Hélène a une façon très particulière de préparer des jeunes filles à tenir une maison, poursuivit-il. Une façon intelligente car Hélène est *très* intelligente.

Will, gêné, ne sut plus où poser les yeux. Hélène semblait sur le point de s'effondrer.

Erich caressa du doigt le bord doré de la tasse.

— Nous sommes bien tous installés dehors sur la pelouse, n'est-ce pas ? Une petite garden-party, quoi de plus agréable ? Quand j'ai vu que la journée promettait d'être belle, j'ai demandé à Hélène de mettre la table dehors. C'est ce qu'elle a fait. Et avec quel talent !

— Erich, gémit Hélène.

Erich reprit la tasse, la souleva bien haut à côté de la table et la lâcha. La délicate porcelaine explosa en touchant le sol.

Tous autour de la table se figèrent.

— Hélène adore montrer aux jeunes demoiselles ce qu'il ne faut pas faire, dit Erich.

Il prit son assiette, la souleva et la lâcha comme la tasse.

— Ta mère a-t-elle déjà utilisé cette vaisselle dans le jardin ? demanda-t-il alors à Béatrice.

— Je ne m'en souviens pas, répondit Béatrice à voix basse.

— Tu ne t'en souviens pas ? Comme c'est étrange. Je ne m'étais pas rendu compte que ta mémoire était si mauvaise. Quoi qu'il en soit, je ne pense pas que ta mère ait été assez sotte pour transbahuter ses plus belles et très fragiles assiettes dans le jardin, au risque de les casser au moindre faux mouvement.

Il se leva et, avant que quiconque ait pu intervenir, il tira d'un coup sec sur la nappe. Les assiettes, les tasses, la cafetière, les couverts, les plats à gâteau s'effondrèrent dans un grand bruit de vaisselle brisée. Le café et le chocolat chaud giclèrent dans toutes les directions, le gâteau à la crème, les tartes aux pommes et aux mirabelles s'écrasèrent dans l'herbe.

Hélène poussa un cri.

— Erich ! Non, pas ça !

Il était trop tard et, de toute façon, ce n'est pas elle qui l'aurait empêché de donner libre cours à sa colère.

Tous naturellement avaient bondi sur leurs pieds ; atterrés, ils contemplaient le désastre.

— Mon Dieu, *Herr Major*, marmonna Will.

Hélène fondit en larmes, Mae semblait sur le point de suivre son exemple.

Erich hurla un ordre à l'intention de Pierre et Julien.

— Les Français ! Je veux vous voir ici immédiatement !

Les deux jeunes gens émergèrent des profondeurs du jardin, dociles et craintifs comme des chiens maltraités.

— Nettoyez-moi ça ! ordonna Erich. Et qu'il n'y ait plus une miette par terre, sinon je vous ferai passer l'envie de feignasser.

Il s'éloigna à grands pas et, quelques instants plus

tard, ils entendirent un bruit de moteur puis une voiture qui démarrait dans un crissement de pneus.

— Les filles, je crois que vous devriez monter dans la chambre de Béatrice et jouer un peu là-haut, suggéra Will. Je m'occupe de Mme Feldmann.

Entre-temps, Hélène avait été prise de sanglots irrépressibles qui menaçaient de tourner à la crise de nerfs.

— Il est toujours comme ça ? demanda Mae, consternée.

— Non, pas toujours, il est parfois très différent, répondit Béatrice.

Voir toute cette vaisselle brisée la mettait en rage. Déborah avait pris un tel soin de ce service. Elle se surprit à être presque en accord avec Erich : Hélène avait été stupide de choisir cette délicate vaisselle pour un goûter en plein air. Mais sans doute avait-elle simplement voulu que tout soit parfait. D'ailleurs, Erich aurait tout aussi bien pu l'agonir d'injures pour n'avoir pas choisi les plus belles assiettes. Béatrice commençait à entrevoir la cruauté absurde du système : quand Erich avait besoin d'un exutoire, ce que disait ou faisait Hélène importait peu. C'était toujours mal et déclenchait immanquablement sa colère.

Will s'éloigna avec Hélène, les deux Français, agenouillés dans l'herbe, commencèrent à ramasser les morceaux de vaisselle brisée.

Sans perdre une seconde, Béatrice entraîna Mae derrière le mur sur lequel la vigne était palissée.

— Ouf, on va enfin pouvoir parler ! Ecoute, Mae, commença-t-elle sans détour, il faut absolument que je donne de mes nouvelles à mes parents. Et j'aimerais tellement savoir comment ils vont. Mais d'ici je ne peux rien faire. Tu crois que ton père pourrait essayer de les joindre ?

— Je vais le lui demander, promit Mae, mais sans

cacher son doute. Tu sais, il dit qu'il n'y a aucune possibilité d'entrer en contact avec Londres. Les Allemands ont coupé tous les moyens de communication. Ils réussissent tout ce qu'ils font, partout. Mon père dit qu'ils veulent conquérir le monde entier.

— Personne ne peut conquérir le monde entier, répliqua Béatrice qui à vrai dire n'était pas tout à fait sûre que les Allemands n'en soient pas capables.

Quant à Mae, la prestation d'un Erich au mieux de sa forme paraissait lui avoir porté un sérieux coup. Cela faisait certes plusieurs semaines qu'elle croisait des Allemands chaque jour et partout dans l'île, mais jamais jusque-là elle n'avait eu l'occasion de les connaître de plus près. Elle mettait désormais un visage sur la peur qu'elle percevait derrière les mots quand les gens parlaient des « Allemands », elle comprenait pourquoi son père semblait constamment préoccupé, pourquoi sa mère était si inquiète.

— On aurait mieux fait de partir, dit-elle.

— Je suis contente que vous soyez restés, répliqua doucement Béatrice. J'aurais été toute seule, sinon.

Elles demeurèrent un long moment silencieuses, assises dans l'herbe, adossées au mur, le nez au soleil. Puis elles entendirent Will les appeler. Elles se levèrent et passèrent de l'autre côté du mur pour qu'il les voie. Les Français avaient disparu, les traces du désastre avaient été effacées. Le jardin était calme et paisible.

— Mae, il faut que je te raccompagne, maintenant, annonça Will. Béatrice, pourrais-tu monter voir Mme Feldmann ? Elle est dans sa chambre, elle m'inquiète un peu.

Mae et Béatrice se séparèrent, elles étaient toutes deux perturbées, tristes et pleines d'inquiétude sur ce que leur réservait l'avenir.

— Je vais revenir bientôt, promit Mae, mais Béatrice savait que cela dépendrait du bon vouloir d'Erich et qu'il trouverait sûrement amusant de compliquer à l'extrême les rencontres des deux amies.

Elle suivit des yeux la voiture de Will jusqu'à ce qu'elle arrive au bas de l'allée, puis elle rentra dans la maison et monta au premier étage. Elle frappa doucement à la porte de la chambre. Pas de réponse. Elle ouvrit timidement la porte. La chambre était vide. Une valise béante contenant du linge et des vêtements jetés à la hâte gisait sur le lit. L'armoire était ouverte, des robes décrochées de leur cintre jonchaient le sol devant la penderie. On aurait dit que quelqu'un, très pressé de partir, avait commencé à faire ses bagages en attrapant tout ce qui lui tombait sous la main, puis avait perdu patience au moment de ranger les vêtements dans la valise et tout laissé tel quel. Béatrice se dit que lorsqu'il découvrirait l'état de la chambre, Erich entrerait dans une colère noire. Qu'est-ce qu'Hélène avait dans la tête pour le provoquer comme ça ? D'ailleurs, où était-elle ?

Elle regardait tour à tour l'armoire et le lit en se demandant si elle devait se mettre à la recherche d'Hélène ou commencer à ranger elle-même la chambre, quand un bruit sourd lui parvint de la salle de bains. Elle se précipita dans le couloir, hésita un bref instant, puis ouvrit la porte qui n'était pas verrouillée. Elle se figea sur le seuil en essayant de comprendre ce qu'elle voyait.

La baignoire, pleine à ras bord, commençait à déborder, des flaques s'élargissaient sur le carrelage. Par terre, devant la baignoire, il y avait Hélène. Son peignoir de couleur abricot était ouvert, dévoilant son corps mince et juvénile. Ses cheveux mouillés formaient un coussin sur lequel reposait sa tête. Autour d'elle, les flaques étaient teintées de rouge et du sang s'écoulait par à-coups de ses poignets.

La vue du sang épouvanta Béatrice, même si sa raison refusait encore de comprendre d'où il venait. Elle traversa la pièce en évitant de marcher dans les flaques et ferma les robinets de la baignoire. Puis elle s'agenouilla à côté d'Hélène, vit la lame de rasoir, sur le carrelage, à quelques centimètres de sa main droite, et les poignets d'Hélène affreusement tailladés.

— Oh, mon Dieu ! murmura-t-elle, horrifiée.

Hélène ne bougeait pas ; les yeux clos, le nez pincé, elle était d'une pâleur telle que Béatrice crut un instant qu'elle était morte. Puis elle vit sa poitrine se soulever imperceptiblement : elle avait perdu connaissance, mais elle était en vie.

— Oh, mon Dieu, murmura-t-elle une seconde fois.

Elle bondit sur ses pieds et appela Will, puis il lui revint à l'esprit qu'il était parti raccompagner Mae. Mae ! Il fallait qu'elle appelle tout de suite le père de Mae !

Elle dévala les escaliers, se précipita dans le salon, composa le numéro de l'opératrice et demanda à être mise en communication avec le Dr Wyatt en priant pour qu'il soit chez lui. Bien qu'elle n'eût aucune connaissance en la matière, elle avait compris qu'Hélène était en train de se vider de son sang.

Ce fut la mère de Mae qui répondit et, quand elle entendit la voix affolée de Béatrice, tout de suite elle s'inquiéta.

— Béatrice ? Il est arrivé quelque chose à Mae ?

— Non. Mae sera chez vous d'un instant à l'autre. Madame Wyatt, il est arrivé quelque chose de terrible ! Mme Feldmann s'est ouvert les poignets avec une lame de rasoir. Elle est dans la salle de bains, il y a du sang partout ! Je crois qu'elle est en train de mourir !

Elle entendit un déclic sur la ligne, puis la respiration de l'opératrice du téléphone. Tout Guernesey saurait bientôt que la jeune femme du major Feldmann avait tenté de se suicider. Erich serait furieux de voir sa vie privée étalée au grand jour.

— J'envoie tout de suite mon mari, dit Edith Wyatt avant de raccrocher précipitamment.

Béatrice remonta dans la salle de bains en courant. La flaque de sang avait pris des proportions inquiétantes. Elle attrapa une pile de serviettes de toilette dans le placard et les enroula autour des poignets d'Hélène pour empêcher le sang de couler. En vain : en un éclair les serviettes furent complètement imbibées de sang, rien ne semblait pouvoir empêcher la vie de s'échapper du corps d'Hélène.

Béatrice s'efforça de rassembler ses idées pour ne pas laisser la panique l'envahir. Ce n'était pas le moment de perdre les pédales. Elle redescendit en courant et ouvrit grand la porte de la maison, espérant déjà voir la voiture du Dr Wyatt franchir le portail. Rien. L'allée était vide et silencieuse. Une fraîcheur humide montait du jardin, le jour déclinait.

Elle va mourir, se dit Béatrice. Elle va mourir !

L'idée la bouleversait à un point qu'elle n'aurait pas imaginé, encore qu'elle ne sût pas si c'était parce qu'elle éprouvait de la peine pour Hélène ou redoutait la perspective de devoir à nouveau vivre seule avec Erich. Elle fouillait le jardin du regard dans l'espoir de découvrir Pierre ou Julien, ou un des soldats qui patrouillaient autour de la maison, mais il n'y avait décidément personne. Puis soudain, la voiture du Dr Wyatt remonta l'allée à pleine vitesse et s'arrêta devant la maison dans un crissement de pneus.

— Où est-elle ? demanda le médecin en même temps qu'il entrait dans la maison.

Béatrice pivota sur les talons et le précéda en courant dans l'escalier. Au premier étage, la salle de bains ressemblait à un abattoir.

— Eh bien, il est temps ! s'exclama le Dr Wyatt en écartant Béatrice pour s'approcher d'Hélène.

— Est-ce... qu'elle va... mourir ? articula Béatrice, surprise d'entendre ses dents claquer entre chacun des mots qu'elle prononçait.

— Prie pour elle, répondit brièvement le Dr Wyatt sur un ton qui laissait peu d'espoir.

Will prépara un lait chaud au miel à Béatrice et lui demanda gentiment de changer de vêtements parce qu'elle était éclaboussée de sang des pieds à la tête. Béatrice se mit en robe de chambre et descendit s'asseoir devant la cheminée du salon où Will avait allumé un feu. Elle but son lait à petites gorgées, son corps ne voulait pas s'arrêter de trembler. Will disparut un long moment au premier pour nettoyer la salle de bains. Après que le Dr Wyatt lui eut dispensé les premiers soins, une ambulance était arrivée pour transporter Hélène dans une clinique de Saint Martin. Will, que Mme Wyatt avait mis au courant du drame et qui rentrait juste à cet instant, avait eu le temps d'apercevoir les traits décomposés et l'effroyable pâleur d'Hélène. L'espace d'un instant, lui aussi avait cru qu'elle était morte et il s'était figé, atterré, à côté de l'ambulance. Le Dr Wyatt lui avait expliqué qu'elle était encore en vie mais que son pronostic était très réservé.

— Je vais à la clinique, dit-il, pouvez-vous vous occuper de Béatrice ? Elle me semble avoir atteint la limite de ses forces. Il ne faudrait pas qu'elle reste seule.

— Bien sûr, je vais prendre soin d'elle, ne vous inquiétez pas, promit Will.

Jamais Béatrice n'avait vu Will aussi bouleversé.

— Avez-vous la possibilité de joindre le major Feldmann ? s'enquit le Dr Wyatt. On doit l'informer de l'état de sa femme.

— Je ne sais pas où il est, répondit Will. J'ai essayé de l'appeler plusieurs fois au cours de l'après-midi, mais il n'avait pas branché sa radio... Il ne devrait pas tarder à rentrer...

Il se passa la main dans les cheveux, l'air malheureux et très perturbé.

— Je n'aurais pas dû la laisser. Elle était complètement hors d'elle, et... j'avais un mauvais pressentiment. Mais elle me criait de m'en aller, elle voulait être seule, et elle a disparu dans sa chambre. Je pouvais difficilement la suivre dans sa chambre, n'est-ce pas ? Alors je suis allé chez moi, j'y suis resté quelque temps, puis j'ai raccompagné Mae et...

— Allez, calmez-vous, l'interrompit le Dr Wyatt avec bienveillance. Vous ne pouviez pas savoir qu'elle allait s'ouvrir les veines. Personne ne pouvait le savoir. Et quand quelqu'un est fermement décidé à mettre fin à ses jours, personne ne peut l'en empêcher.

Il donna à Will une tape d'encouragement sur l'épaule et monta dans sa voiture pour suivre l'ambulance qui avait déjà atteint le portail.

Entre sa préparation d'un lait chaud pour Béatrice, l'allumage du feu et le nettoyage de la salle de bains, Will n'avait cessé d'essayer de joindre Erich par radio. Sans succès. Quand il vint s'asseoir à côté de Béatrice dans le salon, il paraissait épuisé.

— La salle de bains a retrouvé son aspect habituel, dit-il. Mon Dieu... elle doit avoir perdu des litres de sang. J'aimerais vraiment savoir si...

Il hésita à achever sa phrase, puis changea de sujet :

— Tu devrais aller te coucher, Béatrice. Tu dois être morte de fatigue. C'était vraiment une journée épouvantable, n'est-ce pas ?

— Je ne crois pas que je pourrais dormir, dit Béatrice. Je préférerais rester ici.

— Entendu. Si seulement je savais comment tout ça va se terminer. Et le major Feldmann qui ne rentre pas. Mon Dieu...

— Vous croyez que la clinique nous appellera si...

Béatrice ne savait pas quels mots employer pour dire l'impensable.

— Oh oui, on nous appellera, dit Will en regardant fixement le téléphone. C'est plutôt bon signe qu'il ne sonne pas.

Le silence s'éternisant, c'est Will qui, à vingt-deux heures trente, téléphona pour prendre des nouvelles. On l'informa que l'état de Mme Feldmann ne s'était pas amélioré; elle n'avait pas repris conscience. Le Dr Wyatt était à son chevet.

— Au moins, elle est toujours en vie, dit Will d'un ton lugubre.

Il était blême. Peu à peu, l'idée vint à Béatrice que ce n'était peut-être pas tant l'état d'Hélène qui le souciait que ce qu'il allait advenir de lui. Quand il apprendrait ce qui s'était passé, Erich, pour ne pas avoir à reconnaître sa responsabilité, chercherait un coupable. Et quel meilleur coupable que Will ? Will qui n'était pas resté près d'Hélène alors qu'elle avait manifestement besoin d'aide, pis, qui était parti raccompagner Mae. Béatrice fut certaine qu'Erich serait très fâché contre Will.

Peu avant minuit, ils entendirent enfin une voiture s'arrêter devant la maison, puis une portière claquer. Quelques secondes plus tard, Erich était là. Il paraissait d'excellente humeur, quoique fatigué. La présence de Will et de Béatrice dans le salon le décontenança.

— Ça alors ! Mais qu'est-ce que vous faites là ? Vous n'arrivez pas à dormir ?

Will se leva. Béatrice croyait voir ses genoux trembler.

— *Herr Major*... commença-t-il d'une voix mal assurée. *Herr Major*... répéta-t-il pour gagner du temps.

Puis il se lança et lentement, en butant sur les mots, il informa Erich de ce qui s'était passé.

Erich s'appliqua à se composer une attitude puis il donna l'ordre à Will de le mettre en communication avec la clinique de Saint Martin.

— Mais qu'est-ce qui vous a pris de ne pas appeler un médecin *allemand* ? hurla-t-il.

— Eh bien, Béatrice ne connaissait... commença Will.

Erich ne le laissa pas poursuivre.

— Béatrice ? Et où étiez-vous ? Comment avez-vous pu abandonner ma femme dans cet état ? La laisser seule avec une enfant de douze ans ?

Will lui tendit le combiné du téléphone.

— La clinique, *Herr Major*.

Erich aboya son nom dans l'appareil et exigea qu'on le mette immédiatement en relation avec le médecin qui s'occupait de sa femme. Puis il écouta un long moment sans interrompre son interlocuteur et dit enfin :

— Oui, oui. Merci. Oui, ce serait très aimable. Merci.

Il reposa le combiné et se tourna vers Will.

— Elle a repris connaissance. Son état s'est stabilisé. Le médecin pense qu'elle va s'en sortir.

Des perles de sueur se formèrent sur son front.

— J'ai besoin d'un whisky.

Will versa du whisky dans un verre et le donna à Erich, qui le vida d'un trait.

— Un autre, fit-il en tendant son verre vide.

Il but le deuxième whisky aussi vite que le premier. Quand il était arrivé, Béatrice avait eu l'impression qu'il n'était pas complètement à jeun ; s'il continuait comme ça, il serait bientôt tout à fait ivre. Elle se tassa dans son fauteuil et sentit la peur l'envelopper comme un voile glacé.

— Vous pouvez rentrer chez vous, Will, dit Erich

en le transperçant de son regard d'acier. Cette histoire ne va pas en rester là, je pense que vous en êtes conscient. Je vais réfléchir à la suite à lui donner.

— Si je peux vous être encore utile... marmonna Will.

Un sourire cynique le dissuada d'insister. Il baissa la tête et quitta la pièce. Quelques instants plus tard, on entendit ses bottes crisser sur le gravillon.

Erich se servit un troisième whisky. Ses gestes devenaient saccadés.

— Heureusement que tu étais là, Béatrice, dit-il. Heureusement que je t'ai. Tu es une petite fille courageuse et très raisonnable. Sans ta présence d'esprit, mon Hélène ne serait plus là.

Béatrice se détendit un peu. Il ne semblait pas fâché contre elle, c'était déjà ça. Elle décida d'exploiter ses bonnes dispositions à son égard pour plaider la cause de Will.

— Sir, Will a raccompagné Mae chez elle parce que vous lui en aviez donné l'ordre. Il n'avait que le désir de faire ce que l'on attendait de lui.

Erich se servit un quatrième whisky.

— Tu es sans doute trop jeune pour comprendre, Béatrice, dit-il alors d'une voix douce. Will est mon aide de camp et jouit à ce titre de plusieurs privilèges. En contrepartie, j'ai naturellement certaines exigences. Il doit faire ce qu'on attend de lui, oui. Mais qu'attend-on au juste de lui ? Qu'il exécute mes ordres, effectivement, et, au-delà de cette exigence de base, qu'il soit aussi capable de prendre la décision de ne pas exécuter un ordre quand les circonstances l'imposent. Je dois pouvoir me reposer sur cette capacité à décider par lui-même. Je n'ai pas besoin d'un esclave. Des esclaves, j'en ai, ce sont les deux Français qui s'occupent des roses, et ce sont tous les gens qui travaillent sur nos chantiers. J'ai besoin de quelqu'un qui pense par lui-même.

Il avait l'élocution hésitante de quelqu'un qui a trop bu, mais son ton était uni, dénué d'émotions. C'est alors qu'il était le plus redoutable, désormais Béatrice le savait. Quand il perdait le contrôle de lui-même et se déchaînait comme il l'avait fait au début de l'après-midi, il terrifiait peut-être son entourage, à commencer par Hélène, mais ça n'allait pas au-delà. C'est quand il était aimable et calme qu'il fallait se méfier d'Erich, quand il parlait doucement, quand il exposait minutieusement et très tranquillement une raison ou un point de vue. Parce que cela signifiait qu'il préparait un coup qu'il exécuterait à froid. C'est là qu'il était réellement dangereux.

Pourtant, Béatrice osa insister.

— Will ne pouvait pas savoir ce qui allait se passer. Personne ne peut savoir ce genre de choses.

Erich eut un sourire glacial.

— Hélène est une personne aux nerfs extrêmement fragiles. Tu ne le sais pas parce que tu ne la connais pas depuis assez longtemps. Will ne la connaît pas depuis longtemps non plus, c'est vrai. Mais c'est un adulte. Et un adulte est en mesure de se rendre compte de ce genre de choses. Je suis sûr qu'il a très rapidement compris qu'il avait en face de lui une jeune femme névrosée. Une jeune femme avec de lourdes tendances suicidaires.

Béatrice écarquilla les yeux.

— Est-ce qu'elle a déjà...

— ... tenté de mettre fin à ses jours ? Non, mais elle m'en a fait voir, tu peux me croire. Crises de larmes, hystérie, évanouissements, fièvres fulgurantes... C'est étonnant, les maladies qu'Hélène est capable de développer quand il s'agit de faire pression sur son entourage ou de me faire comprendre que je la traite mal. Elle est très imaginative. Quand elle devient hystérique, il ne faut pas la laisser seule.

Elle est alors capable de tout – ainsi qu'elle vient de le prouver.

— Elle était triste parce que vous étiez très fâché contre elle.

— Tu le crois ?

Il plongea la main dans sa poche à la recherche d'une cigarette et l'alluma.

— Je vais te dire une chose, Béatrice. Hélène est toujours triste. C'est dans sa nature, elle est comme ça. Elle ne s'occupe que d'elle du matin au soir, de ses petits soucis et de ses bobos, de ses problèmes et de ses maladies imaginaires. Il n'y a que son nombril qui l'intéresse. C'est ça qui l'incite à ces réactions très excessives.

Béatrice n'était pas persuadée que la réaction d'Hélène à l'agression de son mari fût « très excessive », même si s'ouvrir les veines lui paraissait terriblement radical.

— Que va-t-on faire, maintenant ? demanda-t-elle.

Erich la regarda sans comprendre.

— Comment cela, que va-t-on faire ?

— Eh bien, je suppose que Mme Feldmann va bientôt revenir, et je... nous devrons faire attention à ce qu'elle ne recommence pas. Je veux dire, à ce qu'elle n'essaye pas de... se faire à nouveau du mal. Il ne faudra jamais qu'elle reste seule.

Erich fit tomber la cendre de sa cigarette sur la table d'une pichenette impatiente.

— Ecoute, Béatrice, il ne faut surtout pas qu'elle ait l'impression que son geste nous a bouleversés. Si elle commence à croire qu'elle peut attirer notre attention avec ce genre de comportement imbécile, elle n'arrêtera plus. Il faut toujours que la terre entière s'intéresse à elle, à tout prix. Elle serait capable de s'ouvrir les veines toutes les semaines, s'il le fallait.

— Elle cherche peut-être un peu d'affection...

Béatrice vit le regard d'Erich changer.

— Tu penses que je ne lui donne pas assez d'affection ?

— Je ne sais pas.

— Bien sûr que tu sais. Je suis certain que tu y as déjà pensé. Donne-moi ton avis, Béatrice.

Elle haussa les épaules et resta muette. Erich écrasa sa cigarette sur la table – la table que maman cirait toujours si soigneusement, songea Béatrice – et se leva.

— Je rappelle la clinique, déclara-t-il.

Compte tenu des circonstances, l'état d'Hélène était plutôt bon, sa tension s'était stabilisée, elle dormait.

— Nous pouvons nous coucher, annonça Erich. Nous n'avons plus de souci à nous faire. Hélène est hors de danger. Elle va s'en sortir, maintenant.

Il tendit à nouveau la main vers la bouteille de whisky.

— Tu as bien réagi, Béatrice. Vraiment très bien réagi. Tu es une petite fille intelligente. Je suis fier de toi.

Et à quel titre devrait-il être fier de moi ? se demanda Béatrice, agacée par son arrogance, mais elle ne répliqua pas. A mesure que la tension refluait, une immense fatigue l'envahissait. Il était trois heures du matin et d'un coup elle n'aspirait plus qu'à se coucher, qu'à se laisser glisser dans un sommeil sans rêve qui effacerait les images des dernières heures… Hélène gisant dans son sang, Will blême et malheureux, Erich se saoulant méthodiquement au whisky.

Il sera toujours temps de repenser à tout ça demain, se dit-elle, au bord de l'épuisement.

Elle s'éveilla, consciente de ne pas être seule dans sa chambre. Sans doute était-ce le sentiment quasi intuitif que quelqu'un était là, près d'elle, et l'avait tirée du sommeil sans rêve qu'elle avait appelé de ses vœux. Sa chambre baignait dans la lumière grise d'une aube incertaine. Il devait être encore très tôt, et le temps ensoleillé des derniers jours devait avoir changé au cours de la nuit. Dans son demi-sommeil, Béatrice devina à la clarté opaque de la fenêtre que le brouillard était revenu.

Elle perçut une odeur de whisky. Erich était assis au bord de son lit, il se penchait vers elle.

— Tu es réveillée ? fit-il.

L'espace d'un instant, elle fut tentée de faire semblant de dormir puis elle comprit qu'il ne se laisserait pas décourager aussi facilement. Il n'aurait de cesse de la réveiller, alors autant ouvrir les yeux tout de suite.

Une peur diffuse lui nouait l'estomac. Jusque-là, Erich avait respecté sa sphère intime. Il s'était approprié la maison mais il n'était jamais entré dans sa chambre. Béatrice avait considéré comme acquis qu'il ne le ferait jamais. Comme si un mystérieux accord tacite avait fixé les limites à ne pas franchir.

Erich avait rompu l'accord. Non seulement il était entré dans sa chambre, mais il avait même osé s'asseoir sur son lit.

Une petite voix disait à Béatrice qu'il était trop près, beaucoup trop près. Il n'avait pas le droit d'être si près.

Elle ouvrit complètement les yeux.

Il faisait suffisamment clair dans la pièce pour qu'elle pût distinguer ses traits. Il lui parut très pâle – mais c'était peut-être dû à cette étrange lumière grise qui étouffait les couleurs –, ses yeux étaient trop brillants, de la sueur perlait sur son front et sa lèvre supérieure.

— Ah, tu es réveillée, dit-il, l'air soulagé.

— Que se passe-t-il ? demanda-t-elle en se redressant dans son lit. Quelle heure est-il ?

— Bientôt huit heures, répondit-il en posant la main sur son bras. Non, reste couchée. La nuit a été bien courte. Repose-toi encore.

— Je ne suis pas fatiguée.

A nouveau elle fit mine de se lever.

— Je vais...

Il la repoussa, doucement mais cette fois plus fermement.

— Non, courageuse petite fille. Tu restes au lit. A quoi ça nous avancerait, dis-moi un peu, que tu craques maintenant ?

Elle ne voyait pas bien ce qu'il voulait dire – pourquoi s'inquiétait-il, pourquoi la traitait-il comme si elle était en porcelaine ? –, elle savait seulement que cela ne servirait à rien de lui opposer une quelconque résistance.

Avec lui, ça ne sert jamais à rien, songea-t-elle, brusquement découragée.

Il prit sa main gauche dans les siennes, la caressa doucement.

— Mon Dieu, Béatrice, si je ne t'avais pas. Si je ne t'avais pas...

Elle n'osa pas retirer sa main, mais elle éprouvait le violent désir de le voir disparaître. Son cœur battait à se rompre, elle était complètement réveillée, prête à bondir hors de son lit pour s'enfuir – tout en sachant qu'elle ne pourrait jamais lui échapper.

— Personne ne me comprend, dit Erich. Absolument personne. Comprends-tu, petite Béatrice ? Comprends-tu ce que c'est quand personne sur terre ne vous comprend ?

— Hélène vous comprend.

— Hélène ? C'est celle qui me comprend le moins. Hélène n'est pas douce, gentille et charmante. Elle fait seulement semblant de l'être. Hélène veut imposer sa volonté aux autres, et elle s'y emploie de façon particulièrement perverse. Elle bat des cils, elle minaude, elle se plaint avec une petite voix malheureuse. Elle te culpabilise tellement que tu finis par faire ce qu'elle veut pour te libérer d'un poids qui en réalité ne devrait même pas exister.

Erich se tut un moment et regarda fixement devant lui, l'air accablé. Il était manifestement ivre, pourtant il s'exprimait clairement et ce qu'il disait parut sensé et mûrement réfléchi à Béatrice. Elle se souvint avoir entendu son père dire un jour que chez certaines personnes l'alcool, paradoxalement, clarifiait les idées. Ce devait être le cas d'Erich.

— Tu penses sans doute que, de nous deux, c'est moi qui suis le plus fort, dit-il alors. Tout le monde le pense parce qu'Hélène ne cesse de pleurer et de se plaindre. Pourtant, elle est forte, Béatrice. Elle est très forte même. Tu t'en rendras compte bien assez tôt. Elle met tout le monde sous son joug, moi comme les autres.

Pourquoi me raconte-t-il ça ? se demandait Béatrice, mal à l'aise. Ce sont ses histoires. Je ne veux pas y être mêlée.

— Je cherche quelqu'un qui me comprenne, poursuivit-il sur un ton désormais presque geignard. Je cherche quelqu'un à qui parler de tout ce que je ressens. Tu n'imagines certainement pas toutes les choses qui tournent dans ma tête. J'ai souvent de très belles pensées. Des pensées profondes. Parfois, ce sont aussi des pensées très, très tristes.

Il la regardait. Béatrice eut l'impression qu'il attendait un commentaire.

— Je suis désolée, marmonna-t-elle.

— Il y a une grande mélancolie en moi, déclara-t-il avec emphase. Je désire que tu le saches, Béatrice. Cela t'aidera à me comprendre. Je te parais parfois peut-être un peu étrange. C'est cette effroyable tristesse qui me tient dans ses griffes.

Béatrice songea qu'il avait peut-être, malgré tout, perdu la notion de ce qu'il disait, puis elle se souvint des sautes d'humeur dont il était coutumier. Il était capable de passer sans transition de l'euphorie à l'abattement, de l'affabilité à l'agressivité. Devant son mutisme, Béatrice avait parfois pensé qu'il échafaudait quelque plan machiavélique et ne prenait cet air lointain que pour mieux dissimuler les pensées qu'il agitait dans sa tête. Après tout, peut-être était-il réellement en proie à une profonde tristesse.

— Il y a un ennemi en moi... reprit-il.

Ses traits s'étaient altérés, il semblait avoir brutalement vieilli.

— Il est pire et plus dangereux que n'importe quel ennemi extérieur. Il est terré au plus profond de moi. Cela veut dire que je ne peux pas lui échapper. Je ne peux pas non plus le combattre. Comment mener une guerre contre soi-même ?

Attend-il que je lui réponde ? se demanda Béatrice, embarrassée. Elle se tut, faute de savoir quoi dire, et après une minute de silence pesant Erich reprit :

— Nous autres, Allemands, sommes un grand peuple. Nous sommes sur le point de conquérir le monde. Connais-tu un seul pays capable de nous tenir tête ? Il n'existe rien ni personne qui puisse nous arrêter. Nous sommes la race à laquelle le monde appartient – et j'en fais partie. Je fais partie d'une nation glorieuse et fière. Je me sens encore plus misérable de ne pas réussir à venir à bout de celui-ci, dit-il en posant la main sur sa poitrine. De cet ennemi impitoyable. Il est sacrément fort, beaucoup plus fort que moi. Parfois, je réussis à l'anesthésier. Il s'endort et me laisse un peu de répit, mais on dirait presque que ça lui permet aussi de se régénérer. Quand il se réveille, il est fort et ardent comme un jeune chien.

Il m'attaque, plante ses crocs dans ma chair et ne me lâche plus.

— Il n'est peut-être pas aussi fort que vous le croyez, suggéra prudemment Béatrice.

Elle aurait aimé s'asseoir pour ne pas se sentir aussi définitivement inférieure à lui, mais elle savait qu'il la forcerait à se rallonger et elle renonça à une tentative vouée d'emblée à l'échec.

— Peut-être fait-il seulement semblant, insista-t-elle.

Erich la regarda sans comprendre.

— Comment ça ?

Béatrice réfléchit à ce qu'elle avait voulu dire. C'étaient là des choses difficiles à saisir et difficiles à expliquer. Andrew lui avait souvent parlé des peurs qu'elle pouvait éprouver et des moyens qui existaient pour les dépasser. Il avait eu à cœur de lui démontrer que l'on pouvait toujours dominer une peur, quelle qu'elle soit, au lieu de se laisser dominer par elle.

— Quand on a peur de quelqu'un, dit-elle en s'efforçant de reprendre les mots de son père, on fait généralement un pas en arrière. L'autre fait alors un pas en avant. Il a un peu plus de place, et vous un peu moins. Il paraît de ce fait plus fort, mais ce n'est qu'une apparence. En réalité, vous lui avez seulement fait de la place.

— Et que proposes-tu ?

Elle réfléchit.

— Peut-être suffit-il de ne pas bouger. Et de bien regarder. Peut-être que l'autre n'est pas du tout aussi fort que ça.

Il eut un pâle sourire.

— Comme tout a l'air simple, dans ta bouche, petite Béatrice. Dis-moi… commença-t-il en l'observant, as-tu peur de moi ?

— Non, répondit Béatrice.

— Est-ce bien vrai ?

— Oui, il me semble.

Un éclair d'admiration passa dans les yeux d'Erich.

— Je te crois. Tu es forte. Plus forte qu'Hélène et moi. Viens, approche !

Il l'attira à lui.

— Prends-moi dans tes bras. Tu veux bien ? Juste pour un instant.

Elle eut un mouvement involontaire de recul. Erich lui caressa doucement la joue.

— Je ne désire vraiment rien d'autre. Serre-moi seulement dans tes bras.

Elle noua en hésitant ses bras autour de lui. Le tissu de son uniforme était rêche. Il pressa son visage contre le sien ; l'odeur de whisky devint plus forte, sa barbe naissante piquait sa joue. Le sentir si près n'était pas désagréable ; en dépit des effluves d'alcool, l'odeur de sa peau – qui lui rappelait vaguement le foin coupé –, mêlée aux fragrances raffinées de son eau de toilette, avait quelque chose qui l'attirait.

— Tu peux me donner beaucoup de force, murmura-t-il dans son cou. J'ai besoin de toi, Béatrice.

Elle se rendit compte avec étonnement qu'il pensait réellement ce qu'il disait. Il s'accrochait à elle comme un enfant perdu.

Ça va être difficile, songea-t-elle, ça va vraiment être difficile.

Erich commença à pleurer silencieusement.

11

Il n'y a pas de mois plus désespérant que janvier, songea Franca. Beaucoup de gens considèrent que novembre les déprime, mais ce n'était pas son cas, elle aimait ce mois-là. Elle pensait que la grisaille, le brouillard, le vent et la nuit qui tombait tôt avaient quelque chose de sécurisant. Novembre légitimait le retour entre ses quatre murs, le repli sur soi, la lumière douce des bougies, le thé chaud, les chants de Noël et les flambées dans la cheminée. Novembre donnait toujours à Franca le sentiment éphémère que son mode de vie était en accord avec le monde.

En janvier, elle ressentait exactement l'inverse. Janvier était une porte grande ouverte sur l'année qui commençait, avec les milliers d'expériences nouvelles et de dangers qu'elle réservait. Un jour, elle avait essayé d'expliquer cette impression à Michael ; elle ne se souvenait que trop du mépris agacé avec lequel il avait réagi.

« Des expériences nouvelles et des dangers ! Ma pauvre Franca, c'est décidément bien toi, ça ! Des expériences et des dangers, ta combinaison favorite. Il faut toujours que tu associes le mot “expérience” à quelque chose de négatif. Qu'une expérience puisse avoir aussi un caractère positif ne te vient donc jamais à l'esprit ?

— Je... »

Il ne l'avait pas laissée parler.

« Tu vois des dangers partout, Franca, c'est tout simplement maladif. Et le plus grave, c'est que ça ne s'arrange pas. Ne peux-tu pas imaginer qu'il puisse, un jour, t'arriver quelque chose qui ne soit pas dangereux ? Ou même, si j'osais aller jusque-là, que tu puisses être capable de regarder un danger en face, voire de le surmonter ? »

L'idée lui avait paru effectivement hardie, mais elle en avait essentiellement retiré l'impression qu'il n'était pas capable de la comprendre.

Cette année-là, janvier était encore pire. Il introduisait non seulement une nouvelle année, mais un nouveau siècle, et même un nouveau millénaire – du moins dans les usages puisqu'en réalité il ne commencerait que le 1er janvier 2001. Franca avait l'impression que les menaces que l'année recelait en avaient été multipliées d'autant et la guettaient de toutes parts, prêtes à fondre sur elle.

— Vivement l'été, dit-elle un matin, alors qu'ils prenaient le petit déjeuner.

Une odeur de café et d'œufs brouillés flottait dans la cuisine. Le vestige poussiéreux d'une couronne de l'avent était suspendu à l'espagnolette de la fenêtre.

— Tout le monde souhaiterait être en été, répliqua Michael sur le ton irrité qu'il prenait toujours pour lui faire la leçon. En été, il fait chaud, il y a des fleurs et ça sent bon. Personne ne peut sérieusement trouver l'hiver amusant.

— C'est janvier qui me pèse. C'est surtout janvier, insista Franca.

Michael remuait vigoureusement son café.

— Voilà que tu recommences avec ton histoire de mois de janvier ! Si tu disais : « Je ne supporte pas janvier parce qu'il fait froid et gris », je comprendrais. Mais tu vas encore me servir ton discours sur ces peurs bizarres qui te rendent la vie insupportable, je me trompe ?

Elle admit d'un hochement de tête timide qu'il avait raison.

Michael soupira et se laissa aller contre le dossier de sa chaise avec l'air suffisant et excédé de celui qui accepterait de discuter, puisque le sort en avait décidé ainsi, mais qui ne ferait aucun effort pour dissimuler son irritation et sa lassitude.

— Ne peux-tu pas essayer, au moins *essayer,* d'en finir un jour avec cette phobie de tout et de tout le monde ? Je ne te comprends pas. Cela m'est tout simplement impossible. Si seulement tu pouvais expliquer précisément de quoi tu as peur, si toutes ces craintes étaient concrètes ! Mais tu ne sais pas toi-même de quoi tu as peur. Tu es incapable de préciser ta pensée. Ce que tu racontes est ridicule. Et consternant.

Ridicule et consternant, voilà comment il qualifie ce que je ressens, songea Franca. Et sans doute me perçoit-il aussi comme une personne ridicule et consternante.

— Il faudrait que je retrouve une occupation, dit-elle d'un ton trop aigu.

Elle ne parvenait pas à poser sa voix, comme toujours lorsqu'elle entamait une discussion avec Michael.

Michael, à nouveau, soupira bruyamment.

— Ah. Je me disais aussi qu'il y avait longtemps que nous n'en avions pas parlé. Tu souhaites t'occuper. Bien. Et à quoi as-tu pensé ?

Il savait parfaitement qu'elle n'avait rien de précis en tête. Qu'il y avait une foule de choses qu'elle aimerait faire, mais rien qu'elle se sentît capable de faire. Le problème était justement là.

— Je ne sais pas, avoua-t-elle.

— Quand tu dis qu'il faut que tu retrouves une occupation, tu as certainement une idée.

— Je ne peux pas reprendre mon ancien métier. C'est exclu.

— De fait, et nous en avons déjà discuté à n'en plus

finir. Nous pourrions peut-être passer à autre chose, non ? Pourquoi ne parlerions-nous pas de ce que tu peux faire, au lieu d'établir la liste de tout ce que tu ne peux pas faire ?

Je lui tape affreusement sur les nerfs, se dit Franca. Elle se sentait aussi frustrée et fatiguée par ce bref échange que si elle s'était épuisée une nuit entière à essayer de lui faire comprendre ce qu'elle vivait. Cette discussion impromptue ne mènerait à rien, pas même à émouvoir l'homme qu'elle avait épousé huit ans auparavant.

— Ce n'est pas aussi important que cela, dit-elle sans conviction.

Michael n'était pas disposé à la laisser s'en tirer à si bon compte. Franca avait souvent pensé qu'il était comme un chat qui joue avec une souris avant de la tuer, qui la laisse s'éloigner, puis la rattrape d'un coup de patte assassin.

Pourquoi suis-je toujours la souris ? se demanda-t-elle, en proie à un désespoir grandissant.

— Comment ça, « pas important » ? Tu as mis le sujet sur le tapis précisément parce que tu le trouvais important. Tu n'en aurais pas parlé, sinon. Du moins j'espère que tu ne m'aurais pas gâché ma journée de vacances avant même qu'elle ne commence par une discussion que tu jugeais peu importante.

— Michael…

— Tu dis que tu as besoin d'une occupation. Je te demande à quoi tu as pensé, je te propose de considérer les choses du point de vue inverse, d'envisager ce qui est possible et : terminé ! la discussion ne t'intéresse plus. Tu n'as pas le sentiment de dérailler, par hasard ?

Le chat avait rattrapé la souris. Non seulement Franca se voyait décerner les qualificatifs « ridicule » et « consternante », mais maintenant en plus elle déraillait.

Elle regrettait amèrement d'avoir abordé un sujet qui la concernait. Elle ne pouvait pas discuter avec Michael. Il retournait tout ce qu'elle disait contre elle de sorte qu'elle n'avait d'autre possibilité que d'essayer de se défendre. A vrai dire, Michael n'était pas le seul avec qui elle ne parvenait pas à discuter. Sauf à être complètement abrutis, les gens qu'elle était amenée à fréquenter avaient habituellement tôt fait de découvrir ses points faibles. Ses angoisses et son manque de confiance en elle étaient analysés, disséqués, et elle avait immanquablement droit à un essai de psychanalyse sauvage, à des conseils, de la pitié ou, lorsque ses vis-à-vis se laissaient aller à leurs penchants agressifs, à des remarques désobligeantes qui la clouaient au mur.

— Tu as l'intention de faire quoi, aujourd'hui ? demanda-t-elle dans l'espoir de détourner la conversation sur un autre sujet. C'est ton dernier jour de congé. Tu pourrais...

Un rire moqueur l'interrompit.

— Ah, ah ! Madame ne veut plus que l'on parle d'elle ? Ne devions-nous pas réfléchir ensemble à ton avenir professionnel ? Ne me dis pas que ça ne t'intéresse plus !

— C'est inutile.

Michael soupira une troisième fois. Franca se faisait l'effet d'une petite fille butée.

— Il est bien certain que si tu prends les choses comme ça, tu ne risques pas de trouver grand-chose. Ton problème est là, Franca. Si tu ne crois pas en toi, personne ne croira en toi non plus.

Il lui avait répété cette phrase jusqu'à la nausée, elle ne pouvait plus l'entendre. Comment faisait-on pour croire en soi ? Elle l'aurait fait tout de suite si elle avait su comment s'y prendre. Existait-il une recette pour devenir comme Michael ?

Elle l'observa. Il était adossé à sa chaise, les mains

croisées derrière la tête, tranquille et sûr de lui. Elle l'avait toujours trouvé beau, et elle pensait aujourd'hui encore qu'il l'était, cependant pour la première fois elle pensa aussi qu'il n'était assurément pas sympathique. Elle eut l'impression de commettre un sacrilège et s'en effraya, mais elle ne pouvait nier l'évidence sans se mentir à elle-même : Michael avait indéniablement quelque chose d'antipathique.

Le soupçon d'arrogance qui naguère flottait sur ses lèvres s'était accentué et ne le quittait plus. Son attitude nonchalante, ses sourcils levés, ses cheveux, légèrement trop longs, rejetés en arrière et auxquels quelques subtils fils d'argent se mêlaient renforçaient l'impression d'un homme conscient de l'effet qu'il produisait sur les autres et qui en jouait.

Et moi ? Que voit-il quand il me regarde ? se demanda Franca. Elle se souvenait vaguement d'être passée, à une époque lointaine, pour une jeune femme particulièrement séduisante. Quand elle était étudiante, elle n'avait pas été en manque de compliments admiratifs sur ses jambes ou la couleur exceptionnelle de ses yeux. Aujourd'hui, il y avait beau temps que personne ne se retournait plus sur elle dans la rue. Elle savait que ses yeux avaient perdu leur éclat, qu'elle était triste, que ses angoisses avaient creusé un pli amer à la commissure de ses lèvres. Elle ressemblait exactement à ce qu'elle avait le sentiment d'être : grise, fade, timide et anxieuse.

Sans doute Michael ne tarderait-il pas à la tromper avec une autre femme, s'il ne le faisait pas déjà depuis longtemps.

— Alors, tu as l'intention de faire quoi, aujourd'hui ? redemanda-t-elle à Michael qui n'avait toujours pas répondu à sa question.

Michael jeta sa serviette sur la table et se leva.

— Eh bien, je ne me sens plus vraiment en vacances, dit-il sur un ton qui signifiait qu'il l'en rendait responsable. Je vais aller au labo. Comme personne ne sera rentré, je pourrai faire un peu de paperasserie sans être dérangé.

Il l'embrassa si négligemment que c'en était blessant. Son eau de toilette sentait le luxe et le raffinement. Franca songea qu'il devait y avoir une autre femme dans sa vie depuis un moment. L'idée lui fit mal, mais elle vivait trop dans la résignation pour en ressentir de la colère.

Alan ne put s'empêcher de penser qu'en janvier, Guernesey perdait beaucoup de son charme. Après deux heures passées à manger des scones et boire du thé au lait confortablement installé au chaud dans un café de Saint Peter Port, la bourrasque qui l'accueillit quand il mit le pied sur le trottoir le pétrifia. Des gouttes de pluie glacées, piquantes comme des épingles acérées, voltigeaient dans l'air. Un peu plus tôt, quand il était descendu de voiture et s'était engouffré dans le café, le temps ne lui avait paru ni aussi humide ni aussi froid. Le vent avait dû tourner au nord-est. Du reste, la météo prévoyait beaucoup de pluie pour les jours à venir.

Alan se demanda pourquoi il avait abandonné la douce chaleur du café. Son avion ne décollait pas avant deux heures, qu'allait-il faire d'ici là, lire le journal dans une voiture désagréablement froide ? Allez, dit une petite voix dans sa tête, tu sais très bien pourquoi tu es sorti. Si tu étais resté dans ce douillet café, tu n'aurais pas tardé à commander un cognac, puis un deuxième. Jamais on ne peut s'arrêter à un, n'est-ce pas ? Et tu es tellement fier d'avoir tenu jusqu'à maintenant sans boire une goutte d'alcool.

Il y avait des jours où il tentait de se prouver qu'il maîtrisait sa consommation d'alcool, que certes il aimait boire, mais qu'il n'avait pas besoin de ça pour se sentir parfaitement bien. Il repoussait son premier verre de vin ou de whisky jusqu'au soir – du moins prenait-il la résolution de le faire. Parfois, il y parvenait. Quand il n'y parvenait pas, c'était toujours pour une bonne raison. Un déjeuner avec un client où il aurait paru impoli de ne pas boire ; un « coup de pompe » brutal qui avait rendu le recours au cognac indispensable ; un souci professionnel qu'un whisky l'avait aidé à surmonter... La plupart des gens qu'il connaissait fonctionnaient comme lui – un petit remontant par-ci, un autre par-là, au cours d'une journée de travail, les occasions de boire ne manquaient pas –, il n'avait pas l'impression de sortir de la norme.

Pour l'heure, je n'ai malheureusement aucune raison à invoquer, songea-t-il en remontant le col de son manteau. Quoique par ce temps... Un bon grog bien chaud...

L'idée était si tentante qu'il s'éloigna à grands pas du café pour ne pas y succomber. Au fond, il avait peut-être tort de retourner cette histoire d'alcool dans sa tête. Cela ne faisait que donner de l'importance à l'affaire. Encore que sa mère ne fût pas complètement innocente non plus. Au cours de ces jours passés au Variouf, elle en avait beaucoup rajouté, elle avait compté les verres qu'il buvait, émis l'idée qu'il avait des bouteilles en réserve quelque part, qu'il buvait en cachette, bref, elle ne l'avait pas lâché. Il faut dire que, la veille du 31 décembre, elle avait eu la malencontreuse idée de surgir à deux heures du matin dans le salon. Elle l'avait trouvé installé dans un fauteuil, en peignoir mais pieds nus, tout environné de fumée de cigarettes, un verre de whisky à la main. Il se souvenait d'avoir eu froid mais de ne pas avoir trouvé le courage de monter se coucher.

« Qu'est-ce que tu fais là ? avait demandé Béatrice sur un ton de reproche, l'air courroucé.

— Et toi ? » avait-il rétorqué sur le même ton.

A l'étonnement d'Alan, elle avait tranquillement ouvert le placard, pris un verre et s'était à son tour servi un whisky, bien tassé pour autant qu'il pût en juger.

« Quelque chose m'a réveillée et je n'arrivais pas à me rendormir, expliqua-t-elle alors en s'asseyant en face de lui. Au bout d'un moment, je me suis dit qu'un verre m'aiderait peut-être à retrouver le sommeil.

— Eh bien, il m'est arrivé exactement la même chose. C'est la pleine lune ?

— Non, ce n'est pas la pleine lune. »

Elle avait porté le verre à ses lèvres, l'avait vidé d'un geste décidé puis avait dégluti sans pouvoir réprimer une grimace.

« En fait, je déteste le whisky.

— Pourquoi en bois-tu, alors ?

— La bouteille était à portée de ma main. Ça m'a donné envie d'essayer. A moins que ce ne soit de te voir en train de boire, ou l'odeur qui stagne dans la pièce. Ça sent très fort l'alcool, tu sais ? Même avec toute cette fumée. Tu as déjà bu combien de verres ? »

Il avait balancé entre l'envie de lui expliquer une bonne fois pour toutes qu'il avait plus de quarante ans et n'avait aucun compte à lui rendre et le désir enfantin de la choquer en annonçant un chiffre qui la bouleverserait.

« Six ou sept, avait-il déclaré d'un air las en s'emparant de la bouteille pour se resservir.

— Je n'en crois pas un mot. Tu ne serais plus en état de parler, si tu en avais bu autant. Néanmoins, je trouve passablement inquiétant que tu boives maintenant, au milieu de la nuit.

— Tu ne fais pas autre chose.

— Oui, mais c'est exceptionnel.

— Vraiment ? Et qu'est-ce qui me le prouve ? En tout cas, moi, d'ordinaire, la nuit, je dors.

— Alan ! »

Elle avait posé son verre et soutenu son regard sans ciller.

« Il y a quelque chose qui ne va pas ! Tu bois trop, c'est une évidence pour tout le monde. Et ces déambulations nocturnes… Je me demande si tu ne le fais pas également à Londres, si bien que je me demande aussi ce qui t'empêche de dormir, et ce que tu cherches à fuir quand tu bois.

— Je viens de te dire que d'ordinaire je dormais. Ici, c'est différent. Ça tient peut-être à ta maison. Ça n'arrête pas de craquer partout, le parquet, les poutres, l'escalier… Il n'y a pas un type normal qui fermerait l'œil.

— Alan… »

A son tour il avait posé son verre.

« Maman, arrête avec tes questions. Je ne suis plus un enfant. Je sais ce que je fais.

— Tu n'es pas heureux.

— Qu'est-ce que tu en sais ?

— Je le vois. Même quelqu'un qui te connaît moins bien que moi serait capable de s'en rendre compte. C'est écrit sur ton visage, dans tes yeux, et ton comportement le prouve. Tu as quarante-deux ans, un bon métier, tu es un homme séduisant et pourtant tu vis dans une solitude presque palpable. Ça me fait mal de te voir comme ça. J'aimerais que tu acceptes d'en parler avec moi. Nous pourrions réfléchir ensemble à ce qu'il faut faire… »

Une semaine plus tard, dans le vent froid qui balayait le port, il se souvenait encore du malaise physique qu'il avait ressenti à l'écoute de cette tirade. Dès que sa mère faisait des tentatives d'approche trop précises, dès qu'elle malmenait le mot « nous » et projetait quelque démarche commune, aussitôt un poids d'une tonne lui écrasait la poitrine, il se sentait brûlant et il ne parvenait plus à respirer posément. Il ne savait pas à quoi cela tenait, peut-être au fait qu'il ne connaissait que trop l'irréalité du « nous » qu'utilisait Béatrice. Quand elle disait : « Nous pourrions réfléchir ensemble », cela voulait dire : « Je vais mettre un plan au point et tu vas l'accepter. » Béatrice ne pratiquait que le « je ».

Au-delà de ça, il détestait qu'elle s'intéresse de trop près à ses systèmes de défense. Sa vie n'était peut-être pas parfaite, mais au moins l'avait-il bien en main et, s'il n'était pas heureux, ordinairement il réussissait à suffisamment refuser de s'appesantir sur ce fait pour ne presque plus le voir. Que quelqu'un vienne fourrager dans ses plaies et se mette en devoir de lui faire rentrer dans le crâne qu'il était un pauvre type était la dernière chose dont il avait besoin. C'était malheureusement un des grands talents de Béatrice. Elle n'avait pas son pareil pour voir à travers les gens, détecter leurs points faibles et se jeter dessus comme la pauvreté sur le monde. Bien sûr, sous couvert de les aider et par pure compassion.

Alan pensait qu'en réalité c'était essentiellement une façon de satisfaire ses appétits de pouvoir. Il s'étonnait lui-même d'être si prompt à accepter de revenir encore et toujours à Guernesey, d'habiter chez elle et de prêter le flanc à sa surveillance et à ses critiques. Et pour une durée relativement longue par-dessus le marché.

Il était arrivé la veille de Noël, la première semaine de janvier était passée et il était encore là. Il se demandait comment il avait pu être assez bête pour gâcher de précieux jours de congé dans la grisaille de Guernesey quand il aurait pu s'envoler pour une île tropicale baignée de soleil.

Mais il aurait été seul, sous les tropiques. Non qu'il ait eu des difficultés à faire des rencontres féminines, au contraire. Mais ces aventures sans lendemain lui avaient appris que l'on peut se sentir seul même dans les moments d'intimité physique les plus intenses.

Plus seul parfois que lorsque l'on est effectivement seul devant son poste de télévision. Il avait fini par renoncer à ces conquêtes d'un soir, il n'avait plus besoin de coucher avec une femme pour se prouver qu'il était irrésistible. En fait, il pensait même que parler avec une femme était plus agréable que passer directement au lit avec elle.

Je dois vieillir, songea-t-il, ou bien maman a raison, je suis tellement seul que même le sexe ne m'intéresse plus.

Un sentiment d'absolu découragement le gagna, le vent lui parut encore plus froid qu'en sortant du café. L'envie de boire un alcool fort commençait à l'obséder. Il se sentirait tout de suite mieux avec un cognac, il en était certain. Il imagina la brûlure du liquide ambré dans sa gorge, la chaleur dans son estomac, sa tête soudain plus légère. Cette sinistre matinée reprendrait des couleurs, le vent faiblirait.

Il hésitait à revenir sur ses pas quand il la vit. Alors il sut pourquoi il reprenait toujours le chemin de Guernesey, pourquoi il y restait plus que nécessaire, et il sentit déjà renaître en lui l'espoir puéril qui le poussait à toujours retourner dans un lieu qu'en réalité il détestait.

Il regardait Maya venir vers lui et se disait que décidément jamais il n'arriverait à guérir de cette passion irrationnelle qui le dévorait. Il était amoureux comme un collégien. Il ne pouvait s'empêcher de croire, contre toute raison, que tout, la vie, le quotidien, l'avenir, serait plus facile et plus beau si Maya acceptait de vivre avec lui et lui seul.

— Bonjour, Alan, dit-elle en arrivant à sa hauteur.

— Bonjour, Maya, dit-il en retour sur un ton qu'il réussit à rendre détaché alors qu'en réalité son cœur battait à se rompre et qu'il aspirait plus que jamais à l'alcool fort qui lui rendrait son calme.

— Je te croyais parti depuis longtemps, dit Maya.

Quelle chance que tu sois encore là et que justement je tombe sur toi.

Son sourire était doux et innocent comme celui d'une madone, mais la petite flamme aguicheuse qui pétillait dans ses yeux ne permettait pas de douter que chacun de ses gestes ou de ses regards était calculé.

Alan se demanda si elle était insensible au froid ou si elle était complètement frigorifiée mais prête à payer ce prix pour se montrer sous un jour plus séduisant. Sa jupe était si courte et si étroite qu'elle devait à peine pouvoir s'asseoir et son pull-over était au minimum une taille trop petit. Elle portait des collants noirs satinés et des chaussures à hauts talons qui la faisaient paraître plus grande et plus mince. Pourtant, elle était déjà très mince, plus encore peut-être que la dernière fois qu'il l'avait vue, à Noël. Pourquoi cette extrême minceur l'émouvait-elle autant ? Il dut faire un effort pour se souvenir qu'il n'y avait rien chez Maya qui fût susceptible d'arracher une vague émotion à tout autre que lui. Maya était maligne et parfaitement dénuée d'angoisses, d'états d'âme et de scrupules. Si parfois elle paraissait douce et innocente, c'est uniquement parce qu'elle avait décidé de paraître douce et innocente.

Elle retenait par le col son manteau négligemment jeté sur une épaule.

— Tu n'as pas peur de t'enrhumer, à te promener comme ça à moitié nue ? demanda-t-il plus sèchement qu'il n'aurait voulu.

Son charmant visage se plissa en un sourire moqueur.

— Tu es peut-être frileux comme un vieux chat, mais moi, non ! Je n'ai pas froid du tout.

Il remarqua les marbrures bleuâtres au-dessus de ses lèvres – ses lèvres douces, pleines et chaudes – et il sut qu'elle mentait. Elle avait froid, mais son manteau aurait dissimulé sa gracieuse silhouette.

Ote-la de ton esprit, se dit-il, à la fois en colère et désespéré. Jamais tu ne seras heureux avec elle. Aucun homme ne peut l'être. Une femme qui est capable de se promener sans manteau par le temps qu'il fait à seule fin de montrer ses seins et ses jambes ne vaut rien. Rien !

La violence de sa réaction l'effraya. Jamais il n'avait porté de jugement aussi définitif sur Maya et il regretta sa sévérité. Il était injuste. Maya était jeune, pleine de vie, elle faisait des bêtises, cependant quel jeune n'en faisait pas ? Elle en faisait peut-être seulement un peu plus que les autres… Ce n'était pas une raison pour la dénigrer, elle qu'il aimait et désirait comme aucune autre femme.

— Mon avion ne part pas avant deux heures, dit-il. Veux-tu que nous prenions un café ensemble ?

Elle réfléchit brièvement.

— Tu es motorisé ? Nous pourrions aller au bord de la mer. J'adore la mer par ce temps.

Il sortit ses clés de voiture.

— Bonne idée, allons-y !

Parfois, Hélène se demandait pourquoi elle avait tant tenu à rester à Guernesey, surtout par des journées d'hiver comme celle-ci. Le ciel plombé, le hurlement du vent, les silhouettes noires des arbres dénudés l'oppressaient. Pour une raison qu'elle ignorait, c'était en ces moments-là qu'elle éprouvait de la nostalgie pour un pays où elle n'était pas retournée depuis près de cinquante ans. Quand il faisait beau, que l'air était léger et que les prairies se couvraient de fleurs, Guernesey la consolait de la perte de l'Allemagne, mais quand il faisait froid et gris, c'était comme si une plaie mal fermée se rouvrait. Elle pensait alors à Berlin, à la vieille demeure familiale, à son quartier, aux gens qu'elle avait connus – ses camarades de classe, les hommes qu'elle avait fréquentés avant qu'Erich n'entre dans sa vie. Quelques baisers volés, des promenades romantiques sur les rives du lac de Grünewald, c'étaient des amourettes bien innocentes. Erich était le premier avec lequel c'était devenu plus sérieux. Aujourd'hui, quand elle regardait son passé, elle avait l'impression que ces brèves rencontres avaient été autant d'opportunités de vivre une autre vie, de chances qu'elle n'avait pas su saisir et qu'elle avait irrémédiablement perdues. C'était stupide, bien sûr, de retourner ces histoires dans sa tête, à son âge et maintenant qu'il était effectivement trop tard pour revenir en arrière. Béatrice lui dirait qu'elle avait bien tort d'user son énergie à regretter ce qui ne pouvait plus être changé ou appartenait au passé. Mais Béatrice était différente, elle était pragmatique, concrète et radicalement déterminée à ne regarder que vers l'avenir. Béatrice ne se laissait pas aller aux regrets ou à la mélancolie. Ou bien savait-elle seulement mieux cacher ses sentiments ?

Hélène abandonna sa chambre où elle avait fiévreusement tenté de remettre un peu d'ordre, sans grand succès, et gagna le rez-de-chaussée. La maison était complètement silencieuse, Béatrice avait dû partir faire les courses, c'était son heure. Hélène entra dans le salon. Dans la journée, la pièce était toujours chauffée et il y faisait agréablement bon, cependant elle se demanda si elle n'allait pas allumer un feu dans la cheminée. Voir danser les flammes dans l'âtre et entendre les bûches craquer l'apaisait toujours.

L'hiver quand le brouillard noyait la campagne, l'été quand les soirées étaient fraîches, jamais Erich n'avait manqué une occasion de faire une flambée dans cette cheminée. Il revint soudain en mémoire à Hélène son premier automne à Guernesey, quand elle était sortie de l'hôpital, physiquement et psychologiquement très affaiblie. Cette année-là, l'automne avait succédé à l'été sans transition. Octobre et novembre avaient été inhabituellement froids pour Guernesey et il pleuvait sans discontinuer. Elle avait été très longue à se rétablir – sans doute le mauvais temps y était-il pour quelque chose, mais sans doute était-ce dû aussi à un mal-être et à un grand sentiment de vulnérabilité qui l'empêchaient de trouver en elle le courage de remonter la pente. Elle était triste, dépressive et son pays lui manquait.

Le seul bon souvenir qu'elle conservait de sa convalescence était l'attention qu'Erich lui avait manifestée. Il lui tenait grief d'avoir attenté à ses jours et ne se privait pas de le lui rappeler, cependant il évitait de se montrer trop virulent et elle comprit que cette fois elle l'avait réellement touché. Quand il ne la trouvait pas immédiatement ou quand elle ne répondait pas à ses appels, aussitôt il devenait nerveux. Elle était parfois tellement absorbée dans ses pensées qu'elle ne l'entendait pas, pourtant elle ne dormait pas, elle regardait distraitement par la fenêtre, l'esprit ailleurs, ou cherchait un peu de chaleur devant la cheminée. Erich en voulait beaucoup à Will, comme s'il portait l'entière responsabilité de ce qui était arrivé. Hélène, qui considérait qu'il n'était pas responsable, dut beaucoup insister pour qu'il reste à leur service. Ce fut l'une des rares périodes de sa vie où elle s'opposa à Erich et émit un souhait précis, et ce fut l'une des très rares fois où Erich respecta son souhait. A l'époque, il supportait mal l'instabilité psychique dont il était affecté et avalait des tonnes de médicaments. Hélène mit longtemps à se rendre compte que lorsqu'il était dans une phase dépressive, c'était de plus en plus souvent auprès de Béatrice qu'il se réfugiait.

Elle se souvenait encore du choc qu'elle avait ressenti

en découvrant l'étrange amitié qui se nouait entre son mari et une enfant de douze ans. C'était une relation sans ambiguïté sexuelle et Hélène, qui connaissait la rigueur morale d'Erich, n'imaginait pas qu'il pût en être un jour autrement. C'est d'autres besoins qu'il cherchait à combler : il voulait qu'elle le comprenne, qu'elle devienne sa confidente, sa complice, il voulait gagner sa confiance et son affection.

La jalousie avait frappé Hélène comme un coup de poing. Ce n'était pas de Béatrice qu'elle était jalouse, mais d'Erich. Les sautes d'humeur de son mari, son imprévisibilité l'épuisaient et elle n'était que trop heureuse qu'il cherche une autre épaule sur laquelle s'épancher, un autre souffre-douleur. Mais ce ne devait pas être Béatrice. Elle ne lui accordait pas Béatrice. Béatrice lui appartenait, et il devait cesser de tenter de se l'approprier.

Elle avait encore dans l'oreille la conversation qu'elle avait surprise entre eux. C'était en janvier 1941, par un autre jour froid et venteux, l'horizon était bas, les nuages filaient dans le ciel. Elle avait dormi plus longtemps que d'habitude et, quand elle était descendue, la matinée était bien avancée. Comme toujours depuis cet épouvantable 5 septembre qui s'était si mal terminé, elle grelottait dans son peignoir; d'ailleurs, elle commençait à se résigner à avoir froid le restant de ses jours. Une grande tasse de café la réchaufferait peut-être. Elle était sur le point d'entrer dans la salle à manger quand elle avait entendu la voix d'Erich de l'autre côté de la porte. Elle était très étonnée qu'il soit encore là, elle le croyait parti depuis longtemps.

« C'est ce froid, disait-il, faisant ainsi écho sans le savoir à la préoccupation essentielle d'Hélène. C'est ce terrible froid qui m'habite. Et le vide. Jamais je ne m'en sortirai.

— Je ne sais plus quoi vous dire, monsieur Feldmann. Nous en avons déjà tellement parlé. »

C'était Béatrice. Elle parlait allemand, avec un accent anglais assez marqué, mais presque sans fautes.

Comme elle apprend vite, s'était émerveillée Hélène, quelle enfant intelligente !

L'admiration qu'elle ressentit lui fit chaud au cœur, il y avait longtemps qu'elle n'avait pas éprouvé une telle satisfaction, mais presque dans le même temps une crispation douloureuse contracta son estomac. Ils en avaient « déjà tellement parlé ». Ainsi il se confiait à elle. Il lui parlait des démons qui l'habitaient, des pensées qui le tourmentaient. Et elle acceptait ça, elle l'écoutait, elle le comprenait, elle lui consacrait du temps et lui parlait d'une voix douce.

« Ce n'est pas que ma vie n'ait pas de sens, reprenait Erich, elle a un sens. La vie de tous les Allemands a un sens. Nous menons le grand combat de l'ordre nouveau. Je suis au service de ce combat. C'est cela qui donne son sens à ma vie. C'est un sens exceptionnel, tu ne trouves pas ? Un sens exceptionnel et important. »

Béatrice demeurait muette – qu'aurait-elle pu répondre ? – mais elle devait l'observer de son beau regard grave et attentif.

« Mais pourquoi est-ce que je ne ressens rien ? Je sais que ce sens existe, ma tête, ma raison le connaissent, mais je n'éprouve rien ! Que le vide. C'est absurde. Absurde et incompréhensible en regard du grand devoir qui m'habite. Je ne comprends pas comment c'est possible. Si je comprenais, ce serait peut-être plus facile. »

Hélène, les genoux tremblants, s'éloigna de la porte et s'assit sur l'une des dernières marches de l'escalier. Elle n'entendit pas tout ce que Béatrice répondit, sans doute fit-elle une remarque évasive car la réponse qui s'imposait ne pouvait pas venir d'une enfant de douze ans. Le grand devoir qu'évoquait Erich était en réalité suffisamment discutable et hasardeux pour lui peser plus qu'il ne voulait bien le reconnaître, d'un point de vue moral, mais aussi pratique, personne ne pouvant être certain de le voir un jour aboutir.

Il a peur, songea Hélène avec la certitude de l'instinct qui ne trompe pas. Il a une peur panique de l'avenir et, pour ne pas affronter cette peur, il se réfugie dans la dépression.

La porte s'ouvrit et Erich sortit. Il était pâle, ses yeux étaient irrités. Hélène savait qu'il dormait à peine.

« Ah, Hélène, fit-il sans paraître surpris de la trouver là. Que fais-tu sur ces marches ? Tu vas prendre froid.

— Je m'apprêtais à prendre le petit déjeuner avec toi. Mais j'ai eu un vertige et j'ai dû m'asseoir.

— Tu prends bien le fer que t'a prescrit le Dr Mallory ? »

Il se pencha et l'embrassa rapidement sur le front.

« Je dois y aller, dit-il alors. Béatrice est là. Elle te tiendra compagnie. »

Il se dirigea vers la porte d'entrée, le dos droit, la tête haute. Il devait lui en coûter plus qu'il n'y paraissait de donner de lui l'image de l'officier solide et sans faille quand en son for intérieur il se sentait aussi misérable.

La porte d'entrée se referma derrière lui ; au même instant, Béatrice sortit de la salle à manger. Elle était particulièrement jolie, ce matin-là, avec dans les yeux un air grave qui n'était pas de son âge.

« Pourquoi n'es-tu pas à l'école ? lui demanda sèchement Hélène.

— Nous commençons plus tard, aujourd'hui. Le cours d'allemand a été annulé. »

Toutes les écoles de l'île devaient enseigner l'allemand, cependant les professeurs manquaient et les cours n'avaient lieu que sporadiquement.

« Ah. Et pourquoi a-t-il été annulé ?

— Le professeur est malade. Elle a la grippe. Et il n'y a personne pour la remplacer. »

Hélène se leva péniblement en prenant appui sur la rambarde de l'escalier.

« Et au lieu, pour une fois, pour une fois seulement, de venir voir comment je vais, tu bavardes gaiement et pendant des heures avec Erich », dit-elle dans un souffle.

Béatrice la regarda sans comprendre.

« Nous avons parlé un quart d'heure. Pas plus.

— Avec moi, tu n'as pas encore parlé ! Pas même un quart d'heure.

— Vous dormiez encore.

— Qu'est-ce que tu en sais ? Qui t'a dit que je dormais ? Que je n'étais pas réveillée à attendre que quelqu'un vienne enfin voir comment j'allais ?

— Je ne pouvais pas le savoir, répondit Béatrice poliment en même temps qu'elle commençait à trouver l'insistance d'Hélène excessive. Je suis désolée.

— Penses-tu ! Tu n'es pas désolée du tout ! s'exclama Hélène. Je ne suis rien pour toi ! Je me demande seulement pourquoi tu ne m'as pas laissée mourir, l'autre fois. Cela aurait été tellement mieux pour nous tous ! »

Béatrice ne répondit pas, alors Hélène pivota sur ses talons et se précipita dans l'escalier.

« Je peux recommencer ! Je vais recommencer ! »

Elle s'engouffra dans la salle de bains, claqua la porte derrière elle et poussa le verrou. Le souffle court, elle s'assit sur le rebord de la baignoire et essuya la sueur de son front.

Entendre Béatrice monter les marches quatre à quatre derrière elle l'emplit de satisfaction.

« Hélène, ouvrez ! Je vous en prie ! Ouvrez et sortez ! »

Béatrice secouait la porte de toutes ses forces.

Hélène se garda de donner le moindre signe de vie. De l'autre côté de la porte, Béatrice suppliait et implorait. A bout d'arguments, elle disparut un instant puis revint avec Pierre, qui enfonça la porte. Le bois craqua, le verrou arraché fut projeté sur le lavabo où il fit sauter un éclat d'émail. Pierre, Béatrice et un garde allemand se précipitèrent dans la pièce, l'air hagard. Hélène, toujours assise sur le rebord de la baignoire, les regardait, très calme.

« Tout va bien, madame ? demanda Pierre dans un allemand hésitant, après avoir fiévreusement parcouru la pièce du regard à la recherche de traces de sang ou d'un quelconque signe de tentative de suicide.

— Ne refaites jamais ça, dit Béatrice qui avait mis une longue minute à retrouver son calme, ce n'est pas correct. Ne recommencez pas. »

Hélène avait bien évidemment recommencé. Elle devint coutumière du fait, et d'autant plus prompte et furieusement décidée à se suicider qu'elle voyait l'efficacité de son chantage faiblir. Un jour, en effet, Pierre cessa d'enfoncer la porte et Béatrice de surgir, livide, dans la salle de bains. Quand elle constata la quasi-absence de réaction de son entourage, elle opta pour une autre stratégie. Elle eut de nombreuses maladies, des fièvres inexpliquées, des migraines. Une fois, elle perdit tellement de poids que l'on envisagea sérieusement son hospitalisation.

Dans tout ça, j'ai surtout perdu l'amour de Béatrice, songea Hélène. Si tant est que je l'aie possédé un jour. Je l'ai toujours agacée – et je l'agace encore.

Elle s'approcha de la fenêtre et regarda dehors. Le vent ne cessait de forcir, d'ici au soir la tempête serait là. Une porte claqua quelque part dans la maison, Hélène se retourna, pleine d'espoir.

— Oui ? Il y a quelqu'un ? appela-t-elle.
Personne ne lui répondit.

Ils garèrent la voiture à Petit Bôt Bay, à côté de l'ancien moulin en pierre qui l'été abritait un petit débit de boissons. Dans le jardin, les bancs de bois et les tables semblaient abandonnés, quelques mouettes se dandinaient en picorant çà et là entre les gravillons. La plage était déserte, la mer, grise et sombre, se fracassait sur la côte. Le sentier qui descendait de la falaise vers la plage était détrempé par l'humidité ambiante. Dans le ciel, les mouettes, portées par le vent, dessinaient de grands huit dans l'air en poussant des cris perçants.

Ce n'est pas un jour à prendre l'avion, songea Alan.

Il avait essayé d'ouvrir la portière, mais le vent soufflait en sens contraire avec une telle violence qu'il avait à peine réussi à l'entrouvrir.

— Je crois qu'on devrait renoncer à notre promenade, dit-il, l'air contrarié.

Maya éclata de rire.

— Effectivement, je nous vois mal faire plus de trois mètres sur la falaise sans nous envoler ! Restons dans la voiture. On sera aussi bien au chaud et à l'abri à fumer une bonne cigarette.

Elle sortit un paquet de son sac et le tendit à Alan. Il refusa la cigarette mais lui prit son briquet des mains pour lui donner du feu. C'était un briquet publicitaire qui venait, à en croire l'inscription, du *Rainbow Colours*, une discothèque à la réputation sulfureuse des environs de Saint Peter Port. Quand y était-elle allée ? La semaine précédente ? La veille ?

Elle était merveilleuse quand elle dansait ; elle était souple, gracieuse, elle avait un sens inné du rythme, et elle était formidablement sensuelle. Aucun homme ne pouvait la quitter des yeux. Avec qui avait-elle dansé ? Avec qui avait-elle ensuite couché ?

Il eut honte d'avoir si mal à l'idée de ce que Maya pouvait faire, et honte d'être amoureux de façon aussi déraisonnable. Maya jouait avec lui, elle le menait par le bout du nez. Dans quel but, en supposant qu'elle en ait un, il l'ignorait.

Les rafales de vent faisaient bouger la voiture.

— La voiture tangue comme si on était en train de faire l'amour dedans, remarqua Maya dans un éclat de rire. De loin, je suis sûre que c'est l'impression que ça donne.

Alan regardait droit devant lui.

— Tu aimerais faire l'amour maintenant ? demanda-t-il sans tourner la tête vers elle.

Elle tira une longue bouffée de sa cigarette.

— Et toi ? Tu en as envie ?

— Je te pose la question.

— J'ai toujours aimé faire l'amour avec toi.

Elle semblait sincère, mais avec elle, on ne pouvait être sûr de rien, Alan le savait.

— C'est toi qui d'un coup n'as plus voulu ! ajouta-t-elle.

— Ce n'est pas tout à fait exact, rectifia-t-il. Je ne voulais plus continuer de cette façon-là.

— Oui, tu as raison. Je devais d'abord renoncer à rire et à profiter de la vie et devenir quelqu'un de sérieux, ou je ne sais quoi du même genre !

— Je voulais qu'on se marie.

— Ça revient au même.

— Je ne pense pas que se marier et renoncer à profiter de la vie reviennent au même. A moins que profiter de la vie consiste pour toi à accumuler les amants. Auquel cas c'est effectivement une pratique à laquelle on doit renoncer quand on se marie.

Elle lui souffla la fumée de sa cigarette au visage.

— Mon Dieu ! Voilà que tu recommences à parler comme un maître d'école. Tu t'en rends compte, au moins ?

Il abaissa la vitre de la portière et chassa ostensiblement la fumée vers l'extérieur. Un vent glacé s'engouffra dans l'habitacle.

— Tu ne vas pas pouvoir éternellement traiter de maîtres d'école les personnes qui te font remarquer que ton mode de vie laisse à désirer. Sans même parler de tes histoires de cœur, tu ne trouves pas que tu pourrais lentement t'intéresser à ton avenir professionnel ? Il faudrait peut-être que tu songes à faire quelque chose.

Elle lui souffla à nouveau la fumée de sa cigarette au visage.

— Tu m'en diras tant ! Tu n'es pas dans un bon jour, aujourd'hui, je me trompe ? Tu bougonnes et tu es ennuyeux à périr. Ah… j'en bâille déjà. Ce ne serait pas mieux de faire l'amour ?

Elle ne jouerait pas avec moi si je ne représentais pas quelque chose pour elle, se disait Alan, tout à son désir de minimiser son attitude. On ne joue pas avec quelqu'un qui ne vous est rien.

— Je veux te parler. C'est plus important qu'une partie de jambes en l'air dans une voiture. Tout au moins pour moi.

Elle croisa les jambes dans un geste d'impatience.

— Je t'ai déjà dit que j'étais prête à venir à Londres. Tout de suite. Il faut seulement…

— Que je te paye un appartement et une voiture, que je subvienne à tes besoins, que je subventionne ta garde-robe. Il n'en est pas question, Maya. Que je préserve ce qu'il me reste de dignité, ajouta-t-il pour lui-même, et d'amour-propre.

— Tu as de l'argent. Si tu tenais vraiment à moi…

— Je tiens suffisamment à toi pour vouloir t'épouser. C'est une preuve, non ?

Elle rejeta la fumée de sa cigarette toujours aussi ostensiblement dans sa direction.

— Arrête, Maya !

— Quoi donc ?

— Arrête de me provoquer. Arrête de te conduire comme une petite cruche. Grandis !

— Je fais ce que je veux, tu devrais finir par le savoir, répliqua-t-elle en prenant un air exagérément ennuyé. Que veux-tu y changer ?

— Je pourrais sortir définitivement de ta vie, menaça-t-il en se rendant lui-même compte qu'il se comportait comme un enfant qui tape du pied.

Elle eut un rire amusé, jeta le mégot de sa cigarette par terre et l'écrasa du bout de sa chaussure. Chacun de ses gestes était une démonstration de je-m'en-foutisme.

— Tu es trop chou, Alan ! Je t'assure ! Tu veux sortir de ma vie ? Mais tu n'y arriveras jamais !

Elle avait raison, et il se maudissait d'être aussi faible. Il n'y arriverait pas, quoi qu'elle lui fasse subir et quoi qu'elle exige, sûre que sa résistance avait des limites et qu'un jour il céderait. Il savait qu'elle tenait plus que tout à venir à Londres et qu'elle trouverait un moyen de parvenir à ses fins. Tôt ou tard elle dénicherait un type qui l'entretiendrait et se moquerait pas mal de ses escapades. Elle était belle, peu farouche et douée d'un appétit de vivre fascinant.

Je l'aime, songeait-il, résigné. Je l'aimerai toujours.

— Il faut que j'aille à l'aéroport, dit-il, mais je te ramène d'abord à Saint Peter Port.

— Comme tu voudras, répondit-elle paresseusement, les yeux soudain embués de sommeil. Je vais rentrer me mettre au lit. C'est un jour à rester couché.

— D'ordinaire, dans la journée, les gens travaillent, remarqua Alan bien qu'il sût que Maya détestait son côté donneur de leçons et ne se priverait pas de quelques remarques cinglantes.

— Parce que d'ordinaire les gens, la nuit, ils dorment.

— Ah ? Tu n'as donc pas dormi, la nuit dernière ?

Ses yeux s'embuèrent un peu plus et un sourire équivoque naquit sur ses lèvres.

— Non. Je n'ai effectivement pas dormi.

Alan prit sur lui-même pour paraître détaché, mais la jalousie qui se répandait dans son corps comme un poison menaçait de lui couper la respiration.

— Si je comprends bien, tu n'étais pas seule ?

Le sourire de Maya se précisa, elle s'étira à demi, comme une chatte au soleil, puis se pelotonna sur son siège, les yeux clos, la tête légèrement inclinée de côté.

— De fait. Je n'étais pas seule. Hum... que la vie peut être agréable et excitante...

Elle soupira lascivement.

D'un geste brusque, Alan tourna la clé de contact et mit le moteur en marche.

— Tant mieux, si tu prends la vie comme ça, Maya. J'en suis heureux pour toi.

Elle rit à nouveau, puis soudain se pencha en avant, le visage tout près du pare-brise.

— Regarde ! N'est-ce pas Kevin, là, dehors ? fit-elle, étonnée.

C'était effectivement Kevin qui venait d'apparaître devant l'un des murs protégeant la plage. Il luttait pour ne pas se laisser emporter par le vent et paraissait complètement trempé. Le trouver là était d'autant plus surprenant que rien ne lui ressemblait moins que sortir par un temps pareil. Il détestait se faire mouiller et paraître peu soigné.

— Ça alors, fit Maya, mais qu'est-ce qu'il fait là ? J'ai du mal à croire que ce soit l'attrait de la plage qui l'ait incité à mettre le nez dehors aujourd'hui...

— Ce qu'il fait n'est pas très prudent, dit Alan. Les lames peuvent être très dangereuses, en bas.

— Il avait peut-être rendez-vous avec un amant dans une grotte, imagina Maya.

Elle ouvrit sa portière en luttant héroïquement contre le vent et appela :

— Kevin ! Ohé, Kevin ! D'où tu viens comme ça ?

Le vent emportait ses paroles, mais Kevin, qui était arrivé à la hauteur du moulin, leva les yeux et découvrit la voiture. Il sursauta et la regarda comme s'il voyait une apparition, l'air paniqué. Il s'approcha prudemment.

Maya agitait les bras.

— Kevin !

Arrivé à la hauteur de la voiture, il reconnut Maya et Alan et la peur qui creusait ses traits s'effaça.

— Maya, Alan ! ? Qu'est-ce que vous faites là ?

— Monte ! cria Maya en retour. Tu vas attraper une pneumonie sinon !

Kevin ouvrit la portière arrière et se laissa tomber sur la banquette. Il était tout essoufflé.

— Eh bien, vrai... Quel temps ! articula-t-il en tentant de reprendre sa respiration.

— Que faisiez-vous donc sur la plage ? demanda Alan en s'engageant prudemment sur la route étroite et sinueuse qui remontait vers les terres.

Kevin releva les cheveux mouillés qui lui tombaient sur le front.

— Il fallait que je sorte. J'avais l'impression d'étouffer, chez moi. J'ai eu envie de marcher un peu au bord de la mer.

— Alors là, Kevin, soit tu es malade, soit il y a autre chose qui ne va pas, intervint Maya. Je ne t'ai jamais vu sortir de tes quatre murs autrement que par grand beau temps...

— Eh bien, tu me connais mal, Maya, répondit Kevin sur un ton inhabituellement mordant. Je ne suis pas le pédé amorphe que tu imaginais.

Oh, oh, remarqua Alan en son for intérieur, il n'est pas à prendre avec des pincettes, aujourd'hui !

Il l'observa à la dérobée dans le rétroviseur. Il était

pâle, tendu et paraissait très fatigué. Plus trace de son charme habituel sur ses beaux traits réguliers.

— Toi, tu ne t'es pas levé du bon pied ! fit Maya dans un éclat de rire. Mais dis-moi, comment es-tu venu ? Où est ta voiture ?

— Je suis venu en car.

— En car ? Mais pourquoi ne…

— Maya, tu veux bien arrêter de jouer les grands inquisiteurs ? J'en ai marre de tes questions !

— D'accord, d'accord. Ne t'énerve pas, je me tais. Mais tu es vraiment d'une humeur de chiotte, Kevin !

— Je vous aurais volontiers ramené chez vous, Kevin, dit Alan, mais je dois déposer Maya à Saint Peter Port et, si je fais le détour par Torteval, je crains de ne pas être à temps à l'aéroport.

— Aucun problème. J'ai de toute façon à faire à Saint Peter Port. Vous me déposerez en même temps que Maya.

Ils regagnèrent la ville en silence. Alan s'arrêta devant le petit immeuble de Maya, dans Hauteville Road. Kevin descendit de voiture, marmonna un bref au revoir et disparut sans demander son reste.

Maya le suivit des yeux en secouant lentement la tête.

— C'est le mystère du jour. Tu as déjà vu Kevin comme ça ?

— Non, mais à vrai dire Kevin est le cadet de mes soucis. Je dois y aller, ajouta-t-il en se tournant vers elle. Prends soin de toi, Maya.

— Quand peut-on espérer te revoir à Guernesey ?

— Je ne sais pas encore. Sans doute pas avant longtemps.

Elle se pencha vers lui et piqua un rapide baiser sur sa joue.

— Je t'appellerai. Je pourrais venir te voir à Londres, après tout.

— On verra, dit-il sans s'impliquer.

A l'évidence, Maya n'en ferait qu'à sa tête. Elle partit d'un rire gai et cristallin et bondit gracieusement hors de la voiture.

Il avait encore son rire dans l'oreille en roulant dans le vent et la tempête vers l'aéroport. Et quand l'avion monta dans le ciel et que, par le hublot, il vit l'île devenir un minuscule point au milieu de la mer, un îlot insignifiant mais si important pour lui, il l'entendait encore.

12

Ce soir-là, Franca demanda à Michael s'il avait une maîtresse. Qu'il le reconnaisse sans détour la blessa peut-être plus que la confirmation de ses doutes.

— Oui ? Que veut dire ce oui ? demanda-t-elle, déstabilisée par la spontanéité de sa réaction.

— Oui veut dire oui, répondit-il sur son ton impatient habituel, puis il demanda, d'un air plus surpris que coupable : Comment l'as-tu découvert ?

— Je n'ai rien découvert du tout. Je l'ai simplement supposé.

— Ah, je vois, c'était une question-piège.

Il parut agacé d'avoir si facilement mordu à l'hameçon.

— Très habile, bravo.

Franca demeura quelque temps silencieuse, attendant qu'il se justifie ou qu'au moins il fournisse une explication, mais il ne dit rien. Assis de l'autre côté de la table, il la considérait d'un œil froid tout en jouant distraitement avec son verre de vin.

— Qui est-ce ? finit par demander Franca.

— Tu ne la connais pas.

— Mais elle a bien un nom. Un âge. Une profession. Une vie !

— Qu'est-ce que ça peut faire ?

Il emplit son verre de vin. A son poignet, le verre de sa luxueuse montre en or accrocha la lumière. Il avait de belles mains, fines et musclées.

— Qu'est-ce que ça peut *te* faire ?

— J'aimerais savoir pour quelle femme je perds mon mari.

— Pour quelle femme tu perds ton mari ! Tu ne trouves pas que c'est un peu théâtral comme expression ? Et qu'est-ce qui te permet de dire que tu me perds ?

— C'est déjà fait, non ?

— Absolument pas.

— Alors ce n'est qu'une aventure ?

— Ça, je n'en sais rien. On verra. Tu ne veux tout de même pas un rapport détaillé ?

— Pourquoi pas ? Tu n'es pas en mesure de m'en faire un ?

— Qu'est-ce que tu veux savoir ?

— Depuis combien de temps ça dure ?

— Environ un an.

— Et tu l'as rencontrée où ?

— Dans un bar. Il était tard, j'ai eu envie de prendre un verre quelque part en sortant du labo et, euh… Eh bien, elle était là.

— Elle est plus jeune que moi ?

Franca se sentit ridicule. Quelle idée de poser une question pareille à trente-quatre ans ? D'ordinaire, c'était à cinquante ans que les femmes commençaient à redouter d'être supplantées par plus jeunes qu'elles.

Sans doute n'y avait-il pas de règle bien définie en la matière. On pouvait être trompée à tout âge et l'autre pouvait toujours être plus jeune. Ou plus vieille. Au fond, cela ne faisait pas grande différence.

— Elle est un peu plus jeune que toi, mais à peine. De six mois, je crois.

Si elle n'avait pas vingt ans, qu'avait-elle donc de plus ? Qu'avait-elle qui la rendait si intéressante aux yeux de Michael ? Bien que Franca connût la réponse, elle lui posa la question et entendit ce qu'elle redoutait d'entendre.

— Franca, redescends sur terre ! Elle est exactement le contraire de toi ! Elle est dynamique, sûre d'elle, solide, forte. Elle rayonne d'optimisme et d'énergie. Elle est enthousiaste, pleine de vie. C'est un vrai bonheur d'être avec elle. Elle a trois idées à la minute, elle me surprend, elle m'amuse.

Il énonça toutes ces merveilleuses qualités d'un jet. Franca reçut chaque mot comme une gifle. Qu'il portât l'autre femme aux nues était humiliant, mais pire encore était sa façon de la détruire, elle, Franca, de la rabaisser à l'état de chose fade, incolore et inodore et sans aucune qualité susceptible de séduire un homme. Il la considérait comme une sorte de non-être pitoyable et, selon son habitude, il lui avait lancé ses griefs à la figure sans lui laisser une chance de se défendre.

Elle était à ses yeux inexistante, et elle se sentait inexistante.

Elle déglutit et s'efforça de reprendre contenance. C'est le fond de l'abîme, se dit-elle. Le noir absolu. Ça ne peut pas être pire. Mais ça ne peut pas s'arranger non plus.

Elle lut dans ses yeux le mépris qu'elle lui inspirait. Elle sentait intuitivement qu'il méprisait son incapacité à se défendre, à se révolter. Elle aurait dû lui jeter son verre de vin à la tête, ou le cendrier, et protester, hurler, le menacer de quelconques représailles, au lieu de s'effondrer et de se recroqueviller misérablement sur elle-même comme elle l'avait fait. Michael détestait la faiblesse et, à ses yeux, Franca était la faiblesse personnifiée.

Incapable de rester plus longtemps sur sa chaise, elle se leva et s'approcha de la fenêtre. Dehors les ténèbres avaient effacé toute trace de vie.

— Et que faisons-nous maintenant ? se décida-t-elle à demander.

Michael ne semblait pas s'être jamais intéressé à la question.

— Comment ça « que faisons-nous maintenant » ? On fait comme d'habitude. Ça fait des années que l'on vit plus l'un à côté de l'autre qu'ensemble. On a trouvé un relatif équilibre. Je ne vois pas ce qu'on devrait changer.

— Sauf que désormais tu ne me diras plus que tu rentres tard parce que tu as des monceaux de travail. Tu me diras carrément que tu vas chez elle. Je me trompe ?

— Si tu trouves que c'est de meilleur goût…

Elle se retourna. Sa colère latente s'était d'un coup muée en indignation et c'est avec une violence dont elle ne se serait pas crue capable qu'elle répliqua :

— Parce que tu trouves que ce que tu fais est de bon goût !

Il sursauta, il ne s'attendait manifestement pas à ce qu'elle le prenne à partie.

— Ce n'est peut-être pas de bon goût, dit-il après quelques secondes de sidération, mais je n'ai qu'une vie.

— Et ce serait la gâcher que de te limiter à moi ?

Il se leva à son tour. Il était manifeste que la discussion l'exaspérait mais il la poursuivrait, l'occasion de pouvoir aller au fond des choses et d'avoir le dernier mot était trop belle.

— Si tu tiens à parler de gâchis, eh bien, parlons-en, Franca… et regarde-toi ! Entre tes doutes, tes incertitudes et tes angoisses, il ne reste de place pour rien d'autre, et encore, ça, c'est quand tu veux bien essayer de faire un pas en avant. Tu te bourres de médicaments – pourquoi, on se le demande puisque tu ne vas jamais mieux. Je ne peux rien envisager de faire avec toi, ni vacances ni dîners au restaurant, rien. Je ne peux amener aucune relation d'affaires à la maison parce que, dès qu'il y a plus d'une personne qui débarque ici, tu as une attaque de panique. Je ne peux t'emmener nulle part parce que six jours sur sept tu prétends ne pas pouvoir sortir de la maison. Crois-tu sérieusement que c'est la vie que j'avais imaginée ?

Un fourmillement nerveux commença à brûler les paumes de Franca. La panique la guettait. Que pouvait-elle répondre ? Il avait raison. Chacune de ses remarques était justifiée.

— Je suis désolée, murmura-t-elle, et en même temps elle se dit qu'elle était probablement la seule épouse sur terre qui s'excusât après que son mari lui avait avoué son infidélité. Je... je sais que je te déçois.

Michael l'enveloppa du regard. Cette fois cependant ce n'était plus le mépris qu'il exprimait, mais la pitié, et c'était peut-être pire.

— Tu étais différente, autrefois, et j'étais réellement amoureux de toi. Il fallait que tu sois à moi. Je voulais absolument te conquérir, je pensais que tout en dépendait.

— Tout ?

Il agita impatiemment les mains.

— Oui, tout. Le bonheur, la réussite... Est-ce que je sais, moi ?

Franca dit à voix basse :

— Nous aurions peut-être pu avoir une belle vie.

— Nous aurions certainement pu avoir une belle vie, répliqua Michael d'un ton indifférent.

Franca comprit alors qu'il était désormais si loin d'elle qu'il ne regrettait même plus ce qui aurait pu être.

DEUXIEME PARTIE

1

— Hélène, je ne viendrais pas te voir si ce n'était pas réellement important, dit Kevin.

Il était nerveux, pâle, tendu et beaucoup trop chaudement vêtu pour ce jour d'avril exceptionnellement doux. Il paraissait en nage, son visage était moite, ses cheveux plaqués sur son front humide.

— Pourquoi donc as-tu mis un pantalon de velours et ce gros pull-over ? dit Hélène. Il fait presque aussi chaud qu'en été !

— J'ai eu froid toute la matinée. Mais c'est vrai que j'ai maintenant beaucoup trop chaud. Je ne sais pas si… Je couve peut-être une grippe.

— Tu as effectivement très mauvaise mine, observa soucieusement Hélène en lui servant du thé. Tiens, bois ça. Ou préfères-tu quelque chose de frais ?

— Non, non. Un thé sera parfait.

Il paraissait indifférent à ce qu'il y avait dans sa tasse. Ses mains tremblaient légèrement.

— Je ne reviendrais pas déjà te voir si ce n'était pas réellement urgent, répéta Kevin en s'agitant nerveusement sur sa chaise. A la longue, tu dois penser que je ne pourrai jamais te rembourser tout ce que tu m'as prêté, mais je te promets que je…

— Ce n'est pas du tout ce qui m'inquiète, Kevin, l'interrompit Hélène. Je suis certaine que tu pourras un jour me rembourser et…

— Avec les intérêts, et les intérêts des intérêts !

— Il n'en est pas question. Je n'accepterai jamais d'intérêts d'un ami. Non, Kevin, je me fais seulement un peu de souci pour toi. Tu as tellement souvent besoin d'argent... Tu as dû trop présumer de tes forces.

— Les serres de Perelle Bay coûtaient une fortune. J'ai dû m'endetter plus que ce que j'avais prévu au départ. Maintenant, les intérêts m'étranglent.

Prudemment, Hélène demanda :

— Et tes affaires, comment vont-elles ?

Kevin eut un haussement d'épaules.

— Mieux. Ça commence à s'arranger. Mais... la situation économique étant ce qu'elle est... Bref, tu sais comment c'est.

Hélène soupira. La conjoncture n'était en effet guère favorable, les affaires n'étaient plus aussi faciles que lors du boom économique des années quatre-vingt. Néanmoins, elle ne s'expliquait pas que Kevin ait tant de difficultés.

— De combien as-tu besoin ? demanda-t-elle.

Ils se tenaient dans la salle à manger, où régnait une agréable pénombre. Le feuillage vert tendre d'un grand cerisier tamisait les rayons du soleil qui pénétraient par la fenêtre ouverte. C'étaient Hélène et Béatrice, tout à leur désir de voir renaître la vie, qui l'avaient planté quelques jours après la Libération. A l'époque, il ressemblait plus à un balai déplumé qu'à un arbre.

Le dernier coup de bêche donné, Hélène s'était redressée, avait souhaité longue vie à leur symbole de renaissance, mais, prise de vertige, avait dû promptement s'asseoir. La faim l'avait beaucoup affaiblie. De constitution fragile, elle avait plus que d'autres souffert des longs mois de rationnement. Elle s'évanouissait pour un rien et la chaleur qui régnait alors rendait les choses encore plus difficiles.

En dépit de soins attentifs, le petit cerisier avait longtemps végété et même donné tous les signes de ne pas vouloir finir la saison. Et puis soudain, alors qu'elles n'y croyaient plus, le fruitier maigrichon s'était étoffé, ses feuilles étaient devenues vigoureuses et vint un printemps où quelques premières fleurs blanches apparurent. Comme il est robuste, maintenant, songea Hélène, et si grand !

A vrai dire, elle avait offert à Kevin de prendre le thé dans le jardin. Quand il avait refusé, préférant rester à l'intérieur pour discuter, elle avait compris qu'il avait à nouveau des ennuis d'argent.

— J'aurais besoin d'environ mille livres, dit-il.

Hélène resta un instant bouche bée.

— C'est une grosse somme ! dit-elle enfin.

— Mille deux cents serait encore mieux. Ça me permettrait de me remettre vraiment à flot.

— Tu n'as pas l'impression que tu aurais pu avoir ces serres pour moins cher ?

— Tu sais, quand on se lance dans quelque chose, il faut le faire à fond. A long terme, les petites économies sont rarement rentables.

Il leva les mains dans un geste d'impuissance puis il ajouta :

— Je sais, ce que je fais n'a pas de nom. Tu dois avoir le sentiment que je t'exploite et que je me sers de toi. Mais je n'ai que toi vers qui me tourner. Il n'y a que toi.

Bien qu'elle ne fût pas dupe du but de la manœuvre, comme la plupart du temps, Hélène se sentit flattée que Kevin la proclame seule et unique source de renflouement et d'espoir. C'était bon de se sentir utile, surtout quand on était vieille et que l'on avait le sentiment d'avoir été mise au rancart et de ne plus être bonne à rien. Kevin le savait et en jouait, cependant, Hélène ne doutait pas de la sincérité de l'affection qu'il lui témoignait. Elle était pour lui à la fois une mère, une grand-mère et une grande sœur. Kevin n'avait plus de famille. Il avait souvent déclaré qu'il se sentirait encore plus seul si Hélène n'était pas là.

— Je vais chercher mon chéquier, dit-elle en se levant, soudain légère comme un cabri.

Elle vit Kevin se détendre. Il avait dû avoir peur que, cette fois, elle refuse de se laisser attendrir. Tout en montant dans sa chambre, elle calcula mentalement combien elle lui avait déjà prêté. Cela ne devait pas faire loin de dix mille livres.

En redescendant, elle se trouva nez à nez avec Béatrice qui rentrait du jardin. Elle portait des gants de jardinage et avait noué un foulard de soie en bandeau autour de sa tête pour retenir ses cheveux. Hélène connaissait le foulard. Elle l'avait acheté à Paris pour l'offrir à Béatrice. Il avait coûté une somme astronomique. Et elle l'utilisait comme s'il s'agissait d'un vulgaire serre-tête !

Il n'y a rien à faire, songea Hélène, il faut toujours qu'elle trouve un moyen de me faire sentir que je ne signifie pas grand-chose pour elle !

— J'ai vu que Kevin était dans la salle à manger, dit Béatrice. Qui vient-il voir, toi ou moi ?

— Moi, répondit Hélène en essayant de dissimuler le chéquier qu'elle avait à la main, mais c'était inutile, Béatrice l'avait déjà découvert.

— Tu lui donnes encore de l'argent ! Mais il est venu il y a trois semaines ! Et encore la semaine d'avant ! Et début février et...

— Ça ne me dérange pas. J'en ai bien assez.

— Je ne comprendrai jamais comment tu fais pour lui donner de telles sommes. Ta retraite est plutôt modeste. Je n'ose imaginer les sacrifices que tu as faits pour mettre quelque chose de côté. Et tout ça pour jeter maintenant ton argent par les fenêtres.

— Je ne jette rien par les fenêtres. Que veux-tu que je fasse de tout mon argent, à mon âge ? C'est très sensé de soutenir un jeune homme qui construit son avenir.

— Il y a longtemps que Kevin a construit son avenir. S'il court aujourd'hui derrière l'argent, cela signifie essentiellement que ses ambitions ne sont pas à la hauteur de ses capacités.

— Il a acheté ces serres, à Perelle Bay.

— C'était l'année dernière. Et ces serres extraordinaires, j'aimerais bien les voir de plus près. Vu tout ce qu'il t'a déjà soutiré, elles doivent être d'un luxe pharaonique !

— Je croyais que tu aimais Kevin !

— J'aime Kevin. Mais l'argent lui brûle les doigts. Qu'il s'agisse de serres ou de je ne sais quoi d'autre, je ne sais pas comment il se débrouille, mais il ne fait que se tromper dans ses calculs. Je n'ai jamais vu un panier percé pareil.

— Peut-être, dit Hélène après un instant de réflexion, mais je fais ce qu'il me plaît de mon argent.

Béatrice haussa les épaules dans un geste d'impuissance.

— Bien sûr. Et d'ailleurs personne ne cherche à te convaincre du contraire. Il faut seulement que tu sois un peu prudente, rien d'autre.

La sonnerie du téléphone dispensa Hélène de répondre. Béatrice se détourna pour aller décrocher et Hélène regagna la salle à manger où Kevin faisait nerveusement les cent pas. Il se jeta sur le chèque comme un homme qui se noie sur une bouée de sauvetage.

— Merci, Hélène. Je ne sais pas ce que je deviendrais sans toi. Il faut que j'y aille, dit-il en rangeant soigneusement le chèque dans son portefeuille. Tu viendrais à la maison, samedi ? Ça me ferait plaisir de t'avoir à dîner.

— Je viendrai volontiers, dit Hélène.

L'amitié de Kevin, son sourire lui faisaient autant

de bien que le soleil au printemps ou l'odeur de l'herbe et des fleurs des champs. Kevin avait le don de charmer l'âme. Hélène aurait payé trois fois plus ce qu'il lui apportait.

Elle le raccompagna jusqu'à la porte et le regarda monter dans sa voiture. L'automne précédent, il était resté quelque temps sans moyen de transport ; il s'était fait emboutir sur un parking et sa voiture était restée longtemps au garage. Le responsable du sinistre ayant pris soin de disparaître sans se faire connaître, c'est Hélène qui avait payé la réparation. De l'avis d'Hélène, c'était vraiment un manque de chance dont Kevin ne pouvait pas être tenu pour responsable.

Elle lui fit un signe de la main avant qu'il démarre, attendit qu'il ait disparu dans la courbe du chemin, puis rentra dans la maison et referma la porte. Béatrice venait vers elle.

— C'était Franca, dit-elle, tu sais, la jeune femme qu'Alan nous a amenée en septembre. Elle sera à Guernesey demain, elle voulait savoir si je pouvais lui louer la chambre.

— Eh bien, elle s'y prend vraiment au dernier moment, fit Hélène. Elle a dû se décider sur un coup de tête.

— Elle n'avait pas l'air tout à fait dans son assiette, remarqua pensivement Béatrice. Quand je lui ai demandé combien de temps elle avait l'intention de rester, elle m'a répondu qu'elle ne savait pas. Puis elle a ajouté : « Je ne retournerai peut-être jamais à Berlin. » Et elle a raccroché.

Elle avait ouvert une valise et commencé à jeter des affaires au hasard dedans. Elle n'arrivait pas à se concentrer, elle sortait de l'armoire tout ce qui lui tombait sous la main. Au bout d'un moment, elle comprit que si elle continuait comme ça, elle allait se trouver avec une montagne de choses inutiles et elle s'efforça de rassembler ses idées. C'était le printemps, il faisait plutôt chaud, elle avait besoin de quelques vêtements légers, mais aussi de pull-overs pour les soirées fraîches, de jeans et de vêtements de pluie. Puisqu'elle partait en voiture, autant ne pas lésiner. Réussirait-elle à atteindre Guernesey ? Elle avait repéré son trajet sur une carte. Elle devait descendre jusqu'à Sarrebruck, passer la frontière, traverser le nord de la France jusqu'à Paris, puis gagner Saint-Malo et de là embarquer sur un ferry...

Franca ferma la valise et entassa sous-vêtements, chaussettes et menus objets dans un sac de voyage. Au téléphone, Béatrice avait paru un peu surprise mais tout à fait enchantée.

« Franca, mais bien sûr, venez ! Je n'ai encore aucune réservation pour le printemps. La chambre est à votre disposition. »

La cordialité de Béatrice lui avait fait chaud au cœur. Elle avait de la chance que la chambre ait été libre, elle n'était pas sûre, sinon, qu'elle aurait trouvé le courage de se chercher un autre hébergement. Peut-être aurait-elle renoncé à son projet.

Quoique, à y regarder de plus près, elle n'avait pas vraiment le choix.

Brusquement elle se figea. La valise et le sac gisaient sur le lit – le lit que pendant près de dix ans elle avait partagé avec Michael. Encore la nuit passée. La dernière peut-être.

Une fois de plus, il était rentré extrêmement tard, sans en avoir rien dit au petit déjeuner avant de partir ni avoir pris la peine de téléphoner en fin de journée pour la prévenir. Depuis quelque temps, il ne s'astreignait même plus à respecter un minimum de savoir-vivre. Il allait et venait à sa guise, exactement comme si Franca n'existait pas.

Elle s'était installée devant la télévision avec un

verre et une bouteille de vin rouge et toute la soirée s'était appliquée à refouler l'idée, toujours plus obsédante, qu'elle gaspillait sa vie à regarder ainsi soir après soir la télévision en buvant chaque fois un peu plus d'alcool. Elle avait trente-quatre ans. Tout le monde disait que c'était un âge merveilleux pour une femme, que c'est là que les plus belles années commençaient. Elle avait exactement le sentiment inverse, l'impression de s'enfoncer dans un cauchemar. Elle s'était couchée à onze heures et demie, fatiguée et assommée par le vin, mais elle avait à peine éteint sa lumière qu'elle s'était sentie à nouveau complètement réveillée. Elle s'était tournée et retournée sous ses couvertures, avait épié les bruits de la maison, tenté vainement de se rendormir. Finalement, elle avait rallumé sa lampe de chevet et pris un livre, avant de se rendre compte, au bout de quelques pages, qu'elle ne retenait pas un traître mot de sa lecture.

A une heure du matin, elle avait entendu la porte d'entrée s'ouvrir puis, quelques instants plus tard, Michael monter les escaliers. A son pas, elle avait deviné qu'il était de bonne humeur. Arrivé en haut, il avait paru soudain essayer de se déplacer sans faire de bruit. Il vient de se souvenir que j'habite encore là, avait songé Franca avec amertume. Il s'était dirigé vers la chambre sur la pointe des pieds et avait doucement abaissé la poignée de la porte. Quand il avait découvert que la lumière était allumée et que Franca était réveillée, il était resté cloué de stupéfaction sur le seuil.

« Pourquoi ne dors-tu pas ? avait-il demandé sur un ton de reproche après qu'il avait retrouvé la parole, et à l'évidence perdu sa bonne humeur.

— Tu rentres bien tard », avait répondu Franca, ignorant sa question.

Il était clair qu'il arrivait de chez sa maîtresse.

Franca n'aurait pas su dire précisément à quoi elle le voyait. Son nœud de cravate était droit, il n'avait de traces de rouge à lèvres ni sur le visage ni sur le col de sa chemise, il était coiffé correctement et, pour autant qu'elle pût en juger, aucun parfum capiteux inconnu n'imprégnait ses vêtements. En revanche, il émanait quelque chose de lui… un contentement, un sentiment affirmé de confiance en lui, de plénitude, d'accord avec lui-même et avec la vie – de bonheur…

Oui, c'est peut-être ça, avait songé Franca avec un douloureux pincement au cœur : il est heureux.

Jusqu'à présent, elle avait refusé d'associer la notion de bonheur, qui dans sa tête conjuguait une certaine pureté et un romantisme à l'ancienne, à quelque chose d'aussi vil qu'une relation extraconjugale. Force lui fut de reconnaître qu'elle avait dû se leurrer. Michael était heureux, Michael était visiblement heureux. Elle pouvait essayer de l'ignorer, le fait n'en demeurait pas moins.

« Ah ? Et quelle heure est-il donc ? » avait répliqué Michael en s'asseyant sur le lit en lui tournant le dos pour enlever ses chaussures.

Franca avait ostensiblement regardé le réveil bien qu'elle sût parfaitement l'heure qu'il était.

« Une heure cinq. Je ne pense pas que tu arrives du laboratoire. »

Ses chaussures enlevées, il s'était relevé et avait commencé à défaire le nœud de sa cravate.

« A ton avis ? Bien sûr que non ! Que veux-tu que je fasse jusqu'à une heure pareille au bureau ?

— Tu étais chez elle, alors ?

— Oui.

— C'était bien ? »

Elle s'était attendue à ce qu'il refuse de répondre, qu'il lui reproche de dire n'importe quoi, de les mettre tous les deux mal à l'aise avec ses questions idiotes. Au lieu de cela, il avait hésité un instant puis dit : « Oui. Ce fut une merveilleuse soirée. »

Sa voix avait pris une intonation tendre et douce. Franca se souvenait obscurément d'avoir déjà entendu cette petite musique quand il parlait. Cela faisait longtemps, si longtemps. Elle l'avait oubliée, même, elle avait cru qu'elle n'existait plus, et voilà qu'elle la réentendait dans la bouche de Michael comme si pas un jour ne s'était écoulé, comme si rien n'avait changé, comme si entre-temps le monde ne s'était pas effondré.

Il lui avait fallu un certain temps pour se ressaisir.

« Ma soirée n'a pas été particulièrement merveilleuse, avait-elle dit alors d'une voix blanche. J'ai regardé la télévision, mais je ne me souviens déjà plus de ce que j'ai vu, et j'ai bu une bouteille entière de vin rouge. Le téléphone est resté muet. Je n'ai parlé à personne. »

Michael avait haussé les épaules.

« C'est bien ce que tu aimes, non ? Pas de coups de téléphone, pas de discussions. Rien ni personne susceptible de t'angoisser. C'est la vie à laquelle tu aspires, alors réjouis-toi au lieu de te plaindre.

— Tu penses sérieusement que c'est la vie à laquelle j'aspire ?

— C'est la vie que tu mènes. Je suppose donc que c'est celle que tu veux.

— Parce que tu penses que ce que l'on fait est nécessairement ce que l'on désire ?

— On ne le ferait pas sinon, tu ne penses pas ? »

Michael s'était déshabillé, glissé sous la couette et étiré en bâillant.

« Je suis mort de fatigue. Tu veux bien éteindre, s'il te plaît ? »

Franca s'était redressée.

« Il ne t'a jamais traversé l'esprit que je pouvais avoir besoin d'aide ? De ton aide ? »

L'humeur de Michael s'était encore assombrie d'un cran. Il ne souhaitait qu'une chose, s'endormir avec dans la tête les délicieux moments qu'il venait de passer. La dernière chose dont il avait envie était de s'occuper des problèmes de sa femme. Il ne pouvait pas les résoudre et il commençait vraiment à en avoir assez.

« Est-ce indispensable d'en parler maintenant ? avait-il demandé en bâillant à nouveau. Il est plus d'une heure du matin. Je me lève à six heures, j'aimerais bien pouvoir dormir un peu entre-temps.

— Ce n'est pas de ma faute si tu te couches aussi tard.

— Je ne dis pas que c'est de ta faute, je te demande seulement de me laisser dormir. Est-ce trop te demander ? »

Il y avait dans sa voix cette pointe de mépris cassant que Franca ne connaissait que trop et dont elle savait qu'il valait mieux ne pas l'ignorer. Mais ne s'était-elle pas toujours tue quand il lui avait signifié qu'elle ferait mieux de se taire ?

« Ça ne peut pas continuer comme ça, avait-elle explosé. Il faut que tu te décides enfin à dire comment tu envisages la suite. Combien de temps comptes-tu entretenir cette liaison ? Combien de temps devons-nous poursuivre cette mascarade conjugale ? »

Elle n'avait pas mâché ses mots, elle s'était courageusement opposée à Michael, elle ne l'avait pas ménagé. Mais comme trop souvent, elle avait malgré elle pris un ton plaintif et geignard, infantile même. Comme un enfant qui quémande un peu d'amour et de compréhension, avait-elle songé.

« Michael », avait-elle supplié, usant le dernier reste de patience de son mari.

Il s'était retourné et assis dans le même élan. Ses yeux lançaient des éclairs, sa voix vibrait de colère.

« Ecoute, Franca, une fois pour toutes : ne me mêle plus à tes problèmes ! Je ne peux t'être d'aucune aide, je peux au mieux sombrer avec toi dans ce marasme, et je n'en ai aucune envie. Tu es une môme ! Tu t'assieds dans un coin, tu pleurniches et tu attends que quelqu'un vienne te prendre par la main, s'occupe de toi, te protège et que sais-je encore. Ce n'est pas comme ça que ça marche, Franca ! Pour personne. J'en ai par-dessus la tête de tes histoires ! Soit tu te prends par la main et tu te sors de ta mouscaille toute seule, soit tu t'enfonces encore un peu plus. Mais arrête d'appeler à l'aide. Tu perds ton temps et uses tes forces pour rien. Personne ne t'apportera l'aide dont tu rêves. »

Il s'était tu pour reprendre sa respiration. Franca n'avait pas vu la moindre étincelle de sympathie ou de respect dans son regard, seulement de l'impatience et de la colère.

« Et maintenant, fiche-moi la paix ! » avait-il dit en lui tournant le dos et en replongeant dans son oreiller.

Il s'était rapidement endormi, elle s'en était rendu compte à la régularité de sa respiration. Elle, en revanche, n'avait pas fermé l'œil de la nuit. Ce qu'il lui avait dit ne cessait de tourner dans sa tête. Quand elle s'était sentie moins blessée et que sa colère était retombée, elle avait dû reconnaître que, s'il avait été dur et brutal, ce qu'il avait dit n'en était pas moins vrai.

Elle n'était plus une enfant. Sa mère ne volerait pas à son secours. Personne ne déblaierait le chemin pour elle et personne ne lui dirait quelle voie emprunter pour traverser la vie sans encombre.

Elle était seule.

Et il lui appartenait maintenant de décider de ce qu'elle allait faire. Elle devait prendre le risque de se tromper. Elle devait avancer seule et également être seule responsable d'elle-même. L'ampleur du défi lui donnait le vertige, mais parallèlement le sentiment grandissant de ne pas avoir le choix et de ne rien avoir à perdre empêchait la panique de la gagner. C'était comme si elle avait été en chute libre mais pouvait se laisser tomber puisque cela n'avait désormais plus de sens de résister.

Arrête de trépigner et de quémander de l'aide, disait une petite voix au fond d'elle-même, et ne t'enfonce pas dans tes angoisses. Vis, simplement. C'est tout ce qu'on te demande.

Au matin, elle avait pris la décision d'aller à Guernesey. Son cœur tambourinait dans sa poitrine, son estomac se rebellait mais elle s'efforçait de ne pas prêter attention aux réactions névrotiques de son corps. Elle avait patienté jusqu'à ce que Michael quitte la maison – mutique, fatigué et l'air contrarié. Elle ne lui avait pas demandé s'il prévoyait de rentrer tard, cela n'avait plus d'importance à présent. Elle avait l'impression que sa réserve l'irritait et, l'espace d'un instant, cette sensation inédite lui avait mis du baume au cœur.

Son sac était prêt, il ne lui restait plus qu'à choisir les chaussures qu'elle emporterait puis à se rendre à la banque pour prendre de l'argent liquide et changer quelques marks en livres. Elle avait l'intention de puiser abondamment dans le compte que Michael possédait à Saint Peter Port, mais elle n'était pas certaine qu'il ne puisse pas le fermer à distance et elle ne voulait pas prendre le risque de se trouver sans ressources. Elle prélèverait de leur compte commun de quoi tenir au moins six semaines.

Elle avait prévu de mettre ses bagages dans la voiture et de prendre la route le lendemain matin, dès que Michael serait parti. Elle ne savait pas encore si elle devait lui laisser un mot pour lui indiquer où et comment la joindre et peut-être aussi lui expliquer brièvement les raisons de son départ. A la réflexion, elle se dit qu'il n'était pas indispensable qu'il sache où elle se trouvait. Il serait toujours temps de l'appeler un jour de Guernesey. Qu'il s'inquiète.

Elle prépara son départ dans une sorte de transe. Dès le matin, elle avait senti que la panique était là, tapie quelque part dans l'ombre, prête à fondre sur elle et elle avait avalé deux comprimés pour la tenir à distance. Persuadée qu'après leur altercation de la nuit, Michael rentrerait ce soir-là directement à la maison, elle dressa la table, prépara un véritable repas et mit une bouteille au frais. Il ne desserrerait très probablement pas les dents et ne lui accorderait pas un regard, mais imaginer qu'elle dînerait en face de lui, le regarderait tout en sachant que le lendemain il serait complètement déstabilisé par son absence lui donnait un avant-goût de triomphe. Cette fois, elle avait une longueur d'avance sur lui. Elle savait quelque chose qu'il ne savait pas. Conjuguée à l'effet de son médicament, l'idée la rendait quasi euphorique.

Michael ne se montra pas de la soirée. Franca jeta à la poubelle ce qu'il restait du repas et finit seule la bouteille de vin. Elle faillit débarrasser la table puis décida de tout laisser en plan. Après tout, que Michael se débrouille, ce n'était plus son problème. Elle se coucha et, ainsi qu'elle l'avait supposé, Michael ne rentra pas de la nuit. Aux premières lueurs de l'aube, après avoir vainement tenté de dormir un peu, elle se leva et se prépara. Son euphorie avait cédé la place à un sentiment profond d'abattement, de solitude et d'angoisse. Il fallait qu'elle parte avant que la panique la gagne, sinon elle n'y parviendrait jamais.

Bien que ce ne fût pas très indiqué avant de prendre le volant, elle avala à nouveau deux comprimés : il fallait absolument qu'elle trouve en elle la force de continuer. Quand elle mit le moteur en marche et regarda une dernière fois la belle maison cossue et paisible dans le clair soleil du matin, son dernier repère dans un monde hostile, elle fondit en larmes. Elle pleurait d'angoisse et d'appréhension, ses genoux tremblaient, mais elle enclencha une vitesse et appuya sur la pédale de l'accélérateur. Elle tourna au coin de la rue, accéléra et pleura encore plus fort. Elle savait déjà qu'elle ne reviendrait pas en arrière.

2

Hélène était vêtue d'une robe d'été blanche à manches ballon dans laquelle elle ressemblait à une petite fille grotesque mais que, pour des raisons obscures, elle affectionnait tout particulièrement. Elle ne la portait que lors des occasions qui lui paraissaient « réellement grandes ». Apparemment, un dîner chez Kevin appartenait à cette catégorie.

— Comment suis-je ? fit-elle en entrant dans la cuisine et en esquissant un pas de danse dont Béatrice dut reconnaître qu'il ne manquait pas de grâce. Tout est bien ? Mes cheveux ? Mes bijoux ?

— Vous êtes magnifique, Hélène, dit Franca.

Franca était assise sur une chaise, un peu en retrait, un verre de vin posé devant elle sur la table. Elle semblait très fatiguée. Elle était arrivée la veille au soir et se demandait encore comment elle avait réalisé ce tour de force. Elle était partie sans l'aide de personne et avait très précisément atteint le but qu'elle s'était fixé. Elle se sentait dans un étrange état à la fois d'hébétude et d'énervement.

Hélène s'épanouit comme une fleur au soleil.

— Oh, merci, Franca !

Comme toujours en présence de la jeune femme, elle parlait allemand, de même que Béatrice.

— Je me sens tellement jeune et légère dans cette robe !

Malheureusement, ce n'est qu'une impression, se dit Béatrice, parce que tu as l'air drôlement vieille, ma pauvre Hélène !

Hélène prit un verre dans le placard et se servit une larme de vin. Elle portait une très jolie parure de grenats, à ce que savait Béatrice, un cadeau d'Erich pour un anniversaire de mariage quelconque. A chacun de ses mouvements, les bijoux brillaient dans la lumière du soir comme de petites flammes rouges.

— Franca et moi nous sommes organisé une petite soirée qui devrait être fort agréable, dit Béatrice. J'ai commandé une pizza et la cave ne manque pas de bonnes bouteilles. Je regrette seulement qu'il fasse encore trop frais pour dîner dehors.

La journée avait à nouveau été exceptionnellement chaude pour la saison, cependant, le soleil s'était à peine couché qu'une brise de mer, glaçante, s'était levée.

Hélène fredonnait, l'air ailleurs. Béatrice, adossée à la paillasse, regardait la vieille femme avec un mélange d'irritation et d'amusement.

Le silence retomba, mais avant que la tension ne s'installe dans la cuisine, elles entendirent une voiture arriver. C'était Kevin.

Il savait mieux que personne à quoi Hélène était sensible et il s'était mis en frais pour elle. Ses cheveux brillaient, il était rasé de près, sa cravate était sans doute l'un des fleurons de sa collection : lui aussi était superbe.

Mais il n'a pas du tout l'air en forme, ne put s'empêcher de remarquer Béatrice. Notre gentil Kevin ne dort pas assez, et il a la tête de quelqu'un qui a des soucis.

Il complimenta généreusement Hélène sur sa toilette, embrassa Béatrice et salua Franca avec beaucoup de chaleur.

— Franca ! Comme ça me fait plaisir de vous voir ! Béatrice ne m'avait rien dit de votre venue !

— C'est une décision de dernière minute, voilà pourquoi, intervint Béatrice. Dis-moi, Kevin, nous sommes naturellement jalouses que tu prépares un souper fin pour Hélène tandis que nous devrons nous contenter d'une pizza, j'espère que tu nous inviteras nous aussi bientôt !

— Promis ! Et bien sûr avant que Franca ne reparte. Il faut que vous goûtiez ma cuisine, Franca, vous ne voudrez plus rien manger d'autre après !

Il sourit et prit la main d'Hélène.

— Viens ! Il faut qu'on y aille, sinon notre dîner ne sera jamais prêt. Nous allons passer une délicieuse soirée. Béatrice, je ramène Hélène saine et sauve avant que minuit sonne !

Hélène avait pris l'air énamouré d'une jeune fille que son soupirant vient chercher pour aller au bal par une douce nuit de printemps pleine de promesses. Qu'elle n'ait pas loin de cinquante ans de plus que Kevin ne l'empêchait nullement de rêver, l'inclination naturelle de son galant d'un soir pour les hommes non plus. Elle avait besoin de temps à autre de plonger dans un monde irréel, de se bercer du sentiment illusoire qu'une longue vie l'attendait, qui lui dispenserait force bienfaits. Béatrice, qui était incapable de s'inventer des histoires, hésitait entre le mépris et l'envie.

— C'est curieux, cette attitude de Kevin, s'étonna Franca quand Kevin et Hélène eurent disparu. Je veux dire, il est jeune, il a certainement mieux à faire un samedi soir que d'inviter une vieille dame à dîner chez lui.

Béatrice alluma une cigarette.

— J'en suis certaine également. Cependant, ne vous laissez pas attendrir par tout le temps qu'il consacre à Hélène. Il sait parfaitement ce qu'il fait. Il y a des années qu'il la tape sans vergogne. Comme elle est incapable de résister à son charme, il s'en sort plutôt bien. Jamais il ne pourra la rembourser, mais Hélène lui est tellement dévouée qu'elle n'osera jamais exercer de pression sur lui pour rentrer dans ses fonds. C'est au-dessus de ses forces.

— Mais elle a donc tant d'argent qu'elle peut lui en prêter si facilement ?

Béatrice secoua négativement la tête.

— Non, justement pas, et c'est pour ça que je trouve que ce que fait Kevin n'est pas très correct. La pension d'Hélène est plutôt modeste, il faut croire qu'elle a réussi à mettre chaque mois un peu d'argent de côté et, à force, cela fait peut-être une coquette somme. Bref, toujours est-il que c'est dans ses économies qu'elle puise pour financer Kevin. Mais c'est aussi une façon d'acheter ses sentiments. Il le sait très bien et il en profite. Naturellement, il proteste de son innocence en disant que personne n'oblige Hélène à lui donner de l'argent, ce qui est vrai, mais tout le monde sait aussi qu'il n'est pas difficile de manipuler une vieille dame seule, et en l'occurrence sans défense. Vous étiez là, vous avez vu ce que représente pour elle une invitation à dîner chez Kevin. Elle donnerait jusqu'à son dernier centime pour ça.

— Hélène est seule à ce point ? Je croyais que…

Béatrice secoua négligemment la cendre de sa cigarette dans l'évier.

— Dieu sait qu'il y a des gens plus seuls qu'elle. Elle vit sous le même toit que moi, Mae et Kevin s'occupent d'elle. Mais je crois qu'une souffrance, quelle qu'elle soit, est toujours subjective. Hélène dit qu'elle est malheureuse, et je pense qu'elle l'est effectivement, même si tout le monde autour d'elle est persuadé qu'elle n'a aucune raison de l'être. La solitude qu'elle éprouve est assez particulière. Elle croit qu'elle est passée à côté de sa vie, qu'elle a manqué tout ce qui est essentiel. Elle rêve de retrouver sa jeunesse et, comme c'est naturellement impossible, elle s'invente une illusion de jeunesse. Vous avez vu cette ridicule robe de gamine qu'elle a mise ce soir. C'est là qu'est son point faible. Avec son flair, Kevin a eu tôt fait de s'en rendre compte. Il joue auprès d'elle les chevaliers servants d'un autre âge, il lui fait le baise-main, l'encense et la complimente, alors bien sûr, elle fond de bonheur.

— Ce n'est peut-être pas un si mauvais arrangement, remarqua songeusement Franca. On peut certes penser qu'il est un peu sordide, de la part de Kevin, de se faire ainsi rémunérer pour l'attention qu'il lui témoigne, néanmoins, il lui apporte en retour quelque chose qui l'aide à mieux supporter son âge. La vieillesse ne doit pas être facile à accepter. Des soirées comme celle-ci, avec toute l'excitation heureuse qu'elles procurent à l'avance, ont plus de valeur que tout l'argent du monde.

— Hélène est une enfant gâtée essentiellement occupée de sa personne, répliqua Béatrice sans aménité. Elle croit depuis qu'elle est sur terre que la vie lui doit je ne sais quels égards, et le mieux, c'est qu'avec toutes ses jérémiades et ses minauderies elle réussit comme personne à trouver des gens pour la plaindre et la dorloter. Il n'est pas raisonnable de jeter l'argent par les fenêtres comme elle le fait. Après tout, il est possible que je meure avant elle et que, faute de pouvoir vivre seule, elle soit obligée d'aller dans une maison de retraite. Qu'est-ce qu'elle deviendra si elle n'a pas de quoi payer ? Le problème, avec Hélène, c'est qu'elle est incapable de voir plus loin que le bout de son nez.

— Il y a longtemps qu'elle a perdu son mari, n'est-ce pas ?

— Erich ? Il a disparu en mai 1945, répondit succinctement Béatrice en écrasant sa cigarette dans une assiette. Il nous a quittés il y a exactement cinquante-cinq ans.

Sa brusquerie déconcerta Franca, pourtant elle demanda :

— Et... ce fut difficile pour Hélène ? Ce fut difficile pour vous ?

— Difficile ?

Béatrice alluma une nouvelle cigarette, rejeta la fumée et regarda, songeuse, les anneaux gris qui se formaient devant elle.

— Vous savez, on a très peur quand quelqu'un meurt brutalement. A moins que cette personne ait atteint un âge avancé et que sa mort soit plus ou moins dans l'ordre des choses. Ce n'était pas le cas d'Erich. Il avait quarante-cinq ans quand il est mort. Cela a été un véritable choc. Peut-être plus pour Hélène que pour moi, mais pour moi, cela a été assurément un grand choc aussi.

Elle se tut et demeura un instant silencieuse. Franca la regardait, attendant la suite. Elle brûlait d'en savoir plus sur Erich, sur ce qui s'était passé plus d'un demi-siècle auparavant dans cette maison. Toutefois, elle se demandait si son intérêt était sincère ou si elle cherchait seulement à étouffer en elle la petite voix qui lui parlait de Michael, de sa fuite qui ne pouvait que mal se terminer. Elle ne voulait pas écouter cet oiseau de mauvais augure. Elle était trop fatiguée pour penser aux problèmes qui risquaient de s'abattre sur elle.

Il serait temps d'y songer demain, ou après-demain, ou plus tard encore quand elle ne serait plus aussi fatiguée.

— Puis le choc est passé, reprit Béatrice. Et finalement ce fut un soulagement. Je ne peux pas dire qu'Erich ait été complètement mauvais, mais le fait est qu'il était un homme malfaisant. Il a fait beaucoup de mal autour de lui, parfois alors même qu'il pensait faire du bien. Pour être tout à fait honnête, je ne peux pas prétendre que ce fût triste.

— A-t-il toujours traité Hélène aussi grossièrement qu'au moment de sa tentative de suicide ?

Béatrice secoua la tête.

— Il a fait des efforts. Le geste d'Hélène l'avait plus effrayé qu'il ne voulait bien le reconnaître. Peut-être craignait-il aussi pour sa réputation : avoir une femme qui du soir au matin menaçait de s'ouvrir les veines le mettait en position difficile. Parce que, bien évidemment, toute l'île était au courant de l'histoire. Bref, il a pris sur lui. Il s'est appliqué à redorer l'image de son couple, à simuler un bonheur conjugal parfait. Ce n'était certes que de la poudre aux yeux, néanmoins, il cessa effectivement de s'en prendre sans raison à Hélène, d'en faire son souffre-douleur. C'est d'une autre façon qu'il se montra déplaisant. Extrêmement déplaisant, même.

Guernesey, juin 1941 à juin 1942

Au début, Béatrice se sentit soulagée par le changement de ton entre Erich et Hélène, mais elle se rendit rapidement compte que leurs relations ne s'étaient nullement apaisées, la tension latente qu'elle percevait était parfois même plus inquiétante que l'agressivité qui s'était jusque-là ouvertement exprimée. Elle avait l'impression de vivre sur un baril de poudre susceptible d'exploser d'un moment à l'autre.

En juin 1941, la situation s'aggrava. Erich émergeait de trois mois de dépression. Anxieux, abattu, il avait passé le printemps replié sur lui-même, affichant un calme confinant parfois à la placidité. Puis le creux de la vague dépassé, il était entré dans une nouvelle phase. Son énergie et sa volonté d'agir avaient repris le dessus. Elles retrouvèrent un Erich jovial et protecteur dans ses bons jours, agressif et haineux dans ses mauvais. Comme il n'osait plus exercer sa colère sur Hélène, c'est à Pierre et Julien qu'il s'en prenait. Il les abreuvait d'injures et quelque mal qu'ils se donnent, jamais leur travail ne le contentait.

— Vous n'êtes que des tire-au-flanc de merde, dit-il un jour après avoir parcouru le jardin et constaté que le banc qu'ils avaient repeint n'était pas encore sec, ce qu'il imputait à la lenteur de leur travail. Et vous savez pourquoi ? Vous avez la vie trop facile, ici, ça vous rend flemmards et empotés. Vous bouffez comme des chancres, vous dormez trop : faut que ça change ! Pas vrai ? Vous aussi, vous pensez qu'il faut que ça change, non ?

Debout devant lui, tête baissée, casquette à la main, Pierre et Julien ne répondirent pas, mais Béatrice qui observait la scène à quelque distance vit Julien lever brièvement les yeux et, à l'éclair de colère qu'elle surprit dans son regard, elle comprit que tout son être se rebellait contre l'humiliation qu'il subissait sans pouvoir se défendre.

— Vous avez bien assez mangé et bu comme ça pour aujourd'hui, déclara Erich, et à partir de demain ce sera demi-ration ! M'est avis que ce changement de régime va vous inciter à travailler un peu plus vite.

Il était encore tôt, Pierre et Julien n'avaient rien eu d'autre que la tasse de café et les deux tranches de pain de leur petit déjeuner habituel. La journée était loin d'être finie, de surcroît elle promettait d'être très chaude. D'ordinaire, quand ils avaient soif, les deux prisonniers pouvaient frapper à la porte de la cuisine qui donnait sur le jardin pour demander un verre d'eau, et ils avaient un repas le midi et un autre le soir. Quand Erich l'informa que désormais il lui interdisait de leur donner la moindre chose à boire ou à manger, Hélène fut atterrée.

— C'est inhumain, Erich. Il faut au moins qu'ils puissent boire. Ils n'ont rien fait qui mérite un traitement aussi dur.

— Il faut surtout qu'ils apprennent ce que travailler veut dire ! répliqua Erich sur un ton définitif. Puisqu'ils ne veulent pas comprendre, c'est comme ça que ça rentrera dans leur crâne. Tu vas voir, la méthode est très efficace !

Il réfléchit un instant, puis ressortit et déclara qu'il était temps que la construction des terrasses de galets commence. Ce n'était pas la première fois qu'il parlait de ces travaux. Il s'était entiché de l'idée d'aménager la partie du jardin qui se trouvait de part et d'autre du portail d'entrée et descendait en pente raide jusqu'à la route. Son intention était de la faire remblayer avec des galets et de planter des rosiers dans les terrasses qui s'étageraient sur la pente. Les galets devraient être charriés depuis la plage de Petit Bôt Bay.

Le soldat qui surveillait les Français fut chargé de les accompagner à Petit Bôt Bay et de veiller à ce qu'il ne leur vienne pas « d'idée stupide ».

— Et qu'ils ne lambinent pas ! Quand je rentrerai ce soir, je veux voir un vrai résultat, expliqua Erich, alors pas de pause toutes les cinq minutes ! Qu'ils sachent enfin ce que gagner sa vie veut dire ! A moi non plus, on ne fait pas de cadeaux !

Il monta dans sa voiture et donna l'ordre à Will de démarrer. Les Allemands avaient entrepris la construction d'un hôpital souterrain à proximité du Variouf. C'est Erich qui supervisait les travaux, il serait absent toute la journée.

Béatrice partit pour l'école, elle ne pouvait chasser les deux Français de son esprit. A Mae qui lui demanda ce qui semblait tant la préoccuper, elle répondit qu'elle se faisait du souci pour Pierre et Julien.

— Mes parents disent qu'il y a beaucoup de prisonniers obligés de travailler qui vont très mal, rapporta Mae en baissant la voix. Il est arrivé à mon père d'en soigner qui étaient malades. Normalement, les Allemands ont leurs propres médecins, mais il y a des fois où ils doivent être occupés ailleurs... Mon père dit que certains sont dans un état effroyable. Il y en a beaucoup qui meurent.

Elle mordit dans le sandwich au fromage qu'elle avait apporté de chez elle et regarda soucieusement Béatrice.

— Tu crois que M. Feldmann veut faire mourir de faim les deux Français ?

— Bien sûr que non, répondit Béatrice, soudain agacée par les yeux bleus stupidement écarquillés de Mae et sa voix haut perchée. Mais il veut les faire souffrir, et ça aussi, c'est terrible. On ne sait jamais ce qu'il va inventer.

Ce jour-là, les cours s'étaient terminés à midi, c'était fréquent depuis que tant de professeurs manquaient. Il faisait très chaud, l'air vibrait, un voile de brume s'était formé au-dessus de la mer. Elles avaient eu allemand en dernière heure, Mae n'avait presque rien compris, aussi, tandis qu'elles revenaient de Saint Martin en traînant les pieds dans la poussière du chemin écrasé de soleil, Béatrice expliquait la leçon à son amie. L'allemand ne lui posait plus de problèmes, elle s'entretenait presque couramment avec Erich et Hélène et, ainsi que cette dernière le lui avait prédit, il lui arrivait parfois de rêver dans cette langue. Mae, en revanche, avait toutes les peines du monde à construire des phrases correctes, quant à son accent, personne ne la comprenait, ni les Allemands ni les Anglais.

Quand elles s'arrêtèrent devant la maison des Wyatt, à l'entrée du village, Mae n'avait toujours pas assimilé la leçon du jour et elles décidèrent de se retrouver un peu plus tôt le lendemain matin pour réviser ensemble. Béatrice poursuivit seule son chemin. Dans les jardins qui bordaient la route, l'herbe haute ondulait doucement sous la brise, les dernières fleurs de pissenlit mettaient çà et là quelques taches jaunes, de grandes fougères exubérantes et des digitales mauve pâle jaillissaient des bas-côtés. C'était l'époque des journées qui n'en finissaient plus et des nuits claires et agitées où hommes et animaux peinaient à trouver le sommeil. Béatrice pensa à sa mère qui disait qu'en juin elle se sentait toujours comme si elle avait bu du champagne. « Et nostalgique ! ajoutait-elle. Si nostalgique ! Quand tard le soir il y a encore cette bande lumineuse dans le ciel, je ne peux pas m'empêcher de penser qu'il y a quelque chose au-delà de l'horizon qui m'attend, qui m'attire, m'appelle. Et j'aimerais tant répondre à cet appel... »

Andrew l'avait un jour dévisagée avec curiosité.

« Eh bien, en voilà une drôle de déclaration ! On croirait entendre une jeune fille qui rêve du grand amour. Sans doute que je ne te suffis plus ! »

Déborah avait ri et jeté les bras autour du cou de son mari, donnant ainsi l'impression qu'elle n'avait pas parlé sérieusement. Cependant Béatrice savait que parfois, la nuit, sa mère s'asseyait dans le jardin et regardait fixement cette bande plus claire à l'ouest ; elle l'avait surprise, deux ou trois fois alors qu'elle-même ne trouvait pas le sommeil et était descendue se promener dans le jardin. Sa mère avait une expression tendue et ses yeux reflétaient une tristesse et un désespoir qui chaque fois l'avaient effrayée. Jamais Béatrice n'avait osé la déranger, elle se sauvait sur la pointe des pieds et regagnait vite l'abri de ses couvertures. Depuis lors, sa certitude de vivre dans un petit monde heureux en avait gardé une fêlure que rien n'avait gommée. Elle n'était pas capable de mettre des mots sur le comportement de sa mère, mais elle sentait qu'en réalité celle-ci n'était peut-être pas aussi heureuse et équilibrée qu'elle s'appliquait à en donner l'impression. Les années passant, elle se rendit compte que c'était en mai que cette tension trouble gagnait Déborah, qu'elle culminait en juin, puis retombait progressivement au cours du mois de juillet. C'étaient les nuits claires qui étaient responsables. Les nuits sombres redonnaient à Déborah sa joie de vivre et son rire jeune et gai.

Le mois de juin était revenu et Béatrice pensait constamment à sa mère. Est-ce que là-bas, en Angleterre, elle sortait également la nuit, s'asseyait dans l'herbe et scrutait l'horizon dans l'attente d'un événement dont elle ne savait rien mais que pourtant elle appelait de toutes les fibres de son corps ? Ou bien ses pensées étaient-elles exclusivement tournées vers sa fille au point que le reste se trouvait relégué en arrière-plan ?

Béatrice était convaincue qu'elle et ses parents seraient de nouveau réunis, toute autre pensée eût été insupportable, parfois cependant elle avait peur que d'ici là des événements surviennent qui apporteraient tant de changements qu'ils leur interdiraient de reprendre le cours de leur vie commune là où il avait été si brutalement interrompu. Ils ne retrouveraient plus la paix qu'ils avaient partagée, ils vivraient avec des images, des peurs, des cauchemars qui les hanteraient. Et combien de temps faudrait-il encore attendre jusqu'à ce que les Allemands aient conquis le monde entier ou capitulé devant leurs ennemis ?

Ça durera peut-être jusqu'à ce que je sois adulte, songea Béatrice, pleine d'appréhension ; papa et maman ne me reconnaîtront pas quand ils me reverront et nous ne saurons pas de quoi parler ensemble. Quand elle atteignit le portail du jardin, elle était complètement déprimée, et la chaleur l'accablait. Autrefois, qu'il pleuve, qu'il vente ou qu'il fasse beau, jamais le temps ne la troublait, mais depuis quelques mois, quand il faisait particulièrement chaud ou froid, elle était prise de vertige et se sentait fréquemment fatiguée.

« Tu grandis trop vite, lui avait dit Hélène. Tu mesures déjà presque dix centimètres de plus que l'année dernière. »

C'était possible, mais pour l'heure elle aspirait surtout à un grand verre d'eau fraîche et elle avait faim. Elle s'engagea dans l'allée qui montait vers la maison et soudain découvrit Pierre et Julien qui sous la surveillance de leur garde empilaient les uns sur les autres les premiers galets qu'ils avaient apportés de la plage sur une civière. Ils étaient en nage, la sueur ruisselait sur leurs visages, leurs vêtements trempés leur collaient au corps. Julien paraissait sur le point de s'effondrer, il employait manifestement ses dernières forces à rester debout. Le soldat chargé de les surveiller s'était assis à l'ombre d'un buisson. Il fumait une cigarette et, de temps à autre, portait distraitement sa gourde à sa bouche pour avaler une gorgée d'eau. Il tenait son pistolet dans la main droite.

Béatrice se hâta aussi vite qu'elle put vers la maison. Hélène était dans la cuisine, elle coupait des tomates dans un saladier.

— Je suis contente que tu sois déjà là. La salade est presque prête. Tu es toute pâle, mets-toi vite à table, il faut absolument que tu manges quelque chose !

Béatrice posa son cartable dans un coin.

— Il faut aussi que Julien et Pierre mangent quelque chose... Et ils ont besoin de boire. Ils sont tous les deux complètement épuisés.

Hélène la regarda en secouant tristement la tête.

— Je n'ai rien le droit de leur donner. Tu as entendu ce qu'a dit Erich.

— Mais ils font un travail tellement dur ! Et il fait

affreusement chaud dehors. Hélène, nous *devons* leur donner quelque chose !

— On ne peut pas prendre ce risque. Le soldat de garde le dirait à Erich. Ce n'est pas possible, Béatrice. Ils me font vraiment pitié, mais malheureusement nous ne pouvons rien faire pour eux.

Elles mangèrent leur salade en silence. Une demi-heure plus tard, elles virent les deux prisonniers et leur garde arriver dans le jardin de derrière, à l'ombre de la maison. Une pause avait dû leur être accordée car ils se laissèrent glisser dans l'herbe en s'épongeant le front, le souffle court. Le soldat alluma une nouvelle cigarette. Il commença à arpenter la pelouse sans conviction, puis il jeta un regard scrutateur aux deux Français et, apparemment convaincu qu'ils n'étaient pas en état de s'enfuir, disparut prestement dans un fourré.

A peine eut-il le dos tourné que Julien se leva et, mal assuré sur ses pieds, en vacillant, se dirigea vers la maison. Son visage ruisselant de sueur était d'une pâleur mortelle. Il frappa à la porte ouverte de la cuisine.

— S'il vous plaît… de l'eau. Seulement une gorgée !

Il avait la voix cassée.

Aussitôt Béatrice prit un verre et le tint sous le robinet de l'évier, mais Hélène retint son bras.

— Non, Béatrice, arrête ! Nous allons nous faire disputer !

Béatrice se dégagea de l'étreinte d'Hélène.

— Ça m'est égal ! Tu ne vois donc pas qu'il est près de s'évanouir ?

Julien respirait difficilement, ses lèvres sèches étaient fendues, ses yeux noirs brillaient d'un éclat fiévreux.

— S'il vous plaît, répéta-t-il, seulement une gorgée. Pour Pierre et moi !

Pierre, qui lui aussi s'était levé, approchait à son tour d'un pas hésitant.

— S'il vous plaît, un peu d'eau, répéta-t-il en écho à son compagnon.

Avant que Béatrice ait pu remplir un verre, le soldat émergeait des fourrés et aussitôt armait son pistolet.

— Qu'est-ce qui se passe, ici ? aboya-t-il.

Béatrice apparut sur le seuil de la cuisine, un verre d'eau à la main.

— Il faut qu'ils boivent. Ils sont complètement déshydratés !

— On ne se déshydrate pas aussi vite, répliqua le soldat. Va me vider ce verre tout de suite, jeune demoiselle ! Ordre de *Herr Major* !

— Vous ne pouvez pas me demander ça ! s'exclama Béatrice avec véhémence. Ils travaillent tellement ! Et il fait si chaud !

Le jeune soldat ne se laissa pas émouvoir.

— Tu discuteras de ça avec *Herr Major*. J'ai des ordres, je les exécute, et je n'ai pas l'intention de m'attirer des ennuis !

Béatrice se tourna vers Hélène.

— Hélène…

Celle-ci eut un geste d'impuissance.

— Je ne peux rien faire. Je suis désolée, Béatrice, mais je n'ai pas mon mot à dire.

— Je ne fais qu'exécuter les ordres, s'obstina le soldat en pointant son arme sur les malheureux. Allez, du nerf, on y retourne !

Béatrice se sentit perdre pied, sa tête recommençait à tourner.

Mais qu'est-ce qui m'arrive, se demanda-t-elle un bref instant, pourquoi ai-je tout le temps l'impression que je vais me trouver mal ?

— C'est inhumain, ce que vous faites ! Comment pouvez-vous être aussi cruel ? Comment pouvez-vous seulement supporter de faire des choses pareilles ? protesta-t-elle, toujours avec la même véhémence.

— Plains-toi au *Herr Major* et vois directement av... riposta le soldat, mais bizarrement il sembla à Béatrice que sa voix s'éloignait, comme étouffée, puis qu'elle devenait de plus en plus lointaine.

Béatrice croisa fugitivement le regard de Julien. Elle lut dans ses yeux beaucoup de tristesse, de la haine et aussi un remerciement muet pour le courage avec lequel elle avait voulu braver les ordres d'Erich. Ce regard éveilla en elle un sentiment étrange et troublant qu'elle ne connaissait pas, mais, avant même qu'elle commence à essayer de comprendre ce qu'elle ressentait, le voile qui étouffait la voix du soldat l'enveloppa, s'insinua dans sa bouche, ses oreilles, la serra plus fort, le sol se déroba sous ses pieds et tout devint noir autour d'elle.

Elle ouvrit les yeux et découvrit qu'elle était allongée sur son lit. Etonnée, elle constata qu'elle était tout habillée ; plus surprenant encore, qu'elle portait son uniforme d'écolière. Que lui était-il arrivé ?

Elle essayait de rassembler ses pensées quand le bon visage du Dr Wyatt se pencha vers elle.

— Eh bien, voilà : notre jeune amie revient parmi nous. Tu as joliment dormi, Béatrice. Mais auparavant, tu as bel et bien perdu connaissance.

— Que s'est-il passé ? demanda-t-elle en s'asseyant d'un seul élan.

Mais aussitôt toute la chambre commença à tourner autour d'elle. Un gémissement lui échappa et elle se laissa retomber sur son oreiller.

Hélène, pâle et grave, surgit des profondeurs de la chambre.

— As-tu mal quelque part ? demanda-t-elle.

— Non. J'ai seulement la tête qui tourne. Mais ça passe déjà.

— Je laisse ces gouttes sur ta table de nuit, tu vas en prendre tous les matins et tu iras bientôt beaucoup mieux, dit le Dr Wyatt. Tu as simplement beaucoup grandi, ces derniers temps, ce n'est pas plus méchant que ça. La croissance sollicite beaucoup l'organisme, ajouta-t-il à l'intention d'Hélène, parfois, les forces ne suivent pas.

Il s'efforçait de parler lentement, dans un anglais choisi qui permettait à Hélène de le comprendre sans difficulté.

— Et puis avec cette chaleur… Il y a longtemps que nous n'avons pas eu un mois de juin aussi chaud. Ne vous faites pas de souci, tout va rentrer dans l'ordre.

— Elle est tombée d'un coup, expliqua Hélène. J'étais si bouleversée que je ne savais pas quoi faire.

— Il ne s'est rien passé de grave, la rassura le médecin. Et je ne pense pas que cet incident se reproduise avant longtemps.

Il ferma son sac, fit un clin d'œil amical à Béatrice et se dirigea vers la porte en refusant l'aide d'Hélène qui se proposait de le raccompagner.

— Ne vous donnez pas cette peine, je connais le chemin. Restez auprès de notre petite patiente.

— Quel homme charmant, fit Hélène, qui paraissait épuisée et excessivement soucieuse après que le médecin eut quitté la pièce. Heureusement que nous avons pu le joindre tout de suite.

Elle est partie pour en faire toute une histoire, se dit Béatrice.

— Tu as repris connaissance dans la cuisine, expliqua Hélène, mais tu ne pouvais pas te lever. Pierre a essayé de te porter pour te monter dans ta chambre, mais il était lui-même si faible que… Finalement, c'est le garde qui nous est venu en aide.

Elle déglutit.

— Je me sens très bien, maintenant, assura

Béatrice. J'ai eu plusieurs fois des sortes d'éblouissements, ces derniers temps, mais jamais aussi graves qu'aujourd'hui.

— Une fois sur ton lit, tu t'es immédiatement endormie. J'ai téléphoné au Dr Wyatt, qui par chance a pu venir tout de suite... J'ai eu une telle peur, ajouta-t-elle après un long soupir. Mais le Dr Wyatt a l'air de penser qu'à ton âge ce n'est pas exceptionnel. Mon Dieu, quelle journée !

Désormais complètement réveillée, Béatrice se rendit compte qu'il se passait quelque chose d'anormal. Des éclats de voix montaient du jardin, des cris, des appels. Des portières claquaient, des voitures démarraient en trombe, d'autres s'arrêtaient dans un crissement de pneus sous ses fenêtres. Au milieu de ce vacarme, des chiens aboyaient furieusement.

— Qu'est-ce qui se passe dehors ? demanda-t-elle. Pourquoi y a-t-il tout ce bruit ?

— Ne t'inquiète pas de ça, répondit Hélène, visiblement mal à l'aise. Je te raconterai tout demain.

Cette réponse mit naturellement aussitôt Béatrice en alerte.

— Non. Je veux savoir tout de suite. Je vais tout à fait bien. Il n'y a aucun risque que je retombe dans les pommes, tu peux tout me raconter !

— Ah, Béatrice... Erich est extrêmement en colère, bien évidemment, mais je n'y suis pour rien. C'était... euh... Ce n'était la faute de personne. Tu as perdu connaissance et... il a bien fallu que nous fassions quelque chose. Nous ne pouvions pas te laisser par terre et...

— Hélène, que s'est-il passé ?

— Julien est parti, dit enfin Hélène à voix basse en évitant le regard de Béatrice. Nous étions tous sens dessus dessous. Il a profité de l'émotion générale pour se sauver. Il a disparu, complètement, personne ne l'a revu.

L'évasion de Julien était pour Erich un affront personnel. Des semaines durant, il activa un gigantesque plan d'urgence pour le retrouver. Les forces militaires passèrent l'île au peigne fin, retournèrent « chaque pierre pour s'assurer que le fuyard ne se cachait pas dessous ».

La police secrète de campagne, pour l'essentiel une émanation de la redoutable Gestapo, entreprit de fouiller des maisons dans tous les bourgs, villes et villages de l'île. Tirés brutalement de leur sommeil au milieu de la nuit, sommés de répondre à un feu roulant de questions, les Guernesiais assistaient, impuissants, au saccage de leurs habitations. Si jusque-là les forces d'occupation s'étaient efforcées à une certaine courtoisie avec les îliens et avaient manifesté une réelle volonté de les préserver de trop de chicanes, elles se montraient désormais sous le même jour que partout ailleurs : inquiétantes, dangereuses, arbitraires, brutales. Les Allemands étaient apparus comme des opposants dont on devait s'accommoder mais avec lesquels on pouvait composer. Ils prouvaient qu'ils pouvaient aussi être des ennemis.

Julien semblait s'être volatilisé.

— Il a forcément des complices ! hurla Erich. Sinon, jamais il ne s'en serait tiré comme ça ! Evidemment, il est aussi possible qu'il se cache quelque part au bord de la mer dans une anfractuosité de falaise, auquel cas, jamais on ne mettra la main dessus, mais il mangera quoi ? Non, c'est impossible, il n'y arrivera pas !

— Il a peut-être quitté l'île, intervint timidement Hélène. Aurigny n'est pas si loin et…

— Sûrement pas. A Aurigny, il aurait encore plus de mal. Il n'y a pratiquement plus d'Anglais sur l'île, que des gens à nous. Par contre, à Jersey…

Erich s'abandonna un instant à ses noires

réflexions puis soudain frappa du poing sur la table, si brutalement que tous sursautèrent.

— Nom de Dieu ! Faudrait quand même qu'il ait plus de chance que de raison pour réussir un coup pareil ! On ne quitte pas Guernesey en bateau comme ça et on n'accoste pas à Jersey comme ça non plus ! Ça grouille de patrouilles. Les nuits sont claires, la visibilité est excellente. Faudrait être cinglé pour prendre un risque pareil !

Julien ne s'était pas évadé depuis cinq heures que Pierre était embarqué par une escouade de militaires. Quand ils l'emmenèrent, il était livide. Béatrice, malade d'inquiétude, le regarda partir ; à la table du soir, elle demanda à Erich ce qu'il était advenu de lui.

— On l'interroge. Il est probable qu'il connaissait les projets de Julien et qu'il sait où il se cache.

— Ça m'étonnerait qu'il sache quelque chose, intervint Hélène. Julien n'avait certainement pas prévu de s'enfuir. Il a spontanément saisi l'occasion qui s'offrait à lui quand il y a eu toute cette agitation autour de Béatrice. Il ne pouvait pas savoir qu'elle allait s'évanouir.

Erich jeta un regard noir à Béatrice.

— Vraiment ? Si je ne savais pas que tu es trop intelligente pour faire quelque chose de parfaitement stupide, il y aurait de quoi s'interroger. On pourrait imaginer que cette histoire d'évanouissement a été fabriquée de toutes pièces. Tu n'oserais pas faire une chose pareille, n'est-ce pas ?

— En tout cas, je ne l'ai pas faite, répondit Béatrice à contrecœur.

Pierre fut ramené une semaine plus tard. Il avait le nez cassé, un œil tuméfié et il marchait en boitant de la jambe droite et en traînant le pied. Il eut à nouveau le droit de boire à satiété et de manger le midi et le soir, mais Erich avait imposé une telle réduction de ses rations qu'il n'y avait pas besoin d'être grand clerc pour deviner qu'au rythme auquel il travaillait il ne résisterait pas longtemps. Pierre devait, en effet, poursuivre seul la construction des terrasses de galets et s'occuper, en outre, du jardin et de la maison. Erich paraissait décidé à ne lui adjoindre personne pour partager le travail. Pierre devait payer l'évasion de Julien.

« Qu'est-ce qu'ils t'ont fait ? » lui demanda Béatrice à voix basse la première fois qu'elle eut l'occasion de lui donner de l'eau à la porte de la cuisine.

Pierre but avidement de longues gorgées d'eau fraîche.

« Ils me torturent, mais je dire rien, répondit-il alors dans un anglais approximatif. Je savoir rien. Pas idée Julien se cache. »

Béatrice demanda à Erich ce qu'il arriverait à Julien s'il était retrouvé. La réponse d'Erich tomba, laconique et sans ambiguïté : « Il sera fusillé. »

Erich ne pouvait pas continuer indéfiniment à faire rechercher Julien avec les moyens qu'il avait déployés au départ, toutes les forces d'occupation n'y auraient pas suffi. Il fit cependant imprimer et placarder des avis de recherche dans toute l'île.

— Il y a bien quelqu'un qui va finir par le repérer, dit-il d'un ton rageur. Et une fructueuse collaboration avec nous autres Allemands intéressera peut-être ce quelqu'un.

Il y avait dans les îles toute une série de citoyens britanniques qui ne rechignaient pas à collaborer avec l'occupant. Le nombre des dénonciations – la plupart anonymes – était étonnamment élevé. Elles concernaient principalement des détenteurs de poste de radio. Posséder un appareil était interdit, mais de très nombreux îliens s'étaient soustraits à l'obligation de les remettre aux autorités. Autre sujet de délation : le marché noir, florissant, qui permettait d'améliorer l'ordinaire des cartes de rationnement. Erich avait toutes les raisons d'espérer que ceux qui cachaient un prisonnier évadé seraient tôt ou tard dénoncés par un voisin ou un vieil ennemi personnel.

Vers la fin du mois de juin, les Allemands envahirent l'Union soviétique. Toute l'école ne parlait que de ça. Le professeur d'allemand annonça solennellement à ses élèves que désormais la victoire était proche. Elle leur montra sur une carte combien l'Union soviétique était grande.

— Vous comprenez certainement combien l'Allemagne sera puissante quand tout ceci nous appartiendra, dit-elle aussi fièrement que si c'était elle qui menait les vaillantes troupes du Reich. Après cela, plus aucun peuple sur terre ne nous résistera.

Béatrice estima que l'Allemagne paraissait bien petite sur la carte, comparée à l'Union soviétique, et qu'Hitler se risque à attaquer un ennemi aussi puissant lui sembla assurément téméraire. Puis elle remarqua toutes les parties hachurées qui représentaient les territoires conquis en Europe et elle soupira. Les Allemands étaient déjà bien implantés. Peut-être leur arrogance était-elle justifiée. Un jour, ils seraient les maîtres du monde, les îles Britanniques seraient pour toujours environnées de soldats qui claqueraient les talons en levant le bras, il faudrait partout conduire à droite, parler allemand et voir flotter d'agressifs drapeaux rouges à croix gammée au lieu du paisible Union Jack. Mais elle serait au moins à nouveau avec ses parents.

L'été, très chaud et sec, s'écoula sans que Julien ne réapparaisse. Son évasion eut également une incidence sur les liens particuliers qui unissaient Erich et Béatrice. De ce jour, Erich cessa de considérer Béatrice comme sa confidente. Il savait – d'autant qu'elle ne cherchait pas à s'en cacher – qu'elle était du côté de Julien et qu'elle souhaitait de tout son cœur qu'il ne se fasse pas prendre. Elle n'avait certes jamais été une partisane d'Erich ou des Allemands, ses préférences étaient toujours allées aux vaincus, mais elle ne s'était jamais trouvée en situation de l'exprimer ouvertement. Désormais les camps étaient bien définis. Erich avait à nouveau conscience du fait qu'il avait réquisitionné la maison dans laquelle il vivait avec Béatrice, qu'elle ne l'avait pas invité à s'y installer. Elle n'était pas de son côté, elle ne le serait jamais réellement, il lui avait confié beaucoup trop de son intimité. Il battit intérieurement en retraite, évita toute familiarité, coupa court à la moindre discussion susceptible de déboucher sur un échange d'idées. Béatrice sentait son regard constamment peser sur elle, parfois, il ne parvenait pas à détacher les yeux d'elle et elle devinait combien il lui en coûtait de ne pas l'entraîner, comme avant, dans ses problèmes. Il avait une mine épouvantable et buvait beaucoup trop, souvent il commençait à s'alcooliser dès le milieu de l'après-midi, à peine rentré à la maison. La chaleur aidant, il sombrait rapidement dans une somnolence hébétée. Béatrice n'appréciait rien tant que ses dîners tête à tête avec Hélène tandis qu'Erich ronflait sur le canapé ou était déjà monté se coucher. Hélène n'était certes pas une compagne idéale, cette façon constante qu'elle avait de se plaindre l'agaçait parfois prodigieusement, mais elle n'était pas hostile et elle ne s'en prenait jamais à personne.

L'un ou l'autre s'est-il jamais demandé à qui je pouvais, moi, m'ouvrir de mes problèmes ? se demandait Béatrice avec amertume.

Autrefois, elle pouvait parler de ce qui la préoccupait avec ses parents ou, quand elle n'avait pas envie de se confier à eux, avec Mae. Aujourd'hui, elle ne se sentait plus d'affinités avec Mae. Elle avait l'impression d'avoir des années de plus que son amie, d'avoir vécu et de vivre trop de choses dont elle n'avait pas idée. Mae subissait comme elle l'occupation allemande, comme elle, elle souffrait de la dégradation de son cadre de vie, mais son père et sa mère étaient près d'elle et elle était restée une petite fille innocente et naïve. Béatrice vivait l'Occupation quasi dans sa chair. Elle avait été séparée de ses parents, ignorait quand elle les reverrait, du jour au lendemain, sa vie avait basculé et elle avait dû, seule, affronter une situation complètement nouvelle. Elle avait cent ans, Mae était encore une enfant. Elle gloussait à tout propos et était essentiellement occupée de ce garçon de Saint Martin qui ne la regardait même pas mais dont elle était follement amoureuse. Tantôt lassée par les histoires de son amie, tantôt irritée, Béatrice ne se sentait comprise de personne.

La progression allemande en Union soviétique semblait irrésistible. Chaque soir Erich annonçait une nouvelle conquête.

Destinées à être l'avant-poste du mur de l'Atlantique érigé sur les côtes françaises, les îles Anglo-Normandes se transformaient peu à peu en citadelles de béton. Des murs, des tours défensives, des galeries souterraines furent construits. Les matériaux nécessaires étant acheminés de France par train et ferry, d'anciennes lignes de chemin de fer désaffectées furent remises en service et de nouvelles furent installées. Des colonnes de travailleurs forcés sillonnaient l'île, esclaves en haillons, ombres faméliques au regard terrifié. Depuis qu'Hitler avait envahi l'Union soviétique, des prisonniers soviétiques arrivaient massivement dans les îles. Des bruits effrayants commencèrent à circuler parmi la population, on parlait de mauvais traitements infligés aux prisonniers, d'exécutions arbitraires, d'hommes qui mouraient de faim et d'épuisement, qui agonisaient sans soins dans des baraquements de misère. On disait qu'un camp de concentration destiné à la déportation de Juifs du continent était en construction à Aurigny. La situation semblait empirer. L'occupant devint plus nerveux et, par voie de conséquence, plus dangereux.

— Avec l'Union soviétique, les Allemands présument de leurs forces, dit le Dr Wyatt un soir que Béatrice avait été invitée à dîner par Mae et partageait le repas de la famille. Pour le moment, ils ont effectivement quelques raisons de se réjouir, mais ils ont affaire à plus fort qu'eux et ils ne vont pas tarder à s'en rendre compte.

On parlait de violents bombardements sur Londres et de nombreux îliens craignaient pour leurs parents qui y vivaient. Les communications avec l'Angleterre étaient toujours coupées, mais des informations filtraient.

La ville, disait-on, ne dormait plus, les gens passaient toutes les nuits dans les caves, sous les bombes, tandis qu'au-dessus de leurs têtes les immeubles s'effondraient et que des rues entières étaient en feu. Les enfants étaient évacués à la campagne. Il y avait beaucoup de morts.

Pourvu que papa et maman aillent eux aussi à la campagne, se disait Béatrice.

Erich s'absentait de plus en plus souvent pour de brefs séjours d'une ou deux semaines en France sans informer Hélène ou Béatrice de l'objet de ces visites sur le continent. Hélène présumait qu'il supervisait le transport de matériaux, principalement du béton armé. Quant à Béatrice, seul l'intéressait le fait qu'il ne soit pas là ; sans lui, la vie était en effet autrement agréable. Elle pouvait aller chez les Wyatt autant que bon lui semblait ; si sa complicité avec Mae n'était plus ce qu'elle était, elle préférait de beaucoup passer une soirée au sein de la famille de son amie plutôt qu'avec Hélène et ses jérémiades. Hélène essayait bien de la convaincre de rester à la maison, mais elle ne prononçait pas d'interdit comme Erich. Béatrice se sentait donc plus libre de ses mouvements, et Hélène ne pouvant pas exiger qu'elle se trouve dehors après le couvre-feu, il lui arrivait même de dormir chez les Wyatt quand la soirée s'était un peu trop prolongée.

L'état dépressif chronique d'Erich s'aggrava au cours de l'automne et au début de l'hiver pour culminer le 24 décembre, jour de son anniversaire. Il avait été prévu que Noël serait fêté à l'allemande, avec un vrai réveillon le 24, un sapin, des bougies colorées et des guirlandes. Au cours de l'après-midi, Hélène et Béatrice s'attelèrent à la décoration du sapin que Pierre et Will avaient installé dans le salon. Erich était dans sa chambre, cela faisait plusieurs heures qu'il ne s'était pas montré et Hélène commençait à devenir nerveuse. N'y tenant plus, elle demanda à Béatrice de monter voir ce qu'il faisait.

— C'est tout de même son anniversaire. Il n'a pas encore ouvert ses cadeaux, sans compter qu'il commence à être temps de couper le gâteau. Dis-lui de descendre.

— Pourquoi ne vas-tu pas le lui dire toi-même ?

Hélène avait son regard de lapin effarouché.

— Eh bien… Je ne sais pas… Son anniversaire est un jour tellement particulier pour lui… Tu… ne pourrais pas y aller ?

C'est *son* mari, songea Béatrice, mécontente, en se dirigeant vers l'étage, pourquoi faut-il toujours qu'elle m'implique dans ses histoires avec lui ?

Erich ne répondit pas quand elle frappa mais, la porte n'étant pas fermée, elle se décida à entrer. Une forte odeur d'alcool lui sauta au visage, elle emplissait toute la pièce et il s'y mêlait de désagréables relents de sueur. Debout près de la fenêtre, Erich regardait le précoce crépuscule hivernal descendre sur le jardin dénudé et le plonger peu à peu dans l'obscurité. Il n'avait allumé aucune lampe, dans la chambre, seuls les contours des meubles se détachaient de l'ombre.

— Béatrice ? fit-il sans se retourner. C'est toi ?

— Oui, monsieur Feldmann. Nous voulions vous proposer de descendre. Hélène voudrait couper le gâteau.

— N'est-ce pas une saison effroyable ? dit-il, ignorant ce qu'elle venait de dire et toujours sans se retourner. Si noire, si froide. As-tu remarqué que le ciel ne s'est pas éclairci de la journée ? Des nuages, gris, épais, seulement des nuages. Un jour qui ne se lève pas. L'obscurité du soir s'enchaîne à l'obscurité du matin. Entre les deux, il ne reste rien.

— Monsieur Feldmann...

— T'es-tu déjà demandé si la saison à laquelle quelqu'un naissait jouait un rôle dans sa vie ? Crois-tu que le fait qu'il fasse beau et chaud ou bien gris et froid ait une importance ?

— Je ne pense pas que ce soit important.

— Tu es née début septembre, Béatrice. C'est encore l'été, il fait beau, il fait doux, les jardins embaument et chaque jour ils se parent de couleurs flamboyantes encore plus lumineuses que la veille. Tu es venue au monde dans la lumière et la beauté. Tu as dû croire que la terre était un paradis.

Il paraissait avoir du mal à se concentrer, parlait lentement, faisait parfois de longues pauses entre les mots, mais il avait dû longuement retourner ces idées dans sa tête car il était malgré tout précis dans ses explications.

— Je suis né le 24 décembre. Il n'y a pas de période plus sombre, poursuivit-il. Le 21 décembre est le jour le plus court de l'année. Le 24 n'est guère mieux. Au reste, ce n'est pas un jour. C'est une nuit ininterrompue.

Dehors, l'obscurité s'était épaissie, le jardin avait disparu dans l'ombre. Il parut difficile à Béatrice de le contredire.

— Oui, mais en échange c'est Noël, dit-elle enfin. Et ça, c'est vraiment quelque chose d'exceptionnel.

Il partit d'un grand rire, sinistre et bref.

— Oh, oui ! C'est quelque chose de tout à fait exceptionnel. Ce fichu 24 décembre est tellement exceptionnel qu'il ne vient à l'idée de personne qu'il a pu se passer autre chose ce jour-là que la naissance du Christ. La mienne, par exemple. Ça, ça n'a jamais intéressé personne !

Il se détourna enfin de la fenêtre. Dans la pénombre, son visage apparut à Béatrice gris, défait et vieilli.

— Je n'ai jamais eu d'importance. Pour personne. Sais-tu ce que ma mère disait ? Elle disait : « Mon Dieu, Erich, on peut dire que, cette année-là, tu m'as joliment gâché la fête. Ils étaient tous là, sous le sapin, à rire et s'amuser, tandis que moi j'étais en train d'accoucher. Tu n'aurais pas pu choisir un autre jour ? »

— Elle ne parlait pas sérieusement.

— Bien sûr qu'elle ne parlait pas sérieusement. Bien sûr. Mais il n'y a pas de plaisanterie qui soit *seulement* une plaisanterie, comprends-tu ce que je veux dire ? Dans chacune il y a une part de vrai. Je suis certain qu'en cette veille de Noël 1899 ma mère s'est dit : « Oh, non, quelle poisse ! Pas aujourd'hui ! Il ne pouvait pas venir plus tôt, ce bébé ? Ou attendre un peu ? Pourquoi faut-il que ce soit justement aujourd'hui ? »

— Ce n'est pas quelque chose qu'on peut choisir, dit sobrement Béatrice qu'un mal de tête diffus commençait à gagner, une sorte d'engourdissement cérébral, comme à chaque fois qu'elle s'entretenait avec Erich.

Pourquoi ne se décidait-il pas enfin à résoudre ses problèmes seul ?

Il la regarda fixement.

— Ma vie est aussi sombre que le jour qui m'a vu naître.

— Ne voulez-vous pas descendre vous joindre à nous ?

— Plus tard, fit-il en se tournant à nouveau vers la fenêtre.

Il ne se montra pas de la soirée. Hélène et Béatrice dînèrent sans lui. Hélène était énervée et tendue.

— Jamais le 24 décembre ne se passe bien, dit Hélène en jouant nerveusement avec son rond de serviette. Je ne sais pas ce qui le met dans cet état. J'imagine qu'il ne supporte pas de prendre un an de plus.

— Ou qu'il ne supporte pas qu'on s'intéresse à autre chose qu'à lui, repartit Béatrice.

Erich fit son apparition alors que toutes deux avaient juste décidé de monter se coucher. Les bougies du sapin étaient consumées, la table débarrassée et la soirée sombrait dans la torpeur. Béatrice était légèrement grise, c'était la première fois qu'elle buvait du vin et elle avait du mal à fixer son attention.

Erich rayonnait, il était d'excellente humeur, et complètement ivre. Béatrice supposa qu'il avait pris des médicaments pour se stimuler. Il ne souhaitait rien manger, en revanche, qu'il n'y ait plus de bougies allumées sur le sapin prit l'allure d'un drame, si bien qu'Hélène finit par retourner la maison pour en trouver d'autres qu'elle fixa dans les petites collerettes à pince et alluma. Le sapin à nouveau en service, Erich déclara qu'il fallait maintenant qu'ils chantent tous ensemble *Douce Nuit,* ce que firent seulement Hélène et lui car Béatrice ne connaissait pas les paroles allemandes. Alors Erich se planta au milieu de la pièce et se lança dans un grand discours sur la guerre, pompeux, dramatique et théâtral. La victoire était imminente, le Führer était sur le point de prouver au monde combien il était grand, la race supérieure nettoyait la terre de tout être inférieur… Erich déclamait d'une voix rauque et pâteuse, mettant de la force dans chaque mot qu'il lançait, mais avec dans le regard, dans les gestes, dans son attitude entière quelque chose d'étrangement artificiel.

Il ne croit pas un mot de ce qu'il raconte, se dit Béatrice. Il lance des phrases toutes faites parce qu'il ne veut pas réfléchir. Mais ce sont des bêtises, et il sait que ce sont des bêtises.

— Je vais me coucher, dit-elle en se levant.

Erich la fit se rasseoir.

— Tu restes là. Je n'ai pas encore fini.

Il reprit son discours, s'interrompant seulement le temps d'ouvrir une bouteille de vin, de servir Hélène et Béatrice en dépit de leurs protestations et de boire lui-même un verre d'un trait, puis un second. Il parlait de moins en moins distinctement, ses phrases étaient décousues ou, quand elles avaient un sens, elles n'étaient que la répétition de ce que la propagande nazie moulinait à longueur de temps.

Vint un moment où les petites flammes des bougies colorées de la seconde fournée vacillèrent et s'éteignirent les unes après les autres. Erich n'était plus debout au milieu de la pièce, il était assis, agrippé à la table, et annonçait à qui voulait l'entendre qu'il s'appelait Erich Feldmann et que personne ne pouvait l'en empêcher.

— On devrait le monter, suggéra Béatrice.

Quand elles le prirent chacune sous un bras et le traînèrent dans l'escalier, il n'opposa aucune résistance. Il essaya bien de parler, mais il ne réussit qu'à ânonner des syllabes indistinctes. Dans la chambre, Hélène et Béatrice le poussèrent sur le lit où il s'allongea et s'endormit instantanément.

— Je n'ose imaginer dans quel état il va être

demain, dit Hélène en soupirant. Je me demande si ce sera un jour possible de passer un Noël avec lui qui ne soit pas épouvantable.

Béatrice pensait que pratiquement chaque jour avec lui était épouvantable mais elle s'abstint de le dire. Elle n'aspirait qu'au calme de sa chambre, qu'à s'endormir en pensant à Andrew et Déborah. Ils lui manquaient ce soir-là comme ils ne lui avaient encore jamais manqué.

Le lendemain matin, bien qu'elle se soit couchée tard, Béatrice se réveilla très tôt. Elle ouvrit ses rideaux sur un jour sombre, brumeux, gris et froid. Ce qu'Erich lui avait dit la veille lui revint à l'esprit. Un frisson la parcourut. L'espace d'un instant, elle ressentit la même angoisse que lui et ne put s'empêcher de lui donner raison. Puis elle se souvint que c'était Noël et qu'en d'autres temps, en dépit du brouillard et du froid, c'est une journée qu'elle aurait adorée. Un feu clair aurait crépité dans la cheminée du salon, une bonne odeur de café et d'œufs au bacon aurait flotté dans la maison ; elle se serait agenouillée en robe de chambre au milieu du tapis et aurait déballé ses cadeaux sous les yeux de Déborah qui aurait entonné à voix basse des chants de Noël. Elle se serait sentie entourée d'amour et de chaleur.

Elle s'habilla et descendit. La salle à manger était froide et en désordre, une odeur de bougie stagnait dans la pièce, les verres et les bouteilles vides, vestiges des excès d'Erich, étaient toujours sur la table.

Brusquement, Béatrice eut le sentiment qu'elle ne supporterait pas de partager avec Hélène et Erich la matinée qui s'annonçait. Elle mit son manteau, se glissa dehors et prit le chemin de la maison de Mae.

L'air était froid et humide, le brouillard épais. Du givre argenté nappait les prairies qui s'étendaient de part et d'autre de la route. De temps à autre, un pâle rayon de soleil perçait le mur de brouillard et redonnait un peu de couleurs au paysage. Il n'y avait pas un bruit. Un silence parfait enveloppait l'île, le brouillard semblait avoir englouti toute vie. Béatrice releva les épaules en frissonnant, autant de froid que de solitude.

La confortable et accueillante maison des Wyatt avec son joli jardin planté d'arbres fruitiers émergea du brouillard à la sortie du village. Béatrice fronça les sourcils. Aucune lumière ne brillait derrière les fenêtres à croisillons. N'étaient-ils pas encore levés ? Elle eut un instant d'hésitation, puis, les volets étant ouverts, elle actionna le heurtoir de laiton.

Pas de réponse. Elle essaya une seconde fois, aucun bruit ne lui répondit. Elle fit alors le tour de la maison et regarda à l'intérieur par la porte vitrée de la cuisine. Elle découvrit Julien assis devant une tasse de café.

Il la vit également à cet instant et bondit sur ses pieds. L'air hagard, il parut vouloir se précipiter hors de la cuisine pour se cacher, puis l'absurdité de sa réaction dut lui apparaître et il resta debout les bras ballants au milieu de la cuisine. Ils se regardèrent de longues secondes, Béatrice stupéfaite, Julien les traits décomposés par la frayeur.

Puis Julien se dirigea vers la porte, tira le verrou et ouvrit.

— Béatrice ! fit-il d'une voix rauque. Tu es seule ?

— Oui. Il n'y a que moi. Julien... je ne sais pas ce que je....

Il recula d'un pas.

— Entre vite ! chuchota-t-il, puis il referma la porte au verrou derrière elle.

— J'ai frappé à la porte de devant, expliqua Béatrice en chuchotant involontairement comme lui. Comme personne ne répondait, j'ai...

Julien, encore sous le choc, était très pâle.

— Je n'ai pas du tout entendu, dit-il. Je… c'était… Mon Dieu, c'était de la folie de m'installer comme ça dans la cuisine. C'est un Allemand qui aurait pu soudain surgir derrière la porte.

— Ou un voisin qui aurait pu vous dénoncer. Depuis quand êtes-vous là ?

— Depuis le troisième jour après mon évasion. Au début, je me suis caché dans les rochers, sur la côte, mais ce n'était pas une véritable cachette, il fallait que je trouve autre chose. Le Dr Wyatt était la seule personne que je connaissais et la seule en qui j'avais confiance. Il a tout de suite accepté de me cacher.

— Je suis venue tellement souvent… Je ne me suis jamais doutée de rien.

— Je vis dans le grenier, expliqua-t-il en grimaçant un sourire. Ce n'est pas formidablement agréable, mais c'est toujours mieux que travailler pour les Allemands. M. Wyatt cherche un moyen de me faire quitter l'île, mais il dit que pour le moment c'est trop dangereux. Toutes les côtes alentour sont surveillées par les Allemands.

— Mae est au courant ?

Julien acquiesça.

— Bien sûr. Ça ne pouvait pas marcher si on ne la mettait pas dans le secret. Apparemment, elle a su tenir sa langue.

— Effectivement.

Béatrice était étonnée. La puérile et un peu sotte petite Mae avait réussi à garder pour elle une information d'un intérêt majeur. Elle ne l'en aurait pas crue capable.

— Où sont Mae et ses parents ? demanda-t-elle.

— Chez des amis. Ils ont été invités à un petit déjeuner de Noël, ils seront de retour pour midi. Veux-tu une tasse de café ? Je t'en prie, assieds-toi.

Il lui approcha une chaise. Il paraissait peu à peu commencer à se détendre.

— Il fallait que je sorte de ce grenier, s'excusa-t-il. Je deviens à moitié fou, là-haut. Parfois, j'ai de vraies crises de claustrophobie. Je me retiens d'ouvrir la lucarne et de hurler…

Il prit une tasse dans le placard, la posa devant Béatrice et la remplit de café fumant.

— Tiens, bois. Tu as l'air complètement frigorifiée.

Le café chaud fit du bien à Béatrice. Elle enserra la tasse de ses doigts gourds et sentit le délicieux picotement de la chaleur se transmettre à tout son corps.

Que je suis heureuse d'être ici avec Julien à me réchauffer en buvant du café, plutôt que là-bas à supporter les discours d'Erich et les gémissements d'Hélène ! songeait Béatrice.

— Que faites-vous pendant la journée ? demanda-t-elle.

La fierté transforma le visage de Julien.

— J'apprends l'anglais. En fait, j'ai déjà appris au lycée, mais j'avais besoin de pratiquer. Maintenant, je suis capable de lire des livres en anglais et je travaille même avec une grammaire que m'a donnée M. Wyatt. Tu ne trouves pas que je me débrouille bien ?

— Vous parlez parfaitement notre langue.

Son anglais s'était effectivement beaucoup amélioré. Sans qu'en soit de quelque façon affecté son accent français, intact, que Béatrice trouvait absolument irrésistible. Elle l'aurait écouté parler pendant des heures.

— Je ne sais pas si je pourrai un jour retourner dans mon pays. Je n'ai pas l'impression que la France libre le restera encore longtemps. Les Allemands envahissent les pays les uns après les autres, ils se répandent partout comme une tumeur cancéreuse. Si j'arrive un jour à quitter cette île, je ne pourrai peut-être aller qu'en Angleterre. Alors autant maîtriser correctement la langue.

Ses yeux noirs se voilèrent, une expression de tristesse et de lassitude qui émut Béatrice apparut sur son visage. Elle fut tentée de prendre sa main mais elle n'osa pas.

— Vous avez le mal du pays, n'est-ce pas ?

— Oh, oui, à un point que tu n'imagines pas. Ma famille me manque, mes frères et sœurs, mon pays, mes amis, ma langue. Et ma liberté… Tes vêtements, tes cheveux sont pleins de froid et d'humidité, Béatrice, reprit-il après un profond soupir. Je voudrais pouvoir m'en gaver. J'ai un tel besoin de sortir, de courir dans les champs, de grimper sur les rochers au bord de la mer, de marcher dans la forêt, de poser ma joue contre la terre, de respirer l'odeur de l'herbe, des animaux et des fleurs, de sentir le vent sur mon visage. Je crois que je vais devenir fou si je ne peux pas bientôt sentir mes muscles, mon corps fonctionner. Je m'entraîne chaque jour avec des haltères, ajouta-t-il en faisant marcher les muscles d'un bras. Je ne peux pas rester à ne rien faire dans mon grenier et voir mon corps se ramollir et s'affaiblir un peu plus chaque jour.

— Ce ne sera peut-être plus très long, tenta de le réconforter Béatrice. Il paraît que ce n'est pas aussi facile qu'ils l'auraient voulu, en Union soviétique.

Julien haussa les épaules en secouant la tête.

— Ça reste à prouver. Hitler a le diable avec lui. Et le diable est très fort. Comment va Pierre ? demanda-t-il en changeant brutalement de sujet. Il est toujours chez vous ?

— Oui. Il a été emmené pour être interrogé… Le jour où vous êtes parti. Il a été torturé.

— C'est ce que je craignais. Je n'aurais pas dû m'enfuir comme ça, n'est-ce pas ? Mais il y avait tellement longtemps que j'y pensais. J'ai imaginé des tas de plans, et j'ai toujours essayé de convaincre Pierre. Je voulais m'enfuir avec lui, pas seul. Il avait trop peur. Il pensait qu'il n'aurait pas le courage de tenter le coup. J'ai fini par me rendre compte que je ne réussirais jamais à l'entraîner avec moi.

— Il va maintenant plutôt bien, dit Béatrice. En hiver, il y a moins de travail dans le jardin. Il a très peu à manger, mais dans l'ensemble, il est bien traité.

Julien hocha la tête, perdu dans ses pensées, puis il se ressaisit et soudain parcourut la cuisine d'un regard inquiet.

— Nous devons être très prudents. Tu es sûre que personne ne t'a suivie ?

— Oui, j'en suis sûre. Et je ne dirai rien à personne. J'espère seulement...

Elle n'acheva pas sa phrase, c'était inutile. Julien savait bien à quoi elle pensait. Les fouilles de maisons et les arrestations faisaient désormais partie du quotidien de l'île. Cela pouvait tomber sur la maison du Dr Wyatt comme sur une autre. Julien était nuit et jour en danger.

— Nous y arriverons. Nous surmonterons tout ça, dit-elle avec un geste de la main qui englobait la petite cuisine et signifiait l'île entière. Tout ça. Toute cette guerre, les Allemands, tout ce gâchis en somme.

Julien sourit. Son visage s'illumina, ses yeux s'éclairèrent et il retrouva sa jeunesse.

— Tout ce fichu gâchis, répéta-t-il. Je suis convaincu que nous y arriverons.

La fortune des armes des Allemands commença à tourner pour de bon au printemps 1942 et, en dépit de tous les efforts des forces d'occupation pour enrayer la diffusion de l'information et des services de la propagande pour transformer les revers de la Wehrmacht en victoires, les Guernesiais savaient parfaitement quelle était la situation mondiale. Dans presque chaque foyer on écoutait secrètement la BBC et les nouvelles se répandaient de maison en maison, de village en village comme une traînée de poudre. Chacun savait qu'en URSS, la puissante contre-offensive soviétique commençait à mettre sérieusement à mal les espoirs d'Hitler et que l'aviation britannique bombardait chaque nuit de nouvelles villes allemandes, brisant le moral de la population. Des bruits couraient sur l'organisation par Churchill d'un grand débarquement de troupes alliées sur le continent, et au moins autant sur exactement le contraire. Cependant, si les vraies et fausses rumeurs allaient bon train, il n'en restait pas moins que la réputation d'invincibilité des Allemands était bel et bien en train de s'effondrer. La fière image des nazis tout auréolés de gloire et de succès avait pâli.

« Ils ont longtemps eu la chance de leur côté, disait le Dr Wyatt, mais la chance ne dure pour personne éternellement. Elle tourne. Pour les nazis comme pour tout le monde. »

Erich continuant à se rendre fréquemment sur le continent et Hélène n'osant toujours pas lui interdire de voir Mae, Béatrice passait le plus clair de son temps libre chez les Wyatt. Elle se rendait compte que Mae la jalousait à cause de Julien ; pendant de longs mois, jusqu'à ce que Béatrice à son tour soit initiée, elle avait été la seule personne non adulte à être dans le secret de sa cachette. La belle fierté qu'elle en avait conçue n'avait à présent plus lieu d'être. A cette petite blessure d'amour-propre s'ajoutait le fait que Béatrice passait plus de temps dans le grenier avec Julien qu'avec elle à rire ou à se raconter des histoires de filles. Elle discutait des heures avec Julien, lui apprenait du vocabulaire anglais, lui demandait de l'initier au français. Lui, il lui parlait de Victor Hugo, qui avait longtemps vécu en exil à

Guernesey, et il lui lisait des passages de *Notre-Dame de Paris*.

« Continue », disait-elle, tant l'histoire de Quasimodo et Esméralda lue par Julien la passionnait.

— J'ai l'impression que je n'existe plus, se plaignit Mae un jour que Béatrice lui dit bonjour en coup de vent puis aussitôt prit la direction du grenier. C'est tout juste si tu te rends compte que je suis là !

— J'ai promis à Julien de...

— Julien, Julien, Julien ! Tu n'as rien d'autre dans la tête que Julien ! Tu veux savoir ce que je pense ? Tu es amoureuse de lui, voilà ce que tu es ! Tu es complètement dingue de lui et c'est pour ça que tu passes ton temps à lui courir après !

— Eh bien, il y a longtemps que tu n'as pas dit autant d'idioties ! répliqua Béatrice, furieuse, mais toute la journée ce que lui avait dit Mae lui trotta dans la tête.

Mae a raison, songea-t-elle, et cette découverte la bouleversa. Elle était amoureuse de Julien, c'était cela le sentiment étrange qui depuis quelque temps s'était emparé d'elle. Depuis ce regard de Julien, le jour où il s'était enfui, quelque chose qu'elle n'avait pas su analyser avait changé en elle. Maintenant qu'elle comprenait la nature de son trouble, la tension devenait presque insupportable. De retour chez elle, elle s'enferma dans sa chambre et s'observa dans le miroir qui surplombait sa commode en essayant de se voir avec les yeux de Julien. Elle découvrit une jeune fille montée en graine, aux bras et aux jambes longs et maigres, dont le visage étroit lui paraissait inachevé et un peu trop aigu. Elle avait des yeux en amande – des yeux de chat, disait toujours Hélène – au regard grave et dubitatif. Elle trouvait qu'elle faisait plus vieux que Mae, en tout cas plus âgée que treize ans. Ses cheveux bouclés brun foncé ne lui plaisaient pas, ils étaient trop épais et trop indisciplinés, elle les aurait voulus fins et soyeux.

Elle soupira, fit un quart de tour pour s'examiner de profil, releva ses cheveux et tenta de sourire en battant des cils. Le résultat fut pitoyable, faire du charme n'était pas son style et ne le serait probablement jamais.

Elle réfléchit un instant puis fit lentement glisser le haut de sa robe sur ses épaules ; c'était une ancienne robe d'Hélène que celle-ci avait transformée pour elle. Béatrice savait qu'elle lui seyait, aussi la mettait-elle volontiers quand elle devait voir Julien. Son vert pâle donnait un éclat particulier à ses yeux et mettait des reflets châtains dans ses cheveux. C'est en tout cas ce que Julien prétendait. Elle-même ne percevait rien de tout ça, mais du moment que Julien le voyait...

La robe glissa sur ses hanches, puis sur ses cuisses. En hésitant, elle fit passer par-dessus sa tête la fine chemise de coton qu'elle portait dessous et observa, tout d'abord timidement, puis d'un œil critique, son torse maigre, ses côtes qui saillaient sous la peau diaphane, ses seins petits et blancs, aux pointes rouge pâle et fermes et qu'un fin et délicat réseau de veines bleues parcourait. Elle n'osa pas se déshabiller davantage, à cause du miroir et à cause de Julien, mais elle vit bien les os de son bassin, trop saillants, et ses cuisses, très longues et très lisses.

Il faudrait que je grossisse un peu, songea-t-elle, ça plaît aux hommes, non ? Elle se souvenait que Déborah se plaignait parfois de prendre du poids et qu'Andrew disait toujours qu'il ne fallait surtout pas qu'elle cherche à maigrir, au contraire.

« Il faut bien que je puisse tenir quelque chose, disait-il. J'aurais l'air de quoi, sinon, les mains vides ?

— Chut ! La petite ! » soufflait Déborah en rougissant.

La « petite » avait précisément compris ce que son père disait, et rien manqué des regards avec lesquels il caressait le corps de sa femme. Les mêmes regards que Julien a aujourd'hui pour moi, songea Béatrice.

Cette découverte déclencha une drôle de réaction dans son ventre, une sorte de frisson, de délicieux tiraillement.

Peut-être Julien était-il lui aussi amoureux d'elle.

A cette idée, elle éprouva un mélange d'inquiétude et de joie. Cela signifiait que quelque chose changerait dans sa vie, ou même avait déjà changé. Mais peut-être se laissait-elle emporter par ses idées : Julien avait vingt ans, était-ce possible qu'un homme de cet âge tombe amoureux d'une jeune fille de treize ans ?

Bientôt quatorze, se reprit-elle, en septembre.

A quelques jours de là, elle s'entretint par hasard de son anniversaire avec Julien et il lui demanda ce qu'elle souhaiterait qu'il lui offre pour l'occasion. Ils se trouvaient dans le grenier, où ils venaient juste d'achever la lecture de *Notre-Dame de Paris*. C'était une journée étouffante. En dépit de la lucarne ouverte, l'air était brûlant et sentait la poussière. Julien ne tenait pas en place, il arpentait le grenier, interrompait continuellement sa lecture. L'approche du jour anniversaire de son évasion le mettait dans tous ses états.

— Une année entière ! Un an ! s'exclamait-il avec un accent français plus prononcé que d'ordinaire. Un an que je suis coincé dans ce grenier, enfermé comme une bête, et rien n'a changé ! Les Allemands sont toujours là, mon pays est occupé, les îles sont occupées. Et c'est bien parti pour durer. Je sens que je vais passer ma vie entière dans ce trou à rats ! Un jour, je n'aurai même plus envie que ça change parce que je ne serai plus capable de vivre dehors. On désapprend la liberté, tu sais. Et peut-être que si je suis devenu un vieux monsieur quand les Allemands partiront, je sortirai et découvrirai un monde qui ne ressemblera plus du tout à celui que j'ai connu.

— Tout le monde dit que la chance des Allemands ne va pas durer.

— Personne n'en sait rien. Elle peut tourner comme elle peut ne pas tourner. Et en attendant, ma vie fiche le camp. Je suis bloqué ici et personne ne m'aide. Personne !

Il avait fini par se rasseoir et reprendre sa lecture, mais il était déconcentré et lisait si vite que Béatrice avait parfois du mal à le comprendre. Au bout d'un moment, il ferma le livre, leva les yeux sur elle et sans transition lui demanda quand était son anniversaire et ce qu'elle souhaitait qu'il lui offre.

— Je ne sais pas. C'est dans si longtemps.

— J'aimerais tout de même savoir ce que tu aimerais comme cadeau.

Elle réfléchit.

— J'aimerais bien avoir ce livre, dit-elle, l'histoire du sonneur de cloches de Notre-Dame.

Julien le lui tendit aussitôt par-dessus la table.

— Tiens. Garde-le. Il est à toi, c'est bien le moins pour ton premier roman en français ! Mais ce vieux livre fatigué n'est pas un vrai cadeau.

Béatrice se demandait ce qu'il pouvait lui offrir d'autre attendu qu'il ne possédait rien, pas même les vêtements qu'il portait qui provenaient tous de la garde-robe du Dr Wyatt.

— C'est un merveilleux cadeau, fit-elle.

— Non, je ne trouve pas.

Julien se leva et recommença à arpenter son minuscule territoire, les traits tendus. Brusquement, il se figea.

— J'ai une idée, annonça-t-il. Je ne peux pas t'offrir de vrai cadeau, mais nous pouvons faire quelque chose d'exceptionnel pour fêter tes quatorze ans.

Nous allons passer la nuit de ton anniversaire au bord de la mer. Nous allons marcher sur les rochers, nous asseoir dans le sable, regarder la lune, peut-être nous baigner et...

Le rire de Béatrice l'interrompit.

— Ce n'est pas possible ! Ce serait beaucoup trop dangereux.

— Bien sûr que c'est possible. Nous serons très prudents, personne ne nous verra.

— Mais on n'a pas le droit de sortir après le couvre-feu ! Il y a partout des bateaux allemands qui surveillent la côte. On se fera forcément repérer. En septembre, les nuits ne sont plus aussi claires que maintenant, mais...

— Mais quoi ?

— Nous ne devrions pas faire ça, dit-elle sans conviction.

En deux pas il fut près d'elle, la fit lever de sa chaise et referma ses bras sur elle. Jamais ils n'avaient été si près l'un de l'autre.

— Nous devrions le faire, dit-il à voix basse. Ça n'a pas de sens, de vivre continuellement dans la peur. Faisons pour une fois des choses insensées, des choses folles, risquées ! Vivons dangereusement ! Vivons !

Elle secouait toujours la tête mais il y avait longtemps que sa résistance avait été brisée. Même si elle devait être morte de peur, ce serait toujours mieux que passer la nuit à la maison devant sa fenêtre à scruter les ténèbres et guetter les bruits du jardin endormi ou le murmure du vent dans les arbres en songeant à ce que ces heures auraient pu être si elle avait été un peu plus courageuse. Juste un petit peu plus.

3

— Il devint mon amant la nuit de mon quatorzième anniversaire, dit Béatrice. Et il le resta quelques années. J'étais persuadée de ne jamais pouvoir aimer quelqu'un d'autre autant que lui. A cet âge, l'amour est d'une intensité effroyable. C'est une occupation à plein temps. Je ne pensais qu'à Julien, nuit et jour. Parfois, je me disais que je pensais trop à Julien et pas assez à mes parents, ça me donnait mauvaise conscience, mais il n'y avait rien à faire. J'étais amoureuse de Julien, et très heureuse. En dépit de la guerre et de toutes ses horreurs. Je me sentais submergée de bonheur.

— Et personne ne vous a vus, cette nuit-là ? s'enquit Franca.

Béatrice secoua la tête.

— Personne. Le ciel était complètement dégagé, la nuit était claire. Nous avons marché sur les rochers, on devait certainement nous voir de loin. Mais il faut croire que la chance était avec nous. Il ne s'est rien passé jusqu'à l'aube.

— C'est une histoire très romantique.

— Parfois, je me dis que c'est la période qui voulait ça. Les temps difficiles sont propices à l'éclosion d'amours romantiques. On est prêt à miser plus gros pour obtenir ce que l'on veut.

Elles se tenaient toujours dans la cuisine, minuit avait sonné depuis longtemps, dehors il avait commencé à pleuvoir. La pluie d'avril tombait dru et régulièrement sur le jardin et la campagne alentour.

Le livreur avait apporté les pizzas commandées en début de soirée, les cartons vides jonchaient à présent la table, une odeur de fromage fondu, de tomates et d'origan emplissait la pièce. Béatrice avait allumé des bougies dont les flammes faisaient briller le vin rouge que contenaient encore les verres. Une atmosphère de confiance, d'empathie et de grande proximité s'était installée, qui jusque-là n'avait pas été perceptible entre Béatrice et Franca. Au cours des dernières heures, elles s'étaient découvert cette complicité simple et chaleureuse que seules des femmes peuvent ressentir entre elles. Qu'une génération les sépare n'avait pas d'importance. Elles se comprenaient.

— Aujourd'hui, il m'arrive de me demander si Julien m'a vraiment aimée, poursuivit Béatrice. S'il se donnait autant que moi ; je veux dire, avec la même abnégation. Je crois que pour lui je représentais surtout un lien avec la vie. Il se sentait prisonnier, coupé du monde, il ne se voyait pas d'avenir. Quand il me tenait dans ses bras, quand nous nous aimions, il était un jeune homme qui faisait l'amour à une jeune fille. Il était à nouveau vivant. Peut-être que n'importe quelle autre jeune fille aurait représenté la même chose.

— Pas Mae, cependant, objecta Franca. Ils ont eu six mois pour éventuellement construire une histoire, pourtant il ne s'est rien passé entre eux.

— Non, pas Mae. Elle était à l'époque encore très enfant, ce que je n'étais pas. Au surplus, elle était la fille des gens qui le cachaient, qui prenaient de très gros risques pour lui. Coucher avec elle, qui était si jeune, aurait donné trop mauvaise conscience à Julien. Il ne pouvait pas le faire.

— Vous aussi étiez très jeune.

— C'est vrai. Tout juste quatorze ans lors de ma première fois. Aujourd'hui, les jeunes filles ne sont-elles pas au moins aussi précoces ? A l'époque, c'est sûr, ce n'était pas fréquent, mais... Mais les circonstances ne nous laissaient pas le choix, reprit-elle en haussant légèrement les épaules. C'est du moins ce que nous croyions.

— Vous n'aviez pas peur de tomber enceinte ?

— Oh, si, constamment. Nous faisions très attention. Au bout du compte, je crois que nous avons tout simplement eu de la chance. Nous n'avons jamais eu de problèmes.

— Et les Wyatt ne se sont jamais doutés de rien ?

— Ils étaient habitués à ce que je disparaisse des heures dans le grenier avec lui. Le Dr Wyatt était de toute façon rarement à la maison. Et l'échelle était toujours remontée et la trappe fermée. Par mesure élémentaire de sécurité. Il pouvait à tout instant y avoir une descente de police. Lorsque Mae ou sa mère voulaient nous voir, elles devaient toujours s'annoncer. Alors seulement nous ouvrions la trappe et sortions l'échelle. On ne pouvait pas nous surprendre.

— Tout de même, il aurait été naturel que Mme Wyatt se pose des questions. Un jeune homme et une jeune fille... si souvent seuls dans un grenier...

— Mme Wyatt était essentiellement occupée du danger qui pesait sur elle et sa famille à cause de Julien. Elle était morte de peur. Toutes ses forces étaient utilisées à vivre au quotidien, je crois qu'elle n'en avait pas assez pour s'inquiéter en plus de mon innocence. Nous avons reparlé de toute cette période, il y a deux ans, un jour que je lui rendais visite dans la maison de retraite où elle vit près de Londres : elle n'a de toute évidence toujours pas le moindre soupçon. Dans un sens, elle devait être soulagée que grâce à moi Julien ait un peu de compagnie, qu'il ne soit pas constamment à ruminer, et à échafauder des plans pour s'enfuir. Elle n'aurait été que trop heureuse de le savoir à l'autre bout de la terre, en même temps, elle était convaincue que, s'il se sauvait, il se ferait prendre et que forcément il les dénoncerait tous. Elle ne devait pas dormir beaucoup, elle était très pâle, constamment déprimée…

— Et Mae ?

— Avec Mae, c'était déjà plus difficile. Elle suspectait quelque chose, mais elle ne trouvait rien pour étayer ses soupçons. Notre amitié en a sérieusement souffert – du reste elle ne s'en est jamais complètement remise – et je dois reconnaître que j'en étais seule responsable. Je ne m'occupais pour ainsi dire plus de Mae. Elle a dû en être profondément blessée.

Franca saisit la bouteille de vin et se resservit. Elle avait déjà légèrement trop bu et se sentait agréablement grise ; la raison aurait voulu qu'elle s'abstienne de boire plus. Mais pour une fois, elle ne se sentait pas culpabilisée de boire et surtout de boire trop. Ce n'était pas comme les semaines précédentes, quand elle buvait pour s'abrutir, seule devant sa télévision, avec pour unique perspective un lendemain matin gâché par un solide mal de tête.

Ce soir-là, elle buvait parce qu'elle était en forme, parce que le vin était bon, parce qu'elle se sentait bien et en paix avec elle-même dans cette cuisine chaleureuse. Le bruit familier et régulier de la pluie qui tombait la rassérénait. Quelque part au fond d'elle-même, l'intuition encore imprécise que la vie pouvait être agréable commençait à faire son chemin.

— Hélène, par contre, fut aussitôt très suspicieuse, poursuivit Béatrice en fumant sa vingtième cigarette de la soirée avec la même évidente délectation que si c'était la première. Pourtant, c'était bien celle qui en savait le moins. Mais elle disait qu'elle me trouvait changée, que je n'étais plus comme avant. Je devais dégager quelque chose qui l'inquiétait.

— Et depuis, elle sait ?

Béatrice opina.

— Elle l'a appris plus tard. Après la guerre. A une époque où elle ne pouvait plus rien faire.

Elles avaient entendu Hélène rentrer deux heures et demie plus tôt. Kevin avait pris congé en lui murmurant quelques mots mystérieux qui avaient dû lui donner le sentiment d'être une jeune fille que son amoureux ramène en retard et qui doit prendre garde de ne pas réveiller ses parents.

« Il sait décidément y faire », avait remarqué Béatrice avec un sourire sarcastique.

Hélène s'était arrêtée devant la porte de la cuisine en esquissant une pirouette pour faire danser sa robe blanche.

« Vous êtes toujours debout ? » avait-elle lancé à la cantonade.

Elle était effectivement habillée beaucoup trop jeune, mais derrière son sourire et ses yeux pétillants Franca avait reconnu quelque chose de la beauté de la jeune femme qu'elle avait dû être.

« Ce fut une soirée merveilleuse ! avait-elle déclaré sans attendre de réponse. Kevin m'avait préparé un repas absolument divin ! Je crois que je vais tomber à la renverse tellement j'ai mangé. Nous avons écouté de la musique et, quand il a commencé à faire sombre, Kevin a allumé toutes les bougies du séjour. Ah... et maintenant, une bonne nuit m'attend ! »

Elle leur avait envoyé un baiser.

« Bonsoir ! Faites de beaux rêves ! »

Une nouvelle pirouette et elles l'avaient entendue gravir l'escalier d'un pas remarquablement alerte pour son âge.

« Elle est en forme, avait remarqué Franca, c'est le principal.

— Kevin est certainement en forme aussi, avait répliqué Béatrice, parce qu'à l'évidence elle n'est pas loin de lui signer un chèque en blanc pour revivre une soirée pareille, et il le sait… »

Béatrice reprit son récit, l'air perdue dans ses pensées :

— Je crois qu'à cette époque Hélène m'a franchement détestée. Elle avait compris qu'il se passait quelque chose et que je n'avais aucune intention de me confier à elle. Elle a fini, faute de mieux, par se tourner vers Erich. Elle lui a raconté que je passais mon temps à traîner dehors et qu'elle avait peur que j'aie de mauvaises fréquentations. Erich fut hors de lui. Il était si souvent absent qu'il ne s'était pas réellement rendu compte de ce qui se passait sous son toit. Il se sentait à la fois trahi et exclu. Il a hurlé, tempêté, voulu à toute force savoir où et avec qui je passais tant de temps. Je lui ai dit que j'allais souvent chez Mae ; c'était risqué puisque c'est là que Julien était caché, mais prétendre que je n'allais jamais chez elle eût été pire puisqu'il savait que c'était faux. Je lui ai toutefois aussi parlé de longues promenades solitaires, lui expliquant que je souffrais d'être séparée de mes parents et que j'étais dans une phase où je ressentais un besoin de solitude. Il ne m'a pas vraiment crue. Il m'a transpercée du regard et a déclaré que j'avais changé. J'ai répliqué que cela tenait au fait qu'il ne m'avait pas vue depuis longtemps, que j'avais simplement vieilli. Mais il était certain que ce n'était pas ça, qu'il y avait autre chose. Et cet autre chose ne lui plaisait pas du tout, mais alors pas du tout !

« Bref, toujours est-il que de ce jour il a exigé que je rentre directement de l'école et que je passe le reste de la journée à la maison. Hélène était chargée de veiller à ce que je respecte ses ordres. J'ai bien espéré pouvoir embobiner Hélène dès qu'Erich aurait le dos tourné, mais cela s'est avéré difficile. Comme elle ne supportait pas d'être seule, elle avait un intérêt direct à me garder à la maison. Et mes escapades antérieures l'avaient suffisamment contrariée comme ça.

— Vous avez dû avoir beaucoup de mal à voir Julien.

Béatrice hocha lentement la tête.

— Ce qui ne veut pas dire que c'était devenu complètement impossible. Nous nous sommes vus beaucoup moins souvent, et avec un risque accru pour tout le monde. Quand je me faufilais en cachette hors de la maison, je ne pouvais jamais être sûre qu'Hélène ne s'en apercevrait pas et, avec sa manie de vouloir tout savoir, ne décide de me suivre. C'eût été la fin pour Julien – et dramatique pour la famille de Mae. Je crois que c'est à cette époque que j'ai commencé à véritablement haïr Hélène. Elle m'avait toujours agacée, mais elle me faisait pitié et je n'avais jamais éprouvé de réelle aversion pour elle. Là, je découvrais son côté noir. Je compris à quel point elle était égoïste et quelle volonté de fer se cachait sous ses dehors de petite fille fragile. Dès qu'il s'agissait de faire valoir ses intérêts ou d'imposer ses désirs, elle était totalement dénuée de scrupules. Je l'ai découvert à cette époque, et la suite des événements me l'a maintes fois confirmé. Puis un jour, elle ne m'a plus inspiré que du mépris.

Franca hésita, puis dit :

— Mais… vous vivez tout de même toujours avec elle.

Béatrice la regarda et écrasa rageusement sa cigarette.

— De fait. Cela vous surprend, n'est-ce pas ? Eh bien, c'est effectivement une de ses victoires. Cet être fragile aux grands yeux bleus naïfs a bel et bien réussi à me terroriser. Joli tour de force, non ? J'en connais de beaucoup plus solides qu'elle en apparence qui n'auraient pas eu le même succès.

Franca eut l'impression d'avoir dit quelque chose qu'elle n'aurait pas dû dire.

— Je suis désolée, je ne voulais pas vous…

— Ne soyez pas désolée, Franca. Votre réaction est tout à fait naturelle. Mais nous devrions maintenant monter nous coucher. Il est une heure passée et demain la vie continue.

Elles laissèrent la cuisine telle qu'elle était et gagnèrent leurs chambres. Franca se rendit soudainement compte à quel point elle était fatiguée. Le vin rouge avait sur elle un effet soporifique que le bruit régulier de la pluie renforçait encore.

Elle s'était à peine glissée sous ses couvertures qu'elle s'endormit.

La sonnerie du téléphone la réveilla. De façon étrange et aussi mystérieuse que les rêves eux-mêmes, c'est dans son rêve qu'elle la perçut en premier. Elle était chez elle, à Berlin, et attendait que Michael rentre quand soudain la sonnette de la porte d'entrée avait retenti puis ne s'était plus interrompue.

Ce doit être Michael, se dit-elle, il faut que j'aille lui ouvrir.

Elle s'assit dans son lit, eut un instant de stupéfaction en découvrant un environnement inconnu, puis ses pensées s'ordonnèrent. Elle était à Guernesey et c'était le téléphone qui sonnait, pas la sonnette de la porte d'entrée. Elle hésitait à descendre répondre quand elle entendit Béatrice parler, sans toutefois comprendre ce qu'elle disait, puis des pas résonnèrent dans l'escalier et on frappa à sa porte.

— Franca ? appela Béatrice. Franca, êtes-vous réveillée ?

— Oui, que se passe-t-il ?

— Votre mari est au téléphone. Il voudrait vous parler.

Il s'était donc demandé où elle était et

apparemment était tombé juste en misant sur Guernesey. Il n'avait jamais manqué d'esprit de déduction.

Restait à savoir s'il se faisait du souci ou s'il avait seulement une dent contre elle parce qu'elle avait fait quelque chose sans lui en parler.

Un coup d'œil par la fenêtre lui apprit qu'il pleuvait toujours mais c'était une petite pluie fine et douce qui ne ressemblait pas à celle de la nuit.

— Demain, le soleil sera revenu, dit Béatrice qui attendait dans le couloir, devant la porte. Et il paraît que le beau temps va s'installer.

Elle était habillée, ses vêtements portaient des traces de pluie et ses cheveux étaient mouillés. Elle avait probablement déjà fait sa promenade matinale avec les chiens.

— C'est une bonne nouvelle ! dit Franca sans pouvoir réprimer un bâillement. Mon Dieu, mais quelle heure est-il ? J'ai dû dormir très longtemps.

— Rassurez-vous, il n'est pas encore huit heures !

Béatrice eut un petit sourire de conspiratrice.

— Votre mari a l'air drôlement furieux.

Franca descendit pieds nus au rez-de-chaussée et prit le combiné posé à côté du téléphone.

— Oui ? fit-elle sans pouvoir réprimer un second bâillement.

— Franca ? C'est toi ?

A sa voix, Michael paraissait effectivement très énervé.

— Oui. Qu'est-ce qu'il y a ?

Il y eut un blanc sur la ligne comme s'il avait le souffle coupé.

— Ce qu'il y a ? Tu me demandes ça à moi ! ?

— Oui. C'est toi qui appelles, non ?

— Ecoute... je... Dis-moi : ton cerveau n'est plus en état de marche ou quoi ? Tu disparais ; tout d'un coup : plus personne, pas un mot d'explication, rien, et en plus tu te fiches de moi au téléphone !

Franca remarqua que ses mains tremblaient légèrement, elles tremblaient toujours quand Michael se mettait en colère après elle.

Pourquoi ai-je constamment peur de lui ? se demanda-t-elle, pour aussitôt ajouter en pensée : Mais cette fois, je n'ai rien à craindre de lui, il est à des centaines de kilomètres et, s'il devient trop désagréable, je raccroche.

Le tremblement diminua. Elle dansait d'un pied sur l'autre, non parce qu'elle était nerveuse, mais parce que le carrelage était insupportablement froid sous ses pieds nus.

— Attendu que tu n'as pas jugé bon de rentrer à la maison la nuit précédant mon départ, il ne m'a malheureusement pas été possible de t'informer de mes projets, répliqua-t-elle sèchement.

— Ah, c'est fin. Et ça te donne le droit de disparaître sans même laisser un mot pour me prévenir ?

Il hésitait entre la colère noire et l'apitoiement sur lui-même.

— Est-ce que tu imagines seulement à quel point je me suis inquiété ?

— Est-ce que tu imagines seulement à quel point je m'inquiète quand tu ne rentres pas à la maison de la nuit ?

— Oui, mais toi, tu sais…

Il laissa sa phrase en suspens. Apparemment, même lui se sentait parfois embarrassé.

— … que tu as une maîtresse et que tu es très probablement chez elle, fit-elle, achevant sa phrase. Tu n'as pas l'impression que cette situation est grotesque ? Ça mériterait peut-être qu'on s'en occupe.

— En fichant le camp ? Tu te figures que c'est comme ça que les choses vont changer ?

Elle réfléchit, bien qu'elle sût qu'il n'attendait pas réellement de réponse à sa question.

— Oui, peut-être, dit-elle enfin. C'est une façon de

nous donner à chacun le temps et le recul nécessaires pour réfléchir.

Elle se rendit compte qu'elle l'avait troublé.

Que quelqu'un n'ait pas peur de lui et reste calme le déstabilise complètement, songea-t-elle.

— Réfléchir ! s'exclama-t-il. Réfléchir ! A quoi veux-tu donc réfléchir, pour l'amour du ciel ?

Elle s'efforça de conserver le même ton uni que précédemment, pourtant devant un culot pareil, elle brûlait d'envie de lui lancer une remarque acerbe.

— A notre avenir, dit-elle. A ce que nous souhaitons qu'il soit.

— Je vois. Et tu as l'intention d'en décider toute seule à Guernesey ?

— Décider de quelque chose avec toi risque d'être très difficile. Je n'ai pas l'impression que tu souhaites changer quoi que ce soit à la situation actuelle. Elle te satisfait pleinement et tu es très heureux comme ça.

Il réfléchit. D'ordinaire, il devenait particulièrement hargneux quand il avait réfléchi.

— Tu veux que je te dise : une fois de plus ça recommence. Une situation t'embarrasse, quelque chose ne te convient pas, les choses ne se passent pas tout à fait comme tu l'avais prévu, aussitôt tu jettes l'éponge. Tu n'as aucune persévérance, Franca, aucun « mordant », comme on dit si bien. Tu ne supportes aucune tension et tu es incapable de prendre le taureau par les cornes. Tu ne sais faire qu'une chose : prendre la fuite. Tu te replies sur toi-même, tu te caches, tu te mets la tête dans le sable en espérant que je ne sais quel malheur va t'épargner. Tu ne te rends pas compte que ça t'affaiblit et t'angoisse encore plus. Tu deviens de moins en…

Il ne s'arrêtait plus. Les mains de Franca recommencèrent à trembler. Elle sentit ses genoux faiblir, tout son corps se couvrit de sueur.

— Michael…

— Je vais te dire une chose, Franca, tant pis si c'est dur, mais il faut que tu le saches, une bonne fois pour toutes : tu es la personne la plus lâche que je connaisse. La plus faible. Ma *maîtresse*, dont tu parles avec tant de mépris, a au moins de plus sur toi son courage, sa volonté, sa capacité à regarder la vérité en face et à prendre les choses désagréables à bras-le-corps. Toi, tu…

Il avait repris le dessus. En l'espace de quelques secondes, la situation s'était renversée. Il ne restait plus rien de la supériorité initiale de Franca, plus rien non plus de l'embarras de Michael.

— Michael… réussit encore à dire Franca mais déjà la voix de son mari lui parvenait de très loin, ses doigts semblaient maintenant complètement engourdis.

A cet instant, quelqu'un lui prit doucement mais fermement le combiné des mains et le reposa sur sa fourche.

— Mieux vaut raccrocher plutôt que tomber dans les pommes, dit Béatrice dans un sourire. Allez, venez, maintenant. Un bon café et vous me raconterez ce qui se passe.

Après le petit déjeuner, Franca était partie se promener. Il avait cessé de pleuvoir, le vent déchirait les nuages et le soleil faisait des apparitions de plus en plus fréquentes. La pluie avait semé des perles argentées sur l'herbe des prairies. Les mouettes dessinaient des arabesques pleines de vigueur dans le ciel en poussant des cris perçants. L'air iodé sentait la terre humide, les bourgeons et le sel.

Elle marchait sur le chemin de la falaise qui surplombait la mer en humant l'air à pleins poumons. A chaque pas, elle se sentait plus libre et plus légère. Elle s'était ouverte à Béatrice de ses soucis conjugaux et, quand Hélène s'était jointe à elles pour écouter, elle n'en avait été aucunement gênée. Elle avait parlé de son échec professionnel, de ses crises d'angoisse, de ses attaques de panique, de sa dépendance aux médicaments, du mépris qu'elle éveillait chez Michael et de la liaison de son mari avec une autre femme.

Curieusement, à nul instant elle n'avait pleuré ou dû lutter pour retenir ses larmes. Elle avait parlé d'une voix claire et étonnamment sûre. Hélène lui avait çà et là témoigné sa compassion par quelques phrases d'un sentimentalisme, il est vrai, un peu niais mais qui lui avaient néanmoins mis du baume au cœur. Béatrice était demeurée silencieuse, sauf lorsque la sonnerie du téléphone avait retenti.

— Laissons-le sonner. Je parie que c'est votre mari, Franca, et ça lui fera le plus grand bien d'enrager un peu.

Franca avait encore longuement parlé. A la fin de son récit, Béatrice s'était renversée contre le dossier de sa chaise.

— Dieu du ciel, Franca, ne vous mettez pas dans un état pareil ! Changer de métier ou arrêter de travailler pour une raison quelconque est arrivé à des personnes très bien. Les attaques de panique sont le quotidien de beaucoup de gens. Et vous seriez étonnée du nombre de personnes qui vivent avec des tranquillisants. Seulement quelqu'un a réussi à vous faire croire que vous étiez un cas désespéré et tout à fait exceptionnel, si bien que vous êtes aujourd'hui persuadée que vous ne pourrez jamais vous en sortir.

— J'ai l'impression de ne plus avoir aucune confiance en moi, avait répliqué Franca.

Béatrice avait ri.

— En ce moment, oui, je veux bien le croire ! Vous avez l'air d'une petite souris terrorisée. Mais la confiance en soi est une chose qui se réapprend, je vous l'assure. Cela arrive à presque tout le monde de perdre un jour confiance. C'est très banal, dans une vie.

Pour la première fois depuis longtemps, Franca perçut ce matin-là les premiers signes d'une assurance renaissante. Elle avait, certes, pris un comprimé après cette affreuse conversation avec Michael, mais c'était le calme tranquille avec lequel Béatrice avait réagi à son histoire qui lui donnait du courage. D'un coup la vie reprenait des couleurs. La distance géographique entre elle et Michael y était peut-être aussi pour quelque chose. Sur la route, elle s'était sentie mieux à chaque kilomètre qui l'avait éloignée de lui. Elle était souvent venue seule à Guernesey, mais jamais de sa propre initiative. C'était Michael qui décidait et organisait ses séjours et qui, de loin, la dirigeait et la manipulait comme si de longs fils invisibles la reliaient à lui. Elle était une marionnette qui exécutait docilement ses ordres, qui régulièrement allait chercher à la banque l'argent qu'il avait soustrait au fisc et qui chaque fois croyait mourir de peur quand elle se présentait à l'aéroport, son passeport dans une main et son sac de voyage bourré de billets dans l'autre. Elle se gavait de médicaments et faisait de son mieux pour le satisfaire, comme un petit cheval de cirque bien dressé qui accomplit son numéro et attend, les pattes en l'air, le sucre de la récompense. Elle n'avait jamais eu de morceau de sucre, pas même une tape de reconnaissance sur l'épaule. Michael était tellement sûr d'elle qu'il ne se donnait même pas la peine de l'encourager un peu ou de la remercier de prendre des risques pour son petit trafic malhonnête.

Peut-être que maintenant il a peur que je vide ses comptes, songea-t-elle soudain. L'idée que Michael s'inquiète pour son argent la mit en joie. Il était très en colère, au téléphone, et il s'était arrangé pour la mettre rapidement en position d'infériorité, mais elle avait également perçu son affolement, sa stupéfaction et son incrédulité. Jamais il n'avait envisagé qu'elle pût disparaître. Elle avait ébranlé ses certitudes ; c'était bien la dernière chose dont elle se serait crue capable il n'y avait pas une semaine de cela.

Le ciel était à présent presque uniformément dégagé. La mer reflétait son bleu lumineux mais elle était toujours agitée et des moutons blancs couronnaient les vagues. Le soleil était maintenant si chaud que Franca enleva sa veste et la noua sur ses hanches. Si le beau temps s'installait, son visage et ses bras prendraient un joli hâle doré. Elle longeait la falaise, perdue dans ses pensées, quand soudain elle eut la peur de sa vie en découvrant un homme à quelques mètres d'elle. C'était Kevin.

— Franca, dit-il aussitôt pour la rassurer, ce n'est que moi. Je suis désolé de vous avoir fait cette peur !

Il avait l'air très abattu, c'est la première chose que remarqua Franca. Elle songea à l'humeur d'Hélène au petit déjeuner, gaie et pleine d'entrain. Kevin ne semblait pas avoir passé une soirée aussi agréable qu'elle. Ou bien il s'était levé du pied gauche.

— Ah, Kevin. Je ne m'attendais pas à rencontrer quelqu'un sur ce chemin.

— Il a cessé de pleuvoir, et il fallait absolument que je prenne l'air, expliqua-t-il comme s'il croyait devoir se justifier.

Franca trouva surprenant qu'il se promène à cet endroit, au-dessus de Petit Bôt Bay, et non dans les environs de Torteval, près de chez lui, mais elle n'en fit pas la remarque. S'il avait eu envie d'en parler, il l'aurait fait.

— Hélène était enchantée de sa soirée. Ce matin, elle était très en forme.

— Vraiment ? J'en suis heureux. C'est une femme adorable. Un peu fatigante, parfois, mais… bah, ce n'est pas bien grave. Je crois que je lui plais... Je plais à toutes les vieilles dames, ajouta-t-il dans un haussement d'épaules. Je dois représenter l'homme dont elles rêvaient quand elles étaient jeunes.

Il sourit, ses traits se détendirent, ses joues retrouvèrent un soupçon de couleur. Franca, amusée, observait du coin de l'œil les traits fins et réguliers, les cheveux sombres, les yeux très écartés d'un remarquable gris-vert, le sourire irrésistible... Kevin plaisait assurément aux femmes, et pas seulement à celles d'un certain âge. Malheureusement, ce n'était pas à elles qu'il s'intéressait le plus.

— Si cela ne vous ennuie pas, je marcherais bien un peu avec vous, proposa Kevin, rompant le silence indécis qui s'installait. Je n'ai pas envie de rentrer tout de suite. Ce temps est si doux, vous ne trouvez pas ?

— Et la mer sent merveilleusement bon. Il y a longtemps que je n'étais pas venue. J'avais presque oublié combien cela peut être plaisant.

Ils marchèrent côte à côte le long de la falaise. Franca sentit le goût du sel sur ses lèvres.

Si seulement je pouvais rester ici, songea-t-elle soudainement.

— Vous pensez rester combien de temps ? demanda Kevin comme s'il avait lu dans ses pensées.

— Je ne sais pas... Je...

Kevin, à demi tourné vers elle, l'observait tout en marchant.

— Ça ne me regarde pas, bien sûr, mais si vous avez un problème à résoudre, vous trouverez ici le recul nécessaire pour réfléchir, et peut-être même une solution. Prendre physiquement des distances aide souvent à y voir plus clair.

— Oui, je pense que je trouverai un arrangement, acquiesça-t-elle, mais elle n'était nullement convaincue d'y parvenir.

— Je vous trouve changée, depuis l'automne dernier. A l'époque vous me paraissiez terriblement tendue. Vous...

— Oui ?

— Vous sembliez si nerveuse, si repliée sur vous-même. A l'anniversaire de Béatrice et Hélène, vous ne souriiez presque jamais. Et vous sursautiez quand on vous adressait la parole. Vous êtes très différente, aujourd'hui.

Elle rit.

— Je vais mieux. Je me sens très libre. Sans doute faut-il parfois... oser faire des choses dont on ne se croyait pas capable. C'est un sentiment très agréable quand soudain tout marche.

— Oui, c'est un sentiment agréable. Une victoire sur soi-même. Il n'y a pas de victoire qui donne autant de force intérieure, renchérit Kevin. Et qui soit aussi difficile à remporter, ajouta-t-il pensivement après un long silence.

Il ne va pas bien du tout, songea Franca. Il traîne un paquet de problèmes.

Elle se souvint que Béatrice lui avait dit que l'argent lui brûlait les doigts. Ce n'était peut-être pas parce qu'il vivait au-dessus de ses moyens qu'il empruntait constamment de l'argent à Hélène. Ses affaires étaient peut-être en train de péricliter. Il n'avait pas l'air d'avoir simplement trop bu la veille. Il avait la tête de quelqu'un que les soucis empêchent depuis longtemps de trouver le moindre repos. Il y avait dans son regard quelque chose d'un animal traqué.

— Je ne sais pas si dans mon cas on peut déjà parler de victoire, dit-elle. Qui sait comment les choses vont tourner ? Qui sait si je ne vais pas finalement rentrer chez moi la queue basse et toute penaude me cacher sous mes couvertures ?

Elle riait, mais Kevin conserva son air grave. Il s'arrêta au milieu du chemin.

— Non, vous ne ferez pas ça. Je suis prêt à parier que vous n'en ferez rien.

Elle cessa de rire.

— Qu'est-ce qui vous permet d'être aussi affirmatif ?

— Votre expression, la petite lumière dans vos yeux. Vous y avez pris goût. Vous avez pris goût à la liberté. Vous n'y renoncerez pas de sitôt.

Il reprit sa marche et lui pressa affectueusement le bras.

— Je crois que vous allez rester un bon bout de temps, dit-il.

4

Je ne supporte plus cette île ! décida Maya.

L'hiver avait été plus que désespérant. Peu de touristes, de la pluie en quantité, des nuits en discothèque ennuyeuses avec des autochtones tout aussi ennuyeux. Quand elle fréquentait encore le lycée, elle trouvait un certain nombre d'attraits aux garçons de l'île. Ils étaient forts, bronzés, sportifs, et subjugués par Maya qui s'offrait si volontiers sur la banquette arrière d'une voiture, le sable accueillant d'une plage ou dans un hangar à bateaux désaffecté. La majorité d'entre eux n'avait cependant jamais été plus loin que l'archipel et, pour ce qui était de la conversation, ils se révélaient d'une pauvreté rédhibitoire. Les plus intelligents envisageaient une modeste ascension dans la banque, les autres, soit de reprendre la direction de la pension ou de l'hôtel familial, soit d'embrasser la carrière de marin-pêcheur ou de docker. De l'avis de Maya, les pêcheurs « puaient » le poisson, même quand ils sortaient de la douche. L'odeur des animaux marins était incrustée dans chacun des pores de leur peau. Elle s'ébrouait encore aujourd'hui au souvenir de certaines amours d'un soir où elle avait cru qu'on lui retournait une pleine caisse de crevettes sur la tête.

Plus tard, elle s'en était tenue de préférence aux touristes, français et allemands pour l'essentiel. En règle générale, ils étaient tout à fait intéressants et généreux, mais au bout du compte également bien pâlichons de poil et de peau et souvent des petits-bourgeois bedonnants qui se prenaient pour de grands séducteurs parce qu'ils avaient réussi à la mettre dans leur lit. Tout à l'ivresse de se découvrir irrésistibles, ils ne se rendaient même pas compte que la soirée était partie pour leur coûter les yeux de la tête. Maya finit par ne plus les trouver que stupides, en même temps que naissait en elle le sentiment inquiétant de gâcher sa belle jeunesse avec eux autant qu'avec les apprentis banquiers ou les aspirants marins-pêcheurs.

Avril les revoyait débarquer sur l'île par ferries entiers, appareil photo en bandoulière, casquette de base-ball vissée sur la tête et solides chaussures de marche aux pieds. La nuit venue, ils hantaient les bars de la capitale à la conquête de proies faciles. A une époque, Maya avait elle aussi assidûment fréquenté les bars avec exactement les mêmes intentions. Aujourd'hui, le jeu l'amusait beaucoup moins.

Pourvu que je ne sois pas tout simplement en train de devenir vieille ! se dit-elle, horrifiée.

Elle attendait son tour devant les guichets de la Royal Bank of Scotland de Saint Peter Port en se demandant pourquoi il y avait tant de monde un lundi matin ordinaire. A croire que tous les retraités de l'île avaient choisi ce matin-là pour transférer quelques économies sur leur livret d'épargne.

La file dans laquelle elle se trouvait avança d'un pas et elle put s'apercevoir dans une glace qui se trouvait sur un mur perpendiculaire à l'entrée. Elle jeta un premier regard prudent à son reflet, s'attendant presque à se découvrir un visage métamorphosé par les rides.

Ce qu'elle vit la rassura un peu. Avec sa fine silhouette androgyne et sa longue crinière savamment décoiffée, elle avait toujours l'air d'une adolescente sauvageonne. Elle portait un tour de cou en perles, avait souligné ses yeux d'un trait de khôl et peint ses lèvres en rouge foncé. La lumière artificielle lui donnait un teint blafard mais elle savait qu'en réalité sa peau était délicatement dorée. Quand elle se rendit compte que presque tous les hommes présents dans le hall de la banque la regardaient plus ou moins à la dérobée, sa confiance en elle monta encore d'un cran.

Si je dis que j'ai dix-huit ans, tout le monde me croira, songea-t-elle avec satisfaction.

Elle avait l'intention de vider son compte d'épargne et faisait des calculs dans sa tête, dans l'espoir, à vrai dire peu raisonnable, d'en tirer de quoi financer un voyage à Londres. La générosité de sa grand-mère Mae lui permettait de jouer les cigales, mais ces derniers temps, elle avait dévalisé nombre de magasins de vêtements et elle n'était pas très sûre de ce qu'elle allait découvrir.

Elle voulait aller chez Alan.

A force de se languir, elle avait fini par faire une rapide analyse de sa situation et conclu qu'elle ne pouvait plus continuer à vivre comme elle le faisait. Guernesey ne lui valait rien, elle y séchait sur pied avec ses aventures de troisième ordre et, pendant ce temps-là, la vie, la vraie, celle qui faisait bouger le monde au-delà de son île ridicule, avançait sans elle. Une inquiétude confinant à la panique l'avait brusquement gagnée. Quelle sotte d'avoir ainsi laissé filer les années ! Il fallait qu'elle réagisse, et vite, elle ne pouvait plus se permettre de perdre encore du temps. Elle avait réfléchi des nuits entières, les yeux ouverts dans le noir, passant une possibilité après l'autre au crible, échafaudant des dizaines de plans tous plus décevants les uns que les autres.

Et puis soudain, par une nuit froide et venteuse de mars, Alan lui était venu à l'esprit. Elle s'était assise dans son lit, le cœur battant, et s'était dit : Mais oui, bien sûr, Alan ! C'est lui qui va me tirer de là ! Comment ai-je pu ne pas y penser plus tôt ?

Alan lui apparut dès lors comme la lumière à l'horizon, la solution à tous ses problèmes. Elle se remémora leur dernière rencontre, en janvier. Il lui avait fait la morale, naturellement, c'était une de ses manies, cependant, elle avait aussi lu dans ses yeux combien il tenait encore à elle. Quoi qu'il pût penser de sa façon de vivre, il ne parviendrait pas à la repousser. Et jusque-là, elle en avait toujours fait ce qu'elle avait voulu.

Il avait beau répéter qu'il était exclu qu'il l'entretienne, si elle jouait finement, il reviendrait sur sa décision. Elle devrait évidemment accepter de s'ennuyer ferme pendant un certain temps, mais ce serait avec la perspective de mener à terme la vie dont elle rêvait.

Et dire qu'elle avait été assez bête pour repousser encore et toujours Alan quand il était la meilleure chose qui puisse lui arriver !

Ça l'avait amusée de le mener par le bout du nez, elle le reconnaissait. De l'aguicher ou de l'éconduire, selon son humeur du moment. De se moquer de lui, de le traiter comme un chien, puis de le voir revenir au premier sourire qu'elle consentait à lui accorder, pour changer. Elle n'avait eu de cesse de le provoquer, par jeu, pour tester jusqu'où elle pouvait aller. Ah, le voir exploser ! Le voir enfin se mettre dans une rage noire !

Alan n'avait pas explosé et elle avait commencé à se lasser. Il lui faisait la leçon mais il ne réagissait pas à ses déclarations de guerre, il ne semblait même pas songer à se battre sur le même terrain qu'elle. Elle aurait été verte de jalousie s'il avait eu une liaison sérieuse avec une autre femme. Elle aurait tout fait pour le reconquérir et il aurait eu l'intense satisfaction de la voir lutter, supplier et s'abaisser. Il n'avait jamais eu conscience de son pouvoir sur elle. Pauvre Alan ! Même maintenant, après ce qu'elle lui avait fait voir, il considérerait comme une chance de pouvoir lui ouvrir sa porte.

La file dans laquelle Maya patientait stagnait, d'un bond elle changea pour la file voisine qui semblait avancer plus vite. Elle se rendit compte trop tard qu'elle se trouvait désormais juste derrière Hélène. Elle ne l'avait pas remarquée jusque-là et, apparemment, Hélène ne l'avait pas remarquée non plus. Elle pria intérieurement pour qu'elle ne se retourne pas. Quand elle se sentait d'humeur à bavarder, Hélène pouvait être un redoutable moulin à paroles, elle n'imaginait pas que ses vieilles histoires puissent n'intéresser personne.

Ce fut le tour d'Hélène.

Elle va mettre une heure à prélever trois livres et cinquante pence sur son compte, se dit Maya avec la hargne et l'intolérance de son âge à l'égard des personnes âgées. Encore une qui a peur du guichet automatique !

Elle observait d'un air ennuyé ses ongles soigneusement laqués de noir quand elle se figea, stupéfaite, en entendant Hélène demander tranquillement quinze mille livres.

Elle releva la tête. Quinze mille livres ! Eh bien, la vieille Hélène n'avait pas froid aux yeux pour emprunter une somme pareille. Parce qu'elle devait être loin d'avoir autant d'argent sur son compte ! Quand Maya disait qu'au lieu de se lamenter entre ses quatre murs elle pourrait songer à voyager et profiter un peu de la vie, sa grand-mère lui répliquait toujours que ses moyens ne le lui permettaient pas : Hélène ne disposait que d'une modeste rente.

Finalement, elle ne devait pas être si modeste que ça, sa rente. En tout cas, pour pouvoir prélever quinze mille livres sans ciller comme elle venait de le faire, elle devait avoir de solides réserves. Même s'il s'agissait d'un emprunt, aucune banque ne prêtait une telle somme sans s'entourer de garanties. Du reste, il ne semblait pas qu'Hélène ait souscrit un quelconque emprunt. Maya eut beau tendre l'oreille, à aucun moment elle n'entendit l'employé parler de plafond ou d'échéances de remboursement. Les liasses de billets s'alignèrent tout naturellement sur le comptoir devant Hélène. Elle les fourra dans un gracieux petit sac à main qui semblait tout droit sorti de la garde-robe d'un professeur de danse des années cinquante et se retourna. En découvrant Maya, ce fut la peur plus que la surprise qui se peignit sur son visage, puis elle se ressaisit.

— Ah, Maya ! Je ne t'avais pas vue. Comment vas-tu ? Tu es très en beauté !

Les mots se bousculaient en franchissant ses lèvres, elle parlait un peu trop vite.

Elle est nerveuse, songea Maya, elle se demande ce que j'ai compris et ça l'inquiète.

— Ça va, répondit-elle d'un ton léger en s'avançant vers le comptoir où l'employé manifestait déjà des signes d'impatience.

Le solde de son compte d'épargne s'élevait à quarante-huit ridicules livres. C'était très insuffisant. Elle allait devoir taper sa grand-mère et, si cette fois Mae n'était pas disposée à financer ses extravagances, elle n'aurait plus que ses larmes pour pleurer.

Et la vieille grippe-sou qui repart tranquillement avec un magot dans son sac ! pesta-t-elle intérieurement.

Hélène, qui l'avait attendue, trottina à son côté vers la sortie, obligeant Maya à ralentir le pas, ce qui augmenta encore son agacement.

— Ce 17 avril est un jour bien sombre, dit Hélène d'une voix grave.

Maya se moquait éperdument de savoir pourquoi ce jour était plus sombre qu'un autre, mais, une fois n'est pas coutume, l'envie lui prit de se montrer polie et elle posa la question attendue :

— Pourquoi ?

Hélène cessa de trottiner et poussa un profond soupir.

— Il y a cinquante-cinq ans aujourd'hui commençait le cauchemar. C'est le jour où mon mari a été pris de panique. Le sol se dérobait sous ses pieds. Alors le malheur s'est mis en marche.

Elle reprit son trottinement. Maya cherchait toujours une réponse appropriée quand elle demanda, changeant brusquement de sujet :

— Dis-moi, il y a toujours quelque chose entre toi et Alan ?

— Mais oui, répondit Maya.

Elle ajouta pour elle-même : Et c'est bien là-dessus que je compte.

— Vous avez été si gentille de me conduire à Saint Peter Port, dit Hélène. J'aimerais vous offrir quelque chose pour vous remercier.

Elle se tenait devant la voiture que Franca avait garée devant l'église paroissiale. Maya avait marmonné une excuse et s'était prestement éclipsée. Franca était descendue de voiture pour aider Hélène à monter mais celle-ci ne semblait nullement décidée à rentrer. En dépit des protestations de Franca, elle tenait à son idée de courir les magasins.

— Je connais une très jolie boutique de mode, insista-t-elle. Nous pourrions aller voir ensemble si quelque chose vous conviendrait.

— Hélène, je vous en prie, ce serait beaucoup trop cher. Je vous ai très volontiers accompagnée, cela ne m'a rien...

— Ça me ferait plaisir. Et puis...

Elle hésita un instant, puis se lança :

— Et puis je trouve que vous mériteriez d'être un peu mieux habillée. Vous êtes une si jolie femme, Franca. Et cependant, on pourrait presque croire que vous faites tout pour le dissimuler. Vous ne portez que des choses informes et...

— Je n'ai pas une silhouette extraordinaire. Les vêtements près du corps ne m'avantagent pas vraiment.

Les yeux d'Hélène lancèrent des éclairs.

— Qui vous a mis une pareille sottise dans la tête ? s'exclama-t-elle. Pour autant que je puisse en juger à travers tout ce que vous enfilez pour vous cacher, vous êtes une jeune personne grande, mince et magnifiquement proportionnée. Allons tout de suite demander l'avis d'une vendeuse dans ma boutique. Je suis certaine qu'elle dira la même chose que moi.

Franca eut beau réitérer ses protestations, Hélène ne voulut rien savoir. Elles se retrouvèrent dans un petit magasin d'une ruelle adjacente, le *Claire Ladies Wear*, où, au grand soulagement de Franca, aucune autre cliente ne se trouvait. Cela faisait une éternité qu'elle ne s'était rien acheté, au moins cinq ans. Elle était tellement peu sûre d'elle. Elle devait toutefois reconnaître que Michael ne lui avait jamais fait de remarques désobligeantes sur son corps, et à vrai dire aucun compliment non plus. Sans doute ne le voyait-il plus depuis longtemps.

— Avez-vous songé à quelque chose en particulier ? s'enquit la vendeuse.

Franca, qui eût été bien en peine de répondre, commençait déjà à réfléchir en regardant les portants quand Hélène intervint :

— Nous pensions à une robe d'été, courte et mettant bien les formes en valeur. Lorsque l'on a une aussi jolie silhouette que cette jeune femme, il faut la montrer, n'est-ce pas ?

L'œil expert de la vendeuse se posa sur Franca. Elle hocha la tête.

— Effectivement. Vous n'avez pas besoin de vous cacher sous ces immenses pull-overs. Et vous avez de très longues jambes, tout ce qui est court doit bien vous aller.

Elle tourbillonna parmi ses rayons et en un éclair une montagne de vêtements s'amoncela sur le comptoir. D'abord réticente, Franca commençait à prendre plaisir à l'aventure. Robes, jupes, pantalons, tee-shirts dans toutes les couleurs de l'arc-en-ciel... elle essayait un vêtement, l'enlevait, tendait le bras hors de la cabine, en essayait un autre. Elle fut la première surprise mais dut reconnaître qu'elle n'avait effectivement aucune raison de camoufler son corps. Elle était beaucoup plus mince que ce qu'elle avait imaginé et avait bel et bien de jolies jambes. La vendeuse et Hélène allaient de ravissement en ravissement.

— Vous êtes une autre femme, déclara la vendeuse.

— Tous les hommes vont se retourner sur vous, Franca. Vous êtes magnifique, renchérit Hélène.

Franca se décida pour deux petites robes d'été en lin, une rouge et une blanche, plusieurs minijupes et une collection de tee-shirts assortis, un short et un haut bustier qu'elle avait l'intention de mettre pour se promener sur la plage afin de laisser bronzer ses épaules. Hélène voulut tout payer, mais Franca refusa. Il avait été question d'une robe, pas de la boutique entière. Elle présenta la carte de crédit de son compte commun avec Michael, souriant déjà à l'idée de la tête qu'il ferait en découvrant ce qu'elle avait osé prélever. L'addition était salée, mais il aurait mauvaise grâce à se plaindre avec toutes les économies qu'elle lui avait permis de faire ces dernières années en ne s'achetant jamais rien. Sans compter qu'il ne devait pas regarder à la dépense pour sa maîtresse. Elle aurait eu bien tort d'avoir mauvaise conscience.

Quand elle quitta le magasin avec ses paquets, elle était tout heureuse.

— Venez, Hélène, dit-elle, je vous invite à déjeuner quelque part. J'ai une faim de loup !

Elles atterrirent chez *Nino's*, un restaurant italien caché au fond d'une cour, où elles déjeunèrent de scampis et de lasagnes arrosés d'un vin rouge choisi par Franca parmi les plus chers.

— C'est sur le compte de mon mari, dit-elle, et c'est bien ainsi. Alors profitez-en sans arrière-pensées, Hélène.

— Vous êtes changée, Franca. Cela vous a fait du bien, d'acheter de jolis vêtements, n'est-ce pas ? Vous avez pris des couleurs et vous êtes toute souriante.

Hélène ne se trompait pas. Pas une fois au cours des sept ou huit dernières années écoulées, Franca ne s'était sentie aussi libre et légère. Se regarder dans une glace et se trouver jolie, découvrir qu'elle pouvait être une jeune femme gracieuse, séduisante et désirable avait été un bouleversement extraordinairement agréable. Et si le beau temps se maintenait, elle acquerrait un hâle qui l'embellirait encore.

Le serveur apporta le vin.

— Ça fait plaisir de vous revoir, madame Feldmann, dit-il. Il y a si longtemps que vous n'étiez pas venue. Est-ce une occasion particulière qui vous ramène dans nos murs ?

L'expression d'Hélène s'assombrit.

— C'est aujourd'hui que commence pour moi la pire période de l'année. Un véritable chemin de croix, dit-elle sur un ton lugubre.

Le serveur réfléchit à ce qu'il pouvait faire de l'information, vainement à en juger par son air déconcerté.

— Ah ? fit-il faute de mieux.

Hélène endossa son rôle favori de biche aux abois.

— Oui, poursuivit-elle, prenant un ton qui aurait arraché des larmes à une pierre, c'est aujourd'hui le jour où la fin a commencé. Je veux parler des événements qui ont conduit à la mort de mon mari.

Le serveur adopta une mine de circonstance et observa même une sorte de minute de silence.

Sait-il qu'il était un haut dignitaire nazi ? se demanda Franca. Elle étudia le jeune homme, c'était un bel Italien d'à peine vingt-cinq ans qui n'avait donc connu ni la guerre ni le nazisme. Il ne devait pas être au courant.

— Je suis désolé, murmura-t-il, désormais pressé de servir le vin et de disparaître.

Franca se creusait déjà la tête pour trouver un autre sujet de conversation, mais Hélène ne semblait pas avoir envie qu'on la distraie de ses sombres pensées.

— Le temps ne fait rien à l'affaire, dit-elle à voix basse. Quand le printemps revient, quand la mi-avril revient, toutes les années écoulées s'effacent... C'est comme si c'était hier que tout ce malheur est arrivé.

— Ce ne doit pas être facile, d'être veuve aussi jeune, dit Franca, confusément mal à l'aise.

— Oh, vous savez, ce n'est pas ce qui fut le pire, répondit-elle en portant hâtivement son verre à ses lèvres.

Le vin eut pour effet quasi immédiat de la décontracter et de lui délier la langue.

— Le pire, ce furent les circonstances, reprit-elle en regardant fixement le verre qu'elle avait presque vidé d'un trait. C'est cela que je n'arrive pas à dépasser. Vous allez peut-être trouver ça choquant, Franca, mais je n'ai pas réellement souffert du fait qu'Erich n'était plus là. Notre mariage... n'était pas très heureux. La présence d'Erich m'oppressait, je ne me sentais jamais à l'aise quand il était près de moi. Je m'en suis rendu compte plus tard. Je ne pouvais pas rire, je ne pouvais pas être détendue. Je ne pouvais pas être jeune. J'avais dix-huit ans quand je l'ai épousé.

Du jour où je me suis mariée, je suis devenue une vieille dame qui par un fait extraordinaire se trouvait avoir un corps de jeune femme.

— Ce n'était pas un homme facile à vivre, dit Franca qui avait en tête ce que Béatrice lui avait confié. N'importe quelle femme aurait eu du mal à trouver sa place auprès de lui, mais pour une jeune adulte de dix-huit ans, ce dut être très difficile.

— Il était lunatique, dépressif, soupe au lait, rancunier et sentimental, dit Hélène, surprenant Franca par la précision et l'absence d'émotion avec laquelle elle listait les défauts d'Erich. Je n'ai commencé à vivre que lorsqu'il est mort. Au point que...

Elle s'interrompit, comme si une sorte de crainte superstitieuse la retenait d'aller au bout de sa pensée.

— Enfin, peu importe, reprit-elle. Il était ce qu'il était. Et il était prisonnier de sa personnalité comme nous le sommes tous de la nôtre. Et puis c'est si loin, tout ça...

Elle s'absorba dans ses souvenirs, parut songer à ce temps où elle était jeune et croyait encore que la vie tiendrait au moins une partie de ses promesses.

— C'est si loin, répéta-t-elle.

— Comment... Comment votre mari est-il mort ? demanda Franca d'une voix douce, hésitant à risquer de blesser Hélène.

— L'Allemagne d'Hitler était en ruine. Vous savez sans doute combien la fin fut effroyable. Un véritable cataclysme. Les nazis allaient devoir rendre des comptes, et il était évident qu'ils n'avaient de clémence à attendre de personne. Ici, sur l'île, la capitulation est intervenue le 9 mai 1945. Erich nous a volontairement quittés quelques jours plus tôt, le 1er mai.

— Il s'est suicidé ?

— Oui, comme Hitler. C'est-à-dire que je suppose qu'il a voulu, comme son Führer bien-aimé, se tirer une balle dans la tête. Et puis, soit il a manqué de courage au dernier moment, soit il s'y est mal pris... la balle l'a touché à la poitrine. Il n'est pas mort tout de suite. Il s'est vidé de son sang. Ça a duré des heures. Il a horriblement souffert.

— Vous étiez près de lui ?

Hélène hocha la tête.

— Oui, tout le temps de son agonie. Je le tenais dans mes bras, je lui parlais pour le rassurer. Je lui disais que tout allait s'arranger... Mais il n'y avait pas moyen de trouver un médecin, c'était terrible. L'île était complètement désorganisée, c'était le chaos, la débâcle. Le sort d'Erich n'intéressait personne. Puis la fièvre l'a pris, il appelait à l'aide, il délirait... Il était brûlant... affamé... et tout ce sang...

Hélène frissonna.

— Jamais je n'oublierai cette journée, dit-elle. Je n'ai jamais rien vécu d'aussi épouvantable. Et j'espère ne plus avoir à revivre une chose pareille jusqu'à ma mort.

Elle se resservit du vin sans attendre l'intervention du serveur.

— Nous devrions peut-être parler d'autre chose, dit-elle alors.

De retour au Variouf, Franca essaya ses achats devant la glace de sa chambre. Elle se tournait dans un sens, dans l'autre, souriait à son image. Son visage lui parut soudain trop pâle. Il s'accordait avec ses vieux sweat-shirts et ses pantalons informes, mais là, il gâchait tout. Elle fouilla dans sa trousse de maquillage puis appliqua délicatement une couche de mascara sur ses cils. Le résultat la conquit : ses yeux paraissaient plus grands, plus brillants, et l'ensemble de son visage plus expressif. Devait-elle se maquiller aussi les lèvres ? Le rouge de l'unique tube qu'elle avait trouvé, un échantillon publicitaire, lui parut un peu agressif.

Oh, et puis après tout, qu'est-ce que je risque ? se dit-elle. Si ça ne va pas, je l'enlèverai.

L'effet l'impressionna. Le rouge de ses lèvres se mariait harmonieusement à celui de la robe en lin qu'elle venait de passer et s'accordait à la perfection avec ses cheveux blonds. Ses lèvres, mieux dessinées et plus pulpeuses, transformaient son expression. Elle paraissait très féminine, sûre d'elle, provocante. Son air de lapin apeuré avait disparu, c'était plutôt un air de...

Elle réfléchit à quel animal elle aimerait être comparée. Son animal préféré était le chat.

A un chat ? demanda-t-elle à son reflet dans la glace. Elle sourit. Mais oui, c'était ça. Elle était une gracieuse et souple chatte aux yeux verts et au pelage clair. Elle sourit encore une fois, puis soudain son visage se ferma. Comment pouvait-elle se raconter de telles sottises ! Elle frotta vigoureusement ses lèvres du revers de la main pour faire disparaître le rouge. Quelle idiote ! Jouer les femmes fatales... Elle était d'un ridicule... Il ne suffisait pas de mettre une jolie robe et de se tartiner la figure de maquillage pour devenir quelqu'un d'autre. Quelle imbécile de l'avoir cru. Et pour devenir une grande séductrice devant l'Eternel, il fallait autre chose qu'un joli minois et de la poudre de perlimpinpin. Par exemple de la confiance en soi, de l'assurance, du rayonnement, de la conviction, et sûrement aussi un brin de vanité et trois pincées d'orgueil.

Toutes qualités qui faisaient présentement cruellement défaut à Franca, si elle les avait jamais possédées un jour.

On frappa à la porte et Béatrice passa la tête dans l'entrebâillement.

— Franca ? Je vous dérange ? Je voulais vous...

Elle laissa sa phrase en suspens et écarquilla les yeux.

— Vous êtes superbe ! C'est une nouvelle robe ? Elle vous va à ravir !

Franca malmenait la fermeture à glissière.

— Je… C'était une idée un peu stupide… Hélène pensait que je devais m'acheter quelques vêtements et…

Ne pas réussir à ouvrir la fermeture à glissière de sa robe prenait soudain des allures de catastrophe.

Béatrice entra dans la pièce.

— Eh bien, l'idée d'Hélène était excellente. Vous êtes une jolie femme, Franca, montrez-le donc. Et tournez-vous, que je vous aide avec cette fermeture. Vous allez finir par tout déchirer, sinon !

Franca enleva aussitôt la robe comme si c'était une peau inopportune dont il fallait qu'elle se débarrasse.

— La question est de savoir pourquoi on s'achète ce genre de chose, dit-elle. Ça doit avoir un sens, et dans mon cas c'est inutile et superflu.

Béatrice la regarda attentivement.

— Quel âge avez-vous ?

— Trente-quatre ans.

— Trente-quatre ans ! C'est un âge merveilleux. Croyez-en mon expérience. Ce sont vos plus belles années qui commencent. Profitez-en ! Ne vous repliez pas sur vous-même, ne vous dites pas que ça ne vaut plus la peine !

Franca enfila un short et un tee-shirt.

— Je me suis sentie bête à tourniquer devant cette glace comme une midinette. Ça m'est apparu tellement ridicule, tout d'un coup.

— Je crois plutôt que vous commencez lentement à devenir normale. Allez, venez avec moi ! J'avais envie d'une longue promenade avec les chiens. C'est ce que je venais vous proposer. Vous avez besoin de prendre un peu de couleurs !

— J'ai déjeuné ce midi avec Hélène, dit Franca alors qu'elles marchaient sur le sentier de randonnée qui longeait la côte, précédées des trois chiens qui couraient et aboyaient après les mouettes. Elle m'a parlé de la mort de son mari. Cela a dû être affreux.

— Oui, ce fut effectivement affreux. Vous savez qu'il s'est tiré une balle dans la poitrine ? Son agonie a duré des heures. Il n'y avait pas moyen de trouver un médecin.

— Pas même le père de Mae ?

— Il était quelque part sur l'île, mais où, mystère. C'était une période vraiment abominable. Tout était sens dessus dessous. Il y avait des mois que nous n'avions plus rien à manger, les gens à demi morts de faim ou malades ne se comptaient plus. On avait besoin de médecins partout. Cela faisait presque un an que l'archipel était coupé du monde.

— Hélène paraît toujours très affectée par la façon dont son mari est mort.

— Elle s'est montrée étonnamment courageuse, ce jour-là. Elle ne l'a pas quitté un seul instant. Il y en a beaucoup qui se seraient enfuis. Pas elle, elle l'a assisté jusqu'à son dernier souffle…

Béatrice demeura un instant silencieuse, puis elle ajouta, pensivement :

— Ce fut une des rares fois où j'ai éprouvé une réelle admiration pour elle.

Le sentier devenait plus étroit et très escarpé. Devant elles, les chiens le dévalèrent en remuant la queue et en aboyant joyeusement.

Franca, impressionnée, regarda Béatrice descendre sans hésitation derrière ses chiens parmi les pierres et les éboulis, agile et souple comme une jeune fille. Elle se l'imagina à quatorze ans avec son amant, dans une anfractuosité de rocher, par une nuit sereine de fin d'été. Elle les vit tous les deux, risquant leur vie mais guidés par un désir plus fort que la raison.

— Etes-vous ressortie avec Julien, comme lors de la première nuit ? demanda-t-elle.

Elles avaient atteint le bas de la falaise. L'écriteau apposé sur le mur de pierre qui protégeait Petit Bôt Bay de la route n'interdisant l'accès de la baie aux chiens qu'à partir du 1er mai, elles franchirent la zone rocheuse et poursuivirent leur promenade sur le sable, près du rivage. La mer était calme, les vagues venaient mourir en douceur sur la grève, laissant en se retirant des algues et de petits coquillages qui roulaient dans l'écume. Les chiens couraient et sautaient dans l'eau. Béatrice se tourna vers le large, humant l'air à pleins poumons.

Comme elle aime cette île, songea Franca. C'est une part d'elle-même. Elle a peut-être un jour rêvé d'autres cieux, mais elle ne pourrait pas vivre ailleurs.

— Oui, souvent, répondit Béatrice à la question de Franca. Vous savez, Julien a dû se cacher pendant quatre ans. Quatre ans, rendez-vous compte de ce que cela représente. Il y avait des moments où il ne supportait plus l'enfermement. Le grenier était si pentu qu'il n'y avait qu'un seul endroit où il pouvait tenir debout, et puis l'ennui... tous ces jours identiques... C'était un homme jeune, plein de vie, il ne pouvait pas passer des années entières à lire et lire encore. Il se faisait aussi beaucoup de souci pour sa famille, pour ses amis ; ce qu'on savait de la situation en France n'était pas encourageant. Parfois, ses sorties nocturnes étaient une façon de défier le destin, de prendre volontairement le risque de se faire arrêter pour qu'enfin il se passe quelque chose dans sa vie. Peut-être aspirait-il aussi à se faire tuer par lassitude, pour simplement en finir.

— Mais il vous faisait courir le même risque !

— Nous n'étions pas toujours ensemble. Il lui arrivait souvent de sortir seul. Je ne l'apprenais que le lendemain ou même des jours plus tard. Et je tremblais après coup. Les Allemands enregistraient des revers sur tous les fronts, et plus leur situation se dégradait, plus ils devenaient dangereux, comme un animal acculé. Ils étaient plus agressifs, flairaient des mauvais coups à tout propos. C'est la défaite de Stalingrad qui a marqué le tournant décisif, ce fut le début de la fin. Je ne cessais de tenter d'en convaincre Julien. Je lui disais que j'étais certaine qu'il n'aurait plus longtemps à tenir, mais il ne me croyait pas vraiment. Son désarroi ne faisait que grandir.

— Il vous aimait toujours ?

Béatrice s'assit sur un rocher et invita Franca à s'installer à côté d'elle.

— Arrêtons-nous un peu. C'est tellement bon de sentir le soleil sur son visage… Je vais vous raconter mon histoire avec Julien, vous jugerez par vous-même s'il s'agissait d'amour ou pas.

— Vous ne le pensez pas ?

Franca prit place à côté de Béatrice. Le rocher était lisse et délicieusement chaud. Une brise légère chargée d'air marin soufflait de la mer. Quelle journée merveilleuse, songea-t-elle.

— Comme je vous le disais, je crois que, pour Julien, je représentais surtout un lien avec l'extérieur, avec la vie. J'étais son dernier bastion avant le désespoir absolu. Cela peut paraître présomptueux, mais je crois que c'est moi qui ai empêché qu'il perde complètement les pédales, qu'il se livre à la police ou qu'il commette de telles imprudences qu'il se serait fait prendre. Ce rôle que je jouais dans sa vie était important, plus important peut-être que les sentiments qui nous liaient, quels qu'ils aient été.

Guernesey, été 1943

Au cours de l'été 1943, les difficultés d'approvisionnement des îles Anglo-Normandes prirent des proportions alarmantes.

Sur le continent, les bombardements britanniques et américains – les Etats-Unis étaient entrés en guerre aux côtés des Alliés en décembre 1941, au lendemain de Pearl Harbor – dévastaient l'Allemagne et désorganisaient complètement l'économie d'un pays déjà moralement assommé par la cuisante défaite de Stalingrad. Personne ne semblait se soucier de faire parvenir des vivres sur des îles pourtant peuplées autant de soldats allemands d'occupation que d'îliens. Mieux, alors que plus personne ne croyait qu'elles puissent représenter la moindre protection contre un éventuel débarquement, l'Allemagne continuait à vouloir les transformer en gigantesques cuirassés figés à quelques milles des côtes françaises, et des armées de travailleurs forcés, traités pis que des esclaves, furent déportées de toute l'Europe pour servir de main-d'œuvre. Plus sa situation militaire se dégradait, plus l'occupant s'acharnait à faire des îles des forteresses inexpugnables.

Le rationnement devint plus strict, les tickets furent attribués avec un regain de parcimonie. Nourrir Julien, qui n'avait pas – et pour cause – d'existence officielle, donc pas de carte d'alimentation, était chaque jour plus difficile pour les Wyatt. Ses patients avaient longtemps payé le médecin en nature, on avait toujours pour lui un œuf ou un morceau de jambon en réserve, mais c'était du temps où la population mangeait encore à sa faim, du temps où le marché noir était florissant. Cette époque était révolue.

Béatrice trouvait que l'impatience de Julien était souvent excessive et qu'il se plaignait trop. Il y avait une famille qui le cachait, le protégeait, se mettait en danger pour lui, qui partageait ses maigres ressources avec lui, et lui n'avait de cesse de se rebeller contre le destin, de crier sa colère et sa rage. Elle comprenait combien sa situation lui paraissait détestable, mais, en ces heures particulièrement sombres, il y avait des gens qui souffraient autrement plus que lui. Ses excursions nocturnes secrètes étaient de plus en plus fréquentes, au grand dam de Béatrice qui non seulement avait peur pour lui, mais lui reprochait également de faire courir de grands risques à la famille Wyatt.

— Ça suffit, maintenant ! s'exclama-t-il un jour, furieux. Tu crois que je les trahirais si je me faisais pincer ? Tu me prends pour qui, à la fin ?

— Je crois qu'ils savent très bien comment faire parler les gens, répliqua Béatrice qui n'avait pas oublié dans quel état ils avaient relâché Pierre. Et puis, il est aussi possible qu'ils te suivent jusqu'à ta cachette, et là, ce serait la catastrophe.

— Qu'est-ce qu'il faut que je fasse alors ? Que je devienne cinglé à moisir ici et que je me tire une balle dans la tête ? se récria Julien. Comment peux-tu imaginer que je vais encore tenir le coup longtemps ?

Elle le prit dans ses bras et caressa doucement ses cheveux. Il ne pleurait pas, mais elle crut entendre un sanglot. Sa faim de vie, de mouvement, d'air, d'espace dominait tout le reste. Son enfermement le rendait malade.

— Je suis inquiète, confia un jour Mme Wyatt à Béatrice. J'ai l'impression qu'il est sur le point de craquer.

C'était une journée d'été venteuse et ensoleillée ; des nuages blancs filaient dans un ciel extraordinairement bleu, les arbres ployaient sous le vent et la lumière d'août mettait des touches dorées sur les feuilles. En dépit de l'interdiction formelle d'Hélène,

Béatrice était rentrée de l'école avec Mae et s'était arrêtée chez elle, dans l'espoir ne serait-ce que d'apercevoir Julien. Ses sentiments pour lui grandissaient à mesure que le temps passait et toutes les embûches qu'Erich et Hélène plaçaient sur son chemin ne faisaient que les conforter. Il n'y avait pas un instant de la journée où elle ne pensait à lui : en classe, en se promenant, avant de s'endormir, en se réveillant, elle n'avait que Julien en tête. Une sorte d'impatience fébrile l'emplissait tout entière. Sa sexualité, bien innocente et incertaine les premiers mois, s'affirmait et devenait d'autant plus exigeante qu'elle était sollicitée et nourrie. Béatrice était à la veille de fêter ses quinze ans et aucun observateur averti n'aurait été dupe devant la flamme qui dansait dans ses yeux, l'éclat de son teint ou la façon qu'elle avait de se mouvoir.

— Quand il fait ce temps-là dehors, ce doit être particulièrement difficile, répondit-elle à Mme Wyatt.

— Tu n'as qu'à aller le consoler, intervint Mae d'un petit ton acide.

Béatrice s'était soigneusement gardée de lui confier ses états d'âme, cependant Mae avait parfaitement compris ce qui se passait entre Béatrice et Julien. De ce point de vue-là, elle était beaucoup moins naïve que sa mère.

Béatrice grimpa au grenier. Julien était énervé, irascible, d'une humeur de chien. Il avait à la main une tasse de l'infâme ersatz que l'on vendait désormais en lieu et place du café, denrée rare entre toutes qui atteignait des prix astronomiques au marché noir, quand on en trouvait.

— Peux-tu venir cette nuit à Petit Bôt Bay ? lui demanda-t-il avant même de lui dire bonjour. Il faut que je sorte. Il faut que je marche sur la plage. Il faut que je te voie.

— C'est trop dangereux, objecta Béatrice qui dans

le même temps se dit qu'il devait la détester pour s'entendre toujours répondre cette petite phrase quand il lui proposait un rendez-vous nocturne.

Elle avait l'impression d'être la cheftaine acariâtre qui gâchait l'ambiance, mais il s'agissait tout de même d'autre chose que d'une simple promenade au clair de lune.

— J'y serai à onze heures, dit-il. Tu fais ce que tu veux, moi j'y serai.

Il leva les yeux vers la lucarne et son petit rectangle de ciel.

— Ma vie me file entre les doigts. Tu vois la vitesse à laquelle défilent ces nuages, là-haut ? Eh bien, le temps défile exactement à la même vitesse. Et je suis coincé là !

Il serra le poing et frappa violemment la table.

— Je suis coincé là ! répéta-t-il.

— Ce ne sera plus long. Tout le monde dit que...

— Ça fait des années que tout le monde dit des tas de choses. En attendant, les boches sont toujours là ! Ils ont peut-être un peu moins le vent en poupe, mais ça ne va pas durer, tu peux leur faire confiance. Jamais ça ne s'arrêtera. Jamais !

C'était un discours récurrent auquel Béatrice ne savait plus quoi répondre. Quand elle parlait de la fin de la guerre et de la fin de l'Occupation, lui s'obstinait dans ses sinistres prédictions d'éternelle persistance des hostilités et de l'oppression. Elle s'efforçait de le comprendre, d'admettre que sa situation l'incitait nécessairement au pessimisme, mais ses réflexions, qui l'amenaient aussi à constater son impuissance à le rassurer et à le convaincre, la rendaient très malheureuse.

— Tu viendras ? insista-t-il.

Elle soupira.

— J'essaierai. Je ne peux rien promettre.

Elle savait qu'il était certain qu'elle serait au rendez-vous.

Erich rentra de France ce soir-là alors que personne ne l'attendait avant plusieurs jours. Il ne souffla mot des raisons pour lesquelles il avait anticipé ce retour qui rendait l'escapade de Béatrice plus hasardeuse encore, mais il était d'excellente humeur et rapportait même des cadeaux : un rang de perles au fermoir serti d'une grosse émeraude pour Hélène et une bague en or pour Béatrice. C'était une bague étrange, très large, lourde, massive et ornée d'une topaze dorée presque brune. Elle était beaucoup trop grande pour les doigts de Béatrice, même pour son pouce, et extrêmement voyante. Elle aurait peut-être convenu à une grosse dame âgée, songea Béatrice, mais à elle, non, vraiment pas. Au reste, elle jugeait déplacé de la part d'Erich de lui offrir une bague plutôt qu'à sa femme. Erich ne manqua pas de remarquer son peu d'enthousiasme.

— Qu'est-ce qu'il y a ? fit-il en fronçant les sourcils. Ma bague ne te plaît pas ?

— Elle est trop grande.

— Il faut bien évidemment la faire rétrécir. Tu as les doigts très fins. Il va y avoir beaucoup de chutes. On pourrait peut-être en faire une breloque ou un petit pendentif.

— Ou une deuxième bague, intervint Hélène d'un ton aigre. Pour moi.

Devant l'accueil mitigé réservé à ses cadeaux, Erich, sans perdre son sourire, plongea dans un gros sac qu'il avait négligemment posé dans un coin en arrivant.

— Voyons voir si ces petites choses vont vous redonner le sourire…

Il prit un air mystérieux puis, comme dans un tour de prestidigitation, sortit toute une collection de merveilles disparues de la surface de l'île depuis de longs mois.

— Du vrai café en grains ! annonça-t-il d'une voix triomphante. Du chocolat ! Des bas de soie. Du savon. Du thé. De délicieux biscuits... Alors, qu'est-ce que vous en dites ?

Hélène parut effectivement beaucoup plus impressionnée par ces cadeaux que par le collier de perles.

— Bonté divine ! s'exclama-t-elle à mi-voix. On vit encore en France dans une telle opulence ! ?

— Non, bien sûr que non, mais il y a encore des réserves. Et brave comme je suis, j'ai tout de suite pensé à vous.

— Et en ce qui concerne la guerre, où en est-on ? demanda Béatrice qui n'était pas disposée à se laisser corrompre par un peu de café et de chocolat.

— En ce qui concerne la guerre, tout va pour le mieux, répliqua immédiatement Erich. Bien évidemment, l'issue d'une telle guerre ne se décide pas en trois jours, et il arrive qu'il y ait des hauts et des bas, mais dans l'ensemble nos chances sont excellentes. Tout à fait excellentes.

— On dit que les Allemands reculent sur tous les fronts, le provoqua Béatrice. Et comment se fait-il que nous n'ayons ici, dans l'archipel, quasi plus rien à manger si tout va aussi bien ?

L'expression d'Erich s'assombrit.

— On dit n'importe quoi ! C'est la propagande ennemie qui tente de faire croire ça pour déstabiliser nos soldats. Ce sont des mensonges ! Il n'y a rien de vrai dans ce que raconte cette maudite radio !

Il eut un soupir excédé.

— Si seulement on pouvait confisquer tous les postes de radio de cette île ! Malheureusement, ça n'a pas l'air possible. On a beau faire, il y en a toujours sur lesquels on n'arrive pas à mettre la main.

Il but beaucoup, ce soir-là, au soulagement de

Béatrice car cela signifiait qu'il dormirait profondément. Hélène, qui ne semblait pas aller très bien, fit également honneur au vin rouge. Quand elle prit congé pour monter se coucher, ce fut d'une voix pâteuse.

Il était plus de vingt-trois heures quand Béatrice se sentit assez sûre pour se couler hors de la maison et prendre le chemin qui descendait à Petit Bôt Bay. Deux gardes patrouillaient autour du jardin, mais depuis qu'ils assuraient la protection du major Feldmann, pas une seule fois ils n'avaient modifié leur ronde, si bien que c'était un jeu d'enfant d'attendre qu'ils soient passés devant l'entrée pour s'esquiver dans leur dos. Elle avait néanmoins conscience de prendre de grands risques et elle s'en voulait de s'être laissé convaincre par Julien.

Elle courait au plus près des haies pour se fondre dans leur ombre, à la fois inquiète et irritée contre elle-même, et se répétait : Je suis bête, je suis vraiment trop bête. C'est de la folie de sortir comme ça !

Mais dès qu'elle fut devant Julien et qu'il la serra contre lui, avec toute l'impatience et la violence de son désespoir, sa colère et son ressentiment s'évanouirent. Il l'avait attendue sur la plage, tapi entre les rochers, ombre immobile qui s'était levée et avait marché vers elle quand il avait été certain que personne ne l'avait suivie.

Ils se tenaient étroitement enlacés ; le cœur de Béatrice, qui avait couru presque tout le long du chemin, battait à tout rompre. La nuit était douce, le ciel d'un noir de velours avec encore quelques nuages plus clairs qui glissaient silencieusement vers l'horizon et tantôt masquaient la lune et les étoiles, tantôt les découvraient. Un murmure régulier et mystérieux montait de la mer. Ils étaient seuls sur terre.

Julien lui dit quelques petits mots tendres en français et repoussa la boucle rebelle qui retombait toujours sur son front. Dehors, en liberté, il n'était plus le même homme. C'était comme si son sang coulait plus vite dans ses veines, comme si son rythme cardiaque et sa respiration s'accéléraient, comme si une force nouvelle le nourrissait. Ses yeux brillaient, son rire était franc et chaud. Il était un jeune homme plein de vie, plein de force et de confiance en lui.

Il est libre, songea Béatrice, il est tout simplement libre, c'est ça qui fait de lui un autre homme.

Ils s'aimèrent sur le sable de la plage. Le sentiment du danger qui planait sur eux et le peu de temps que leur accordaient les circonstances les rendaient avides et insatiables. Leurs étreintes, marquées par le risque et l'incertitude du lendemain, revêtaient toujours ce même caractère à la fois romanesque et romantique.

Ils étaient blottis l'un contre l'autre et se tenaient les mains. Julien parlait de ce qu'il ferait après la guerre. C'était un de ces moments bénis où il se sentait heureux et pensait que la guerre ne pouvait pas durer encore longtemps, que ses problèmes auraient bientôt une fin. Il semblait en paix avec lui-même. Il était allongé sur le sable, calme et détendu, les yeux tournés vers le ciel, et il regardait défiler les nuages et les étoiles. Il venait de faire l'amour à une jeune fille, il tenait encore sa main dans la sienne. Il était un jeune homme comme les autres.

— Je vais gagner plein d'argent quand tout ce bazar sera terminé, dit-il.

Qu'il parle de « bazar » et non de « situation intenable » ou de « fin du monde » était un point positif. « Bazar » était un petit mot anodin, presque drôle, qui dédramatisait ce qu'ils vivaient.

— Je ne sais pas encore comment je m'y prendrai, mais un jour, je serai riche, tu verras.

Béatrice s'assit et plongea la main dans la poche de sa robe. Elle cassa une barre du morceau de chocolat qu'elle avait subtilisé sur la tablette rapportée par Erich et la tendit à Julien.

— Tu en veux ?

Il s'assit à son tour. Dans la lumière de la lune qui venait juste de sortir des nuages, son visage paraissait d'un blanc de craie. Béatrice savait que cela ne tenait pas qu'à la lune. Julien était devenu d'une pâleur effroyable. Le solide jeune homme au teint hâlé qu'il était en arrivant sur l'île avait disparu. Il n'était plus que l'ombre de lui-même.

— Du chocolat ? Mais où l'as-tu trouvé ?

Il glissa avec gourmandise la barre entière dans sa bouche.

— Hum... J'en avais presque oublié le goût...

— Erich vient de rentrer de France. Il a rapporté des tas de choses extraordinaires.

Elle le regarda manger le chocolat puis se lécher les lèvres et lui glissa un nouveau morceau dans la bouche.

— Quand tu penses à ce que tu feras après la guerre, j'apparais quelque part dans tes projets ? demanda-t-elle.

Il lui lança un regard étonné.

— Bien sûr. Pourquoi poses-tu la question ?

— Parce que tu n'en as jamais parlé.

— Nous n'avons pas vraiment parlé non plus de ce que l'on ferait quand la guerre sera finie. Ça n'a d'ailleurs pas beaucoup de sens de tirer des plans sur la comète.

— Tu parles de l'argent que tu veux gagner mais pas de moi, insista prudemment Béatrice.

— Ne prends pas tout au pied de la lettre. J'ai parlé de l'argent que je voulais gagner. Une autre fois, je parlerai de toi.

Il se leva, comme si soudain il ne pouvait plus rester en place.

— Je crois que je vais aller nager. Oui, il faut que

j'y aille. Mmh... le goût du sel sur mes lèvres, me sentir flotter dans l'eau... Viens avec moi !

Rien ne la rendait plus malheureuse que jouer les cheftaines, mais elle ne pouvait se résoudre à y renoncer.

— N'y va pas, Julien. C'est trop dangereux. Dans l'eau, on te verra de très loin. Il suffit d'un bateau, ou d'une patrouille sur la falaise.

— Penses-tu, il fait bien trop sombre. Et de toute façon, il n'y a personne.

A cet instant, comme pour le mettre en garde, la lune surgit de derrière les nuages et jeta de grandes flaques de lumière blafarde sur les rochers.

— Il ne fait pas si sombre que ça, objecta Béatrice, de plus en plus inquiète. Les nuages se déplacent tellement vite que la lune ne cesse de réapparaître. Je t'en prie, Julien. Venir sur la plage n'est déjà vraiment pas raisonnable, mais au moins les rochers nous cachent un peu. A découvert, il n'y aura plus rien pour te protéger.

— C'est la dernière nuit d'été...

Rien, aucun signe d'un changement de temps ne permettait de l'affirmer, mais Julien semblait sûr de lui.

— En plus, je ne sais pas quand je pourrai ressortir, ajouta-t-il pensivement. J'y vais.

Elle le regarda courir vers la mer à grandes enjambées souples et félines. La lune donnait à son corps dénudé une pâleur luminescente. Rien qu'à la façon dont il bougeait, elle devinait la jouissance que lui procuraient le jeu de ses muscles, le contact de l'air sur sa peau, du sable sous ses pieds.

Comme il est beau, se dit-elle, et comme il est égoïste. Elle se sentait abandonnée. Pelotonnée à l'ombre des rochers qui s'élevaient derrière elle, elle regardait sa haute silhouette éclairée par la lune se découper sur l'étendue de la mer. Elle s'efforçait de ne pas donner une importance excessive aux symboles, pourtant, elle ne pouvait s'empêcher d'avoir le sentiment que les rôles s'étaient inversés. Julien marchait vers la liberté, elle, restait prisonnière de l'ombre. A vrai dire, l'image n'était pas que symbolique, elle venait d'en prendre conscience. Julien ne l'aimait pas vraiment. Elle faisait partie de ce qui rendait son enfermement plus acceptable et en ce sens tenait une place décisive dans sa vie, mais il n'avait pas tissé de liens profonds avec elle. Dès qu'il serait libre, il l'oublierait. Il rentrerait en France et le tourbillon de la vie le happerait, il y aurait tout un essaim de jeunes filles gaies et rieuses autour de lui, il flirterait, danserait, boirait avec elles, il les aimerait, et un jour il épouserait l'une d'entre elles.

Que serait-elle dans ses souvenirs ? Béatrice se rhabilla et remit tant bien que mal de l'ordre dans ses cheveux.

Elle serait Béatrice, la petite Anglaise à qui il avait appris le français, avec laquelle il avait lu Victor Hugo et qui lui avait donné sa virginité. Il se souviendrait de la pâleur de sa peau, de ses cheveux rebelles, de son corps trop maigre, et sans doute aussi qu'elle n'était pas particulièrement jolie.

Mais il n'avait pas le choix, et j'étais mieux que rien, songea-t-elle, furieuse après elle-même. Elle enfouit rageusement ses deux mains dans le sable, dessina des lignes et des courbes profondes avec ses doigts. Et j'étais encore assez bête pour le retrouver la nuit sur la plage et mettre ma vie en danger pour lui.

Julien avançait dans la mer, il avait maintenant de l'eau jusqu'aux hanches ; il hésita un instant puis se laissa glisser dans une vague. Il nagea vers le large à grands gestes puissants, puis se mit sur le dos et continua en battant des pieds et des mains, jouant à faire jaillir des gerbes d'eau qui résonnaient dans le silence de la nuit comme autant de cataractes. Pour couronner le tout, le vent avait chassé les derniers lambeaux de nuages et la lune donnait sa pleine mesure. La nuit était d'une impitoyable clarté.

Ça va mal se terminer, s'affola Béatrice.

Elle se leva et fit un pas hors de l'ombre protectrice des rochers.

— Julien ! appela-t-elle sans oser élever la voix. Julien, reviens ! Tu fais trop de bruit ! Reviens, s'il te plaît !

Comment aurait-il pu l'entendre ? Il continua à jouer dans l'eau comme un enfant, ou comme un jeune dauphin. Il crachait, soufflait, battait des pieds et des mains ; il s'offrait à tous les dangers sur un plateau, par inconscience ou par provocation, Béatrice n'aurait su le dire.

Je devrais partir, se disait-elle, je devrais me dépêcher de rentrer et le laisser continuer seul ses bêtises.

Quand le premier coup de feu claqua, explosant dans la nuit comme un coup de tonnerre, elle eut un instant de sidération et ne comprit ni ce qu'elle avait entendu ni d'où ce bruit assourdissant venait. Puis un second coup de feu déchira le silence et une voix dure résonna dans un mégaphone.

— Sortez immédiatement de l'eau ! Rejoignez immédiatement la plage !

Des lumières jaillirent sur le flanc de la falaise, des voix s'appelèrent et se répondirent, en allemand… sans aucun doute les voix de soldats qui patrouillaient sur le sentier de la falaise et descendaient maintenant sur la plage.

Béatrice recula dans les rochers, elle était prise au piège entre mer et falaise et encerclée par les soldats qui arrivaient sur sa gauche et sa droite, armés et de plus en plus nombreux. Un nouveau coup de feu retentit, la balle toucha l'eau, très loin de Julien. Il paraissait hors de portée, mais cet avantage n'aurait qu'un temps : tôt ou tard, il devrait regagner le rivage.

Rends-toi, Julien, le supplia-t-elle silencieusement. Rends-toi, c'est ta seule chance de t'en sortir !

Quand le premier coup de feu avait retenti, Julien s'était figé, stupéfait, comme si la survenue de soldats allemands était la dernière chose à laquelle il s'attendît. Au deuxième coup de feu, il se figea à nouveau, scruta la plage, parut étudier la situation.

Le troisième coup de feu le mit en mouvement ; cependant, au lieu de répondre à l'injonction – qu'il n'avait au reste sans doute pas comprise puisqu'il ne parlait pas allemand –, il tourna le dos à la plage, nagea quelques dizaines de mètres vers le large puis obliqua vers l'ouest. Son séjour prolongé dans le grenier l'avait peut-être affaibli, mais la peur lui donnait des ailes : son crawl était extraordinairement rapide et précis.

— Il essaye d'atteindre la baie suivante ! cria quelqu'un. Envoyez immédiatement des hommes là-bas !

Béatrice se rencogna dans l'anfractuosité de son rocher. Elle savait que ce n'était pas une vraie cachette. Elle risquait à tout instant de se faire prendre, et peut-être même tuer.

Son cœur battait à se rompre. Elle fut un instant tentée de sortir en pleine lumière et de se rendre avant d'être débusquée, mais quelque chose la retint ; il n'était peut-être pas indispensable de baisser les bras aussi vite.

Il faut que je parte avant qu'ils atteignent la plage, se dit-elle. Quand ils seront en bas, je n'aurai plus aucune chance.

De nouveaux coups de feu claquèrent mais Julien était désormais hors de danger. Son sillage avait presque disparu derrière la pointe rocheuse qui avançait dans la mer.

Les soldats descendaient lentement ; non seulement

le terrain ne leur était pas familier, mais ils devaient se méfier d'une éventuelle embuscade.

Béatrice avait pour elle de connaître l'endroit depuis sa plus tendre enfance. Aucun des rochers n'avait de secrets pour elle, elle aurait pu les escalader les yeux fermés.

Elle réfléchissait fébrilement. Remonter par le sentier ouest était exclu puisque c'était par là que descendait le gros de la patrouille. Des bruits de moteurs lui parvenaient de la route qui menait à la baie, des renforts arrivaient en side-cars, elle ne pouvait donc pas passer par là non plus. Pour remonter la falaise, seul restait le sentier est, mais pour y arriver, il aurait fallu qu'elle laisse la baie derrière elle et emprunte la route sur quelques mètres, où ça grouillait déjà de soldats allemands. Elle n'avait d'autre choix que d'attaquer directement la falaise. Ce qui l'inquiétait le plus, c'était qu'avant d'atteindre l'endroit où elle pourrait commencer à grimper, il fallait qu'elle longe la plage sur presque toute sa longueur. Elle allait devoir coller au plus près du pied de la falaise, parmi les éboulis, et faire de son mieux pour se fondre dans l'ombre de la moindre pierre.

Chaque seconde comptait, elle s'apprêtait à sortir de sa cachette quand elle remarqua, in extremis, les vêtements de Julien sur le sable. Si jamais ils permettaient de remonter jusqu'au Dr Wyatt, le médecin et sa famille étaient perdus.

Elle quitta l'abri du rocher, ramassa prestement le petit tas de vêtements et les chaussures et, le souffle court, regagna l'ombre protectrice. Puis elle se faufila hors de sa cachette et crapahuta sur le sable en tournant autour des rochers, souple et rapide comme un lézard, tandis que là-haut, au-dessus de sa tête, des coups de feu claquaient, des pneus crissaient sur les gravillons et des nuées de soldats descendaient vers la plage.

C'étaient les chaussures qui la gênaient le plus. Elle avait noué la chemise et le pantalon autour de sa taille, mais elle était obligée de tenir les chaussures à la main si bien qu'elle ne disposait que de sa main droite pour l'aider dans son ascension. Et la voie qu'elle avait choisie – si l'on pouvait parler d'un choix – était la plus difficile, la plus raide et la plus dangereuse de toutes pour remonter de la baie. C'était de la folie de grimper par là, surtout dans l'obscurité, avec une seule main disponible et à une vitesse périlleuse. Béatrice n'avait pas le temps d'assurer ses prises, de tester la solidité des pierres sur lesquelles ses pieds prenaient appui. Elle devait se fier à sa mémoire – cette voie avait longtemps servi à mesurer son courage à celui des garçons du village, il est vrai en plein jour et sans paire de chaussures à la main – et, pour le reste, compter sur sa bonne étoile.

Pour le moment, elle avait la chance que son corps et ses nerfs lui obéissent. En dépit du danger qui l'obligeait à prendre tous les risques, ses gestes étaient posés, rapides et précis. Elle n'avait pas le vertige, aucune panique ne menaçait de la submerger. Ça viendrait sans doute après.

Quand ce sera fini, songea-t-elle à un moment, je hurlerai.

En bas, sur la plage, les Allemands faisaient un raffut de tous les diables. Des cris et des coups de feu montaient de toutes parts, renvoyés par l'écho de la falaise. Bientôt des aboiements s'y mêlèrent. Désormais, le temps de Béatrice était compté. Les chiens auraient tôt fait de découvrir l'anfractuosité de rocher qui l'avait hébergée et, de là, ils n'auraient plus qu'à suivre sa trace jusqu'à l'endroit où elle avait commencé à grimper. Elle se ferait tranquillement cueillir à l'arrivée.

Elle accéléra, ignorant la douleur qui irradiait de

sa main gauche à force de serrer convulsivement la paire de chaussures de peur de les perdre. Encore quelques mètres... Sa main libre accrocha de l'herbe, elle fit un dernier effort et s'effondra, haletante, sur le bord de la falaise.

Elle avait réussi.

Elle ne pouvait pas rester là. L'endroit grouillait de soldats allemands. Il fallait qu'elle se lève et s'éloigne aussi vite que possible.

Elle se déplaçait complètement courbée en deux, les genoux pliés, en s'aidant de sa main droite. La nuit était maintenant si claire qu'elle craignait de faire une cible trop visible en se mettant franchement debout. Elle n'arrêta sa course que lorsqu'elle eut atteint un bosquet assez dense pour la cacher. Elle s'adossa au tronc d'un arbre, ferma les yeux et lâcha les chaussures. Ce n'est qu'à cet instant qu'elle prit conscience de son épuisement. Elle avait un point de côté, ses genoux tremblaient, le sang battait à ses tempes et elle était en nage.

Elle enfouit son visage dans ses mains et attendit que sa respiration se calme.

Qu'était devenu Julien ?

Il ne pouvait pas indéfiniment tourner autour de l'île à la nage. Il avait dû forcément regagner la rive. S'était-il fait prendre ?

Comment avait-il pu être aussi fou ? Comment avait-il pu être aussi effroyablement stupide ? Quel gâchis, mais quel gâchis...

Restait maintenant à se dépêcher de rentrer, et à espérer qu'Erich n'avait pas encore été informé de ce qui se passait dehors, sinon, il serait debout et aurait remarqué son absence. Et qu'allait-elle faire des vêtements de Julien ?

Elle ramassa les chaussures, se mit péniblement debout et reprit son chemin. Le vallon était parfaitement silencieux, il ne semblait y avoir personne. Elle fit un grand détour pour contourner le village et atteindre la maison de ses parents par l'arrière ; arriver par l'entrée principale lui paraissait trop risqué.

Elle se glissa furtivement dans le jardin et guetta la patrouille en retenant son souffle : tout était silencieux. Elle se dirigea alors vers la serre qui se trouvait au fond du jardin et qui était pratiquement à l'abandon depuis que Pierre était seul pour l'entretenir.

Des sacs de terreau et de tourbe qui n'avaient pas bougé depuis des années s'entassaient dans un coin. Béatrice les déplaça légèrement, fourra les vêtements et les chaussures derrière et les remit à leur place. Pour le moment, la cachette ferait l'affaire, du moins elle l'espérait, ensuite, il faudrait qu'elle avise.

Elle put gagner la maison, puis sa chambre, sans se faire remarquer, mais ce n'est que lorsqu'elle eut refermé la porte derrière elle qu'elle commença à retrouver son calme. Elle ôta ses vêtements chiffonnés et humides tant elle avait transpiré, les jeta sur un fauteuil et se glissa en chien de fusil sous ses couvertures, malade d'angoisse et de fatigue. Elle se sentait nauséeuse, claquait des dents. Lentement l'idée qu'elle venait d'échapper à la mort, qu'il s'en était fallu d'un cheveu qu'elle ne se fasse abattre, se frayait un chemin et s'imposait à sa conscience.

Pourvu que je ne me mette pas à vomir. Pourvu que Julien soit encore en vie. Pourvu qu'ils ne le trouvent pas. Pourvu que j'aie suffisamment caché les vêtements. Pourvu que…

Les pensées tourbillonnaient dans sa tête, l'angoisse lui nouait l'estomac. Elle se crut à un moment sur le point de vomir et faillit se lever pour se précipiter dans la salle de bains, mais la nausée reflua et elle se laissa retomber sur son oreiller.

Vers les premières heures du matin, elle sombra dans un sommeil agité. Des éclats de voix, des cris, des bruits de moteurs sous ses fenêtres et une cavalcade dans l'escalier l'en tirèrent quelques heures plus tard. La maison semblait en proie à une agitation frénétique.

Julien !

Il était huit heures, elle s'étonna que personne ne l'ait réveillée puis elle se souvint que c'était samedi et qu'elle n'avait pas classe. Elle se sentait toujours nauséeuse. Quand elle se leva et se regarda dans le miroir au-dessus de sa commode, elle constata qu'elle avait vraiment une tête épouvantable.

Elle rangea sa robe froissée dans l'armoire, en sortit une propre et s'habilla. Après une longue et vaine séance de brossage, elle renonça à obtenir de ses cheveux qu'ils veuillent bien se discipliner et les ramassa en queue-de-cheval sur la nuque avec un ruban.

Quand elle sortit de sa chambre, Hélène était dans le couloir.

— Ah, te voilà ! fit la jeune femme. Tu entends toute cette agitation ? ajouta-t-elle aussitôt à mi-voix. C'est le branle-bas de combat ! Ils ont repéré un espion, cette nuit, à Petit Bôt Bay ! Il s'en est fallu de peu qu'ils le prennent !

— De peu ? souffla Béatrice, dont le cœur s'était un instant arrêté.

— Il a réussi à leur échapper. Mais toute la garnison est après lui. Ils ne vont pas avoir de mal à le retrouver.

La voix puissante d'Erich leur parvenait du rez-de-chaussée.

— ... et j'exige un rapport sur toutes les actions entreprises ! Vous m'avez compris ? Je veux être tenu au courant !

Il prit congé de son interlocuteur et monta vers elles.

— Eh bien, tu en as, une tête ! Qu'est-ce qui t'arrive, tu es malade ? fit-il en dévisageant Béatrice, puis sans attendre sa réponse il ajouta : Quelle histoire ! Le type était dans l'eau. On se demande comment il a atterri là.

— Vous êtes sûrs qu'il s'agissait d'un espion ? s'enquit Béatrice d'une voix blanche.

Erich la dévisagea à nouveau en plissant les yeux.

— Et tu voudrais que ce soit quoi ?

— Je ne sais pas. Quelqu'un de chez nous. Quelqu'un qui aurait eu envie de se baigner...

— Alors toi, tu as vraiment des idées étranges ! répliqua Erich en haussant un sourcil étonné. Tu sais bien qu'il y a couvre-feu dès que la nuit tombe. Je ne vois pas qui pourrait être assez cinglé pour aller prendre un bain de minuit.

Parce que ça ne vous vient pas à l'esprit que quelqu'un ne respecte pas vos ordres, répliqua Béatrice pour elle-même.

Erich, l'air important, pivota sur les talons et redescendit au rez-de-chaussée.

— Tu as vraiment mauvaise mine, observa Hélène, Erich a raison. Tu ne te sens pas bien ?

— J'ai seulement mal dormi, répondit Béatrice en remerciant intérieurement le ciel d'avoir eu la présence d'esprit de ramasser les vêtements de Julien ; au vu de la tournure que prenaient les choses, elle ne doutait plus que c'eût été un moyen infaillible de remonter jusqu'aux Wyatt.

Elle passa la journée à errer dans la maison en réfléchissant à ce qu'elle pourrait faire pour retrouver la trace de Julien. Où se cachait-il ? Apparemment, il n'avait pas été découvert, elle l'aurait appris, sinon. Elle n'osait pas aller chez les Wyatt, d'ailleurs Hélène ne l'y aurait pas autorisée et elle aurait eu toutes les peines du monde à échapper à sa surveillance. Depuis le matin, elle était constamment sur son dos, elle l'avait entraînée dans des conversations oiseuses, s'était plainte plus ou moins énergiquement, avait insisté pour qu'elle l'accompagne au jardin, puis avait trouvé qu'il y faisait trop frais et voulu rentrer dans la maison... Finalement, Julien avait peut-être eu raison de parler de « dernière nuit d'été » : il faisait beau mais la température avait sensiblement fraîchi. Le ciel était d'un bleu automnal et, pour la première fois depuis le printemps, Béatrice remarqua que la pointe des feuilles commençait à changer de couleur.

L'été est presque fini, songea-t-elle. Elle frissonna. L'image avait un double sens. L'été était presque fini et avec sa fin une page de sa vie se tournait. Autre chose était fini qui ne reviendrait plus.

Elle broya du noir toute la journée, malade d'inquiétude pour Julien et ne pouvant s'empêcher d'espérer que leur histoire n'était pas finie. Quand elle réussit à échapper à la sollicitude étouffante d'Hélène, elle se précipita dans la salle de bains pour laver la robe qu'elle avait portée la nuit précédente. Elle ignorait quelles conséquences l'état de sa robe pouvait avoir, mais il lui paraissait important d'effacer la moindre trace de sa rencontre avec Julien. Elle sortait de la salle de bains pour aller étendre sa robe mouillée dans le jardin quand elle entendit la voix d'Erich dans l'entrée.

— Où est Béatrice ?

— Je ne sais pas, répondit Hélène. Elle était là à l'instant.

— Il faut que je lui parle immédiatement !

Toutes les alarmes de Béatrice se déclenchèrent. Erich n'avait pas son ton autoritaire habituel. Il y avait de la colère dans sa voix, de la défiance et de l'indignation. Il s'était passé quelque chose.

Béatrice essayait de réfléchir à toute vitesse. Que savait-il ? Quelles preuves avait-il en main ? Que devait-elle nier ? Que devait-elle avouer ?

Il eût été stupide de se cacher. Autant régler l'affaire tout de suite et savoir à quoi s'en tenir.

— Je suis là, en haut !

La fermeté de sa voix la surprit elle-même.

— Descends ! aboya Erich. Immédiatement !

Elle descendit lentement l'escalier. Sa robe mouillée gouttait sur les marches. Erich et Hélène étaient l'un à côté de l'autre dans l'entrée. Hélène était pâle et inquiète, Erich avait sa tête des très mauvais jours. Il tenait quelque chose à la main qu'elle ne put identifier. Elle s'arrêta sur la dernière marche ; elle était ainsi presque aussi grande qu'Erich, ce qui lui donnait un sentiment d'assurance.

— Peux-tu m'expliquer ce qu'est ceci ? fit Erich d'une voix douce beaucoup plus menaçante que ses vociférations.

Elle regarda ce qu'il lui tendait.

— Qu'est-ce que c'est ? demanda-t-elle.

Il s'approcha d'un pas.

— J'attends que tu me le dises, répondit-il de sa voix dangereusement calme. C'est précisément ce que je veux savoir.

Elle reconnut enfin ce qu'il tenait à la main. C'était un morceau de papier. Un morceau d'emballage. Il provenait indubitablement du chocolat qu'Erich avait rapporté de France.

Béatrice avait l'impression que son cerveau faisait de l'obstruction, la logique des événements lui échappait, comme si les pièces du puzzle refusaient de se mettre en place dans sa tête ; en même temps, une sombre intuition germait dans son esprit, elle sentait confusément qu'un piège était en train de se refermer sur elle.

— Tu as perdu ta langue ? insista Erich. Toi qui sinon jacasses comme un... bijoutier juif !

C'était, dans son esprit, l'une des pires insultes qu'il pouvait proférer. Béatrice, qui le savait parfaitement, tressaillit et retrouva la parole.

— C'est du papier de chocolat, dit-elle.

Erich eut un sourire mauvais.

— Exact. Tout à fait exact. Du papier de chocolat. Mais ce n'est pas du papier anglais, n'est-ce pas ? Ce n'est pas un papier que l'on vend ou que l'on utilise où que ce soit sur l'île, et encore moins maintenant que l'on ne trouve pratiquement plus de chocolat nulle part. Est-ce également ainsi que tu vois les choses ?

— Oui, je crois, répondit Béatrice.

C'est à cet instant que les pièces du puzzle se mirent en place. La peur lui noua l'estomac et elle eut un haut-le-cœur.

— C'est le papier du chocolat que tu as rapporté de France hier soir ! fit Hélène sans malice, mais étonnée qu'Erich paraisse y voir quelque problème.

Il se tourna lentement vers elle.

— Exact, Hélène. Apparemment, tu es capable de penser plus vite que notre petite Béatrice. C'est le papier du chocolat que j'ai rapporté hier soir de France. Et sais-tu où ce papier a été trouvé ?

— Où ça ? fit Hélène en écarquillant les yeux.

— Sur la plage de Petit Bôt Bay. Dans le sable.

L'étonnement d'Hélène se mua en stupéfaction.

— Mais comment est-il arrivé là ?

— Eh bien... c'est une bonne question...

Erich fit semblant de réfléchir intensément, puis exposa complaisamment à Hélène le fruit de ses réflexions.

— En réalité, il n'y a que trois personnes qui peuvent l'avoir mis là-bas : moi, ou bien toi, ou encore Béatrice. Trois personnes, pas une de plus.

— Je ne suis pas allée à la plage, dit Hélène, ni hier ni aujourd'hui. Ça fait des semaines que je n'y suis pas allée.

— Je n'y suis pas allé non plus, dit Erich. D'ailleurs, je me demande même si j'ai jamais mis un pied sur cette plage.

— Mais Béatrice n'a pas pu y aller non plus, intervint Hélène, troublée. Nous avons tout le temps été ensemble, aussi bien hier qu'aujourd'hui.

— Nous voici donc en présence d'un mystère, conclut Erich. Comment ce papier est-il arrivé sur la plage de Petit Bôt Bay ? Vous conviendrez, n'est-ce pas, qu'il n'a pas pu voler.

Il fixa Béatrice en plissant les yeux. L'eau gouttant de la robe mouillée qu'elle tenait à la main avait formé une petite flaque à ses pieds.

— La baie, c'est là où cette nuit l'espion a failli se faire prendre, dit Hélène. Ça a peut-être un rapport avec lui.

— Vois-tu, d'après moi, seule subsiste la possibilité que c'est cette nuit que l'un d'entre nous s'est rendu à la plage, dit Erich pensivement sans relever la remarque d'Hélène. Pour les journées d'hier et d'aujourd'hui, chacun peut effectivement se porter garant de l'autre. En ce qui concerne la nuit, en revanche, c'est une tout autre affaire, parce que là, personne ne peut plus être l'alibi de personne.

Béatrice se dit qu'une souris avec laquelle jouait un chat devait éprouver à peu près la même chose qu'elle. Erich tournait autour d'elle, la tarabustait, la poussait dans ses retranchements, lui donnait un coup de patte, jugeait de l'effet obtenu…

Dis ce que tu penses, songeait-elle, dis-le, qu'on passe à la suite !

— Mais enfin, Erich, aucun de nous trois ne serait assez fou pour se promener la nuit sur la plage ! s'exclama Hélène. Moi, en tout cas, je ne m'y risquerais pas, je serais morte de peur !

— J'en suis effectivement tout à fait persuadé, répliqua Erich. Et toi, Béatrice, qu'en penses-tu ? Hélène dévalant dans le noir le sentier escarpé de la falaise de Petit Bôt Bay et s'asseyant dans le sable pour manger du chocolat… Trouves-tu que ça lui ressemble ?

— Non, ça ne lui ressemble pas, concéda Béatrice d'une voix sans timbre.

— Mais Béatrice ne ferait jamais une chose pareille non plus, objecta Hélène. Pourquoi irait-elle sur la plage en pleine nuit ?

— Par exemple pour se rendre à un rendez-vous galant… Une belle nuit d'été, des myriades d'étoiles dans le ciel, le mystérieux murmure de la mer… une brise légère… Hélène, nous avons été jeunes, nous aussi !

Cette dernière remarque acheva de désorienter Hélène. Elle ne comprenait plus du tout de quoi parlait son mari.

Erich ne quittait pas Béatrice des yeux. Soudain, le sourire qu'il arborait ostensiblement disparut.

— Bon, ça suffit maintenant. Assez parlé. On peut dire beaucoup de choses de toi, Béatrice, mais pas que tu es lente à comprendre. Tu sais très bien quand ça ne sert à rien de nier l'évidence. Qui es-tu allée retrouver la nuit dernière à Petit Bôt Bay ?

Quelle erreur ! Quelle stupide, idiote et imbécile erreur que d'avoir pris ce morceau de chocolat ! Aller sur la plage en pleine nuit n'était pas malin, mais ça, c'était encore plus bête.

Erich était convaincu qu'elle était la seule à avoir pu apporter le chocolat sur la plage et que l'homme que les soldats avaient pris pour un espion était un amoureux qu'elle retrouvait en cachette la nuit. Ses certitudes eurent au moins cela de bien qu'il fit interrompre les battues lancées pour retrouver « l'espion » puisque s'agissant, dans son esprit, forcément d'un îlien, l'amoureux en question devait être depuis longtemps rentré chez lui. Il exigeait cependant que

Béatrice lui dise deux choses : qui était ce garçon et depuis quand elle le connaissait.

Ce fut un interrogatoire en règle qui se tint dans la salle à manger et se prolongea jusqu'aux premières heures de la nuit. Béatrice était assise sur une chaise, sa robe mouillée toujours dans les mains. Elle la tenait devant elle comme un bouclier et, tout le temps que dura l'interrogatoire, pour une raison inexplicable, elle ne cessa de penser qu'elle allait sécher, être affreusement chiffonnée et qu'il serait très difficile de la repasser. C'était assurément un problème mineur et bien anodin mais elle s'y cramponnait, sans doute, songea-t-elle plus tard en y réfléchissant, pour avoir au moins quelque chose à quoi se raccrocher.

Erich marchait de long en large, s'asseyait, se relevait, recommençait à arpenter la pièce. Il parlait doucement, se mettait subitement à hurler, devenait tout aussi subitement dangereusement doux, puis menaçant… Il murmurait dans son oreille, approchait parfois son visage si près du sien qu'elle sentait son haleine. Elle essayait de ne pas reculer. Elle essayait de ne pas avoir peur. A vrai dire, elle était trop anesthésiée pour avoir réellement peur. Elle pensait essentiellement à sa robe et au fait qu'il ne fallait pas qu'elle ouvre la bouche, quoi qu'il arrive.

Hélène vint plusieurs fois pleurer dans la pièce, elle paraissait au bord de la crise de nerfs. L'affaire devait profondément la déstabiliser : elle n'était pas d'envergure à gérer un conflit familial véritablement grave et elle ne savait pas jusqu'où Erich était capable d'aller pour arracher la vérité à Béatrice. En outre, elle était en train de découvrir que depuis longtemps sa fille adoptive s'échappait la nuit pour rencontrer un jeune homme sans que ni elle ni son mari n'aient jamais rien remarqué. Elle en était à la fois choquée et consternée, et elle ne parvenait pas à comprendre comment Béatrice avait pu nouer des liens avec quelqu'un à l'insu de tous.

Béatrice resta obstinément muette. Elle finit par s'habituer à son propre silence, s'y enferma comme dans une retraite obscure et protectrice où ni la voix d'Erich ni son haleine ne pouvaient l'atteindre.

Plusieurs heures s'écoulèrent.

— Tu vas parler, dit-il d'une voix enrouée et fatiguée. Tu vas parler, tôt ou tard. J'ai les moyens de faire parler qui je veux.

Béatrice se demanda un instant s'il envisageait de la mettre dans les pattes de ses sbires, ceux-là mêmes dont Pierre avait eu à sentir les méthodes musclées, puis son instinct lui dit qu'Erich ne le ferait pas. Il n'avait reculé devant rien pour l'intimider, mais à aucun moment il n'avait levé la main sur elle. Quelque chose le retenait, il ne pouvait pas le faire et il ne parviendrait pas non plus à laisser les autres faire le sale boulot à sa place. Erich était un adepte de méthodes plus subtiles. Il était un tenant de l'usure des nerfs. De la mise au secret. Des questions sans fin, insistantes.

La nuit était tombée depuis longtemps quand soudain Erich lui enjoignit d'un geste de disparaître de sa vue. Dans sa chambre, elle étendit sa robe humide désespérément chiffonnée sur le dossier d'une chaise et se glissa dans son lit. Toute la nuit elle se tourna sous ses couvertures, incapable de trouver le sommeil en dépit de son épuisement. Quand le jour se leva, elle se prépara pour le deuxième round.

L'interrogatoire dura presque trois semaines. Erich interdit à Béatrice de se rendre à l'école, lui-même quitta à peine la maison et, quand il y fut contraint, aussi bien Hélène que les deux soldats de garde avaient pour ordre exprès de ne pas laisser Béatrice mettre un pied hors de la maison. Autant dire que ses chances d'établir le moindre contact avec Julien étaient nulles – cela en admettant qu'il ait réussi à retourner chez les Wyatt, ce dont elle ne pouvait même pas s'assurer. Mae s'était certainement demandé où elle était passée, mais à l'évidence elle ne fut pas autorisée à lui rendre visite. Béatrice ignorait également quel prétexte avait été invoqué pour justifier son absence de l'école. Les Wyatt devaient se poser des questions. Etaient-ils inquiets ? Julien était-il inquiet ?

Elle comprit que la tactique d'Erich consistait à l'isoler. A l'isoler de tout ce qui était sa vie, à l'isoler de ses amis, de ses camarades de classe, de ce qui ponctuait son quotidien. Elle était seule, coupée de tout, sans aucun moyen de communiquer avec l'extérieur et, pour faire bon poids, soumise à un feu roulant de questions, toujours les mêmes, qui avaient pour seule fonction d'user sa résistance.

Dans l'esprit d'Erich, ce qui devait le plus lui peser était d'être dans l'incapacité totale d'entrer en contact avec l'homme qu'elle aimait.

Hélène était profondément blessée.

— Je ne comprends pas pourquoi tu ne m'as rien raconté, se plaignit-elle un jour. Je pensais que tu avais confiance en moi.

— Il n'y a rien à raconter, lui répondit Béatrice, répétant la même petite phrase stéréotypée qu'elle avait déjà plusieurs fois opposée à Erich.

Hélène soupira. Elle ne la croyait pas. Personne ne la croyait, mais arracher son secret à Béatrice semblait impossible. Erich en fut pour ses frais : Béatrice ne craqua pas, elle se replia seulement chaque jour un peu plus dans sa coquille. Rien ne semblait plus l'atteindre. Elle ne se rebellait pas, elle ne résistait pas, ne cherchait pas à fuir, à mettre un terme à la situation ou à la rendre plus supportable. Elle acceptait son sort. On aurait dit qu'elle vivait dans un monde lointain où personne ne pouvait la suivre.

Elle maigrit beaucoup, devint d'une pâleur spectrale, des cernes mauves apparurent sous ses yeux. Ses cheveux, encore plus indomptables qu'à l'ordinaire, devinrent ternes et cassants. Tout éclat disparut de son regard, ses gestes perdirent la grâce et la légèreté qui avaient fait son charme.

Puis un jour, Erich capitula. Il comprit que Béatrice ne céderait pas et qu'il ne pouvait ni la garder indéfiniment enfermée ni l'empêcher d'aller à l'école plus longtemps. Lui-même ne pouvait pas passer plus de temps à l'interroger et à la mettre sur le gril. Il n'eut d'autre choix que de crisper les mâchoires et de lui concéder la partie.

— Ne te figure surtout pas que tu vas le revoir, dit-il. Tu n'auras plus jamais l'occasion, ni le jour ni la nuit, de quitter cette maison en cachette. Tu crois peut-être que tu as gagné, mais tu te trompes. Tu as perdu, Béatrice. Tu es désormais une prisonnière.

Un soldat en armes l'accompagnait à l'école et la ramenait à la maison. La patrouille qui surveillait la maison avait ordre de ne la laisser sortir sous aucun prétexte. La nuit, un soldat était en faction dans le hall d'entrée.

La maison s'était transformée en forteresse.

Mais en retournant à l'école, au moins put-elle retrouver Mae, qui avait été très inquiète de son absence, et avoir enfin des nouvelles de Julien. Après plusieurs jours d'angoisse, il était réapparu, un soir, chez les Wyatt ; jusqu'à ce qu'il puisse regagner la maison du médecin, il s'était caché dans des granges ou des appentis. Il avait expliqué qu'il avait voulu se baigner la nuit, dans la mer, et que malheureusement des soldats avaient surgi sur la plage.

— Mon père était dans une colère… raconta Mae. Il en voulait beaucoup à Julien de son inconscience. On aurait tous pu se faire arrêter. Il aurait bien voulu le renvoyer d'où il venait, mais c'est là qu'il se serait peut-être fait prendre et nous aurait dénoncés...

Après une petite pause, elle s'enquit, n'en pouvant plus de curiosité :

— Tu étais avec lui, cette nuit-là ?

Béatrice ayant, une fois de plus, gardé le silence, Mae en conclut que la réponse était oui.

— En tout cas, dit-elle alors sur un ton et avec une expression qui révélaient une secrète satisfaction, tu ne vas plus pouvoir le rencontrer, maintenant qu'on te surveille vingt-quatre heures sur vingt-quatre. C'est terminé, cette histoire.

Guernesey, juin 1944 à mai 1945

L'opération Overlord, qui devait marquer le début de la phase finale de la guerre et entraîner la fin de la dictature nazie, commença dans la nuit du 5 au 6 juin 1944. Au matin du 6, plus d'un demi-million de soldats américains, canadiens et britanniques débarquèrent en Normandie ; trois semaines plus tard, Cherbourg était repris par des troupes américaines. Les Allemands durent reculer tant à l'Ouest qu'à l'Est. Dans les îles Anglo-Normandes, même les pires pessimistes retrouvèrent l'espoir. Le rapport de force semblait s'être enfin durablement inversé.

C'est parce qu'ils avaient préféré garder leurs forces intactes pour affronter les troupes d'Hitler sur le continent que les Alliés n'avaient pas inclus les îles dans leur projet de débarquement, malheureux confettis sans importance qui ne méritaient pas qu'on risquât des pertes en tentant de les libérer. Du jour au lendemain, ces minuscules têtes de pont du gouvernement allemand furent oubliées de tous au milieu de l'Atlantique et coupées du « Grand Reich », qui jusque-là avait tant bien que mal assuré leur ravitaillement. Depuis 1943, le transport de marchandises par bateaux avait certes été désorganisé par la présence de nombreux sous-marins à quelques encablures des côtes françaises, mais l'approvisionnement par mer et, quoique plus sporadiquement, par air n'avait jamais été interrompu. Désormais, plus rien ne bougeait. Les seuls qui auraient pu faire parvenir des vivres étaient les Britanniques, mais Churchill, sachant que tout ce qui serait envoyé là-bas profiterait d'abord à l'ennemi, refusa qu'une aide quelconque soit apportée aux îles. Il choisit, pour ne pas soutenir l'ennemi, d'affamer ses concitoyens.

La situation se dégrada tout au long de l'année 1944. La population dut bientôt se contenter de panais broyés ou de feuilles de mûre pour remplacer le thé, ou bien de glands torréfiés en guise de café. L'agriculture manquant cruellement de bras pour cause d'exode massif avant le débarquement des troupes allemandes, on ne trouvait que difficilement du pain, et plus du tout de fromage ni de viande. Avec l'arrivée de l'automne, puis de l'hiver, ce fut pire encore.

Occupants et occupés souffraient également. Ils avaient faim, ils avaient froid, ils s'essayaient de concert à la confection de pitoyables succédanés impropres à les rassasier mais redoutables pour l'estomac. Ils partageaient la faim et le sentiment d'avoir été oubliés. La guerre n'avait pas besoin d'eux, elle se déroulait autre part et son issue se déciderait sans eux. Les troupes du débarquement étaient passées sur eux sans les effleurer. Ils étaient condamnés à attendre. Ils ne pouvaient rien faire, ni se battre, ni gagner, ni perdre, ni mourir. Tout au moins les armes à la main. Pour ce qui était de mourir de faim, en revanche…

Ceux qui eurent le plus à souffrir de la faim furent les prisonniers du camp de concentration d'Aurigny et les travailleurs forcés. Leurs rations, déjà à peine suffisantes pour les maintenir en vie, furent réduites à leur plus simple expression et ils commencèrent à mourir les uns après les autres, plus ou moins vite selon leur résistance. Autochtones et soldats allemands gardaient difficilement la tête hors de l'eau. Ils se trouvaient dans la situation peu banale de se débattre au milieu des mêmes difficultés ; en définitive, ils étaient dans le même bateau et, si les raisons en étaient différentes, ils n'en avaient pas moins, les uns et les autres, le sentiment d'avoir été abandonnés par leurs gouvernements respectifs. Les Allemands maudissaient le Reich, qui ne manifestait aucune volonté de venir les chercher ou de leur apporter de l'aide, et les Anglais maudissaient Churchill, qui sacrifiait sereinement la population pour affamer l'ennemi. Néanmoins, chacun savait que se plaindre ne servait à rien et qu'il n'y avait d'autre solution que d'essayer de composer avec les circonstances. Une sorte de communauté de destins vit le jour. Les habitants de l'île, toutes origines confondues, s'organisèrent pour survivre ensemble.

Dans les îles Anglo-Normandes, les relations entre occupants et occupés étaient particulières. L'isolement et l'étroitesse des lieux avaient contribué à faire naître un sentiment d'appartenance à une même communauté, sans que ce fût volontaire ou organisé ni d'un côté ni de l'autre.

Sous l'influence de la faim et du désarroi, ce sentiment inédit dans les pays conquis par l'Allemagne nazie s'affirma au cours des derniers mois du conflit dans un surprenant mouvement de solidarité.

Béatrice fêta ses seize ans en septembre 1944. Elle était convaincue que c'était son dernier anniversaire à l'heure allemande. Au reste, personne ne doutait plus de la victoire des Alliés.

« Encore six mois, peut-être plus, peut-être moins, chuchotaient les gens, et la page sera tournée. »

L'idée de bientôt revoir ses parents mettait Béatrice dans un étrange état d'excitation. Quatre années s'étaient écoulées depuis qu'ils avaient été séparés, il s'en serait écoulé bientôt cinq quand elle pourrait les serrer dans ses bras. Maintenant qu'elle se trouvait sur la dernière ligne droite, elle était dévorée d'impatience. Elle ne pouvait plus attendre, elle était fébrile. Elle ne supportait plus sa réclusion forcée, la surveillance constante, l'obligation de rendre des comptes pour le moindre de ses faits et gestes. Elle n'avait eu qu'une seule fois l'occasion de revoir Julien, sept mois plus tôt, le jour de l'anniversaire de Mae. A l'époque, Erich se trouvait en France et Béatrice avait réussi à arracher à Hélène, au prix de palabres sans fin, l'autorisation de se rendre à la fête qu'organisait Mae. A un moment, Béatrice s'était discrètement soustraite à l'essaim de jeunes filles gloussantes qui lui paraissaient toutes puériles et immatures pour monter au grenier, où elle n'était pas entrée depuis l'été précédent. Dans une chaise longue placée sous la lucarne ouverte, Julien, chaudement emmitouflé, exposait son visage aux pâles rayons du soleil de mars. Il regarda Béatrice comme s'il avait vu un revenant.

— Toi ? Je croyais qu'ils ne t'autoriseraient plus jamais à revenir ici !

— C'est le cas... mais ils ont fait une exception pour l'anniversaire de Mae.

Il se leva avec effort de sa chaise longue et s'approcha d'elle. Il était très pâle, une expression tourmentée qu'en dépit de tout elle ne lui avait jamais vue auparavant marquait son visage. On aurait dit qu'il avait dépassé le stade de la colère et de la rébellion et sombré dans une phase de résignation qui le paralysait et le déprimait. Il ne contestait plus son sort, replié sur lui-même, il attendait la fin, bonne ou mauvaise.

— Je suis heureux de te voir, dit-il, mais son ton manquait d'enthousiasme.

— Que t'ont raconté les Wyatt ?

— Ce que Mae leur a dit. Que tu n'avais pratiquement plus le droit de sortir de chez toi et encore moins de venir ici.

— Savent-ils que... nous étions ensemble, cette nuit-là ?

Il acquiesça.

— Ils l'ont compris. Il a fini par se savoir qu'on t'avait vue sur la plage avec quelqu'un, et comme j'avais disparu au même moment...

Il haussa les épaules.

— Ils ne savent certainement pas jusqu'à quel point nous étions liés, enchaîna-t-il, mais ils ont bien deviné que c'était allé plus loin qu'ils l'avaient tout d'abord imaginé. Ils sont plutôt en colère après moi.

— N'empêche qu'ils continuent à te cacher.

— Oui, j'ai cette chance, même si j'ai du mal à voir les choses comme ça.

— Tu vas t'en sortir, dit Béatrice. C'est bientôt fini, maintenant.

— Oui, oui, répliqua-t-il sans conviction.

Ils se regardèrent un instant en silence, les bras ballants, comme s'il n'y avait plus rien à dire, comme si tout avait déjà été dit, comme s'il n'y avait plus qu'à attendre la suite des événements...

— Il faut que j'aille retrouver les autres, dit enfin Béatrice.

— Oui, oui, fit-il à nouveau.

Ils ne s'étaient pas touchés, il n'y avait eu entre eux aucun geste tendre qui aurait rappelé leur ancienne intimité.

Il ne m'a même pas demandé comment je m'en étais sortie cette nuit-là, songea Béatrice en redescendant l'échelle. Pas un mot sur la très mauvaise posture dans laquelle je me suis retrouvée par sa faute, pas un regret, pas une petite phrase pour s'excuser de m'avoir mise dans cette horrible situation où je suis à peine plus libre de mes mouvements que lui. Et tout ça à cause de son inconscience.

Elle n'eut pas l'occasion de revoir Julien, mais au fond elle n'y tenait pas. Il l'avait déçue, de plus les privations qui devenaient au fil des jours plus difficiles à vivre ne laissaient guère de place à l'amour.

Elle passa le réveillon du 31 décembre 1944 seule entre Erich et Hélène. Il avait été initialement prévu qu'ils réveillonnent à Saint Peter Port dans un club d'officiers où une fête devait avoir lieu, puis Erich avait parlé d'une invitation à se joindre au réveillon organisé par le haut commandement militaire de l'archipel, enfin, quelques jours avant le 31, il décida qu'il n'avait envie de participer à aucune de ces réjouissances et qu'ils resteraient donc tous les trois à la maison. Béatrice supposa que les réceptions dont il avait été question ne seraient nullement festives et que, le sachant, Erich avait préféré y renoncer. Qui pouvait encore organiser une soirée ? Le manque cruel de nourriture et la faim touchaient les officiers de haut rang comme les petites gens. Il n'y avait plus de privilèges, l'île tout entière vivait à l'heure des restrictions et de la précarité. Une ambiance de fin de règne commençait à miner le moral du camp allemand et s'étendait un peu plus à chaque nouveau bulletin d'informations. Quant à la population britannique de l'île, elle était partagée entre la tension, l'espoir et la crainte : que se passerait-il si une fois de plus on les oubliait ? Si partout les armes se taisaient et qu'on ne pensait pas à les secourir, qu'on les laissait sur cette île, eux et leurs ennemis, voués à une mort certaine ? Churchill était la personne la plus haïe des îles Anglo-Normandes. Au reste, son inflexibilité, de même que l'effroyable rigueur de l'embargo mis sur les îles et les insupportables privations qui s'ensuivirent pour la population britannique, ne lui fut jamais réellement pardonnée.

Cette année-là, l'anniversaire d'Erich ne donna lieu à aucun fait notable. Les réserves d'alcool de la maison étant proches du néant et tout réapprovisionnement exclu, Erich s'était vu contraint à une lente mais certaine cure de désintoxication. Le mélange détonant alcool plus médicaments, qui valait à son entourage de supporter ses redoutables sautes d'humeur, lui était désormais interdit. A en juger par certains accès de mélancolie aux signes avant-coureurs nettement repérables, il devait toutefois disposer de quelques réserves de tranquillisants. Béatrice se demandait ce qui se passerait le jour où ce recours lui serait également proscrit. Il n'aurait alors plus aucune drogue à sa disposition. Il tomberait malade, ou il deviendrait fou, ou peut-être les deux...

Le soir de la Saint-Sylvestre, il avait manifestement pris quelque chose car il était d'une bonne humeur proche de l'euphorie alors qu'il aurait plutôt eu des raisons d'être abattu. La radio annonçait des brèches dans tous les fronts et, même si les nouvelles les plus catastrophiques étaient étouffées par l'annonce de quelques victoires, personne ne pouvait ignorer que la chute avait commencé et qu'elle était vertigineuse. Les Américains venaient de prendre Aix-la-Chapelle, ils avaient un pied sur le sol allemand. A l'est, des troupes soviétiques se rapprochaient irrésistiblement de la frontière. Le gouvernement allemand affirmait que jamais elles ne pourraient franchir les défenses allemandes, mais la BBC, dont les informations quotidiennes se répandaient dans l'île comme une traînée de poudre, décrivait l'avancée de troupes en nombre inimaginable. Le gigantesque Etat soviétique qui naguère s'était fait surprendre et n'avait opposé qu'une faible résistance aux armées hitlériennes s'était réveillé, des troupes avaient été levées aux quatre coins du pays, toutes les forces étaient mobilisées. D'après la BBC, le sort de la Prusse-Orientale, la région d'Allemagne située le plus à l'est, était scellé. L'invasion de l'Allemagne par les Soviétiques était une question de jours, l'anéantissement de ses défenses frontalières une question d'heures.

Même Erich ne pouvait plus croire à la victoire.

Le repas de réveillon consista en un brouet à l'orge mondé accompagné de pain bis sec, fade et dur, suivi, en dessert, de mirabelles au sirop qui dataient de Déborah. La surprise, ce furent deux bouteilles de vin, les deux dernières de la maison, qu'Hélène apporta à la fin du repas. Elle les avait remontées de la cave et cachées dans son armoire plusieurs semaines auparavant.

— Pour que nous ayons de quoi trinquer ! annonça-t-elle.

— Ah ! Voilà une femme sur laquelle on peut compter ! dit Erich avant de partir d'un grand rire sonore.

A cet instant, Béatrice ne douta plus qu'Erich s'était drogué, en temps normal il serait entré dans une colère épouvantable. Presque chaque soir du mois de décembre il avait retourné la cave pour tenter de dénicher quelque chose qui ressemblât à de l'alcool. Il en remontait abattu, proche parfois du désespoir. Découvrir maintenant que, pendant tout ce temps, deux bouteilles dormaient au fond de l'armoire de sa femme aurait dû le mettre hors de lui. Au lieu de cela, il riait, riait encore et déclarait qu'il avait épousé la femme la plus maligne et la plus facétieuse que la terre ait portée, une perle qui avait toujours d'agréables surprises en réserve. De l'autre côté de la table, Hélène rayonnait, elle n'en pouvait plus de bonheur et de fierté.

Erich but vite et beaucoup, il réussit à faire en sorte que les deux bouteilles soient vides bien avant minuit. Ils trinquèrent finalement avec un thé amer de feuilles de mûre séchées.

— 1945, fit Erich sur un ton grandiloquent. Je bois à cette année particulière ! Ce sera l'année décisive. L'année d'un combat héroïque. L'année où des hommes et des femmes de courage puiseront dans leurs dernières forces pour donner la victoire finale au peuple allemand, au Reich allemand !

Il leva sa tasse de breuvage malodorant.

— *Heil Hitler !* déclara-t-il.

— *Heil Hitler !* lui fit consciencieusement écho Hélène.

Béatrice trinqua avec eux, mais en silence. Erich et Hélène ne pouvaient décemment pas lui reprocher de ne pas souhaiter longue vie au Führer.

A minuit et demi, Erich déclara qu'il voulait regarder les étoiles et que Béatrice devait l'accompagner. Elle le suivit sous l'auvent qui courait sur l'arrière de la maison. Aussitôt, un brouillard glacé l'enveloppa, l'humidité qui stagnait dans l'air était si désagréable qu'elle n'eut qu'une hâte : rentrer au plus vite dans la maison. A force de ne jamais manger à sa faim, elle avait beaucoup maigri au cours des derniers mois et elle souffrait beaucoup plus du froid qu'elle n'en avait jamais souffert lors des hivers précédents. Erich, en revanche, bien qu'il ait lui aussi perdu beaucoup de poids, s'était suffisamment alcoolisé pour trouver un certain attrait à ce froid humide.

— Il n'y a pas une étoile, fit-il en scrutant le noir opaque du ciel. Pas une étoile pour la première nuit d'une grande année. Que du brouillard. Que cet éternel et satané brouillard. Je n'ai jamais vu autant de brouillard que sur cette île. Là d'où je viens, à Berlin, il n'y a pas autant de brouillard.

Sans doute parce qu'il n'y a pas autant d'eau,

répliqua Béatrice pour elle-même. Elle serrait ses bras croisés contre elle et s'efforçait de ne pas claquer des dents.

— C'est la fin, dit brusquement Erich sur le même ton égal avec lequel il avait parlé du brouillard. L'Allemagne est finie. Je le sais, tu le sais. Je souhaite seulement ne pas encore trop inquiéter Hélène.

— Je crois qu'Hélène le sait aussi, dit Béatrice.

Erich eut un geste de dénégation.

— Hélène est une enfant. Pour peu qu'il se montre convaincant, c'est toujours le dernier qui a parlé qui a raison. Tu ne peux pas la prendre au sérieux.

Le brouillard les enveloppait d'un voile humide.

Je vais attraper une pneumonie, se dit Béatrice.

— Je ne sais pas à quoi la fin va ressembler, poursuivit Erich. Comment les choses vont se passer en Allemagne pour mes compatriotes, comment elles vont se passer pour nous ici. Mais une chose est sûre, ce sera très dur… Ce sera très dur, répéta-t-il pensivement.

Ces derniers mots semblèrent se perdre dans le brouillard et devenir ainsi irréversibles.

— Des choses terribles se sont passées, reprit-il. Les gens ont beaucoup souffert. Je ne dis pas que nous n'avons pas agi correctement, ou plutôt que nous n'étions pas convaincus d'agir correctement. Nous n'avons toujours recherché que le meilleur.

Béatrice songea aux colonnes de prisonniers que l'on avait vues partout sur l'île, à ces esclaves en haillons, à leurs regards vides et à leurs visages fermés. Elle songea à toutes les maltraitances et à toutes les privations qu'ils avaient subies, à la cruauté avec laquelle les Allemands avaient sous-alimenté une main-d'œuvre astreinte aux travaux les plus pénibles. Elle songea à Julien, obligé de vivre caché dans un misérable grenier. C'est à cela que ressemblait la recherche du meilleur ?

— Mais nous avons naturellement commis des erreurs, enchaîna Erich. Qui n'en commet pas ? Tout va être utilisé contre nous, et nous aurons à peine la possibilité de nous défendre... Et ils refuseront de chercher une seule bonne raison de se montrer cléments.

— Qui sont ces « ils » ?

— Les vainqueurs. Et l'Histoire. Ils vont nous vouer aux gémonies... Je voudrais te demander une chose, Béatrice : quoi que tu entendes, quelque monstruosité qui vienne à tes oreilles, garde de moi l'image que tu t'es faite au fil de ces années. Ne laisse personne te la prendre. Ne la laisse pas salir. Ne laisse personne la traîner dans la boue.

— Qu'avez-vous fait, monsieur Feldmann ? demanda Béatrice. Que pourrait-on me raconter sur vous ?

Erich secoua la tête.

— On n'en racontera pas sur moi plus que sur un autre. Ils ne feront pas la différence. Nous serons tous mis dans le même panier. Ils vont nous faire passer pour des monstres. Ne te laisse pas impressionner, Béatrice.

Elle songea au plaisir sadique qu'il avait pris à tourmenter Pierre et Julien. Peut-être bien qu'elle considérait déjà qu'il était un monstre. Apparemment, c'était une éventualité qui n'effleurait pas Erich. Il devenait de plus en plus sentimental.

— Qui sait si je survivrai à la guerre ? Qui sait si je survivrai ? Les vainqueurs vont vouloir savourer pleinement leur triomphe. Il est possible qu'ils me tuent.

Béatrice demeura muette, mais il ne paraissait pas attendre de réponse.

— J'aimerais, s'il devait m'arriver quelque chose, que tu t'occupes d'Hélène, déclara-t-il brusquement alors que, à le voir scruter fixement les ténèbres, Béatrice le croyait perdu dans ses pensées et se demandait si elle devait lui dire qu'elle avait très froid. Hélène est quelqu'un qui ne peut pas vivre seul. Elle ne saurait pas affronter la vie. Elle est faible. Tu es forte, Béatrice. Quand je ne serai plus là, ce sera à toi de la prendre en charge.

— Il ne va rien vous arriver, monsieur Feldmann, dit Béatrice, à la fois par désir de se montrer polie et parce que effectivement elle ne concevait pas qu'Erich puisse disparaître.

Mais l'idée de sa mort semblait séduire Erich. Il se lança dans une longue description de la fin de la guerre, de l'apocalypse qui s'abattrait alors sur l'Allemagne, il peignit dans le détail la vengeance des vainqueurs et réaffirma de nouveau qu'il n'avait rien souhaité d'autre que le bien du peuple allemand.

— C'est normal de vouloir ce qu'il y a de mieux pour son peuple, tu ne penses pas, Béatrice ?

— J'ai affreusement froid, monsieur Feldmann, dit Béatrice qui ne pouvait plus empêcher ses dents de s'entrechoquer.

Il la regarda avec une curieuse expression dans les yeux.

— Tu as froid ? Moi, j'ai chaud. Très chaud. Une flamme intérieure me consume.

— Il faut que je rentre. Je vais tomber malade, sinon.

L'intervention de Béatrice qui avait interrompu sa description de la fin du monde l'irrita. De plus, le prosaïsme de l'objet de l'interruption devait lui donner le sentiment qu'elle ne prenait pas au sérieux ce qu'il disait.

— Eh bien, rentre, alors ! fit-il avec un geste agacé de la main. Je ne trouve pas du tout qu'il fasse froid, mais si tu n'es pas de mon avis…

Il paraissait considérer le fait qu'elle ait froid comme un affront personnel et, pour que personne ne l'ignore, il resta ostensiblement une longue heure de plus dehors. Quand il rentra dans la maison, Béatrice et Hélène étaient sur le point de monter se coucher.

Deux jours plus tard, Erich et Béatrice étaient malades.

Erich se rétablit relativement vite, en particulier comparé à Béatrice qui dut rester alitée plusieurs semaines après que ce qui était un simple refroidissement se fut transformé en pneumonie. Elle eut de violents et douloureux accès de fièvre, des cauchemars si éprouvants qu'elle vivait de véritables tortures. L'image de Julien ne cessait de la hanter et, dans ses rares moments de lucidité, elle redoutait de parler de lui à voix haute dans son délire. Hélène, qui ne quittait pas son chevet, aurait eu tôt fait de mettre les choses bout à bout. Erich venait lui aussi très régulièrement la voir ; deux fois Béatrice émergea d'un délire fiévreux en poussant un cri de bête traquée parce que le visage d'Erich lui était apparu trop près du sien. Erich dut en être blessé, il n'en laissa cependant rien voir, il se montra seulement très soucieux. Un jour que la fièvre lui laissait du répit, Béatrice l'entendit se disputer avec Hélène alors que tous les deux se trouvaient dans sa chambre.

— C'était irresponsable de rester avec elle si longtemps dehors par le froid qu'il faisait, disait Hélène.

Elle paraissait énervée et en colère après Erich mais elle s'efforçait de parler sans élever la voix et ses phrases ressemblaient à un chuchotement hystérique.

— Je prie pour qu'il ne lui arrive rien de plus grave !

— Il ne faisait pas froid. Il faisait chaud ! rétorqua Erich.

— Tu es fou. Ce sont tes médicaments qui te font dérailler. Il faisait froid à périr. Et humide. Béatrice est fragile, et elle souffre, comme nous tous, de sous-alimentation. Il était obligé qu'elle tombe malade !

— Moi aussi, je suis tombé malade.

— Tu ne peux t'en prendre qu'à toi-même. Et tu n'as jamais été aussi gravement touché qu'elle !

— Ça suffit maintenant. Et arrête de parler aussi fort. Tu veux qu'elle se réveille ?

Béatrice serra les paupières. Il ne fallait pas qu'ils s'aperçoivent qu'elle était réveillée.

Le Dr Wyatt passait chaque jour s'assurer de son état. Il arrivait souvent que Béatrice n'ait pas conscience de sa présence, mais parfois elle se rendait parfaitement compte qu'il était là. Hélène se tenant toujours à ses côtés, toute question sur Julien était proscrite ; un jour qu'elle se trouvait dans un état de semi-conscience, le nom de Julien, cependant, lui échappa.

— Où est Julien ? ânonna-t-elle à voix basse.

Elle se souvint longtemps de la grande paume qui en un éclair lui avait fermé la bouche et de l'expression catastrophée qui s'était peinte sur le visage du médecin.

— Que dit-elle ? fit la voix lointaine d'Hélène.

Le Dr Wyatt marmonna une explication qui dut satisfaire Hélène car elle n'insista pas. Le drame avait été évité, mais le danger que l'incident se reproduise perdurait. Puis un matin, le Dr Wyatt, visiblement soulagé, constata que Béatrice n'avait plus de fièvre et que tout risque qu'elle parle était écarté.

Quand Béatrice put se lever seule et faire quelques pas dans sa chambre, six semaines s'étaient écoulées depuis le jour où elle était tombée malade. Un vent glacé gémissait autour de la maison. Ses jambes la portaient à peine et elle avait tant maigri que ses vêtements flottaient sur son corps comme des sacs à pommes de terre. Dans son visage aux traits aigus, ses yeux paraissaient immenses, sa peau avait pris une teinte grisâtre maladive. Elle lava ses cheveux mais ne parvint pas à leur redonner l'éclat espéré. Il lui aurait fallu des vitamines, une nourriture riche et consistante, un véritable traitement de choc ; il n'y avait malheureusement rien et elle dut supporter les mêmes privations que tous les îliens. Depuis peu de temps, une fois par mois, un bateau de la Croix-Rouge ravitaillait l'île en nourriture et médicaments, mais c'était une aide très insuffisante en regard des besoins. Les malades ne se comptaient plus et les personnes âgées ou très affaiblies étaient légion. Béatrice avait encore la chance d'habiter sous le même toit qu'un officier supérieur. Comparé à la majorité de la population, Erich avait droit à un traitement de faveur, bien maigre cependant, et inapte à remettre Béatrice sur pied. Elle s'était bien trop affaiblie.

Le premier soleil de mars l'incita à faire quelques pas dans le jardin. Elle était l'ombre d'elle-même, d'une pâleur transparente, ses yeux toujours profondément enfoncés dans leurs orbites, et elle se déplaçait avec la circonspection de quelqu'un qui ne croit plus dans ses forces. Elle pleurait beaucoup parce qu'elle ne parvenait pas à surmonter sa faiblesse, parce qu'elle se sentait souvent trop fatiguée pour prendre un livre et lire. Contre l'avis du Dr Wyatt et en dépit des vibrantes protestations d'Hélène, elle se traîna un jour jusqu'à l'école, autant pour ne pas perdre le contact avec ses amies que pour redonner une structure à son quotidien. L'expérience tourna au fiasco. Elle perdit connaissance au milieu d'un cours, un médecin allemand fut appelé et elle fut ramenée chez elle en ambulance, où, au grand dam d'Hélène, on la monta dans sa chambre sur une civière.

— Elle a besoin de beaucoup de repos, déclara gravement le médecin. Elle est réellement d'une faiblesse extrême. Qu'elle ne retourne pas à l'école avant au moins quatre semaines.

Elle resta huit semaines absente. Son état ne voulait pas s'améliorer. Dès qu'elle tentait de marcher, ses jambes se dérobaient sous elle et il suffisait qu'on lui adresse la parole pour qu'elle fonde en larmes.

« C'est parce que tu n'as plus de forces, lui expliquait le Dr Wyatt à chacune de ses visites. Tu pleures parce que tu es très affaiblie, petite Béatrice. Tes nerfs ne sont pas solides. Il faudrait que tu puisses faire au moins de temps en temps un repas correct. »

La pénurie de nourriture avait pris une ampleur catastrophique ; il n'y avait pratiquement plus rien à manger sur l'île, pas même pour la famille d'un officier allemand. Hélène s'appliquait à transformer en légumes l'oseille et les pissenlits qu'elle ramassait ; de temps à autre, ils avaient droit à une soupe à l'orge perlé, pour l'essentiel constituée d'eau chaude, et les jours fastes à un morceau de pain bis dur et sec dont l'unique intérêt résidait dans le fait qu'il pesait encore sur l'estomac comme une pierre des jours plus tard et donnait – même s'il était trompeur – un certain sentiment de satiété.

Début avril, le soleil décida de briller jour après jour sans relâche et Béatrice put passer de longues heures emmitouflée sur une chaise longue devant la maison. Le sang, très lentement, recommença à circuler dans ses veines. Le soleil lui donnait l'énergie qu'elle ne pouvait puiser dans la nourriture. Peu à peu, son extrême pâleur céda la place à un hâle léger, ses joues se colorèrent quelque peu. Un jour vint enfin où elle put marcher jusqu'à la plage. Elle resta longtemps au bord de l'eau, aspirant l'air iodé à pleins poumons, observant les jeux de lumière du soleil sur la mer. Ses forces revenaient timidement, la vie était en passe de reprendre le dessus. La faim, bien sûr, la tenaillait, comme toujours, mais l'espoir de renaître était là, un optimisme tout neuf la gagnait. Et la guerre était sur le point de s'achever.

C'est au cours de ces jours d'avril 1945 que l'Allemagne s'effondra. Les troupes soviétiques avaient envahi la Prusse-Orientale et la Silésie, libéré la Pologne et étaient maintenant aux portes de Berlin. Côté Ouest, Américains, Britanniques et Français marchaient sur la capitale, gagnant une ville après l'autre, une parcelle de campagne après l'autre. La plupart des villes étaient en ruine, la population, exsangue, se rendait sans opposer la résistance à laquelle le gouvernement allemand l'exhortait sans relâche. De l'avis général, la capitulation d'Hitler lui-même n'était plus qu'une question de jours.

C'est fini, songea Béatrice, c'est pratiquement déjà fini.

Le 30 avril, Adolf Hitler se tira une balle dans la tête dans les sous-sols de la chancellerie à Berlin.

Le 2 mai, les troupes soviétiques entrèrent dans Berlin.

Le 7 mai, l'Allemagne capitula sans conditions.

5

— Oui, dit Béatrice, c'est ainsi que les choses se passèrent. Partout les populations étaient libérées, sauf ici. Nous étions toujours coincés sur notre île avec l'occupant allemand et nous nous demandions ce que nous allions devenir. Le commandant en chef des forces d'occupation dans les îles Anglo-Normandes n'a signé la capitulation que le 9 mai 1945, c'est-à-dire presque un an après que la Normandie toute proche a été libérée. Mais les choses sont alors allées très vite, des troupes britanniques sont arrivées et, à la mi-mai, tous les Allemands avaient été déclarés prisonniers de guerre et évacués sur le continent. Cette fois, c'était effectivement fini.

Les deux femmes étaient toujours assises sur les rochers au bord du rivage. Le vent avait chassé les derniers lambeaux de nuages et le soleil avait acquis une étonnante vigueur. Franca, dont la fragile peau de blonde craignait les coups de soleil, s'était tournée de manière que les rayons ne tombent plus sur son visage.

— Mais avant, je veux dire avant la capitulation, dit-elle, Erich s'est suicidé, n'est-ce pas ?

— Oui, acquiesça Béatrice. Il s'est suicidé le 1er mai 1945. Cela fera cinquante-cinq ans dans quelques jours.

— Sait-on pour quelle raison ?

— Pas vraiment. Redoutait-il à ce point la vengeance des vainqueurs ? Je m'interroge encore. J'ai souvent repensé à notre conversation de la nuit de la

Saint-Sylvestre. Ce qu'il devait advenir de l'Allemagne nazie paraissait être pour lui une réelle souffrance, mais à l'époque je ne l'ai pas pris au sérieux. Il avait bu, il avait pris des tranquillisants, ce qu'il racontait dégoulinait de cette sentimentalité que les Allemands...

Béatrice s'interrompit et éclata de rire.

— Excusez-moi, Franca, je ne voulais pas dire de mal de vos compatriotes. Je pensais aux nazis des forces d'occupation. Quand ça leur prenait, ils étaient d'un sentimentalisme dont vous n'avez pas idée. Dès qu'il était question de poids du destin, d'avenir de la grande Allemagne, de la tâche accomplie, bref, tous ces grands mots, aussitôt ils avaient les larmes aux yeux. C'est peut-être pour ça que je n'ai jamais cru à ce qu'Erich disait. De plus, je suis tombée malade tout de suite après cette Saint-Sylvestre, de sorte que, sur le coup, j'ai complètement oublié ce qu'il avait raconté... Quoi qu'il en soit, je ne suis pas certaine que j'y aurais attaché plus d'importance si j'avais été en pleine forme. Il aimait faire vibrer la corde sensible, le pathos, les discours grandiloquents. J'ai mis ses déclarations sur le compte de sa sentimentalité.

— Dans quel état était-il, les jours qui ont précédé son geste ? s'enquit Franca. Etait-il différent ?

Béatrice secoua négativement la tête.

— Il était extrêmement tendu, mais tout le monde l'était, les Allemands, les Anglais... et les Allemands sans doute plus encore que les autres. On vivait l'oreille collée aux postes de radio. Personne ne savait comment les choses allaient tourner. Les plus nerveux étaient les officiers ; cela faisait des semaines qu'ils ne recevaient plus d'ordres. Ils avaient faim et étaient de facto mis sur la touche. Leur rôle n'était ni clair ni facile. Ils occupaient des îles dont ils étaient toujours maîtres, mais du fait de leur nationalité se trouvaient en même temps appartenir au camp des vaincus. Leur présence sur l'archipel était une absurdité, cependant ils ne pouvaient pas y mettre fin, ou ne savaient pas comment le faire. Ils savaient, en revanche, ce qui les attendait. Des centaines de leurs prisonniers étaient morts de faim ou des suites de mauvais traitements. Des procédures judiciaires étaient en cours, il y avait déjà eu des exécutions. Le statut de simples prisonniers de guerre était encore ce qu'ils pouvaient espérer de plus clément.

— Même en dépit de l'amitié qu'ils entretenaient avec les îliens ?

— Parler d'amitié serait excessif. Mais il existait effectivement nombre de couples mixtes solides et la précarité dans laquelle l'île vivait depuis l'été 1944 avait créé des liens. Il n'y avait nulle part de véritable haine à l'encontre de l'occupant allemand.

— Erich n'avait donc pas tant à craindre qu'il le prétendait, remarqua Franca. Sa situation n'avait rien de comparable avec ce qui se passait par exemple en Tchécoslovaquie où la vengeance fut effectivement à la hauteur des souffrances endurées par la population.

— Bien sûr, concéda Béatrice. Mais je crois qu'au fond c'est le sentiment de la défaite qu'Erich n'acceptait pas. Il avait échoué. L'idée à laquelle il avait cru, la tâche qu'il s'était assignée étaient devenues lettre morte. Il ne parvenait pas à l'admettre, comprenez-vous ? L'humiliation, le déshonneur, il a préféré les fuir, et il faut croire que pour lui la seule fuite envisageable était la mort…

Elle regarda vers le large, sembla chercher quelque chose sur l'horizon, mais Franca savait qu'elle revivait en pensée ce jour de mai 1945 et voyait défiler devant ses yeux les images du passé.

— Nous n'avons pas pu le sauver. Il était tellement difficile de trouver un médecin… je vous l'ai déjà dit. Wyatt était bien quelque part, mais où, sa femme elle-même l'ignorait. J'ai couru jusqu'à Saint Martin, pour rien, je n'ai trouvé ni médecin allemand ni médecin anglais. Par la suite, il est apparu que presque tous étaient dans les camps, au chevet des prisonniers. Devant l'imminence de l'arrivée des Alliés, un vent de panique a, si l'on peut dire, ranimé les bons sentiments des Allemands qui ont tenté de limiter les dégâts en requinquant les prisonniers. Il n'y avait malheureusement plus grand-chose à faire pour la plupart, d'autant que les médecins ne disposaient que de rares médicaments et d'aucun matériel de soins. Bref...

Son regard se posa un instant sur Franca, puis glissa à nouveau vers l'horizon.

— ... toujours est-il que nous avons été incapables de trouver quelqu'un susceptible de lui venir en aide. Il est mort sans que nous puissions rien faire. Peut-être était-ce mieux ainsi. C'était ce qu'il voulait.

Franca l'observa attentivement.

— En avez-vous eu de la peine, Béatrice ?

Béatrice eut un rire à la fois étonné et amusé, fouilla dans ses poches et en sortit un briquet et une cigarette écrasée qu'elle ne parvint à allumer qu'à la cinquième tentative à cause du vent.

— Ai-je eu de la peine pour Erich ? Tout d'abord, je me suis dit : Il est mort, c'est une bonne chose. Je n'y étais pas attachée. Je n'avais pas d'affection pour lui. Il était nazi, il était un ennemi. Il avait poursuivi Julien, il avait détruit notre amour. Non, je n'avais pas de peine. Et je n'en ai pas eu plus tard non plus.

Elle s'interrompit, repoussa les cheveux qui lui tombaient sur le front, puis reprit :

— Mais un jour, je me suis rendu compte que, dans ce jeu avec la mort, j'étais moi aussi perdante. Peut-être étais-je même la principale perdante.

— Mais pourquoi ?

— Erich m'avait laissé Hélène, expliqua brièvement Béatrice.

Ses yeux exprimaient un rejet qui parut à Franca proche de la haine.

— Il m'avait laissé Hélène, et il y eut des moments où je n'ai plus eu de peine que pour moi.

6

L'avion se posa sur la piste d'atterrissage à dix-sept heures trente précises. Quand Maya mit le pied sur la passerelle de débarquement, son cœur cognait dans sa poitrine. Elle était déjà venue deux fois à Londres, pour l'anniversaire de bonne-maman Wyatt, son arrière-grand-mère. Il avait lieu en août, mais on ne le fêtait plus depuis que, quelques années auparavant, la vieille dame avait déclaré qu'à compter de quatre-vingt-dix ans chaque nouvel anniversaire ne pouvait être que pénible et qu'elle ne voulait plus ni cadeaux ni fête. Maya trouvait cela stupide. Elle était bien certaine qu'à cent ans elle adorerait encore recevoir des tonnes de cadeaux et des dizaines de témoignages d'amour et d'affection. En outre, avec ses minauderies, bonne-maman Wyatt lui avait gâché la possibilité de venir au moins une fois par an à Londres, aux frais de Mae, parce que, lorsqu'il s'agissait d'une fête de famille, c'était elle qui payait l'avion.

Elle avait donc dû attendre d'avoir vingt-deux ans pour fouler à nouveau le sol de la capitale britannique et avait investi dans l'opération toutes ses économies, au demeurant insuffisantes si bien qu'il lui avait fallu, en plus, s'endetter. Mae lui avait donné de quoi rentrer en cas de besoin, non sans assortir son don de multiples recommandations et en enjoignant cent fois Maya de rendre impérativement visite à bonne-maman Wyatt : « Va de temps en temps la voir. Tu me le promets ? Elle en serait tellement heureuse. Et cela me ferait immensément plaisir ! »

Maya avait tout sauf envie de passer ne serait-ce qu'un seul après-midi en compagnie d'une vieille dame de quatre-vingt-quinze ans, néanmoins elle promit à Mae de s'occuper « de temps en temps » de bonne-maman Wyatt. Elle avait besoin de l'argent de Mae et lui présenter sous un jour attrayant l'affaire du séjour à Londres chez Alan l'avait suffisamment mise sous pression comme ça.

« Crois-tu que ce soit ce que souhaite Alan ? avait demandé Mae, manifestement peu convaincue par l'entreprise de sa petite-fille. Je ne sais pas, moi… mais tout de même… Tu vas débouler tout d'un coup dans sa vie et tu sembles persuadée qu'il va t'ouvrir grand les bras. Que feras-tu s'il ne joue pas le jeu ? »

Maya était partie d'un rire insouciant.

« Grand-mère, cela fait des années qu'Alan me demande de vivre avec lui. Il sautera de joie au plafond quand il me verra devant sa porte.

— Quand as-tu parlé avec lui pour la dernière fois ?

— Au début du mois de janvier. Pourquoi ?

— Nous sommes en avril. Tu ignores tout de ce qu'il a fait entre-temps. Il y a peut-être une autre femme dans sa vie. Il a peut-être déménagé. Il a peut-être…

— Grand-mère, tu es bien trop pessimiste ! Alan ne va pas changer comme ça. Il est raide amoureux et il le sera jusqu'à la fin de ses jours. Tu verras, tout va se passer exactement comme je le veux. »

Mae avait ouvert son chéquier en soupirant et rempli un chèque de quatre cents livres au nom de Maya.

« C'est uniquement en cas d'urgence ! Sur le principe, j'aimerais que tu ne l'encaisses pas. Mais au cas où ça ne marcherait pas avec Alan, avec ce chèque, tu auras de quoi payer l'hôtel et un billet de retour.

— Ce ne sera pas nécessaire, mais je te remercie beaucoup, grand-mère. »

Elle avait empoché le chèque avec un air détaché.

« Je t'appellerai quand je serai là-bas. Et ne t'inquiète pas, je retombe toujours sur mes pieds ! »

Elle n'avait rien dit qu'elle ne pensât vraiment, néanmoins, maintenant qu'elle se trouvait au pied du mur, un vague sentiment d'appréhension contrariait sa bonne humeur. Pourvu que Mae n'ait pas vu juste, avec ses mauvais présages. C'est vrai qu'elle n'avait pas eu la moindre nouvelle d'Alan depuis janvier. D'ordinaire, il lui téléphonait toutes les deux ou trois semaines, autant pour s'enquérir de ce qu'elle devenait que pour parler de lui ou de ce qu'il se passait à Londres.

Son silence était un peu suspect. D'un autre côté, il était possible qu'il s'agisse simplement d'une nouvelle tactique. Il lui avait couru après pendant des années sans résultat durable, il testait peut-être la stratégie inverse, celle consistant à faire le mort. Pour l'agacer, pour la forcer à réagir.

Quand il va me voir débarquer, il va croire que c'est grâce à la subtilité de sa manœuvre. Je serais de toute façon venue, mais si ça lui fait plaisir de le croire, qu'il le croie. L'essentiel est que je puisse rester chez lui.

Alan habitait Sloane Street. Maya fut tentée de s'y rendre en taxi, toutefois elle aurait dû y consacrer tout ce qui lui restait d'argent liquide et n'aurait plus eu en poche que le fameux chèque de quatre cents livres qu'elle n'était pas censée encaisser – qu'elle encaisserait cependant, elle le savait déjà, mais si elle pouvait un tant soit peu sauver les apparences, autant le faire. Elle se dirigea à contrecœur vers la station de métro.

Aux heures de pointe, le métro londonien préfigurait ce que devait être l'enfer, surtout avec un gros sac de voyage en bandoulière et la poignée malcommode d'une grande valise à roulettes dans chaque main. Il faisait chaud pour un mois d'avril ; dans les wagons, l'air était à couper au couteau. A un changement, Maya partit dans la direction opposée et dut refaire tout le trajet en sens inverse. Quand enfin elle remonta à la surface – des siècles plus tard –, elle était en nage, sale, fatiguée et tout juste présentable. C'est du moins le sentiment qu'elle avait.

C'est bien ma chance, maugréa-t-elle. Je vais avoir l'air de quoi, à me jeter à son cou dans cet état et à faire la danse du ventre pour le charmer ? Tu parles comme j'ai des chances de le séduire !

Elle posa ses valises, vérifia dans son carnet d'adresses le numéro auquel habitait Alan, puis reprit ses valises et entama en soupirant la dernière étape de son voyage.

Maya était la dernière personne qu'Alan s'attendait à voir. Il sirotait un whisky, le deuxième de la journée, confortablement installé dans son salon, quand on sonna à sa porte. Il décida dans un premier temps de ne pas ouvrir ; il avait eu une journée fatigante et n'avait envie ni de voir quelqu'un, ni de parler. Mais la sonnette, insistante, retentit une deuxième fois, puis une troisième, de sorte qu'il finit par se décider à répondre en priant pour que ce ne soit pas Liz, une jeune femme avec laquelle il était sorti quelque temps. Il avait mis un terme à leur liaison quelques jours auparavant, en l'occurrence sans bien savoir pourquoi, attendu qu'elle était séduisante, intelligente, drôle et très amoureuse de lui. Son seul défaut était de ne pas être Maya. Il était bien parti pour se séparer tôt ou tard de toutes les femmes qui n'étaient pas Maya.

Il ouvrit la porte : Maya était devant lui.

Il en resta littéralement bouche bée ; pas elle, qui se lança dans une grande tirade sans reprendre sa respiration.

— Salut, Alan ! J'ai encore deux valises en bas que je n'arrive pas à monter. Tu veux bien aller les chercher ? Et s'il te plaît, dis-moi tout de suite où est la salle de bains. J'ai un besoin urgentissime de prendre une douche !

Toujours sous le coup de la surprise, il lui ouvrit la porte de la salle de bains. Elle s'y engouffra et fit tourner la clé dans la serrure. Peu de temps après, Alan entendit l'eau couler. Il descendit chercher les valises, qui devaient être remplies au moins de pierres, et les remonta l'une après l'autre jusqu'à son troisième étage avec le sentiment grandissant à chaque marche d'être un petit chien-chien docile.

Combien de temps avait-elle l'intention de rester ?

A en juger par le poids de ses bagages, elle n'avait pas dû laisser grand-chose à Guernesey. A mesure qu'il reprenait ses esprits, sa colère montait. Maya avait tout de même un sacré toupet de débarquer chez lui sans prévenir et de s'imposer comme ça. Et il était assez bête pour obéir à ses ordres sans protester. En même temps, il aurait difficilement pu laisser ses valises dans le hall de l'immeuble ou lui interdire l'entrée de sa salle de bains. Il entendit le bourdonnement du séchoir à cheveux et Maya qui chantait. Apparemment, elle était d'excellente humeur.

Comment ne l'aurait-elle pas été ? Tout marchait comme sur des roulettes.

Il retourna dans le salon et se servit un troisième whisky en se demandant s'il avait du champagne au frais. Maya en réclamerait une coupe, ou plusieurs, et suggérerait ensuite d'aller dîner quelque part, dans un restaurant à la mode, chic et hors de prix.

Que venait-elle faire à Londres ?

Il arpenta nerveusement son salon. Un bon moment s'écoula avant que Maya ne réapparaisse, un grand drap de bain mousseux noué sur sa poitrine et quelques gouttes d'eau très décoratives sur les épaules. Elle avait dû délicatement s'asperger avant de sortir parce qu'il y avait bien trop longtemps qu'elle s'était douchée pour être encore mouillée. Ses cheveux brillaient, elle s'était mis du rouge à lèvres, avait remaquillé ses yeux et s'était généreusement parfumée. Si elle avait paru fatiguée et peu à son avantage en arrivant, il n'en restait plus rien. Elle était reposée, fraîche, jeune et pleine d'énergie. Ses yeux pétillaient.

— Aurais-tu une cigarette ? demanda-t-elle. Et quelque chose à boire ?

Il lui tendit son paquet sans desserrer les dents. Quand il lui offrit du feu, elle se pencha si près de lui qu'il put sentir l'odeur de ses cheveux et de sa peau. Tous les jours et toutes les nuits où il n'avait pensé qu'à elle lui revinrent d'un coup en mémoire, une vague de nostalgie le submergea. Pourquoi, grands dieux, ne parvenait-il pas à se détacher d'elle ? Pourquoi ? Les mots qu'il aurait dû lui dire, tout de suite, sur-le-champ, se bousculaient dans sa tête. Il aurait dû lui expliquer que, maintenant qu'elle était là, elle pouvait naturellement passer la nuit chez lui, mais qu'il n'était pas question qu'elle défasse ses valises. Qu'il ne fallait pas qu'elle croie qu'il se laisserait manipuler, qu'elle pouvait le mener par le bout du nez, qu'elle…

Mais je n'en dirai bien évidemment rien, s'avoua-t-il dans son for intérieur. J'accepterai une fois de plus les miettes qu'elle voudra bien m'accorder. Elle va triompher parce que les choses se déroulent exactement comme elle le veut.

Elle avança la main et effleura délicatement son front.

— Tu as un pli soucieux au-dessus des yeux, dit-elle d'une voix douce et légèrement rauque qui fit courir un frisson le long de son échine. Qu'est-ce qu'il y a ? Tu n'es pas heureux que je sois là ?

Il eut un rire bref et résigné.

— Qu'est-ce que tu espérais, Maya ? Que je saute de joie ? Je ne sais même pas pourquoi tu es là. J'ignore ce que tu as l'intention de faire.

— Tu ne voulais pas m'offrir quelque chose à boire ?

Il se leva et se dirigea vers la cuisine. Par chance, il y avait bien une bouteille de champagne dans son réfrigérateur. Il la mit dans un seau à rafraîchir et regagna le salon. Maya était assise sur le tapis, adossée au canapé blanc. L'œil vif et critique, elle passait la pièce en revue, sans tenter de cacher qu'elle soupesait la valeur de chaque objet.

C'est toujours la même gamine intéressée, remarqua-t-il. Elle ne changera probablement jamais.

Elle but son champagne à longues gorgées rapides et tendit sa coupe vide à Alan pour qu'il la remplisse à nouveau.

— Tu es drôlement bien installé, dit-elle alors. Ton appartement est très chic. Il te va bien. Il me plaît.

— Merci. Tu n'as toujours pas répondu à ma question.

— Tu n'en as pas posé.

— J'ai dit que j'ignorais ce que tu avais l'intention de faire. Ça ressemble à une question, tu ne trouves pas ?

Elle lui lança une œillade assassine.

— Que crois-tu que j'aie comme intention ?

Il se rendit compte qu'il fronçait à nouveau les sourcils.

— Maya, ce n'est pas la réponse que j'attends. Parlons sérieusement, tu veux bien ? Tu débarques sans crier gare avec deux énormes valises, tu te pomponnes pendant je ne sais combien de temps dans ma salle de bains, puis tu t'installes, belle et ravissante, sur mon tapis et commences à battre des cils. J'en conclus que tu veux quelque chose. Vivre sans bourse délier à Londres, je présume ?

Une moue boudeuse très étudiée apparut sur les lèvres de la jeune femme.

— Alan, ce que tu peux être dur et insensible ! Je…

— Maya ! coupa-t-il sèchement. Arrête ton numéro ! Ce n'est pas avec des yeux langoureux et une voix charmeuse que tu vas m'attendrir. Conduis-toi en adulte, s'il te plaît.

Apparemment, elle comprit qu'il était sérieux. Elle se redressa, resserra le drap de bain sur son corps. Une expression dure et concentrée se peignit sur son visage. Elle était si attirante qu'Alan dut prendre sur lui pour ne pas tendre le bras et la serrer contre lui.

— D'accord, Alan, parlons franchement. Je veux rester à Londres. Guernesey, je sature. Il ne s'y passe rien et je ne vois pas quel avenir je pourrais y avoir. Ma famille croit que je ne suis partie que pour quelques mois, mais en réalité j'aimerais ne jamais y retourner. Je suis à Londres, j'ai l'intention d'y rester. Et j'espère que tu vas m'aider.

— De quoi comptes-tu vivre ?

— Je vais chercher du travail, déclara hardiment Maya, mais ça ne va sûrement pas se faire du jour au lendemain.

— Effectivement. A quoi as-tu pensé ?

Le bel aplomb de Maya vacilla. Alan avait posé la question cruciale et elle ne devait pas trop savoir quoi répondre. Elle tira nerveusement sur sa cigarette.

— Pour l'amour du ciel, Alan, cet interrogatoire est-il bien nécessaire ? Nous sommes tranquillement installés dans ton salon, dehors il y a plein de vie, il fait délicieusement doux, c'est le printemps… la soirée pourrait être si agréable, et tu gâches tout. Je suis là, Alan !

Elle le regarda avec insistance.

— Hou ! hou ! Alan ! As-tu bien compris ? Je suis là. J'ai fait ce que tu voulais que je fasse. Je suis venue. Je veux vivre avec toi !

Il n'en pouvait plus, il fallait qu'il la touche. Il avança une main et caressa sa joue veloutée du bout des doigts.

— Si seulement je ne te connaissais pas aussi bien, dit-il doucement. Je ne peux pas imaginer que tu fasses quelque chose sans arrière-pensée. Je pense que tu voulais venir à Londres, pas venir me voir. Tu es là parce qu'il te fallait un point de chute.

Le drap de bain se détacha et glissa ; il n'aurait pas su dire s'il s'était spontanément desserré ou si une intention l'y avait aidé. Elle avait une très jolie poitrine, et il connaissait par cœur la forme de ses seins. Il regarda son ventre plat, le doux arrondi de ses cuisses.

— Ce serait peut-être mieux que tu te mettes quelque chose sur le dos, dit-il.

— Alors il faut que je défasse ma valise. Et je ne sais pas si je peux.

Il soupira.

— Bien sûr que tu peux. En tout cas, je préfère que tu le fasses plutôt que tu te balades toute la soirée comme ça.

Elle le regarda pensivement.

— Vraiment ? Ça t'est désagréable à ce point ?

— C'est dangereux.

— Pour toi ou pour moi ?

— Pour moi. Je suis en position de faiblesse.

Elle remonta le drap de bain, le noua sur sa poitrine et se leva.

— Tu m'invites à dîner ? Parce que, dans ce cas, je m'habille tout de suite pour sortir.

— Bien sûr. Avec plaisir.

Il la suivit des yeux tandis qu'elle sortait de la pièce.

Il savait qu'elle venait de gagner et il vit à sa façon de se mouvoir qu'elle aussi le savait.

La soirée fut pour Alan une succession d'étonnements. Le premier, et non le moindre, fut ce à quoi Maya ressemblait en sortant de la salle de bains, où elle s'était préparée. D'ordinaire, elle cultivait un style outrancier à la limite de la vulgarité qui lui faisait toujours un peu honte : jupes tout juste assez longues pour en avoir le nom, décolletés vertigineux, chaussures à semelles compensées ou talons trop hauts et tonnes de maquillage. A en croire son tailleur-pantalon bleu marine et le chemisier blanc en soie, boutonné jusqu'au cou, qu'elle portait dessous, elle avait changé de goûts. Pour tout bijoux, elle arborait – mais avec quelle discrétion – de petites boucles d'oreilles en perles et un bracelet en or, et elle n'était pas perchée sur des échasses. Quant à son maquillage, il était, tout au moins pour Maya, d'une décence confondante. Elle s'était transformée en femme, elle avait de la classe, elle était différente et familière à la fois.

Mon Dieu, que je l'aime, se dit Alan. Je ne cesserai jamais de l'aimer. L'idée avait quelque chose d'effrayant. Pendant plus de trois mois, elle n'avait donné aucune nouvelle et lui-même, s'imaginant qu'il parviendrait peu à peu à l'oublier, ne s'était pas manifesté non plus. Mais rien n'avait changé, il était toujours désespérément amoureux d'elle, peut-être même encore plus qu'avant quand il la voyait si différente.

La méfiance, cependant, ne voulait pas le lâcher. Il connaissait Maya depuis des années. Il savait combien elle pouvait être calculatrice et rusée quand il s'agissait pour elle d'obtenir un avantage quelconque. Pourquoi était-elle venue à Londres ? Pour lui ? Ou bien pour enfin vivre dans une grande ville au cœur du monde ?

— Tu es très en beauté, dit-il.

Elle répondit par un simple merci, sans battre des cils, sans tenter de pousser son avantage.

— On y va ? ajouta-t-elle ensuite.

Il opina et la suivit, perplexe.

Quand il lui avait proposé de dîner chez « le petit italien du coin », il avait eu sa deuxième surprise de la soirée : elle avait approuvé avec enthousiasme. Pourtant, elle aimait les restaurants huppés et chers. Elle voulait voir des gens intéressants, et elle voulait se montrer. Il aurait juré qu'elle n'avait pas moins que le restaurant du *Ritz* en tête.

L'italien parut tout à fait lui convenir, elle choisit de modestes lasagnes, but un peu de pinot grigio et renonça à un dessert pour rester, en ce qui concernait les calories, dans les limites du raisonnable. Elle parla de ce qui s'était passé à Guernesey depuis son départ, sans faire état de la moindre aventure amoureuse, et raconta ce que devenaient Mae, Béatrice et Hélène.

— L'Allemande qui était là en septembre est revenue chez ta mère, dit-elle. Comment s'appelle-t-elle, déjà ? Ah, oui, Franca. Je l'ai rencontrée avec Hélène à Saint Peter Port. Grand-mère dit qu'elle aurait l'intention de rester assez longtemps. Il paraît qu'il y a de l'eau dans le gaz avec son mari. Tu la connais un peu ?

— Je l'ai dépannée un jour où elle était passablement perdue. Elle avait eu un problème de réservation d'hôtel et n'avait aucun endroit où aller. Je l'ai conduite chez ma mère. Nous avons un peu parlé, mais je ne peux pas dire que je la connaisse vraiment.

Il se remémora la jeune femme à l'accent allemand, si effacée qu'elle en était presque transparente ; elle avait de très beaux yeux mais un regard qui évitait toujours de croiser le sien, trop hésitant pour qu'il en garde un souvenir marquant. Elle lui avait fait penser à un jeune animal craintif. Il se souvint s'être demandé ce que l'on avait fait à cette femme pour qu'elle ait autant de mal à s'accepter.

— Naturellement, grand-mère a essayé de tirer les vers du nez à ta mère, enchaîna Maya. Tu sais que tout ce qui se passe sur l'île l'intéresse. Même quand cela concerne une femme comme cette Franca, qui, il faut le dire, n'offre pas grand-chose d'excitant à se mettre sous la dent. C'est plutôt le genre fade, incolore et inodore.

C'était du Maya ancienne version tout craché. Aucune femme ne trouvait grâce à ses yeux.

— La pauvre, elle a l'air un peu abrutie avec ses yeux de vache, tu ne trouves pas ? ajouta-t-elle.

Il n'aurait pas été aussi dur, mais il ne la contredit pas. Pour l'heure, il était à cent lieues de s'intéresser à Franca. A chaque minute qui s'écoulait, Maya assurait un peu plus son emprise sur lui.

— Bref, en tout cas, Béatrice n'a pas été très bavarde et Mae n'ose rien affirmer de précis, mais il semblerait que cette brave Franca ait quitté son mari. Voilà, ajouta-t-elle dans un rire, tu sais tout, même avec la meilleure volonté du monde, je ne vois pas ce que je pourrais te raconter d'autre !

Il l'observa pensivement. Dans la lumière tamisée de la salle et peu maquillée comme elle l'était, elle paraissait très jeune, presque fragile et innocente.

Elle a peut-être réellement changé, se dit-il.

— Pourquoi es-tu venue à Londres ? insista-t-il alors qu'ils regagnaient son appartement en marchant tranquillement le long des rues bras dessus, bras dessous.

Elle demeura longuement silencieuse, au point qu'il commençait à croire qu'elle n'avait pas compris sa question, quand elle répondit.

— J'ai réfléchi, Alan. Ma vie a pris un cours qui... Non, en fait, c'est justement l'inverse... Elle n'a pris aucun cours. C'est bien le problème. Chez moi, les jours n'ont ni début ni fin. Les semaines, les mois s'écoulent, tout ça sans but. Je prends les choses comme elles viennent, je profite de l'instant, et je refuse de m'intéresser à l'avenir. Ça ne peut pas durer.

Elle s'arrêta de marcher.

— Tu sais, il y a toute une période où ça collait bien, poursuivit-elle. Quand j'étais jeune, mais maintenant...

Elle était tellement grave qu'il ne put s'empêcher de rire.

— Mon Dieu, Maya, si tu savais à quel point tu es encore jeune !

Elle fronça les sourcils.

— N'empêche que j'ai plus de vingt ans. C'est toi-même qui en janvier disais qu'il était temps que je mette un peu d'ordre dans ma vie.

Alan faillit se pincer pour s'assurer qu'il ne rêvait pas. Elle l'avait écouté ? Elle l'avait cru ? Il retint sa respiration.

— Maya...

— Je ne sais pas encore très bien comment je vais m'y prendre, mais... j'ai pensé que, une fois ici, j'y verrais plus clair. J'ai pensé que... J'ai pensé que tu pourrais peut-être m'aider. A trouver une solution, je veux dire. Parce que, en définitive, je crois qu'il n'y a personne qui me connaisse aussi bien que toi.

Il se sentit soudain vieillir de dix ans. Il n'était pas certain d'avoir envie de jouer le rôle paternel qu'elle paraissait vouloir lui attribuer.

— Tu veux dire que je serais pour toi un bon conseiller. C'est pour cette raison que tu es venue ?

Elle sourit. Il faut dire aussi qu'il n'avait pas sondé le terrain très discrètement.

— Un bon conseiller ? Non, à vrai dire... je te verrais plutôt comme... l'homme que j'aime. Ça te convient ? Ou bien est-ce trop sentimental ?

Il était déjà arrivé à Maya de parler d'amour. Surtout aux premiers temps de leur relation. Puis il s'était rendu compte que le mot lui venait facilement à la bouche et ne paraissait pas l'engager outre mesure. Le nombre d'heureux élus qu'elle aimait les uns après les autres était impressionnant. Elle distribuait ses « je t'aime » avec une grande générosité, surtout, pourvu qu'ils ne soient pas trop laids, aux hommes dotés d'un solide compte en banque. Il n'avait cessé d'espérer l'entendre à nouveau prononcer ces deux petits mots, tout en se méprisant de se languir après une marchandise aussi galvaudée.

Cette fois cependant, il eut l'impression qu'elle les disait d'une autre façon, d'une voix plus douce et en même temps d'un ton plus grave. Il lut de la sincérité dans ses yeux, et de la chaleur.

Il ne parvenait toujours pas à se départir d'un reste de méfiance et de prudence. Mais c'était bien naturel. A quarante-trois ans, on ne passait plus d'un extrême à l'autre. Il tendit la main vers son visage et caressa délicatement sa joue.

— Laissons faire les choses, d'accord ?

Pendant une semaine, Michael ne se manifesta pas, puis il appela soudain deux jours de suite. La première fois, Béatrice l'informa que Franca était sortie se promener sur la plage avec les chiens, sur quoi il demanda qu'elle le rappelle dès son retour. Franca essaya de le joindre dans la soirée mais le téléphone sonna dans le vide.

— Il doit être chez sa maîtresse, dit-elle à Béatrice en réprimant un soupir.

— Et cela fait toujours mal ? interrogea celle-ci en l'observant attentivement.

Franca réfléchit.

— Un peu. Mais moins qu'avant. Cela me semble si loin.

Le lendemain matin, Michael appela à nouveau.

— On ne t'a pas dit que tu devais me rappeler ? maugréa-t-il en guise de bonjour.

— J'ai rappelé. Tu n'étais pas à la maison. Et bonjour, tout de même.

— Bonjour.

Il ne releva pas sa remarque sur le fait qu'il n'était pas là quand elle l'avait rappelé.

— Je voulais seulement savoir quand tu prévois de rentrer, lança-t-il sans préambule.

Il ne manquait pas d'aplomb pour poser la question avec un tel détachement.

— Je m'étonne que ça t'intéresse, répliqua Franca.

— Pourquoi ça ne m'intéresserait pas ? interrogea-t-il en retour, agacé.

Franca savait que, dans la cuisine, Hélène tendait l'oreille pour ne pas perdre une miette de la conversation mais, sur le fond, cela lui était égal.

— Tu as pris une autre direction, non ? fit-elle. Il y a une autre femme dans ta vie. Je ne vois pas ce que tu viens encore me demander.

Ce qu'elle disait parut stupéfier Michael.

— Mais tu es ma femme !

— Tu sembles l'avoir pas mal oublié, ces derniers temps.

Il eut un soupir excédé.

— Tu veux qu'on discute ? D'accord ! Sauf qu'en réalité tu n'en as pas du tout envie, tu n'en as jamais envie. Tu as toujours refusé la discussion. Tu as bien trop peur d'entendre des vérités désagréables, je me trompe ?

— Michael, je…

— Arrêtons de tourner autour du pot, tu veux bien ? J'ai reconnu qu'il y avait une autre femme. Tu ne vas pas aujourd'hui prétendre que tu n'y es pas pour quelque chose ?

Je dois être en train de rêver, se dit Franca.

— En tout état de cause, ce n'est pas une raison, je te l'ai déjà dit, poursuivit Michael, pour que tu te soustraies à tes responsabilités en prenant la fuite. Je te serais reconnaissant de bien vouloir rentrer au plus vite !

— Et ensuite ?

— Quoi, ensuite ?

— Comment envisages-tu la suite, Michael ? Je vais recommencer à attendre à la maison que tu veuilles bien revenir de tes escapades chez ta maîtresse ? Tu vas continuer à passer des nuits entières dehors sans même juger nécessaire de me prévenir de ce que tu as ou n'as pas l'intention de faire ? Que penses-tu de cette raison ?

— Mais tu ne vas tout de même pas traîner des semaines à Guernesey !

— Je vais traîner à Guernesey jusqu'à ce que je sache quoi faire. Je suis encore relativement jeune, Michael, je ne vais pas passer ma vie enfermée dans une maison à attendre que mon mari rentre et veuille bien se rendre compte que j'existe !

— Ah, ça, je l'attendais ! C'est de ma faute, si je comprends bien ! s'exclama Michael, outré. Qui t'a enfermée dans la maison ? Ce n'est tout de même pas moi ! Ce n'est pas moi qui t'ai demandé d'arrêter de travailler ! Ce n'est pas moi qui t'ai dit de ne pas mettre le nez dehors ! Et ce n'est pas moi qui ai décidé que tu allais grimper au plafond à l'idée que des étrangers puissent venir dîner à la maison ! Tu ne vas tout de même pas avoir le culot de me reprocher de…

Pris par sa propre indignation, il crachait ses griefs à l'encontre de sa femme sans même reprendre sa respiration. De ces vociférations, Franca comprit qu'il s'exonérait de toute responsabilité, qu'elle, en revanche, avait des montagnes d'erreurs à se reprocher. Elle songea avec lassitude qu'il ne se remettait toujours pas en question.

— Je veux maintenant savoir quand tu reviens, dit-il enfin, sans doute quand il ne trouva plus rien à jeter à la figure de sa femme.

— Quand je saurai comment j'organise ma vie, répondit Franca, puis à nouveau elle raccrocha sans prendre congé.

Quand elle entra dans la cuisine, Béatrice ne lui accorda pas un regard ; les lèvres serrées, le visage fermé, elle passa devant elle et sortit de la maison en laissant bruyamment retomber la porte d'entrée derrière elle.

— Que se passe-t-il ? demanda Franca, surprise.

Hélène était assise devant une tasse de thé dans laquelle elle versait des monceaux de sucre en poudre.

— Mae était encore là il y a un instant, expliqua-t-elle. Elle a appris à Béatrice que Maya était partie pour quelque temps à Londres et qu'elle s'était installée chez Alan. Béatrice n'a rien dit, mais elle faisait une drôle de tête et, brusquement, elle s'est levée et elle est sortie. Elle a dû aller marcher sur la plage pour évacuer sa colère.

— Pourquoi est-ce que ça la met tant en colère ? demanda Franca qui semblait complètement perdue au milieu de la pièce, troublée tant par sa conversation avec Michael que par l'attitude incompréhensible de Béatrice.

— Asseyez-vous donc, Franca, dit gentiment Hélène, mais avant, prenez une tasse dans le placard. Un bon thé va vous remettre d'aplomb. Vous êtes toute pâle. Ça ne s'est pas bien passé, avec votre mari, n'est-ce pas ?

Franca s'assit et emplit sa tasse de thé. Il était

brûlant et sentait délicieusement bon. C'était exactement ce dont elle avait besoin.

— Mon mari veut que je rentre, dit-elle. Mais je ne me vois vraiment pas le faire. Et je suis en train de me rendre compte que je n'arrive pas à imaginer rentrer un jour. C'est un peu effrayant.

— Prenez une décision et informez-le ensuite, dit Hélène.

— Bien sûr, acquiesça Franca. Mais j'ai besoin de temps. Il s'agit de mon avenir. Dans un sens… c'est une question de survie.

Elle porta la tasse à ses lèvres et but une gorgée de thé. Il était aussi réconfortant qu'elle l'avait supposé.

— Pourquoi cette histoire entre Maya et Alan préoccupe-t-elle tant Béatrice ? demanda-t-elle, jugeant qu'il valait mieux qu'elle ne laisse pas Michael envahir ses pensées.

Hélène poussa un profond soupir, mais la petite flamme qui s'alluma dans ses yeux révéla combien elle aimait ce genre d'affaires.

— Eh bien, cela fait quelques années qu'Alan et Maya ont une liaison, commença-t-elle. Pour être exacte, c'est une liaison intermittente car Maya n'en est pas restée à Alan. Peut-être est-elle tout simplement trop jeune.

— Quel âge a-t-elle ?

— Vingt-deux ans, et Alan en a quarante-trois. C'est une grande différence d'âge. Mais bon, l'amour a ses raisons…

— Je crois avoir compris que Maya a une conception assez personnelle de l'amour, non ?

Hélène prit une mine fataliste.

— Maya est incapable d'aimer. Entre nous, c'est une petite dévergondée. Je crois qu'elle a couché avec tous les hommes de Guernesey, Kevin excepté, mais c'est bien parce qu'il n'est pas de ce bord-là. Et je ne parle pas des touristes… Tout ça pour dire que notre jeune demoiselle n'a pas froid aux yeux, et malheureusement, rien ne permet de penser qu'elle soit en train de changer.

— Pourquoi Alan accepte-t-il cette situation ? Je ne le connais pas beaucoup, cependant...

Elle songea à l'étrange façon dont ils s'étaient rencontrés, huit mois auparavant, ce jour où elle était si mal.

— ... C'est un bel homme, reprit-elle. Il est séduisant, intelligent, il a une belle situation... Il doit y avoir autour de lui tout un essaim de femmes prêtes à tomber dans ses bras. Qu'a-t-il besoin de se laisser mener par le bout du nez comme ça ?

— Alan a effectivement beaucoup de succès auprès des femmes, quoiqu'il ait un problème avec l'alcool. Le saviez-vous ? Mais ça ne fait pas peur aux femmes, au contraire. Elles doivent toutes se figurer qu'elles vont le guérir. Pourtant... Il n'y a décidément que Maya qui l'intéresse. Elle n'a qu'à lever le petit doigt pour qu'il accoure. Et il est malheureux comme les pierres quand elle le laisse tomber pour aller voir ailleurs.

Elle conclut ses explications par un petit haussement d'épaules.

— Pourquoi est-elle allée chez lui ?

— C'est ce que se demande Béatrice. Elle ne flaire rien de bon. Elle a carrément dit à Mae qu'elle pensait que Maya avait envie de mener la grande vie à Londres et qu'Alan était le ballot qui aurait le droit de l'entretenir. Résultat : Mae est vexée et Béatrice se fait un sang d'encre.

— A-t-elle parlé à son fils ?

— Alan n'est plus un enfant. Il n'accepterait pas que sa mère se mêle de ses histoires. Elle le sait si bien qu'elle n'essaye même pas de lui téléphoner.

— Maya a peut-être changé.

— C'est aussi ce que j'ai dit. Ça a seulement fait rire Béatrice. Elle ne mise pas beaucoup sur Maya.

— Et vous, qu'en pensez-vous ?

Hélène réfléchit avant de répondre.

— Je crains qu'en l'occurrence Béatrice ait raison, dit-elle enfin. On doit toujours se garder de porter des jugements définitifs sur les gens. Après tout, il est possible que Maya change un jour, mais je crois que vous ne trouverez personne sur l'île qui tienne cela pour probable.

Franca buvait son thé à petites gorgées. Elle était fatiguée, depuis sa discussion avec Michael, elle avait l'impression qu'une chape de plomb s'était abattue sur elle. Au reste, quand elle y réfléchissait, c'était toujours l'impression qu'elle avait quand Michael lui parlait ou même simplement restait assis en face d'elle. Il la vidait de toute son énergie. Quand elle se sentait un peu mieux, un peu plus forte, il suffisait qu'il arrive pour qu'elle se dégonfle comme un ballon de baudruche.

Une baudruche dégonflée, pensa-t-elle. D'ailleurs, je ne représente guère plus à ses yeux.

Il fallait absolument qu'elle se sorte Michael de l'esprit. Elle ne savait que trop à quel point le laisser envahir ses pensées pouvait la détruire.

— Le père d'Alan vit-il toujours ? s'enquit-elle. Je veux dire, Béatrice et lui sont-ils divorcés ou est-elle veuve ?

Aussitôt, Hélène baissa la voix.

— Je ne sais pas si je peux vous le dire…

En dépit de ce préambule, Franca ne douta pas une seconde qu'elle le dirait.

— En dehors de moi, il n'y a que Mae qui soit au courant… Et je crois que, pour une fois, elle a su garder le secret.

— Un secret ?

Hélène baissa encore la voix d'un ton de sorte que Franca dut faire un effort pour la comprendre.

— L'homme avec lequel Béatrice était mariée, Frédéric Shaye, *n'est pas le père d'Alan* !

— Ah bon ?

— C'est comme je vous le dis. Elle l'a trompé. Et Alan est le fruit de cette liaison.

— Oh...

— Mais oui. Elle est venue passer l'été ici, à Guernesey – ce devait être en... en 1956 ou 57... non, c'était en 1956. Elle est restée assez longtemps. Elle voulait vendre la maison de ses parents.... elle cherchait un acquéreur...

— Où vivait-elle, à l'époque ?

— Sur le continent, en Angleterre. A Cambridge. Shaye y enseignait à l'université. Béatrice avait décidé qu'elle ne s'installerait jamais à Guernesey, alors son mari l'a convaincue de se débarrasser de la propriété familiale. D'elle-même, elle n'en aurait jamais eu l'idée – je vivais toujours dans la maison, tout de même.

A l'évidence, Hélène tenait à souligner ce détail. C'était Frédéric Shaye, le sans-cœur, pas Béatrice. Franca doutait cependant que les choses se soient passées telles qu'Hélène les présentait. Le désir de couper définitivement les ponts n'était sans doute pas étranger à la démarche de Béatrice. D'après ce qu'elle avait confié à Franca, trouver le moyen de faire sortir Hélène de sa vie, ne serait-ce que partiellement, devait puissamment la motiver.

— Je leur avais souvent rendu visite, à Cambridge, poursuivit Hélène, et je ne pensais pas que Frédéric éprouvait de l'animosité à mon égard. Il était toujours tellement gentil... Mais je crois que, par-derrière, il n'a jamais cessé d'intriguer contre moi.

— Pourquoi, après la guerre, n'êtes-vous pas

retournée en Allemagne ? demanda Franca. Dans votre pays ?

— Vous êtes trop jeune pour avoir connu cette époque, répondit Hélène. La guerre terminée, il n'y a subitement plus eu personne en Allemagne qui ait jamais été un jour pour les nazis. A croire que tout le monde était résistant. En conséquence, ceux dont le rôle actif au sein de l'appareil nazi pouvait être prouvé, et que les autorités avaient sous la main, furent rendus responsables de tout, absolument tout. Erich était mort, mais il n'en demeurait pas moins un pur symbole de l'officier nazi honni. J'étais sa veuve et... mon Dieu, j'avais tout simplement peur. Je ne voulais pas rentrer pour qu'on me montre partout du doigt.

— Toute votre famille était pourtant en Allemagne.

Hélène secoua lentement la tête.

— Je n'avais plus que ma mère. Et malheureusement, elle était lourdement handicapée à la suite d'un accident cérébral dont elle avait été victime très jeune, à cinquante ans à peine ; elle vivait dans un centre de soins spécialisés et ne reconnaissait plus personne depuis longtemps. Elle ne m'aurait pas reconnue non plus.

— Vous n'êtes jamais retournée en Allemagne ?

— Si, une fois, en avril 1951, pour l'enterrement de ma mère. Mais je suis repartie dès le lendemain.

— Excusez-moi si je suis indiscrète, dit alors Franca, néanmoins une chose m'intrigue : était-ce réellement mieux, pour vous, ici ? Les Allemands avaient occupé l'île pendant cinq ans. On ne devait pas être spécialement bien intentionné à votre égard.

— Au cours de la dernière année du conflit, la faim et la précarité avaient suscité un grand élan de solidarité. Tout le monde se serrait les coudes, Béatrice a dû vous en parler. Comparées à cela, les manifestations de haine ou de colère étaient bien anodines.

Certains, naturellement, éprouvaient du ressentiment à l'égard des occupants d'hier, et j'en ai moi-même fait l'objet, mais c'était assez limité. J'étais plus heureuse à Guernesey que je n'aurais pu l'être en Allemagne.

— Vous deviez pourtant vous sentir seule. Une fois Béatrice partie...

Le regard d'Hélène se voila.

— Je n'ai jamais compris pourquoi elle avait quitté Guernesey tout de suite après la guerre, dit-elle avec véhémence. Bon, je comprends bien qu'elle ait voulu savoir ce que ses parents étaient devenus, et, pour ça, il fallait qu'elle aille à Londres. Mais après, elle s'est mis en tête de rester là-bas. Elle est revenue pour passer ses examens de fin d'études, puis elle est partie étudier à Southampton. Je l'ai suppliée de rester, mais elle répétait à l'envi qu'elle ne voulait rien avoir à faire de près ou de loin avec les roses ; j'ai eu beau lui dire que personne ne l'obligerait à cultiver des roses, qu'il y avait plein d'autres possibilités sur l'île, elle n'a rien voulu savoir. Elle disait aussi qu'elle ne pouvait plus vivre dans la maison de ses parents. Vous savez sans doute que ni l'un ni l'autre n'avait survécu.

— Oh, non ! s'exclama Franca, consternée.

Hélène hocha la tête en prenant un air important et Franca se surprit à penser que la situation avait dû secrètement la satisfaire ; en même temps, elle s'en voulut d'avoir des idées préconçues sur Hélène et se promit, à l'avenir, de s'efforcer à l'impartialité.

— Comment sont-ils morts ? demanda-t-elle.

— Son père est mort en 1941 dans un bombardement. On a retrouvé son corps dans les décombres d'un immeuble de bureaux où il travaillait comme gardien de nuit. Sa mère en a été profondément affectée. Elle est partie un jour de chez sa sœur pour s'installer dans ces affreux quartiers de l'East End où elle a dû vivre dans des conditions épouvantables. Elle était dans l'incapacité d'avoir des nouvelles de sa fille, son mari était mort... Des voisins ont raconté à Béatrice qu'elle avait commencé à boire pour noyer son chagrin, qu'elle errait dans les rues, déjà ivre, à neuf heures du matin. Elle a mis fin à ses jours en novembre ou décembre 1944, avec un mélange de barbituriques et d'alcool...

Hélène poussa un profond soupir.

— Une affreuse tragédie, n'est-ce pas ? fit-elle, prenant Franca à témoin. Et se trouver ainsi orpheline à seize ans. Béatrice n'avait plus que moi.

— C'est une tragédie dont les nazis étaient responsables, souligna Franca. S'ils n'avaient pas occupé Guernesey, la famille n'aurait pas été séparée, ils auraient continué à vivre heureux et en paix sur leur île. N'était-ce pas un problème pour Béatrice ? Je veux dire, par rapport à vous ? Vous étiez... du côté des ennemis...

A l'expression qui passa sur le visage d'Hélène, Franca comprit qu'elle avait mis le doigt sur un point sensible.

— Non, prétendit Hélène qui avait repris étonnamment vite le contrôle d'elle-même. Elle n'avait pas de problème. J'étais sa meilleure amie, sa mère adoptive, la personne sur laquelle elle pouvait compter... Elle savait que je n'avais jamais adhéré à l'idéologie nazie. Elle faisait la part des choses.

Franca n'insista pas. Hélène s'était forgé sa vérité personnelle, rien ne la ferait changer. Peut-être était-il d'ailleurs plus sage de ne pas essayer de faire changer une vieille dame de quatre-vingts ans.

— Qui est donc le père d'Alan ? demanda-t-elle pour revenir au début de leur conversation.

— Un Français, dit Hélène, Julien. Il a travaillé pour nous pendant la guerre.

— Julien ? Elle l'a revu ?

— Vous êtes au courant ? fit Hélène, stupéfaite.

Ne sachant pas ce qu'Hélène savait ou ne savait pas, Franca s'en tint prudemment à une réponse évasive.

— Elle m'en a parlé une fois.

Hélène parut désappointée, elle aurait certainement préféré être la seule confidente de Béatrice.

— Elle a eu une liaison avec Julien pendant la guerre, raconta Hélène en baissant à nouveau la voix au point de chuchoter. Une histoire pas très claire dont elle ne m'a, à l'époque, malheureusement rien dit. J'aurais pu l'aider, sinon. Mais bon, ne revenons pas là-dessus. La guerre terminée, Julien est rentré en France, Béatrice est partie en Angleterre et je crois qu'ils n'ont échangé aucune nouvelle pendant des années. Puis, ce fameux été dont je vous ai parlé, ils se sont rencontrés par hasard sur l'île. Julien était avec son épouse, j'imagine qu'il voulait lui montrer où il avait été prisonnier pendant la guerre et qu'il ne s'attendait pas du tout à tomber sur Béatrice. Bref, il faut croire que leur vieil amour n'était pas mort et que, les circonstances aidant, ils sont retombés dans les bras l'un de l'autre… Toujours est-il qu'à la fin de l'été Béatrice n'avait toujours pas trouvé d'acquéreur pour sa maison mais qu'en revanche elle était enceinte.

— Elle vous l'a dit ?

— Non. Mais j'ai su qu'ils s'étaient revus et, quand l'enfant est né, j'ai vite fait le rapprochement. Seul Julien pouvait être le père.

— Que s'est-il passé, alors ? demanda Franca, rompant le silence qui s'était installé.

— Eh bien, je suis allée trouver Frédéric Shaye et je lui ai tout raconté, dit Hélène.

Le tic-tac de la pendule murale bourdonnait dans les oreilles de Franca. Elle crut avoir mal entendu.

— Pardon ? fit-elle en fronçant les sourcils.

— Le mariage avec Frédéric Shaye a été rompu, expliqua Hélène sur un ton uni. Béatrice et le bébé sont revenus près de moi.

Ce soir-là, Michael rappela pour demander à Franca quand elle avait l'intention de rentrer, ce à quoi elle répondit qu'elle ne le savait toujours pas.

— Au fait, comment comptes-tu à terme financer ces vacances que tu t'octroies ? s'enquit Michael sur un ton cinglant.

— Nous avons un compte, ici, répondit tranquillement Franca.

— Nous ? *J'ai* un compte ! J'aimerais que tu n'oublies pas qu'il s'agit de *mon* argent !

— J'ai un pouvoir. Pendant des années tu m'as trouvée assez bonne pour m'envoyer ici m'occuper de tes affaires et de ton argent, je...

— Je rêve ou quoi ? Ce sont des choses dont on discute autrement qu'au téléphone, s'emporta Michael. Tu ne comprends décidément rien à rien !

— Je sais. Ça fait environ dix ans que tu me le répètes tous les jours.

— Sans doute parce que c'est vrai.

Elle résista au désir de lui raccrocher au nez pour ne pas à chaque fois interrompre leurs discussions de cette façon.

— Ne pourrions-nous pas convenir de ne pas nous téléphoner pendant un moment ? proposa-t-elle. Laisse-moi réfléchir à ce que je vais faire ; et essaye de ton côté de réfléchir à ce que tu souhaites. Nous avons tous les deux besoin d'un peu de temps.

— Je ne vois pas pourquoi nous aurions besoin de temps. Sans compter que ça n'a aucun sens de réfléchir à quelque chose dont nous n'avons pas parlé. Ça n'apportera rien.

— Michael, insista Franca, tu as une maîtresse. C'est à toi et à toi seul qu'il appartient de décider si c'est elle que tu veux ou si c'est moi. Pour ça, tu n'as pas besoin de me parler. Je ne peux t'être d'aucune aide.

— Ah, je vois. Tu as l'intention de traînasser à Guernesey en jetant mon fric par les fenêtres jusqu'à ce que je revienne vers toi plein de remords ?

Il faut toujours qu'il soit infect, c'est plus fort que lui, se dit Franca, presque tristement.

— Je ne pense pas que je jette ton argent par les fenêtres, répliqua-t-elle d'une voix ferme. Et il ne s'agit pas que tu reviennes plein de remords. Il s'agit que tu prennes une décision et rien d'autre. Que tu la prennes, quelle qu'elle soit.

— A vos ordres, chef ! railla Michael et, cette fois, ce fut lui qui raccrocha sans prendre congé.

Franca rejoignit Béatrice dans la salle à manger. Un journal était ouvert devant elle, mais elle ne lisait pas. Les doigts noués autour d'un verre de vin rouge, perdue dans ses pensées, elle regardait fixement un point sur la table.

— Je vous dérange ? demanda Franca.

Béatrice leva les yeux.

— Non. Bien sûr que non. Je n'ai aucune idée de l'heure qu'il est. Désirez-vous manger quelque chose ? Je ne me sens pas d'humeur à cuisiner, mais je...

— Je vous remercie, Béatrice, je n'ai pas faim. Par contre, je boirais volontiers un peu de vin. Je viens d'avoir mon mari au téléphone. Il réussit toujours à me déprimer.

— Je vous en prie, Franca, servez-vous, dit Béatrice en poussant la bouteille vers elle. Vous me tiendrez compagnie. Moi aussi, j'ai besoin de me remonter le moral.

Franca prit un verre dans le placard et s'assit à côté de Béatrice.

— Vous vous faites du souci pour Alan, n'est-ce

pas ? dit-elle prudemment. Hélène m'en a un peu parlé ce matin.

— Telle que je connais Hélène, elle n'en a pas parlé un peu mais beaucoup, répliqua Béatrice, puis, voyant la mine contrite de Franca, elle ajouta aussitôt : Rassurez-vous, ça ne me gêne pas du tout. Je vous en ai déjà tellement raconté, un peu plus ou un peu moins ne changera pas grand-chose à l'affaire.

— Hélène n'est pas là, ce soir ?

— Elle dîne avec Mae. Mae qui est au trente-sixième dessous parce que je lui ai dit que Maya était une bonne à rien et une petite garce. Hélène s'est mis en tête de la réconforter. Soi-disant pour sauver notre amitié. En réalité, c'est à elle qu'elle pense. Mae lui propose quelquefois de l'accompagner dans les magasins, parfois aussi elle l'invite à prendre le café quelque part. Hélène a une peur panique que ce ne soit plus qu'un souvenir si nous nous fâchons.

— Vous risqueriez de vous brouiller à cause de Maya ?

Béatrice haussa les épaules en secouant la tête.

— Pensez donc ! Mae sait parfaitement en quelle estime je tiens Maya. Je le lui ai dit des centaines de fois. Il faut seulement qu'elle boude un peu pour la forme. Hélène est bien la seule qu'elle impressionne encore avec ça.

— Avez-vous parlé avec Alan ?

— Ça me démange de décrocher le téléphone, avoua Béatrice, mais je me retiens. Alan a quarante-trois ans. Je n'ai vraiment pas à me mêler de ses affaires.

— Je ne comprends pas comment il peut être à ce point sous l'emprise de Maya, dit Franca. Elle est très jolie, mais elle n'est pas extraordinaire non plus. Il pourrait avoir tellement d'autres filles.

— C'est elle qu'il veut, pas les autres. Et ne me demandez pas pourquoi. Sait-on pourquoi deux êtres tombent amoureux ? Sait-on pourquoi l'amour est parfois si fort que ni la souffrance ni l'humiliation ne parviennent à le décourager ? A moins que ce soit justement cette souffrance constante qui empêche la relation amoureuse de mourir de sa belle mort. Parfois je me dis qu'Alan ne s'en sortira pas tant qu'un équilibre des forces ne se sera pas établi. Mais je m'invente peut-être des explications qui n'existent pas. Il y a peut-être tout simplement quelque chose chez elle qui le fascine au point qu'il ne parvient pas à se détacher d'elle.

— Elle est chez lui, en ce moment, n'est-ce pas ?

Aucun trait ne changea sur le visage de Béatrice, mais un voile de tristesse assombrit son regard.

— Elle est chez lui, oui. Et elle s'emploie probablement à le convaincre qu'elle l'aime, et lui seul, et qu'elle a énormément changé, qu'elle n'est plus la même. Il a tellement envie de la croire qu'il va finir par le faire. Jusqu'au jour où elle l'enverra à nouveau promener.

— Vous ne pourrez pas continuellement le protéger, dit doucement Franca. Il n'est plus un enfant.

Béatrice alluma une cigarette et tira nerveusement dessus, comme Franca l'avait maintes fois vue faire quand elle était tendue.

— Je sais. C'est ce que je ne cesse de me répéter. Il mène sa barque comme il l'entend, il sait très bien ce qu'il a à faire. C'est sa vie. Mais quelque part, il reste aussi mon enfant. Il restera toujours mon enfant.

— Vous vous sentez très proche de lui ?

— Je l'ai élevé seule. Ça doit renforcer les liens. Il n'y a rien qui contrebalance. Il n'y a pas d'épaule sur laquelle s'appuyer, pas de compagnon avec lequel partager un souci ou un autre. Il n'y a toujours eu que nous deux, Alan et moi.

— Et Hélène, ajouta Franca d'une voix douce.

Un rictus étira les lèvres de Béatrice.

— C'est juste. Pour un peu, j'oubliais Hélène. Hélène a détruit mon mariage avec Frédéric Shaye. Vous l'a-t-elle dit ? Et vous auriez dû voir le cinéma qu'elle a fait quand j'ai commencé à sortir avec Frédéric. Quand elle a compris que j'allais la quitter...

Londres, novembre 1952 à septembre 1953

C'était l'automne, la guerre était finie depuis sept ans et Béatrice était malheureuse au plus profond d'elle-même. Elle se hâtait dans le brouillard gris qui noyait Londres en se disant que la tristesse qui l'environnait était le juste reflet du mal qui rongeait son cœur. Elle avait réagi à la pitoyable fin de son histoire avec Julien et à la mort de ses parents en se jetant à corps perdu dans les études. Elle était revenue à Guernesey pour terminer sa scolarité à l'école de Saint Martin, puis elle avait bataillé ferme pour imposer sa volonté à une Hélène plus envahissante que jamais et était partie étudier à l'université de Southampton. Elle avait fait un nombre impressionnant de petits boulots pour se maintenir la tête hors de l'eau, elle avait porté des chaussures aux semelles trouées, des manteaux râpés et aux manches trop courtes, elle avait étudié et travaillé comme une damnée et elle avait soigneusement évité de s'arrêter ne serait-ce qu'un moment pour regarder à droite ou à gauche. C'était alors derrière elle, elle avait un diplôme de lettres anglaises et un diplôme de français en poche, mais elle n'avait pas encore trouvé d'emploi et plus rien ne l'empêchait de sombrer dans le trou noir qui s'ouvrait devant elle. Il n'y avait plus rien entre elle et le malheur. Les événements qu'elle avait refoulés, son chagrin, ses angoisses remontaient à la surface, la submergeaient comme une vague irrésistible et l'entraînaient vers l'abîme. Livrée aux sentiments que la mort de ses parents avait fait éclore en elle, elle était confrontée à une douleur dont la violence lui coupait la respiration. Subitement, elle découvrait qu'elle avait tout perdu. Elle n'avait plus personne au monde. Les quelques membres de sa famille qui vivaient en Angleterre, pour autant qu'ils aient survécu à la guerre, lui étaient étrangers, elle les connaissait à peine et n'avait aucun contact avec eux. Déborah et Andrew étaient morts. Elle se sentait incapable de retourner à Guernesey ; vivre dans l'île, dans la maison de ses parents lui semblait insupportable. Cependant, elle se coupait ainsi de ses racines, de son passé et de son pays. Elle se mouvait désormais dans une sorte de vide absolu, d'apesanteur. Autour d'elle, seuls le deuil et le chagrin avaient encore une épaisseur.

Elle habitait à l'est de Londres, dans un lotissement ouvrier déprimant où les dommages causés par les bombardements n'avaient toujours pas été réparés. Ici, c'était une partie du toit qui manquait, là du carton avait été cloué sur les fenêtres pour remplacer les vitres. Des gravats encombraient les arrière-cours, parfois même les trottoirs. En été, la couronne de feuilles de quelques arbres mettait des taches de couleur, mais en novembre seules des branches dénudées pointaient au-dessus des murs sombres, renforçant encore l'impression de tristesse.

Béatrice louait une chambre dans une maison grise et sale de Bridge Lane dont l'entrée était défendue par une flaque d'eau boueuse apparemment immuable, et l'escalier jonché d'ordures et de bouteilles vides. La plupart des occupants de la maison vivaient entassés dans de minuscules logements, étaient sans travail, et certains de surcroît alcooliques. Les cris, les disputes violentes qui dégénéraient étaient quotidiens. Béatrice, qui ne pouvait pas les ignorer, souffrait de cette promiscuité. Elle gagnait chichement sa vie en donnant des cours de français à des dames nanties de la bonne société, et quitter chaque soir les belles demeures des quartiers Ouest pour regagner son East End sinistré la décourageait. Elle n'avait pas étudié pour faire péniblement rentrer dans la tête de jolies femmes trop gâtées des rudiments de grammaire et de vocabulaire, mais elle n'en avait presque plus d'amertume. Même si son rêve de travailler dans une maison d'édition s'était soudain réalisé, elle n'aurait plus été capable de s'en réjouir. Ce qu'elle avait perdu pesait trop lourd. Le sentiment de vide intérieur et de solitude l'écrasait. Parfois, elle avait la nostalgie de Guernesey : les prairies en fleurs, les vagues sur les rochers, l'horizon au loin sur la mer, et le ciel, plus haut et plus clair que celui de Londres. Mais aussitôt les souvenirs affluaient et ravivaient sa peine. Elle pensait à ses parents, à son enfance, aux roses, à la chaleur et à l'amour dont elle avait été entourée. Elle pensait aussi aux années sombres, à la guerre, à cette étrange période qu'elle avait vécue comme un mauvais rêve. Aussitôt, un sentiment diffus de malaise l'envahissait, sa gorge se nouait, elle avait du mal à respirer, du mal à bouger ses bras et ses jambes, le poids de son chagrin paraissait même ralentir les battements de son cœur.

Alors elle s'entraînait à ne pas se rappeler le passé, à ne plus y penser.

Hélène la bombardait de lettres dans lesquelles elle la suppliait de revenir.

« Qu'as-tu besoin de rester à Londres ? écrivait-elle. Dans cette ville froide et hideuse où tu ne connais personne et où tu n'as pas de famille. Ici, à Guernesey, tu as des amis. Ici, il y a moi ! »

Parfois, Béatrice se disait que c'était précisément Hélène qui l'éloignait de Guernesey. Elle ne supportait pas sa présence, et elle supportait encore moins les airs de famille ou de membre de la famille qu'elle se donnait. Pour sa part, jamais, au grand jamais, elle n'avait considéré Hélène comme la mère adoptive que celle-ci se plaisait à croire qu'elle était. Un jour que Mae était venue lui rendre visite à Londres, elle lui avait parlé du problème qu'Hélène représentait pour elle. Mae avait été stupéfaite.

« Nous pensions tous que tu lui étais très attachée. Pourquoi ne la mets-tu pas dehors, dans ce cas ? Quel droit a-t-elle d'occuper ta maison ?

— Je ne peux pas lui demander de partir.

— Tu ne lui dois rien. »

Bien sûr qu'elle ne lui devait rien. Cependant, comme elle se trouvait à un moment de sa vie où, avec ou sans Hélène, elle n'aurait pas supporté Guernesey, avoir sur place quelqu'un qui s'occupait de la maison offrait un certain confort. La présence d'Hélène lui permettait de différer la décision qu'elle aurait à prendre concernant la maison. Rien ne l'obligeait à se presser, elle pouvait se laisser aller à sa tristesse et espérer que le temps apporterait des solutions.

Béatrice ne sortait pratiquement pas, elle passait juste quelques rares moments dans un pub quand elle avait encore quelque argent, ce qui n'était pas fréquent. Lorsque, à la fin du mois de novembre, l'une de ses élèves l'invita à la soirée musicale qu'elle organisait, elle hésita à accepter.

— Je ne suis pas sûre d'être très à l'aise parmi vos amis, s'excusa-t-elle prudemment. Peut-être vaut-il mieux que vous ne comptiez pas sur moi.

— Oh, Béatrice, quelle idée, vous vous entendrez parfaitement avec mes amis ! s'exclama Mme Chandler. Vous êtes une personne si charmante. Vous ne pouvez pas me refuser ça !

Mme Chandler était une femme exaltée qui devait

considérer que convier sa répétitrice de français à une soirée mondaine était extrêmement intéressant et d'une grande originalité. Les Chandler habitaient Windsor dans une grande et belle maison où Béatrice se rendait volontiers quoique le trajet représentât une véritable expédition. L'idée de s'y transporter le soir, dans le froid et le brouillard, puis de regagner Londres en pleine nuit n'était guère alléchante, pour ne pas dire angoissante ; elle en arriva cependant à la conclusion qu'elle n'avait pas le choix. Non seulement Mme Chandler la payait généreusement, mais elle glissait souvent quelque produit alimentaire dans son sac ou lui cédait des vêtements qu'elle ne portait plus. Il eût été maladroit de prendre le risque de la vexer.

Tout d'abord, la soirée lui parut abominable. N'ayant rien dans sa garde-robe de suffisamment habillé pour une réception de cette qualité, elle n'eut d'autre choix que de porter un tailleur que Mme Chandler lui avait donné. Elle savait à l'avance que toute la soirée elle aurait l'horrible impression que les invités reconnaissaient le tailleur de velours noir dans lequel elle était la première à se sentir mal à l'aise et déguisée. Arriver jusqu'à Windsor ne présenta pas trop de difficultés mais, une fois à l'arrêt de bus, il restait un long trajet à parcourir à pied jusqu'à la maison des Chandler. D'ordinaire, elle le faisait de jour et ne le trouvait pas particulièrement désagréable, mais, dans le noir et le froid, il lui parut interminable. Son méchant manteau lui offrait une bien piètre protection, le brouillard la transperçait jusqu'aux os. Comme elle avait oublié de prendre un chapeau ou un foulard, elle sentait l'humidité plaquer ses cheveux sur sa tête. Quand enfin elle arriva à la maison des Chandler, elle avait les joues en feu et quand elle s'aperçut dans le miroir du vestibule, elle découvrit une chose qui ressemblait à un chat galeux.

Elle était trop maigre. Elle avait eu beau reprendre le tailleur de Mme Chandler, il flottait encore sur elle.

J'ai l'air d'un épouvantail, songea-t-elle avec résignation.

Il y avait une soixantaine d'invités. Toilettes de prix, bijoux précieux : tous paraissaient jouir de confortables revenus.

— Oh ! fit une dame qui portait une robe longue en dentelle et s'était trop parfumée, comme c'est intéressant ! Cet ensemble ne fait pas du tout le même effet sur vous que sur Mme Chandler ! Vous êtes sensiblement plus mince, non ?

La réponse de Béatrice ne l'intéressant pas, elle tourna prestement les talons et salua une connaissance en poussant un cri de ravissement avant de se jeter à son cou. Béatrice observa que, dans la bonne société, il était d'usage et très chic de se comporter de cette façon. On faisait bruyamment étalage de ses sentiments, ainsi nul n'ignorait combien on était apprécié et quel nombre impressionnant d'amis intimes on avait. Seule Béatrice paraissait trouver cela vain et factice. Elle se sentait déplacée et isolée. Un verre de vin à la main, elle errait de pièce en pièce en faisant semblant de regarder les livres sur les étagères ou les tableaux accrochés aux murs. En réalité, elle ne voyait rien, n'entendait rien, elle n'aspirait qu'à retrouver son misérable petit appartement, où elle était seule, au calme et pouvait fermer la porte derrière elle.

Au bout d'un temps interminable – Béatrice ne pouvait décemment pas s'éclipser avant le dîner et, plus il tardait, plus elle devrait rentrer tard –, Mme Chandler convia enfin ses hôtes à passer à table. Plusieurs tables rondes de huit personnes avaient été dressées en divers endroits du rez-de-chaussée. Les places n'étant pas attribuées, Béatrice se vit refouler cinq fois de suite de tables dont les places apparemment libres étaient réservées. Elle se voyait déjà laissée pour compte au milieu de la pièce, livrée aux regards impitoyables de l'assemblée, et commençait à paniquer quand elle dénicha enfin une chaise libre à une table dressée dans le jardin d'hiver. Elle ne pouvait pas s'adosser à sa chaise sans que la branche d'une plante indéfinie se prenne dans ses cheveux et les autres convives avaient tous entre soixante-dix et quatre-vingt-dix ans. La conversation roula sur la guerre. Une dame qui avait perdu son fils à Dunkerque éclata en sanglots quand un monsieur parla en termes dithyrambiques de la glorieuse opération d'évacuation de Dunkerque. Il était dur d'oreille et mit un long moment à comprendre que l'évacuation n'avait pas été glorieuse pour tout le monde. Ce n'est que lorsque la dame se leva et quitta précipitamment la table qu'il se rendit compte que quelque chose n'allait pas.

— Ai-je commis un impair ? s'enquit-il, vexé.

Personne n'éprouva le besoin de l'éclairer. Tous piquèrent du nez dans leur assiette et firent comme si rien ne s'était passé. Pour sa part, Béatrice était en train de se résigner à passer une soirée trop longue et parfaitement ennuyeuse. Elle était apparemment la seule autour de la table, et peut-être de tous les convives, à avoir vécu l'occupation allemande. Elle devinait que si elle commençait à y faire allusion, toutes les conversations s'arrêteraient pour l'écouter. Mais elle n'en avait pas envie. Elle ne pouvait pas.

A vrai dire, je n'en ai encore parlé à personne, se dit-elle, Mme Chandler ne sait même pas que je suis de Guernesey.

Le dîner achevé, Béatrice pria Mme Chandler de bien vouloir l'excuser, le trajet pour rentrer à Londres était long, et il était déjà onze heures, alors elle... Mme Chandler ne voulut rien savoir.

— Notre jeune pianiste va jouer d'une minute à

l'autre ! C'est le clou de la soirée ! En aucun cas je ne vous laisserai partir maintenant !

On voit bien que vous n'avez pas près de cinq kilomètres à courir dans le noir avant d'arriver à la gare, songea Béatrice, furieuse. Et en priant tout le long du chemin pour qu'il y ait encore des trains, par-dessus le marché !

Le pianiste était un jeune homme boutonneux au cou long et maigre. Il portait un costume aux épaules trop larges et il nouait et dénouait nerveusement ses mains. Le piano à queue se trouvait dans le salon. Pendant le repas, des fantômes serviables avaient disposé des rangées de chaises, mais il n'y en avait pas pour tout le monde et beaucoup d'invités se tenaient debout le long des murs ou se pressaient dans l'encadrement de la porte.

Mme Chandler papillonnait parmi l'assistance pour annoncer qu'elle avait engagé un « remarquable jeune talent » pour la soirée. Elle en parlait comme si c'était elle qui avait découvert et parrainé le jeune homme et, à la réflexion, Béatrice se dit qu'il était bien possible que ce fût le cas.

Elle était fatiguée et agacée. Elle avait réussi à décrocher une chaise et se moquait que quelques vieilles badernes du style de celles avec lesquelles elle avait dîné soient contraintes de rester debout. Elle n'avait pas envie d'être polie. Elle avait envie que la soirée se termine.

Le jeune pianiste joua quelques morceaux de Chopin, puis de Haendel. Pour autant que Béatrice pût en juger, il avait effectivement du talent. Sa nervosité s'était envolée, il jouait avec finesse, intelligence et sensibilité. Quelqu'un va peut-être le remarquer, songea-t-elle, j'en serais heureuse pour lui.

La musique ravivait sa tristesse. Elle se sentait plus seule que s'il n'y avait eu personne autour d'elle. Personne parmi l'assemblée n'avait de liens avec elle.

Personne ne la connaissait, personne ne partageait quelque chose de sa vie. Elle ne faisait pas partie du groupe et aucune porte n'y menait.

Une dernière note résonna et Mme Chandler annonça une courte pause ; presque personne cependant ne se leva de peur de ne pas retrouver sa chaise. Béatrice, qui de surcroît n'aurait pas su où aller, avait une double raison de ne pas bouger.

Son voisin, auquel jusque-là elle n'avait pas prêté attention, se pencha vers elle.

— Réellement doué, ce jeune musicien, vous ne trouvez pas ? dit-il.

Elle acquiesça.

— Effectivement, répondit-elle, je suis sous le charme. Je sais maintenant pourquoi je suis venue.

— La soirée ne vous plaît pas ? interrogea-t-il, un sourire sur les lèvres.

— Je ne sais pas vraiment... hésita Béatrice qui ne voulait pas critiquer la réception de Mme Chandler. Je crains de ne pas être tout à fait à ma place ici, dit-elle finalement. Je ne connais personne. Mme Chandler a pensé bien faire en m'invitant, mais...

Elle laissa sa phrase inachevée. Son voisin comprendrait sans doute ce qu'elle voulait dire.

Il lui tendit la main.

— Je me présente : Frédéric Shaye. Maintenant vous connaissez quelqu'un !

Béatrice ne put s'empêcher de rire.

— C'est un net progrès, en effet ! Je m'appelle Béatrice Stewart. Je donne des cours de français à Mme Chandler.

— Vous êtes professeur ?

— Non, pas exactement. J'ai étudié la littérature anglaise et le français, mais je n'ai pas encore trouvé de travail. Donner des cours de français me dépanne.

Elle eut l'impression de lire de l'admiration dans ses yeux.

— Vous parlez français ? Vous aimez la France ?

— Je n'y suis jamais allée, avoua Béatrice, mais j'en aime la langue. Et la littérature. J'ai vécu tout près de la France, à Guernesey. La population y est à moitié française.

— C'est très intéressant, dit Frédéric Shaye avec une réelle sincérité. Guernesey... Vous avez vécu l'occupation allemande ?

— Oui, reconnut Béatrice. Cependant, je préfère ne pas en parler.

Il hocha la tête.

— Bien sûr, excusez-moi si j'ai réveillé de mauvais souvenirs.

— Vous ne pouviez pas savoir.

— Excusez-moi tout de même.

— Vous n'avez vraiment pas à vous excuser.

Frédéric Shaye éclata de rire.

— Voilà un aller et retour qui est parti pour durer !

Béatrice rit à son tour.

— N'en parlons plus, alors, dit-elle.

Frédéric Shaye était venu en voiture, il insista pour raccompagner Béatrice chez elle.

— Il est minuit passé, les bus ne circulent certainement plus. Il n'est pas question que je vous laisse partir seule à pied dans le noir.

Ils attendaient dans le vestibule que l'employée de maison apporte leurs manteaux.

— Quel dommage que vous partiez déjà ! s'exclama Mme Chandler. Ne voulez-vous pas rester encore un peu ? La soirée est loin d'être terminée !

— Non, merci, répondirent Béatrice et Frédéric d'une seule voix.

Ils s'étaient mutuellement avoué leur désir de quitter la soirée et Frédéric avait donné le signal du départ : à une heure aussi tardive, personne ne pouvait leur faire grief de souhaiter prendre congé.

Il conduisait lui-même sa voiture. La pluie s'était transformée en neige fondue, mais le brouillard avait disparu et la visibilité était relativement bonne. Frédéric était un peu tendu, très concentré sur sa conduite.

— Excusez-moi, dit-il, rompant le silence, je vois moins bien la nuit.

Entre-temps, elle avait appris qu'il enseignait à l'université de Cambridge et qu'il avait suivi sa scolarité dans le même internat que M. Chandler, ce qui expliquait sa présence parmi les invités. Il vivait temporairement à Londres car il avait obtenu une mise en disponibilité de la faculté pour participer au programme de recherche d'un laboratoire. Frédéric Shaye était biologiste. Béatrice trouvait passionnant de l'écouter parler de son métier. Elle l'observa plusieurs fois à la dérobée tandis qu'ils roulaient dans Londres enténébrée. Il avait des cheveux bruns et des yeux très clairs, son visage mince était d'une pâleur diaphane. Elle aimait son profil bien dessiné, la finesse de ses mains, pour l'heure un peu crispées sur le volant. C'était la première fois depuis longtemps – à vrai dire depuis Julien – qu'elle percevait un homme en tant que tel. Elle en fut étonnée et confusément déstabilisée. Ce n'était pas en accord avec la tristesse et l'amertume qui l'habitaient et elle n'était pas certaine de vouloir renoncer à la carapace qui la protégeait.

Quand ils s'arrêtèrent devant sa maison, la neige formait une fine couche blanche sur les toits et les trottoirs. Frédéric Shaye accompagna Béatrice jusqu'à sa porte.

— Je serais heureux que nous puissions nous revoir, dit-il en prenant congé. Puis-je vous téléphoner ?

— Je n'ai malheureusement pas le téléphone, répondit Béatrice sans s'engager.

Frédéric réfléchit un instant.

— Dites-moi quand vous allez chez les Chandler. Je pourrai essayer de vous joindre là-bas.

Elle lui dit quels jours elle se rendait à Windsor et il promit de s'en souvenir. Cependant, en même temps qu'elle lui disait au revoir, elle songea qu'en réalité elle n'avait pas envie de le revoir, elle n'avait pas envie de se lier. Elle n'avait envie de s'engager dans aucune histoire.

Frédéric Shaye ne renonça pas. Il téléphonait très ponctuellement chez les Chandler chaque fois que Béatrice s'y trouvait. Et très ponctuellement Béatrice prétextait manquer de temps pour refuser ses invitations à déjeuner et le décourager d'insister. Naturellement, Mme Chandler ne fut pas longue à comprendre qu'une histoire s'ébauchait et elle mit toute son ardeur à inciter Béatrice à abandonner sa réserve.

— Frédéric est un homme absolument délicieux. Au premier abord, il paraît un peu austère et réservé, je vous le concède, mais il est intéressant et très intelligent. Vous devriez accepter ses invitations.

— J'ai trop de choses à faire, dit Béatrice, espérant clore le sujet.

Mme Chandler poussa une exclamation de dénégation.

— Ma chère enfant, je ne vous crois pas une seconde ! Vous n'avez pas du tout trop de choses à faire. C'est même le problème. Vous n'avez pas de travail fixe. Mais profitez-en, croyez-moi, profitez sans remords de tout le temps dont vous disposez pour sortir avec Frédéric Shaye !

Béatrice laissa passer décembre. Le matin du 24, elle prit le bateau pour Guernesey. A contrecœur. Elle aurait préféré rester à Londres, dans son appartement, barricadée dans sa tristesse. Mais Hélène l'avait assaillie de lettres la suppliant de venir et elle avait fini par accéder à sa demande. Il y avait presque un an qu'elle n'avait pas vu Hélène et elle craignait qu'elle surgisse un jour devant sa porte si elle reportait encore sa visite.

Il faisait froid et la mer était démontée ; la traversée fut épouvantable. Béatrice se sentit si mal à l'intérieur du bateau que, livide et le cœur au bord des lèvres, elle se résigna à affronter la tempête et grimpa sur le pont supérieur. L'air frais ne lui apporta aucun soulagement et elle passa la quasi-totalité de la traversée malade comme un chien, penchée par-dessus le bastingage. En arrivant à Saint Peter Port, elle avait le teint terreux et tremblait comme une feuille. Hélène, élégante et très en forme, était venue la chercher en voiture. Elle l'attendait sur le quai, les joues rouges de froid.

— Mon Dieu, mais que t'arrive-t-il ? s'exclama-t-elle, à peine Béatrice eut-elle mis le pied sur la terre ferme. Tu es pâle comme un linge, et beaucoup trop maigre ! Londres ne te réussit absolument pas. Je suis certaine que tu ne manges pas assez, et aussi que tu ne dors pas suffisamment !

— Hélène, je t'en prie ! fit Béatrice avec lassitude.

Elle se sentait affreusement mal, son estomac cependant commençait à s'apaiser.

— J'ai seulement eu le mal de mer. Faire la traversée en hiver par ce temps n'est pas une partie de plaisir, crois-moi.

— Ce n'est pas de ma faute s'il a fait mauvais temps, geignit Hélène, intimidée par la brusquerie de Béatrice et comme si elle allait se mettre à pleurer. Je ne peux tout de même pas…

— Tu m'as quasi forcée à venir, l'interrompit Béatrice en jetant avec colère sa valise sur la banquette arrière de la voiture. Je serais restée à Londres, sinon, et je me porterais comme un charme.

Des larmes brillèrent dans les yeux d'Hélène.

— Tu aurais vraiment pu fêter Noël sans moi ?

— Arrête de faire tout ce cinéma autour de Noël, tu veux bien ? Où on le passe et avec qui est totalement dénué d'importance. Je ne comprends pas comment on peut se rendre malade avec une bêtise pareille.

— Et moi, je ne comprends pas comment on peut être aussi insensible, répliqua Hélène, blessée. Nous formons une famille, toutes les deux. Je n'ai plus que toi, tu n'as plus que moi.

Béatrice ne se sentait pas le courage de poursuivre la discussion. Elle se laissa tomber sur le siège avant et maudit intérieurement le mal de mer qui l'avait épuisée.

— Démarre, je t'en prie, dit-elle. Tout cela m'est égal. J'ai seulement envie de m'allonger et de dormir un peu. Et peut-être après d'un verre de quelque chose pour me retaper.

Elle dormit jusqu'au soir, puis elle se leva, fraîche et dispose, et prit un porto avec Hélène devant la cheminée. Elle sortit ensuite et marcha jusqu'à la mer à la lumière de la lune et des étoiles. La tempête s'était éloignée, il faisait froid et sec, l'air sentait l'hiver, la bruyère endormie et l'eau gelée. Béatrice aspirait l'air à longues goulées paisibles. Comparée à l'agitation qu'elle venait de quitter, à la foule, à la promiscuité, à l'air vicié de Londres, l'île lui parut un havre de paix et de douceur. Elle savait qu'il aurait été plus raisonnable de rester à Guernesey, d'y chercher un emploi et de profiter de l'apaisement que l'île lui apportait. Mais en même temps qu'elle y réfléchissait, elle comprit que cela ne fonctionnerait pas. Tandis qu'elle regardait la masse noire et mouvante de la mer et suivait des yeux les jeux de lumière de la lune sur les vagues, la vieille douleur familière surgit et referma ses crocs sur elle avec la violence d'un chien enragé. Le passé était encore trop proche et trop douloureux. Elle ne supporterait pas Guernesey.

Le lendemain matin, assises de part et d'autre de la cheminée et emmitouflées dans leur robe de chambre, Hélène et Béatrice s'offrirent mutuellement leurs cadeaux. A vrai dire, pour Béatrice, ce fut rapidement expédié, son cadeau à Hélène était un simple livre, et qu'elle n'avait même pas pris soin de choisir, songea-t-elle avec une certaine culpabilité. Ce n'est qu'au tout dernier moment qu'elle avait pensé qu'il fallait qu'elle trouve un cadeau. Elle était entrée dans la première librairie venue et avait pris un livre au hasard sur une étagère. C'était un ouvrage sur les grands fauves du Kenya, sujet auquel Hélène ne s'était jamais intéressée. Elle fut déconcertée en découvrant le titre, mais elle se ressaisit aussitôt et se confondit alors en remerciements.

— Oh, Béatrice, quelle merveilleuse idée ! Merci, merci beaucoup. Je vais le lire avec soin et apprendre plein de choses dont je suis encore très ignorante !

De son côté, Béatrice mit une demi-heure à déballer les petits paquets qu'Hélène avait préparés pour elle. A l'évidence, elle avait beaucoup réfléchi et trouvé mille choses dont elle pensait qu'elles feraient plaisir à Béatrice : des bas en nylon, des gants fourrés, une crème pour le visage de marque française, un bracelet en argent, une écharpe en mohair, des perles montées en boucles d'oreilles, et la liste ne s'arrêtait pas là. Dans son dernier paquet, Béatrice découvrit un lourd cadre argenté qui renfermait une photo d'Hélène. C'était une épreuve en noir et blanc sur laquelle elle portait ses longs cheveux blonds dénoués et souriait béatement. Béatrice trouvait la photo mièvre et était bien certaine que jamais elle ne l'exposerait chez elle, mais elle fit comme si elle lui plaisait.

Hélène rayonna.

— Ainsi, je serai toujours près de toi ! Ah, Béatrice…

Elle vint vers elle et la serra dans ses bras en poussant un soupir à fendre le cœur.

— … Béatrice, répéta-t-elle, tu n'imagines pas à quel point tu me manques quand tu es à Londres ! Tu n'imagines pas combien j'aimerais t'avoir près de moi ! Nous sommes si seules, sinon !

Mais moi, j'étouffe quand tu es dans les parages, répondit Béatrice pour elle-même en se dégageant de son étreinte. Pourquoi ne se trouve-t-elle pas un gentil mari et ne me fiche-t-elle pas la paix une bonne fois pour toutes ? Si seulement elle pouvait m'oublier !

Vers midi, Frédéric Shaye téléphona pour souhaiter un joyeux Noël à Béatrice. Ce fut Hélène qui décrocha. L'air catastrophée, elle apparut sur le seuil du salon et annonça qu'un homme qui demandait à lui parler attendait au téléphone.

— Un homme ? Quel homme ? fit distraitement Béatrice qui était plongée dans le livre sur les animaux du Kenya.

— Un M. Cayne ou Shayne, je n'ai pas bien compris. Qui est-ce ? Quelqu'un de Londres ?

— Un professeur de biologie dont j'ai fait la connaissance lors d'une soirée, répondit Béatrice en se levant. Je me demande bien comment il a fait pour se procurer mon numéro ici…

Il s'avéra que Frédéric avait appris de la bouche de Mme Chandler que Béatrice séjournait à Guernesey et que cette même amie complaisante lui avait révélé le nom de famille d'Hélène. Muni de cette information, obtenir le numéro de téléphone où joindre Béatrice avait été un jeu d'enfant.

— Le nom de votre amie sonne allemand, remarqua-t-il, de même que son accent. Elle vit à Guernesey depuis l'Occupation ?

— Oui, répondit Béatrice de façon lapidaire.

Du coin de l'œil, elle voyait Hélène qui se tenait tout ouïe dans l'encadrement de la porte du salon.

— J'aurais naturellement aimé que nous puissions nous voir à Londres pendant les fêtes, enchaîna Frédéric, mais je comprends tout à fait que vous ayez eu envie de rentrer chez vous.

— Vous êtes resté à Londres ? Vous n'êtes pas à Cambridge ?

— Que serais-je allé faire à Cambridge ? Personne ne m'y attend. Et ici, à Londres, c'est une bonne période pour travailler sans être dérangé.

— Vous avancez bien ?

— Plutôt, oui... Je regrette que nous ne nous soyons pas revus, reprit-il après une courte pause. J'ai aussi plus ou moins le sentiment de vous importuner. J'en serais désolé et je, euh... naturellement, si vous souhaitez que je ne vous appelle plus, je respecterai votre désir.

— Vous ne m'importunez pas, répondit Béatrice en maudissant silencieusement Hélène qui n'avait pas bougé d'où elle était et ne faisait même pas semblant de ne pas écouter. Je suis seulement... Je ne suis pas sûre de désirer m'engager dans une histoire compliquée.

— Déjeuner ensemble ne vous engagerait dans aucune histoire compliquée.

— Oui, bien sûr, reconnut faiblement Béatrice qui se sentit soudain très bête. Bien sûr...

— Puis-je dans ce cas vous proposer un déjeuner début janvier à Londres ?

Elle capitula.

— Entendu. Début janvier. Nous nous rappellerons ?

— Je vous téléphonerai chez les Chandler. Portez-vous bien, Béatrice. Et... joyeux Noël !

Il raccrocha.

— Joyeux Noël, dit Béatrice alors qu'il ne pouvait plus l'entendre.

Aussitôt, Hélène se précipita.

— Alors, qui était-ce ?

— Je te l'ai déjà dit. Quelqu'un dont j'ai fait la connaissance lors d'une soirée.

— Pourquoi téléphone-t-il jusqu'ici ?

Béatrice eut l'impression de subir un interrogatoire.

— Aucune idée. Il voudrait me revoir.

— Pourquoi dis-tu que tu n'en as aucune idée si tu sais qu'il veut te revoir ? se plaignit Hélène. Crois-tu qu'il est amoureux de toi ?

— Hélène, nous ne nous sommes vus qu'une seule fois. Comment veux-tu que je le sache ? Et en plus, en quoi ça t'intéresse ?

— Béatrice !

Hélène était l'indignation personnifiée.

— Comment peux-tu imaginer que ça ne m'intéresse pas ? Tout ce qui te concerne m'intéresse ! Comment pourrait-il en être autrement ? Nous appartenons l'une à l'autre.

— Ça ne doit pas m'empêcher de rencontrer des gens pour autant. Je vis à Londres, tu vis à Guernesey. Nous ne voyons pas les choses de la même façon, forcément.

— Ce n'est pas bien que tu vives à Londres, dit Hélène d'un ton plaintif. A cause de toi, nous sommes seules toutes les deux. Ça ne peut rien donner de bon.

— Tu parles comme si nous étions mariées. Tu ne penses tout de même pas que nous allons passer notre vie ensemble ? !

Le menton d'Hélène commença à trembler.

Bonté divine, voilà qu'elle va se mettre à pleurer, se dit Béatrice.

— Tu sais combien je suis seule depuis qu'Erich est mort, objecta Hélène. Ici, sur l'île, tout le monde me bat froid et…

— Ce n'est pas vrai, Hélène, les gens sont particulièrement gentils avec toi. Surtout lorsque l'on songe à qui tu es et à ce qu'était Erich !

— Mais je...

— Je t'en prie, Hélène, je n'ai pas envie de discuter de ça maintenant, s'impatienta Béatrice qui ne supportait pas ses yeux de chien battu et son ton larmoyant. Frédéric Shaye ou pas, nous n'avons vraiment aucune raison de nous disputer. Je vais jusqu'à la plage. Je serai revenue pour le café.

— Je peux venir ? demanda Hélène.

— Non, répondit Béatrice.

L'air frais lui fit du bien. Elle prit de longues inspirations qui l'aidèrent à chasser le sentiment d'oppression qu'elle éprouvait au contact d'Hélène. Elle pensa à la voix chaude de Frédéric. Non, Hélène ne réussirait pas à diriger sa vie.

Plus tard, il lui apparut que c'était au cours de cette promenade sur la falaise qu'elle avait cessé en son for intérieur de résister à Frédéric. Et bien plus tard encore, elle se demanda si son désir de défier Hélène avait été pour quelque chose dans son changement d'attitude.

En fin d'après-midi, alors que la nuit était déjà tombée, Mae vint leur rendre visite. Elle était accompagnée d'un jeune homme un peu timide qu'elle présenta comme son fiancé. Il s'appelait Marcus Ashworth et était employé de banque à Saint Peter Port. Mae rayonnait, ses joues étaient roses de bonheur, ses yeux pétillaient, elle était très jolie. Lorsqu'elle se trouva un instant seule avec Béatrice dans la cuisine où elles disposaient les gâteaux sur des assiettes et préparaient du café, elle dit :

— Marcus et moi allons nous marier. Je suis enceinte.

— Je m'en réjouis pour toi, Mae, répondit Béatrice car Mae était si visiblement heureuse que sa grossesse ne pouvait pas être non désirée. Pensez-vous rester à Guernesey ?

— Oui, je crois. J'en suis sûre, même. Marcus a grandi ici. Moi aussi. Nous n'imaginons pas vivre ailleurs... Comment fais-tu pour tenir le coup à Londres aussi longtemps ? Tu n'envisages pas de revenir ?

— Je ne sais pas, dit lentement Béatrice. Je ne suis pas sûre de pouvoir jamais revenir.

— Tu ne te sens pas chez toi, ici ?

— Si. Mais j'y ai aussi de mauvais souvenirs.

Elle observa Mae, ses joues roses, ses yeux au regard si confiant, des yeux dans lesquels il n'y avait trace ni de peur ni de tristesse. Mae avait vécu l'Occupation entourée d'affection et sous l'aile protectrice de sa famille... Béatrice avait été brutalement séparée de ses parents, elle avait dû vivre les cinq années déterminantes de son adolescence dans la maison d'un officier nazi, sa première histoire d'amour avait été dangereuse, douloureuse et l'avait profondément meurtrie, la guerre lui avait pris sa famille... Elle se sentait à des années-lumière de Mae.

— On verra bien, dit-elle évasivement.

— As-tu un ami, là-bas, en Angleterre ? demanda Mae, piquée par la curiosité. Je ne peux pas croire que tu aies passé toutes ces années à l'université sans un petit flirt par-ci par-là.

— A l'université, j'avais autre chose à faire.

— Ne me dis pas que tu n'as fait que travailler du matin au soir ! D'après ce que j'ai entendu, je n'ai pas l'impression que les étudiants s'ennuient beaucoup !

— Eh bien, moi, je ne me suis pas amusée, répondit Béatrice un peu sèchement. Je n'en avais pas le temps.

— Et maintenant alors ? insista Mae. As-tu quelqu'un ?

— Ecoute, Mae, mes élèves sont exclusivement des

dames et d'un milieu tout à fait différent du mien. Comment veux-tu que je rencontre des hommes dans tout ça ?

— C'est toujours possible. Quoi qu'il en soit, j'ai compris, soit il n'y a personne, soit tu n'as pas envie d'en parler. Cela dit, si tu n'as aucune attache à Londres, tu devrais revenir à Guernesey. Nous en serions tous très heureux.

— Qui donc en serait heureux ? fit Béatrice sur un ton où perçait de l'agressivité. Tu as une famille à construire. Ne crois pas que tu auras du temps à consacrer à quelqu'un d'autre quand ton bébé sera là !

— La première à se réjouir serait Hélène. Je crois qu'elle se sent très seule.

— Elle vient pleurer dans ton giron ?

— Elle se plaint beaucoup, répondit prudemment Mae, mais elle est réellement isolée. Elle ne fréquente pratiquement personne. C'est encore moi qu'elle voit le plus, et un peu mes parents. C'est dramatique d'être veuve aussi jeune.

— Qu'est-ce qui l'empêche de commencer une nouvelle vie ? Peut-être pas ici, évidemment. Il faudrait qu'elle retourne en Allemagne. Je ne comprends pas pourquoi elle ne le fait pas.

— Elle ne serait pas acceptée. Il paraît que depuis qu'Hitler est mort, plus personne ne reconnaît avoir été nazi. C'est drôle, non, qu'Hitler ait pu tenir aussi longtemps avec une opposition pareille ? Enfin, bref. Toujours est-il qu'avec le mari qu'elle a eu, Hélène aura du mal à faire croire qu'elle est blanche comme neige. Je comprends qu'elle ne veuille pas retourner en Allemagne.

— Ce n'est pas mieux ici, objecta Béatrice. Mais peu importe. C'est sa vie, elle en fait ce qu'elle veut. Je demande seulement qu'elle ne s'accroche pas à moi. Elle n'est pas ma mère, elle n'est pas ma sœur.

Elle n'est pas responsable de moi et je n'ai pas de comptes à lui rendre.

— Elle investit beaucoup en toi, pourtant.

D'un geste brusque, Béatrice s'empara de la bouilloire qui sifflait sur la cuisinière et versa la moitié de l'eau bouillante sur la table en l'inclinant trop vite au-dessus du filtre en porcelaine de la cafetière.

— Eh bien, moi, je n'investis pas en elle ! dit-elle avec véhémence.

Quand Béatrice reprit le chemin de Londres, une dizaine de jours plus tard, Hélène versa des torrents de larmes. C'était un jour gris, pluvieux, froid et venteux, Guernesey était absolument sinistre. Béatrice comprenait sans difficulté qu'Hélène redoutât de se retrouver seule dans une grande maison vide où l'essentiel de ses journées consistait à résoudre des mots croisés et à guetter l'heure de ses feuilletons radiophoniques favoris.

— Je sais que tu pars seulement à cause de cet homme, hoqueta Hélène entre deux sanglots alors qu'elles se trouvaient sur le quai, au pied de la passerelle, et que Béatrice s'impatientait parce qu'il y avait longtemps qu'elle aurait dû être à bord. Il t'a complètement tourné la tête. Je n'ai maintenant plus aucune place dans ta vie !

— Ne dis pas de bêtises ! répliqua Béatrice avec agacement. Je rentre à Londres parce que j'ai pris là-bas des engagements que je dois respecter et parce que j'espère y trouver bientôt un vrai emploi. C'est tout.

— Mais il a téléphoné tellement souvent ! gémit Hélène.

Le vent et la pluie fouettaient son visage, elle grelottait de froid. On aurait dit une petite fille sans défense.

— Tu ne peux pas prétendre que ça ne veut rien dire !

Frédéric Shaye avait rappelé deux fois : le jour de l'An, pour présenter ses vœux, puis peu après pour proposer d'aller la chercher en voiture à Southampton. Béatrice lui avait répondu sur un ton aussi neutre que possible, mais Hélène, qui n'avait rien manqué des deux conversations, avait vite compris que les deux personnes qui se parlaient n'étaient pas indifférentes l'une à l'autre. Son sang n'avait fait qu'un tour. Depuis lors, redoutant la confirmation de ce dont elle avait l'intuition, elle était pendue aux lèvres de Béatrice et épiait le moindre de ses faits et gestes.

— M. Shaye n'a pas téléphoné souvent, dit Béatrice, de plus en plus irritée. Maintenant, laisse-moi monter à bord, tu veux bien ? Et tu n'as aucune raison de pleurer. Mae vient dîner avec toi ce soir, c'est déjà convenu avec elle. Comme ça, tu ne seras pas toute seule.

— Ce n'est pas la même chose ! Elle sera assise en face de moi et je penserai à toutes les fois où c'est toi qui t'es assise à cette place et je serai triste à mourir et…

— Hélène, s'il te plaît, ressaisis-toi ! dit Béatrice d'une voix dure. Je ne peux pas faire plus pour toi que t'envoyer Mae et par ailleurs lui demander de veiller un peu sur toi. Au reste, ce qu'elle fait déjà avec beaucoup de gentillesse. Tu serais plutôt mieux lotie que beaucoup d'autres. Et puis, tu n'as pas trente-cinq ans, il existe des tas de possibilités de se faire des amis, tu dois maintenant te prendre en charge.

— Mais comment ? Tu sais bien qu'à cause d'Erich…

Béatrice n'avait que trop entendu la litanie sur

Erich. Elle serra Hélène contre elle, lui déposa un rapide baiser sur la joue et lança :

— Il faut que j'y aille ! Et redresse la tête ! A bientôt !

Elle empoigna sa valise et s'engagea sur la passerelle sans se retourner. Elle ne voulait emporter avec elle ni le regard lourd de reproches d'Hélène ni son visage douloureux.

De nouveau à Londres, elle et Frédéric se virent fréquemment. Ils dînèrent ensemble, allèrent plusieurs fois au théâtre et au cinéma et un week-end du début du mois de février, il l'emmena à Cambridge pour lui faire connaître le monde où il était chez lui. Il faisait beau, sec et très froid ; une fine couche de neige recouvrait les pelouses et les toits des bâtiments de l'université ; à l'ouest, au-dessus de la Cam, le ciel était gris pastel et le soleil qui descendait sur l'horizon, rouge orangé. Frédéric habitait en lisière de la ville, dans une rue légèrement en pente bordée de maisons jumelles strictement identiques. Celle de Frédéric, située à mi-hauteur, était blanche avec des fenêtres à guillotine peintes en bleu et une porte bleu vif. Devant la maison, de hauts buissons, dépourvus de feuilles en cette saison, formaient une haie. Frédéric dit à Béatrice que c'étaient des jasmins qui l'été embaumaient toute la rue. Sur l'arrière, outre deux pommiers, le jardin hébergeait également des jasmins et une vasque en pierre qui ressemblait à des fonts baptismaux.

— Un cadeau de mes élèves, expliqua Frédéric. L'été, j'y mets de l'eau et des fleurs coupées.

La maison, petite, était meublée avec goût. Dans presque toutes les pièces, des étagères chargées de livres s'étiraient sur les murs jusqu'au plafond. Il y régnait un froid humide qui engourdissait.

— L'endroit n'est pas très accueillant, j'en suis

désolé, s'excusa Frédéric. Cela fait plusieurs mois que je ne suis pas venu.

— Frédéric, il ne faut pas laisser une maison non chauffée aussi longtemps, dit Béatrice. Vos livres, vos meubles, tout va s'abîmer... Vous n'avez pas de femme de ménage qui vient de temps à autre ?

— Non, personne.

— Nous devrions mettre le chauffage en marche. Et allumer un feu dans la cheminée... que la maison sèche un peu, ne serait-ce que le temps du week-end.

Ils décidèrent finalement de ne pas dîner à l'extérieur. Pendant que Frédéric se chargeait de trouver quelque part dans Cambridge de quoi composer un repas, Béatrice ouvrit les fenêtres pour chasser l'odeur de moisi, mit en marche les petits poêles à gaz de chacune des pièces, puis remonta des bûches de la cave pour allumer un grand feu dans la cheminée du salon. Quand les fenêtres furent refermées, une douce chaleur commença à s'installer. Béatrice s'assit par terre devant la cheminée et regarda les flammes danser dans l'âtre. Elle se laissa gagner par un calme et une insouciance qu'elle n'avait pas ressentis depuis longtemps.

Frédéric revint, les joues rouges et nimbé d'air froid. Il rapportait d'un pub de l'*irish stew,* des *fish and chips,* diverses sortes de pain et de fromage et une bouteille de vin. Ils dînèrent devant la cheminée, silencieusement, épiant le crépitement du feu et le craquement du parquet qui recommençait à vivre sous l'effet de la chaleur.

— C'est un sentiment très agréable, d'être ici, avec vous, Béatrice. J'ai passé un tel nombre de soirées seul devant cette cheminée. Ce ne sont pas des souvenirs très heureux...

Il se pencha vers elle et l'embrassa sur la joue puis, après un instant d'hésitation, il pressa ses lèvres contre les siennes.

Béatrice se raidit et cessa de respirer, tout son corps sur la défensive. Elle se souvint comme elle s'était abandonnée quand Julien l'avait embrassée, comme tout en elle avait aspiré à ses caresses. Elle guetta l'apparition des sensations qu'elle avait naguère éprouvées, mais quelque chose en elle refusait de réagir.

Que m'arrive-t-il ? se demanda-t-elle, troublée et inquiète.

— Je crois qu'il vaut mieux que je parte, dit-elle en se levant.

Elle lissa sa jupe et balaya les miettes de pain qui s'y accrochaient encore, comme si ces gestes pouvaient l'aider à remettre de l'ordre dans ses pensées.

— Excuse-moi, je ne voulais pas te mettre mal à l'aise, et encore moins te chasser, dit Frédéric en se levant à son tour.

— Il n'y a aucun problème, je ne me sens pas du tout chassée, mentit-elle alors qu'elle se tenait raide comme un piquet devant Frédéric, en proie à une crispation dont elle ne se serait pas crue capable dans de pareilles circonstances. Bonne nuit, Frédéric. Laisse le chauffage en marche jusqu'à demain.

— Je t'accompagne jusqu'à l'hôtel, dit-il en l'aidant à enfiler son manteau. Nous aurions peut-être mieux fait d'aller dîner quelque part, ajouta-t-il. Ce n'était pas une bonne idée de passer la soirée ici.

— Mais il le fallait. Ta maison aurait croulé sous la moisissure, sinon.

— C'est juste. Il faut absolument que je m'organise autrement.

Ils traversèrent la ville sombre et endormie. Le froid vif piquait les joues comme des aiguilles. Lorsqu'ils arrivèrent devant l'hôtel, Frédéric se tourna vers elle et dit, sans reprendre sa respiration :

— Le moment est sans doute mal choisi pour te le dire, Béatrice, cependant, ça n'a pas de sens que je le garde pour moi. Je t'aime. Je ne sais pas si tu partages ce sentiment ou si tu penses pouvoir le partager un jour. Mais je crois qu'il fallait que tu saches ce qu'il en est pour moi.

Il porta sa main à ses lèvres, l'embrassa et disparut dans la nuit, presque précipitamment, comme s'il avait peur qu'elle lui réponde quelque chose qui aurait anéanti ses espoirs.

Elle demeura un instant sur le trottoir, incapable de bouger, puis lentement elle se détendit. Le sang recommença à circuler dans ses veines, son cœur retrouva un rythme régulier.

Peut-être son insensibilité disparaîtrait-elle un jour. Peut-être la vie renaîtrait-elle, heureuse et légère comme avant. Peut-être serait-elle à nouveau en mesure d'aimer.

De retour à Londres, ils se virent presque chaque jour. Béatrice s'habituait à la présence de Frédéric et apprenait à apprécier sa compagnie. Il découvrit par bribes ce qu'avait été sa vie, les malheurs qui l'avaient frappée, le chagrin qui était toujours là, et il parut comprendre ce qu'elle ressentait. Un jour elle lui parla de Julien. Il l'écouta puis posa la question inévitable :

— Tu l'aimes encore ?

Elle réfléchit.

— Non. Je crois que non.

— Tu *crois* ?

— C'est une histoire qui n'a pas été facile. Et je me sens toujours un peu blessée par la façon égoïste dont il a mis ma vie en danger ; et aussi par la façon dont il s'est volatilisé, sitôt la guerre finie. Ce sont des souvenirs qui me font toujours mal.

Il la considéra pensivement.

— Si ça fait encore mal, c'est qu'il est encore dans ton cœur.

Elle répondit par un haussement d'épaules à peine

ébauché. Ils buvaient de la bière brune dans un bar de Soho en écoutant une chanteuse noire à la voix rauque qui peinait à mettre de l'ambiance. Dehors, il faisait doux, pour la première fois depuis des mois, une odeur de printemps flottait dans l'air.

— Viendrais-tu avec moi à la maison ? demanda Béatrice.

— Maintenant ?

— Oui, maintenant.

La sensation familière était là. Elle était apparue aussi soudainement que la douceur printanière. Sa carapace se dissolvait. Elle put prendre sa main dans la sienne tandis qu'ils marchaient le long des rues. Elle put respirer sans que son cœur s'arrête de battre. Elle put se réjouir de sa présence et de la nuit qui s'offrait à eux.

Elle entra dans son immeuble et, la main de Frédéric toujours dans la sienne, monta l'escalier.

Devant sa porte, assise sur une valise, Hélène, vivante incarnation du reproche, la regardait arriver.

— Ça fait des heures que j'attends, dit-elle sans préambule. Où étais-tu passée ?

Elle utilisait l'allemand, excluant ainsi Frédéric de la conversation.

— Qu'est-ce que tu fais là ? demanda Béatrice en retour, et en prenant manifestement soin de parler anglais.

Hélène se leva. Pâle, les traits tirés, elle paraissait dix ans de plus que son âge.

— Je suis venue pour te voir, dit-elle, s'obstinant à parler dans sa langue maternelle. Cela fait cinq semaines que tu ne m'as pas écrit. Comme tu avais déjà une attitude très bizarre à Noël, je me suis dit que quelque chose n'allait pas. Alors j'ai décidé de venir voir ce qui se passait.

— Hélène, je te présente Frédéric Shaye, dit Béatrice. Frédéric, je te présente Hélène Feldmann.

Frédéric savait de la bouche de Béatrice qui était Hélène. Il lui tendit la main.

— Je suis heureux de faire votre connaissance, madame Feldmann. Béatrice m'a souvent parlé de vous.

Hélène prit la main qu'il lui tendait, non sans réticence, et réussit à produire un sourire.

— Bonjour, dit-elle du bout des lèvres.

— Comment es-tu entrée dans l'immeuble ? interrogea Béatrice en ouvrant la porte de son appartement.

— Quand j'ai dit que j'allais chez toi, une dame m'a laissée entrer... Heureusement, ajouta-t-elle en frissonnant, je serais morte de froid, dehors. Ou je me serais fait attaquer. Tu vis dans un quartier abominable. Comment supportes-tu ça ?

— Il me convient tout à fait.

Béatrice savait qu'elle était blanche de colère. Hélène n'aurait pas pu plus mal tomber.

— Tu aurais dû me prévenir que tu venais, dit-elle.

— Et comment aurais-je fait ? Il est impossible de te joindre, objecta-t-elle sur un ton où perçaient déjà les larmes.

— Tu sais très bien qu'on peut me téléphoner chez Mme Chandler. Ce n'était pas difficile de trouver son numéro et de m'appeler. Mais tu t'es soigneusement abstenue de le faire parce que tu sais parfaitement que je ne veux pas de toi ici.

Debout au milieu de la petite pièce, Hélène s'accrochait à son sac à main.

— Ça ne te fait pas plaisir de me voir ?

— Peut-être, entre-temps, t'es-tu rendu compte que le moment n'était pas très bien choisi, répondit sèchement Béatrice.

Frédéric avait porté les bagages d'Hélène dans l'appartement et les avait déposés dans un coin.

— Je crois qu'il vaut mieux que je m'en aille, dit-il

à voix basse à Béatrice. Vous avez besoin d'être seules.

Elle ouvrait déjà la bouche pour le prier de rester quand elle prit conscience que, en présence d'Hélène, même une conversation polie serait impossible tant il y avait de tension dans l'air.

— Nous voyons-nous demain ? demanda-t-elle, dépitée.

— Tu as une visiteuse dont il va falloir que tu t'occupes un peu, répondit Frédéric. Mais je t'appelle chez Mme Chandler, d'accord ?

Il l'embrassa. Du coin de l'œil, Béatrice vit Hélène se raidir et serrer les lèvres. Espèce de vieille punaise jalouse ! la maudit-elle silencieusement.

Frédéric parti, Hélène se détendit un peu, cependant elle ne parvint pas à dissimuler l'épouvante que lui inspiraient les conditions dans lesquelles vivait Béatrice.

— Tu n'as que cette pièce, n'est-ce pas ? s'enquit-elle après avoir regardé autour d'elle sans découvrir d'autre porte que la porte d'entrée. Où donc est la salle de bains ?

— Il y a des toilettes dans l'escalier, à mi-étage, expliqua Béatrice. Pour les locataires de cet étage et ceux du dessus.

— Oh... et cela fait combien de personnes pour ces toilettes ?

— Dix-sept ou dix-huit, je ne sais pas très bien.

Hélène parut soudain si exténuée que Béatrice en eut presque pitié.

— Aurais-tu quelque chose à manger à m'offrir ? Et dis-moi où je peux dormir.

— Je dors sur le canapé, mais tu peux le prendre, répondit-elle en songeant qu'il fallait en plus qu'elle lui cède son lit. Je dormirai par terre sur une couverture.

— Et...

— Que veux-tu, encore ? Ah, oui, à manger.

Regarde donc si tu trouves quelque chose dans le placard, là-bas.

Elle désignait l'angle de la pièce où se trouvaient une plaque de cuisson électrique et un petit placard contenant sa vaisselle et ses provisions. Hélène parcourut les étagères et dénicha du pain, un pot de marmelade d'orange et quelques biscuits.

— Tu n'as presque rien. Pas étonnant que tu sois si maigre !

— Je ne mange pas souvent à la maison.

— Tu manges avec ce… ce Frédéric Shaye ?

— A midi, entre mes cours, je prends rapidement un plat dans un pub. Le soir, je dîne souvent avec Frédéric, oui.

Le biscuit qu'Hélène venait de glisser dans sa bouche resta coincé dans sa gorge.

— Je ne comprends pas pourquoi tu…

— Oui ?

— Pourquoi tu vis comme ça. Dans ce… dans cet appartement sordide, ce trou à rat. Nous avons une magnifique maison à Guernesey. Tu…

— Pardon, Hélène, d'être aussi directe, mais *j'ai* une maison à Guernesey, pas toi. Elle appartient à moi seule. Tu as le droit d'y habiter, c'est tout. Et je décide seule de l'endroit où il me plaît d'habiter. Pour le moment, j'ai envie d'habiter à Londres, pas à Guernesey. Vas-tu enfin le comprendre ?

Le menton d'Hélène trembla.

— Tu veux habiter ici à cause de cet homme. Parce que tu es amoureuse de lui.

Béatrice ne répondit pas. Elle n'avait aucun compte à rendre à Hélène.

— Il n'y avait qu'à voir comment il te regardait, continua Hélène. Et la tête que tu faisais. J'ai tout de suite compris qu'il y avait quelque chose entre vous. Mais tout de même, le ramener chez toi le soir, et à une heure pareille. Je trouve que tu devrais…

Béatrice sentit le sang battre derrière ses tempes, ses nerfs vibraient.

Renvoie-la dans ses cordes, se dit-elle, une fois pour toutes. Une bonne fois pour toutes. Elle n'arrêtera jamais, sinon. Elle ne te lâchera pas.

— Hélène, tu peux évidemment dormir ici cette nuit, dit-elle à voix haute, mais je te demande de bien vouloir repartir demain matin. Je ne t'ai pas invitée à me rendre visite. Je ne veux pas que tu restes ici.

— Pardon ? fit Hélène sur un ton incrédule.

— Je ne veux pas que tu restes ici, répéta Béatrice. Je te prie de repartir demain.

— Tu n'es pas sérieuse !

— Je suis tout à fait sérieuse. Je vis ma vie. Depuis déjà des années. Il serait temps que tu vives enfin la tienne. Tu en as encore largement l'âge.

Tout le sang parut se retirer du visage d'Hélène. Son teint pâle vira au gris, ses traits s'affaissèrent.

— Après tout ce qui s'est passé, dit-elle. Après tout ce que nous avons traversé ensemble, rien ne pourra jamais nous séparer.

Béatrice se laissa tomber sur le canapé. Les mots qu'Hélène venait de prononcer résonnaient comme une menace à son oreille.

— Mon Dieu, dit-elle dans un souffle, tu ne vas donc jamais me lâcher. Jamais.

— Nous sommes destinées à rester ensemble, répliqua Hélène d'une voix douce. Pourquoi ne l'acceptes-tu pas ?

— Parce que je veux vivre ma propre vie.

— Nos vies sont liées.

— Tu repars demain.

— Je reste, dit Hélène.

Hélène resta à Londres près de quatre semaines. Le troisième jour, Béatrice avait compris qu'elle ne parviendrait pas à la faire partir. Elle pouvait mettre sa valise sur le palier mais Hélène s'assiérait dessus et ne bougerait pas d'un iota. Elle était une tique – non, pire qu'une tique, se dit Béatrice. Les tiques qui se fichaient dans la peau des chiens, on pouvait leur faire lâcher prise à force de les triturer. Hélène, on pouvait la triturer et la manipuler, jamais on ne réussissait à lui faire lâcher prise. Elle possédait une remarquable faculté d'adaptation, du moins dans ce domaine. Elle se fixait un but et, le temps qu'elle l'atteigne, on pouvait lui faire subir ce qu'on voulait, elle faisait le dos rond, encaissait, se laissait bousculer, marcher dessus, pousser dans un sens, dans l'autre, et arrivait ainsi là où elle voulait arriver. Parvenue à ses fins, elle se relevait indemne.

Béatrice renonça rapidement à se battre, elle se replia avec armes et bagages, laissa Hélène occuper le terrain et évita son appartement autant que faire se pouvait. C'était la seule stratégie opposable à Hélène. Prendre ses distances signifiait que la tactique d'Hélène ne fonctionnait plus. Il est vrai que cela ne l'incita pas pour autant à se résigner.

Béatrice passait la plupart de ses nuits avec Frédéric. C'est plus ou moins à compter de cette date que débuta officiellement leur liaison, mais ce n'était pas comme s'ils avaient passé leur première nuit d'amour ce fameux soir de février où l'air sentait le printemps. Ce n'était pas parce qu'elle se sentait l'âme romantique que Béatrice se rendait chez Frédéric, c'était essentiellement parce qu'elle ne voulait pas rentrer chez elle. Elle était tendue, en colère et couchait avec Frédéric un peu par bravade. Elle ne fut jamais capable de dire si la façon dont leur histoire avait commencé eut une incidence sur celle dont finalement elle s'acheva, toujours est-il qu'Hélène avait réussi à faire planer une gêne sur leur amour, cette première gêne imperceptible entre deux amants, qui pouvait disparaître, mais qui pouvait aussi grandir et occuper tout l'espace.

Hélène employa son séjour londonien à courir les magasins pour acheter ce dont elle pensait que Béatrice avait un besoin urgent. Elle acquit ainsi un tapis, un fauteuil, des tableaux, des ustensiles de cuisine, des fleurs en pot, un lampadaire avec un abat-jour en soie et une multitude de petites choses qui contribuèrent à rendre le « trou à rat » dans lequel vivait Béatrice de fait plus agréable et plus confortable. Un jour qu'elle passa chez elle, elle en resta clouée sur place d'étonnement.

— Mais qu'est-ce que tu as fait ? fit-elle après s'être ressaisie.

Hélène, qui était certainement à la fois blessée et furieuse qu'elle ne soit pas rentrée de plusieurs jours, sourit suavement.

— Je me suis dit que ton petit logement pouvait être beaucoup plus vivable. Je sais bien que tu n'as pas beaucoup d'argent, mais tout de même, tu aurais déjà pu t'installer plus gentiment. Ce que j'ai acheté te plaît ?

Hélène avait du goût, indubitablement. Le tapis, les coussins, les tableaux s'accordaient à merveille.

— Mais d'où tiens-tu tant d'argent ? demanda Béatrice en guise de réponse.

Hélène ne percevait qu'une modeste rente de veuve, et encore avait-elle dû attendre longtemps avant que l'Allemagne désorganisée de l'après-guerre ne reconnaisse ses droits et ensuite lui verse sa pension à Guernesey.

— Je vis modestement, dit Hélène, je peux bien me permettre de te faire plaisir de temps en temps.

Béatrice se laissa tomber dans le nouveau fauteuil.

— Tu ne me fais pas plaisir, Hélène. Tu m'accables. Tu t'immisces dans ma vie. Tu essayes de m'imposer tes goûts. Tu ne veux pas comprendre que nous sommes deux êtres distincts.

— Je veux que tu te sentes bien, dit Hélène d'une voix douce.

— Moi, je veux simplement vivre ma vie, dit Béatrice d'un ton las.

A la fin du mois de mars, Frédéric lui demanda de l'épouser. Elle s'attendait à ce qu'il lui fasse cette demande, moins rapidement, il est vrai, et lui donna son accord. Elle se rendit alors à son appartement et informa Hélène qui était assise sur le canapé, une serviette de toilette nouée en turban sur ses cheveux fraîchement lavés, qu'elle et Frédéric allaient prochainement se marier. Les traits d'Hélène s'affaissèrent d'un coup.

— Vous voulez vous marier ? finit-elle par demander.

— Oui. Nous nous installerons à Cambridge.

— Je ne viendrai pas à ce mariage, dit Hélène, le visage fermé.

— Je n'avais pas l'intention de t'inviter, répliqua Béatrice.

Le lendemain matin, Hélène boucla sa valise et se fit conduire à la gare en taxi. Elle n'avait plus échangé un seul mot avec Béatrice, pas même pour lui dire au revoir. On ne pouvait guère se sentir plus blessé qu'elle l'était. Béatrice espéra qu'elle la laisserait tranquille un long moment.

L'incident contraria Frédéric. Il en savait beaucoup sur Hélène, mais il n'avait pas pris la pleine mesure de la situation.

— Je crains de vous avoir définitivement séparées, dit-il tristement.

— Tu n'as séparé personne, répondit brièvement Béatrice. Nous n'avons jamais été liées.

Ils se marièrent au mois de juin. Hélène n'avait donné aucun signe de vie, Béatrice lui adressa néanmoins un faire-part et l'informa de sa nouvelle adresse. Une phrase de félicitations, froide et impersonnelle, lui parvint en retour. Mae, qui était venue de Guernesey pour assister au mariage et, toute fière, lui présenter son bébé, lui rapporta qu'Hélène n'avait plus aucune vie sociale.

— Elle vit comme une recluse. Je vais parfois la voir, mais mes visites ne semblent même pas l'intéresser. Ça me dépasse, elle est tellement jeune. A quoi ça rime, cette existence de vieille veuve ?

— Ça lui passera, répondit Béatrice.

Le programme de recherche auquel participait Frédéric à Londres s'acheva à la fin du mois d'août et, début septembre, ils s'installèrent à Cambridge. La petite maison et les membres de l'université les accueillirent avec chaleur et amitié. Béatrice trouva un emploi à la bibliothèque du Trinity College. Ils se recevaient les uns les autres au sein d'un petit cercle de professeurs. C'était un monde relativement fermé, calme, prévisible, structuré et sécurisant ; la vie s'y déroulait sans heurts. S'il y avait des jalousies ou des intrigues, Béatrice n'en sut rien. Elle s'inséra naturellement dans le bonheur tranquille qui l'environnait. Elle puisait dans la chaleur sereine de Frédéric, s'en nourrissait et sentit qu'elle commençait à pouvoir en donner à son tour.

Les plaies, peu à peu, se refermaient.

Guernesey, été 1956

Au début de l'été 1956, elle revint à Guernesey pour vendre la maison de ses parents.

La décision avait mûri dans sa tête au cours des premiers mois de l'année. Sa vie était désormais à Cambridge, Guernesey appartenait à un passé qui s'estompait derrière un voile de brouillard de plus en plus épais. Frédéric l'avait plusieurs fois pressée de s'y rendre quelques semaines, l'été, pour profiter de la douceur du climat et revoir ses amis d'enfance.

« Si tu le désires, je viens avec toi, disait-il. Si tu ne veux pas, je te laisse y aller seule. »

Chaque fois, elle refusait.

— J'ai l'impression que tu n'as plus envie de retourner là-bas, dit un jour Frédéric.

Ils prenaient un verre dans un petit pub du centre-ville où sans cesse ils étaient interrompus dans leur conversation par des étudiants ou des professeurs qui les saluaient en passant et échangeaient quelques mots avec eux. Béatrice se sentait heureuse et en sécurité dans cette atmosphère. Tandis qu'elle l'écoutait, elle observait le visage calme et intelligent de Frédéric.

Elle se demandait parfois si elle l'aimait. Elle n'aurait pas su le dire, néanmoins, ce qu'elle éprouvait ressemblait beaucoup à de l'amour.

— Je crois effectivement que je n'y retournerai jamais, répondit-elle. Je suis tellement heureuse de réussir enfin à oublier un peu ce que j'y ai vécu... Je n'ai pas envie de raviver les vieilles blessures.

— Ça ne t'ennuie pas qu'Hélène Feldmann vive dans ta maison jusqu'à la fin de ses jours ? s'enquit prudemment Frédéric. Je veux dire, tu pourrais en tirer une belle somme si tu la louais ou la vendais. Non que l'argent m'intéresse, s'empressa-t-il d'ajouter, nous avons tout ce dont nous avons besoin. Mais tu te fais peut-être exploiter. Penses-y.

Elle prit sa décision en quelques secondes.

— Je vais la vendre, dit-elle. Oui, je préférerais la vendre.

— Alors, fais-le, dit Frédéric.

Béatrice ne revint pas sur sa décision, cependant elle réfléchit longuement à ce qu'Hélène allait devenir et à la meilleure façon de lui apprendre la nouvelle. Elle fut tentée de confier la vente à une agence immobilière et, pour le reste, de se mettre la tête dans le sable, mais Frédéric l'en dissuada.

— Ce n'est pas une bonne idée, objecta-t-il. D'abord vis-à-vis d'Hélène, et ce n'est pas dans ton intérêt non plus. Il y a des meubles, dans cette maison, des souvenirs qui t'appartiennent. Tu risques un jour de regretter d'avoir tout laissé partir.

— Cela implique donc que j'aille à Guernesey.

— Je pense que ce serait mieux, oui, l'encouragea Frédéric. Veux-tu que je vienne avec toi ?

Béatrice réfléchit brièvement puis secoua la tête.

— Non. C'est quelque chose que je dois faire seule.

Elle savait qu'Hélène serait inquiète et, comme elle ne voulait pas avoir à lui expliquer ses intentions au téléphone, ce n'est que quelques minutes avant d'embarquer à Portsmouth qu'elle lui adressa un télégramme l'informant de sa venue.

Elle accosta à Saint Peter Port par un soir de juin lumineux et doux. Un vent léger qui sentait la mer et l'été caressait la ville. Sur la colline, les maisons étaient encore dans le soleil. Le clocher de l'église paroissiale dédiée à saint Pierre, la fameuse « cathédrale » des îles Anglo-Normandes, dressait toujours sa pointe au-dessus du quai, immuable, comme un signe amical de bienvenue aux visiteurs. Le cri des mouettes qui tournoyaient dans le ciel pâle emplissait l'air. Béatrice sentit son cœur se serrer, le pincement douloureux, si familier, était à nouveau là.

Je n'aurais pas dû venir, se dit-elle, prise soudain d'un sombre pressentiment.

Elle sacrifia quelques billets et se fit conduire en taxi au Variouf. Elle redécouvrit les routes étroites bordées de murets de pierre et de haies qu'elle connaissait si bien, les petites maisons et leurs jardins enchantés, les couleurs, les odeurs, la lumière, les flaques de soleil sur le feuillage. Elle connaissait chaque virage, chaque endroit où l'on retenait son souffle de peur qu'une voiture ne surgisse en face.

Curieusement, lors de son précédent séjour, elle n'avait pas perçu l'île avec la même acuité. Cela tient sans doute au fait que je ne reviendrai pas, se dit-elle.

Hélène était fébrile et anxieuse. Elles ne s'étaient pas vues depuis plus de trois ans et elles s'étaient séparées en mauvais termes. Depuis la carte de félicitations froide et impersonnelle qu'Hélène avait envoyée à Béatrice en réponse à son faire-part de mariage, elles n'avaient échangé que des cartes de Noël ou d'anniversaire polies et dénuées d'intérêt.

Hélène paraissait cependant disposée à renoncer à sa réserve glaciale. Son instinct devait lui avoir soufflé qu'une catastrophe s'annonçait. Elle ne savait pas précisément ce qui la menaçait, mais elle avait bien compris que c'était une raison sérieuse qui amenait Béatrice. Et cette raison sérieuse avait toutes les chances d'être très désagréable.

Béatrice dut reconnaître qu'Hélène veillait sur la propriété avec un soin jaloux. Le jardin était parfaitement entretenu, les haies du pourtour étaient taillées, les serres elles-mêmes, bien qu'inutilisées, étaient propres et rangées. Pas un grain de poussière à l'intérieur de la maison non plus. Hélène, les joues marbrées de plaques rouges, se tenait debout au milieu de la salle à manger.

— Je suis heureuse que tu sois là, dit-elle d'une petite voix enfantine mal assurée.

Béatrice la trouva remarquablement jolie, beaucoup plus jolie qu'avant. L'âge lui allait bien. Elle avait fait couper ses cheveux et son visage avait perdu ses rondeurs. On lisait dans ses yeux qu'elle se sentait souvent seule et pleurait beaucoup. Ce qu'elle vivait s'était subtilement imprimé sur ses traits, effaçant la joliesse et la mièvrerie qui lui avaient si longtemps donné l'air d'une enfant charmante. Elle paraissait plus grave, plus mûre, elle était devenue quelqu'un que l'on pouvait prendre au sérieux.

— Ça me fait plaisir de te revoir, après tout ce temps, dit Béatrice.

Ce n'était pas tout à fait vrai ; pourtant, à cet instant, il lui sembla opportun de le dire.

Le regard d'Hélène glissa sur sa silhouette.

— Tu as l'air en forme. Cet ensemble est très seyant. Ton mariage avec ce... Frédéric te réussit visiblement.

— Je suis très heureuse à Cambridge, dit Béatrice.

C'était maladroit d'attaquer bille en tête, elle le savait, mais le moment lui parut bien choisi pour faire une transition.

— C'est d'ailleurs la raison de ma venue ici, ajouta-t-elle précipitamment, poussée par le désir d'en finir au plus vite. Je crois que je ne quitterai plus Cambridge, maintenant. Je m'y sens chez moi. Si bien que...

— Oui ? fit Hélène sur un ton où perçait nettement la panique.

Béatrice prit sur elle et se lança :

— Il faut que je décide ce que cette propriété doit devenir, Hélène. Tu comprends bien que je ne... c'est-à-dire que... qu'ai-je besoin de garder cette maison ? Je ne vais plus revenir. Je n'habiterai jamais ici. Alors...

Elle s'interrompit. Les yeux d'Hélène s'agrandirent.

— Oui ? fit-elle à nouveau.

— Je voudrais vendre la maison, dit Béatrice. C'est un poids, pour moi. Avec l'argent, nous pourrions, Frédéric et moi, nous acheter quelque chose de plus grand à Cambridge, ou bien un cottage quelque part dans le Nord, pour les vacances... On trouvera bien quoi en faire, ajouta-t-elle dans un rire qui sonnait faux. Quand il s'agit de dépenser de l'argent, ce ne sont jamais les idées qui manquent.

Le teint d'Hélène avait viré au gris.

— Mais je vis dans cette maison, articula-t-elle avec peine.

— Bien sûr, Hélène, je le sais, mais tu te rends bien compte aussi que cette maison est beaucoup trop grande pour toi toute seule, dit Béatrice, mal à l'aise. Et trop isolée. Tu vis complètement coupée du monde. Tu ne peux pas te cloîtrer comme ça. Tu es jeune, tu es jolie. Tu pourrais te remarier...

— Tu me mets à la porte, alors ! Après tout ce que nous avons vécu ensemble...

— Si tu ne veux vraiment pas retourner en Allemagne, alors cherche-toi un appartement en ville, à Saint Peter Port par exemple. Quelque part où il y a des gens, de la vie. Tu te ferais des amis. Ici, cette grande maison, le jardin, toutes ces prairies alentour, ça ne fait que te déprimer !

— Me déprimer ? C'est le seul endroit où je me sens capable de vivre. C'est l'endroit où, avec Erich, nous...

— ... où, avec Erich, nous avons été heureux ? fit Béatrice achevant la phrase qu'elle avait laissée en suspens. Hélène, voyons...

Elles se dévisageaient. Hélène répondant d'ordinaire au moindre conflit par les grandes eaux, Béatrice attendait qu'elle fonde en larmes. Mais les yeux d'Hélène restèrent secs et aucun sanglot ne franchit ses lèvres.

— Et quand cela doit-il avoir lieu ? demanda-t-elle avec un surprenant sens pratique.

— Tu auras tout le temps de trouver un logement à ta convenance, répondit Béatrice. Personne n'a l'intention de te mettre à la porte. De toute façon, je souhaite que nous prenions toutes les décisions à deux.

Hélène lui jeta un regard lourd de sarcasmes et de scepticisme.

— Vraiment ? fit-elle. Es-tu bien certaine que c'est ce que tu souhaites ?

— Absolument. Je ne suis pas ton ennemie, Hélène. Il faut seulement que je... que j'organise ma vie de façon... rationnelle.

— Si tu penses que tu ne peux être heureuse que comme ça...

— « Que comme ça » ? Que veux-tu dire ?

— De la façon dont tu vis. A Cambridge. Avec ton Frédéric. En tournant le dos à Guernesey et en laissant tout derrière toi.

— Je ne sais pas de quoi demain sera fait. Je sais seulement qu'en ce moment je suis heureuse. En tout cas, plus heureuse qu'avant, rectifia-t-elle, plus apaisée. Les vieux souvenirs ne me font plus aussi mal. Je ne veux plus qu'ils m'empêchent de vivre, je veux les oublier. C'est pour cela qu'il faut que je rompe avec Guernesey. Je dois me séparer de mon passé.

— Apparemment, tu veux aussi te séparer de moi, dit Hélène. Du moins te donnes-tu beaucoup de mal pour couper définitivement les ponts entre nous.

— Je me donne du mal pour que nous ayons chacune une vie propre, répliqua Béatrice. Ça n'exclut pas que nous ayons des contacts.

— Des contacts ! s'exclama Hélène d'une voix suraiguë. Crois-tu que c'est ce que j'ai jamais attendu de toi ?

— Qu'attendais-tu donc de moi ? demanda Béatrice.

— Ça n'a plus d'importance, maintenant, dit Hélène en quittant la pièce.

Le lendemain, Béatrice confia la vente de la maison et du terrain à une agence immobilière de Saint Peter Port. La directrice de l'agence lui donna bon espoir de conclure la transaction rapidement.

— On a connu des périodes plus favorables, ditelle, cependant, j'entrevois plusieurs possibilités.

Naturellement, il faut que je me rende sur place pour juger par moi-même, mais tel que vous me décrivez votre bien, nous ne devrions guère avoir de mal à vous trouver un acquéreur.

Après cet entretien, Béatrice se sentit soulagée, comme si ce premier pas lui interdisait maintenant de revenir en arrière. Ne plus avoir le choix la libérait d'un poids ; c'était assurément un sentiment illusoire, puisqu'en réalité elle pouvait encore changer d'avis, mais le fait est qu'elle avait enclenché un processus qui aurait désormais sa dynamique propre et qu'elle en retirait l'impression d'avoir franchi un énorme obstacle.

Au cours des jours qui suivirent, elle fit l'inventaire des meubles, des tableaux, des tapis, de la vaisselle et de tous les objets qui se trouvaient dans la maison. Il était évident qu'elle ne pourrait pas tout conserver, aussi proposa-t-elle à Hélène de mettre de côté ce qu'elle voulait.

— Ce serait dommage que tout cela aille à des étrangers, dit-elle. J'aimerais vraiment que tu prennes tout ce qui te fait envie.

— Je ne pense pas avoir envie de quoi que ce soit, répondit Hélène, le visage fermé. Si je me souviens bien, je dois prendre un nouveau départ, n'est-ce pas ? C'est bien ce que tu as décidé, non ? Alors tant qu'à faire…

— Je ne peux pas te forcer, mais tu pourrais…

— Tu ne trouves pas que tu en as assez fait comme ça ? la coupa Hélène. Laisse-moi me débrouiller à ma façon avec les pots cassés !

— As-tu déjà regardé ce que tu pouvais trouver comme appartement ? questionna Béatrice après s'être un instant demandé si elle devait répondre aux « pots cassés » ou aborder un autre sujet, et avoir finalement opté pour la deuxième solution.

— Je t'informerai de la date de mon déménagement, répondit Hélène. En temps et en heure, rassure-toi.

Mon Dieu, songea Béatrice, ça va être la guerre, j'en mettrais ma main au feu.

Chaque jour, elle s'entretenait au téléphone avec Frédéric, autant pour le plaisir de l'entendre que pour l'informer de ce qu'elle faisait.

— Un couple vient visiter la maison demain, lui annonça-t-elle un soir, dix jours après son arrivée. Je suis déjà tout excitée. Ils vont peut-être l'acheter.

— Ne t'emballe pas trop, la mit doucement en garde Frédéric. Il est rare que les choses aillent si vite. Si tu la vends après quatre ou cinq visites seulement, ce sera déjà un joli score.

Comme toujours, la douceur et la compréhension qu'il lui manifestait lui firent du bien.

— Bien sûr, dit-elle, mais j'aimerais tellement que ce soit fait. Ce n'est... ce n'est pas très drôle, ici.

— Veux-tu que je vienne ? Tu n'as qu'un mot à dire et je prends le premier bateau !

Elle ne put s'empêcher de sourire.

— Tu ne vas pas laisser tes étudiants en plan au beau milieu des cours. Mais ne t'inquiète pas, je vais m'en sortir.

— Je t'aime, dit doucement Frédéric.

— Je t'aime aussi, répondit-elle.

Et j'ai hâte d'être à nouveau près de toi, ajouta-t-elle en pensée.

Plus tard, elle se demanda pourquoi elle ne l'avait pas dit à haute voix.

Le lendemain, elle revit Julien.

Ce fut comme un coup de tonnerre dans un ciel clair. Il n'y avait rien qu'elle attendît moins, rien à quoi elle fût moins préparée et rien qui eût pu la bouleverser autant.

Le matin, comme convenu, la directrice de l'agence immobilière avait fait visiter la propriété au couple dont elle lui avait parlé. Béatrice avait rapidement acquis la conviction que ce n'était pas avec ces personnes tatillonnes et grincheuses que l'affaire se ferait. Le mari, un homme adipeux au visage boursouflé et au teint blafard, avait parcouru les pièces les mains nouées derrière le dos, sans desserrer les dents et en prenant de temps à autre un air dégoûté, tandis que sa femme ne s'arrêtait de poser des questions que pour critiquer ce qu'elle trouvait critiquable, c'est-à-dire tout ce, ou presque, sur quoi son œil se posait. La directrice de l'agence réagit à l'évident déplaisir de ses clients par une gaieté forcée et un discours d'une jovialité à toute épreuve qui eut le don de taper sur les nerfs de Béatrice. La façon dont ce couple de parvenus dénigrait la maison qui avait jadis été celle de ses parents la rendit furieuse. Et quand elle vit Hélène se réjouir de l'attitude des visiteurs, elle eut beau se dire que c'était une réaction bien compréhensible, sa mauvaise humeur n'en monta pas moins d'un cran supplémentaire.

Toutes ces personnes désagréables disparues, elle mit des chaussures de marche et partit d'un pas rageur vers Petit Bôt Bay. Un vent insistant et frais soufflait de l'ouest, l'air était transparent, il n'y avait pas une trace de brume sur la mer. Le soleil apparaissait et disparaissait derrière les nuages qui filaient dans le ciel. De part et d'autre du sentier qui longeait la falaise, la floraison des mûres était passée, bientôt les baies commenceraient à grossir.

Comme ce sera agréable de se promener en cueillant de grosses mûres noires et sucrées, songea-t-elle en respirant à pleins poumons. Ce n'est que quelques secondes plus tard qu'il lui revint à l'esprit qu'il n'y aurait plus de fin d'été sur l'île pour elle.

Elle vit d'abord l'élégante jeune femme brune qui était assise sur l'un des bancs d'où la vue sur la côte était exceptionnelle. L'endroit surplombait les rochers escarpés d'une minuscule crique et le soleil qui venait de sortir des nuages donnait des couleurs éclatantes au paysage. La mer était d'un bleu profond avec çà et là, près du rivage, de grandes taches turquoise transparentes. Sur le banc, la jeune femme souriait, radieuse. Elle portait un pantalon clair et un pull-over moulant à petit col montant gris anthracite. Elle paraissait heureuse et détendue. Ses cheveux, d'un noir de jais, brillaient comme s'ils avaient été lustrés avec un chiffon de soie.

Béatrice s'étonnait de la voir sourire avec une telle constance quand elle fut assez près pour voir qu'un homme se tenait à demi accroupi à quelques pas du banc, un énorme appareil photo vissé à l'œil, et la mitraillait sans relâche. Si elle ne changeait guère de position, les sourires tendre, rieur, charmeur, innocent ou mystérieux qu'elle arborait successivement avec toujours le même naturel révélaient à tout le moins une longue habitude de l'objectif.

Devant elle, l'homme qui tenait l'appareil était Julien.

Onze années s'étaient écoulées depuis la fin de la guerre, seize depuis la première fois qu'ils s'étaient rencontrés. Dans l'ensemble, Béatrice ne le trouva pas beaucoup changé. Il paraissait avoir à peine vieilli. Il était plus large d'épaules, plus fort et très bronzé. Il avait perdu la pâleur maladive du temps de sa réclusion dans le grenier des Wyatt, mais elle l'avait connu aussi en relativement bonne forme et le teint hâlé, si bien qu'il lui parut très familier. C'était son Julien.

Il la reconnut en même temps qu'elle le reconnut. Il laissa retomber le bras qui tenait l'appareil photo et la regarda fixement. La jeune femme sur le banc remarqua instantanément que quelque chose se passait. Elle se retourna. Tous trois se dévisagèrent ; autour d'eux, l'air parut se charger d'électricité.

Julien se releva.

— Béatrice ! Mais que fais-tu ici ?

Il s'était adressé à elle en français et elle lui répondit dans la même langue.

— Que je sois ici n'est pas franchement extraordinaire. Toi, en revanche…

Il sourit. Maintenant qu'il s'était ressaisi, il affichait une belle sérénité.

— Je suis sur les traces de mon passé. Suzanne voulait voir où j'avais vécu la guerre.

La jeune femme brune souriait.

— Julien m'a tellement parlé de cette époque. J'ai fini par avoir très envie de découvrir la fameuse île de Guernesey.

— Ah, fit Béatrice, consciente de l'indigence de son commentaire mais incapable de trouver mieux à répondre.

— Ne veux-tu pas faire les présentations ? demanda Suzanne à Julien, des trois celle qui manifestement maîtrisait le mieux la situation.

Une hésitation à peine perceptible retint Julien une fraction de seconde puis il s'exécuta :

— Suzanne, ma femme, dit-il. Béatrice Stewart, une… amie de cette époque.

Béatrice tendit la main à Suzanne.

— Béatrice Shaye. Entre-temps, je me suis mariée.

Suzanne sourit à nouveau. Il émanait de sa personne un charme auquel il était difficile de résister.

— Quelle chance de faire ainsi votre connaissance, Béatrice. Je suis tellement curieuse de rencontrer tous ces gens qui un jour ont fait partie de la vie de mon mari. Ce serait merveilleux que vous puissiez dîner avec nous ce soir, qu'en dites-vous ?

Béatrice vit tout de suite que l'idée n'enthousiasmait pas Julien mais il ne pouvait pas s'y opposer. Il renchérit avec une gaieté forcée.

— Mais oui, Béatrice, ce serait une excellente idée. Si tu pouvais te libérer…

Une petite voix lui disait de refuser l'invitation. Mais elle était également à la fois trop impressionnée par le hasard extraordinaire de leur rencontre et trop curieuse d'en savoir plus pour ne pas accepter. Quelque chose d'ancien, d'enfoui au fond d'elle-même s'anima, quelque chose de la spontanéité, de l'inconscience, de la folle audace de cette époque fit vibrer une corde muette depuis de longues années. Elle irait. Elle voulait encore entendre vibrer la corde.

Elle apprit ce soir-là que cela faisait quatre ans que Julien et Suzanne étaient mariés et quatre ans et demi qu'ils se connaissaient. Suzanne était mannequin. C'est lors d'un séjour sur la Côte d'Azur où Julien se trouvait en vacances tandis que Suzanne faisait des photos de mode qu'ils s'étaient rencontrés.

Julien parla peu, Suzanne, en revanche, bavarda, babilla et rit pendant tout le repas.

Vêtue d'un tailleur blanc, légèrement maquillée, elle était d'une élégance radieuse. Elle ne se lassait ni de rejeter d'un geste gracieux ses cheveux mi-longs en arrière, ni de sourire pour dévoiler ses jolies petites dents, blanches et nacrées comme des perles. Béatrice se sentait de minute en minute plus insignifiante.

Elle avait passé une éternité devant la glace à essayer de dompter ses cheveux rebelles, mais elle s'était rendu compte en apercevant son reflet dans une vitrine sur le chemin du restaurant que ses satanées boucles avaient repris le dessus. Quant à son tailleur, il était loin d'avoir le chic de celui de Suzanne : le tissu manquait de tenue, il était trop chaud pour la saison et sa couleur – un vert franc dont Frédéric prétendait qu'il lui allait au teint – d'un coup lui parut impossible.

J'ai l'air d'un cactus, songea-t-elle en perdant toute confiance en elle.

Suzanne avait proposé de dîner dans un restaurant de poissons sur le port. Ils mangèrent des soles délicatement grillées face au large, mais pour ce qu'elle percevait du contenu de son assiette ou des merveilleuses couleurs du crépuscule sur la mer, Béatrice aurait tout aussi bien pu être assise devant une portion de *fish and chips* au fond d'un pub enfumé. Elle regardait Julien en se demandant ce qu'il pensait quand lui la regardait.

Elle ne pouvait pas rivaliser avec Suzanne, et Julien, forcément, devait lui aussi s'en rendre compte. Elle n'avait ni sa beauté, ni son élégance, ni son esprit.

Elle était une souris grise de Cambridge.

C'était terrible de se percevoir ainsi. Une souris grise de Cambridge. L'étiquette « Cambridge » qui soudain parut lui coller à la peau – pire, faire intrinsèquement partie d'elle-même – accentuait encore son insignifiance. Cambridge… Des jours tranquilles, une vie réglée, rangée, une suite de menus événements sans surprise. Cambridge, c'étaient de longues discussions avec Frédéric, des soirs brumeux à lire devant l'âtre, des débats de haute volée organisés par l'université, des week-ends studieux, la préparation à deux du repas du soir, un verre de vin dans le salon, la lecture à haute voix, pour le faire connaître à l'autre, d'un article dans le journal… Cambridge, c'était Frédéric. Elle songea à son regard intelligent et sensible. En face d'elle, il y avait Julien. Julien et ses yeux de braise… Elle savait qu'elle n'aurait pas dû ressentir ce qu'elle ressentait, cette tension étrange, cette souffrance à l'idée qu'elle passait à côté de la vie.

Julien vivait à Paris, il était journaliste politique dans un quotidien. Il voyageait beaucoup, travaillait beaucoup, rencontrait beaucoup de gens extrêmement intéressants, menait une vie de fou très excitante et, pour tenir le coup, buvait des litres de café noir et fumait des tonnes de cigarettes. Suzanne faisait des photos dans toute l'Europe, rencontrait elle aussi des gens fascinants, principalement des acteurs, travaillait un jour à Rome, le lendemain à Londres, le surlendemain à Nice et, entre tout ça, retrouvait son mari à Paris et ensemble ils dînaient avec des hommes politiques en vue ou couraient les fêtes organisées par des artistes ou des intellectuels. Suzanne citait à tout-va des noms que l'on ne lisait sinon que dans le journal. Un moment vint où elle s'interrompit et, les yeux pétillants et le sourire charmeur, demanda :

— A quoi ressemble votre vie, Béatrice ? Je n'arrête pas de parler de moi, pourtant je suis certaine que vous avez vous aussi des choses passionnantes à raconter.

— Oh, euh… pas vraiment, non, répondit Béatrice. En comparaison, la vie à Cambridge est bien paisible. Je travaille dans une bibliothèque universitaire, ce n'est pas follement excitant.

— Ne te dévalorise pas, dit Julien qui intervenait pour la première fois dans la conversation. A t'écouter, ta vie ne serait qu'une succession de journées plus ennuyeuses les unes que les autres. Tu étais une jeune fille décidée et très intrépide.

— Racontez-moi ! s'exclama Suzanne avec ravissement. Vous avez dû vivre des choses extraordinaires, tous les deux !

— C'était la guerre, rappela Julien. L'île était occupée. Je vivais caché dans un grenier et, si je m'étais fait prendre, j'aurais certainement été fusillé. Parfois on courait de vrais risques, c'était inévitable.

— Vous voyiez-vous souvent ? s'enquit Suzanne.

La question pouvait paraître innocente, Béatrice

compris cependant que Suzanne cherchait essentiellement à se renseigner.

— Béatrice me rendait visite de temps à autre, dit Julien. J'étais un prisonnier bien pitoyable, sinistre et malheureux qui se morfondait dans son grenier. Le château d'If n'aurait pas été pire... Nous lisions des livres. Je pense être pour quelque chose dans le français parfait qu'elle parle aujourd'hui.

— Nous lisions *Notre-Dame de Paris*, dit Béatrice.

— Victor Hugo ! A Guernesey ! dit Suzanne. C'était effectivement l'auteur qu'il fallait lire. Quel âge aviez-vous donc, à l'époque, Béatrice ?

— Quand Julien dut se cacher ? Quatorze ou quinze ans, répondit Béatrice en évitant son regard. Je ne sais plus exactement, mais j'étais très jeune.

— Tout cela est formidablement romanesque, dit Suzanne dans un rire qui avait perdu sa fraîcheur et sa spontanéité. Je vous imagine par un après-midi d'été étouffant en train de lire consciencieusement Victor Hugo dans un grenier surchauffé et poussiéreux, Julien, les yeux tournés vers le bleu du ciel, et Béatrice, toute gentille, se donnant un mal de chien pour essayer de lui changer les idées... Une belle histoire, non ?

— Racontée comme ça... oui, peut-être... dit Julien. En réalité, ce n'était pas drôle du tout. Loin s'en faut.

— Je veux bien le croire, concéda Suzanne en s'emparant de son sac à main et en se levant. Je me sauve un instant, vous m'excusez ?

Quand elle eut disparu en direction des toilettes, Julien dit doucement :

— Tu as beaucoup changé.

— Le temps ne s'est pas arrêté. J'ai vieilli.

Il jouait avec les miettes de pain qui parsemaient la table.

— Bien sûr, mais ce n'est pas ce que je veux dire.

Il y avait un tel éclat dans tes yeux. Tu avais un appétit de vivre, une audace, une détermination qui me fascinaient. Où tout cela est-il donc passé ?

Elle retira ses mains de la table, bien que Julien n'ait aucunement manifesté le désir de s'en emparer ou même simplement de les toucher.

— Je te fascinais mais tu n'en as pas moins disparu du jour au lendemain sans éprouver le besoin de me dire au revoir.

Il soupira.

— Je le reconnais. C'était...

Il cherchait ses mots mais ne paraissait pas très bien savoir ce qu'il devait dire.

— J'étais incapable de penser à autre chose qu'à ma liberté, dit-il enfin. A ma liberté et à la vie. J'étais complètement asséché. J'avais soif de vivre, faim de vivre. Je voulais rattraper les années qu'on m'avait volées. Je ne pensais qu'à ça.

— Et tu m'as oubliée.

— Je ne t'ai jamais oubliée. Je ne t'ai pas oubliée en mai 1945, quand nous avons été libérés, et jusqu'à aujourd'hui non plus. Tu étais seulement en arrière-plan. Puis...

— ... puis nous nous sommes perdus de vue.

— Oui. J'étais en France, toi, ici. Ce n'est pas bien loin, pourtant... apparemment, c'est une distance qui à certains moments peut se révéler insurmontable.

— Oui, apparemment. Puis Suzanne est arrivée.

— Puis Suzanne est arrivée, répéta-t-il pensivement. Elle est arrivée, elle est restée et, dès lors, ce fut comme si tout était écrit d'avance.

— Pourquoi voulait-elle voir Guernesey ?

— Parce que je lui en ai beaucoup parlé.

— Lui as-tu parlé de moi ?

— Non. As-tu parlé de moi à ton mari ?

— Non.

Julien sourit.

— Comment est-il ?

— Qui ? Mon mari ? Il est... commença-t-elle d'une voix hésitante. Il me sécurise, me soutient. Il m'apaise, il me donne beaucoup de chaleur...

Julien n'avait pas cessé de sourire.

— Tes yeux ont perdu leur éclat fiévreux.

— Je sais. C'est ce qui se passe quand on se sent apaisé et en sécurité.

Il ne parut pas en être convaincu, mais il ne put rien dire car au même moment Suzanne réapparut. Elle avait remis du rouge à lèvres, s'était poudrée et avait brossé ses cheveux. Elle était resplendissante et d'une perfection presque surnaturelle.

— Me revoilà ! lança-t-elle gaiement en s'asseyant. Alors, avez-vous évoqué quelques vieux souvenirs ?

— Nous avons un peu enjolivé le passé, répliqua Julien. Tu es magnifique, chérie. Je commande des cafés ?

— Je préférerais terminer sur une coupe de champagne, dit Suzanne. Après tout, ce n'est pas une soirée ordinaire. C'est la dernière que nous passons à Guernesey... Nous devons être à Venise demain soir, ajouta-t-elle en se penchant vers Béatrice. Je dois faire des photos de mode pour un magazine féminin.

— Nous étions convenus que je restais encore quelques jours ici et que nous nous retrouvions ce week-end à Paris, lui rappela Julien.

— J'ai changé d'avis, dit gentiment Suzanne. Tu m'accompagnes à Venise. Je travaille toujours mieux quand tu es là.

— Je préférerais rester ici, insista Julien.

— Non, non. Tu viens avec moi.

Elle a dû lui faire une scène d'enfer, songeait Béatrice. Ce n'est pas le genre de femme à accepter sans broncher qu'on contrecarre ses plans.

Il faisait exceptionnellement chaud pour un mois

de juin et un voile de brume masquait l'horizon. Les rochers de Petit Bôt Bay étaient lisses et tièdes. Les abeilles s'affairaient en bourdonnant sur les buissons et les haies sauvages qui bordaient le sentier de la falaise. L'île tout entière semblait figée dans une sorte de torpeur. Il devait y avoir de la vie et de l'animation quelque part, mais rien n'en parvenait jusqu'à la baie. Deux dames d'un certain âge marchaient au bord de l'eau, leurs chaussures dans une main, le bas de leur robe relevé dans l'autre. La mousse qui se formait quand les vagues cassaient recouvrait leurs pieds et emplissait les empreintes de leurs pas. Il n'y avait sinon personne, ni sur la plage ni sur la falaise.

— Il fait trop chaud, marmonna Julien. Trop chaud pour entreprendre quoi que ce soit.

Il était à demi allongé sur un rocher plat, la tête reposant sur un second rocher, et regardait le soleil en clignant des yeux. Son hâle s'était accentué. Il rayonnait de jeunesse et de santé.

— Nous devrions marcher un peu dans l'eau, comme ces deux dames, suggéra Béatrice. Ça nous ferait beaucoup de bien.

Julien émit un grognement incompréhensible. Il était d'un calme quasi provocant, surtout quand on songeait – et Béatrice y songeait – à l'orage qu'il avait probablement essuyé avec Suzanne. Elle avait été contrainte de partir, puisque ses engagements l'y obligeaient, et également contrainte de laisser sur place un Julien décidé à ne pas la suivre. Elle devait être régulièrement pendue au téléphone et l'accabler de reproches mais Julien n'en laissait rien paraître. Si à l'autre bout de l'Italie, Suzanne enrageait, il n'en semblait nullement affecté. Il profitait de Guernesey, il profitait de la vie; si problèmes il y avait, il les réglerait plus tard. Suzanne était à peine partie qu'il donnait rendez-vous à Béatrice, avec un naturel désarmant, comme s'il était évident qu'ils passent toutes leurs journées ensemble. Béatrice n'eut même pas la possibilité d'émettre un avis sur la question. Il ne la consulta pas, ne lui demanda jamais ce qu'elle souhaitait, ne parut pas s'intéresser à ce qu'elle pensait. Curieusement, elle n'en conçut aucune frustration. Elle avait la forte impression que de gros nuages noirs s'amoncelaient au-dessus de sa tête, mais elle ne trouvait nulle part en elle la volonté de résister.

— Je n'ai pas du tout envie d'aller patauger dans l'eau avec tes deux mamies, bougonna Julien. J'aurais plutôt envie qu'elles disparaissent.

— Pourquoi ? Elles ne dérangent personne.

— Ah bon ?

Il ouvrit grand les yeux et la regarda.

— Ça te plaît qu'elles soient là ?

— Non, fit-elle en s'efforçant d'ignorer la force d'attraction de son regard. Enfin, je veux dire que je ne trouve ça ni bien ni mal. Au fond, ça m'est égal.

— Ah bon.

Il referma les yeux.

— Il y a une époque, nous étions complètement seuls sur cette plage, dit-il alors.

— C'est vrai. Ça fait quelque temps, maintenant.

Elle s'attendait à ce qu'il relève sa remarque mais il se tint coi et un long silence s'installa. Elle croyait déjà qu'il s'était endormi quand il demanda soudain, d'une voix claire :

— Aimes-tu ton mari ?

Elle resta un instant sans voix, puis elle se ressaisit.

— Aimes-tu Suzanne ? demanda-t-elle alors en retour.

— Oui, je crois, répondit-il d'un air songeur.

L'aiguillon de la jalousie était cruellement acéré.

— Parce qu'elle est belle ?

— Elle possède quelques autres qualités, remarqua-t-il négligemment.

— Lesquelles ?

Elle avait l'impression d'être un petit chien dressé qui sautait docilement dans le cerceau qu'il lui tendait mais elle ne pouvait pas s'empêcher d'insister.

— Quelles qualités possède Suzanne outre le fait qu'elle est particulièrement jolie, qu'elle pétille de charme et qu'elle porte des vêtements dont les autres femmes ne peuvent que rêver ?

Julien réfléchit.

— La vie avec elle est pleine de mouvement et de fantaisie. Suzanne est constamment en déplacement ; quand elle revient à la maison, elle déborde d'énergie, elle a mille choses à raconter, ce qu'elle a vu, ce qu'elle a fait, ses succès. C'est un moteur qui tourne en permanence. Elle fait vibrer l'air autour d'elle. Avec elle, il n'y a pas une seconde de répit.

— N'est-ce pas terriblement fatigant ?

— Bien sûr que si. D'autant que mon travail n'est pas particulièrement reposant non plus. Mais je ne pourrais pas vivre autrement.

— Tu ne pourrais pas vivre comme moi ?

— Non, ce calme ne me conviendrait pas. Je n'ai toujours pas rattrapé ce dont j'ai été privé. Je ne le rattraperai sans doute jamais, d'ailleurs. Je crois que je courrai toujours derrière les années qui m'ont été volées. Je n'ai pas souvent le sentiment que je pourrai un jour m'arrêter.

— Mais Suzanne te donne au moins parfois l'illusion de pouvoir toucher au but.

Julien sourit.

— Oui. Je sais bien que c'est une illusion. Mais beaucoup de gens, peut-être même la plupart, ne vivent que d'illusions, c'est une façon de tenir le coup, de survivre. Ça justifie amplement de s'y accrocher.

Il se redressa et s'assit. Son regard était vif et clair.

— Les deux mamies sont parties, constata-t-il. Nous sommes seuls.

Le ton de sa voix donna la chair de poule à Béatrice.

— Nous sommes tous les deux mariés, rappela-t-elle.

Julien prit sa main. Ses yeux lançaient des éclairs.

— Effectivement, dit-il, c'est exact. Crois-tu que je puisse l'oublier ?

Elle essaya de retrouver le calme, le détachement, la froide lucidité qui lui permettaient d'ordinaire d'affronter les situations critiques, mais le vieux stratagème ne fonctionna pas. Son corps et sa tête refusèrent de coopérer.

— Je crois que tu risques de l'oublier, dit-elle d'une voix rauque.

— Je crois que tu devrais l'oublier, répondit-il avant de l'embrasser.

Elle voulut le repousser, mais en fut incapable. Elle ne trouva pas même la force de résister quand sa main glissa sous sa robe et lentement remonta le long de sa cuisse, quand ses doigts pressèrent doucement sa peau. C'était l'été. Il faisait chaud. Elle entendait le bruit régulier des vagues qui se brisaient sur le sable, une brise légère comme un souffle caressait son visage. Elle avait à nouveau quinze ans, elle courait sur la falaise pour retrouver son jeune amant, son cœur battait à se rompre, parce qu'elle courait vite, parce que c'était la guerre, parce que les Allemands occupaient l'île et que ces rendez-vous nocturnes risquaient toujours de tourner au drame.

Elle était allongée sur le sable humide entre les rochers, Julien l'enlaçait, pas un jour ne semblait s'être écoulé depuis ce temps où son cœur battait si fort.

— Dis que tu t'ennuies à mourir avec ton mari, demanda Julien avant d'entrer en elle.

Elle avait un désir si absolu de lui, si impérieux qu'elle oublia sa fierté et ce qui lui restait de loyauté.

— Je m'ennuie à mourir avec lui, murmura-t-elle.

En cet instant, elle aurait dit ou fait tout ce qu'il lui demandait. La seconde qui suivit, il la pénétra et elle oublia Frédéric et tout ce qui était sa vie.

7

— Il est plus d'une heure du matin, dit doucement Franca. Je ne me suis pas rendu compte que le temps passait si vite.

Béatrice sursauta.

— Excusez-moi, Franca. Je parle, je parle et je vous empêche de vous coucher. J'étais complètement plongée dans mes souvenirs… J'espère que je ne vous ai pas ennuyée.

— Bien au contraire ! Que s'est-il passé ensuite ?

Béatrice soupira.

— Eh bien… nous n'en sommes pas restés à ces… retrouvailles dans la baie, naturellement. Nous voulions plus, l'un comme l'autre. Nous nous sommes vus tous les jours, nous nous sommes aimés tous les jours. Nous avons tout oublié, et tout le monde. Hélène a compris qu'il se passait quelque chose, Frédéric aussi. Il continuait à me téléphoner tous les jours, je lui disais que la vente de la maison n'avançait pas, que je devrais rester plus longtemps que prévu. Il trouvait que j'avais une drôle de voix, que quelque chose n'avait pas l'air d'aller. Je disais que c'était faux, bien sûr, que tout allait très bien. Rien n'allait bien, rien du tout. J'avais une liaison avec un homme qui m'avait déjà laissée tomber une fois. Je savais qu'il recommencerait mais je ne pouvais pas lui résister…

Béatrice jouait nerveusement avec ses mains.

— Tout ce dont j'avais un jour été si fière s'était évanoui : ma volonté, ma fierté, ma rigueur. Julien faisait de moi ce qu'il voulait. Et je n'éprouvais aucun désir de ne pas succomber ! Je vivais ! Je vivais intensément, de toutes les fibres de mon corps et de mon âme. Je n'aurais accepté de renoncer à aucun de ces instants, à aucun.

— Avez-vous parlé de l'avenir ? De l'éventualité d'un avenir commun, j'entends.

Béatrice secoua la tête.

— Il était en quelque sorte évident qu'il n'y avait pas à en discuter. Julien ne l'a pas dit, mais c'était ainsi. Ces quelques semaines d'été étaient à nous, ensuite chacun retournerait à sa vie et sans doute ne nous reverrions-nous jamais.

— Et vous pouviez l'accepter ?

— Je n'avais pas le choix. Cette relation éphémère a essentiellement servi à chacun à combler un manque, il me semble aujourd'hui que, l'un et l'autre, nous la vivions ainsi. Nous ne pensions pas plus loin que ça.

— Quel manque cherchiez-vous à combler ?

— Ma jeunesse avait été amputée et, après la guerre, j'ai traversé une véritable vallée de larmes, dit Béatrice. Je me suis ensuite réfugiée dans une vie qui n'était pas de mon âge. Avec Julien, j'ai retrouvé un peu d'insouciance et de légèreté. Une légèreté qui ne m'a ensuite jamais vraiment quittée. J'en suis reconnaissante aussi bien à Julien qu'au destin.

— Et Julien, que cherchait-il ?

Béatrice haussa les épaules.

— Il ne faut pas se voiler la face. Julien voulait tout simplement redevenir maître de son ancien territoire, s'assurer qu'il pouvait encore me posséder. C'était dans son tempérament, il n'était pas méditerranéen pour rien.

— Suzanne l'a su ?

— Oh oui, elle l'a su. Après coup, j'ai compris qu'elle s'était rendu compte de quelque chose dès la seconde où nous nous sommes reconnus, sur le sentier de la falaise. Elle m'avait invitée à dîner essentiellement pour sonder le terrain. Ce n'est pas pour le plaisir qu'elle a fait ensuite des pieds et des mains pour que Julien l'accompagne à Venise. J'imagine qu'elle a perdu ses derniers doutes quand, à la fin de cette fameuse semaine, Julien lui a téléphoné pour lui dire qu'il restait encore quelque temps à Guernesey au lieu de rentrer à Paris ainsi qu'ils en étaient convenus. Comme elle avait plusieurs engagements à la suite, elle était dans l'impossibilité absolue de revenir. Elle était hors jeu et devait enrager à l'idée que nous prenions du bon temps sur l'île pendant qu'elle faisait ses photos je ne sais où.

— Elle devait beaucoup vous en vouloir.

— Effectivement. Quand elle a fini par débarquer, à la fin du mois de juillet, elle avait accumulé une belle dose de colère. La scène qu'elle a faite, mon Dieu... digne d'Hollywood. Je ne rentrerai pas dans les détails, il y a des mots que j'aime autant ne pas répéter. Suzanne avait du tempérament, comme l'on dit. Quand elle a senti qu'une menace pesait sur ce qui lui appartenait, c'est devenu une vraie furie.

— Et Hélène a tout compris, dit Franca.

Béatrice hocha la tête.

— C'est chez nous que la scène a eu lieu. Hélène n'en a pas perdu une miette, Mae non plus, d'ailleurs, qui se trouvait justement là. Quand le rideau est retombé, elles savaient toutes les deux que j'avais entretenu six semaines durant une liaison adultère avec un journaliste français qui de surcroît s'était trouvé être mon amant pendant la guerre. Hélène était assommée. Je l'avais trompée deux fois : pendant la guerre et pendant ces six semaines. Mais elle avait enfin en main les cartes qui lui manquaient.

— Avez-vous revu Julien ?

— Jamais. Pas même une dernière fois après le

numéro de Suzanne. Nous ne nous sommes jamais dit au revoir. Quand je me suis rendue à l'hôtel, le lendemain, ils étaient partis tous les deux. J'imagine qu'elle lui avait posé un ultimatum du style soit il partait immédiatement avec elle, sans me revoir, soit elle demandait le divorce. Julien savait qu'il avait poussé le bouchon très loin. Il avait eu ce qu'il voulait, il pouvait la suivre.

— Et vous... ?

— Et moi, j'étais enceinte. Je m'en suis aperçue peu de temps après. Je suis retournée à Cambridge sans avoir vendu la maison. Quand Frédéric a compris qu'un bébé était en route, il a été fou de joie. Il pensait naturellement qu'il était de lui.

— Comment réagissiez-vous ?

— J'ai traversé une période difficile... J'étais malheureuse comme les pierres et très déprimée. Ma grossesse me donnait du fil à retordre, j'avais constamment la nausée, je ne pouvais rien avaler. Julien me manquait, je ne cessais de penser à lui. En même temps, j'avais affreusement mauvaise conscience par rapport à Frédéric qui s'occupait de moi avec beaucoup de sollicitude. Il voyait que j'étais particulièrement irritable et que je pleurais beaucoup, mais il mettait ça sur le compte de ma grossesse. Jamais il ne lui serait venu à l'idée qu'il pût y avoir autre chose.

— Personne n'en aurait jamais rien su, dit doucement Franca.

— Non, personne. Alan aurait été considéré comme son fils, comme notre enfant. Je me serais réhabituée à la petite vie limitée de Cambridge et j'aurais probablement retrouvé une certaine sérénité. La vie aurait été douce. Nous aurions, Frédéric et moi, vieilli main dans la main.

— C'était compter sans Hélène.

— Oui, c'était compter sans Hélène. Elle a

débarqué sans crier gare un soir de janvier 1957, exactement comme la fois où je l'avais trouvée devant ma porte à Londres. Elle est arrivée en traînant deux valises, très vexée que nous ne l'ayons invitée ni pour Noël ni pour le jour de l'An. J'étais enceinte de sept mois, mon ventre commençait à ressembler à un ballon, j'avais les chevilles enflées et je marchais en me dandinant comme un canard. J'étais néanmoins sur le point de retrouver mes marques au sein de notre petite communauté universitaire. On a parfois d'étranges prémonitions, n'est-ce pas ? Dès que j'ai vu Hélène sur notre paillasson, j'ai su que ça n'allait pas tourner comme prévu.

— Elle a raconté à Frédéric ce qu'elle savait.

— Je ne sais pas si c'est dans cette intention qu'elle s'est transportée jusqu'à Cambridge ou si l'idée lui en est venue sur place, toujours est-il que, un jour où j'étais sortie marcher un peu, elle lui a complaisamment dessillé les yeux. Elle lui a parlé de Julien et de moi, de Suzanne, bref, elle lui a raconté tout ce qui s'était passé cet été-là à Guernesey et a conclu en suggérant que l'enfant à naître avait toutes les chances d'être celui de Julien et non le sien. Je me rappelle encore qu'il faisait ce jour-là un temps sinistre, froid, humide et que je suis rentrée frigorifiée à la maison à la tombée de la nuit. Hélène était déjà couchée, ce qui me surprit, quant à Frédéric, il n'est pas sorti de son bureau pour m'embrasser, comme il le faisait toujours. C'est moi qui finalement suis allée le rejoindre. La pièce empestait le whisky, ce qui était tout à fait extraordinaire car Frédéric ne s'était jamais enivré. Il était d'une pâleur effroyable et il avait l'air d'avoir pleuré… J'ai immédiatement pensé qu'un malheur était arrivé, que quelqu'un était mort, quelqu'un qui lui était proche. L'un de ses étudiants ? Les hypothèses se bousculaient dans ma tête. Je suis restée plantée sur le seuil de son bureau, je le regardais avancer vers moi. Je ne savais pas ce qui s'était passé, cependant j'ai senti peu à peu que c'était entre nous, entre Frédéric et moi, que le drame se jouait et j'ai eu très peur.

« Frédéric, ai-je murmuré, que se passe-t-il ? »

Il devait avoir beaucoup bu, mais il ne vacillait pas et, si son élocution était un peu lente, il parlait distinctement. Le coup avait sans doute été si violent que l'alcool ne parvenait pas réellement à l'abrutir. Il était ivre et en même temps ne l'était pas. Je n'avais encore jamais vu quelqu'un dans cet état.

« Dis-moi que ce n'est pas vrai, implora-t-il. Je t'en supplie, dis-moi que ce n'est pas vrai ! »

J'ai voulu savoir de quoi il parlait, mais il semblait incapable de le dire. S'il n'y avait pas eu cette odeur de whisky, je n'aurais jamais imaginé qu'il avait bu, j'aurais pensé qu'il était malade. Je l'ai forcé à s'asseoir dans le fauteuil devant la petite cheminée et je lui ai demandé de parler. J'avais très envie de m'asseoir à ses pieds et de poser ma tête sur ses genoux, mais avec mon gros ventre ce n'était pas possible. Je suis donc restée debout près de lui, je lui caressais les cheveux et, au bout d'un temps qui m'a paru une éternité, lentement, en cherchant ses mots et en fixant obstinément le mur, ou peut-être simplement le vide, il a enfin raconté ce qu'Hélène lui avait dit. Pour ma part, je n'arrivais pas à détacher les yeux d'une rangée de livres sur une étagère à côté de la cheminée, dont je ne voyais rien hormis les titres tremblotants en lettres dorées. Le sol chancelait sous mes pieds, ma bouche était soudain sèche comme du carton et je fus prise de nausée. Pas un instant je n'ai songé à nier la vérité, pourtant je savais que Frédéric n'aurait été que trop heureux de me croire.

« Dis-moi que ce n'est pas vrai », répéta-t-il, cette fois en me regardant.

Il lut la réponse dans mes yeux avant même que

j'aie eu le temps d'ouvrir la bouche et, pour autant que ce fût possible, pâlit encore un peu plus. Il recommença à pleurer et je lui caressai mécaniquement la tête tout en luttant contre le vertige qui me donnait terriblement envie de m'asseoir. Je n'avais jamais vu quelqu'un d'aussi profondément blessé et bouleversé. J'ai compris qu'on ne pourrait jamais recoller les morceaux de ce que je venais de briser. Cet après-midi-là, Frédéric avait été brisé. Notre amour avait été brisé. Notre mariage, forcément, n'y résista pas.

Béatrice se tut, une expression douloureuse se peignit sur son visage.

— Nous n'aurions pas dû essayer de recommencer, ajouta-t-elle.

— Il a demandé le divorce ? demanda Franca.

— Non, Frédéric n'aurait jamais fait ça. Il était prêt à donner son nom à l'enfant que j'attendais, il était prêt à poursuivre la vie commune. Il voulait essayer de recommencer comme avant. Mais ça n'a pas marché. Il ne parvenait pas à surmonter ce qui s'était passé et un jour j'ai compris que je ne pouvais pas vivre avec cet homme brisé. Sa tristesse m'oppressait de plus en plus, j'avais perdu toute joie de vivre, je ne mangeais plus, j'errais comme une âme en peine, pâle, constamment au bord des larmes. Quand j'ai pris la décision de partir, Alan avait six mois. Frédéric a tout de suite accepté. Il avait dû lui aussi finir par se rendre compte que nous n'avions pas d'avenir commun.

— C'est à cette époque que vous êtes revenue ici.

— Je n'avais pas d'autre endroit où aller. C'était ma maison, mon pays. J'aurais pu prendre un petit appartement quelque part, mais je voulais qu'Alan ait de la place et grandisse dans un environnement sain. Guernesey était idéal.

— Sauf qu'Hélène y était, dit doucement Franca.

Hélène qui avait tout détruit. Comment avez-vous réussi à vivre sous le même toit qu'elle ?

— Au début, j'ai cru que je n'y arriverais pas. J'avais du chagrin, et j'étais tellement en colère après elle… Je ne pensais qu'à la mettre dehors une bonne fois pour toutes. Puis je suis arrivée et elle était là, assise à cette table, et elle pleurait, sanglotait, s'accusait… J'ai compris que je ne pourrais pas le faire. Elle était la vivante image de la détresse humaine. Et puis, l'idée a peu à peu mûri en moi que… que… Eh bien, qu'en réalité ce n'était pas Hélène qui avait détruit mon mariage. Elle avait fait quelque chose qu'elle n'aurait jamais dû faire, mais elle n'avait rien dit de faux. Comprenez-vous ? Ma liaison avec Julien avait réellement existé, et les sentiments qui m'avaient incitée à entretenir cette liaison étaient bel et bien réels. Quelque chose ne collait pas entre Frédéric et moi, sinon je ne serais pas tombée dans les bras de Julien avec une telle faim. Aujourd'hui, je suis certaine que nous nous serions un jour ou l'autre séparés, avec ou sans l'intervention d'Hélène.

— Vous n'éprouviez plus de haine ?

— Oh si, dit Béatrice. Et j'en éprouve encore. Mais pas à cause de cette histoire. Je hais Hélène parce que, ma vie entière ou presque, elle a réussi à me retenir et à me ligoter à elle. Parce qu'elle est arrivée un jour de 1940 dans ma maison, l'a occupée et l'occupe encore aujourd'hui. Elle n'a jamais cessé de se comporter en occupante. Quand Winston Churchill a déclaré que les îles Anglo-Normandes étaient libérées, il a oublié Hélène Feldmann.

— Vous avez remonté la roseraie de vos parents ? demanda prudemment Franca.

Quelque part dans la maison, une horloge sonna la demie.

— Une heure et demie, dit Béatrice. On devrait songer à monter se coucher. Allez, dit-elle en se saisissant de la bouteille de vin, finissons cette bouteille ! Ça ne peut que nous faire du bien !

Elle versa le liquide rubis dans leurs deux verres.

— Oui, j'ai cultivé des roses, reprit-elle alors en réponse à la question de Franca. Il fallait bien que je fasse quelque chose, et relancer ce que mes parents avaient construit était encore ce qu'il y avait de plus facile.

Elle porta son verre à ses lèvres et but une longue gorgée de vin, puis elle demeura un moment silencieuse, le regard rêveur, comme si elle revivait toute cette époque.

— J'ai embauché un jardinier de l'île, reprit-elle. Il avait une grande connaissance des roses, et j'étais très ignorante ; il m'a appris beaucoup de choses. Au reste, je dois dire que c'est surtout lui qui faisait tourner l'affaire. Si nous avons réussi quelques hybridations, c'est grâce à lui. Je ne me suis pas enrichie mais je pouvais le payer, je pouvais me nourrir et je pouvais cotiser pour me constituer la modeste rente qui me permet aujourd'hui de vivre décemment. A défaut de Cambridge, j'avais ces maudites fleurs.

Elle eut un sourire amer.

— J'ai élevé mon fils et je me suis occupée d'Hélène, qui devenait plus dépendante au fil des années. J'ai eu des moments de découragement, de colère et de haine, je haïssais chaque seconde de ma vie. Mais je m'en suis sortie et aujourd'hui je pense que ça n'aurait pas de sens de se plaindre. Au bout du compte, ce n'était pas si terrible que ça.

C'était évidemment un mensonge, Franca le comprit, mais elle choisit de faire semblant d'y croire.

8

Elle n'avait pas imaginé qu'elle s'ennuierait autant. Pas à Londres. C'étaient les mêmes jours gris et sans fin qu'à Saint Peter Port, les matinées tristes et inodores, les après-midi interminables. La fin de journée apportait certes un peu d'animation, chaque matin se reposait néanmoins la fâcheuse question de trouver quoi faire jusque-là.

Rien ne l'obligeait à se lever, mais à onze heures au plus tard elle était complètement réveillée et ne supportait plus de rester au lit. Elle errait alors dans l'appartement en petite culotte et tee-shirt, regardait les tableaux accrochés au mur, bien qu'elle n'en ignorât plus aucun détail, feuilletait un livre pris au hasard dans la bibliothèque puis finalement rouvrait le magazine de mode qu'elle s'était ordinairement acheté la veille – faute de trouver dans l'appartement autre chose que de très ennuyeux journaux professionnels.

Elle prenait son petit déjeuner – un verre de jus d'orange, une tranche de pain, un morceau de fromage et des litres de café noir – en lisant, ou plutôt en regardant les photos de son magazine, puis elle se plantait devant la fenêtre, fumait une cigarette en comptant les voitures et se demandait si c'était ça, la grande aventure qui l'avait attirée à Londres.

Puis arrivait un moment où elle en avait fini avec la salle de bains et était prête – prête à quoi, c'était une autre histoire – et se mettait en devoir de sortir. Elle allait au hasard des rues, et surtout des magasins, rêvait devant toutes les choses merveilleuses qu'elle aurait tant aimé avoir dans son placard, passait des heures à essayer des vêtements chez *Harrod's* et les raccrochait parce qu'elle n'avait pas de quoi se les offrir.

Il faisait beau et doux et elle prenait généralement un café et un beignet vers deux heures à la terrasse d'un café, puis, pour se redonner du cœur à l'ouvrage, commandait ensuite une coupe de mousseux. Elle aurait nettement préféré du champagne, mais ses moyens en chute libre ne le lui permettaient pas.

Alan aurait pu lui glisser de temps à autre un petit billet, non ? Ça ne lui aurait pas coûté grand-chose.

Cela faisait dix jours qu'elle était à Londres et rien qui eût été susceptible de modifier durablement sa vie ne se profilait à l'horizon. Alan ne semblait nullement songer à améliorer son ordinaire.

Il l'invitait certes tous les soirs à dîner, elle le reconnaissait, et de retour à l'appartement il ne lésinait ni sur les vins de prix ni sur le champagne pour finir la soirée. Il n'empêche que tous les matins il partait aux aurores à son cabinet et y restait quoi qu'il advienne jusqu'au soir.

Elle enrageait à l'idée qu'il se souciait comme d'une guigne de ce qu'elle faisait toute la journée.

Le surlendemain de son arrivée, elle lui avait fait la surprise d'aller le chercher à son bureau sur les coups de midi pour déjeuner avec lui. Il se trouvait en rendez-vous avec deux clients, mais s'était interrompu un instant lorsque sa secrétaire l'avait informé de la présence de Maya. Elle s'était préparée avec beaucoup de soin et avait choisi ce qu'elle avait de plus élégant dans sa garde-robe. Alan parut effectivement séduit par ce qu'il vit.

« Ce n'est pas possible, dit-il, l'air sincèrement désolé. Je déjeune avec mes clients. C'est prévu depuis longtemps. »

Elle fit une moue boudeuse et rejeta ses longs cheveux en arrière. Ses pendants d'oreilles émirent un tintement cristallin.

« Et demain ?

— Demain, c'est la même chose. Je suis désolé. Nous dînons ensemble ce soir, d'accord ? »

Il avait effleuré sa joue du bout des doigts.

— Nous pouvons dîner ensemble tous les soirs. Mais dans la journée, ce n'est malheureusement pas possible, s'excusa-t-il.

— Pourquoi ne puis-je pas venir avec vous ?

— Parce que ces gens souhaitent parler de choses qui ne sont destinées qu'à mes oreilles. Ta présence les gênerait beaucoup. Je ne peux vraiment pas te convier à te joindre à nous. »

Elle s'en était allée comme elle était venue, avait passé le reste de la journée à se morfondre et, le soir, ainsi qu'elle s'y était attendue, avait eu droit à un interrogatoire d'Alan sur ses intentions et ses projets d'avenir.

« A la longue, ça ne peut être que frustrant de passer ses journées à tourner en rond dans un appartement ou à traîner dans les magasins », avait-il conclu.

Qu'il aborde ce sujet était précisément ce qu'elle redoutait depuis qu'elle était chez lui, mais elle n'avait pas imaginé qu'il ouvrirait le feu si tôt.

Elle s'était efforcée de le regarder droit dans les yeux et d'affecter un air aussi innocent que sincère.

« Bien sûr, tu as raison, Alan, avait-elle répondu, mais laisse-moi encore un peu de temps, d'accord ? Tout est tellement nouveau pour moi, ici, tellement différent. Il faut que je m'habitue un peu... que je me... familiarise avec ce nouvel environnement.

— Si tu avais un travail, tu rencontrerais des gens, remarqua Alan. C'est un moyen efficace de se familiariser avec un nouvel environnement.

— Laisse-moi du temps, répéta-t-elle. Je suis un

peu déstabilisée, mais ça ne va pas durer, je te le promets. »

Ainsi qu'elle l'avait espéré, la discussion en était momentanément restée là. Il reviendrait sur le sujet, mais elle le connaissait suffisamment pour savoir qu'il la laisserait tranquille quelque temps. Alan était trop sensible pour donner dans le harcèlement.

Et quand il recommencera, eh bien, j'aviserai, se dit-elle.

Mae lui avait déjà téléphoné deux fois pour lui demander si elle avait rendu visite à son arrière-grand-mère. Elle avait été très fâchée d'apprendre que Maya n'avait toujours pas trouvé le chemin de la maison de retraite.

« Tu me déçois beaucoup, Maya ! Tu m'avais promis d'y aller. Je ne te demande pas grand-chose, pourtant. Maman sait que tu es à Londres, elle est très peinée que tu ne lui téléphones même pas. »

— Comme si j'avais envie de gâcher une journée entière dans une maison de vieux », avait bougonné Maya pour elle-même.

Ce matin-là cependant, dix jours après son arrivée, la situation n'était déjà plus tout à fait la même. Elle aurait eu mauvaise grâce à parler de « gâcher une journée » quand elle ne faisait rien que tuer le temps en s'adonnant à des occupations qui en méritaient à peine le nom. Tant qu'à faire quelque chose de frustrant, autant rendre visite à l'ancêtre de la famille et se farcir une journée chez les gâteux. Elle appela le serveur, paya sa consommation et traversa la rue. Elle entra dans la cabine téléphonique qui se trouvait en face du café et composa le numéro de son arrière-grand-mère.

A l'instar de nombre de ses congénères, Edith Wyatt vivait essentiellement dans le passé, avec une prédilection pour les années de guerre. Elle était intarissable sur la période de l'Occupation. D'aussi loin qu'elle s'en souvienne, Maya ne l'avait jamais entendue parler d'autre chose. Ces vieilles histoires sinistres l'ennuyaient à périr.

La maison de retraite se trouvait à l'extérieur de Londres dans un village idyllique des environs de Henley. C'était une grande bâtisse victorienne tarabiscotée agrémentée sur tout son pourtour d'une vaste véranda et dont le vieux jardin sauvage hébergeait une multitude d'arbres fruitiers sous lesquels étaient disposés des bancs et des fauteuils peints en blanc. Toutefois, ce n'était pas là, à l'ombre légère des fruitiers et les pieds dans l'herbe haute, que se tenaient les pensionnaires, mais alignés les uns à côté des autres sous la véranda, telle une longue chaîne de corbeaux affamés prêts à se jeter sur la première chose comestible passant par inadvertance à leur portée. Quand Maya se dirigea vers l'accueil, les conversations se turent et toutes les têtes se tournèrent vers elle. Elle se retint de leur tirer la langue.

Elle détestait les personnes âgées. Elle détestait les cheveux gris, les têtes qui dodelinaient, les bouches édentées et les filets de bave au coin des lèvres. Elle détestait le spectacle de la déchéance physique, qui lui rappelait combien tous étaient proches de la frontière qui les séparait de la mort.

Vivre, se répétait-elle tandis qu'elle passait devant les vieux corbeaux aux aguets en s'appliquant à ne pas respirer l'odeur fétide de la vieillesse et de la maladie. Il faut que je vive, que je vive plus et plus intensément ; et que j'arrête de gaspiller ma vie.

Cela faisait quelques jours qu'elle se demandait confusément si elle n'était pas en train de perdre son temps avec Alan. Quand elle sentit l'odeur qui régnait sous la véranda, elle en fut brutalement convaincue et comprit que l'idée, désormais, ne lui laisserait plus de répit.

Edith Wyatt était la seule à ne pas demeurer sous la véranda. Elle s'était installée tout au fond du jardin, à l'ombre d'un arbre, dans un fauteuil en rotin. Une théière, deux tasses et une coupe de biscuits étaient disposées sur une petite table devant elle. La visite de son arrière-petite-fille la transportait littéralement de joie.

— Sers-toi du thé, ma chérie, et prends des biscuits ! Allez, mange un peu, tu es beaucoup trop maigre ! Laisse-moi te regarder... On ne dirait pas que tu es un rejeton de notre famille. Aucune d'entre nous n'a jamais été aussi jolie que toi.

Au moins, elle ne sent pas comme les autres, se dit Maya. Heureusement, parce que sinon elle non plus je ne la supporterais pas.

Elle refusa aussi bien le thé que les biscuits ; la vaisselle dans laquelle mangeaient les vieux la dégoûtait. Rien que penser à la façon dont elle était nettoyée lui faisait dresser les poils sur les bras.

Edith Wyatt l'interrogea sur Guernesey. Elle voulait tout savoir des derniers potins, mais la plupart des gens de sa génération n'étaient plus de ce monde et Maya ne connaissait pas les noms des personnes dont elle lui parlait.

— J'ai perdu tout contact avec Guernesey, dit-elle d'une voix triste, rompant le silence gêné qui s'était installé. J'aurais été tellement heureuse de ne jamais quitter l'île. C'était tout mon univers.

Epouse fidèle à l'ancienne mode, elle avait suivi son mari sans protester quand, au milieu des années cinquante, il s'était installé à Londres où on lui offrait de reprendre la clientèle d'un ami décédé – « une chance exceptionnelle qu'aucun homme de bon sens n'aurait refusée ». Edith Wyatt ne s'était jamais habituée à l'Angleterre et, quand son mari était mort, elle avait longuement hésité à revenir à Guernesey auprès de ses enfants et petits-enfants. Mais de son vivant, son époux avait acheté deux places dans une maison de retraite et elle aurait considéré comme une trahison de ne pas respecter ses dispositions et de s'en aller finir ses jours où bon lui semblait. Elle avait été élevée dans l'idée qu'une femme obéissait à son mari et, dans son esprit, ce principe perdurait au-delà de la mort.

— J'aimerais tant, mais tant, revoir Saint Peter Port, soupira-t-elle. Dans deux semaines, ce sera Liberation Day. L'île croulera sous les fleurs. Participes-tu au défilé, ma chérie ?

— Je serai à Londres, ce jour-là, répondit Maya.

La soif la taraudait, mais plutôt mourir que toucher au thé.

— Je ne pense pas retourner à Guernesey si rapidement !

Edith la considéra avec attention.

— Mae m'a dit que tu habitais chez Alan Shaye, le fils de Béatrice Shaye.

— C'est vrai. Il y a des années qu'il voulait que je m'installe avec lui. Eh bien, je l'ai fait.

— L'aimes-tu ? Souhaites-tu faire ta vie avec lui ?

Maya s'agitait nerveusement sur sa chaise.

— Il faut d'abord que nous nous habituions l'un à l'autre.

— Il y a des années que vous êtes liés. Tu devrais commencer à savoir ce que tu éprouves pour lui.

La vieille dame soupira. De nos jours, les jeunes usaient et abusaient de la possibilité de se tester sans s'engager. Ils en oubliaient de savoir ce que représentait le mariage...

— Alan Shaye est un homme très sensible, poursuivit-elle. C'est quelqu'un qu'il ne faut pas malmener.

— Tu le connais à peine !

— Il nous rendait parfois visite, du vivant de ton arrière-grand-père. Et il est déjà venu ici plusieurs fois. Il est très fidèle, il n'oublie pas les gens simplement parce qu'ils sont vieux et malades et n'ont pas grand-chose à lui apporter.

Maya était surprise. Alan ne lui avait rien dit de ses visites à Edith Wyatt.

C'est bien du Alan, se dit-elle. Elle lui en voulait, sans vraiment savoir pourquoi, peut-être parce qu'il était simplement trop gentil.

— Quoi qu'il en soit, dit Edith, je souhaite que ça se passe au mieux entre vous. Parle-moi de Béatrice. Et d'Hélène. Comment vont-elles ?

Maya ne s'intéressant ni à Béatrice ni à Hélène, sa réponse fut succincte.

— Je ne sais pas, répondit-elle sans entrain. J'imagine qu'elles vont bien, comme d'habitude.

— Mon Dieu, je les vois encore quand elles étaient jeunes, s'enflamma soudainement la vieille dame, déclenchant par anticipation l'impatience de Maya qui se voyait déjà subir un récit complet de la guerre et de l'Occupation. En mai 1945… Il y a presque cinquante-cinq ans jour pour jour… Sais-tu que chaque année à la même époque je repense à la Libération ? Je ne peux pas m'empêcher de revoir les images de ce que nous avons vécu…

Oui, et c'est bien le problème avec les vieux, songea Maya qui contenait difficilement son agacement.

— Béatrice avait seize ans, elle était si jeune, poursuivit Edith, et, comme nous tous, sous-alimentée, affamée, et terriblement impatiente… Quant à Hélène, elle n'était plus que l'ombre d'elle-même, elle avait tellement peur. Tout s'effondrait autour d'elle. Les îles étaient encore occupées, mais tout le monde savait que la fin était proche. Nous-mêmes cachions toujours ce jeune prisonnier français, Julien, et plus les jours passaient, plus nous redoutions un malheur, comme si la chance d'être jusque-là passés à travers les mailles du filet ne pouvait plus durer.

Maya soupira. Elle connaissait l'histoire par cœur.

— Au cours des derniers jours, les événements se sont précipités, continua imperturbablement Edith. Les Allemands arrêtaient et exécutaient toujours des gens, le savais-tu ? Quand j'y pense, mon Dieu... Ce n'est rien de dire que nous avions peur. Et les bruits qui couraient, tu n'imagines pas. On disait que les Allemands allaient faire sauter l'île, ou bien exécuter tous les îliens... C'était stupide, naturellement.

— Naturellement, acquiesça Maya sans dissimuler son ennui.

— Mais les Allemands devenaient nerveux, reprit Edith, et de ce fait beaucoup plus dangereux. Le pire, c'était Erich Feldmann. On a appris par la suite qu'à l'époque il prenait des neuroleptiques à haute dose. Il devait en avoir encore plus besoin que d'habitude, malheureusement, s'il y avait quelque chose de difficile à trouver, c'était bien ça. Nous avions – et encore ! – quelques médicaments de base pour soigner les blessés, des désinfectants, un peu de pénicilline... Les psychotropes, ce n'était même pas la peine d'en chercher. Erich Feldmann ne pouvait pas s'en passer. Il était en manque, comme un drogué.

Maya soupira à nouveau, cette fois plus ostensiblement. Rien d'Erich Feldmann et de ses problèmes ne l'intéressait.

— Il a menacé Thomas, ton arrière-grand-père, dit Edith. T'en ai-je déjà parlé ? C'était le matin du jour où il est mort, où Erich est mort, je veux dire. Il a brutalement surgi dans le cabinet, à l'aube. Les yeux injectés de sang, le teint gris : il était dans un état épouvantable. Il réclamait de quoi se doper, menaçait Thomas de son arme, hurlait que, en tant que médecin, il devait forcément avoir quelque chose, qu'il y avait des sources d'approvisionnement secrètes... Thomas n'avait rien mais Erich ne voulait pas le croire. Il l'a forcé à ouvrir tous les placards et tous les tiroirs du cabinet, puis ceux de toute la maison ! Erich était comme fou. Nous étions terrifiés. La trappe du grenier était très visible, s'il avait demandé à fouiller les combles, nous étions perdus. J'ai rarement eu aussi peur de ma vie…

Le souvenir de ce qu'elle avait vécu était si vivace qu'un frisson d'effroi parcourut Edith Wyatt.

— J'ai cru que je n'allais pas pouvoir me retenir de hurler tellement j'étais tendue, reprit-elle. C'était la dernière chose à faire, Erich aurait compris que nous lui cachions quelque chose. Il ne fallait rien laisser transparaître…

Maya ne connaissait pas encore cette histoire, mais elle ne la trouva pas palpitante pour autant. C'était tellement vieux, tellement loin, comment aurait-elle pu se sentir concernée ?

— Je suppose qu'il n'a pas découvert Julien, remarqua-t-elle sans enthousiasme. Tu ne serais pas là, sinon.

— Non, je ne serais pas là, acquiesça Edith en portant prudemment sa tasse à ses lèvres. Il est parti sans avoir remarqué qu'il y avait un grenier. Mais pas un instant je n'ai cessé d'avoir le sentiment de l'imminence d'un malheur, et je ne me trompais pas. L'après-midi de ce même jour, Thomas a été appelé chez Béatrice et Hélène. L'autre Français qui travaillait pour Erich – il s'appelait Pierre, je crois – était dans la cuisine, grièvement blessé. Erich lui avait tiré dessus, je ne sais plus très bien pour quelle raison… Il n'avait réellement plus tout à fait ses esprits. D'après Thomas, c'était une vilaine blessure.

— Ce Pierre, il a pu le soigner ? s'enquit Maya dans un sursaut de politesse.

Elle avait terriblement soif. Peut-être trouverait-elle quelque chose à boire dans la cuisine, une canette ou une bouteille non entamée dont elle serait sûre qu'aucun vieux ne l'avait touchée.

— Il a pu le soigner, répondit Edith. Pour autant que je m'en souvienne, ce jeune homme avait été touché à la jambe, il avait perdu beaucoup de sang, et il faisait une chaleur, ce jour-là...

La vieille dame s'interrompit, son regard s'assombrit.

— Quelle époque, mon Dieu, reprit-elle pensivement et sur un ton où perçait quelque chose qui ressemblait à de la nostalgie. Les temps étaient très durs, le danger était partout, mais nous étions ensemble, nous vivions... ici, j'ai parfois le sentiment de ne plus être vivante.

— Tu devrais revenir à Guernesey, dit Maya. Grand-mère serait certainement très heureuse de t'avoir près d'elle.

— Je ne sais pas... murmura Edith sans qu'il soit possible de déterminer si son doute concernait la joie de Mae ou l'intérêt de retourner à Guernesey. Je me demande si ma place est bien là-bas.

Maya se leva.

— Tu me permets de faire un saut dans la cuisine ? Il faut absolument que je trouve quelque chose à boire...

Edith désigna la théière pleine.

— Prends donc du thé...

— Quelque chose de frais, ajouta promptement Maya. Il fait trop chaud pour boire du thé.

— C'est vrai que nous avons un printemps particulièrement ensoleillé, acquiesça Edith. Peut-être cela explique-t-il que mes souvenirs soient aussi vivaces. En 1945, nous avions exactement le même temps. Très chaud pour un mois de mai. Et nous avions eu un mois d'avril superbe...

A les écouter, tout était formidable, songea Maya en se dirigeant vers la maison. Pourtant, c'était une époque effroyable. Je n'aurais pas aimé vivre ça. La guerre, la faim, rien de correct à se mettre sur le dos… Quelle horreur !

Elle avait atteint l'arrière de la maison et découvert avec soulagement une porte de service ouverte. Ouf, elle n'aurait pas besoin de repasser devant les vieux qui l'avaient dévisagée avec leurs petits yeux concupiscents.

La porte donnait directement sur la cuisine, ainsi qu'elle le constata à la vue de grands réfrigérateurs et d'une immense cuisinière. La pièce était d'une propreté clinique, pas une petite cuillère sale ne traînait, pas la moindre poussière en vue, rien que du propre et du brillant.

L'un des réfrigérateurs était ouvert. Accroupi devant, un jeune homme fouillait parmi les clayettes. Quand il entendit les pas de Maya, il bondit sur ses pieds et se retourna. Il avait une canette de Coca-Cola à la main, tout embuée de froid avec une goutte d'eau perlant sur le côté. Lorsque son regard se posa dessus, Maya se sentit faiblir.

— Wouah ! s'exclama-t-elle. Du Coca !

— J'aimerais payer, dit le jeune homme, gêné, mais je n'ai trouvé personne. Est-ce à vous que je dois m'adresser ? Je…

— Je ne suis ici qu'en visite, l'interrompit Maya, et près de défaillir de soif.

Elle prit sa place et pêcha une deuxième canette de Coca dans le réfrigérateur.

— Je ne veux pas toucher à leur thé, ajouta-t-elle.

— Il est effectivement infâme, dit le jeune homme. A se demander s'il y a vraiment du thé dedans…

— Je ne l'ai même pas goûté…

La canette émit un léger sifflement quand elle l'ouvrit.

— La vaisselle me dégoûte. Je ne suis pas sûre qu'elle soit correctement lavée.

— Il y a de gros lave-vaisselle, là-bas, dit le jeune

homme qui, probablement encouragé par Maya, ouvrit à son tour sa canette et but une première gorgée. Ça fait du bien, murmura-t-il.

Maya vida la moitié de la sienne d'un trait.

— Mmh, ça fait vraiment du bien, oui, dit Maya. Je ne sais pas si c'est la chaleur ou l'ambiance sinistre qui règne ici, mais j'avais d'urgence besoin d'un remontant.

— C'est votre grand-père ou votre grand-mère que vous venez voir ? s'enquit le jeune homme.

Il y avait dans ses yeux la fascination que Maya lisait dans les yeux de presque tous les hommes qui la regardaient.

— Mon arrière-grand-mère, dit-elle.

— Vraiment ? C'est rare. Je veux dire, c'est rare que quelqu'un ait encore son arrière-grand-mère.

— On est du genre à vivre vieux, dans notre famille, répondit-elle.

Ils se regardaient, indécis, leur canette de Coca-Cola à la main. Maya enregistrait les cheveux blond foncé, souples et brillants, les yeux topaze, la douceur séduisante du sourire.

Qu'est-ce qu'il est beau ! se dit-elle.

— Je m'appelle Frank, dit-il. Frank Langtry.

— Maya Ashworth.

— Très heureux de faire votre connaissance, Maya. Où habitez-vous ? A Londres ?

— Oui. Vous aussi ?

— Oui. Nous pourrions peut-être rentrer ensemble. Vous êtes venue en voiture ?

— Non, en bus.

— Je vous raccompagnerais avec plaisir. Ça vous tente ?

Maya était ravie. Elle détestait le bus, en outre, ce séduisant représentant de la gent masculine était exactement ce dont elle aurait besoin pour se changer les idées en sortant de cet endroit.

— Vers cinq heures, c'est possible ?

Il acquiesça avec empressement.

— C'est parfait. On se retrouve à cinq heures devant l'entrée principale.

Maya retraversa le jardin d'un pas léger. Quel temps merveilleux il faisait tout à coup. Le soleil était délicieusement agréable, l'herbe délicieusement verte, délicieusement tendre. Une douce brise de printemps caressait son visage.

Finalement, ce n'était peut-être pas une si mauvaise idée, cette visite au troisième âge…

9

Le 1er mai tombait un lundi. La veille, pour célébrer dignement l'arrivée du mois de mai, Franca avait organisé et préparé une *bowle*[1], à laquelle Mae et Kevin avaient été conviés. Mae adressait de nouveau la parole à Béatrice, néanmoins la tension entre les deux femmes était presque palpable et, pour autant que Franca le sût, aucun mot de réconciliation n'avait été prononcé qui eût détendu l'atmosphère. Il y avait presque deux semaines que Béatrice n'avait pas de nouvelles d'Alan et Franca supposa qu'elle écoutait très attentivement quand Mae parla de Maya. Elle mettait cependant un point d'honneur à n'en rien laisser paraître. Le regard rivé au loin sur la mer, elle buvait sa *bowle* à petites gorgées, l'air égal, et pas un frémissement de ses traits ne révélait ce qu'elle pensait.

— Dieu merci, Maya a fini par rendre visite à son arrière-grand-mère, disait Mae. Maman l'a trouvée absolument ravissante et très en forme.

Elle jeta un bref regard de côté à Béatrice.

— Elle a l'air d'aller bien.

— Tant mieux, dit Béatrice.

— Tout le monde finit un jour par devenir adulte, poursuivit Mae. Peut-être ce jour est-il arrivé pour Maya. Cela fait partie des choses possibles, non ?

1. Nom d'un cocktail à base de vin, de champagne, de fruits et d'aromates présenté dans un grand « bol » à punch et consommé traditionnellement au printemps. Par extension, nom de la réception au cours de laquelle il est servi. *(N. d. T.)*

Après tout ce qu'elle avait entendu sur Maya, Franca doutait qu'elle grandisse un jour, mais elle n'en dit rien. Au fond, les histoires d'Alan et Maya ne la regardaient pas, pas plus que le différend entre Mae et Béatrice. Au reste, bien qu'elle lui ait confié de grands pans de sa vie, elle éprouvait toujours une certaine timidité à s'immiscer dans l'intimité de Béatrice. En dépit de tout, une distance demeurait entre elles, dont Franca devinait que Béatrice souhaitait qu'elle soit respectée.

La douceur de l'air leur avait permis de demeurer une longue partie de la soirée dehors, à l'abri de la véranda de l'arrière de la maison, tandis que le soleil descendait lentement sur l'horizon. Toujours légèrement en retrait, Franca avait eu tout loisir d'observer la petite assemblée. Kevin était apparu nerveux et anormalement pâle, Hélène perdue dans ses pensées. Franca se souvint que le 1er mai était le jour anniversaire de la mort de son mari : sans doute songeait-elle à cet épisode dramatique de sa vie. De leur côté, Mae et Béatrice ne cessaient de s'envoyer des piques. Quand on grattait un peu, l'ensemble formait un tableau nettement moins idyllique qu'il ne le semblait à première vue.

La soirée se prolongeant, Béatrice proposa d'héberger Mae et Kevin pour la nuit. Mae refusa, prétextant qu'elle ne pouvait dormir que dans son lit et avait besoin de « toutes ses petites affaires » autour d'elle.

— Mais tu restes, Kevin, n'est-ce pas ? insista Béatrice.

Kevin déclina lui aussi l'invitation.

— Non, non, il faut que je rentre, répondit-il sans fournir d'autre explication.

Il a maigri, constata Franca pour elle-même. Il y a quelque temps, ses joues n'étaient pas aussi creuses.

Sans que ce soit flagrant, il paraissait également

moins soigné qu'auparavant, moins tiré à quatre épingles. Ses cheveux étaient légèrement trop longs, comme s'il remettait toujours au lendemain sa visite chez le coiffeur, et il transpirait beaucoup. Il y avait manifestement quelque chose qui n'allait pas, mais il prenait soin de ne laisser personne aborder le sujet et bien malin qui aurait pu dire s'il s'agissait d'ennuis professionnels, d'un problème de santé ou d'une peine de cœur. Il prit hâtivement congé de ses hôtesses et se sauva.

Le lendemain, toutes dormirent tard. Quand Franca se réveilla, la maison était parfaitement silencieuse ; la lumière qui baignait sa chambre l'éblouit. Quand elle se redressa dans son lit, elle eut peine à réprimer un gémissement. Sa tête semblait peser une tonne, une barre douloureuse l'empêchait d'ouvrir complètement les yeux.

— Mon Dieu, murmura-t-elle, j'ai vraiment trop bu hier soir.

Elle se leva prudemment et se dirigea vers la fenêtre. Le soleil, déjà haut, resplendissait, le ciel était d'un bleu lumineux, l'air frais et d'une transparence exceptionnelle. On pouvait apercevoir, dans le lointain, la mer qui scintillait paisiblement. Le léger voile de brume qui le matin masquait habituellement l'horizon s'était déjà dissipé.

Une merveilleuse journée de mai, songea Franca.

Elle enfila son peignoir et descendit au rez-de-chaussée en se faisant le plus discrète possible. Sa bouche était sèche au point qu'elle avait du mal à déglutir, il fallait d'urgence qu'elle boive de l'eau fraîche.

La table de la salle à manger était encore encombrée des verres et assiettes de la veille. Dans la grande jatte en verre transparent, un reste de *bowle* rouge vif tirait l'œil. Franca gagna la cuisine. Chacun de ses mouvements résonnait douloureusement dans sa tête.

Elle buvait un verre d'eau à petites gorgées, appuyée à l'évier, en se demandant où elle pourrait trouver de l'aspirine quand elle entendit des pas dans le jardin. Il y avait quelqu'un dehors. Presque au même instant, le visage de Kevin surgit derrière la porte vitrée de la véranda. Franca fit un tel bond que son verre faillit lui échapper.

Elle se sentit ridicule d'avoir eu si peur et se hâta de lui ouvrir la porte.

Il entra précipitamment, visiblement soulagé de trouver quelqu'un.

— Ah, Franca, je suis heureux que vous soyez réveillée. Je sais qu'il est encore bien tôt, cependant...

Il laissa sa phrase en suspens. Apparemment, il ne savait pas lui-même comment expliquer pourquoi il s'était levé de si bonne heure. En admettant qu'il se soit couché, ce dont Franca doutait. Il avait la tête de quelqu'un qui n'avait pas fermé l'œil de la nuit, voire qui n'avait même pas poussé la porte de sa chambre.

— Je voulais vous demander si vous n'auriez pas envie de venir dîner à la maison ce soir ? lança-t-il soudain d'une traite. Je veux dire, vous trois : vous-même, Hélène et Béatrice. Le mari d'Hélène est mort un 1er mai, elle est toujours très déprimée ce jour-là. Je me suis dit que, si je faisais la cuisine et que nous passions la soirée ensemble, ça lui changerait les idées.

— Bien sûr, c'est très gentil à vous d'y avoir pensé, dit Franca, surprise. Je viendrai très volontiers. Béatrice et Hélène dorment encore mais je suis certaine qu'elles seront elles aussi très heureuses de venir.

— Bon, eh bien... peut-être pourriez-vous me passer un coup de fil pour confirmer ?

Kevin dansait d'un pied sur l'autre, il paraissait indécis, nerveux et très tendu. Ne pas avoir vu Hélène et Béatrice semblait le contrarier, pourtant, à une heure aussi matinale, il devait bien se douter qu'elles ne seraient pas levées, s'étonna Franca.

— Vous êtes sûre qu'elles seront d'accord ? insista-t-il.

Il paraissait attacher une grande importance à leur présence. Franca observa son visage défait et se demanda si ce n'était que des soucis d'argent qui le mettaient dans cet état.

— Je ne pense pas qu'elles aient d'autres projets, dit-elle amicalement, et de toute façon vous pouvez compter sur moi.

— Dans ce cas, c'est entendu. Je vous attends à sept heures chez moi.

D'un geste infiniment las, il releva les cheveux qui lui tombaient sur le front. Franca remarqua que son visage était couvert d'une fine pellicule de sueur.

— Kevin, tout va bien ? fit-elle. Vous n'avez pas l'air très en forme. Je peux vous offrir un café ?

— Vous auriez du cognac ? demanda-t-il en retour.

Déconcertée, Franca alla chercher la bouteille de cognac dans la salle à manger. Kevin but son verre d'un trait, répéta l'heure à laquelle il les attendait et prit congé.

Franca prépara du café, chercha vainement à dénicher un comprimé d'aspirine, puis s'installa dans un des fauteuils du salon avec un livre. Sa tête douloureuse et le manque de sommeil eurent rapidement raison des deux tasses de café fort.

Son livre lui échappa des mains et elle s'endormit.

Alan ne comprenait pas pourquoi il avait ce matin-là tant de mal à se concentrer sur sa lecture du *Times*. Devant lui, la table était dressée pour le petit déjeuner. Thé, jus d'orange, œufs à la coque, toasts grillés, confitures haut de gamme, fromage, saumon fumé : il s'était donné un mal certain pour se procurer ce que Maya aimait et disposer le tout avec goût sur une jolie nappe. Il avait organisé un authentique petit déjeuner du dimanche… un lundi matin. A huit heures, il avait appelé sa secrétaire pour la prévenir qu'il ne viendrait pas de la journée.

« Mais… vos rendez-vous… avait-elle protesté, consternée.

— Vous les annulez. Je serai là demain. »

Puis il avait raccroché.

Il avait fait les courses le samedi précédent, longuement parcouru les allées du rayon alimentation de *Harrod's*, pris grand soin de chercher ce qu'il y avait de mieux et de meilleur. A vrai dire, son intention première avait été de faire ces achats avec Maya mais, à peine debout, elle lui avait déclaré qu'elle filait retrouver son arrière-grand-mère et qu'elle ne serait pas là de la journée.

« Encore ! s'était-il exclamé. Tu y es déjà allée deux fois dans la semaine !

— Je sais. Mais les visites du week-end sont celles qui lui font le plus plaisir. Ça peut être long, tu sais, un samedi dans une maison de retraite.

— Tu es tout de même extraordinaire ! Depuis que tu es là, tu ne cesses de me reprocher de ne pas m'occuper assez de toi, d'être constamment retenu ailleurs, de te laisser seule dans ton coin du matin au soir. Aujourd'hui j'ai du temps, je voudrais passer ce samedi avec toi et c'est le jour que tu choisis pour t'engager ailleurs. Tu aurais pu aller voir Edith la semaine prochaine ! »

Elle l'avait regardé, l'air ennuyée.

« Je n'ai pas réfléchi. Excuse-moi, Alan. Mais si je me décommande auprès d'Edith maintenant, elle va…

— Non, non ! Ne fais pas ça. Tu ne peux bien évidemment pas te décommander au dernier moment, elle serait trop déçue. Il y aurait bien une possibilité… Si je t'accompagnais, nous pourrions… »

La proposition parut presque l'effrayer.

« Elle n'est pas très vaillante, tu sais. Je crois qu'elle préfère me voir seule. Alors si ça ne te vexe pas…

— Ça ne me vexe pas du tout ! »

Il n'était pas vexé. Seulement troublé. Très troublé. Quelque chose clochait. Il connaissait Maya depuis qu'elle était née, il la connaissait plus que bien. L'esprit de famille n'avait jamais été son fort. Elle entretenait de réels liens affectueux avec sa grand-mère Mae, mais essentiellement parce que celle-ci avait le carnet de chèques généreux. Le sort de son arrière-grand-mère ne la laissait certainement pas indifférente non plus, mais de là à lui rendre visite trois fois en l'espace d'une semaine… Il savait quelle répulsion lui inspiraient les personnes âgées. Elle se donnait d'ordinaire beaucoup de mal pour éviter d'être confrontée à cet aspect de la vie.

Et comme si cela ne suffisait pas, elle avait décidé de retourner à Henley le lendemain.

Il était en train de préparer le petit déjeuner, un brunch destiné à ressembler à celui de ce lundi, quand elle avait une nouvelle fois surgi dans la cuisine et déclaré qu'elle ne serait pas là de la journée : « Edith est vraiment trop déprimée. Je t'en prie, comprends-moi ! Je ne peux pas la laisser seule un dimanche. »

Tandis qu'il buvait son thé, seul devant sa table de fête, des questions très désagréables lui venaient à l'esprit. Se trompait-il ? Maya lui avait fait part de son désir de changer. Elle lui avait montré combien ce désir était sérieux.

Vraiment ?

Le premier soir, oui, sans aucun doute. Il versa une cuillère de sucre dans son thé, plongea sa petite cuillère dans la tasse et la tourna distraitement. Il vit

Maya devant lui, élégante, réservée, discrètement maquillée – rien de comparable avec le style provocant qu'elle affectionnait habituellement. Mais ce n'était qu'extérieur, qu'une apparence. C'était facile.

Il songea néanmoins que chaque soir, en rentrant de son cabinet, il l'avait trouvée à la maison, allongée sur le canapé en train de lire ou de regarder la télévision et que toujours elle s'était réjouie de le voir.

Qu'y avait-il donc, alors, qui s'obstinait à perturber sa sérénité ? Il avait employé son samedi à déambuler dans les rues, à faire des courses, et à vainement tenter de refouler le sentiment de malaise qu'il sentait monter en lui.

Il parcourait les rayons de *Harrod's* quand soudain le sentiment diffus s'était mué en certitude. Il avait assurément des raisons de s'inquiéter. Quand il lui avait dit : « On va faire des courses » – faire des courses ! la formule magique ! –, elle aurait dû instantanément tout abandonner pour le traîner dans les magasins qu'elle avait repérés pendant la semaine. Au lieu de cela, voilà qu'elle décidait de rendre visite à Edith Wyatt dans sa maison de retraite !

Il avait passé son dimanche à lire sur un banc de Saint James's Park et s'était senti très seul. Il était rentré tôt, espérant que Maya serait à l'appartement et qu'ils pourraient prendre un verre ensemble quelque part et ensuite aller dîner. Mais l'appartement était vide et silencieux. Il se prépara un gin tonic, conscient que si Maya ne rentrait pas bientôt, le verre suivant serait nettement plus alcoolisé. Depuis qu'elle était là, il avait très peu bu. Il n'avait besoin de rien quand elle l'accueillait le soir avec un tendre sourire, nouait ses bras autour de son cou, l'embrassait et qu'il s'emplissait de son odeur douce et sucrée, chaude, familière, si attirante et qui n'était qu'à lui. Qu'il croyait n'être qu'à lui. Il suffisait qu'il y pense pour que quelque chose dans sa poitrine se serre. Si seulement il pouvait enfin en avoir le cœur net...

Tout le samedi et tout le dimanche, il avait brûlé de décrocher le téléphone pour appeler Edith Wyatt. Pour l'appeler et lui demander si Maya était encore près d'elle ou déjà repartie. Ainsi il aurait su si elle avait seulement mis les pieds là-bas.

Sur le point de tendre la main vers l'appareil, chaque fois l'idée de se comporter en petit fouineur minable l'avait arrêté. Il ne voulait pas espionner Maya. Peut-être aussi ne voulait-il pas savoir.

Il avait bu un premier whisky vers dix heures du soir, peu après un deuxième, puis un troisième. Il s'était senti nauséeux, avait grelotté de froid. Où diable était-elle ? A minuit, le découragement l'avait gagné. Même la veille, un samedi, elle était rentrée plus tôt. Avec son mode de vie, que le lendemain soit un jour férié ou pas revêtait une importance certes relative puisque rien ne l'obligeait à se lever, néanmoins, était-il possible de s'attarder jusqu'à une heure aussi avancée dans une maison de retraite ? C'était hautement improbable. Il s'était couché à minuit et demi, mais en dépit du whisky il avait été incapable de trouver le sommeil et n'avait cessé de se tourner et de se retourner dans son lit en épiant le tic-tac de sa montre. Puis soudain, il avait entendu la porte de l'appartement s'ouvrir et il avait soulevé une paupière pour regarder les chiffres lumineux du radio-réveil posé sur la table de nuit : deux heures et demie. Si disposé à la croire qu'il fût, elle allait avoir du mal à trouver une explication convaincante.

Mais pas tout de suite, surtout pas tout de suite. Il avait besoin de réfléchir.

Il avait fait semblant de dormir, avec l'impression que le lit tremblait tant son cœur battait fort. Maya s'était affairée un instant dans la salle de bains, puis elle était entrée dans la chambre sur la pointe des pieds et s'était glissée aussi silencieusement que possible à côté de lui dans le lit.

Pardi, ça dérangerait singulièrement ses plans que je me réveille et voie à quelle heure elle a le culot de rentrer, avait-il songé, partagé entre la rage et l'amertume.

Aux premières heures de l'aube, il avait sombré dans un bref sommeil sans rêve dont il avait émergé à six heures et demie, plus fatigué que reposé. A côté de lui, il entendait le souffle régulier de Maya. Le jour filtrait déjà à travers les lamelles des stores baissés. De Maya, étroitement pelotonnée et enfouie sous les couvertures, il ne voyait que les longs cheveux étalés sur l'oreiller. Elle ne se réveillerait pas avant plusieurs heures.

Seul avec son journal devant le thé qui refroidissait, il se demandait pourquoi il s'était obstiné à vouloir préparer un petit déjeuner de fête et pourquoi il négligeait son travail pour Maya. En même temps, il s'efforçait d'ignorer le mal de tête qui se rappelait à lui à chacun de ses mouvements. Après deux semaines de quasi-abstinence, ses excès de whisky de la veille avaient pris une ampleur à laquelle il ne s'attendait pas. Il se demanda s'il parviendrait jamais à renoncer à l'alcool pour se consoler de ses malheurs.

Une saleté de remède… pire que le mal, songea-t-il en se frottant les yeux. Ça vous bousille, vous en êtes parfaitement conscient et, malgré tout, vous ne pouvez pas arrêter.

Il fit le point sur lui-même sans complaisance, sans l'indulgence qu'il était toujours prêt à accorder aux autres. Qu'était-il ? Un homme de quarante-trois ans qui séchait le boulot pour une femme qui dormait, pour un petit déjeuner pantagruélique auquel il était incapable de toucher, un homme fatigué au visage marqué par des années d'excès d'alcool. Il avait des poches sous les yeux, le teint blême, les pores dilatés. Il était toujours séduisant, mais il avait atteint la limite au-delà de laquelle il ne pourrait plus donner le change. S'il perdait pied et basculait du mauvais côté, cinq ans plus tard il aurait les traits ravagés d'un vieil alcoolique. Il pouvait cependant inverser le cours des choses, il était encore temps. Il était encore suffisamment jeune pour retrouver sa pleine santé. Il pouvait encore faire disparaître les stigmates de l'alcoolisme. Il avait encore une chance.

Mais comment l'exploiter quand chaque jour lui apportait une nouvelle preuve de l'immense gâchis qu'il avait réussi à faire de sa vie ? Une vie amoureuse erratique, pas de relations de confiance ou d'amitié. Pourquoi n'avait-il pas une femme, deux enfants, une maison avec un jardin et un bobtail ? Pourquoi était-il empêtré dans une histoire avec une femme qui avait vingt ans de moins que lui et couchait avec tous les hommes qu'elle rencontrait ? Qui l'exploitait et l'utilisait, qui l'appâtait avec des mensonges, qui le ridiculisait, qui le manipulait comme une chiffe molle, qui le prenait et le laissait tomber comme un jouet, et depuis des années le rendait sourd et aveugle à toutes les autres femmes.

Il faut que je la mette dehors, se dit-il. Il est évident qu'elle a passé ses journées d'hier et d'avant-hier avec un type. Elle me trompe probablement depuis le début de la semaine. Et elle n'a même pas honte de me servir cette histoire de maison de retraite et de la pauvre Edith Wyatt qu'elle ne peut pas laisser seule.

Il savait que, pour mettre Maya à la porte, il lui faudrait faire montre d'agressivité et de fermeté. Cependant, pour des raisons qu'il ne parvenait pas à s'expliquer, il ne trouvait pas trace de colère en lui. Il ressentait essentiellement de la tristesse, de la résignation, et un infini désarroi.

Franca rêvait qu'elle plantait un clou dans un mur pour accrocher un tableau. Elle tapait de toutes ses forces mais le clou refusait d'entrer dans le béton.

Troublée par tant de difficulté, elle se demandait s'il était possible de planter un clou dans le béton quand elle se réveilla. Elle regarda autour d'elle et comprit rapidement qu'elle avait rêvé, mais curieusement les coups de marteau continuaient de faire trembler la maison, puis elle se rendit compte que c'était quelqu'un qui frappait violemment à la porte.

Elle s'extirpa du fauteuil dans lequel elle s'était endormie et réprima un gémissement de douleur. Tous ses membres étaient endoloris, son cou si raide qu'elle pouvait à peine le bouger. Le livre qu'elle lisait avant de sombrer dans le sommeil gisait, ouvert, sur le tapis. Elle frissonna et se dirigea comme un automate vers l'entrée.

En sortant du salon, elle tomba sur Béatrice, mal réveillée et les cheveux en bataille, qui descendait l'escalier.

— Que se passe-t-il ? Pourquoi personne ne m'a réveillée ? Il est presque midi !

— Je me suis rendormie, expliqua Franca. Je crains que nous n'ayons tous un peu trop bu hier soir.

— Oui, c'est aussi mon impression, renchérit Béatrice.

Elle resserra la ceinture de sa robe de chambre et adressa un regard courroucé à la porte.

— Non, mais quel raffut ! Je connais des façons plus aimables de s'annoncer !

Elle s'arrêta devant le miroir pour remettre de l'ordre dans ses cheveux.

— Ça ne vous ennuie pas d'aller ouvrir, Franca ?

Franca se dirigea vers la porte et l'ouvrit. Michael apparut devant elle.

— Eh bien, ce n'est pas trop tôt ! s'exclama-t-il

aussitôt, indigné. J'allais finir par croire qu'il n'y avait personne !

— Michael ! souffla Franca, ébahie.

Une petite valise était posée à ses pieds. Il l'empoigna et la souleva.

— Je peux entrer ? Depuis le temps que je suis dehors...

Franca fit un pas de côté.

— Oui... naturellement.

Michael entra et ce fut d'un coup comme si la lumière s'éteignait. Franca perçut le froid imaginaire qui la faisait frissonner avec plus d'acuité, sa gorge se noua, comme toujours, depuis quelques années, en présence de Michael. Un poids sur sa poitrine ralentit sa respiration. Elle sentit une peur diffuse l'envahir. Une peur enfantine à laquelle elle n'aurait pas dû céder mais qui la prit par surprise, ne lui laissant aucune chance de se défendre.

— Bonjour, dit Michael en découvrant Béatrice. Je suis Michael Palmer.

— Béatrice Shaye, le salua amicalement Béatrice. Vous ne m'aviez pas dit que vous attendiez votre mari, ajouta-t-elle à l'intention de Franca sur un ton faussement fâché.

— Elle ne m'attendait pas, intervint Michael. Je me suis décidé au dernier moment.

— Ah... fit succinctement Béatrice.

Franca eut l'impression que la tension qui s'était installée avec l'arrivée de Michael ne lui échappait pas.

— Franca, invitez donc votre mari au salon. Et prenez dans la cuisine ce dont vous avez besoin, thé, café, eau fraîche ou que sais-je encore. Je suis en haut si vous avez besoin de moi.

Franca faillit lui demander de ne pas la laisser seule, mais elle refoula ce désir de petite fille et dit simplement :

— Au fait, Béatrice, Kevin est passé ce matin. Nous sommes invitées à dîner chez lui ce soir – vous, Hélène et moi. A sept heures.

— C'est décidément le jour des visites matinales, remarqua Béatrice. Etes-vous bien certaine que c'était Kevin ? C'est rare qu'il organise des dîners en semaine.

— Eh bien, c'est à cause d'Hélène, il pensait que... commença Franca avant qu'un toussotement impatient de Michael ne l'interrompe. En tout cas, c'était bien Kevin, ajouta-t-elle, inutilement puisque Béatrice n'en avait naturellement jamais douté.

— Auriez-vous une chambre que vous pourriez me louer pour la nuit ? demanda Michael. Il faut sinon que je me préoccupe de trouver un hôtel.

— La chambre qu'occupe votre femme est la seule que nous louions, expliqua Béatrice.

— Tu peux déjà y déposer ta valise, proposa vivement Franca. Je te montre où c'est.

— Ensuite, j'aimerais déjeuner quelque part, dit Michael en la suivant dans l'escalier. Nous ne sommes pas obligés de discuter ici, n'est-ce pas ?

— Non... c'est comme tu préfères... Nous pouvons tout à fait déjeuner dehors...

Michael posa sa petite valise noire sur une chaise de la chambre – où elle prit instantanément l'aspect d'un intrus malfaisant – et disparut dans la salle de bains pour « se rafraîchir ». Franca essuya ses paumes moites sur son jean et s'observa, le cœur battant, dans la grande glace en pied du palier. Son tee-shirt avait-il des taches ? Son pantalon n'était-il pas avachi ? Pourquoi ne s'était-elle pas lavé les cheveux ce matin-là ? Elle tenta de redonner du gonflant à sa coiffure, se pinça les joues pour les colorer et se sentit désespérément fade et laide. L'idée lui traversa fugitivement l'esprit qu'au cours des deux semaines précédentes elle n'avait rien trouvé à redire à son apparence, que c'était l'arrivée de Michael qui la déstabilisait.

Il n'a même pas fait de remarque, se dit-elle. Il suffit qu'il soit là pour qu'en cinq minutes je me transforme en paquet de nerfs.

— Vous devriez boire un bon cognac, dit une voix à côté d'elle.

Sur le point d'entrer dans sa chambre, Béatrice s'était ravisée et était revenue sur ses pas.

— Et ensuite, souvenez-vous des atouts que vous possédez. Ne prenez pas cet air de lapin traqué par le chasseur. Ce n'est pas nécessaire.

Franca soupira.

— Ça se voit tant que ça ?

— Depuis quelques minutes, vous êtes une femme tout à fait différente, dit Béatrice. Et pour être franche, celle que vous étiez avant me plaisait beaucoup plus. A mon avis, c'était la vraie Franca. Ce que je vois devant moi est une jeune personne apeurée qui joue à la petite fille pour que le méchant papa ne la gronde pas. Une petite fille, on est attentionné avec elle, on ne la bouscule pas. Du moins est-ce ce que vous espérez.

— Je ne sais pas ce qui se passe. On dirait que…

— Montrez-lui les dents, l'encouragea Béatrice. Et arrêtez de tripoter vos cheveux. Il déboule sans prévenir, il ne peut tout de même pas espérer que vous l'attendiez sur le pas de la porte pomponnée comme la reine mère.

Franca ne put s'empêcher de rire.

— Il y a de toute façon peu de chance que je sois pomponnée un jour. Mon Dieu… Je crois que j'ai vraiment besoin d'un remontant. Kevin m'a lui aussi demandé un cognac, ce matin. Qu'avons-nous donc, tous, aujourd'hui ?

— Il y a effectivement de la nervosité dans l'air, dit Béatrice. Je ne sais pas ce que c'est, je ne sais pas à quoi ça tient, mais ça ne me plaît pas. C'est comme si trop d'émotions s'étaient accumulées...

Elle prit une longue inspiration.

— Je téléphone à Alan ?

— Pourquoi pas ? C'est le 1er mai. Souhaitez-lui du bonheur pour l'été qui arrive.

— Hum... Je verrai cet après-midi, hésita Béatrice. J'aurai alors peut-être plus de courage.

Franca gagna le rez-de-chaussée et, pour la deuxième fois de la matinée, sortit la bouteille de cognac du placard. Elle emplit un verre et le vida d'un trait. Le liquide brûlant lui arracha la gorge mais la réconforta. Elle se sentit légèrement moins tendue. Elle se servit un second verre, le vida, respira à fond.

Ce n'était pas à faire tous les jours, mais une fois de temps en temps ça faisait vraiment du bien.

— Tu bois dès le matin ? fit une voix glaciale derrière elle. C'est un nouveau genre ?

Elle se retourna. Le regard perçant et impitoyable de Michael était rivé sur elle. L'effet bénéfique du cognac s'envola aussi vite qu'il était apparu, tous les plans qu'elle avait échafaudés s'effondrèrent. Qu'avait dit Béatrice ? « Montrez-lui les dents ! »

Elle voulait lui montrer les dents. Elle voulait se montrer forte, adulte. Elle ne voulait pas se comporter en petite fille soumise. Pas le moins du monde.

Rien à faire.

— J'ai besoin de boire, dit-elle d'une voix timide.

Michael lui prit la bouteille des mains et la rangea ostensiblement dans le placard.

— Très mauvais argument... Et à propos de besoin, j'ai regardé ta chambre d'un peu plus près. Je me demande comment tu te plais dans un endroit pareil. Je n'y resterais pas une nuit !

— Comment m'as-tu trouvée ? demanda-t-elle.

Il haussa les épaules.

— Je savais que ta propriétaire s'appelait Béatrice

Shaye. L'île est un village. Je n'ai eu qu'à prononcer son nom à l'aéroport pour savoir où elle habitait. J'ai loué une voiture et je suis venu.

Elle hocha la tête. Ça ne lui avait pas donné trop de mal.

— Pourquoi es-tu venu ?

Il fit une moue impatiente.

— Sommes-nous obligés de parler de ça ici ? J'ai faim, j'aimerais déjeuner dans un endroit agréable où l'on peut discuter tranquillement. Serait-ce possible ?

— *C'est* possible, dit Franca.

Elle prit ses clés de voiture sur la table de la salle à manger. Michael secoua la tête.

— Je conduis, dit-il.

Qui conduisait était au fond insignifiant, mais la question prit soudain de l'importance aux yeux de Franca.

— Non, dit-elle, je conduis.

Quelque chose dans sa voix dut surprendre Michael. Il la regarda un moment, puis hocha la tête.

— Si tu y tiens...

Le *Chalet Hotel* surplombait Fermain Bay. Ses magnifiques jardins fleuris s'étageaient à flanc de colline jusqu'à la mer. Le soleil de mai était chaud, les parasols des tables disposées en terrasse avaient été ouverts. L'air n'était plus aussi transparent qu'au matin, des voiles de brume s'étaient formés au large. Un vent léger, chargé de sel et d'iode, montait de la mer.

— Il fait aussi chaud qu'en été, dit Franca.

Michael remuait son café. Ils avaient pris une quiche, une salade, but de la bière de Guernesey et en étaient maintenant au café sans avoir encore échangé autre chose que des banalités. Michael avait évoqué des problèmes au laboratoire, regretté la démission de son meilleur collaborateur, un coup dur pour lui, avait-il dit. Franca avait parlé de ses promenades sur l'île, puis du suicide, il y avait de cela cinquante-cinq ans jour pour jour, d'Erich Feldmann. Michael ne parut pas intéressé mais au moins la laissa-t-il parler.

Il n'écoute pas un mot de ce que je dis, songea Franca. Il est vrai qu'il n'est venu ni pour le paysage ni pour Erich Feldmann.

Elle avait retrouvé un peu d'assurance. Michael l'avait félicitée pour le choix du restaurant, ce qui était plus que toute la reconnaissance qu'il lui avait manifestée au cours des cinq années précédentes.

— Bien, dit-il enfin, nous devrions peut-être commencer à parler sérieusement, qu'en penses-tu ? Tu disparais du jour au lendemain, tu juges inutile de me fournir la moindre explication sur ton comportement et tu refuses de m'éclairer sur la façon dont tu envisages la suite. Du moins, je ne suis parvenu à rien t'arracher au téléphone. C'est pour ça que je suis venu.

Il paraissait considérer comme une forme d'offense qu'elle l'ait de fait obligé à faire le déplacement.

Qu'a-t-il bien pu raconter à sa maîtresse ? s'interrogea Franca. Elle a dû moyennement goûter qu'il parte aux trousses de sa femme.

— Je t'ai pourtant clairement expliqué que c'était toi qui devais prendre une décision, dit Franca. Tu as une liaison. Peut-être même est-elle sérieuse, je ne sais pas. Tu es le seul à savoir où tu en es et le seul à savoir comment tu souhaites que cette liaison évolue.

Il mélangea son café plus violemment. Le sujet le contrariait mais il devait se rendre compte qu'il ne pouvait pas l'esquiver.

— Tu as une part notable de responsabilité dans cette « liaison », comme tu l'appelles. Je te l'ai déjà expliqué.

— Evidemment, dit Franca. Comment pourrais-tu en assumer seul la responsabilité ?

— Je ne le ferai pas parce que ce serait injuste. Vu la façon dont tu t'es comportée, je ne pouvais pas faire autrement que...

Il s'interrompit, chercha une formulation satisfaisante.

— ... que d'aller te fourrer dans le lit d'une autre femme, proposa Franca. C'est ce que tu voulais dire, n'est-ce pas ?

— Tu ne peux pas le réduire à ça, protesta aussitôt Michael. Le sexe n'a jamais été ma motivation première. Ce que je recherchais était tout à fait différent. Je voulais une femme avec laquelle je puisse faire quelque chose : sortir, aller au cinéma, au théâtre, à l'opéra... voir des amis et inviter des amis... Une femme solide, sur laquelle je pouvais compter et qui pouvait aussi me redonner un peu le moral quand j'en avais besoin. Je voulais vivre, Franca, tout simplement. Est-ce si difficile à comprendre ?

Franca songea qu'elle ne lui avait effectivement pas rendu la vie facile. Une femme névrosée, qui pleure à tout bout de champ, qui a peur des gens...

— Je comprends, dit-elle. N'importe qui comprendrait. Mais la façon dont tu le racontes, et te le racontes sans doute aussi à toi-même, occulte toute une partie de la vérité. Tu n'es pas seul responsable, Michael, mais depuis le jour où je te connais, tu n'as cessé, par ton comportement, de me déstabiliser. Je ne faisais jamais rien correctement, je n'étais jamais bien telle que j'étais. Tu avais constamment quelque chose à redire. Ne penses-tu pas que la confiance qu'une personne peut avoir en elle s'en trouve à la longue affectée ? Etouffée au point, un jour, d'être toute racornie ?

— Il ne manquerait plus que tu me colles tes

névroses sur le dos ! s'emporta Michael. L'origine de tout, c'est ton échec au collège et rien d'autre !

Elle tressaillit. Elle était la première à considérer ce qui s'était passé au collège comme un échec, mais l'entendre de sa bouche était autre chose.

Le problème est précisément là, songea-t-elle avec lassitude, c'est ça qui me détruit. Pourquoi, dans un cas comme celui-ci, ne peut-il pas utiliser d'autres mots ? Ne peut-il pas s'exprimer de façon moins blessante ? Pourquoi, au lieu de m'aider, faut-il qu'il me rende en permanence les choses plus difficiles ?

— J'ai échoué, c'est vrai, dit-elle.

Sa voix était douce, posée. Il lui traversa l'esprit qu'avoir toujours voulu faire bonne contenance, n'avoir jamais crié, jamais manifesté sa colère, sa peur ou sa peine avait peut-être été une erreur. Peut-être ne comprenait-il pas combien il lui faisait mal.

— Mais, poursuivit-elle, ne t'es-tu jamais demandé si cet échec n'avait pas été aussi provoqué par l'attitude d'un homme qui avant même que je passe le premier concours me répétait obstinément qu'à son avis je n'étais pas faite pour ce métier ? Qui n'avait de cesse de m'expliquer que j'étais trop timide, trop fragile et incapable de m'imposer ? Quand je me suis trouvée pour la première fois devant une classe, j'étais convaincue que ça allait mal se passer avant même d'ouvrir la bouche.

— Alors ça, c'est la meilleure ! Tu affirmes sans ciller que tout aurait formidablement bien marché si je ne t'avais pas mise quelque peu en garde, pour ton bien, évidemment ?

Ce n'était pas ce qu'elle avait dit et elle savait qu'il le savait. Les dernières années, sa façon de transformer les faits et de déformer volontairement sa pensée avait immanquablement mené leurs discussions à une impasse. Au lieu de se concentrer sur le point dont il fallait débattre, elle déployait des trésors d'énergie à essayer de dissiper ce qui paraissait des malentendus. Pour finir, elle se cantonnait à chercher à se justifier et s'enfonçait un peu plus.

— Je ne pense pas que tout aurait formidablement marché si tu ne m'avais pas influencée, dit-elle. Je pense simplement que ça se serait probablement un peu mieux passé. Si tu m'avais un tant soit peu encouragée, je me serais trouvée dans un autre état d'esprit. Cela dit…

Elle éleva la voix pour faire taire la protestation qu'il avait déjà sur les lèvres.

— … Cela dit, répéta-t-elle, cela n'a aujourd'hui aucune importance. Nous pourrions passer des heures, des jours, des semaines à établir la liste de nos griefs respectifs, ça n'apporterait rien. Peu importe qui a fait quoi et quand. C'est à ce que nous allons faire que nous devons réfléchir.

— Notre avenir dépend de notre passé, s'entêta Michael. Nous en sommes là parce que nous avons, par le passé, commis des erreurs.

Au moins dit-il « nous », songea Franca.

Il demeura silencieux un instant. On n'entendait que le vent dans les arbres et le cri des mouettes. Puis à la table voisine, une femme éclata de rire et d'un coup toutes les conversations reprirent. L'air se mit à bruire de mille voix.

— Je me suis donné la peine de prendre l'avion pour parler avec toi, dit enfin Michael. Cela prouve que je tiens à notre couple.

Franca le regarda sans répliquer, attendant la suite.

— Si tu changeais, poursuivit-il, si tu faisais sérieusement l'effort de changer… Cette liaison, je n'y tiens pas réellement. Je serais prêt à rompre.

Elle sentit le sang battre derrière ses tempes. Ce n'était pas une douleur, plutôt une gêne.

Si tu changeais, si tu faisais sérieusement l'effort de changer…

Ça ne marchera pas, se dit-elle, surprise de reconnaître la faillite de son mariage avec une telle absence d'émotion. Ça ne peut pas marcher. Inutile de continuer… A moins de vouloir perdre du temps.

— Ah, Michael, soupira-t-elle, résignée.

Ce n'était même pas douloureux. La fin était trop évidente pour faire mal. Elle arrivait tardivement, mais il était clair qu'elle était inévitable.

— Comment ça, « Ah, Michael » ? s'emporta-t-il. C'est tout ce que tu trouves à dire ? Je te propose quelque chose, je suggère un arrangement et tu n'as rien de mieux à dire que « Ah, Michael » !

Derrière ses tempes, les pulsations s'intensifièrent, un bourdonnement envahit sa tête. Un bourdonnement qui la coupa des bruits du monde extérieur – le brouhaha des voix, le tintement des couverts sur les assiettes, le cri des mouettes. Qui la coupa des odeurs de nourriture, de l'odeur d'iode et de varech qui montait de la plage en contrebas, qui la coupa même de la couleur des fleurs, de la mer et du ciel.

Pourvu que j'aie des comprimés dans mon sac, songea-t-elle. Je n'ai pas vérifié avant de partir.

— Michael, dit-elle, je voudrais divorcer.

Maya apparut aux environs d'une heure, les traits tirés et tout engourdie. Elle était pâle, ses grands yeux de biche réduits à deux fentes. Elle faisait plus que ses vingt-deux ans. Elle n'était pas jolie en ce début d'après-midi, elle n'était ni attirante ni désirable, et elle n'avait pas non plus le charme enfantin d'une petite fille ensommeillée.

Elle a une solide gueule de bois, constata Alan pour lui-même.

Elle était vêtue d'un immense tee-shirt blanc orné d'une tête de nounours décolorée plaquée sur la poitrine, ses jambes étaient nues, de même que ses pieds. Elle se laissa choir sur une chaise et se prit la tête à deux mains en gémissant.

— Bouh... que je me sens mal ! marmonna-t-elle.

— Veux-tu manger ou boire quelque chose ? demanda Alan en posant son journal de côté.

Il fut surpris de s'entendre parler normalement, de ce ton égal. Quelque part au fond de lui, un nerf vibra. L'impudence avec laquelle elle étalait son manque de sommeil et ses excès d'alcool de la veille le choquait. Elle ne se donnait même pas la peine de faire semblant d'être rentrée un peu tard d'une petite fête impromptue à la maison de retraite.

Que suis-je pour elle ? s'interrogea-t-il. Une serpillière qu'il n'est même pas nécessaire de faire semblant de respecter un peu, un tout petit peu ?

— Oh, non, pas manger, surtout pas ! dit-elle comme si elle allait mourir. Je vomirais tout de suite. Mais je veux bien une tasse de thé.

— Le thé est froid, dit Alan.

— Eh bien, fais-m'en un autre, marmotta-t-elle.

La crispation d'Alan grandit.

— Fais-le toi-même, dit-il.

Au moins réussit-il à percer le brouillard qui l'enveloppait. Elle leva un regard stupéfait sur lui, écarquillant ses yeux aux paupières enflées.

— Qu'est-ce que tu dis ? fit-elle.

— Que tu peux le faire toi-même, répéta Alan. J'ai préparé le petit déjeuner et je t'ai attendue des heures. Etant donné que nous ne nous sommes vus ni hier ni avant-hier, j'ai décommandé tous mes rendez-vous pour toi et je ne suis pas allé au cabinet. Tu peux ne pas estimer nécessaire de te lever avant une heure de l'après-midi, mais n'espère pas que je vais me précipiter dans la cuisine pour tout préparer une deuxième fois pour toi.

— Tout ! Je ne te demande qu'une malheureuse tasse de thé et tu me la refuses !

— Tu sais où est la cuisine, tu sais où est le thé, répliqua calmement Alan. Personne ne t'empêche de te servir.

Elle lui lança un regard incrédule, puis, dans un même mouvement précipité, se leva, s'empara de la bouteille de cognac sur la desserte, emplit le verre disposé à côté de son assiette – initialement destiné au jus d'orange – et le vida à longs traits avides.

— Voilà ! fit-elle en reposant le verre sur la table. Puisque personne ne m'empêche de me servir, tu n'as certainement rien contre !

— Je n'ai rien contre, répliqua Alan. Je pense seulement que ce n'est pas ce dont tu avais besoin. Tu as déjà l'air d'avoir dix ans de plus, le cognac ne va pas arranger les choses.

Aussitôt elle se resservit avec ostentation et vida une deuxième fois son verre.

— Ça ne manque pas de sel d'entendre ça dans ta bouche, remarqua-t-elle fielleusement. Qui, de nous deux, est l'alcoolique ? J'ai l'air ce matin d'être plus vieille que je ne le suis, et alors ? Demain au plus tard, il n'y paraîtra plus. Je peux passer toutes les nuits que je veux à boire, je récupère super bien. Tout le monde ne peut pas en dire autant. Toi aussi, tu as l'air d'avoir dix ans de plus. Sauf que demain tu auras toujours la même tête, et après-demain aussi. C'est fini, pour toi, Alan. Tu auras beau faire, tes quarante-trois ans, tu ne les retrouveras pas !

Les coups pleuvaient. Il prenait sur lui pour ne pas tressaillir. Le pire était qu'elle avait raison. Elle ne crachait pas son venin sans réfléchir, dans le seul but de le blesser. Elle l'attaquait sur des points auxquels il ne pouvait rien objecter.

— Ce n'est pas une raison pour m'imiter, dit-il, conscient de devoir répondre quelque chose mais incapable de trouver mieux.

Elle sourit. Si elle n'avait pas retrouvé sa forme,

elle était désormais complètement réveillée. Et prête à descendre dans l'arène. Il méprisait sa faiblesse, mais, quand elle sortait ses griffes, Alan redoutait Maya.

— Rassure-toi, je n'ai aucune intention de rivaliser avec toi, dit-elle. Je ne serai jamais comme toi. J'ai une force de caractère que tu n'as pas. Je sais quand il faut appuyer sur la pédale de frein.

— Il y en a beaucoup qui ont cru ça avant toi. Et qui ont freiné trop tard.

Elle haussa les épaules.

— Ce que tu penses m'est égal. Tu peux prédire toutes les catastrophes que tu veux. Tu me fais du thé, maintenant ?

— Non.

Elle se rassit et le regarda dans les yeux.

— OK, Alan, qu'est-ce qu'il y a ? Tu fais dès le matin une tête de quatre pieds de long, tu n'es pas à prendre avec des pincettes et tu ne dis que des choses désagréables. On peut connaître la raison de ta mauvaise humeur ?

Il renonça à sa réserve, aux précautions oratoires, aux piques peu acérées et aux allusions polies.

— Où étais-tu, hier ? demanda-t-il.

Maya resta de marbre.

— A la maison de retraite. Tu le sais bien.

— Jusqu'à deux heures et demie du matin ? Je ne pense pas que les visites soient autorisées jusqu'à une heure aussi avancée. Tu n'es pas rentrée tôt samedi non plus, mais voyons déjà ce que tu as comme bonne explication pour hier.

— Je ne suis bien évidemment pas restée aussi longtemps avec Edith.

— Ah. Tu le reconnais. Et où étais-tu ?

Elle émit un discret soupir très étudié.

— Sais-tu que c'est dégoûtant ce que tu demandes ? Sais-tu que tu es laid quand tu es comme ça ? Sais-tu que je trouve révoltant d'être interrogée de cette façon ?

— Si tu n'as rien contre, poursuivons néanmoins l'interrogatoire. J'aimerais savoir où tu étais.

— De quel droit ?

— Tu vis chez moi. A mes frais. Nous tentons, à ta demande, de construire quelque chose ensemble. Il me semble que cela va de pair avec une certaine transparence.

Il était toujours aussi surpris de s'entendre parler sur ce ton uni. Il s'exprimait posément, argumentait sans élever la voix, pesait ses mots avant qu'ils ne franchissent ses lèvres.

Faux, archifaux, dit une petite voix au fond de lui : tu expliques, tu justifies. Crie après elle, hurle ! Perds ton sang-froid ! Traite cette garce comme tu aurais dû le faire depuis des années ! Elle ne mérite rien d'autre. Et c'est la seule langue qu'elle comprenne.

Certes, malheureusement, pour la connaître, ce n'était pas une langue qu'il maîtrisait. Avocat, il maniait l'art de la menace avec un talent consommé, mais dès qu'il sortait de sa sphère professionnelle et se défaisait de l'armure qu'il revêtait pour exercer son métier, il en était incapable.

— J'attends ta réponse, dit-il. Où étais-tu ?

— C'est à peine croyable d'être infect à ce point, mais passons. J'ai quitté Edith vers sept heures, tu es content ? Seulement, manque de chance, je suis partie dans la mauvaise direction. J'ai atterri je ne sais où dans le trou du cul du monde. Il y a de ces bleds paumés… Bref, j'ai tout de même fini par capter que je n'étais pas dans le bon bus et je suis descendue. C'était le bout du monde. J'ai attendu des heures qu'un bus me ramène à la maison de retraite, et de là j'ai encore dû attendre des heures que le bus qui remontait sur Londres daigne arriver et…

Elle prit une longue inspiration et le regarda d'un air accusateur.

— ... c'était abominable. Il faisait nuit, j'avais froid, j'avais peur et maintenant il faut en plus que tu m'engueules !

— Il y a trois choses qui m'échappent, dit Alan. La première : comment as-tu réussi le tour de force de partir dans la mauvaise direction quand c'était la quatrième fois en une semaine que tu faisais très exactement le même trajet ? Deuxièmement : comment se fait-il que tu n'aies nulle part été capable de trouver un téléphone pour me prévenir que tu rentrerais tard, ou pour me demander de venir te chercher, ce que j'aurais fait immédiatement, comme tu le sais ? Et troisièmement : comment as-tu fait pour boire à tel point, au cours de tes pérégrinations nocturnes, que tu es ce matin à peine capable de regarder droit devant toi ?

— Il n'y avait pas de téléphone, dit Maya. Que veux-tu que je dise d'autre ? La maison de retraite est au milieu de nulle part. C'est la campagne ! J'aurais dû en plus me taper des kilomètres à pied pour dénicher une cabine ?

— Tu n'avais pas ton portable, par hasard ?

— Je l'avais oublié.

Elle mentait, il s'en rendit immédiatement compte, mais comme il ne pourrait pas le prouver, il renonça à insister.

— Admettons. Restent les questions concernant le mauvais bus et l'alcool.

— Ça ne t'est jamais arrivé de te tromper de bus ou de train ? Jamais de toute ta vie ? Tu n'es jamais parti dans la mauvaise direction ? Tu ne t'es jamais perdu ? Tu n'as jamais...

— Ça va, ça va ! l'interrompit-il. Tu t'es trompée, ça peut effectivement arriver à tout le monde. Le hasard, la malchance... Que sais-je...

Il se pencha vers elle, riva ses yeux sur elle et ne la lâcha pas du regard.

— Et en ce qui concerne l'alcool ? Quand as-tu réussi à boire au point d'avoir cette mine de déterrée ?

Cette fois, elle était acculée. En un éclair elle se transforma en tigresse.

— Tu es vraiment infâme, Alan Shaye ! feula-t-elle. Infâme et minable ! Tu joues ton rôle répugnant d'avocat, tu essayes de m'interroger, de me démolir, de me coller je ne sais quoi sur le dos. Tu n'y arriveras pas. Tu n'y arriveras pas pour la bonne raison que je ne vais plus répondre à tes questions. Tu n'as aucun droit de me mettre cette pression ! Tu n'as aucun droit d'insister de cette façon. Ce que je bois, où et avec qui, c'est mon problème !

Il baissa les armes. Son objectif était atteint. Il savait à quels signes on reconnaissait qu'un accusé est prêt à dire la vérité parce qu'il en a assez de mentir. Maya était arrivée à ce stade-là.

— Arrêtons, dit-il. Nous savons tous les deux à quoi nous en tenir. Si tu t'es rendue hier à la maison de retraite, tu en es partie très tôt ; m'est avis cependant que tu n'y es pas allée du tout. Tu as retrouvé un type, tu as écumé les bars avec lui, et vous avez très probablement fini au lit. Je me trompe ?

Il avait misé juste. Maya se sentait trop acculée pour être encore prudente. Elle ne voulait plus se défendre, elle voulait rendre les coups.

— Non ! dit-elle avec véhémence, tu as parfaitement raison, Alan. J'ai couché avec un autre homme. Et c'était sacrément mieux que ça ne l'a jamais été avec toi !

Il avait beau savoir qu'elle l'avait trompé, il accusa le coup. C'était si violent qu'il en eut un instant le souffle coupé. D'une voix qui lui parut venir de très loin, il s'entendit demander :

— Pourquoi es-tu encore ici, dans ce cas ?

— Pardon ? Tu veux dire quoi, au juste ?

— Il y a un autre homme dans ta vie, et c'est un amant fantastique. Je souhaite donc savoir ce que tu fais encore ici.

Elle rit, mais d'un rire qui ne sonnait pas complètement juste.

— Mais enfin, Alan, cette histoire avec Frank n'est pas sérieuse ! Tu m'as constamment laissée seule, je me suis un peu consolée. C'est tout !

— C'est également ainsi que Frank voit les choses ?

Elle haussa les épaules.

— Comment veux-tu que je le sache ?

— Vous êtes relativement intimes. Il a pu vous arriver de parler de ce que vous éprouviez l'un pour l'autre.

Elle eut un geste impatient des mains. Elle était visiblement furieuse d'avoir lâché le nom de Frank. Elle aurait bien voulu revenir sur ses aveux, elle aurait bien voulu ne pas avoir foncé tête baissée dans le piège qu'Alan lui avait tendu. Faute de pouvoir rattraper le coup, il était clair qu'elle s'efforçait à présent de minimiser son histoire avec Frank.

— Frank n'a vraiment pas d'importance. Il est gentil, d'accord, mais ce n'est pas du tout un homme pour moi, tu comprends ? Si je n'avais pas été aussi seule, jamais il ne se serait passé quelque chose entre nous.

L'aplomb avec lequel elle lui servait son histoire le laissa à nouveau perplexe.

— Ah, fit-il. Dois-je comprendre qu'à l'avenir, lorsque tu t'ennuieras ou te sentiras seule, tu t'estimeras autorisée à avoir une brève liaison avec un autre homme ? Pour te distraire ? Il y en a qui prennent des cours de langue, d'autres qui font du sport. Toi, ce sont les amants. J'en conclus que c'est pour toi une distraction comme une autre.

— Tu as une façon de présenter les choses...

— Je les présente telles qu'elles sont. Je ne les embellis pas.

Il fit une courte pause. La souffrance le ravageait. Il souffrait de ce qui s'était passé, mais peut-être plus encore d'avoir conscience de devoir rompre avec Maya s'il voulait conserver une petite étincelle d'estime de lui-même. Ils avaient atteint un point de non-retour. S'il ne rompait pas maintenant, il ne pourrait plus jamais se regarder dans une glace.

— Je t'ai dit que je voulais t'épouser, reprit-il, mais, mariée, tu ne verrais pas les choses différemment, n'est-ce pas ?

— Est-ce que je sais ! Alan, vraiment, tu voudrais aujourd'hui que je jure que jamais – jamais de ma vie entière – je ne ferai je ne sais quoi ? Personne, ni toi ni moi, ne sait ce que l'avenir lui réserve ! Personne ne sait si...

— Arrête avec ces généralités, Maya !

Quitte enfin cette femme, Alan !

— Arrête de tourner autour du pot ! Nous savons tous les deux ce qu'il en est. Tu es incapable d'être fidèle. Même si tu le voulais vraiment, même si ta vie en dépendait, tu ne pourrais pas être fidèle. Tu es faite comme ça, et je ne suis même pas certain que l'on puisse t'en rendre responsable...

Il la regarda. En dépit de la détestable image qu'elle offrait ce matin-là, il ne put s'empêcher d'éprouver un élan de tendresse pour elle.

La peur le gagna à l'idée des longues heures, des jours tristes et solitaires, des mois qu'il passerait à essayer de se l'arracher du cœur et de la tête. Il lui faudrait du temps pour l'oublier, si même il y parvenait un jour.

— Mais je ne peux pas accepter ton comportement, reprit-il. J'ai essayé pendant presque cinq ans. J'ai espéré que tu changerais, ou que je trouverais un moyen d'accepter la façon que tu as de mener ta vie. Ça n'a pas marché. Au reste, j'ai sans doute été stupide de croire que ça pouvait marcher. Je me serais épargné beaucoup de temps et d'énergie si j'avais reconnu l'inanité de mes espoirs.

Alan vit une expression inquiète passer dans les yeux de Maya. Apparemment, elle se rendait compte que ce n'était pas tout à fait comme d'habitude. Il lui était déjà arrivé de lui parler dans les mêmes termes, jusque-là, pas une seule seconde elle ne l'avait pris au sérieux, il en avait eu parfaitement conscience.

— Alan, nous devrions... commença-t-elle, mais à nouveau il lui coupa la parole.

— Nous ne devrions rien du tout, Maya. Seulement nous séparer. C'est ce que nous avons de plus raisonnable à faire.

Elle se pencha en travers de la table, voulut lui prendre la main, mais il la retira d'un geste prompt, refusant tout contact.

Elle plissa les yeux.

— Tu parles sérieusement ?

Il lui rendit son regard. Il savait qu'elle devait y lire beaucoup de souffrance, mais aussi beaucoup de détermination.

— Je parle sérieusement, oui. Et je ne veux pas remettre ça à plus tard. Prends ton petit déjeuner, ensuite fais tes bagages et quitte cet appartement.

— Mais où vais-je aller ?

— Chez Frank.

— Chez Frank ? Frank vit dans une minuscule chambre meublée ! Il n'y a aucune place pour moi chez lui !

— Apparemment, il y en avait suffisamment pour que tu l'y retrouves et que tu y couches avec lui. Je pense que tu vas comprendre. Tu vas simplement vivre quelque temps dans « une minuscule chambre meublée ». C'est possible. Tu verras.

Le poing de Maya se crispa sur la serviette en papier posée à côté de son assiette, la serra et l'écrasa.

— Oh, Alan, tu es loin de t'imaginer avec quel plaisir je m'en vais ! dit-elle à mi-voix. Si tu savais combien j'en ai par-dessus la tête d'être avec toi ! Tu es ennuyeux, triste, borné, et en plus tu as l'air vieux. Et tu as une tête d'ivrogne !

Sans cesser de décocher ses flèches, elle recula sa chaise et se leva lentement.

— Oui, Alan, faut que tu le saches, tu n'es même plus beau. Tu as été plutôt sexy, comme mec, mais ta beauté, tu l'as noyée dans le whisky. Comment ai-je pu être assez bête pour passer plus d'une journée avec toi ? Et plus d'une nuit !

Elle baissa le ton et poursuivit d'une voix plus mauvaise encore :

— Tu es tellement nul au lit, mon pauvre Alan. Tellement nul ! Pas une seconde qui en ait valu la peine ! Mais écoute bien ce que je vais te dire...

Elle se pencha légèrement en avant, ses yeux étincelaient.

— Tu vas me regretter, Alan ! A un point que tu n'imagines pas. Tu vas pleurnicher, tu vas me supplier de revenir. Parce que tu ne trouveras plus personne qui veuille de toi. Personne ! Tu vas être tellement seul et paumé que tu vas boire encore plus pour te supporter. Tu seras tellement mal que tu me courras après en claquant des dents. Tu me fais pitié, tiens !

Elle jeta la serviette chiffonnée sur la table et quitta la pièce.

10

Le temps était calme, le vent faible, pourtant la mer était grosse, les vagues déferlaient avec une force impressionnante vers la côte, se brisaient sur les rochers en projetant de grandes gerbes d'écume, refluaient, puis remontaient à l'assaut de l'obstacle avec une puissance égale. Au pied de la falaise, le mugissement du ressac couvrait tout autre bruit, mais en haut, il n'était plus qu'une rumeur régulière, un froissement à peine plus marqué que le souffle d'un vent léger dans le feuillage.

Le soleil, bas sur l'horizon, était une boule incandescente au contour parfait dont le reflet s'étirait sur la mer jusqu'au rivage comme une grande route d'or liquide. Ses rayons de feu baignaient les rochers et l'herbe brune et rase du plateau d'une lumière cuivrée qui semblait irréelle. Sans l'âpreté du paysage, sa beauté austère et rude, le tableau eût été d'un mauvais goût provocant.

Là, à la pointe de Pleinmont, au sud-ouest de l'île, Béatrice pouvait rester des heures assise à regarder la mer ou à marcher les cheveux au vent. Elle aimait le charme sauvage de la côte, la puissance de la mer. Elle aimait la solitude qui émanait des lieux. Elle retrouvait quelque chose d'elle-même dans cette sévérité, ce caractère farouche. Face à l'ouest, Pleinmont défiait inlassablement le large. Jamais la mer n'y était calme. Il n'y poussait ni fleurs ni palmiers et, quand le crépuscule n'incendiait pas la côte, il n'y avait d'autres couleurs que le gris-brun des rochers et le gris-vert de l'herbe. L'ancienne tour d'observation allemande, hideuse et froide, dressait sa silhouette de pierre dans le ciel. L'endroit offrait un mélange de force, de détermination et de mélancolie alliées à une beauté que peu savaient percevoir.

En tout cas, songea Béatrice, je me sens ici dans mon élément, que ça plaise aux autres ou pas.

Elle était dans sa voiture sur le parking poussiéreux et cahoteux situé à dix minutes de Pleinmont Tower et fumait une cigarette en regardant la mer. L'autoradio jouait en sourdine.

Depuis presque une heure qu'elle était là, elle n'avait vu passer que deux promeneurs. En dépit de ses merveilleux couchers de soleil, l'endroit n'attirait guère les vacanciers, pourtant nombreux. Béatrice se dit qu'ils devaient être à table – il était huit heures et demie passées – ou occupés à allumer des feux de camp sur les plages de sable du sud et de l'est de l'île ou encore en train de rêver sur les sentiers qui longeaient la côte. Tant mieux. Elle était heureuse de ne pas être dérangée.

Hélène était chez Kevin, mais elle-même s'était excusée.

« Je suis désolée, Kevin. Je sais que c'est impoli de se décommander au dernier moment, mais je ne peux rien manger. C'est impossible. Je... »

Elle l'avait prié du regard, espérant sa compréhension.

« J'ai besoin d'être seule.

— Elle a eu Alan au téléphone, était intervenue Hélène en haussant un sourcil qui en disait long, et c'était, une fois de plus... désagréable. »

Kevin était effroyablement pâle, Béatrice remarqua que ses mains tremblaient.

« Je suis désolé, dit-il gentiment. Etait-il à nouveau... ? »

Béatrice hocha la tête, incapable sur l'instant de proférer un son.

« Oh, non, fit Kevin. Je suis désolé. »

Il passa ses doigts dans ses cheveux qui étaient déjà passablement décoiffés et qui lui donnaient, à lui d'ordinaire si soigné, une apparence déconcertante.

« Où est Franca ? demanda-t-il. Elle arrive toute seule plus tard ?

— Kevin, je suis désolée, mais Franca ne vient pas non plus », répondit Béatrice.

Elle se mordit les lèvres. Franca lui avait demandé en début d'après-midi de l'excuser auprès de Kevin, mais elle avait eu Alan au téléphone et la requête lui était complètement sortie de l'esprit.

Nous sommes tous terriblement incorrects, se dit-elle. Kevin prépare un dîner pour trois personnes et une seule vient.

« Son mari est arrivé ce matin alors qu'elle ne l'attendait pas, expliqua Hélène. Il semble qu'ils aient d'importantes décisions à prendre. Elle doit passer la soirée avec lui. »

La pâleur de Kevin sembla s'accentuer encore.

« Nous ne sommes donc que tous les deux, dit-il à Hélène. Et moi qui croyais... J'ai cuisiné pour un régiment et...

— Je suis sincèrement désolée, répéta Béatrice. Ça tombe mal, aujourd'hui, à tous points de vue. Et pour tout le monde. Ce n'est pas un bon jour.

— Pas pour moi », dit Hélène avec un sourire.

Elle était toute vêtue de soie bleu ciel, sa robe bouffait sur un jupon de tulle froncé à la taille très années cinquante. Béatrice la trouvait un peu grotesque mais elle-même paraissait tout à fait satisfaite de son image.

« Je suis enchantée de passer la soirée avec toi, Kevin, poursuivit-elle. Nous allons avoir de délicieuses conversations, n'est-ce pas ? Tout est toujours si agréable et si réussi, chez toi. Et le dîner sent une fois de plus merveilleusement bon ! »

Kevin avait raccompagné Béatrice à sa voiture et en avait profité pour lui demander si elle était certaine de ne pas vouloir rester. Elle lui avait répondu sèchement, ce qu'elle avait immédiatement regretté, consciente que c'était elle qui se comportait impoliment, pas lui. Néanmoins, son insistance à la voir rester la troubla. Jusque-là, Kevin s'était plutôt montré enclin à encourager les tête-à-tête avec Hélène, toujours plus commodes pour lui emprunter de l'argent.

Après tout, ce n'est pas mon problème, s'était-elle dit. J'en ai bien assez comme ça sans m'occuper de ceux de Kevin.

Elle écrasa sa cigarette à demi consumée dans le cendrier de bord, ouvrit sa portière et descendit. Il fallait qu'elle marche, elle avait besoin de respirer. Le vent avait fraîchi, elle serra sa veste contre elle. Elle descendit le chemin sur quelques mètres puis obliqua sur sa gauche et s'avança sur la grande étendue herbeuse qui s'arrêtait aux premiers rochers. Il n'y avait plus de chemin, le sol était caillouteux et accidenté, mais devant elle c'était la mer à perte de vue et autour d'elle les rochers tumultueux, la prairie et la solitude. Aussitôt, le sentiment d'extrême liberté qu'elle éprouvait toujours quand elle foulait cette prairie fut là, mais elle se sentait trop oppressée par ses soucis pour s'y abandonner.

Elle avait lutté la moitié de la journée avec elle-même avant de se décider à téléphoner à Alan. Un sixième sens le lui déconseillait, puis, Franca, à qui elle avait fait part de ses hésitations, paraissant n'y voir rien que de très naturel, elle avait fini par se convaincre que rien, effectivement, n'était plus normal que le geste d'une mère téléphonant à son fils.

A seize heures, elle avait essayé de le joindre à son cabinet et appris qu'il avait décommandé tous ses rendez-vous et ne s'était pas montré de la journée. Inquiète, elle avait alors composé le numéro de son domicile et laissé sonner une éternité. Personne. Elle était sur le point de raccrocher quand soudain elle avait entendu un déclic, puis une voix. Il lui avait fallu une longue seconde pour comprendre que c'était lui, alors elle s'était figée.

Elle sentait encore le froid glacial qui l'avait saisie, la souffrance qui l'avait submergée. Et elle avait encore dans l'oreille chaque mot, chaque silence, chacune des respirations de cette conversation.

« Qui... là ? avait ânonné une voix lointaine.

— Allô ? avait-elle fait en retour.

— Qui... là ? » répéta la voix à l'autre bout de la ligne.

C'est à cet instant qu'elle comprit.

« Alan ?

— Oui... Qui... là ?

— C'est moi, Béatrice. Maman. Alan, tu es malade ? Tu as une drôle de voix. »

Elle savait qu'il n'était pas malade, mais elle se raccrochait à la minuscule miette d'espoir qui restait encore.

Plusieurs secondes s'écoulèrent avant qu'il réponde. Il paraissait avoir des difficultés à rassembler ses idées et à se concentrer.

« Maman ?

— Oui. Alan, comment vas-tu ? Tout va bien ?

— Oh... très bien... tout ... v... très bien. »

Il parlait de façon hachée, avalait certaines syllabes.

« Com... ment... as... tu... ?

— Alan... »

La voix de Béatrice était claire comme du cristal.

« Alan, reprit-elle, tu as bu quelque chose ?

— Mon Dieu... Mam... man... tu ap... pelles pour ça ? »

Il parlait si indistinctement qu'elle le comprenait à peine.

« Alan ! » l'interpella-t-elle.

Elle avait l'impression de devoir le soutenir avec sa voix.

« Pourquoi as-tu bu ? On est au milieu de la journée ! Pourquoi n'es-tu pas à ton bureau ?

— Un... un whisky, dit-il péniblement. Je le jure... un... petit... whisky...

— Ce n'était pas un petit whisky mais plusieurs doubles ! Au moins. Tu es complètement ivre.

— Rid... Ridicule. Maman... tu es... vrai... ment... hys... hyst... hystérique, lui reprocha-t-il, non sans mal. Ne te fais... pas... de souci. Mmm... je vais, bien... sincèrement.

— Tu ne vas pas bien du tout, sinon tu ne serais pas ivre au milieu de la journée. Où est Maya ?

— Maya ?

— Oui, Maya ! Elle vit chez toi depuis quelques jours, il me semble. Où est-elle ?

— Elle... est ...as là.

— Où est-elle, alors ?

— Je... sais pas.

— Tu ne sais pas ? Tu dois pourtant le savoir puisque vous vivez ensemble. Alan, concentre-toi ! »

Elle cherchait désespérément à arracher quelques bribes de souvenirs à son cerveau embrumé par l'alcool.

« Que se passe-t-il avec Maya ? Vous vous êtes disputés ? »

Il ne comprenait pas ce qu'elle lui demandait, aussi tenta-t-il de satisfaire sa curiosité en lui donnant des informations sans queue ni tête, puis en bégayant quelque chose sur un dossier qu'il avait plaidé six mois auparavant. Il faisait des pauses si longues entre ses phrases que plusieurs fois Béatrice crut qu'il n'était plus à l'appareil, puis soudain il recommençait à ânonner et à lâcher des bribes de phrases sans suite. A un moment, il partit d'un rire strident et désespéré qui lui fendit le cœur. A force de patiemment l'interroger, d'insister, de revenir sur ses réponses, au cours de l'heure qui suivit, elle réussit à apprendre que Maya était partie pour toujours ou, plus exactement, qu'il l'avait définitivement mise à la porte.

« Elle est main... nant... chez... Frank, expliqua-t-il après avoir longuement fouillé dans sa mémoire pour retrouver le prénom de son rival. Je... lui ai dit... qu'elle... n'avait qu'à... res... ter chez lui.

— C'est une sage décision, Alan. La meilleure que tu pouvais prendre. Alan, écoute-moi... commença-t-elle en s'efforçant, malgré son désarroi, d'adopter un ton ferme. Alan, il ne faut plus que tu revoies cette fille. As-tu compris ? Maya te fait du mal. C'est chaque fois la même chose. Vous ne vous entendez pas et, quand ça casse, tu as toujours plus de mal à t'en remettre. M'entends-tu ? Comprends-tu ce que je te dis ? »

Il finit par lui assurer qu'il ne reverrait plus jamais Maya, mais Béatrice avait la tenace impression qu'il n'avait pas compris de quoi il était question. Elle l'exhorta à faire disparaître de sa vue toutes les bouteilles, puis à se mettre au lit et à ne plus boire une goutte d'alcool de la journée. Ça aussi, il le lui promit, mais elle douta qu'il tienne sa promesse. Il boirait tout ce qu'il pourrait dénicher dans ses placards, et ce ne serait pas la moitié de rien.

Elle avait raccroché, profondément déprimée par son impuissance, erré quelque temps sans but dans la maison, puis était sortie dans l'idée de désherber une plate-bande de rosiers. Mais ses mains tremblaient, ses genoux flageolaient et elle ne sentait aucune force dans ses bras. Elle travaillait, la tête ailleurs, quand Franca était revenue, pâle et défaite.

« Qu'avez-vous fait de votre mari ? avait demandé

Béatrice, pour la forme car elle ne s'en souciait pas réellement.

— Nous sommes allés déjeuner au *Chalet Hotel*, à Fermain Bay. Ils avaient encore une chambre, il l'a prise. »

Elle paraissait nerveuse, inquiète.

Ce n'est pas un bon jour, songea Béatrice.

« Je ne pourrai pas venir avec vous chez Kevin, ce soir, dit Franca. Je dois revoir Michael. C'est… il y a beaucoup de choses dont nous devons parler. Je dîne avec lui. Si vous pouviez me donner le numéro de téléphone de Kevin…

— Laissez donc ! De toute façon, je rentre, je vais l'appeler », dit Béatrice en se relevant péniblement.

Continuer à jardiner n'était pas raisonnable, elle ne se sentait pas bien, ce n'était pas la peine de risquer de tomber le nez dans ses rosiers. Elle rentra dans la maison, mais soudain elle manqua de courage pour parler avec Kevin ; elle remit l'appel à plus tard et monta dans sa chambre où elle resta jusqu'au soir. Puis elle entendit Hélène se préparer dans la salle de bains. Fidèle à son habitude, la vieille dame chantonnait, donnant l'impression d'être contente d'elle-même, ce qui eut pour effet immédiat d'éveiller l'agressivité de Béatrice.

Elle doit être sourde et aveugle, pensa-t-elle avec colère. Franca ne va pas bien, je ne vais pas bien, et elle se pomponne et chantonne comme si tout allait pour le mieux !

En début de soirée, Franca était partie retrouver son mari. Elle portait la petite robe qu'Hélène lui avait achetée à Saint Peter Port. Malgré son air grave et triste, avec sa peau légèrement hâlée, ses cheveux fraîchement lavés et une touche de rouge sur les lèvres, elle était plus jolie que jamais.

Son mari ne va pas la laisser partir comme ça, se

dit Béatrice, mais ça m'étonnerait qu'il réussisse à la reconquérir.

A présent, elle marchait sur les rochers parce qu'elle s'était sentie incapable de supporter Hélène. Si elle s'était trouvée seule avec Kevin, elle lui aurait parlé de sa conversation téléphonique avec Alan, elle lui aurait fait part de ses inquiétudes. Mais elle n'avait rien envie de raconter à Hélène, et elle ne voulait pas l'entendre faire la moindre remarque. L'état épouvantable d'Alan ne la regardait pas. Qu'elle se doute de quelque chose était déjà suffisamment pénible. Elle avait entendu Béatrice téléphoner et, vu la teneur de ses propos, il n'était pas difficile d'imaginer ce qui se passait à l'autre bout du fil. Elle connaissait le problème d'Alan. Tout Guernesey le connaissait. Et sans doute une bonne partie de Londres également.

Je le savais, se dit-elle. Je le savais, je le savais. Dès que j'ai appris que Maya était chez lui, j'ai su que ça se terminerait comme ça.

Elle avait marché d'un bon pas et était essoufflée. Elle escalada le rocher qui se dressait devant elle. Ses mains se posèrent sur la pierre rugueuse, encore tiède du soleil emmagasiné au cours de la journée, et ce fut comme si la pierre lui transmettait une partie de sa force. Jamais la magie ne manquait d'opérer, le contact familier l'apaisa. Elle s'assit au point culminant du rocher et posa son menton dans ses mains.

Chienne de vie, il ne va jamais s'en sortir, songea-t-elle. Il n'y arrivera pas. Il se produit toujours des événements qui le ramènent en arrière.

Quand avait-elle pour la première fois découvert Alan ivre au point de ne pouvoir ni se tenir debout ni parler distinctement ? Elle fouilla dans sa mémoire. C'était il y a plus de vingt ans. Il était encore étudiant, à l'époque, il était revenu à Guernesey pour les vacances. Elle se souvenait d'une histoire d'examen raté. Il avait eu beaucoup de mal à avouer son échec, puis il n'avait cessé d'en parler, l'affaire le rendait littéralement malade. Ni Hélène ni Béatrice n'avait donné à l'événement le caractère catastrophique que lui-même lui attribuait, mais aujourd'hui Béatrice pensait qu'elle aurait dû se montrer plus perspicace.

On ne parlait pas constamment d'une chose qui ne vous tenait pas profondément à cœur. Une nuit, elle l'avait entendu rentrer et tomber lourdement dans l'escalier. Elle s'était précipitée. L'odeur d'alcool l'avait fait reculer. Alan était affalé sur les premières marches. Sa chemise sortait de son pantalon, sa veste gisait au milieu du couloir. Il était rouge, ses cheveux retombaient en désordre sur son visage.

« Sa... salut, m'man... » fit-il en essayant de se relever.

A peine debout, il s'était à nouveau effondré.

« Mon Dieu, Alan, mais qu'est-ce qui t'arrive ? » s'était écriée Béatrice.

Elle s'était penchée vers lui, lui avait relevé la tête et avait passé un doigt sur ses joues en feu.

« Je... me sens mal », avait marmonné Alan.

Naturellement, le vacarme avait réveillé Hélène qui était accourue en poussant des exclamations quasi hystériques.

« Que se passe-t-il ? Il est blessé ? Dieu tout-puissant, il n'est pas ivre, au moins ? Il sent épouvantablement l'alcool ! Penses-tu qu'il s'est... ?

— Je le pense, avait sèchement répondu Béatrice. A son âge, ce sont des choses qui arrivent, il n'y a pas de quoi en faire un drame. Aide-moi plutôt à le monter dans sa chambre. »

Elles l'avaient tant bien que mal traîné jusqu'à sa chambre... Sur le trajet, il avait vomi, déclenchant à nouveau des cris d'orfraie chez Hélène. A l'époque, Béatrice avait jugé ridicule le catastrophisme outré d'Hélène. Si elle avait su...

Une fois sur son lit, Alan avait parlé sans discontinuer et essentiellement de son examen raté. Béatrice l'avait déshabillé, lavé et lui avait patiemment expliqué qu'il devait cesser de penser à ce stupide examen, qu'il le repasserait, le réussirait et que tout serait oublié. Elle se disait qu'il avait bu parce qu'il avait eu un passage à vide, voilà tout. A qui n'était-ce jamais arrivé ?

Cela arriva à Alan tous les soirs suivants jusqu'à la fin de ses vacances. Il sortait avec des amis et rentrait complètement ivre. Certains soirs, il ne rentrait même pas, alors Béatrice partait à sa recherche. Elle le trouvait sur les quais de Saint Peter Port, étendu sur un banc ou allongé de tout son long sur un trottoir, souvent dans son vomi. Ce n'était plus normal. C'était trop fréquent, et sa consommation d'alcool était trop importante. Il ne buvait pas simplement pour se saouler. On aurait dit qu'il voulait se détruire, s'anéantir – se tuer –, comme si la vie était devenue si insupportable qu'il n'y avait d'autre solution que la mort. Béatrice s'accrocha à l'espoir que cela ne se produisait que pendant les vacances, ne se produirait que pendant ces vacances-là. Quand ses cours reprendraient, il ne pourrait plus se permettre ces extravagances. Sa vie reprendrait son cours normal.

Sa vie ne reprit jamais son cours normal, du moins jamais durablement. Il lui arrivait certes de paraître sobre, mais cela signifiait seulement que sa consommation se tenait dans des limites qui lui permettaient de donner le change. Chaque jour, il lui fallait sa dose pour être « bien » – pour travailler, pour être ouvert et agréable, pour avoir confiance en lui. S'il ne l'avait pas, il était nerveux et tremblait. S'il la dépassait, il restait prostré dans un coin et il n'y avait rien à attendre de lui. Il réussit un bon moment à faire croire à son entourage, à commencer par Béatrice, que tout allait bien. Quiconque ne connaissait pas les signes physiques caractéristiques d'une consommation excessive d'alcool – les pores dilatés, le nez couperosé, les joues blêmes, les poches marquées sous les yeux – l'aurait pris pour un jeune homme solide et en bonne santé dont la fatigue et la dépression occasionnelles pouvaient être mises, très naturellement, sur le compte du stress et du surmenage. Béatrice avait mis des années à comprendre, ou plutôt à accepter l'idée, que son fils buvait continuellement, qu'il n'affrontait aucun problème quotidien sans boire au préalable, aucun défi professionnel, aucun rendez-vous difficile avec un client ou un confrère, aucune déception sentimentale, aucune frustration. Le processus avait été lent, mais un jour était arrivé où il ne lui avait plus été possible de se cacher la vérité. Son fils était alcoolique. Et il ne semblait y avoir aucun moyen de lui venir en aide. Elle pouvait seulement lui dire qu'elle serait toujours là, quoi qu'il arrive, qu'il ne devait jamais hésiter à sonner à sa porte.

Assise sur son rocher, elle regardait le soleil s'enfoncer dans la mer en songeant avec amertume que la situation s'était réellement détériorée quand il avait commencé à fréquenter Maya. Bon Dieu, mais qu'est-ce qu'il trouvait à cette gamine effrontée qui ne lui arrivait pas à la cheville ? Maya était très jolie, mais il y avait des tas d'autres filles très jolies et beaucoup qui en plus avaient de la classe et une conscience morale. Alan était beau, il avait une profession intéressante. Béatrice savait que bien des femmes auraient donné cher pour attirer son attention. Pourquoi fallait-il qu'il se soit amouraché de la pire de Guernesey ?

Et bien évidemment, une fois de plus, les retrouvailles s'étaient mal terminées. Elles se terminaient toujours mal, tout le monde l'avait déjà compris sauf lui. Apparemment, Maya avait tenu deux semaines avant de reprendre ses bonnes habitudes. Pour être plus précis, elle ne les avait jamais abandonnées. Il avait seulement fallu deux semaines à Alan pour la démasquer.

Cette stupide et naïve Mae était la seule avec Alan à croire encore que Maya pouvait changer.

Comme elle m'en a voulu d'exprimer des inquiétudes sur les bonnes intentions de sa petite chérie. Elle n'accepte pas que l'on en dise du mal. Jusqu'à sa mort, elle sera aveugle.

Elle frissonna. Dès que le soleil avait disparu dans la mer, la température avait baissé. A l'ouest, le ciel était encore teinté de rouge, mais l'obscurité commençait déjà à gagner les rochers et les prairies.

Elle connaissait la suite. Alan s'abrutirait d'alcool, boirait jusqu'à l'inconscience non seulement ce lundi, mais également le lendemain, le surlendemain et tous les jours de la semaine et de la suivante. Il s'enfermerait chez lui, n'existerait plus pour personne, n'honorerait plus aucun rendez-vous professionnel. Sa fidèle et remarquablement dévouée secrétaire s'arracherait les cheveux et mettrait tout en œuvre pour éviter les conséquences fâcheuses, inventerait des prétextes et des explications pour au moins sauver les apparences et lui conserver la confiance de ses clients. Béatrice imaginait que la tâche devait s'avérer à chaque crise plus ardue. Il y avait longtemps, dans son milieu, que l'on savait de quoi souffrait Alan Shaye. Quel intérêt ses confrères auraient-ils eu à le protéger, à se montrer discrets ? Le temps qu'il mettrait à perdre ses clients dépendait du nombre de rendez-vous qu'il ferait capoter. Personne n'acceptait longtemps d'être constamment obligé de modifier des rendez-vous. Ses clients ne tarderaient pas à se chercher un autre avocat, peut-être même avaient-ils déjà commencé à le faire, sauf qu'Alan n'en parlait pas. Non seulement Maya était en passe de ruiner sa santé, mais elle se donnait également un mal certain pour faire disparaître sa clientèle.

Béatrice avait la longue et triste expérience de ce qui allait dès lors se passer entre Alan et Maya. Maya continuerait à vivre tranquillement sa vie et attendrait, le cœur confiant. Elle savait très bien qu'Alan la reprendrait, qu'il la supplierait de revenir. Il boirait pendant deux semaines environ, puis il retournerait travailler. Il aurait l'air d'un fantôme rescapé de l'enfer, d'un fantôme malade et misérable momentanément venu hanter les vivants. Il appartenait désormais à l'enfer, au moindre choc il le regagnerait. Il rouvrirait péniblement ses dossiers, retrouverait un niveau d'alcoolisation quotidien « normal », légèrement supérieur au niveau précédent, comme toujours après pareille crise. Il serait malheureux, souffrirait, ressentirait sa solitude dans chaque fibre de son corps et de son cœur, il serait désespéré, déprimé, malade. Dans ses périodes sans Maya, sa solitude intérieure était son pire ennemi – et pour Maya, la clé de son retour. A force de tristesse et de désespoir, il finissait un jour par baisser les armes. Il avait tellement envie de la croire quand elle disait qu'elle allait changer qu'il la croyait et, toute honte bue, se précipitait au-devant d'un nouvel échec. La descente aux enfers reprenait.

Béatrice se leva, serra sa veste plus étroitement contre elle, mais elle ne lui offrait qu'une mince protection contre le vent glacé qui soufflait maintenant de la mer. Au reste, elle ressentait un tel froid intérieur que rien n'aurait pu la réchauffer.

Si seulement Maya pouvait mourir, songea-t-elle en regagnant sa voiture. Son désespoir s'était mué en une douleur lancinante ; la violence de son souhait ne la fit même pas tressaillir. Je voudrais qu'elle disparaisse de la surface de la terre, qu'elle n'existe plus.

Elle déverrouilla sa portière et s'assit derrière le

volant. Elle se sentait petite, perdue. Et coupable. Elle avait, en effet, le sentiment aigu de porter une part de responsabilité. Alan était son fils. A l'évidence, elle n'avait pas été suffisamment vigilante.

Elle n'avait pas envie de rentrer chez elle. Elle resta assise dans sa voiture et regarda la nuit descendre lentement sur l'île.

Ils avaient dîné à l'*Old Bordello*, un restaurant aussi rouge et pelucheux que son nom l'indiquait, et ignoraient les bâillements et toussotements du serveur qui tournait autour de leur table, attendant qu'ils réclament l'addition et s'en aillent. Ils étaient les seuls clients encore présents dans l'établissement. D'autres couples avaient dîné aux tables voisines, mais ils ne s'étaient pas attardés. Franca avait l'impression que quelques minutes auparavant quelqu'un avait monté le son de la musique d'ambiance de manière à ce qu'ils ne puissent plus se parler sans forcer la voix.

De toute façon, ils ne se parlaient plus, depuis déjà une demi-heure. Michael avait commandé un cognac. Il faisait tourner son verre entre ses mains comme s'il voulait en casser le pied. Le verre contenait un infime reste de liquide ambré, un fond coloré.

Pourquoi le conserve-t-il ? se demanda Franca. Pour justifier le fait de rester alors que tout le monde voudrait nous voir partir ? Ou bien cherche-t-il à me retenir ? Il sait combien je peux être absurdement polie. Jamais je ne me lèverais de table avant que quelqu'un n'ait fini de manger ou de boire.

Elle avait avalé un comprimé pour affronter la soirée, puis elle était passée prendre Michael à son hôtel. Elle lui avait laissé le choix du restaurant mais il n'avait pas séjourné à Guernesey depuis longtemps et aucun nom ne lui était venu à l'esprit. Ils avaient pris la direction du port, s'étaient garés, puis avaient remonté South Esplanade, en bordure des quais.

« Regarde le nom de ce restaurant, *Old Bordello* ! s'était soudain exclamé Michael. On dirait une farce ! Viens, essayons-le, ça risque d'être drôle ! »

Franca n'avait pas du tout le sentiment que la soirée risquait d'être drôle, quel que soit le nom du restaurant, mais comme le choix lui importait peu, elle suivit Michael. Au moins leur proposa-t-on une table près d'une fenêtre offrant une jolie vue sur Castle Cornet. Quoique sur le fond elle n'y attachât guère d'importance non plus. Le but du dîner était de parler de leur divorce ; compte tenu de ce contexte, le cadre lui paraissait bien secondaire.

Pour rompre le silence qui commençait à peser, Michael avait lancé la conversation sur des sujets anodins, le temps, l'île, la mentalité des Guernesiais…

« Une dame de l'hôtel m'a parlé des fêtes du 9 mai, dit-il. Il paraît que c'est formidable, les défilés, la parade, les chars fleuris… Si nous restions la semaine prochaine pour en profiter ? Avec le travail que j'ai, ce n'est pas vraiment le moment de prendre des vacances, mais pour une fois… Qu'en penses-tu ? »

C'était l'occasion d'aborder pour la seconde fois le sujet qui lui tenait à cœur.

« Je n'ai pas envie de passer des vacances avec toi, dit-elle. Je veux que nous parlions de notre divorce. »

A cet instant, le serveur apporta les plats qu'ils avaient commandés et Michael attendit qu'il reparte avant de répondre, bien qu'il fût peu probable qu'il comprît l'allemand.

« Tu es énervée, dit-il alors, et je crois que tu t'es un peu monté la tête. C'est pour ça que je pense que c'était une erreur de t'enfuir comme tu l'as fait. Je comprends bien que ma… liaison t'ait mise en colère. »

Il baissa la tête, l'air un peu gêné, et fourragea distraitement dans son assiette du bout de sa fourchette.

« Je suis désolé », dit-il enfin.

Pour qui le connaissait, c'était là un moment tout à fait exceptionnel. Franca ne se souvenait pas d'avoir jamais entendu Michael s'excuser auprès de quiconque.

« Ce n'était pas correct de ma part. Je t'ai blessée. Je vais rompre avec cette femme, et ça ne se reproduira plus.

— Michael… »

Il leva la main.

« Attends. Je voulais ajouter que je considère néanmoins que c'est réellement une erreur de s'enfuir dans une situation comme celle-là. »

Naturellement, se dit Franca. Comment aurais-je pu, ne serait-ce qu'une fois, faire quelque chose de bien ?

« C'est une erreur de se replier sur soi et de remuer des idées noires. Je peux comprendre que tu aies voulu prendre de la distance, que tu aies voulu être seule. Mais tourner en rond dans sa tête comme dans une prison mène surtout à perdre de vue la réalité, la juste mesure des choses. Regarde, dans ton cas. Tu parles aujourd'hui de divorcer, tu surréagis. C'est typique. »

Franca repoussa son assiette, elle se sentait soudainement incapable d'avaler quoi que ce soit.

« Je ne surréagis pas, dit-elle, et je n'ai pas non plus imaginé ce plan en tournant en rond dans ma tête comme dans une prison, ainsi que tu le dis. Le fait est que je n'y avais pas pensé avant ce matin. C'est à la seconde où tu es entré dans la maison que… »

Elle s'interrompit, cherchant comment exprimer ce qu'elle ressentait.

« … à la seconde où je t'ai vu, j'ai su que nous devions nous séparer, reprit-elle. Ce n'était pas le résultat d'une réflexion... je le *sentais*. Tu comprends ? Je n'ai pas eu – je n'ai pas – besoin d'y réfléchir. Nous ne pouvons plus rester ensemble. Ce n'est plus possible.

— Mais ce que tu dis est encore pire ! »

A son tour, il repoussa son assiette et alluma une cigarette.

« C'est une réaction complètement extravagante ! Une idée soudain te traverse l'esprit – une idée lourde, très lourde de conséquences. Tu décrètes que c'est quelque chose que tu *sens* et vlan ! tu me balances une demande de divorce et tu refuses même que nous en discutions ? !

— Si je refusais que nous en discutions, je ne serais pas là ce soir. Je n'ai pas l'intention de partir après près de dix ans de vie commune sans que nous parlions. Nous pouvons parler, mais ça ne me fera pas revenir sur ma décision. Pour la simple et bonne raison que, même si je le souhaitais, je ne pourrais pas. Je ne peux plus ! Ça ne marche plus. Essaye au moins de le comprendre. Physiquement, déjà, je ne peux plus. »

Il l'observa d'un air inquiet.

« Tu ne veux plus coucher avec moi ? C'était déjà tellement rare que je...

— Ça n'a rien à voir avec le sexe ! protesta-t-elle, consciente qu'il ne comprendrait pas ce qu'elle ressentait. J'ai eu une vraie réaction physique de peur, ce matin. Les mains moites, l'impression que mes jambes ne me portaient plus, des difficultés à respirer. Je me suis rendu compte que... Mon Dieu, Michael, ce n'est tout de même pas normal ! Aucune femme ne devrait réagir ainsi quand elle retrouve son mari.

— C'est vrai, mais ce n'est pas rare, chez toi, ce type de réaction, non ? Je veux bien prendre une large part des responsabilités sur moi... »

C'est justement ce que tu ne veux pas faire, songea Franca.

« ... mais je ne peux pas te laisser dire que c'est moi qui provoque ça. Tu réagis à tout de cette façon. Tu es comme ça, Franca. Tu paniques, tu es anxieuse, nerveuse, et – ne m'en veux pas – au surplus hystérique. C'est même la raison de ton échec professionnel.

— En admettant que ce soit vrai, tu ne penses pas que je devrais au moins me sentir en sécurité auprès de toi ?

— Si, bien sûr. Je me suis d'ailleurs donné beaucoup de mal pour ça. »

Il la regarda en prenant l'air offensé de celui dont on n'a pas reconnu les mérites.

« Apparemment, ça n'a servi à rien. Tu as toujours refusé mon aide. J'ai essayé de te soutenir, je t'ai expliqué ce que je ferais à ta place, ce que je ne ferais pas... Résultat : tu m'as reproché de t'infantiliser et d'entraver ta liberté. Quoi que je dise, jamais ça ne te convenait. »

Le mal de tête familier était à nouveau là, encore ténu, léger comme un souffle, mais Franca savait qu'il allait s'accentuer de minute en minute. Elle ne laissait pas d'être étonnée par la capacité de Michael à refuser de voir qu'il ne servait à rien d'essayer de recoller les morceaux de leur couple en miettes.

Puis elle se rendit compte qu'il ne pouvait pas ressentir les mêmes choses qu'elle parce que jamais il n'avait souffert comme elle. Jamais il n'avait été rabaissé. Jamais il ne s'était senti en butte à la critique. Il n'avait pas été contraint, jour après jour, de se remettre en question. Et il n'avait probablement jamais souffert de migraines récurrentes. Il n'était pas dans les mêmes dispositions qu'elle.

Le serveur, remarquant que tous deux avaient repoussé leur assiette, accourut.

« Quelque chose ne vous convient pas ?

— Nous n'avons pas faim, grommela Michael. Vous pouvez débarrasser.

— Mais...

— Emportez tout ça ! Et apportez-moi un cognac ! »

Le serveur disparut avec les assiettes intactes. Michael tirait nerveusement sur sa cigarette.

« Je ne sais pas ce qui s'est passé, dit-il, mais j'ai l'impression que depuis que tu es ici, tu souffres de folie des grandeurs. Je veux dire, tu sais bien comment tu es, pourtant ! Tu es complètement dépendante. Il t'arrive des semaines durant de ne pas pouvoir entrer dans un supermarché sans être prise de panique, alors tu n'y vas pas. Tu te serais laissée mourir de faim si je n'avais pas fait les courses. Réfléchis une seconde : comment une femme qui n'est pas capable de mettre le nez dehors sans se bourrer de tranquillisants pourrait-elle vivre seule ?

— J'ai tout de même fait le voyage jusqu'à Guernesey sans l'aide de personne, observa Franca. Et que tu le croies ou pas, j'entre également dans les supermarchés de l'île. Je suis en ce moment avec toi dans un restaurant. Ai-je l'air d'être en proie à la panique ?

— Tu as sûrement pris des médicaments.

— Oui, mais j'en prenais aussi avant, et il y avait tout de même beaucoup de choses que je ne pouvais pas faire. »

Il faudrait que je mange un peu, songea-t-elle, sinon, je vais avoir encore plus mal à la tête. Mais elle se sentait incapable d'avaler ne serait-ce que du pain.

« Guernesey est un petit monde fermé sur lui-même qui te donne un sentiment de sécurité, dit Michael. C'est trompeur. Il faudra bien un jour que tu retournes dans la vie normale. Tu découvriras alors que tes vieux problèmes sont toujours là.

— Il est possible que je reste ici. »

Michael la dévisagea, consterné.

« A Guernesey ? Qu'est-ce que tu veux faire ici ?

— Vivre.

— Vivre ? Et puis-je savoir de quoi ?

— Je devrais pouvoir tenir assez longtemps avec ce que nous aurons partagé. Ensuite, je verrai.

— Nous y voilà. Au moins les choses sont claires. Tu veux de l'argent.

— La moitié de ce que nous possédons en commun me revient. C'est ainsi.

— C'est donc ça que tu veux ! Me mettre sur la paille et ficher le camp. Tu espères certainement obtenir plus que la moitié, mais je... »

Soudain la douleur fut là. Elle l'avait rarement assaillie avec une telle soudaineté et aussi violemment. C'était comme si un animal plongeait ses griffes dans sa tête.

« Je ne veux rien de plus que ce qui me revient, dit-elle avec effort. Mais nous pourrons en discuter plus tard. Nous trouverons bien un accord. J'aimerais que nous essayions de nous séparer en bonne intelligence, sans nous déchirer. »

Michael alluma une nouvelle cigarette. Ses traits altérés témoignaient de son extrême tension.

« C'est invraisemblable, dit-il. C'est tout simplement invraisemblable ! J'arrive sur cette fichue île et nous voilà un soir de 1er mai à discuter de notre divorce ! Je n'arrive pas à le croire !

— Un jour, nous n'éprouverons plus que du soulagement. »

Elle chercha un comprimé d'aspirine dans son sac et le jeta dans son verre d'eau.

« Excuse-moi, j'ai un mal de tête épouvantable. »

A compter de cet instant, un silence amer s'était installé, que Michael entrecoupait sporadiquement de reproches, de plaintes, de protestations ou encore de sombres descriptions de ce qui attendait Franca.

Entre-temps, il commanda à nouveau du vin, un second cognac et se fit apporter des cigarettes. Franca s'en tint à l'eau minérale et eut le soulagement de constater que sa migraine commençait à se dissiper. Essentiellement animée du besoin quasi viscéral de s'éloigner de Michael, elle avait hâte que la soirée se termine mais s'efforçait, par politesse, de ne pas le laisser paraître. Elle avait l'impression qu'elle se devait de supporter cette soirée, qu'elle se devait de donner à Michael la possibilité de dire ce qu'il avait sur le cœur, même si elle devait en souffrir. Elle avait pris l'initiative de la séparation, il lui semblait juste, en contrepartie, de rester assise en face de lui et de l'écouter distiller son fiel. Elle était déterminée à tenir. Au besoin, elle prendrait un second comprimé d'aspirine.

Ce sera bientôt fini, songeait-elle, très bientôt. Nous ne nous reverrons plus. Il ira son chemin, moi le mien, nous n'aurons plus rien en commun.

Elle chercha si au fond d'elle-même elle en éprouvait de la tristesse, du regret ou même un simple serrement de cœur. Elle ne trouva rien de la sorte. Ce qu'elle perçut, encore enfoui derrière la peur et le désarroi accumulés au fil des années, ce fut même, bien vivant et prêt à jaillir, un sentiment de joie, un bonheur dont l'intensité et la vigueur avaient presque quelque chose d'effrayant. En même temps qu'une petite voix intérieure lui recommandait la prudence, une autre clamait qu'elle n'avait plus besoin d'être prudente. Quelque chose avait changé, continuerait à changer, mais elle éprouvait encore beaucoup de méfiance à l'égard de ce que la vie lui offrait. Elle avait été si longtemps sevrée de toute sensation de joie et de confiance qu'elle ignorait comment s'y prendre avec le bonheur.

Il était près de minuit quand le serveur, mal à l'aise, s'approcha de leur table.

— Nous fermons à minuit, bredouilla-t-il. Pouvons-nous vous apporter l'addition et encaisser ?

— C'est moi qui décide de l'heure à laquelle je pars ! aboya Michael qui commençait à être sérieusement ivre et de surcroît ne demandait qu'à décharger son agressivité sur quelqu'un.

Franca voyait déjà le moment où il allait sauter à la gorge du malheureux homme. Elle sortit promptement son portefeuille.

— Je vous en prie, apportez-moi l'addition, dit-elle.

— Tu laisses ce type te donner des ordres ? fit Michael, la voix pâteuse. Ma femme se laisse mettre à la porte comme un vulgaire importun ? Tu...

— Nous nous sommes bien assez attardés comme ça, l'interrompit Franca. Ces gens doivent fermer. Il y a longtemps que nous aurions dû...

— Il n'y a rien que nous aurions dû faire il y a *longtemps* ! C'est bien de toi, ça ! Il suffit que quelqu'un dise quelque chose pour que tu files, la queue entre les jambes ! Tu t'écrases dès que quelqu'un ouvre la bouche. Ce n'est pas pensable d'être aussi soumise et servile et...

— Michael ! protesta Franca à voix basse, voyant les regards inquiets que lançait le serveur dans leur direction en entendant le ton monter.

— Ce n'est pas toi qui vas m'empêcher de parler ! riposta aussitôt Michael d'une voix forte.

— Je suis fatiguée, dit Franca. Je voudrais rentrer.

— Tu veux rentrer ? Tu souhaites mettre fin à la conversation ? Et tu penses que tu vas t'en tirer comme ça ? Tu me lances le divorce à la figure et tu déclares ensuite que tu es fatiguée et que tu veux te coucher ?

— Il n'y a rien de plus à discuter, dit Franca. Ça ne sert à rien de rester plus longtemps ici.

Le serveur revint avec l'addition. Franca déposa quelques billets sur la table.

— Nous n'avons pas encore fini, dit Michael.

Elle se leva. Ses genoux tremblaient. La journée l'avait nerveusement épuisée, mais elle avait le sentiment de s'être, dans l'ensemble, plutôt bien battue.

— Si, Michael, nous avons fini, dit-elle.

Qu'il se débrouille pour rentrer à son hôtel. Il y avait des taxis. Ce n'était pas son problème. Elle quitta le restaurant, consciente qu'il la suivait des yeux, ébahi, et gagna sa voiture. Il ne fit pas un geste, ne dit pas un mot. Il devait avoir compris qu'il était inutile d'essayer de la retenir. L'affaire était close.

Elle ouvrit sa portière et se laissa choir derrière le volant. Face à elle, Castle Cornet illuminée dominait le port endormi. Un murmure régulier montait de la masse sombre de la mer.

Je suis libre.

C'était un sentiment presque violent qui la submergea comme une vague et lui fit fermer les yeux quelques secondes. Je suis libre. Et j'ai moi-même conquis ma liberté. Personne ne me l'a donnée, personne ne me l'a imposée ou généreusement accordée. *Je l'ai prise.*

Elle ouvrit les yeux. Elle savait que le lendemain, le surlendemain, ses angoisses se réveilleraient et la rongeraient, que le doute la tarauderait. Mais à cet instant, elle sentait en elle une force d'une puissance et d'une étendue telles qu'elle en avait presque le souffle coupé.

Je ne dois jamais oublier ces instants, se dit-elle, jamais aussi longtemps que je vivrai. Je dois me souvenir que cette force existe. Je ne pourrais pas la sentir si elle n'existait pas. Elle est en moi. Elle y sera toujours. Je le sais, je ne dois jamais l'oublier.

Elle attendit, le temps que son rythme cardiaque s'apaise, puis elle démarra et sortit du parking.

Il était exactement minuit.

11

Elle traversa Le Variouf endormi et s'engagea sur la route sinueuse qui montait en pente raide vers le haut du village. C'était une nuit sans lune d'un noir d'encre. Elle songea que le ciel devait être couvert d'étoiles.

Elle franchit le portail du jardin, remonta l'allée et s'arrêta derrière une voiture garée devant la maison. C'était celle de Béatrice. En passant à hauteur de la voiture, elle remarqua que Béatrice était toujours au volant.

Elle frappa à la vitre. Béatrice sursauta puis ouvrit sa portière.

— Ah, Franca, c'est vous, dit-elle. Je n'ai pas vu le temps passer. Quelle heure est-il ?

— Pas loin de minuit et demi. Que faites-vous dans votre voiture ?

— Je réfléchissais…

Elle descendit de voiture et s'ébroua comme pour chasser toutes les idées qu'elle avait retournées dans sa tête.

— … Alan ne va pas bien, vous savez. Je ne parviens pas à penser à autre chose.

— Le dîner chez Kevin vous a-t-il un peu distraite ?

— Je n'y suis pas allée. J'ai déposé Hélène et je suis partie à la pointe de Pleinmont. Je suis restée des heures assise sur un rocher… Un rhume, c'est tout ce que je vais tirer de cette soirée, ajouta-t-elle dans un rire forcé.

Elles se dirigèrent côte à côte vers la maison et entrèrent.

— Hélène doit certainement déjà dormir, dit Béatrice. Et vous, Franca ? Comment ça s'est passé, avec votre mari ?

Franca haussa les épaules.

— Ce n'était pas très agréable. Mais je crois que c'est fini, maintenant.

Béatrice l'observa avec attention.

— Vous n'avez pas l'air triste, dit-elle.

— Je ne le suis pas, confirma Franca en suspendant la veste qu'elle portait sur le bras au portemanteau. Je suis soulagée.

— Je monte rapidement m'assurer qu'Hélène est bien rentrée et je redescends. Nous ouvrirons une bouteille et vous me raconterez un peu, d'accord ?

Franca effleura le bras de Béatrice pour la retenir brièvement.

— Que se passe-t-il avec Alan ? demanda-t-elle doucement.

— Je vous raconterai ça tout à l'heure, répondit Béatrice qui déjà montait au premier.

Franca resta en bas devant la glace de l'entrée, à côté du portemanteau.

A quoi ressemble une femme libre ? s'interrogea-t-elle. Elle sourit à son image. La jeune femme en robe rouge lui sourit en retour. Elle est jolie, décida-t-elle. On dirait bien que la liberté embellit.

Au premier, Béatrice se pencha sur la rambarde.

— Hélène n'est pas là ! lança-t-elle d'un ton inquiet. Elle n'est pas dans son lit.

— Elle est peut-être autre part dans la maison, suggéra Franca.

Béatrice plissa le front.

— Ça m'étonnerait. Tout est éteint partout. Et il n'y a pas un bruit… Non, elle n'est pas là.

— Sans doute la soirée chez Kevin s'est-elle prolongée. Elle va rentrer d'un instant à l'autre.

Béatrice regagna le rez-de-chaussée. Elle paraissait presque en colère.

— Hélène ne supporte pas de se coucher aussi tard, expliqua-t-elle. Passé dix heures et demie, elle s'effondre. C'est la première fois qu'elle n'est pas rentrée à cette heure-là.

Elle semblait réellement troublée.

— C'est très étrange, dit-elle.

Elles fouillèrent la maison de fond en comble. De l'avis de Béatrice, Hélène pouvait avoir eu besoin de se rendre à la cave et être tombée dans l'escalier.

Rien. Nulle part elles ne trouvèrent trace d'Hélène.

— Son manteau n'est pas accroché dans l'entrée, constata Franca, elle n'est donc pas rentrée.

Béatrice s'empara de la grosse lampe torche qui demeurait toujours à portée de main sur une étagère de la cuisine.

— Elle a peut-être oublié sa clé et pourrait se trouver quelque part dans le jardin. Dans les serres ou dans l'appentis. Mais si je ne la découvre pas là, j'appelle Kevin, et tant pis si je le réveille.

— Je viens avec vous, déclara Franca.

Les deux femmes s'enfoncèrent dans le jardin enténébré. Devant elles, le pinceau lumineux de la lampe perçait l'obscurité. Dans le ciel, la lune était un mince croissant brillant, le vent bruissait mystérieusement dans les arbres. Franca se prit les pieds dans la terre molle et légère de taupinières fraîches.

— C'est un peu inquiétant, ici, la nuit, dit-elle en frissonnant.

Béatrice appela Hélène à plusieurs reprises. Pas un bruit ne lui répondit. Elle éclaira chaque recoin des deux serres, fouilla le vieil appentis, à présent essentiellement encombré de meubles inutilisés, de bicyclettes et de caisses de livres. Franca grimpa dans l'ancien petit logement qui se trouvait au-dessus. Elle entendit quelques souris effrayées s'enfuir et se prit dans une toile d'araignée collante.

— Il n'y a personne ! lança-t-elle à l'intention de Béatrice restée au pied de l'échelle.

— J'appelle Kevin ! déclara Béatrice d'un ton ferme.

Kevin mit une éternité à décrocher. Béatrice avait refait trois fois son numéro et trois fois laissé sonner un temps infini. Quand enfin il répondit, il n'avait pas du tout l'air d'avoir été tiré d'un profond sommeil.

— Allô ? fit-il d'une voix claire.

— Kevin ! Je craignais déjà que tu aies débranché ton téléphone pour ne pas être dérangé. C'est Béatrice à l'appareil. Hélène est-elle encore chez toi ?

— Non. Ça fait longtemps qu'elle n'est plus là.

— Ah ? Vers quelle heure est-elle partie ?

Il réfléchit.

— Environ dix heures et demie.

— Dix heures et demie ? Il est bientôt une heure et demie du matin. Elle n'est pas à la maison !

— C'est curieux, dit Kevin.

— Curieux ? Je trouve ça extrêmement inquiétant. L'as-tu vue entrer dans la maison ?

— Je ne l'ai pas raccompagnée.

— Comment est-elle rentrée, alors ?

— En taxi. Elle en a appelé un vers dix heures, dix heures et demie.

— Mais pourquoi ne l'as-tu pas raccompagnée ? Tu le fais toujours d'habitude.

— Oui, mais pas cette fois. J'avais trop bu.

— Ça ne t'arrive jamais !

— Il faut croire que si. Et puis, ce n'est pas un crime d'arroser un peu trop un dîner !

Béatrice sentait la colère la gagner. Kevin avait du culot de faire comme si tout était normal. Il n'avait pas respecté les règles du jeu, à présent Hélène était introuvable et cela n'avait même pas l'air de l'émouvoir.

— Bon sang, Kevin, cette vieille dame était chez toi, tu en avais la responsabilité. Qui était le chauffeur de taxi ?

— Je ne sais pas. C'est elle qui l'a appelé.

— Tu as bien dû lui donner le numéro.

— Non, mais il y a un numéro de taxi au-dessus de mon téléphone, c'est sans doute celui qu'elle a appelé.

— Comment se fait-il qu'elle ait dû l'appeler elle-même ?

— Ciel, Béatrice, j'étais ivre ! Je n'avais plus du tout les idées claires... elle voulait partir... Ne viens pas me chercher des poux dans la tête pour ça !

— Donne-moi le numéro de ton taxi. Il y a quelque chose qui cloche. Hélène ne s'est pas brusquement volatilisée !

— Elle est peut-être allée quelque part avant de rentrer, suggéra Kevin.

Béatrice eut un soupir impatient.

— Kevin, je t'en prie ! Nous connaissons tous les deux Hélène. Ce n'est pas vraiment le genre à décider sur un coup de tête de faire la tournée des bars de Saint Peter Port au milieu de la nuit ! S'il te plaît, donne-moi maintenant le numéro de téléphone de ton entreprise de taxi. Ils ont peut-être entendu parler d'un accident.

Elle nota le numéro.

— Je te tiens au courant, Kevin, lança-t-elle, puis elle coupa la communication et composa en hâte le numéro de l'entreprise de taxi.

Elle dut à nouveau laisser sonner un temps infini avant qu'une femme ne décroche. Elle avait la voix endormie et peu aimable de quelqu'un très fâché d'avoir été réveillé.

— Excusez-moi de vous déranger, commença Béatrice, mais nous sommes sans nouvelles d'une dame qui a pris un de vos taxis hier soir. Il ne semble pas qu'elle soit arrivée chez elle.

A l'autre bout de la ligne, on bâilla bruyamment.

— Ça ne peut pas attendre demain ? demanda la femme, d'un ton excédé.

— Bien sûr que non, dit Béatrice. C'est une dame âgée, il lui est peut-être arrivé quelque chose.

— C'est mon mari lui-même qui était de service hier soir. Je vais le réveiller. Il va rouspéter, je peux vous le dire.

Béatrice l'entendit s'éloigner en traînant les pieds. La menace d'un malheur se précisait, lentement la peur faisait son chemin. C'était le patron qui avait assuré les courses. Apparemment, il dormait paisiblement dans son lit. Il n'avait donc pas eu d'accident et personne n'avait été blessé. L'absence d'Hélène devenait incompréhensible.

Je vais bientôt en savoir plus, se disait-elle en patientant, le téléphone collé à l'oreille, mais en même temps elle ne pouvait se défendre du sentiment diffus de l'imminence d'une catastrophe.

Après avoir mis une éternité à daigner venir, le chauffeur de taxi raconta en bougonnant que, son unique employé étant actuellement en vacances en France, c'était lui qui assurait toutes les courses. Il se souvenait d'avoir été appelé à Torteval, il se souvenait d'Hélène qu'il avait été prendre là-bas pour la conduire au Variouf.

— Une dame bien timide, dit-il. C'est moi-même qui ai pris la communication, je la comprenais à peine. Elle chuchotait. Fallait que je tende l'oreille pour comprendre où elle était et ce qu'elle voulait. Je lui ai demandé de parler plus fort, mais apparemment elle ne pouvait pas.

— Elle *chuchotait* ?

— Comme je vous le dis. Elle m'a paru très excitée. Quand je suis arrivé à Torteval, elle était déjà au croisement avec la route principale et c'est tout juste si elle ne s'est pas jetée sur mon taxi. Une fois à l'intérieur, elle a eu l'air de se calmer. Elle m'a demandé de la conduire au Variouf et de me dépêcher.

Béatrice fut définitivement alarmée.

— Vous l'avez déposée à l'entrée du jardin? demanda-t-elle. Ou bien êtes-vous monté jusqu'à la maison?

Le chauffeur sembla vouloir tergiverser mais en définitive dut juger plus raisonnable de dire la vérité.

— Je ne suis pas allé jusqu'à la maison, hésita-t-il. Je veux dire, jusqu'à l'entrée de la propriété. Je... Ecoutez, est-ce que je pouvais me douter que ma cliente allait disparaître dans la nature? Je l'ai déposée un peu avant la maison, en contrebas, à une centaine de mètres environ.

— Mais pourquoi? s'exclama Béatrice, consternée.

— Eh bien, à cet endroit, il y a un embranchement...

A l'évidence, le chauffeur se maudissait d'avoir pris, par commodité, une décision qui risquait à présent de lui attirer de sérieux ennuis.

— Je pensais que, plus haut, je ne pourrais peut-être pas faire demi-tour facilement. Il y avait une voiture derrière moi qui me collait depuis un bout de temps, et... euh... la route est extrêmement étroite, là-bas, vous savez...

— Toutes les routes de l'île sont extrêmement étroites, l'interrompit Béatrice, et vous auriez eu toute la place que vous vouliez pour tourner dans notre jardin!

— Oui, mais la petite dame pensait que le portail était fermé et le temps qu'elle l'ouvre... Et puis, il y avait ce type qui me collait au train. Bref, je lui ai demandé si ça ne l'ennuyait pas que je la dépose à l'embranchement. Elle m'a répondu qu'elle n'y voyait pas d'inconvénient, que même ça lui ferait du bien de marcher un peu. Alors…

— Alors vous avez laissé une vieille dame de quatre-vingts ans rentrer seule chez elle en pleine nuit ! Je trouve cela inad…

— Cent mètres ! Sûrement pas plus ! riposta le chauffeur, à présent complètement réveillé et nerveux. Ce n'est tout de même pas la mer à boire !

— Mais ça a suffi pour qu'il se passe quelque chose parce qu'apparemment votre cliente n'est jamais arrivée chez elle ! Vous allez devoir vous en expliquer, j'espère que vous en êtes conscient !

Elle raccrocha brutalement et se tourna vers Franca qui se tenait à côté d'elle.

— Quel imbécile ! Il a laissé Hélène en bas, à l'embranchement, parce qu'il avait la flemme de faire une manœuvre ! Une vieille dame de cet âge… Il aurait dû monter jusqu'à la maison, et même attendre qu'elle entre et allume la lumière ! Mais monsieur était pressé d'aller se coucher.

— Je me demande tout de même ce qui a pu se passer sur une aussi petite distance, observa pensivement Franca. Guernesey n'est pas New York, on ne risque pas de se faire agresser à tous les coins de rue. C'est tellement calme, cette île.

— Je ne comprends pas, dit Béatrice en secouant lentement la tête. Mais j'ai un mauvais pressentiment.

— Elle est peut-être allée chez un voisin…

— Pas aussi tard. De toute façon, il n'y a de lumière nulle part. Tout le monde dort.

— Mais alors…

— Peut-être a-t-elle eu une sorte d'absence ? Si au lieu de monter vers la maison, elle était partie dans la direction opposée, vers la falaise…

— Mon Dieu, souffla Franca, et dans le noir. Déjà qu'elle ne marche pas très bien.

— Allez, décida Béatrice, il faut en avoir le cœur net. Et cette fois, nous y allons avec les chiens.

Franca la retint.

— Ne devrions-nous pas appeler la police ?

— Si dans une heure nous ne l'avons pas trouvée, nous le ferons, répondit Béatrice.

Les chiens, la fougueuse Misty en tête, couraient et sautaient autour d'elles en aboyant, enthousiasmés par cette sortie nocturne inespérée. Ils reniflaient furieusement les bas-côtés du chemin comme si en l'espace des quelques heures depuis leur dernier passage des centaines d'odeurs excitantes étaient apparues. Le pinceau lumineux de la lampe torche faisait surgir des images fantasmagoriques sur le muret de pierre qui bordait le chemin, les haies touffues, le lierre, les arbres. Des nuages s'amoncelaient dans le ciel.

— Il va pleuvoir, dit Béatrice.

Franca remarqua que le vent avait tourné, l'air était à présent saturé d'humidité.

— Vous pensez qu'elle aurait pu aller jusqu'à Petit Bôt ? demanda-t-elle.

— Je ne vois pas ce qu'elle aurait été y faire, répondit Béatrice. L'endroit ne l'a jamais attirée.

Misty, qui gambadait loin devant, stoppa net sa course et leva la tête, truffe au vent. Ses oreilles se dressèrent, son corps se raidit. Les deux autres chiens arrivés derrière se figèrent à leur tour. Tous trois demeurèrent immobiles comme des statues au milieu du chemin, à l'arrêt.

— Ils ont flairé quelque chose, dit Béatrice. Pourvu que…

Misty gémit doucement. Les chiens paraissaient inquiets.

— Je n'aime pas ça…

L'espace d'un instant, Béatrice et Franca

semblèrent elles aussi incapables de bouger, puis tout le groupe se remit en mouvement, les chiens devant, les deux femmes derrière.

A nouveau les chiens s'arrêtèrent.

— Mon Dieu, je crois que ça y est, dit Béatrice.

— Pourquoi dites-vous ce... commença Franca, puis elle découvrit la masse sombre autour de laquelle les chiens faisaient cercle.

Misty couinait, les deux autres chiens grognaient en retroussant les babines. Lentement, Béatrice dirigea le faisceau hésitant de la lampe torche sur la forme qui gisait au milieu du chemin. Elles reconnurent le visage étroit d'Hélène. Sa barrette s'était ouverte, ses cheveux gris étaient répandus en désordre autour de sa tête sur la terre. Puis elles virent la tache sombre qui formait une auréole.

— Je crois que c'est du sang, dit Franca d'une voix blanche.

Béatrice eut un mouvement involontaire de la main, le faisceau de la lampe se déplaça légèrement vers le cou.

Hélène gisait, la gorge béante. Elle s'était vidée de son sang sur le sentier qui menait à Petit Bôt.

12

Pour Guernesey, où hormis les vols de bateaux de plaisance la criminalité était pour ainsi dire inexistante, les forces de police qui se déployèrent en quelques heures dans Le Variouf et les environs furent impressionnantes. Des officiers de la brigade criminelle relevèrent les empreintes de pneus, de semelles et délimitèrent un vaste périmètre interdit autour du lieu du crime. Le village, tiré de son sommeil, s'anima, des curieux avides de sensationnel vinrent se masser derrière le cordon de sécurité. Il en arriva même de Saint Martin décidés à ne rien manquer du spectacle. La nouvelle de la mort brutale d'Hélène Feldmann s'était inexplicablement déjà répandue. « Il paraît qu'elle a été égorgée ! murmuraient les gens, horrifiés, à leurs voisins. Egorgée, vous vous rendez compte ? »

Au début, Franca avait pensé que Béatrice avait été violemment choquée. C'était la première fois qu'elle la voyait incapable de faire un mouvement ou de prendre une décision. Elle s'était figée sur place et avait commencé à trembler. La lampe lui avait échappé des mains. Franca l'avait ramassée et avait pris Béatrice par le bras. A son étonnement, elle-même ne tremblait absolument pas. Cela viendrait peut-être plus tard.

— Nous devons appeler la police, dit-elle. Venez, Béatrice, retournons à la maison.

Béatrice la laissa l'entraîner vers la maison sans

résister. Franca appela les chiens ; ils la suivirent, nerveux, les poils de l'échine hérissés, la tête basse.

Lorsqu'elles furent arrivées à la maison, Franca assit Béatrice dans un fauteuil, posa un verre de cognac devant elle, puis elle téléphona à la police et raconta ce qu'elles venaient de découvrir à un officier stupéfait qu'elle avait probablement interrompu au milieu d'une grille de mots croisés. Il crut à une mauvaise plaisanterie.

— Vous êtes sûre que c'est bien vrai, ce que vous me racontez ? demanda-t-il.

— Je vous en prie, venez tout de suite ! insista Franca qui sentait qu'elle n'aurait pas le courage de discuter longtemps avec cet homme.

— Avez-vous bu quelque chose, madame ? voulut-il encore savoir.

— Non. Envoyez quelqu'un immédiatement, s'il vous plaît !

L'officier de police parut enfin redescendre sur terre.

— Tout de suite, dit-il. Et ne touchez à rien sur le lieu du crime !

Franca retourna dans le salon. Béatrice, le visage décomposé, n'avait ni bougé ni touché à son cognac.

— Béatrice, je vous en prie, buvez ne serait-ce qu'une petite gorgée, la pressa Franca. Vous n'allez pas tenir le coup, sinon.

Béatrice leva les yeux et posa sur elle un regard vide de toute expression.

— Ils lui ont ouvert la gorge, murmura-t-elle. C'est épouvantable. Absolument épouvantable.

— Essayons de ne pas y penser. Pas maintenant, dit Franca.

Elle sentait qu'elle s'effondrerait si elle commençait à réfléchir aux détails de ce qui s'était passé. Déjà, quand elle songeait que quelque part un fou rôdait qui attaquait les gens et leur coupait la gorge, un fou qui avait attendu, tapi dans l'ombre d'une haie, puis s'était précipité sur la malheureuse Hélène... Cela aurait pu arriver à n'importe qui, cela aurait pu lui arriver. Combien de promenades solitaires sur le sentier de la falaise n'avait-elle pas faites ces derniers jours...

Son estomac se révulsa. Elle prit sur elle-même pour penser à autre chose. Ce n'était pas le moment de perdre ses moyens.

Deux policiers se présentèrent, méfiants et manifestement toujours convaincus que quelqu'un soit souffrait d'hallucinations, soit se permettait de se moquer d'eux. Franca les envoya sur le chemin de Petit Bôt en leur indiquant où ils trouveraient le corps de la femme qui avait été égorgée. Peu après qu'ils furent partis, l'un d'eux revint, essoufflé et blanc comme un linge.

— Jésus, Marie, Joseph, haleta-t-il. Je n'ai encore jamais rien vu de pareil.

En un éclair, Le Variouf grouilla de policiers, des projecteurs éclairèrent la scène du crime a giorno, les curieux affluèrent et une ambulance fendit la nuit, toutes sirènes hurlantes. Franca pria le médecin qui lui proposait ses soins de s'occuper de Béatrice qui paraissait en état de choc ; elle-même, expliqua-t-elle, n'avait besoin d'aucune aide. Le médecin la regarda attentivement.

— Je vous crois, mais je crains que vous ne réagissiez après coup. Tenez, dit-il en lui mettant dans la main un flacon contenant de petites boules blanches, c'est une préparation homéopathique. Si vous sentez vos nerfs flancher, prenez cinq granules.

Elle promit de suivre ses conseils et regarda Béatrice se prêter docilement à son examen.

— C'est un simple calmant, dit-il en remplissant une seringue de liquide transparent.

Peu après, Béatrice reprit quelques couleurs puis

émergea de l'état d'hébétude dans lequel la découverte du corps d'Hélène l'avait plongée.

— Interrogez-moi, dit-elle à l'officier de police qui hésitait à s'approcher d'elle. Je répondrai à toutes vos questions.

Sa voix avait retrouvé un peu de fermeté. Elle réagit avec un calme surprenant aux questions que lui posait l'officier. Elle expliqua posément qu'Hélène avait dîné chez Kevin à Torteval puis était rentrée en taxi vers vingt-deux heures trente. Le policier, qui notait avec empressement ses réponses, se montra très intéressé lorsqu'il apprit que le chauffeur de taxi l'avait déposée en contrebas de la maison.

— Il est possible que ce soit sur ces cent mètres qu'elle a rencontré son meurtrier.

— Pour regagner la maison, elle devait passer devant le chemin qui longe le mur est de notre propriété et mène au sentier de la falaise, dit Béatrice. C'est-à-dire le chemin où elle a...

— J'ai compris. Le lieu du crime.

— Pensez-vous qu'elle a été tuée à l'endroit où nous l'avons trouvée ? Elle a peut-être été agressée sur la route. Et...

Le policier secoua la tête.

— Nos collègues des empreintes n'ont pas terminé leur travail, cependant, d'après ce que j'ai vu, je pense qu'elle a été tuée là où elle a été découverte. Nous n'avons relevé aucune trace indiquant que le corps aurait été tiré ou déplacé.

— Bien sûr, fit Béatrice qui pâlit à nouveau d'un cran.

— J'aimerais maintenant savoir où vous étiez ce soir, dit le policier en regardant Franca. Etiez-vous ensemble ?

— Non, répondit Franca qui parla alors de son dîner à l'*Old Bordello*.

— Votre mari n'habite pas ici ? s'étonna le policier.

— Non, il loge au *Chalet Hotel* de Fermain Bay.

— Ah. Et il ne vous a pas raccompagnée ?

— Non. Je suis rentrée seule en voiture.

— Mme Shaye était-elle là lorsque vous êtes rentrée ?

— Elle était dans sa voiture, dans l'allée.

Le policier se tourna vers Béatrice.

— Vous êtes donc rentrée au même moment ? Ou bien vous apprêtiez-vous à vous rendre quelque part ?

— J'étais là depuis une demi-heure, répondit Béatrice. Je suis restée dans ma voiture. Je réfléchissais.

Le policier la regarda sans dissimuler son étonnement.

— Vous êtes restée une demi-heure dans votre voiture à *réfléchir* ? Pourquoi n'êtes-vous pas entrée dans la maison ?

Elle haussa les épaules.

— Je n'en avais pas envie. Ça ne m'est même pas venu à l'esprit. Je ne me suis pas rendu compte que le temps passait. Si Franca n'était pas arrivée, j'y serais sans doute encore.

— Extraordinaire, marmonna le policier qui secouait la tête tout en écrivant.

Franca pensait qu'il n'y avait vraiment rien d'extraordinaire à rester seule à réfléchir dans sa voiture quand quelque chose vous préoccupait et ainsi d'oublier l'heure, mais sans doute était-ce trop subtil pour l'âme simple et sans détour d'un policier de base.

— Est-il possible que vous vous soyez déjà trouvée là à l'heure du crime ? demanda-t-il.

Franca s'interposa avant qu'elle n'eût le temps de répondre.

— Non. Je suis arrivée vers minuit vingt. Si Béatrice se trouvait là depuis déjà une demi-heure, elle a dû arriver vers minuit moins le quart. Hélène est partie de Torteval à vingt-deux heures trente... Quand le taxi l'a déposée en bas de la côte, il ne devait pas être vingt-trois heures, dit-elle après un bref calcul. Béatrice est arrivée au plus tôt trois quarts d'heure après.

— Le chauffeur de taxi nous en dira sans doute plus sur l'heure précise, observa le policier. Toutefois, dans la mesure où elle-même dit avoir oublié l'heure, je ne pense pas que Mme Shaye puisse affirmer être restée une demi-heure dans sa voiture devant la maison. Elle peut y être restée une heure comme une heure et demie.

— Je suis partie de la pointe de Pleinmont peu avant vingt-trois heures trente, dit Béatrice. Mais naturellement, je peux me tromper.

— Ah ? Qu'êtes-vous allée faire en pleine nuit à la pointe de Pleinmont ? fit le policier, de plus en plus surpris par un comportement qui dépassait son entendement.

— J'y étais depuis plusieurs heures, expliqua Béatrice. Je me suis promenée. J'ai regardé le soleil se coucher. Et je suis restée là aussi assise dans ma voiture.

Le policier la dévisagea en haussant les sourcils.

— Pour l'essentiel, vous avez donc passé la soirée et la moitié de la nuit assise dans votre voiture ? D'abord à la pointe de Pleinmont, puis ici devant chez vous ? C'est pour le moins étrange. Les problèmes qui vous préoccupent sont si graves que cela ?

— Oui, répondit Béatrice sur un ton qui signifiait qu'il n'en saurait pas plus.

— Il est donc possible que vous vous soyez déjà trouvée là à l'heure du crime ?

— Si l'heure du crime est fixée à vingt-trois heures, je ne peux pas m'être trouvée là. Je ne suis en aucun cas partie de la pointe de Pleinmont avant vingt-trois heures.

Le policier griffonna quelque chose sur son calepin

et regarda Béatrice. Il parut soudain plus raide, plus distant.

— Y aurait-il quelqu'un susceptible de confirmer vos dires ?

Béatrice secoua la tête.

— Non.

Le policier referma son calepin.

— Je n'ai pas d'autres questions pour le moment.

Mais veuillez rester à notre disposition, ajouta mentalement Franca.

— Mais veuillez rester à notre disposition, dit-il.

Alan reposa lentement le combiné et regarda fixement l'appareil comme s'il le voyait pour la première fois. Il se sentait littéralement assommé.

— Mon Dieu, murmura-t-il.

Il se dirigea vers le bar, déboucha le sherry, se servit un verre, le vida d'un trait. Puis il ouvrit la bouteille de whisky. Après un choc pareil, le sherry était bien trop doux. Et à six heures du soir, on pouvait se permettre de passer à des alcools plus forts. Il avalait la première gorgée de whisky, saluant la brûlure bienfaisante qui se répandait dans ses veines, quand la sonnette de la porte d'entrée retentit.

Il réfléchit un bref instant. Il n'avait envie de voir personne. Il voulait être seul. Seul pour accuser le coup, seul avec son whisky.

Je ne suis pas là, décida-t-il. Sa journée avait été difficile et fatigante, une succession de rendez-vous pénibles. Un gin et un whisky l'avaient aidé à tenir le coup. Depuis son effondrement dans l'alcool, trois jours auparavant, il était complètement épuisé. Il avait bu toute la journée du lundi, toute celle du mardi et tout le mercredi matin. Le mercredi après-midi, il avait vomi, vomi pendant des heures, et découvert, horrifié, l'image que le miroir de la salle de bains lui renvoyait. Ses mains tremblaient.

Un clochard. J'ai l'air d'un clochard !

Le téléphone n'avait pas cessé de sonner mais il s'était gardé de décrocher. Il ne se sentait pas capable de prononcer une phrase intelligible, il craignait même de ne parvenir qu'à ânonner des syllabes sans suite. Il avait été près d'essayer de s'adresser quelques mots, dans la solitude de sa salle de bains, en manière de test, mais même de cela il avait eu peur. Voir sa tête dans la glace l'avait singulièrement ébranlé. Etre en plus confronté au son de sa voix lui paraissait au-dessus de ses forces.

Tard le soir, un dernier spasme nauséeux l'avait précipité dans la salle de bains. Après avoir vomi tripes et boyaux, épuisé au point de ne plus pouvoir se mettre debout, il s'était traîné hors de la salle de bains à quatre pattes, en grelottant. Dans le séjour, le téléphone sonnait. Quelqu'un semblait très désireux de lui parler. Probablement Béatrice. Il se souvenait confusément de l'avoir eue au téléphone l'avant-veille, à un moment où il était passablement ivre. Elle devait être dans tous ses états. Il n'avait pas la moindre envie d'écouter ses remontrances, et il ne se sentait pas non plus la force de riposter.

Il se coucha en croyant qu'il allait sombrer instantanément dans le sommeil tant la fatigue l'accablait mais, à son propre étonnement, il se sentit tout à coup parfaitement réveillé et dans un état de nervosité extrême. Il se retournait dans son lit, obsédé par l'idée de la gorgée de whisky qui mettrait fin à ses tremblements, qui ralentirait son rythme cardiaque, qui l'apaiserait… Sauf qu'il ne s'en tiendrait pas à une gorgée, il le savait, c'était trop dangereux. Si je veux retourner travailler demain, il ne faut pas… Ça recommence, songea-t-il, au bord du désespoir. La solitude, le whisky… C'est reparti.

Ce matin-là, au réveil, il avait toujours une mine épouvantable, cependant, après s'être longuement douché, lavé les cheveux, rasé et avoir bu deux tasses de café fort, il se sentit prêt à prendre le risque de retourner parmi les hommes. Il enfila un de ses meilleurs costumes et avala deux cachets d'aspirine.

Au bureau, sa secrétaire l'informa des problèmes créés par l'annulation, trois jours de suite, de ses rendez-vous. Il hocha la tête. Il s'y attendait. Chaque fois qu'il avait un passage à vide, c'était la même chose. Jusqu'à présent, il s'en était sorti sans dommage, mais il savait que professionnellement non plus, il ne pouvait pas continuer comme ça.

— Si ma mère appelle, dit-il à sa secrétaire, s'il vous plaît, ne me la passez pas. Dites-lui que j'enchaîne rendez-vous sur rendez-vous.

La secrétaire acquiesça. Elle avait l'habitude. Quand son patron émergeait après avoir craqué, jamais il ne voulait lui parler. La vieille dame ne devait pas savoir trouver les mots qu'il aurait accepté d'entendre.

— Votre mère a téléphoné deux fois, lui dit-elle à midi.

Il s'y attendait. Eh bien, maintenant qu'elle sait que je suis en vie, songea-t-il avec hargne, qu'elle me fiche la paix. Elle n'a pas besoin d'en savoir plus.

Toute la journée il s'était accroché à l'idée qu'il s'accorderait un whisky en rentrant le soir.

Un whisky ne peut pas faire de mal, n'est-ce pas ? se disait-il. Un whisky, peut-être, mais il en était déjà à son deuxième et il succédait à un sherry. Oui, mais un sherry, ça ne compte pas vraiment, surtout après une nouvelle pareille.

La sonnette de la porte d'entrée ne se taisait pas. Pour insister de cette façon, le visiteur devait être un démarcheur ou un représentant qui voulait à tout prix vendre sa marchandise.

Je ne suis pas là, se répéta Alan en avalant une gorgée de whisky. A cet instant, il entendit une clé tourner dans la serrure. Quand il ouvrit la porte donnant sur l'entrée, il se trouva nez à nez avec Maya.

— Excuse-moi, dit-elle en guise de bonjour, mais comme tu ne répondais pas...

— Tu ne peux pas rentrer ici comme ça !

— J'avais encore la clé. Je m'inquiétais. Depuis avant-hier, je n'arrête pas d'essayer de te joindre. J'ai téléphoné à ton bureau, tu n'y étais pas. J'ai téléphoné cent fois ici, pas de réponse. Je suis venue voir.

Il tendit la main.

— Tu sais maintenant que je vais bien, alors tu me rends ma clé et tu t'en vas.

Son petit nez – ce petit nez qu'il trouvait si délicat – frémit comme celui d'un ravissant animal.

— Tu as bu, dit-elle.

Il acquiesça.

— Un whisky. Ce n'est pas interdit, que je sache. S'il te plaît, rends-moi ma clé.

Elle passa devant lui sans faire mine de lui rendre quoi que ce soit et se dirigea vers le séjour. La pièce était encore jonchée de bouteilles vides et de verres.

Il la suivit, furieux qu'elle découvre ce à quoi il s'était occupé depuis son départ.

Elle se tourna vers lui. Elle paraissait bouleversée, ses yeux étaient plus grands que d'habitude.

— Tu as appris, pour Hélène ? fit-elle.

Il prit une longue inspiration.

— A l'instant. Béatrice vient de m'appeler.

— Grand-mère me l'a appris mardi matin. Elle pleurait tellement que je ne comprenais pas ce qu'elle disait. En fait, je l'appelais seulement pour lui demander qu'elle m'envoie un peu d'argent... et elle m'a dit ça. Depuis je n'arrête pas d'essayer de te joindre. Je voulais parler avec quelqu'un qui connaissait Hélène, qui... qui ressentait la même chose que moi...

Elle s'interrompit. Ses yeux reflétaient un réel désarroi.

Quel moment étrange, songea Alan. Depuis qu'il connaissait Maya, c'était la première fois qu'elle était naturelle. Son émotion était sincère. Comme si le masque qu'elle portait en permanence était tombé et qu'apparaissait la jeune fille normale et gentille qu'elle était en réalité.

— C'est affreux, dit Alan. Je n'arrive pas à y croire. Un crime pareil à Guernesey…

Hélène…

Hélène faisait partie de sa vie, comme une tante qui aurait toujours été là. Hélène veillait sur lui quand Béatrice n'était pas à la maison, elle lui racontait des histoires, lui faisait des gâteaux, lui lisait des contes allemands, le consolait quand la nuit des cauchemars le réveillaient. Quelque chose n'allait pas ? Aussitôt il courait se réfugier dans les jupons d'Hélène. Béatrice pouvait être dure, parfois elle ne comprenait pas et elle était souvent énervée. Hélène était toujours d'humeur égale, toujours tendre, douce, disponible et heureuse de lui ouvrir les bras. Il lui avouait ses mauvaises notes, lui confiait ses déboires avec un professeur ou un camarade.

Il ne pouvait pas concevoir qu'Hélène puisse ne plus être là. Et encore moins qu'elle ait pu mourir d'une façon aussi abominable. Comment imaginer une telle horreur, une telle souffrance ? Une nausée le submergea.

— Grand-mère dit que son sac à main était près d'elle, reprit pensivement Maya, et qu'apparemment on n'avait touché ni à son argent ni à sa carte de crédit… Ce n'est donc pas pour la voler qu'elle a été agressée.

— Le crime sexuel est exclu ? demanda Alan.

Il n'avait pas parlé longtemps avec Béatrice et, sous

le coup de l'émotion, il n'avait pu poser aucune question.

— Bien sûr, répondit Maya. Qui attaquerait une femme de cet âge ?

— Ça arrive, dit Alan. Il arrive même des choses encore plus surprenantes.

— D'après grand-mère, la police ne comprend pas du tout pour quelles raisons elle a été tuée, dit Maya. En tout cas, il ne semble pas qu'un crime sexuel ait été envisagé.

— Je n'arrive pas à imaginer autre chose que le geste d'un déséquilibré, dit Alan. Un malade mental qui tue pour le plaisir de tuer. Hélène a eu la malchance de se trouver au mauvais moment au mauvais endroit. Au fait, que faisait-elle en pleine nuit dehors ?

— Elle revenait de chez Kevin. Le chauffeur de taxi n'est pas monté jusqu'à la maison, il l'a déposée en bas, à l'embranchement, pour pouvoir faire plus facilement demi-tour. C'est sur cette dernière portion de chemin que…

Maya s'interrompit et soupira en secouant lentement la tête.

— Je pourrais avoir un peu de whisky ? demanda-t-elle à mi-voix.

Alan lui tendit silencieusement son verre. Elle le vida comme s'il s'agissait d'un verre d'eau.

— Quelle chierie ! s'exclama-t-elle brusquement. J'ai l'impression que plus jamais je ne pourrai être insouciante. Tu sais le sentiment que j'ai ? Jusque-là, tout allait bien, on ne se posait pas de questions, maintenant, plus rien ne pourra être comme avant.

Il comprit ce qu'elle voulait dire. Jamais cette forme de violence ne l'avait touché ni n'avait touché Maya. La presse, la télévision en parlaient, ils savaient l'un et l'autre qu'elle existait, mais elle ne les concernait pas et conservait dès lors un caractère abstrait. A présent qu'elle était entrée dans leur vie, elle était là, palpable, à portée de main. La blessure dont Hélène était morte avait également affecté son entourage.

Peut-être a-t-elle raison, songea Alan, peut-être que rien ne sera plus comme avant.

— Ma mère dit qu'ils vont rendre le…

Il se mordit les lèvres. Il était sur le point de dire « corps » mais, associé au nom d'Hélène, le mot avait une résonance si implacable qu'il ne put le prononcer.

— … La police nous autorise à reprendre Hélène au début de la semaine prochaine, dit-il. L'enterrement aura lieu mercredi.

— Tu vas y aller ?

— Bien sûr. Hélène est… était pour moi comme une deuxième mère. Et puis il faut que je m'occupe de Béatrice. Elle va avoir besoin de soutien.

— J'en suis moins sûre que toi, dit Maya. Béatrice est assurément choquée, comme nous tous, mais sa peine ne va pas être démesurée.

Alan, surpris, la regarda.

— Elle a pratiquement vécu toute sa vie avec Hélène. Pour elle, c'est tout un monde qui vient de s'effondrer.

— Elle n'a jamais aimé Hélène. Il n'y a personne dont elle ait autant souhaité se débarrasser.

— Tu exagères. Il y avait parfois des frictions entre elles, mais c'est normal. Sur le fond…

— Sur le fond, Hélène s'est collée à Béatrice comme une sangsue et Béatrice lui en a voulu à mort, insista Maya qui pour être bouleversée n'avait rien perdu ni de sa faculté de jugement ni de sa capacité à s'exprimer sans détour.

— Tu devrais faire un peu attention aux mots que tu emploies, dit Alan avec agressivité. Je ne pense pas que tu…

Maya rit doucement, non de son rire gai ou enjôleur habituel, mais d'un rire aigu légèrement hystérique.

— Alan, tu es vraiment trop mignon. Tu as grandi entre ces deux femmes, tu as passé la moitié de ta vie avec elles. Et pourtant tu ignores ce que toute l'île, toi excepté, sait : cela fait cinquante ans qu'elles vivaient ensemble et cinquante ans qu'elles ne se supportaient pas, qu'elles étaient incapables de s'entendre. Hélène ne pouvait pas quitter Béatrice parce qu'elle dépendait complètement d'elle et Béatrice ne pouvait pas mettre Hélène dehors, probablement parce qu'elle avait pitié d'elle ou...

— Ma mère n'a jamais eu pitié de personne, rectifia Alan. Ce n'est certainement pas par pitié qu'elle aurait toléré dans sa maison quelqu'un qu'elle ne voulait pas y voir. Béatrice n'est pas comme ça. Il se trouve que je la connais plutôt bien. Quand elle ne veut pas de quelqu'un, elle le dit clairement et distinctement.

— Eh bien, avec Hélène, de toute évidence elle ne l'a pas fait.

— Probablement parce qu'elle aimait Hélène.

— Mae dit...

— Mae ! s'exclama Alan en levant les yeux au ciel. Ne le prends pas mal, Maya, mais ta grand-mère raconte beaucoup de bêtises. Tu ne devrais pas croire tout ce qu'elle dit.

— Non, pas tout, tu as raison. Mais ce qu'elle dit d'Hélène et Béatrice est vrai. Parce qu'à part elle, il y a des dizaines de gens qui disent la même chose. De plus, moi aussi, c'est toujours l'impression que j'ai eue.

— Ça ne sert à rien de parler de ça, dit Alan. Hélène est morte et... mon Dieu !

Il s'effondra dans un fauteuil et cacha son visage

dans ses mains. Quand il releva la tête, ses yeux étaient rouges de chagrin sans qu'il ait pleuré.

— Au fait, qu'est-ce que tu fais ici ? demanda-t-il d'une voix sans timbre.

— Je te l'ai dit, répondit Maya qui se tenait debout au milieu de la pièce, son verre vide à la main. J'avais besoin de parler à quelqu'un qui connaissait Hélène.

— Tu aurais pu aller voir Edith.

— On ne veut pas le lui dire. Elle est si âgée, elle serait trop perturbée.

— Bien. Tu es donc venue ici. Tu m'as vu, tu as parlé avec moi. Tu pourrais repartir, maintenant, non ?

— Oui, je pourrais repartir.

— Mais encore ?

— Souhaites-tu que je parte ?

— Si tu as des problèmes, Maya, c'est avec ton ami que tu dois en parler. C'est à lui de te consoler.

— Ah, il...

Son menton trembla.

— Oui ?

— C'est fini avec lui. Je n'ai plus rien, pas d'argent, pas d'appartement, personne...

Elle fondit en larmes.

— Je vais devoir retourner dans cette fichue île.

13

— Je ne comprends pas comment un policier peut avoir aussi peu de compassion, dit Franca. Interroger Béatrice le jour de l'enterrement d'Hélène... Ils auraient pu lui accorder un peu de temps.

— Ce n'est pas un interrogatoire, dit doucement Alan. Le policier souhaitait s'entretenir brièvement avec elle. Il lui a laissé le choix du moment. Elle s'est tout de suite proposée, elle a même refusé mon assistance. Je ne pense pas qu'elle y ait vu un inconvénient.

C'était une magnifique journée de mai, pas un nuage ne troublait le bleu immaculé du ciel. Le soleil était presque aussi chaud qu'en plein été, l'air immobile. Les prairies et les haies du sentier de la falaise étaient en fleurs. La mer, turquoise, scintillait paisiblement. Quelques voiliers longeaient la côte au large, d'autres se balançaient paresseusement dans les baies. Une belle journée d'été, chaude, calme, lente.

— Il faut que je marche, déclara Franca après que l'officier de police eut disparu avec Béatrice dans le salon. Sinon, ma tête va éclater.

— Ça ne vous ennuie pas que je vous accompagne ? demanda Alan qui se tenait, désemparé, au milieu de l'entrée et fixait la porte derrière laquelle sa mère avait disparu. Me dégourdir un peu les jambes ne devrait pas me faire de mal.

La cérémonie funèbre l'avait affecté ; s'il n'avait pas bu deux cognacs juste avant, il se serait effondré.

Après l'enterrement, Béatrice avait servi un buffet froid et proposé de la bière et du vin. Alan avait bu de manière à conserver un calme relatif. Il s'était parfaitement rendu compte que Béatrice ne cessait de l'observer du coin de l'œil et comptait les verres qu'il vidait mais, comme elle ne pouvait rien lui dire en présence des invités, il avait pris soin de ne se trouver à aucun moment seul avec elle. Puis, les invités à peine partis, l'officier de police s'était présenté, si bien que là non plus elle n'avait pu lui faire la leçon.

A présent, il marchait à côté de Franca sur le sentier de la falaise. Sans se concerter, ils avaient évité le chemin où le corps d'Hélène avait été découvert. Ils étaient descendus jusqu'au village et avaient emprunté le chemin qui prenait juste derrière l'ancienne maison des Wyatt, puis descendait à couvert vers Petit Bôt Bay. Une ombre épaisse y régnait, l'herbe grasse des bas-côtés répandait une fraîcheur humide. Puis le toit de feuilles s'ouvrait et le soleil dardait ses rayons.

— Nous aurions peut-être dû nous changer, remarqua Alan.

Il portait toujours le costume noir qu'il avait mis pour l'enterrement ; Franca avait un ensemble noir et des escarpins à petits talons.

— Pouvez-vous marcher, avec ces chaussures ?

— Tant que nous ne courons pas...

La mer apparut devant eux, miroir bleu baigné de soleil. Même en un jour comme celui-ci, la beauté du paysage émut Franca.

— C'est un enchantement, murmura-t-elle.

— N'est-ce pas ?

Alan suivit son regard. Elle avait raison, c'était réellement beau. Lui qui connaissait ce paysage depuis sa plus tendre enfance avait toujours considéré son exceptionnelle beauté comme allant de soi. En le regardant avec les yeux de Franca, il eut l'impression de le voir pour la première fois et y puisa une sorte de réconfort. Hélène avait appartenu à ces paysages, à cette île, elle avait été liée à cette mer et à ces rochers.

Elle est certainement dans un endroit qui ressemble à celui-ci, se dit-il, sans être dupe d'être d'une certaine puérilité.

— Avez-vous remarqué la façon dont on nous regardait, dans le village ? demanda Franca.

Il avait été trop absorbé par ses pensées pour remarquer que des regards le suivaient.

— Non. Qui nous regardait ?

— Des gens du village. J'ai vu des rideaux bouger et, dans les jardins, plusieurs personnes se sont arrêtées de travailler pour nous dévisager.

— Ça ne m'étonne pas. Quelqu'un de ma famille a été assassiné dans des circonstances abominables. C'est normal qu'on me regarde. Et vous avez la malchance de vivre depuis quelque temps dans la maison de ma mère, c'est normal qu'on vous regarde. Les gens sont ainsi.

Elle secoua la tête.

— Il y a des bruits détestables qui courent, des soupçons.

— Des soupçons ?

— Béatrice ne peut pas expliquer ce qu'elle a fait, ce soir-là. Plus exactement, elle peut l'expliquer, naturellement, mais la plupart des gens trouvent ça un peu extraordinaire. Elle est restée des heures à regarder la mer à la pointe de Pleinmont, puis encore une demi-heure assise dans sa voiture devant la maison. Des gens disent que c'est bizarre.

— D'où savez-vous ce que disent *des gens* ?

— C'est Mae qui le raconte.

— Mae ! Encore Mae !

Il eut un geste irrité de la main.

— Tout le monde ici prend donc pour argent comptant ce que raconte cette incorrigible commère.

— Qui vous en a déjà parlé ?

— Maya. Elle aussi s'en réfère à ce que dit sa grand-mère, comme si elle avait la science infuse.

Franca haussa les épaules.

— Je ne peux parler que de ce que j'ai entendu. Et de ce que je ressens. Les gens flairent du sensationnel et, bien sûr, ils en rajoutent.

Alan s'arrêta.

— Il y a des gens qui pensent *sérieusement* que Béatrice a assassiné Hélène ?

— Je ne crois pas qu'en réalité cela aille jusque-là, dit Franca. Mais on chuchote que la façon dont elle prétend avoir passé la soirée est très étrange. Et quand on connaît la haine qu'elle...

— Oh, non, ne vous y mettez pas, vous aussi ! Ma mère ne détestait pas Hélène.

Franca le regarda. Alan ne lut dans ses yeux ni intérêt malsain pour le sensationnel ni plaisir à colporter des ragots. Il vit de la sincérité, de la compassion et une grande honnêteté.

— Je ne pense pas non plus que « haine » soit le mot exact, dit-elle. Mais votre mère a souhaité ardemment qu'Hélène ne se mêle plus de sa vie. Et personne à Guernesey ne l'ignore.

Etrange, songeait Béatrice, étrange d'aller et venir dans cette maison et de savoir qu'Hélène n'est plus là. Qu'elle ne sera plus jamais là.

Le policier était parti un quart d'heure plus tôt. Il lui avait à nouveau posé des questions sur le déroulement de la soirée, sur ce qu'elle avait fait, quand et pourquoi.

« Vous étiez également invitée chez Kevin Hammond. Pourquoi n'y êtes-vous pas allée ?

— Je l'ai déjà dit. J'avais des soucis. Je voulais être seule. »

Il avait patiemment hoché la tête.

« Des soucis à propos de votre fils, je sais. De quelle sorte de soucis s'agissait-il ?

— Ça me regarde. »

Il n'avait pas insisté.

« Avez-vous, ce jour-là, remarqué quelque chose de particulier chez Hélène Feldmann ? Vous a-t-elle paru différente ?

— Elle était comme d'habitude. Elle se réjouissait d'être invitée. Je n'ai rien remarqué de particulier, non.

— Dînait-elle souvent chez M. Hammond ?

— A peu près toutes les quatre à cinq semaines. En moyenne. C'était parfois plus, parfois moins. Ils s'entendaient bien.

— C'est un peu inhabituel, non ? Ce jeune homme et une vieille dame... un étrange assortiment.

— Elle était sa confidente. Une sorte de figure maternelle. Et lui était pour elle le fils qu'elle n'avait jamais eu.

— Ils se voyaient souvent seuls ?

— Oui. Lundi soir, ainsi que vous le savez déjà, Mme Palmer et moi-même devions cependant être là. C'est un hasard qu'ils se soient retrouvés à deux.

— D'après nos informations, Mme Palmer était convenue de dîner ce soir-là avec son mari qui venait d'arriver à l'improviste d'Allemagne.

— Effectivement.

— Pourquoi M. Hammond n'a-t-il pas remis son dîner à un autre jour ? Quand deux des trois invitées ne peuvent venir...

— Nous n'avons pas été très correctes. Nous avons oublié de prévenir Kevin. C'est seulement lorsque j'ai déposé Hélène chez lui qu'il a appris que ni Franca ni moi-même ne dînerions avec lui.

— En a-t-il été contrarié ?

— Il n'était pas très content. Tout était déjà prêt, il s'était donné du mal pour nous recevoir.

— Etiez-vous convenus qu'il raccompagnerait Hélène Feldmann ?

— Pas expressément. Mais c'était pour ainsi dire implicite. Il la raccompagnait toujours quand elle dînait chez lui.

— Habituellement, elle ne rentrait donc pas en taxi ?

— Non. Ça ne lui était jamais arrivé.

— M. Hammond dit qu'il ne l'a pas raccompagnée parce qu'il était ivre. Cela ne s'était jamais produit ?

— Pour autant que je m'en souvienne, non, jamais.

— Pourquoi a-t-il beaucoup bu ce soir-là ?

— C'est à lui qu'il faut le demander. Je l'ignore.

— Nous le lui avons demandé. Il prétend avoir depuis quelque temps de gros problèmes financiers. Il aurait présumé de ses capacités à rembourser un emprunt contracté pour l'achat de deux serres. Il boit en ce moment plus que de raison pour ne plus penser à ses problèmes, dit-il.

— S'il vous le dit, ce doit être vrai.

— Apparemment, il n'était même pas en état de téléphoner pour commander un taxi pour Mme Feldmann. C'est surprenant de laisser une invitée appeler elle-même un taxi, n'est-ce pas ? Quand vous lui avez parlé, quelque temps plus tard, était-il encore fortement en état d'ébriété ? Il devait, à tout le moins, avoir des difficultés d'élocution. »

Béatrice réfléchit brièvement.

« Non… non, à vrai dire, je n'ai pas eu l'impression qu'il était ivre. Il m'a paru normal, et plutôt clair dans ses explications.

— Hum… Vous avouerez que c'est contradictoire, non ? Entre dix heures et dix heures et demie du soir, un homme est ivre au point de ne pas pouvoir appeler lui-même un taxi pour son invitée et, peu après une heure du matin, il est tout à fait bien et discute normalement au téléphone. Nous allons creuser la question… »

Il feuilleta son carnet, parcourut ses notes et reprit :

« Le chauffeur du taxi dit qu'Hélène Feldmann lui a semblé en proie à une grande agitation. Au téléphone, elle parlait si bas qu'il la comprenait à peine. Etait-ce habituel, chez elle, de parler très bas au téléphone ?

— Non. Elle ne parlait pas fort, mais on la comprenait toujours parfaitement.

— Par ailleurs, lorsque le taxi est arrivé, elle se tenait déjà au carrefour. Elle ne l'a pas attendu à l'intérieur. N'est-ce pas également un comportement étrange pour une dame de cet âge ? »

Béatrice n'avait pas su quoi répondre.

« Je ne peux pas vous dire pourquoi elle s'est comportée ainsi. Je sais seulement que dans la journée elle était comme d'habitude. Un peu mélancolique, oui. Mais elle l'était toujours le 1er mai. Son mari est mort un 1er mai, il y a cinquante-cinq ans.

— Serait-ce possible que le soir, après avoir bu un verre ou deux au cours du dîner, compte tenu de ces circonstances un peu particulières, elle ait sombré dans une sorte de dépression ? Qu'elle ait été affectée au point de ne pouvoir parler que très bas et de ne pas pouvoir attendre son taxi dans la maison ?

— C'est possible. Hélène n'a jamais réellement accepté la mort de son mari.

— Le chauffeur du taxi dit qu'une voiture le suivait. De très près d'après lui, ce qui l'aurait incité à déposer Mme Feldmann en contrebas de la maison, là où il pouvait faire demi-tour facilement. Le témoignage de la ou les personnes qui se trouvaient dans cette voiture nous intéresse vivement et nous aimerions beaucoup la retrouver. Le chauffeur de taxi n'a pas relevé le numéro d'immatriculation – le contraire eût été étonnant –, il est même incapable de nous dire de quel type de véhicule il s'agissait. Nous avons fait diffuser des messages d'appel à témoins à la radio et dans les journaux, pour l'instant sans résultat... »

Le policier s'était levé et avait fourré son calepin dans sa poche avant d'ajouter : « Bien. C'est à peu près tout ce que je voulais savoir. Ah, si, une dernière question : comment vous entendiez-vous avec Mme Feldmann ? »

Elle avait eu l'impression que le regard du policier s'était fait plus aigu.

Tandis qu'elle parcourait la maison vide, recherchant la présence de quelqu'un qui n'y était plus, elle repensa à ce qu'elle avait répondu : « Nous nous connaissions depuis près de soixante ans. »

Sa réaction ne l'avait pas surprise.

« Ça ne répond pas à ma question », avait-il observé.

Elle n'avait pas ressenti la moindre envie de confier à cet officier de police quoi que ce fût de la complexité des relations qui l'unissaient à Hélène.

« Nous vivions depuis près de soixante ans sous le même toit. Cela répond parfaitement à votre question. Nous formions une sorte de famille. On ne choisit pas sa famille, et on ne s'interroge pas constamment sur la nature des rapports que l'on entretient avec elle. On ne peut pas la changer et on ne peut pas en changer. On est obligé de s'accepter les uns les autres. »

Il n'avait pas lâché.

« Vous arrivait-il fréquemment de vous disputer ?

— Non. Nous nous disputions très rarement.

— Y avait-il, de votre côté, des réserves ? Mme Feldmann était tout de même la femme de l'officier allemand qui avait réquisitionné votre maison.

— Mon Dieu, mais j'étais une enfant, à l'époque ! Il y avait longtemps que cela n'avait plus d'importance.

— Qu'est-ce qui avait de l'importance, alors ?

— Nous nous respections. Et nous nous étions habituées l'une à l'autre. »

Il avait soupiré. A l'évidence, il ne voyait pas ce qu'il pouvait tirer de ces informations.

Pourtant, songeait à présent Béatrice, je ne pouvais pas lui faire de réponse plus juste. Un respect mutuel et l'habitude. Ces dernières années, c'est de cela qu'étaient faites nos relations.

Vraiment ?

Elle monta au premier, ouvrit la porte de la chambre d'Hélène et s'arrêta sur le seuil. Rien n'avait changé dans la pièce, comme si Hélène allait revenir d'un instant à l'autre. L'odeur du talc parfumé qu'elle utilisait flottait encore dans l'air. Des papiers couverts de son écriture s'empilaient sur le gracile bonheur-du-jour placé près de la fenêtre. Un amoncellement de petites feuilles volantes, de lettres, de coupures de presse.

Mon Dieu, c'est à croire qu'elle conservait tout ce qui lui tombait sous la main, songea Béatrice. Ça ne va pas être simple de trier tous ces documents...

Elle devrait également faire l'inventaire du linge et des vêtements, en jeter une partie, donner le reste à une organisation caritative, vérifier ses papiers, payer les factures en souffrance, contrôler les relevés de banque.

Qui hérite de son argent ? se demanda-t-elle. Existe-t-il un testament ?

Cette chambre devait-elle rester la chambre d'Hélène, même après sa mort ? Dans un sens, cela reviendrait à ce qu'Hélène soit encore là.

Je vais débarrasser la chambre, décida Béatrice. De même que je vais donner les vêtements et jeter les papiers. Elle pourra devenir une deuxième chambre à louer.

La rapidité avec laquelle elle décidait de se séparer des maigres biens de la malheureuse Hélène l'effraya un peu.

« Comment vous entendiez-vous avec Mme Feldmann ? » avait demandé le policier.

Elle parcourut la chambre des yeux.

« Elle m'a bien pourri la vie. J'aurais plus d'une fois donné cher pour qu'elle disparaisse de mon existence, aurait-elle pu répondre.

— Et ces jours-ci, souhaitiez-vous toujours qu'elle disparaisse de votre existence ? » aurait aussitôt demandé le policier.

Elle réfléchit.

« Je ne pense pas que ça ait jamais cessé. Oui, je crois qu'hier encore je souhaitais l'envoyer au diable. Peut-être même l'ai-je souhaité chaque jour de ma vie.

— Etes-vous soulagée qu'elle soit morte ? aurait-il poursuivi.

— Je ne sais pas... Je ne lui ai pas souhaité cette fin. Mais, le premier choc passé, peut-être éprouverai-je du soulagement. »

J'ai tout à fait le profil de la coupable idéale, songea-t-elle.

Qui avait pu commettre un meurtre aussi horrible ?

Elle et Franca s'étaient accordées à penser qu'il s'agissait du geste d'un déséquilibré. C'était pour l'une et l'autre la version avec laquelle il était le plus facile de vivre. L'idée qu'un fou dangereux rôdait dans l'île était difficile à accepter, mais moins que celle de quelqu'un nourrissant tant de haine pour Hélène qu'il l'avait égorgée de ses mains et abandonnée dans un chemin creux où elle était morte lentement en se vidant de son sang.

Un bruit dans l'escalier la fit sursauter. Elle eut

tout d'abord l'idée absurde que, après avoir pris congé, le policier était revenu, s'était faufilé dans la maison, était monté au premier et l'avait écoutée soliloquer. Puis elle se ressaisit, c'était stupide, aucun policier anglais ne ferait une chose pareille.

Elle s'avança vers la rambarde de l'escalier et appela :

— Oui ? Il y a quelqu'un ?

Au même instant, elle aperçut Kevin qui avait déjà gravi quelques marches. En l'entendant, il fit un véritable bond et pâlit comme s'il avait eu la peur de sa vie.

— Béatrice ! Je croyais qu'il n'y avait personne ! J'ai frappé à la porte de devant, puis j'ai fait le tour de la maison et suis entré par la cuisine, j'ai appelé... Personne n'a répondu.

Il paraissait à fois gêné et nerveux.

— Je suis désolé d'être entré comme ça...

— Penses-tu ! Tu fais partie de la famille, Kevin.

En descendant l'escalier pour le rejoindre, elle se rendit compte que, lorsqu'elle l'avait surpris, il était en train de monter au premier. Elle avait beau lui avoir dit qu'il faisait partie de la famille, elle en fut troublée. C'était tout de même un peu étrange.

— Qu'est-ce que tu voulais là-haut ? fit-elle d'un ton aussi dégagé que possible en l'embrassant sur les deux joues.

Il l'embrassa en retour, ses lèvres étaient glacées.

— Je... je sais que ça ne se fait pas. Mais j'avais envie de revoir sa chambre.

— Vas-y. Tu as besoin comme moi de cet adieu. Pendant ce temps, je vais préparer du café.

Tandis qu'elle s'affairait dans la cuisine, elle l'entendit marcher au-dessus de sa tête.

J'ai peut-être été injuste avec lui en pensant qu'il ne la fréquentait que pour son argent, songea-t-elle. Peut-être y avait-il entre eux de réels liens d'affection.

Peut-être était-elle pour lui précisément la figure maternelle dont je parlais tout à l'heure à l'officier de police.

Elle posa la cafetière, le lait, le sucrier et les tasses sur un plateau et se dirigea vers la véranda qui jouxtait la cuisine. Il lui revint en mémoire la nuit de Saint-Sylvestre où Erich l'avait entraînée à cet endroit. L'heure n'était plus à la « victoire finale ». Il avait peur. Il avait compris qu'Hitler avait précipité l'Allemagne dans la catastrophe et que tous sombreraient avec lui. Cette nuit-là, il l'avait chargée de veiller sur Hélène.

Le plateau trembla, les cuillères à café tintèrent dans les soucoupes. Elle le déposa précipitamment sur la table.

Fichus souvenirs. Quelle idée de penser à ça ! Cette nuit était si loin dans le temps, elle appartenait à l'autre versant de sa vie. Une nuit opaque, humide et glacée, puis cette mauvaise pneumonie…

Mais on était au mois de mai, il faisait beau. Dans le jardin, un vent chaud faisait bruire les feuilles des arbres.

Béatrice prit une profonde inspiration. Avec Hélène, un nouveau morceau d'un passé accablant s'en était allé. Bien tard, si tard !

— Je ne me pardonnerai jamais la façon dont cette soirée s'est déroulée, dit Kevin. Ma dernière soirée avec Hélène.

Il se tenait à côté d'elle, elle ne l'avait pas entendu arriver.

— Tu n'y es pour rien, Kevin. C'est tout à fait normal de laisser un invité partir en taxi. Même au chauffeur, on ne peut pas reprocher grand-chose. Comment aurait-il pu imaginer ce qui allait se produire ?

Béatrice ouvrit les mains dans un geste d'impuissance.

— Non… c'était le destin. Il devait en être ainsi. Personne n'aurait pu changer le cours des choses.

Kevin sortit une cigarette et tenta de l'allumer. Il cassa trois allumettes avant d'y parvenir.

— Mais qu'est-ce qui t'arrive, Kevin ? fit Béatrice. Depuis quand as-tu recommencé à fumer ?

— Depuis que je me suis mis à boire.

Il tira hâtivement quelques bouffées.

— Béatrice, j'ai de gros ennuis. Je sais que ce n'est pas le jour d'en parler, alors que nous venons à peine de mettre Hélène en terre et…

— Si tu as des ennuis aujourd'hui, c'est aujourd'hui qu'il faut en parler. Ces temps-ci, tu ne vas pas bien, il faudrait être aveugle pour ne pas le voir.

— Oui… eh bien…

Il hésitait, fumait pour gagner du temps. Il était aussi pâle que s'il avait été gravement malade.

— Béatrice, j'ai besoin d'argent. D'une très grosse somme. C'est… l'enjeu est très important. Ma vie, tout ce que je possède en dépend.

— Tu as besoin de combien. Et pour quoi ?

— Cinquante mille livres.

— Cinquante mille livres ! Dieu tout-puissant, c'est une fortune !

— Je sais ! dit-il d'un ton désespéré en relevant d'un geste saccadé les cheveux qui lui tombaient sur le front. Je sais que c'est énormément d'argent. Jamais je n'aurais dû laisser la situation se dégrader comme ça, mais… ce qui est fait est fait. Et j'ai besoin de cet argent tout de suite.

— A qui le dois-tu ?

— A la banque. J'ai hypothéqué ma maison, mes terrains, tout. Il n'y a pas une petite cuillère qui ne soit hypothéquée.

— Mais pour quoi as-tu besoin de tant d'argent ? On ne dépense pas cinquante mille livres comme ça !

— Ça s'est fait sur plusieurs années. A la longue.

La vie est chère, et... euh, avec mes roses, je n'ai jamais gagné des sommes astronomiques.

— Tu n'as pas mal gagné ta vie du tout, objecta Béatrice, seulement tu as un peu vécu sur un grand pied. Ton mode de vie a toujours été au-dessus de tes moyens.

— Oui. Tu as sans doute raison, concéda Kevin. C'est ce qui m'a perdu.

— La banque te fait à présent des difficultés ?

— Les intérêts m'étranglent. Ça fait des mois que je ne peux plus les payer. Je ne parle même pas du remboursement de la dette, elle est intacte. Mais pour les intérêts, ils sont intraitables.

Il écrasa sa cigarette. Son geste était empreint à la fois de colère et de désespoir.

— Béatrice, je vais tout perdre. Tout.

— Dans l'immédiat, ce qui t'aiderait, c'est que quelqu'un prenne les intérêts en charge pour que tu ne sois pas saisi, hasarda prudemment Béatrice.

— Oui, mais à long terme ça me servira à quoi ? Le mois prochain j'en serai exactement au même point, et le mois suivant également. Il faudrait que je puisse au moins rembourser la majeure partie de ma dette afin de faire baisser le montant des intérêts. Tu comprends ?

— J'aimerais t'aider, Kevin, mais je ne possède pas une telle somme. Même avec la meilleure volonté du monde. Allez...

Elle servit le café, s'assit et l'invita à prendre la seconde chaise.

— Assieds-toi, bois ton café et discutons calmement de ce que l'on peut faire.

Quand il porta la tasse à ses lèvres, sa main tremblait si fort qu'il renversa du café sur son pantalon.

— Hélène t'a toujours aidé, n'est-ce pas ? interrogea doucement Béatrice.

Il hocha la tête.

— Oui. Sans elle, il y a longtemps que je ne serais plus là. Elle m'a donné beaucoup plus d'argent que tu ne t'en es rendu compte.

— D'où le tenait-elle ?

— Elle l'avait.

— Elle percevait une rente, mais elle n'était pas bien conséquente. J'ai du mal à croire qu'elle ait pu en mettre une partie importante de côté.

— Le soir où elle est morte, dit Kevin, je lui ai pour la première fois parlé franchement de la gravité de la situation dans laquelle je me trouvais. Je lui ai dit à combien s'élevaient vraiment mes dettes.

— Jusque-là, elle n'en savait rien ?

— Je n'ai jamais été très explicite. Je lui disais que j'avais besoin d'une somme ou d'une autre.

— Elle ne te demandait jamais pourquoi ?

— Si, bien sûr, mais j'ai toujours eu l'impression qu'elle posait la question parce que ça se faisait, par politesse somme toute. Au fond, ça ne l'intéressait pas. Je lui ai toujours dit la vérité, toujours dit que j'avais des problèmes avec la banque. Seulement, je ne lui avais jamais parlé du montant réel de ce que je devais.

— Et lundi soir…

— … j'ai craché le morceau.

— Comment Hélène a-t-elle réagi ?

— Contrairement à ce que je craignais, elle n'a paru nullement horrifiée. Elle m'a simplement reproché de ne pas avoir d'emblée joué cartes sur table, elle s'est plainte que je n'avais pas confiance en elle, des choses comme ça… Je me suis détendu, j'étais rassuré.

Il porta sa tasse à ses lèvres et à nouveau renversa du café sur son pantalon.

— Elle était là, dans cette invraisemblable robe bleu ciel, pathétique avec son maquillage excessif et ses cheveux trop longs… Une vieille dame qui cherche vainement à se rajeunir… Puis d'un coup elle a eu quelque chose d'une grand-mère généreuse et bienveillante. Elle m'est apparue brusquement si mûre. Tu sais comme habituellement elle jouait de son côté femme-enfant…

Béatrice acquiesça. Combien de fois s'était-elle agacée du comportement immature d'Hélène !

— Elle disait que tout allait s'arranger, poursuivit Kevin, au bord des larmes et en évitant le regard de Béatrice. Elle disait qu'elle m'aiderait, que je devais arrêter de me faire du souci.

— C'était gentil de sa part de te dire ça, observa Béatrice, mais peu réaliste. Tes dettes dépassaient de très loin ses possibilités de financement.

Il saisit l'anse de sa tasse, la souleva mais cette fois renonça presque aussitôt et la reposa, conscient qu'il ne parviendrait pas à la porter à ses lèvres sans renverser de café.

— Elle m'a dit qu'elle me donnerait ce dont j'avais besoin, insista Kevin.

Sa voix se brisa, il avait été si près du but. La disparition dramatique d'Hélène le frappait doublement.

— Elle voulait aller à la banque dès le lendemain. Je devais passer la prendre en voiture pour l'y conduire. Elle voulait me prêter cinquante mille livres.

Béatrice se pencha en avant. Elle plissa le front.

— Où aurait-elle trouvé une somme pareille ?

Kevin se tourna vers elle, son regard fatigué était presque inexpressif.

— Il y a des choses sur Hélène que tu ignores, dit-il. Elle clamait haut et fort que tu étais sa meilleure amie, sa grande confidente, cependant, elle ne t'en cachait pas moins et très habilement quelques détails essentiels de sa vie… Béatrice, Hélène était richissime. Elle possédait une fortune. La modeste rente qu'elle invoquait pour que tu ne cesses jamais de t'occuper d'elle était une plaisanterie. Les cinquante mille livres dont j'avais besoin étaient pour elle une goutte d'eau, elle aurait pu me signer un chèque sans même vérifier ses comptes.

Béatrice sentit le sang se retirer de son visage.

— D'où tenait-elle cet argent ?

— C'est une longue histoire, dit Kevin.

Il n'y avait rien dans son ton monocorde d'une recherche d'effets, de vantardise. Se faire le porteur d'une nouvelle fracassante, dévoiler la secrète complicité qui des années durant l'avait lié à une vieille dame qui venait de trouver la mort dans ces circonstances épouvantables ne lui procurait aucune jouissance. Il était trop épuisé pour songer à autre chose qu'à sa propre fatigue.

— Si tu veux, je te la raconte.

— Oui, Kevin, raconte-la-moi, dit Béatrice.

TROISIEME PARTIE

1

Si faire la connaissance de quelqu'un pouvait bouleverser le cours d'une vie, Alan songeait que bien souvent la perte d'un être cher le bouleversait tout autant.

Attablé à une terrasse écrasée de soleil qui dominait le port, il essayait de se faire à l'idée qu'Hélène n'était plus en vie.

Une grande animation régnait autour de lui, le café était plein de touristes qui se disputaient les parasols et leur ombre bienfaisante. L'air sentait les frites, les hamburgers et les saucisses grillées, des plateaux chargés de bouteilles embuées et de coupes de crème glacée géantes circulaient entre les tables. En bas, dans la marina, les propriétaires de yachts procédaient aux derniers préparatifs avant de lever l'ancre. En l'absence quasi totale de vent, les embarcations à moteur tenaient l'avantage ; elles remontaient le chenal vers la haute mer à la queue leu leu puis mettaient les gaz et filaient sur les vagues ; à la barre, des gens bronzés, lunettes de soleil sur le nez, cheveux au vent, prêts à mordre la vie à pleines dents. Ils jetteraient l'ancre pour la journée à l'entrée d'une baie, plongeraient du bateau, nageraient, bronzeraient sur le pont, puis, le soir venu, de retour à terre, fourbus et affamés, ivres de grand air, ils envahiraient les petits restaurants de Saint Peter Port et riraient et s'amuseraient jusqu'à l'aube. Comme ils sont gais, pensa Alan.

Son regard s'arrêta sur une jeune fille adossée à un

mur de pierre du port, en contrebas. Elle portait un jean coupé en bermuda dont les franges se détachaient sur ses cuisses bronzées et un haut de maillot de bain dont elle avait fait glisser les bretelles sur ses épaules. Les yeux clos, elle tendait son visage au soleil. Une bouteille d'eau était posée à côté d'elle.

Autant de choses qu'Hélène ne peut plus faire, se dit Alan. Il avait à peine formulé cette idée dans sa tête qu'il se rendit compte de son absurdité. Jamais Hélène n'avait fait ce genre de choses. Jamais elle n'avait fait de voile, jamais elle n'avait tenu la barre d'un hors-bord et jamais elle ne se serait offerte au soleil, et au regard des passants, adossée à un mur du port. Hélène n'était pas capable de l'abandon qui allait de pair avec cette façon de jouir de la vie. Si tant est qu'elle ait eu un jour l'intention de s'asseoir au soleil sur le port, elle ne l'aurait assurément pas fait simplement vêtue d'un short et d'un soutien-gorge, et elle aurait encore moins fermé les yeux, ne serait-ce que pour ne pas se laisser surprendre par tous les dangers qui, elle en était certaine, l'environnaient. Hélène observait, analysait, surveillait constamment ce qui se passait autour d'elle. Alan l'avait rarement connue autrement que se plaignant et gémissant sur son sort ou bien s'adonnant à de sombres prédictions concernant leur avenir à tous. En fait, il n'y avait qu'en présence de Kevin qu'elle manifestait une certaine gaîté. Lui seul avait trouvé l'accès à cette facette de sa personnalité. Auprès de Kevin, la jeune fille insouciante qu'elle avait peut-être été un jour reprenait vie. C'était comme si une porte s'entrouvrait et révélait brièvement une part inconnue de son passé. Alan en avait toujours été étrangement ému.

Il sirotait son deuxième verre de vin en se demandant pourquoi il avait une seconde fois commandé ce breuvage « entre deux » – ce vin trop doux qui collait aux papilles et lui faisait l'effet d'un sirop alcoolisé était détestable. Il avait néanmoins réussi à tenir sans boire jusqu'à midi, ce n'était pas si mal, quoique l'œil omniprésent de Béatrice y soit pour beaucoup. Boire une seule goutte d'alcool dans la maison du Variouf relevait désormais de l'exploit. Elle était constamment pendue à ses basques, surgissait telle la statue du commandeur dès qu'il s'apprêtait à s'accorder discrètement un verre de sherry ou une gorgée de porto. Il avait fini par lui chiper sa voiture – ce qui présentait, en outre, l'avantage de l'empêcher de le suivre – et, pied au plancher, avait mis le cap sur Saint Peter Port. La première gorgée de vin lui avait instantanément procuré un sentiment de bien-être. La première gorgée de la journée était toujours la meilleure.

Cela faisait désormais deux jours qu'Hélène avait été inhumée, il aurait dû être à Londres depuis longtemps. Une montagne de travail l'attendait, d'autant qu'il n'avait pu rattraper le retard pris les jours précédents. Lorsqu'il lui avait expliqué qu'il ne reviendrait pas avant le lundi suivant, sa secrétaire s'était effondrée.

« Mais comment vais-je pouvoir... » avait-elle commencé, au bord de la panique.

Il ne l'avait pas laissée poursuivre.

« Vous savez bien que l'amie la plus proche de ma mère, celle qui vivait sous son toit, a été sauvagement assassinée. Je ne peux pas la laisser seule dans des circonstances pareilles. »

Qu'aurait-elle pu objecter ? Et comment aurait-elle pu savoir qu'il lui mentait effrontément, que Béatrice n'avait pas besoin d'être consolée ? Elle affichait certes un visage fermé, elle donnait certes plus souvent qu'à son tour l'impression de tomber de la lune quand on lui adressait la parole, pourtant elle ne paraissait pas avoir réellement besoin d'aide. Il était possible que la mort cruelle d'Hélène l'affectât plus qu'elle ne pouvait l'exprimer, mais si c'était le cas elle gérerait son problème seule. Comme elle l'avait toujours fait. Alan se demandait parfois si sa mère savait ce qu'accepter aide et assistance d'autrui voulait dire.

Il n'avait aucune raison de rester à Guernesey, mais quelque chose l'empêchait de monter dans le premier avion pour Londres. Se mentir à soi-même n'était pas dans ses habitudes, parfois il se disait même que, s'il n'avait pas été alcoolique, il aurait sensiblement mieux maîtrisé l'art de l'automensonge. Face au port devant son verre de mauvais vin, il s'avoua donc sans fausse honte que ce qui le retenait à Guernesey était sa peur de rentrer dans un appartement vide, sa peur de se retrouver devant le vide de sa vie.

Rentrer chez lui et n'être attendu par personne l'avait toujours mis mal à l'aise. Un homme de son âge aurait dû avoir une femme à embrasser, deux enfants adolescents ou pré-adolescents prompts à se rebeller, un gros chien tout fou, un chat hautain ou ronronnant, selon les jours. Il aurait dû être accueilli à grand renfort de cris, d'aboiements, d'explications et de protestations parce que la prof de maths était une peau de vache et décidément trop injuste, parce que la femme de ménage avait donné ses huit jours ou parce que « ma meilleure copine ne veut plus me parler et je ne sais pas pourquoi ».

« Une minute, une minute, aurait-il dit. Laissez-moi au moins le temps de me laver les mains et de m'asseoir. »

Ils l'auraient suivi dans la salle de bains, ils auraient continué à l'abreuver de nouvelles et il n'aurait pas pu se servir un whisky parce qu'il n'aurait pas trouvé une seule minute pour le faire. Il est vrai qu'il n'y aurait pas eu ce vide dans sa vie et qu'il n'aurait pas ressenti le besoin de boire pour le combler.

Quel gâchis, songea-t-il et il crut sentir les doigts glacés du désespoir lui serrer le cœur. Du gâchis, une vie ratée, fichue…

Peut-être était-ce pour cette raison que la mort d'Hélène l'affectait autant. A ce stade de sa vie, la disparition de n'importe quel proche l'aurait peut-être touché avec la même violence. La fin brutale d'une existence lui rappelait avec une cruelle précision que son temps, comme celui de tout être sous le soleil, était compté. Même s'il était peu probable qu'il finisse la gorge tranchée sur un chemin de terre, son heure viendrait, avec la même certitude qu'elle était venue pour Hélène. Hélène, qui avait si souvent regretté d'être passée à côté de sa vie. Comme lui. Quelle tristesse de mourir avec ce sentiment.

Il se demandait s'il aurait le courage de faire une troisième fois la queue au comptoir pour un verre de vin et commençait à se lever quand il aperçut Maya qui venait vers lui.

A sa façon déterminée d'avancer entre les tables, il comprit qu'elle l'avait vu depuis un moment et qu'il était inutile qu'il se détourne ou s'esquive. Il n'y a pas si longtemps, quand il considérait encore que toute rencontre était en soi une possibilité de renouer avec elle, il aurait été trop heureux de tomber sur elle fortuitement ; souhaiter disparaître sous terre pour ne pas avoir à lui parler était nouveau.

Sans doute est-ce ainsi lorsqu'une page est définitivement tournée, songea-t-il, presque surpris de découvrir que son histoire avec Maya était finie.

Il se leva pour l'embrasser. Ses lèvres étaient fraîches. Elle n'était pas maquillée, ses yeux étaient rouges et brillants, ses paupières légèrement gonflées.

— Bonjour, Maya, dit-il.

— J'étais en face, près de l'église, quand je t'ai vu à la terrasse. J'ai traversé pour en avoir le cœur net. Je te croyais reparti depuis longtemps.

— Je suis toujours là, répondit-il d'un ton morne en lui désignant la chaise en face de lui. Tu ne veux pas t'asseoir ? Je m'apprêtais à aller chercher un verre de vin au comptoir. Je t'en apporte un ?

— Apporte-moi plutôt de l'eau, dit-elle, puis après une hésitation à peine perceptible, elle ajouta : s'il te plaît. Je ne supporte pas l'alcool quand il fait cette chaleur.

Il entra à l'intérieur du café et prit sa place dans la file qui avançait lentement. C'était le coup de feu de midi, la plupart des clients souhaitaient déjeuner et mettaient des heures à choisir leurs plats. Alan se tourna vers l'extérieur et observa Maya de loin. Elle fouilla dans son sac et en sortit une paire de lunettes de soleil qu'elle posa sur son nez. D'ordinaire, elle aurait profité de ce geste pour se mettre en scène, elle aurait rejeté ses longs cheveux en arrière, croisé les jambes l'une sur l'autre et balayé la terrasse d'un regard aguicheur avant de masquer ses yeux derrière ses verres fumés.

Elle ne se livra à aucune exhibition. Elle ne regarda même pas autour d'elle pour s'assurer qu'elle avait été repérée par quelque séduisant représentant de la gent masculine. Les yeux baissés, elle fixait la table en mordillant l'ongle de son pouce.

Ce fut enfin au tour d'Alan de se faire servir et il regagna la table avec ses boissons.

— Si tu veux un peu de vin... proposa-t-il. Tu as l'air d'en avoir besoin.

— Non, je te remercie.

Elle but son eau à petites gorgées. Quand elle reposa son verre, aucune trace de rouge à lèvres n'en maculait le bord. Alan en croyait à peine ses yeux.

— Tu devrais peut-être toi aussi te mettre à l'eau minérale, dit-elle.

— Le vin me réussit mieux.

— Après tout, ça te regarde... Pourquoi n'es-tu pas à Londres ? demanda-t-elle après avoir bu une nouvelle gorgée d'eau.

Il lui servit le même mensonge qu'à sa secrétaire.

— Il faut que je m'occupe de ma mère. On ne peut pas la laisser seule du jour au lendemain.

Maya n'était pas du genre à s'en laisser conter.

— Tu vas avoir du mal à me le faire croire. S'il y a sur terre quelqu'un qu'on peut laisser seul, c'est ta mère ! Ce n'est sûrement pas elle qui t'oblige à rester.

— Je connais ma mère un peu mieux que toi.

Elle sourit, mais c'était un sourire triste.

— Eh bien, crois-le. Si tu as besoin d'un prétexte pour rester, pourquoi pas celui de ta pauvre vieille mère.

— Et toi, tu restes aussi ? Je veux dire, tu renonces effectivement à retourner à Londres ?

— Où voudrais-tu que j'aille ? De quoi veux-tu que je vive ? Je n'ai même pas de quoi me payer un billet d'avion ou la traversée en bateau.

Elle leva légèrement la tête. Alan se rendit compte qu'elle tentait par ce geste de retenir les larmes qui lui étaient montées aux yeux.

— J'ai tout gâché. J'ai gâché ma vie, ajouta-t-elle à voix basse.

Il fut étrangement touché d'entendre ces mots dans sa bouche. Quelques minutes plus tôt, il se disait la même chose, et il se souvenait qu'Hélène avait souvent éprouvé cette amertume quand elle regardait derrière elle. Combien étaient-ils, sur terre, à souffrir de désenchantement ? Les gens avaient tous tellement d'espoirs, de rêves, de désirs, et en fin de compte si peu de temps pour les réaliser, et surtout si peu de force. On s'épuisait à courir derrière ses rêves, quête incessante et vaine qui laissait au cœur un sentiment d'échec et de vacuité.

Il se pencha vers elle et posa brièvement la main sur la sienne. C'était un geste affectueux et paternel, dénué de l'arrière-pensée érotique qui avait jusque-là marqué leurs relations.

— Tu es si jeune, Maya, tu vas rectifier le tir et tout ira bien.

— Mais regarde-moi ! s'exclama-t-elle en enlevant ses lunettes. Ça se voit déjà sur mon visage, n'est-ce pas ? En tout cas, tu m'as toujours dit que ça commençait à se voir !

Il la regarda, avec objectivité, simplement. Elle paraissait très jeune, presque une enfant, avec son visage triste et buté, ses joues pâles, son nez rouge. Mais ce qu'elle disait était juste, il y avait aussi quelque chose de dur et de commun dans ses traits. Son corps supportait peut-être bien l'alcool et les nuits blanches, elle n'avait pas la peau de quelqu'un qui boit et fume trop. Mais sa réputation de fille facile n'était pas usurpée. Cela faisait des années qu'elle se jetait à la tête des dockers de Saint Peter Port aussi bien que des touristes ou des surfeurs qui arpentaient les plages, leur planche sous le bras. Sa vie dissolue avait marqué ses traits. Le mot qui lui vint à l'esprit l'effraya par sa cruauté. Vulgaire. Maya était vulgaire.

Elle ne fut pas dupe de ce qui se passait dans sa tête.

— Oui, dit-elle. Tu le vois aussi, n'est-ce pas ?

— Ecoute, Maya, fit-il d'un ton las, nous en avons déjà tellement parlé. Il n'y a rien à dire de plus sur le sujet.

— Nous reverrons-nous ?

— Bien sûr. Je vais continuer à venir. Nous nous rencontrerons forcément.

— Tant mieux. Comment appelle-t-on ce que nous sommes désormais ? Des bons amis ? Nous serons très bons amis.

— C'est toujours mieux que de s'obstiner à essayer de former un couple. Nous aurions fini par nous haïr. Je préfère encore cette variante.

— Il y aura d'autres hommes dans ma vie, déclara-t-elle sans transition.

Quelque chose, dans son intonation, s'était modifié. L'espoir paraissait renaître en elle. Déprimée, bouleversée par la mort d'Hélène, déstabilisée par la rupture que lui imposait Alan, elle n'en conservait pas moins une forte capacité de résistance. Elle ne s'était pas épargnée, elle avait brûlé la chandelle par les deux bouts, mais sa puissance de régénérescence était intacte.

Elle va se reprendre en main, songea Alan, elle est déjà en train de le faire.

Puis il vit ce qui avait attiré son attention, ce qui lui avait redonné un peu d'assurance. Un homme sortait de la salle du café et s'avançait sur la terrasse. C'était le type gominé avec lequel il l'avait vue nonchalamment remonter Hauteville Road, en septembre dernier, puis disparaître derrière la porte de son appartement. Le visage hostile et déplaisant, qu'il n'aurait jamais pu décrire de mémoire, apparut, net et précis, devant ses yeux, de même que cet horrible après-midi passé à guetter les fenêtres aveugles de l'appartement de Maya.

Un verre de bière à la main, l'homme avançait lentement entre les tables en cherchant une place des yeux. Il était accompagné d'un homme qui aurait pu être son père mais qui était encore plus brun que lui et en outre sensiblement plus distingué. Lui aussi avait un verre de bière à la main et cherchait une table libre des yeux. Apparemment, ni l'un ni l'autre n'avait encore remarqué Maya.

— N'est-ce pas… ? fit Alan.

Maya remit prestement ses lunettes de soleil pour dissimuler sa mine défaite.

— Tu connais Gérard ? s'étonna-t-elle.

— Gérard ? Je ne savais pas qu'il s'appelait comme ça. Et je ne peux pas dire non plus que je le connaisse.

Je t'ai vue une fois avec lui, il y a environ six mois, devant chez toi.

Etrange, comme il enchaînait un mot après l'autre avec calme. Jamais jusque-là il n'y était parvenu. Ça ne lui faisait plus mal. A vrai dire, il ne ressentait rien, rien que du vide. Il s'aperçut alors que la souffrance l'avait complètement habité et lentement, timidement, il commença à comprendre que si parfois on ne parvenait pas à mettre un terme à une souffrance, sans doute était-ce parce qu'elle apparaissait plus supportable que le néant qu'elle dissimulait. Ces mécanismes complexes de l'âme humaine recelaient quelque chose du mystère de ses années de passion destructrice pour Maya.

— Ce type a l'air d'un truand, dit-il, en même temps que les prémices d'un soulagement inédit l'envahissaient parce qu'il sentait qu'il se détachait du monde de Maya et que plus jamais il ne devrait partager une femme avec des hommes auxquels en temps normal il n'aurait même pas serré la main. Es-tu toujours avec lui ?

Elle eut un haussement d'épaules désabusé.

— Il y a longtemps que je ne l'ai pas vu. Entre autres parce que j'étais à Londres, comme tu le sais. Mais je n'ai jamais été vraiment avec lui. J'ai seulement…

— Tu as seulement couché de temps en temps avec lui. Je sais.

Il la considéra pensivement puis reprit :

— Maya, je suis conscient que ça ne me regarde pas, et j'espère que tu ne vas pas me traiter de vieux moralisateur, mais sois un peu prudente dans le choix de tes amants. Il est arrivé quelque chose de terrible à Hélène. Le monde n'est pas rose et gentil. Et ton… ami, là-bas, franchement, il a l'air d'un…

— … d'un truand, tu viens de le dire.

Elle détourna son regard de Gérard et se tourna

vers lui. Derrière ses lunettes noires, ses yeux étaient invisibles.

— *C'est* un truand, Alan. Un fieffé escroc, pas un arnaqueur à la petite semaine. D'ailleurs, le type qui est avec lui, aussi. J'ai couché avec un criminel et j'ai trouvé ça super. Jamais je n'avais fait un truc pareil, tu comprends ? Quand on mène la vie que je mène, il faut un peu de piment, sinon, ça devient vite lassant. Ça m'excitait de penser que…

Elle laissa sa phrase en suspens mais Alan devina la suite.

— Ce qui était excitant, c'était le mélange, dit-il, achevant sa pensée. Une fois lui, une fois moi. Une fois l'avocat, une fois le truand.

— Depuis, c'est fini, dit-elle. Même lui ne veut plus entendre parler de moi.

— Il t'a envoyée promener une fois. Ça peut se comprendre, remarqua Alan négligemment. Tu t'es absentée longtemps. Ça va peut-être le reprendre.

Sa remarque l'avait blessée, il le comprit au frémissement de la commissure de ses lèvres, et il se sentit stupide et puéril. Il venait à l'instant de la mettre en garde contre ses fréquentations douteuses et dans le même temps il l'encourageait implicitement à tester ses charmes sur cette petite frappe de Gérard. Et cela, simplement pour jouer de sa liberté toute neuve qui lui permettait de parler et de regarder Maya sans ressentir la moindre émotion.

— Excuse-moi, c'était stupide, dit-il. Mais sérieusement, Maya, éloigne-toi de ce type. Je ne sais pas ce qu'il fricote, mais ce n'est assurément pas quelqu'un à fréquenter et…

— Tu aimerais le savoir ? fit Maya.

— Quoi ?

— Ce qu'il fait. La façon dont il gagne son sale argent ?

— Je ne sais pas. Je…

Elle se pencha en avant. Son visage était à quelques centimètres du sien, il sentit son haleine, un mélange de tabac blond et de pastilles à la menthe. Elle baissa la voix.

— Tu es avocat. Si je confie quelque chose à l'avocat, tu es tenu au secret professionnel, n'est-ce pas ?

— Je ne suis pas certain d'avoir envie de savoir ce que font tes amants…

Il ne parvenait pas à se départir d'un mauvais pressentiment. Cette histoire ne le regardait pas. Il ne voulait pas savoir.

— Maya…

— Les bateaux volés, ici, dans la marina de Saint Peter Port, commença-t-elle en baissant le ton jusqu'à chuchoter. Ils sont repeints, affublés d'un nouveau nom et convoyés en France. C'est un commerce lucratif. Pour autant que je sache, le tiroir-caisse fonctionne super bien.

— Maya, ne me dis pas que tu…

Elle fouillait dans son sac à la recherche d'une cigarette.

— Je n'ai pas directement participé. Il m'est cependant arrivé de… Bon sang, où est-ce que j'ai fourré mes cigarettes ?

Elle trouva son paquet, en sortit une cigarette écrasée et la glissa entre ses lèvres.

— Il m'est arrivé de… leur fournir des renseignements, poursuivit-elle. Sur les bateaux, sur la présence ou l'absence des propriétaires, des choses comme ça…

L'expression consternée qui se peignit sur le visage d'Alan l'incita à minimiser encore son rôle.

— Rien de bien important. J'ai un peu sondé le terrain, rarement à vrai dire. C'est tout. Alan, ne me regarde pas comme ça ! C'était avant, il y a longtemps. J'avais besoin d'argent, et Gérard disait que…

Elle s'interrompit et eut soudain l'air d'une petite fille décontenancée.

— Tu trouves ça très grave ? fit-elle.

Il n'aurait pas trop d'un autre verre de vin. Il ne savait pas ce qui le bouleversait à ce point, mais il se sentit brusquement effroyablement seul.

— Ah, Maya, soupira-t-il simplement.

— Bonjour, Franca ! lança Béatrice. Savez-vous si Alan est déjà rentré ? La voiture n'est pas dans l'allée, mais il est possible que…

— Je ne l'ai vu nulle part, dit Franca. Ni lui ni la voiture. Où est-il allé ?

— Je ne sais pas. Probablement à Saint Peter Port. Je suis un peu inquiète…

Elle s'interrompit et se mordit les lèvres. Parler de l'alcoolisme de son fils avec des étrangers – et dans ce cas précis, elle considérait Franca elle-même comme une étrangère – lui donnait toujours le sentiment de manquer de loyauté envers lui. Tout le monde était au courant, Franca peut-être plus que d'autres, néanmoins, elle se disait parfois qu'en tant que mère elle devait faire comme si *cette maladie* n'existait pas. Elle avait l'impression que de cette façon elle protégeait Alan de la méchanceté, des commérages et des commentaires empoisonnés de son entourage. Comme si, en taisant sa dépendance, elle l'enveloppait d'une sorte de manteau protecteur qui n'aurait rien laissé passer de ce qui aurait pu le blesser. De même que, lorsqu'il était bébé, elle l'enveloppait dans une couverture mousseuse pour que les courants d'air…

Je deviens ridicule ! se dit-elle. Alan n'est plus un bébé ! Je dois le traiter en adulte, je n'ai pas à le protéger des regards impitoyables qui dissèquent et jugent, et tant pis s'il en souffre. Il faut qu'il le supporte.

— Franca, j'ai peur, dit-elle à voix haute. Alan ne va pas bien. Il ne parvient pas à se décider à rentrer à Londres, il traîne ici toute la journée, sans but… ça ne peut rien donner de bon. Je rêverais de pouvoir le ligoter pour l'empêcher de boire. Si seulement j'étais sûre qu'il n'est pas en train de se saouler dans un pub de Saint Peter Port.

Elle et Franca s'étaient rencontrées dans le hall d'entrée. Béatrice revenait du jardin où elle avait désherbé un massif de fleurs, l'esprit ailleurs, tandis que Franca descendait l'escalier. Béatrice avait trouvé la jeune femme très en beauté. Son visage avait pris un joli teint doré et le soleil avait éclairci ses cheveux blonds. Elle donnait une impression de vitalité et de disponibilité. Bien que la mort d'Hélène l'affectât, de toutes les personnes concernées à un titre ou un autre par l'événement, elle était la plus forte et celle qui physiquement réagissait le mieux. Elle avait pris en main la marche de la maison, elle faisait les courses, préparait les repas, remplissait la machine à laver.

Je ne devrais rien lui demander pour la chambre, réfléchissait Béatrice, elle veille réellement à tout.

Elle-même était à peine capable d'avoir les idées claires. La mort d'Hélène l'avait plongée dans un état second dont elle n'émergeait que très lentement. Puis l'histoire que lui avait racontée Kevin… Elle avait l'impression d'errer comme un fantôme dans un monde irréel, de ne plus avoir de contacts avec le quotidien. Seul l'alcoolisme d'Alan parvenait encore à la faire réagir. Ce qui se rapportait à son fils traversait la toile qu'elle avait étroitement tissée autour d'elle pour réfléchir à Hélène, à cette femme qui avait si longtemps partagé son quotidien. Elle ne pouvait se départir du sentiment qu'Hélène l'avait mystifiée, qu'elle lui avait volé sa vie et bien d'autres choses encore.

— Ne vous inquiétez pas, dit Franca en réponse à l'anxiété de Béatrice concernant son fils. Alan va se ressaisir. Ne me demandez pas ce qui me permet d'être aussi affirmative, mais j'en ai la certitude.

Béatrice l'observa attentivement.

— Vous paraissez très en forme, Franca. Je reconnais à peine la jeune femme qui nous est tombée du ciel en septembre dernier. Guernesey vous réussit.

— La liberté me réussit, rectifia Franca.

Dans un geste qui avait encore quelque chose de son ancien manque d'assurance, elle releva les cheveux qui tombaient sur son front et reprit :

— Je recommence à croire un peu en moi.

Béatrice aurait aimé lui demander si elle prenait encore des tranquillisants mais elle ne se sentit pas le droit de lui poser une question qui touchait d'aussi près à son intimité et risquait de la blesser. Au lieu de cela, elle remarqua :

— Pourtant, vous devez avoir le sentiment d'avoir été précipitée dans un cauchemar, n'est-ce pas ? Personne n'est préparé à vivre un événement pareil. A force d'entendre parler de violence, de crimes et d'abominations, on se figure qu'on l'est. Mais quand on est soi-même concerné, ce n'est plus du tout la même chose…

— Oui, c'est un vrai drame, et cependant… Oh, Béatrice, je ne devrais pas dire ça. Après ce qui s'est passé… mais pour moi, c'est comme si une nouvelle vie commençait.

— Vous n'avez pas à vous en excuser, Franca. Vous avez votre vie, j'ai la mienne, Hélène avait la sienne. Chaque destin est différent. Vous avez un bel avenir devant vous, Franca, il suffit de vous regarder pour le savoir. Ne laissez rien vous en détourner.

— Je pensais aller au cimetière… porter quelques fleurs à Hélène.

Béatrice sourit.

— C'est une bonne idée, Franca. Votre mari est-il reparti ?

— Oui, avant-hier. Il a fini par renoncer.

— Et vous, êtes-vous bien certaine de vouloir divorcer ?

— Tout à fait certaine, répondit Franca.

2

Franca poussa la petite porte du cimetière situé au sud de Saint Peter Port. Elle portait un jean qui par cette chaleur collait à ses jambes, un tee-shirt sans manches et sur la tête un chapeau de paille. Il faisait chaud comme en juillet, et depuis déjà plusieurs jours. L'été avait commencé le jour de Liberation Day. Une foule en liesse s'était massée sur le parcours du défilé, les chars fleuris, tous plus colorés les uns que les autres, resplendissaient sous le soleil. Un orchestre avait joué *Land of Hope and Glory* et *Rule Britannia,* et tout le monde avait chanté à l'unisson. Un orateur déguisé en Winston Churchill avait clos un discours ardemment patriotique par la fameuse phrase du Premier ministre de naguère : « *And our beloved Channel islands will also be freed today*[1] *!* » Douce musique aux oreilles des îliens, cela avait déchaîné un tonnerre d'applaudissements et les acclamations enthousiastes d'un auditoire conquis.

Franca ne s'était pas attardée. Elle avait regardé l'événement de loin mais n'avait pas voulu y participer. La mort d'Hélène était encore trop proche. La joie de la population lui faisait mal.

L'heure n'était pas à la fête. Ce printemps ne se prêtait pas aux réjouissances.

Elle éprouvait le besoin de s'isoler, de se retrouver seule pour réfléchir. Dans un premier temps, elle

1. « Et nos îles Anglo-Normandes bien-aimées seront également libérées aujourd'hui ! » *(N. d. T.)*

avait pensé descendre à Petit Bôt Bay pour marcher au bord de l'eau ou s'asseoir sur un rocher au soleil, puis elle s'était souvenue d'Hélène et de son meurtrier qui se promenait en liberté sur l'île, et l'horreur l'avait à nouveau assaillie. Guernesey avait perdu son goût de paradis. Un malade mental qui attaquait les femmes et leur coupait la gorge errait quelque part entre les ravissants villages, les vallons fleuris, les baies romantiques et les rochers sauvages.

Elle avait acheté un gros bouquet de roses multicolores en pensant que ce serait agréable de le porter à Hélène, de s'asseoir sur sa tombe, de dialoguer silencieusement avec elle et de songer à ce qu'elle allait faire. Depuis qu'il était reparti, Michael ne s'était pas manifesté et elle n'avait aucune envie de l'appeler en Allemagne. Après leur dîner à l'*Old Bordello*, atterré par ce qui était arrivé à Hélène, il était revenu plusieurs fois au Variouf, plus décidé que jamais à arracher sa femme à « ce monde de fous ». La police fut la première à émettre son veto. Franca, de même que Béatrice et Kevin, n'était pas autorisée à quitter l'île. Michael commença à s'énerver et à menacer.

« Ecoute, avait-il dit, tu n'as rien à voir avec cette histoire. Ils n'ont aucun droit de te retenir ici jusqu'à ce qu'ils découvrent – si jamais ils le découvrent – qui a tué cette bonne femme. Je ferai le siège de l'ambassadeur s'il le faut, mais je te ferai sortir de là !

— Ce n'est pas possible, Michael. »

Aussitôt il était monté sur ses grands chevaux.

« Comment ça, “pas possible” ? C'est encore du signé Franca, cette réaction. Pourquoi ne serait-ce pas possible, hein ? Pourquoi faut-il toujours que tu acceptes sans broncher ce que les gens…

— Je n'accepte rien sans broncher, l'avait interrompu Franca. Tu m'as mal comprise. Je *souhaite* rester ici. Je *ne veux pas* rentrer en Allemagne avec toi. Je ne me pose même pas la question de savoir si je suis retenue ici à tort ou à raison. Je suis ici parce que je le veux. »

Il l'avait un instant considérée silencieusement.

« Il n'y a décidément rien à tirer de toi, avait-il enfin dit. Tu t'es collé je ne sais quelle idée de libération ou de réalisation de toi-même dans la tête et tu ne veux pas en démordre. Je pense que tu fais une gigantesque erreur. Si jamais tu devais en arriver prochainement à la même conclusion, téléphone-moi, je t'en serai reconnaissant. »

Elle avait pris cela comme une invitation à réfléchir encore une fois et à revenir sur sa décision, mais elle vivait dans la certitude qu'il n'y avait pas de recommencement possible. Sa position n'ayant pas changé, elle ne voyait pas de raison de lui téléphoner. Elle s'était rendu compte qu'elle allait mieux quand elle ne lui parlait pas, quand elle n'avait pas de nouvelles de lui. Quant à son avenir, c'était la dernière chose qui le concernait. Il lui appartenait, et à elle seule, de mettre de l'ordre dans ses idées.

Elle longea l'allée gravillonnée puis descendit les marches qui menaient aux tombes. Au-delà des arbres en fleurs, elle aperçut la mer. Elle était du même bleu lumineux que le ciel.

On dirait un tableau, songea Franca.

Se trouver là lui fit du bien. Les jours précédents, elle n'avait pu se départir du sentiment de ne pas avoir réellement dit adieu à Hélène. Le jour de l'enterrement, une foule compacte se pressait dans le petit cimetière.

Hélène était-elle si aimée ? Franca s'était interrogée, puis elle avait lu l'attrait pour le sensationnel, l'intérêt malsain sur de nombreux visages. La plupart étaient venus par voyeurisme, pour toucher l'horreur du doigt et ressentir un délicieux frisson d'effroi. Ils avaient dévisagé Béatrice et Kevin, tout le monde entre-temps ayant appris qu'Hélène avait passé la soirée chez lui. Franca en avait éprouvé un dégoût qu'elle avait tenté de refouler parce qu'elle estimait que sa réaction était injuste. N'était-il pas naturel que les gens éprouvent cette fascination morbide pour un fait divers aussi dramatique ?

Deux secondes tout au plus lui avaient été accordées au pied de la tombe, puis le flot l'avait contrainte de s'éloigner. A présent, elle rattraperait le temps qu'elle n'avait pas eu.

La tombe se trouvait dans la dernière rangée, là où le cimetière s'achevait et où commençait la forêt qui s'étendait jusqu'au sentier de la falaise. C'est là qu'un demi-siècle auparavant Erich Feldmann avait été inhumé. Hélène reposait à présent à ses côtés, dans la même tombe.

En approchant, Franca découvrit qu'elle n'était pas seule. Quelqu'un se tenait déjà devant la tombe fraîchement refermée et contemplait l'inscription de la pierre tombale. Au grand étonnement de Franca, il s'avéra que c'était Maya, la dernière personne qu'elle se serait attendue à rencontrer là.

— Bonjour, Maya, fit-elle timidement. Ça ne vous dérange pas que je dépose ces fleurs ?

Maya sursauta.

— Non, bien sûr que non. Bonjour, Franca. Je ne sais pas depuis combien de temps je suis là… Il fait une chaleur, aujourd'hui, ajouta-t-elle en plissant le front. J'ai carrément mal à la tête.

— Oui, j'ai presque trop chaud moi aussi, reconnut Franca.

Maya la regarda. Comme Alan quelques heures auparavant, Franca, médusée, enregistra les yeux rouges, les paupières gonflées et l'absence totale de maquillage de la jeune fille.

— Pauvre Hélène, murmura celle-ci.

Franca n'avait jamais eu l'impression que Maya eût été proche d'Hélène. Sa peine la surprit.

— Oui, dit-elle doucement, pauvre Hélène. Quelle fin abominable, si inutile, si cruelle.

Toutes deux regardaient la tombe. La terre fraîchement remuée paraissait noire. De l'herbe la masquerait bientôt, comme sur les autres tombes. La pierre tombale portait le nom et les dates de naissance et de décès d'Erich, ceux d'Hélène n'y figuraient pas encore.

LIEUTENANT-COLONEL
ERICH FELDMANN
24 DÉCEMBRE 1899 - 1er MAI 1945

Je ne m'étais pas rendu compte qu'ils étaient tous les deux morts un 1er mai, constata silencieusement Franca. Comme c'est étrange. A cinquante-cinq ans de distance, mais tous les deux le même jour…

Elle déposa les roses sur le monticule de terre. La chaleur les avait déjà un peu flétries. Elles faneraient rapidement.

— Il va pleuvoir demain, dit Maya. Je le sens dans l'air.

— Cela ferait du bien à la végétation. Si le temps est réellement en train de changer, cela explique peut-être votre migraine.

— Peut-être, fit Maya d'un ton indifférent.

Elle regardait la tombe avec dans les yeux un désespoir qui émut Franca, mais, faute d'être certaine que Maya apprécierait son geste, celle-ci résista à l'impulsion d'entourer ses épaules de son bras.

— Vous teniez beaucoup à elle ? s'enquit-elle en jetant un regard de côté à la tombe.

Maya secoua la tête.

— Je la connaissais à peine.

— Mais son assassinat vous a épouvantée ?

— Ce qui m'épouvante, c'est que quelqu'un puisse subitement mourir. Il y a quelques jours, elle vivait encore, et maintenant elle est morte. Et cette absence de sens, ce vide...

— Un crime apparaît souvent absurde, cependant...

— Je ne parle pas du crime ! protesta vivement Maya, les yeux à nouveau brillants de larmes. Je parle de la vie. Qu'en a-t-elle eu ? Qu'a donc eu Hélène de sa vie ?

Surprise par la véhémence de Maya, Franca recula d'un pas.

— Maya...

— Elle a perdu son mari toute jeune. Et elle n'a jamais retrouvé quelqu'un qui l'aime. Elle a vécu dans un pays qui n'était pas le sien. Parmi des gens auxquels elle parlait dans une langue qui n'était pas la sienne. Et tout le monde savait que Béatrice ne la mettait pas dehors uniquement par pitié. Elle la supportait comme on supporte une vieille tante qui n'a plus personne au monde et dont on ne peut pas faire autrement que s'occuper. Elle aurait donné cher pour se débarrasser d'elle, Hélène le savait parfaitement. Elle est passée à côté de la vie. Et maintenant, personne ne lui rendra jamais ce temps perdu.

— Peut-être n'a-t-elle pas eu du tout le sentiment d'être passée à côté de la vie.

— Oh si ! Vous ne la connaissiez pas depuis très longtemps, sinon vous n'en douteriez pas. Hélène était déçue, amère, elle était seule et avait tout à fait conscience de ne pas avoir su saisir sa chance.

— Ce n'est toutefois pas une raison pour que vous...

— Hélène est simplement un exemple ! l'interrompit Maya. Un exemple de ce à quoi ressemble une vie ratée. De ce à quoi *ma* vie ressemblera !

Franca la dévisagea, abasourdie.

— *Votre* vie ? Mais, Maya, votre vie n'a rien de comparable avec celle d'Hélène ! Vous êtes une jeune fille ravissante, exceptionnellement séduisante. Vous allez continuer à briser des cœurs pendant quelques années puis vous épouserez un charmant jeune homme et vous fonderez une famille. Vous n'avez pas le moindre trait commun avec Hélène.

— Ah, ne dites donc pas de bêtises ! s'exclama Maya.

Elle était injuste, mais à l'évidence elle s'en moquait. Elle avait besoin de se défouler et il se trouvait que Franca était là.

— J'ai déjà tout gâché ! Je n'ai pas mon bac, je n'ai pas de formation, je n'ai pas de travail. Je suis obligée de quémander l'aide de ma grand-mère, qui par la même occasion ne manque jamais de me dire que je la déçois. Tout le monde me traite comme si j'étais une nullité absolue. Je...

— Ce n'est pas vrai, et vous le savez. Quant au bac et à une éventuelle formation, personne ne vous empêche de rattraper le temps perdu. Vous n'avez que vingt-deux ans. Vous êtes si jeune. Toutes les possibilités vous sont encore offertes.

Maya se détourna. Elle avait encore pâli et paraissait beaucoup plus jeune qu'elle n'était.

— Mais pas celle de retrouver Alan, objecta-t-elle à mi-voix.

Pauvre petite, songea Franca, elle est complètement perdue.

Elle s'approcha de Maya et cette fois glissa sans hésitation son bras autour de ses épaules. Maya se blottit contre elle et commença à pleurer, doucement puis de plus en plus fort jusqu'à ce que tout son corps soit secoué de sanglots.

— C'est terrible, c'est terrible, hoqueta-t-elle. Je l'ai perdu. Il ne me reprendra jamais. Jamais. Pendant toutes ces années, je savais que je pouvais faire ce que je voulais, qu'il me reprendrait toujours. Peu importait combien je l'avais blessé, combien je l'avais humilié. Il me prenait dans ses bras, me pardonnait, et moi, je...

Elle n'acheva pas sa phrase. Les larmes roulaient sur ses joues, irrépressibles. Franca caressait doucement ses cheveux.

— Vous l'avez souvent fait souffrir, n'est-ce pas ? demanda-t-elle doucement.

Maya acquiesça.

— Je lui en ai fait voir de toutes les couleurs, sanglota-t-elle. J'ai fait tout ce qui me passait par la tête. Je suis sortie avec des types vraiment... impossibles. Des petits voyous, des escrocs, de véritables malfrats. Je n'ai jamais eu réellement peur. Alan était derrière moi. C'était comme s'il me protégeait. Je pensais qu'il ne pouvait rien m'arriver.

— Mais il en est toujours ainsi.

— Alan n'est plus là.

— Il est toujours là. Peut-être y a-t-il en ce moment beaucoup de souffrance et d'amertume entre vous, mais ça passera et ce qui fonctionnait entre vous sera préservé. Il restera toujours votre ami, Maya. Pas votre amant, votre ami.

— Mais je l'aime, fit Maya dont les sanglots s'apaisaient. Je l'aime vraiment !

— Il est presque deux fois plus âgé que vous, Maya. Vous avez chacun une vision du monde différente. Vous voulez profiter de la vie, flirter, danser, tester votre pouvoir sur les hommes. Alan a plus de quarante ans. Il envisage la vie autrement. Il aspire à autre chose. Et c'est tout aussi naturel. Les deux attitudes sont difficilement conciliables, voilà tout.

Maya fixait la pierre tombale comme si elle y voyait la représentation de tous les chagrins du monde.

— Il est lui aussi mort un 1er mai, observa-t-elle, comme Hélène.

— Oui, je viens moi aussi de m'en rendre compte, dit Franca. Le 1er mai 1945. Et de mort violente, comme Hélène. De sa propre initiative, certes, mais la violence n'en était pas moins là.

— Je me demande s'ils seraient restés ensemble si Erich n'était pas mort.

Franca haussa les épaules.

— Je ne sais pas. Je crois que oui. Hélène n'aurait pas eu le courage de le quitter. Elle serait restée avec lui comme elle est restée avec Béatrice.

— Pourquoi, à l'époque, n'a-t-on pas pu le sauver ? demanda Maya. Comment est-il mort, au juste ? Il s'est... tiré une balle dans la tête ?

— Pour autant que je sache, il s'est simplement blessé à la poitrine, et il est mort des heures plus tard. On aurait sans doute pu le sauver. Mais ils n'ont pas réussi à mettre la main sur un médecin et il perdait énormément de sang. Votre arrière-grand-père était occupé ailleurs et ils n'ont trouvé personne d'autre. C'était le destin d'Erich Feldmann.

Maya fronça les sourcils.

— Mon arrière-grand-père était occupé ailleurs ?

— Oui, la vie de l'île était complètement désorganisée. Hitler venait de se suicider, les Soviétiques étaient aux portes de Berlin, les Alliés convergeaient vers la capitale... Personne ne savait ce qu'il allait advenir des forces allemandes d'occupation. Tous les médecins avaient plus ou moins été réquisitionnés. Qu'il y ait ou non un médecin de garde pour les urgences ne devait pas soucier grand monde.

— Ce n'est pas à ça que je pensais, dit Maya. Je m'étonne seulement parce que...

— Oui ?

— Eh bien, il me semble que le mois dernier, à Londres, mon arrière-grand-mère m'a raconté que le jour où Erich est mort, son mari était là-bas. Chez Béatrice. Il y avait été appelé en fin d'après-midi...

pour un accident. Je crois que ça concernait le prisonnier français... Je ne sais plus très bien...

— C'est curieux, remarqua pensivement Franca. Je suis tout à fait certaine que Béatrice m'a dit que...

— Oh, je me trompe peut-être, l'interrompit Maya. Elle noua ses bras autour de son corps, comme si elle avait froid. Il faisait toujours aussi chaud, ses frissons venaient probablement d'ailleurs.

— Je n'ai pas dû tout comprendre, ajouta-t-elle.

Sa peau luisait comme si elle était en sueur.

— Je crois que je devrais rentrer. Excusez-moi de vous avoir ennuyée avec mes problèmes, Franca.

— Je vous en prie, Maya. Vous ne m'avez pas ennuyée du tout. Au revoir et, une fois à la maison, installez-vous au soleil et reposez-vous un peu.

Elle suivit des yeux la mince silhouette aux longs cheveux et aux jambes sans fin.

Une enfant, songea-t-elle. Comment Alan a-t-il pu investir tant d'années sur une enfant ?

Quand Franca regagna Le Variouf, Béatrice l'attendait sur le pas de la porte. Elle semblait ne pas s'être peignée de la journée et elle portait toujours les vêtements qu'elle avait mis le matin pour jardiner. Son pantalon était maculé de terre, et sa chemise d'homme surdimensionnée ornée de salissures vertes. Au cours des deux semaines qui venaient de s'écouler, son visage était devenu plus aigu, plus mince, et ses traits s'étaient affaissés. Franca se dit que c'était la première fois qu'elle paraissait son âge.

— Quelle chance que vous arriviez, Franca, s'exclama-t-elle, soulagée. Je n'ai pas arrêté d'essayer de joindre Maya, pensant qu'elle devait savoir où se trouvait Alan, et je viens seulement de l'avoir au bout du fil. Elle m'a dit que vous vous étiez rencontrées au cimetière. Elle était ce midi avec Alan à *La Terrasse*. Apparemment, il avait déjà un verre à la main. Je vous attendais avec impatience. Si vous n'étiez pas arrivée, j'aurais commandé un taxi, mais maintenant que vous êtes là...

Elle s'interrompit pour reprendre son souffle. Elle avait parlé tellement vite qu'elle en avait oublié de respirer.

— Franca, pourriez-vous me conduire à Saint Peter Port ? Je voudrais aller chercher Alan. J'ai un mauvais pressentiment. Il est probablement déjà tellement ivre qu'il n'est plus en état de conduire et je le vois déjà tomber cette nuit inanimé dans le port ou avoir je ne sais quel accident plus terrible encore.

— Bien sûr, je vous accompagne très volontiers, répondit Franca sans hésitation. Je monte chercher mon sac et nous y allons.

Elle courut au premier, prit un comprimé dans le tiroir de sa table de nuit et l'avala sans eau. En revenant du cimetière, elle s'était rendu compte à un léger picotement au bout des doigts et à la nervosité qui commençait à la gagner que l'effet de celui qu'elle avait pris le matin s'estompait. Elle prenait désormais régulièrement un comprimé le matin et un second en fin de journée et considérait que cette maîtrise de sa consommation était déjà un progrès. Elle n'avait plus constamment sur elle une boîte de tranquillisants pour intervenir en cas de crise soudaine. Au reste, elle n'avait plus d'attaques de panique, simplement des phases d'agitation croissante, comme à présent, dont elle craignait qu'elles ne se transforment en crises d'angoisse aiguës si elle ne les enrayait pas en prenant préventivement ces deux comprimés quotidiens.

Un jour, elle n'aurait plus besoin de tranquillisants, il faudrait peut-être du temps, mais elle y parviendrait, elle en avait la conviction.

En redescendant les marches, elle ne put s'empêcher de sourire à l'idée que, pour être en état d'accompagner Béatrice dans sa recherche d'Alan, elle devait elle-même avaler son comprimé rituel. Je ne vaux guère mieux que lui, songea-t-elle. J'ai seulement la chance que la dépendance aux tranquillisants soit plus discrète que l'abus d'alcool.

Elles roulaient vers Saint Peter Port quand Béatrice demanda :

— J'espère que vous ne vous sentez pas exploitée, Franca. Vous vous retrouvez impliquée dans un véritable drame et... j'ai l'impression que nous nous déchargeons beaucoup sur vos frêles épaules.

— Ne vous inquiétez surtout pas. Le drame de ma vie est ailleurs et n'a à voir ni avec Guernesey ni avec vous. Mais je m'en sors... Je m'en sors mieux que jamais, ajouta-t-elle après un temps d'hésitation. C'est que je vous disais ce midi.

— Je suis heureuse que vous soyez là, dit doucement Béatrice. Pour la première fois de ma vie, je me sens complètement dépassée par les événements. J'ai le sentiment que je n'y arriverai pas. Je pourrais rester toute la journée debout, les bras ballants, au milieu de ma chambre. Et je crois que même ça m'épuiserait.

Franca lui jeta un bref regard de côté.

— Vous n'avez pas bonne mine, Béatrice. Avez-vous au moins mangé quelque chose depuis ce matin ?

— Non. Je n'arrive à rien avaler, en ce moment.

Elles avaient atteint le centre-ville. Franca découvrit une place de parking devant l'église, s'y engouffra d'un coup de volant décidé et coupa le contact.

— Qu'Alan y soit encore ou pas, nous nous installons à *La Terrasse*, nous mangeons quelque chose et je vous empêche de partir tant que vous n'avez pas fini votre assiette.

— Franca, je vous assure, je ne peux vraiment rien avaler...

— Je ne vous laisse pas le choix, Béatrice. Regardez-vous, je suis sûre que vous avez bien perdu cinq kilos ces derniers jours. Ce n'est pas étonnant que vous vous sentiez si fatiguée. Il faut absolument que vous repreniez des forces.

Une grande animation régnait à *La Terrasse*. C'était un soir où le restaurant était ouvert et la douceur de l'air incitait les clients à dîner en plein air. Béatrice et Franca passèrent toutes les tables en revue, fouillèrent le moindre recoin du restaurant : Alan n'était pas là.

— Il est parti ailleurs, se résigna Béatrice. Il doit bien en être à son huitième bistrot et déjà friser la crise de delirium tremens. Nous devons absolument le…

Franca la força doucement à s'asseoir sur une chaise.

— Ça nous avancera à quoi que vous tombiez dans les pommes maintenant, hein ? Installez-vous, mettez-vous à l'aise, je vais chercher quelque chose à manger au comptoir. Nous ne sommes pas à une heure près. Dès que nous aurons fini, nous nous mettrons à sa recherche, mais avant nous devons prendre des forces. Ça peut durer un bout de temps avant que nous ayons visité tous les bars de la ville.

Elle laissa Béatrice et entra dans l'établissement où elle prit place derrière les clients qui attendaient leur tour au comptoir. Elle ne put s'empêcher de penser à la première fois où elle avait ainsi attendu, un plateau à la main, en septembre dernier, puis, vaincue par la panique, s'était précipitée dehors dans un grand bruit de vaisselle brisée. Rien de tout cela ne lui arriverait plus. Elle était une autre femme. Ou bien se trompait-elle ? Une grande glace murale lui renvoyait son reflet. Elle avait au moins changé physiquement. Elle n'était plus l'être pâle et transparent qu'elle était encore quelques mois plus tôt. Elle tenait sa tête différemment, ses épaules s'étaient redressées.

Son regard était plus clair, plus direct, il ne vacillait plus nerveusement comme auparavant. Elle avait même senti les yeux d'un homme ou deux se poser sur elle.

Pas si mal pour une femme dont Michael avait décrété qu'elle était inapte à se débrouiller seule dans la vie.

Elle choisit deux assiettes d'un énigmatique plat thaïlandais, mélange indéfinissable de nouilles et de légumes, et se fit servir deux verres de vin. Béatrice avait bien besoin d'un peu d'alcool.

Celle-ci, naturellement, réaffirma qu'elle était incapable d'avaler quoi que ce soit, mais quand Franca lui dit que sinon elles n'iraient pas à la recherche de son fils, Béatrice prit son couteau et sa fourchette et commença sans enthousiasme à s'intéresser au contenu de son assiette.

— Ma vie s'est détraquée, dit-elle d'un ton de désespoir que Franca ne lui avait jamais entendu. Et je n'arrive pas à retrouver mes marques.

— C'est la mort d'Hélène ? demanda-t-elle doucement. Ou bien est-ce à cause d'Alan ?

— C'est Hélène, Alan... tout. Quand un équilibre est rompu, tout est tellement plus lourd. Il n'y a plus de retenue, tout est remis en question.

La tristesse et le chagrin voilaient les yeux de Béatrice.

— Je me suis naturellement déjà demandé ce que j'avais fait de mal, reprit-elle après un silence pensif. Quand il est si dur pour son enfant d'organiser sa vie, une mère se pose forcément la question. Alan a grandi sans père, peut-être cela a-t-il également joué un rôle. Il a grandi entre deux femmes dont l'une, névrosée et faible, l'idolâtrait, tandis que l'autre, sa mère, s'efforçait constamment de compenser cet état de fait en se montrant probablement trop sévère.

Béatrice porta enfin sa fourchette à sa bouche,

mais après une hésitation la reposa sans avoir mangé.

— Je pense souvent que nous avons toutes les deux, chacune à notre façon, trop exigé de lui. Nous voulions le fils idéal, l'élève idéal, l'homme idéal, l'avocat idéal. Nous attendions qu'il comble nos vœux, qu'il corresponde à nos rêves, souvent contradictoires puisqu'ils reflétaient nos propres contradictions. Alan a commencé à boire après avoir échoué à quelques examens. C'est nous qui lui avons montré la voie. Alan a toujours cru qu'il n'avait pas le droit d'échouer. Un jour est arrivé où il n'a plus supporté cette pression. Il ne manquait plus qu'un facteur déclenchant, ce n'était qu'une question de temps... Depuis, le cauchemar semble ne devoir jamais finir.

— Ne soyez pas aussi sévère avec vous, Béatrice.

Franca posa un instant sa main sur celle de Béatrice.

— Vous avez fait ce que vous pouviez pour Alan. Quelle mère est parfaite ? N'exigez pas de vous l'impossible.

— J'aurais dû tenir Hélène plus fermement éloignée de lui. C'est elle qui pour l'essentiel faisait de notre vie soi-disant familiale ce qu'elle était. Une femme mièvre, sentimentale, éternellement pessimiste, prisonnière de ses idées noires et qui a toujours fait croire qu'elle mourrait si je ne m'occupais pas d'elle...

Elle s'interrompit sur un rire bref empreint d'amertume puis reprit :

— Elle ne cessait de se plaindre. Elle se plaignait du temps, de la famille royale, de la situation en Irlande, de la nourriture, de ses maladies imaginaires, de son âge. Ce dont elle se plaignait le plus, c'était de sa solitude et de sa rente de veuve, si faible qu'elle serait toujours dépendante de moi. « Je serais obligée de vivre dans un trou à rat, si je ne t'avais pas », répétait-elle à l'envi.

Un rictus étira les lèvres de Béatrice.

— En réalité, cette femme geignarde et insatisfaite se doublait d'une personne remarquablement maligne et experte dans l'art de protéger ses intérêts. Rétrospectivement, je lui tire mon chapeau. Je n'ai pas été, de ma vie entière, moitié aussi avisée qu'elle.

Franca considéra attentivement Béatrice.

— Vous ne parlez pas d'elle comme avant. Je n'ai jamais eu l'impression qu'une profonde amitié vous liait, pourtant... Votre ton est plus dur, plus cynique. D'ordinaire, quand un proche est victime d'une fin aussi horrible, on a plutôt tendance à le magnifier, à être plus indulgent avec ses défauts et ses faiblesses. Que s'est-il passé, Béatrice ?

Béatrice posa ses couverts. Dans le jour déclinant, Franca fut à nouveau frappée par le désarroi qu'exprimait son visage.

Béatrice secoua la tête.

— Je ne peux pas en parler. Tout est... si proche. Si récent. Il faut que ça fasse son chemin dans ma tête, et pour cela j'ai besoin de temps.

Franca n'insista pas. D'un ton égal, elle observa :

— Maya a fait aujourd'hui une curieuse remarque. Nous nous sommes rencontrées au cimetière, comme vous le savez, et nous avons alors l'une et l'autre pris conscience qu'Hélène et Erich étaient tous les deux morts un 1er mai. C'est un hasard étrange, non ?

— Il n'y a pas de hasard, répondit Béatrice. Quelle remarque a donc faite Maya ? demanda-t-elle ensuite, le regard soudain plus vif.

— Nous avons parlé du jour où Erich est mort. J'ai dit à Maya qu'il aurait sans doute été sauvé si un médecin avait pu intervenir, mais qu'au milieu du chaos général qui régnait alors sur l'île il n'avait été possible de mettre la main sur aucun médecin. Maya s'est étonnée. Le mois dernier, Edith Wyatt lui a raconté que cet après-midi-là son mari était chez vous, qu'il avait été appelé pour un incident avec un prisonnier français. J'avais cru comprendre que, l'après-midi, Erich avait déjà attenté à ses jours et luttait contre la mort. Mais alors le Dr Wyatt aurait pu le soigner, n'est-ce pas ?

Franca haussa les épaules. Elle regarda Béatrice.

— J'ai certainement interprété quelque chose de travers.

Le jour avait décliné, une ombre épaisse avait envahi le jardin du restaurant. Dans la pénombre, le visage de Béatrice paraissait gris. Peut-être, songea Franca, cela ne tient-il nullement à l'éclairage. Elle souffre profondément.

— Ce 1er mai, murmura Béatrice, ce sinistre 1er mai 1945... Mon Dieu, quel jour... Tout s'est passé en quelques heures, et nous avons influencé le cours des choses sans bien mesurer toute la portée de ce que nous faisions.

Franca se pencha en avant. Pour la deuxième fois en l'espace de quelques minutes, elle posa sa main sur celle de Béatrice. Elle sentit sous sa paume la peau fine et fripée de la vieille dame et perçut le léger tremblement qui parcourait son corps.

— Que s'est-il passé ce jour-là, Béatrice ? demanda-t-elle d'une voix douce. Que s'est-il donc passé le 1er mai 1945 ?

Guernesey, mai 1945

Depuis le début de l'année, l'Allemagne avançait inexorablement vers la défaite, les voix qui proclamaient encore timidement la victoire se raréfiaient. La *Deutsche Guernsey Zeitung*[1] persistait dans sa ligne optimiste, mais plus personne sur l'île n'ajoutait

1. Le *Journal allemand de Guernesey. (N. d. T.)*

foi à ses éditoriaux enthousiastes. « Nous ne renonçons pas ! » déclarait sans faiblir la une du 20 avril ; le jour de l'anniversaire du Führer, le *Star* et l'*Evening*, tous deux allemands, rivalisèrent de louanges vantant les mérites d'Adolf Hitler et sa détermination sans faille qui mènerait le peuple allemand à la victoire. A cette date, Berlin était encerclé par l'armée soviétique, la Pologne était libérée, la Prusse-Orientale et la Silésie aux mains des Soviétiques, des centaines de milliers de réfugiés se pressaient aux portes de villes allemandes en ruine et les armées du Reich capitulaient les unes après les autres. Un miracle n'aurait pu enrayer le désastre.

Erich, entre-temps promu lieutenant-colonel, changeait d'avis au moins cinq fois par jour. Ses variations d'humeur, qui depuis toujours mettaient les nerfs de son entourage à rude épreuve, devinrent totalement imprévisibles et plus personne ne savait quand ou comment l'aborder. Il reconnut qu'il prenait des psychotropes, et même qu'il ne pouvait pas s'en passer. Les médicaments étaient une denrée rare, et les euphorisants ou les régulateurs d'humeur encore plus. Erich était en manque. Plus le printemps avançait, plus son état s'aggravait. Il était livré sans défense à ses angoisses, à ses peurs et à sa dépression. Parfois, il restait des heures sans desserrer les dents, prostré dans un coin, le regard fixe. Puis il devenait subitement agressif, passait la maison au peigne fin, fouillait les placards, retournait les tiroirs dans l'espoir de découvrir un ultime comprimé. Une fois, en février, il avait trouvé une boîte contenant deux comprimés dans une vieille valise qui dormait depuis des années dans un recoin du grenier. Depuis, il était persuadé qu'il y avait d'autres réserves dans la maison et qu'il suffisait qu'il cherche avec opiniâtreté pour mettre la main dessus. Les placards, qu'il avait fouillés cent fois, étaient sens dessus dessous. Quand

Hélène lui demandait comment il pouvait s'imaginer qu'une main mystérieuse avait miraculeusement reconstitué ses réserves, il se butait et devenait encore plus agressif.

« L'autre fois aussi tu prétendais qu'il n'y avait plus rien dans la maison ! hurlait-il. Et j'ai tout de même trouvé quelque chose ! Alors tais-toi ! Tu dis n'importe quoi ! Tu as toujours été opposée à ce que j'ingurgite ces trucs, alors bien évidemment tu espères maintenant me damer le pion. Mais je n'ai pas l'intention de me laisser faire, tu entends ? J'en trouverai, et tu n'y pourras rien ! »

Quand il allait mal, il devenait intenable. Il vidait le contenu de tiroirs entiers par terre, laissait tout tel quel pour s'attaquer à la penderie d'Hélène, arrachait les vêtements de leurs cintres, les lançait derrière lui au milieu de la pièce, puis il transformait la cuisine en champ de bataille, chamboulait tous les placards et finalement s'effondrait, épuisé et déçu, au milieu d'un monceau de verres et d'assiettes brisés et marmonnait, le regard fixe : « Je sais qu'il y en a quelque part. Je le sais. »

Bien évidemment, le coup de chance de février ne se reproduisit pas, jamais il ne remit la main sur une boîte miraculeusement épargnée. Parfois, souvent immédiatement après une phase aiguë d'agressivité, il se réfugiait dans une attitude remarquablement affable, déclarait que tout allait s'arranger – sans préciser plus avant ce qu'il entendait par « tout » – et échafaudait des plans pour l'après-guerre. Il ne parlait pas de l'issue de la guerre proprement dite, mais il donnait l'impression d'envisager une évolution positive de la situation.

— Je pense, Hélène, que nous resterons à Guernesey, déclara-t-il un jour. Je m'y plais beaucoup. Le climat de l'île est agréable. Qu'en penses-tu ? Crois-tu que nous nous y ferons ?

Quand il tenait ce genre de discours, Hélène, pâle et tendue, donnait l'impression d'être complètement dépassée par les événements. A l'évidence, elle ne savait pas si elle devait lui expliquer que ce qu'il disait était absurde ou si elle devait faire semblant d'être d'accord avec lui. La plupart du temps, elle se tirait d'affaire en émettant un timide « Ah, Erich... » qu'il considérait habituellement, mais pas toujours, comme un assentiment. Une fois, un éclat mauvais apparut subitement dans ses yeux, il transperça Hélène du regard, et lança, aux aguets :

— Qu'est-ce que tu veux dire ? Que signifie ce « Ah, Erich » ?

— Euh... rien, balbutia la malheureuse Hélène. Je voulais seulement...

— Oui ? Je t'écoute. Qu'est-ce que tu voulais ?

— Erich...

Il prit un air menaçant.

— Je veux savoir ce que tu penses, Hélène. Et je veux que tu sois complètement honnête, est-ce clair ?

— Je ne comprends pas bien ce que tu veux dire, Erich. Je t'assure que je voulais seulement...

— Oui ? Peux-tu enfin te décider à dire ce que tu « voulais seulement » ?

— Je crois que ce sera difficile, pour nous, ici, après la guerre, dit Hélène, rassemblant tout son courage. Nous ne savons pas si les gens vont nous accepter.

— Pourquoi ne nous accepteraient-ils pas ?

— Eh bien... c'est-à-dire que... nous avons occupé l'île. Il est possible... je veux dire, lorsque la guerre sera finie, que nous ne puissions pas rester.

— Est-ce à dire que tu penses que l'Allemagne va perdre la guerre ?

Hélène eut l'air d'un animal pris au piège.

— Nous ne savons pas vraiment ce qui va se passer, hasarda-t-elle à mi-voix.

— Nous ne le savons pas ? Peut-être ne le sais-tu pas, Hélène, mais je sais, moi, ce qui va se passer. Je le sais !

Il se planta au milieu de la pièce et se lança dans un discours confus sur la victoire de l'Allemagne, inéluctable, et toutes les bonnes raisons qui l'impliquaient. Personne n'osa le contredire. Il rappela promptement Béatrice qui faisait mine de s'esquiver et lui intima l'ordre de rester. Plus tard, elle songea que, sur leur chaise, elle et Hélène avaient dû avoir l'air de deux écolières bien sages qui laissaient le flot de paroles passer au-dessus de leur tête sans broncher en espérant qu'il ne viendrait à l'idée de personne de leur demander d'en faire un compte rendu. Puis Erich s'était tu, épuisé, et s'était laissé tomber sur le canapé.

— De toute façon, vous ne comprendrez jamais, murmura-t-il. Vous ne pouvez pas comprendre.

— Si seulement je savais où trouver ces satanés médicaments, disait Hélène à Béatrice. Ça ne me plaisait pas qu'il les prenne, mais aujourd'hui, je lui en donnerais moi-même volontiers double dose pourvu que ça le calme.

A seize ans, Béatrice était mûre pour son âge et apte à comprendre qu'Erich était une bombe à retardement. Tant qu'il serait en manque, il serait totalement imprévisible. Elle avait l'impression qu'un point de rupture se profilait à l'horizon et que les choses allaient très mal se terminer.

Erich avait constamment besoin d'une victime sur laquelle déverser ses frustrations, ses angoisses et son inquiétude croissante. Il s'en prenait souvent à Will, qu'il chargeait de temps à autre de missions de ravitaillement qu'il était naturellement incapable de mener à bien. Hélène représentait toutefois son bouc émissaire de prédilection. Il lui reprochait de ne jamais ouvrir la bouche, d'avoir l'air d'une poule effarouchée ou de toujours tomber des nues. Elle s'était mue en une sorte d'ombre essentiellement soucieuse de ne pas se faire remarquer. Elle était passée maître dans l'art de se rendre invisible, de se déplacer silencieusement dans la maison et de mystérieusement se fondre dans le décor. Il arrivait qu'Erich la cherche vainement pendant des heures alors qu'elle était là. On aurait dit qu'elle était pourvue de sismographes extraordinaires qui lui permettaient de savoir à l'avance quelle porte Erich allait ouvrir car elle parvenait presque toujours à quitter une pièce avant qu'il n'arrive. Que sa victime désignée lui échappe avec pareille constance ne faisait qu'accroître l'agressivité d'Erich qui cherchait alors un autre souffre-douleur. De tous ceux qui fréquentaient la maison, Pierre, le prisonnier français, était celui qui était le moins à même de se dérober. Il avait toujours pour tâche de s'occuper du jardin, bien que, au vu des conditions très précaires que devaient affronter les îliens, il parût absurde de s'occuper de rosiers, de ratisser des allées ou d'entretenir soigneusement une pelouse. Au vrai, Pierre n'avait pas la moindre notion de jardinage, si bien qu'il ne savait pas non plus comment adapter les plates-bandes et les serres à la culture de légumes qui auraient amélioré l'ordinaire. Quand il était de mauvaise humeur, cette situation mettait Erich dans une colère noire.

— Nous avons un grand terrain ! hurlait-il. Nous avons une bonne terre grasse et riche et des kilomètres de plates-bandes ! Nous avons deux serres ! Comment se fait-il que tu ne sois pas capable d'en tirer quelque chose de correct ? Comment se fait-il que nous n'ayons pas une salade ? Pas un chou-fleur ? Rien, absolument rien, de comestible ?

Pierre, le teint hâve, le dos voûté de fatigue, tournait sa casquette dans ses mains. Astreint à un travail de force, il souffrait peut-être encore plus que les autres de la faim et était en permanence au bord de l'épuisement.

— Cela tient au fait que je n'ai pas de formation de jardinier, mon colonel. Je n'ai jamais appris à travailler la terre. En France, j'avais commencé des études de lettres et d'histoire. Je ne sais pas comment on cultive un potager. J'ai grandi à Paris. Ma famille n'a jamais possédé de jardin, pas même un balcon.

Erich l'examina en plissant les yeux.

— Depuis combien de temps es-tu chez nous ? En as-tu une idée ou bien la réponse à cette question dépasse-t-elle également tes capacités ?

— Je suis ici depuis bientôt cinq ans, mon colonel.

— Cinq ans, tiens, tiens.

Les yeux d'Erich étaient froids comme ceux d'un serpent.

— Ne penses-tu pas, comme moi, que cinq ans représentent une période fort longue ?

Les cinq années écoulées ne devaient paraître rien de moins qu'une éternité à Pierre.

— C'est une longue période, dit-il doucement, une très longue période, mon colonel.

— Une période suffisamment longue pour s'approprier quelques connaissances, non ?

— Eh bien, je...

— Réponds simplement à ma question. Ne penses-tu pas que cinq années devraient suffire à se familiariser avec toutes les subtilités d'un domaine jusque-là parfaitement inconnu ?

— C'est exact, mon colonel, lorsque...

— Tu n'aurais pas eu loisir de consacrer une période plus longue à tes études. Ou bien envisageais-tu la carrière d'éternel étudiant à la charge de ses parents ? A la réflexion, c'est assez ce dont tu as l'air. Un mou qui se laisse vivre. Le genre incapable qui vit aux crochets de la société.

— J'ai manqué de conseils et d'encadrement, dit

Pierre non sans courage car il devait avoir compris que la justice et l'objectivité n'étaient pas du tout le but que poursuivait Erich, qui avait seulement besoin de se défouler sur quelqu'un et que chaque riposte ne pouvait qu'énerver un peu plus.

Erich secoua lentement la tête.

— Tu as manqué de conseils et d'encadrement ? C'est un aveu intéressant. Très intéressant. Tu as imaginé que ton séjour à Guernesey était une sorte d'apprentissage ? Une période de formation ? Tu as cru un instant que tu recevrais ici une formation gratuite ? Gratuite signifiant dans ce cas précis aux frais du peuple allemand ?

— Non, mon colonel. J'ai simplement dit que je...

— Tu as attendu du peuple allemand qu'il finance ta formation, toi, un vulgaire petit Français ? Parce que le courageux et fier peuple allemand n'aurait rien eu de mieux à faire que de se fatiguer pour ta fichue formation ? Tu t'es figuré que tu y avais droit ?

Pierre demeura silencieux. Sans doute avait-il reconnu l'inanité de la discussion. Il garda la tête baissée et laissa Erich vociférer à sa guise puis décréter, pour conclure, que dorénavant le ton allait changer, que Pierre serait tenu de beaucoup plus près parce qu'à l'évidence il se la coulait douce ; il avait peu de travail et trop à manger, il était urgent d'inverser la proportion. D'après son expérience, avoir suffisamment à s'occuper et aucune occasion de faire du lard ramenait promptement les fortes têtes à la raison.

La ration quotidienne de Pierre était déjà maigre, Erich réussit cependant à la réduire encore et à lui attribuer tout juste de quoi survivre. Son état physique se dégrada rapidement. Comme d'habitude, Hélène avait trop peur de braver les diktats de son mari, mais Béatrice, quand elle le pouvait, glissait quelque chose à manger dans la main de Pierre ; toutefois, étant donné les difficultés d'approvisionnement que connaissait l'île, cela devenait de plus en plus difficile, même pour elle.

Le 30 avril, alors que les troupes soviétiques se répandaient dans la capitale allemande, Adolf Hitler se donna la mort. Le 1er mai, dans la maison réquisitionnée du Variouf, les événements se précipitèrent.

Personne, chez les Feldmann, n'était au courant de la mort du Führer. L'information n'avait pas été diffusée et il est probable que même à Berlin la population était dans l'ignorance de la nouvelle, ou à tout le moins incapable de vérifier l'authenticité de la rumeur. Le matin, la radio de l'île annonça que les troupes soviétiques s'emparaient rue après rue de la capitale et que, en dépit d'une situation désespérée, les courageux soldats allemands opposaient une vive résistance à l'ennemi. Personne n'osait prononcer le mot « capitulation » mais il parut à Béatrice que la fin de la guerre était imminente. Qu'attendait encore l'Allemagne pour accepter de se rendre ? L'effondrement final n'était qu'une question de jours.

Erich s'était réveillé très tôt. Béatrice l'entendit circuler dans la maison dès cinq heures. Apparemment, il s'était remis à la recherche de médicaments car elle perçut des bruits de placards et de tiroirs que l'on ouvrait, puis de petits meubles qui étaient écartés des murs, de canapés poussés… Vers six heures, il commença à appeler Hélène à grands cris.

— Hélène ! Où es-tu encore fourrée ? Descends et viens m'aider !

Le bruit furtif de pieds nus sur le parquet du palier résonna, puis Hélène glissa la tête dans la chambre de Béatrice.

— Tu es réveillée ? fit-elle dans un souffle.

Erich avait crié si fort qu'il n'était pas imaginable que Béatrice ne l'ait pas entendu. Elle résista à son impulsion première : faire semblant de dormir et laisser Hélène se débrouiller seule.

— Qu'est-ce qu'il y a ? demanda-t-elle à contrecœur.

— Peux-tu descendre ? murmura Hélène. Je crois qu'Erich est de très mauvaise humeur. Il me fait peur. Je ne voudrais pas être seule avec lui.

— C'est toi qu'il a appelée, remarqua Béatrice. Apparemment, ce n'est pas moi qu'il veut voir.

Pâle, le regard fuyant, Hélène avait l'air complètement affolée.

— S'il te plaît, Béatrice. Il cherche ses médicaments et tu sais comme moi qu'il ne va rien trouver. Toute sa colère va retomber sur moi.

Béatrice aurait bien aimé lui expliquer qu'après tout c'était elle qui avait épousé Erich et qu'il lui appartenait donc de s'accommoder de son caractère, mais elle se retint. A quoi bon ? Et discuter du couple que formait Hélène avec son mari n'était pas ce qu'il y avait de plus urgent.

Enveloppées dans leurs robes de chambre, les deux jeunes femmes descendirent au rez-de-chaussée. Erich se tenait dans la salle à manger à côté du lourd buffet de bois sombre. Son teint était rouge brique, il transpirait abondamment et répandait une odeur désagréable. Ses mains tremblaient.

— Ah, vous arrivez à point ! Il faut déplacer ce buffet. Je crois qu'une fois j'ai fait tomber une boîte de comprimés derrière. Elle doit toujours y être.

— Elle n'y est certainement pas, objecta Béatrice, et ça m'étonnerait qu'on puisse déplacer cet énorme bahut.

— Si on essaye tous ensemble, on y arrivera, prétendit Erich. Mettez-vous toutes les deux d'un côté, je me mets de l'autre. Allez, on y va !

Béatrice n'avait pas souvenir que ce buffet eût jamais été déplacé. Au reste, ils eurent beau pousser et tirer de toutes leurs forces, ils ne parvinrent pas à le faire bouger d'un seul millimètre.

— C'est stupide, haleta Béatrice entre deux efforts. Nous n'y arriverons pas !

La sueur ruisselait sur le visage d'Erich.

— C'est vrai ! s'exclama-t-il. Tant qu'il sera plein de vaisselle, nous n'y arriverons pas. Il faut le vider.

— Mon Dieu, gémit Hélène, mais il y en a pour des heures !

Erich avait déjà ouvert portes et tiroirs et commençait à vider à grands gestes brusques le contenu du buffet. Nappes et serviettes volèrent derrière lui au milieu de la pièce, les couverts suivirent. En un éclair la salle à manger se transforma en capharnaüm. Au début, Erich avait manié la vaisselle avec retenue mais, son impatience grandissant, que les assiettes se brisent devint le cadet de ses soucis. Il lança bientôt la porcelaine derrière lui aussi naturellement qu'il avait lancé les nappes et les serviettes.

Béatrice essaya de sauver ce qui pouvait l'être. Elle s'empara en hâte des précieux verres en cristal de sa mère et de ce qui restait du fameux service de table des grandes occasions auquel Déborah tenait comme à la prunelle de ses yeux. Elle travaillait vite, mais elle ne parvenait pas à suivre la cadence d'Erich. Une grande soupière vola en éclats en heurtant le pied de la table.

Erich jurait comme un charretier.

— Saloperie de fatras ! Comment peut-on avoir assez peu de cervelle pour entasser un bazar pareil dans un placard ! Saletés de bonnes femmes ! Il y a longtemps qu'on aurait dû faire le ménage là-dedans !

Le buffet finit par être vide ; la salle à manger ressemblait à un champ de ruines. Toutefois, ils réussirent alors effectivement à écarter le meuble du mur. Des volutes de poussière épaisse s'élevèrent, le contour du buffet s'était imprimé sur le papier peint en une large bande sombre.

Erich se glissa immédiatement entre le meuble et le mur et fouilla la poussière comme si sa vie en dépendait. Il toussait et haletait. Il suait à grosses gouttes ; une forte odeur de transpiration l'environnait.

— Nous devons l'écarter plus, dit-il en s'épongeant le front. La boîte n'est sans doute pas collée au mur.

— On ne peut pas l'écarter plus, fit Hélène qui paraissait au bord des larmes. A cause du tapis. Nous ne pouvons pas faire mieux, même avec la meilleure volonté du monde.

— Il n'y a qu'à rouler le tapis, décida Erich.

— Sur le tapis, il y a la table, observa Béatrice qui était en train de se rendre compte qu'il n'aurait de cesse que toute la pièce soit vide. Et tout ce qui était dans le buffet est maintenant sur la table ou par terre, autour.

Les yeux d'Erich étaient anormalement brillants, comme s'il était fiévreux.

— Il faut tout débarrasser, dit-il. Allez, aidez-moi ! Et où est le Français, quelqu'un peut me le dire ? Ce bon à rien n'est décidément jamais là quand on a besoin de lui !

— Pierre n'arrive qu'à sept heures, pépia Hélène. Il est seulement sept heures moins le quart.

— Eh bien, il faut que ça change ! hurla Erich. Sept heures ! Sept heures ! Et pourquoi pas huit, pendant qu'on y est ? Est-ce que nous sommes un sanatorium ?

Ils tirèrent la lourde table et les chaises dans le vestibule puis se mirent en devoir d'y transporter également la vaisselle. A peine arrivés, Pierre et le garde de service furent astreints à se joindre à eux. Pierre, qui n'avait encore rien mangé, paraissait sur le point de s'effondrer. Le garde sembla se rendre compte que l'entreprise était aussi épuisante que vaine mais il ne pouvait se permettre la moindre remarque. Il évita de regarder Hélène ou Béatrice et fit mine de trouver cet absurde déménagement tout à fait normal.

Finalement, le tapis fut roulé et à son tour transporté dans le vestibule puis Erich, Pierre et le garde tirèrent et poussèrent le buffet au milieu de la pièce. Ils soulevèrent beaucoup de poussière, mirent au jour la saleté accumulée, mais ne découvrirent aucune boîte de médicaments. Erich, à genoux par terre, fouillait la poussière comme un possédé. Il avait été convaincu de trouver quelque chose et son manque avait pris des proportions incontrôlables. A le voir dans cet état, Béatrice se dit qu'il aurait été capable de tuer pour un tranquillisant.

— Personne ne sort de cette pièce ! aboya-t-il enfin. Personne tant que les médicaments n'auront pas réapparu !

Tous restèrent pétrifiés. Hélène menait contre les larmes un combat perdu d'avance. Pierre était blanc comme un linge ; cela faisait des semaines qu'il était sous-alimenté, il avait atteint l'extrême limite de ses forces. Le regard fou d'Erich allait de l'un à l'autre.

— L'un d'entre vous a-t-il volé cette boîte ? demanda-t-il en fixant Hélène. Elle est forcément là. Si elle n'y est pas, c'est que l'un d'entre vous l'a volée.

— Personne n'aurait réussi à déplacer le buffet sans que vous vous en rendiez compte, dit Béatrice. Vous avez bien vu qu'il a fallu d'abord vider complètement la pièce.

Erich parut réfléchir à ce qu'elle venait de dire.

— Il faut croire que quelqu'un a été suffisamment rapide pour s'en emparer à un moment où j'avais le dos tourné. Alors ? Je me trompe ? Hélène ?

Hélène sursauta.

— Pourquoi moi ? murmura-t-elle. Pourquoi serait-ce justement moi ?

Il respirait bruyamment. La haine que Béatrice vit

dans ses yeux la fit frémir. Il ne supporte pas sa femme, songea-t-elle, pleine d'appréhension.

— Pourquoi justement toi ?

Il s'approcha d'elle, elle recula d'un pas.

— Pourquoi justement toi ? Parce que tu es un fichu oiseau de malheur, Hélène. Parce que de toute ta vie tu n'as jamais rien fait d'autre que me causer des problèmes. Parce que, du fichu jour où je t'ai connue, tu n'as fait que me rendre la vie impossible. Tu veux que je te dise ?

Il s'approcha encore plus près. Littéralement le dos au mur, Hélène ne pouvait ni reculer ni s'échapper, ce qu'elle aurait sinon très probablement fait.

— Je voudrais ne t'avoir jamais rencontrée. J'irais beaucoup mieux si je pouvais vivre sans toi. Et regarde-toi : jeune fille, tu étais au moins encore relativement appétissante, mais c'est bien fini. Tu n'es même plus jolie, comprends-tu ? Va donc au premier te regarder dans une glace. Mais sois prudente, tu vas certainement avoir un choc.

Hélène fondit en larmes. Ce que lui reprochait Erich n'était pas justifié, sans doute en avait-elle conscience, mais la diatribe n'en était pas moins blessante. Elle tourna sur les talons et s'enfuit. Ils l'entendirent monter l'escalier en courant, puis la porte de sa chambre claqua.

Erich parcourait la pièce en frappant le creux de sa paume de son poing. Il paraissait réfléchir intensément. Soudain, il s'arrêta.

— Habille-toi ! ordonna-t-il à Béatrice. Nous allons chez les Wyatt.

— Chez les Wyatt ? répéta Béatrice en prenant l'air étonné alors qu'elle avait parfaitement compris.

Elle réfléchit à cent à l'heure, cherchant désespérément une raison de le dissuader de mettre son projet à exécution. Chez les Wyatt, il y avait Julien et rien n'était plus dangereux que de laisser Erich aller là-bas.

— Oui, fit-il d'un ton impatient, chez les Wyatt. Je suis certain que le bon Dr Wyatt a de jolies petites réserves et qu'il sera heureux de m'en faire profiter.

— Je ne pense pas qu'il ait encore quoi que ce soit. Les médecins sont aussi peu approvisionnés que le reste de la population. Il n'a sans doute même plus de comprimés pour soigner les maux de tête.

Erich n'était plus en état de réfléchir de façon sensée et de reconnaître l'inanité de ses espoirs.

— Il a encore des tranquillisants, s'obstina-t-il avec le même entêtement qu'il avait mis à vouloir déplacer le buffet. Va t'habiller, et dépêche-toi.

Elle regagna sa chambre aussi lentement qu'elle le put. Si seulement elle avait pu téléphoner aux Wyatt. Malheureusement, l'appareil se trouvait dans le vestibule, juste à côté de la porte de la salle à manger. Il était exclu de le faire à l'insu d'Erich. Réussirait-elle à le convaincre de les appeler pour annoncer leur venue ? Ils auraient au moins la possibilité de faire partir Julien, à défaut d'avoir le temps de faire disparaître les traces de sa présence. Erich aurait tôt fait de comprendre que quelqu'un vivait dans le grenier.

De toute façon, Erich ne la laissa pas téléphoner.

— Quelle idée, pourquoi veux-tu les appeler ? s'exclama-t-il agressivement en retour à sa question. Es-tu enfin prête ? Dépêche-toi, on y va !

Ils traversèrent le village au pas de charge. Arrivé au portail des Wyatt, Erich sortit son pistolet.

— Autant en profiter. Ça rend les gens tout de suite plus coopératifs. On entre, maintenant, et je ne ressors pas de là sans ces satanés médicaments, je retournerai tout s'il le faut.

Béatrice adressa une secrète supplication au ciel et le suivit.

Il avait hurlé et tempêté, il avait agité frénétiquement son arme, s'était fait ouvrir tous les placards et toutes les armoires de la maison, avait retourné les tiroirs par terre et même fouillé les clapiers qui se trouvaient au fond du jardin. Il avait terrorisé la famille du médecin, Mme Wyatt avait la tête de quelqu'un qui attend le coup de grâce. Mae, que les éclats de voix avaient attirée hors de sa chambre, tremblait comme une feuille.

— Qu'est-ce qui lui prend ? murmura-t-elle en se penchant légèrement vers Béatrice.

Avant même que celle-ci ait pu répondre, Erich avait fait volte-face et pointé son arme sur Mae.

— Personne ne parle ! hurla-t-il. C'est compris ? Un mot et je tire !

Edith Wyatt attira sa fille contre elle. Mae la dépassait à présent d'une demi-tête mais elle l'entourait de ses bras comme si elle était encore une petite fille.

Le médecin avait tenté d'apaiser Erich, mais celui-ci n'avait pas l'intention d'écouter des paroles lénifiantes.

— Je veux des tranquillisants ! répétait-il mécaniquement. Je veux des satanés fichus tranquillisants !

Béatrice supplia le Dr Wyatt du regard mais il haussa les épaules dans un geste d'impuissance et elle lut sur ses lèvres un silencieux : « Je n'ai vraiment rien ! »

Ce fut un miracle qu'Erich ne découvre pas la trappe qui menait au grenier. Dans sa folie de tout fouiller, rien ni personne n'aurait pu le dissuader de se faire apporter une échelle et de monter inspecter les combles, mais le fait est que, sur le palier du premier, il tourna sur lui-même, regarda partout, et omit de jeter un œil au plafond. Au lieu de rester calme et de procéder méthodiquement, il se précipitait dans une pièce après l'autre et se démenait comme un diable au milieu du désordre qu'il créait. Dans la chambre à coucher des parents, il chamboula la penderie, jeta les sous-vêtements de Mme Wyatt sur le lit, puis renversa le matelas et fixa le sommier avec des yeux exorbités comme s'il suffisait qu'il le regarde pour qu'un miracle se produise. Il passa ensuite la chambre de Mae au peigne fin et dévala enfin les escaliers pour regagner le rez-de-chaussée. Béatrice vit qu'Edith luttait pour ne pas perdre connaissance. La fin de la guerre avait beau paraître imminente, la peine capitale était toujours requise à l'encontre d'îliens et dûment appliquée. Edith savait que, si Julien était découvert, toute sa famille serait exécutée.

Erich était à présent si épuisé que ses mains, qui tenaient l'arme, tremblaient. Son teint n'était plus anormalement rouge mais d'une pâleur extrême. Des cernes bruns creusaient ses yeux, il paraissait malade.

— Par Dieu, Wyatt, haleta-t-il d'une voix rauque en posant un regard lourd de haine sur le médecin. Si j'apprends que vous avez menti, vous êtes un homme mort. Je vous avertis, s'il devait s'avérer qu'il y a quelque part dans cette maison les médicaments que je cherche, je vous jure que je vous exécute de mes propres mains !

— Je n'ai rien, monsieur, répliqua posément le médecin.

Béatrice admira l'extraordinaire impassibilité du Dr Wyatt. Son cœur devait furieusement cogner dans sa poitrine, pourtant rien, dans son attitude, ne permettait de le deviner.

— Je vous assure qu'il y a des mois qu'on ne m'attribue que le strict nécessaire à la marche de mon cabinet, et les médicaments dont vous avez besoin n'en font pas partie.

Erich utilisa ses dernières forces pour rentrer, le raidillon qui menait à la maison parut l'achever.

Béatrice, qui le voyait peiner, pria pour qu'il passe le reste de la journée au lit.

A peine à la maison, Erich disparut sans un mot dans sa chambre et s'enferma. Hélène entrebâilla la porte de la cuisine.

— Que s'est-il passé ? chuchota-t-elle.

— M. Wyatt n'a rien pu lui donner non plus, répondit Béatrice, mais je pense qu'il va se calmer. Il est franchement épuisé. Il va dormir un bon bout de temps.

— Ça devient de pis en pis, dit Hélène qui semblait avoir pleuré. Et ça m'étonnerait que nous en soyons quittes pour la journée. Il va dormir quelques heures, puis il va recommencer.

— C'est possible, reconnut Béatrice. En attendant, essayons de remettre un peu d'ordre dans la salle à manger.

— Il n'est plus normal, murmura Hélène. Il est malade. Il a besoin de se faire soigner. Je me demande comment tout ça va tourner quand la guerre sera finie…

Béatrice espérait qu'Erich serait arrêté, incarcéré et mis ainsi hors d'état de nuire pour de longues années, mais elle ne dit rien. Il était inutile d'alarmer Hélène, elle allait suffisamment mal comme ça.

— Y a-t-il quelque chose pour le petit déjeuner ? demanda-t-elle.

Hélène secoua tristement la tête.

— Nous n'avons plus un morceau de pain. Nous n'avons plus un bocal de fruits au sirop, nous n'avons rien. J'ai fait un peu d'ersatz de café, c'est tout ce que je peux t'offrir.

Béatrice but une tasse de liquide coloré. Ils n'avaient plus ni sucre ni lait, ni rien qui aurait donné un peu de goût au breuvage insipide.

Assise à la table de la cuisine, Hélène, les bras ballants, geignait sur son sort, sur celui d'Erich, sur le leur à tous, promis à une mort certaine s'ils n'étaient pas ravitaillés, puis soudain elle déclara qu'au fond ça lui était égal d'avoir à manger ou pas parce qu'elle aurait été incapable d'avaler quoi que ce soit.

Béatrice s'installa sur la véranda et regarda le jardin où Pierre désherbait une plate-bande sous la surveillance du garde. Il travaillait lentement et s'arrêtait souvent le temps de prendre une longue inspiration. Il n'avait lui non plus rien mangé depuis l'aube et paraissait tenir à peine sur ses jambes. Le garde mâchonnait un morceau d'écorce, les yeux dans le vague devant lui.

Le soleil, déjà haut dans le ciel, augurait d'une journée chaude. Nous devrions ranger, se disait Béatrice, qui en même temps se sentait si fatiguée qu'elle se demandait où trouver le courage de rassembler ses forces et de s'y mettre. Une petite voix intérieure lui disait que cette fois Hélène n'avait pas inconsidérément noirci le tableau : Erich remonterait à l'assaut avant le soir.

Quelque chose comme l'imminence d'un orage flottait dans l'air. Ça ne tenait pas au temps, qui était sec et chaud, cependant, une tension étrange pesait sur la maison, une vibration souterraine semblable à un lointain roulement de tonnerre alors que tout en surface restait parfaitement paisible. C'était le calme avant la tempête. Rien ne bougeait. Mais c'était une immobilité trompeuse qui s'était abattue sur les hommes et la nature, une apparence. Derrière, le drame était en marche.

Au début de l'après-midi, peu après trois heures, le garde eut un malaise. Depuis le matin, assis sur une souche d'arbre, il avait mâchonné des morceaux d'écorce pour tromper sa faim. Il avait le teint blême mais, comme personne n'arborait de joues roses, nul n'y avait prêté attention. A vrai dire, personne ne s'intéressait à lui. Vers midi, il avait cessé de forcer Pierre à travailler. Béatrice qui l'observait distraitement avait pensé qu'il se comportait plus humainement par compassion, Pierre étant visiblement à bout de forces. Assis à l'ombre d'un pommier, Pierre épongeait de temps à autre son front en sueur et gardait les yeux clos. Sa respiration était faible.

Le garde se leva – peut-être avec l'intention d'aller boire –, pâlit encore un peu et s'effondra. Il tomba au ralenti, pas un mot ne franchit ses lèvres, pas un cri. Il resta par terre et ne bougea plus.

Béatrice, qui se tenait toujours sur la véranda et luttait elle-même contre le sentiment croissant de ne plus avoir de forces, quitta son fauteuil.

— Que lui arrive-t-il ? demanda-t-elle.

Pierre se leva péniblement, s'approcha du garde et s'agenouilla à côté de lui.

— Une faiblesse, dit-il. Il a perdu connaissance.

Béatrice le fixa intensément. Pierre eut un sourire las.

— Non, mademoiselle, merci. Je ne me sauve pas. Je ne saurais pas où aller, et je suis trop faible. Je reste. De toute façon, il n'y en a plus pour longtemps.

— Nous devons le mettre à l'ombre, dit Béatrice.

Ils unirent leurs maigres forces et tirèrent le corps du garde évanoui sous le pommier au tronc duquel Pierre s'était adossé. Béatrice apporta un pichet d'eau fraîche. Ils bassinèrent son front et frottèrent ses poignets.

— Je crois que nous devrions appeler un médecin, dit anxieusement Béatrice. Il ne se réveille pas !

A cet instant, il ouvrit les yeux et regarda Béatrice et Pierre sans comprendre. Ses paupières clignèrent.

— Que s'est-il passé ? souffla-t-il.

Avant même que Béatrice ait pu répondre, il eut un léger soupir et perdit à nouveau connaissance.

— J'appelle le Dr Wyatt, décida Béatrice en bondissant sur ses pieds.

Elle avait été trop rapide, elle vacilla. Un voile noir obscurcit ses yeux, son corps se couvrit de sueur glacée. Elle chercha le tronc de l'arbre, s'y agrippa et attendit que son vertige passe. Quand elle rouvrit les yeux et que le monde autour d'elle cessa de tourner, elle vit Erich, immobile sur la véranda. D'une pâleur spectrale, il pointait son arme sur le petit groupe. Derrière lui, telle une ombre menue, se tenait Hélène dont le visage semblait s'être figé dans une expression de peur.

Les choses se passèrent si vite que ce n'est qu'après coup que Béatrice comprit comment elles s'étaient enchaînées et ce qui s'était réellement produit.

Erich descendit les quelques marches qui menaient au jardin, son arme pointée sur Pierre toujours agenouillé dans l'herbe, immobile, à côté du garde inconscient.

— Non, pas toi, dit Erich. Tu ne vas pas t'enfuir.

Il était tellement évident que Pierre n'avait pas l'intention de fuir que seules des bouffées délirantes ou des hallucinations pouvaient expliquer la colère et la détermination d'Erich.

Hélène poussa un petit cri qui ressemblait au pépiement affolé d'un oiseau et auquel personne ne prêta attention.

Béatrice se dit : Non, pas ça ! Elle devinait qu'un drame était imminent, pourtant elle était incapable de proférer un son ou de faire un geste qui aurait pu inverser le cours des choses. Hormis Erich, tous s'étaient figés sur place, pétrifiés par la haine qu'ils lisaient dans ses yeux.

Erich fit feu mais manqua sa cible. La balle s'enfonça dans le sol à quelques centimètres de Pierre. Pierre ne bougea pas.

— Va-t'en ! cria Béatrice. Mais va-t'en donc !

Erich tira une deuxième fois. La balle toucha Pierre à la jambe. Le jeune homme poussa un cri de douleur et pressa les mains sur sa blessure. Erich l'avait atteint juste en dessous du genou. Enfin, il se mit en mouvement. Il essaya de ramper sur l'herbe mais il n'avait aucune chance car devant lui s'ouvrait le jardin, baigné de soleil, et il aurait formé une trop belle cible.

— Le pistolet ! cria Béatrice. Pierre, le pistolet ! Tire sur lui ! Tire vite sur lui !

En dépit de sa panique, Pierre comprit qu'elle pensait à l'arme du garde toujours inconscient. Il se retourna.

Erich fit à nouveau feu et toucha une seconde fois Pierre à la jambe. Le coup le fit tourner sur lui-même et le jeta au sol alors qu'il était sur le point de s'emparer du pistolet.

Erich fit deux pas vers lui.

Il y prend plaisir, songea Béatrice qui observait son expression. Il y prend le même plaisir que s'il s'agissait d'un jeu palpitant.

Il attendit. Il attendit que Pierre, le teint gris tant il souffrait, rassemble son corps, se retourne, pose une deuxième fois la main sur le pistolet qui se trouvait juste devant lui. Il attendit même que Pierre s'empare de l'arme, fasse sauter le cran de sûreté, se tourne à nouveau et pointe le canon sur lui.

Ils tirèrent en même temps.

Cette fois, Erich manqua sa cible. La balle s'enfonça dans le sol loin de Pierre.

Cependant, à la même seconde, Erich tomba comme un arbre abattu. Il s'effondra et ne bougea plus.

Aucun bruit ne troublait le silence. Les oiseaux eux-mêmes, effrayés par les détonations, s'étaient tus. Le silence était irréel, on aurait dit que le monde entier s'était arrêté de respirer. Les rayons crus du soleil éclairaient sans nuance une scène fantomatique : trois hommes allongés dans l'herbe, immobiles, deux femmes qui regardaient sans comprendre, et par terre deux pistolets qui paraissaient des accessoires placés selon des consignes précises.

C'était le grand tableau de l'acte principal, l'apogée du drame. Mais à cet instant, aucun des acteurs ne savait comment devait finir la pièce. Le metteur en scène avait oublié de donner ses instructions pour la suite. Ils restaient sur la scène sans bouger.

3

— C'est Pierre qui a tiré sur Erich ! dit Franca. Il ne s'est donc pas suicidé.

— Il ne s'est pas suicidé, confirma Béatrice.

Les jardins du restaurant étaient à présent complètement éclairés. Dans leur chaude lumière dorée, Béatrice ne paraissait plus aussi marquée par les événements mais ses yeux reflétaient toujours une grande tristesse.

— Pierre avait agi en état de légitime défense, dit-elle, malheureusement, ce n'est pas ce qui lui aurait permis de sauver sa tête devant un tribunal. Si les Allemands avaient eu vent de l'affaire, c'en était fini de lui. Nous devions rapidement trouver une solution.

— Erich était mort ?

Béatrice secoua lentement la tête.

— Non. Cette partie de l'histoire est exacte. Il n'était pas mort, mais il était clair qu'il n'avait aucune chance de s'en sortir s'il n'était pas soigné. Il avait été touché au-dessus du cœur.

— Et le garde ?

— Le garde, le ciel en soit remercié, ne s'est rendu compte de rien. Sinon, nous étions tous perdus.

— Qu'avez-vous fait, alors ?

— Pierre perdait énormément de sang. Je voulais qu'on fasse tout de suite venir un médecin mais ça l'a affolé. Il craignait de se faire arrêter. Nous n'avions pas encore réfléchi à la façon de présenter l'affaire, et nous aurions bien été obligés de raconter quelque chose au médecin. Nous l'avons plus ou moins traîné dans la cuisine et, pendant qu'Hélène tentait de stopper l'hémorragie avec des bandages et des pansements, je suis ressortie m'occuper d'Erich. Il gémissait faiblement mais il n'était pas réellement conscient. Quant au garde, il n'avait toujours pas repris connaissance, mais il était évident qu'il ne resterait pas éternellement inanimé. Il fallait se dépêcher d'agir. J'ai couru demander à Hélène de m'aider à transporter Erich à l'intérieur. Cela s'est révélé plus difficile qu'avec Pierre. Pierre pouvait un peu marcher en s'appuyant sur nous, Erich pesait de tout son poids sur nos épaules, il n'était pas en état de nous aider. Heureusement qu'il y avait plusieurs mois qu'il ne mangeait pas à sa faim et qu'il avait beaucoup maigri. Je ne sais plus comment nous avons fait, toujours est-il que nous avons fini par arriver jusqu'à la salle à manger, où nous l'avons allongé sur le tapis ; il avait l'air quasi mort. Lui aussi perdait du sang, mais pas autant que Pierre qui saignait effroyablement en dépit de tous les pansements compressifs posés sur sa cuisse. Nous étions encore, Hélène et moi, en train de nous demander quoi faire quand j'ai aperçu par hasard le garde qui venait lentement vers la maison. S'il entrait et découvrait notre hôpital de campagne, il ameuterait tous les alentours. Il fallait absolument que je le retienne dehors.

— N'y avait-il pas du sang dans le jardin ? demanda Franca. Si Pierre saignait autant, quand vous l'avez fait traverser la pelouse…

— Si, bien sûr, dit Béatrice, mais ce n'était pas aussi voyant que ça et ce soldat n'était décidément pas en possession de tous ses moyens. Il avançait en zigzaguant, c'est à peine s'il tenait debout. S'il avait remarqué quelque chose, il aurait cru qu'il avait des visions.

— Il s'était tout de même rendu compte que son prisonnier avait disparu, non ?

— Certainement, mais il était tellement affaibli qu'il s'inquiétait surtout de ne pas tourner de l'œil une troisième fois. Par chance, il s'est effondré sur la première des quatre marches de la véranda. Il gémissait, la tête enfouie dans ses mains. Je lui ai dit de ne pas s'inquiéter, de rester assis et de se reposer, qu'Erich avait déjà fait le nécessaire pour qu'on vienne le chercher afin de le ramener à son cantonnement...

Béatrice se tut un instant, perdue dans ses pensées.

— J'aurais dû lui apporter un verre d'eau, reprit-elle pensivement, mais j'avais peur qu'il aille soudain mieux et qu'il entre dans la maison. Pierre était dans la cuisine. Il l'aurait forcément découvert.

— Comment avez-vous fait pour le raccompagner chez lui ?

— Hélène a appelé Will, elle lui a demandé de venir. Il est arrivé immédiatement. J'ai dû décider, autant dire sur-le-champ, si je le mettais dans le secret ou pas. Je savais qu'il ne serait pas simple de le convaincre de prendre en charge le garde et de l'emmener. Il demanderait où était Pierre, qui le surveillait, si Erich était au courant. Il voudrait lui parler... J'ai pris le risque de tout lui dire. Je lui ai raconté aussi vite que possible ce qui s'était passé.

Franca regarda pensivement la vieille dame.

— Vous en avez fait beaucoup plus qu'on n'en demande d'ordinaire à une jeune fille de seize ans, observa-t-elle.

— La situation l'exigeait. Je ne pouvais pas m'asseoir et pleurer. Et comme d'habitude, je ne pouvais pas compter sur Hélène. Au début, quand il s'était agi de transporter les blessés dans la maison, ça allait encore, puis elle a craqué. Elle n'osait même pas entrer dans la salle à manger, où se trouvait Erich ; elle restait au chevet de Pierre, dans la cuisine, renouvelait ses pansements inutiles, regardait, hypnotisée, la flaque de sang qui grandissait autour de lui et tremblait comme une feuille. Elle était nerveusement épuisée.

— Je peux le comprendre, dit Franca, on le serait à moins.

— C'est vrai. Mais du coup, tout reposait sur moi. Je devais penser à tout, prévoir, organiser et, à la moindre erreur…

Béatrice laissa sa phrase en suspens et frissonna.

— … Pierre était un homme mort, reprit-elle. La guerre n'était pas finie, du moins pas dans l'esprit des Allemands.

— Comment Will a-t-il réagi ?

— J'avais vu juste. Will n'était pas nazi. En fait, il me l'avait fait comprendre à demi-mot dès les premiers temps de l'Occupation, quand il me donnait des cours d'allemand. Je suis partie de l'idée qu'il lui répugnerait de livrer Pierre au bourreau. Je lui ai expliqué ce qui s'était passé et que nous voulions maintenant faire venir un médecin le plus rapidement possible. Quand il m'a demandé ce que nous avions l'intention de dire au médecin, je lui ai répondu que nous n'y avions pas encore réfléchi mais qu'il était important de faire partir le garde avant qu'il ait totalement retrouvé ses esprits. Will a joué le jeu. Il a pris de grands risques. Jamais il n'aurait dû écouter une petite Anglaise de seize ans, jamais il n'aurait dû emmener le garde sans en parler avec Erich. Mais il savait qu'il ne serait pas condamné à mort pour ça, et sans doute misait-il aussi sur le fait que d'ici qu'on lui demande des comptes, les nazis auraient quitté la place.

— Vous étiez donc désormais seules, Hélène et vous, avec Pierre et Erich ?

— Oui, il n'y avait plus que nous quatre… J'ai essayé de monter un plan avec Hélène, mais elle pleurait tellement qu'elle était incapable de mettre deux idées bout à bout. Elle refusait toujours de s'approcher d'Erich. Je suis allée plusieurs fois le voir, il était inconscient mais gémissait faiblement. J'ai dit à Hélène qu'il mourrait s'il ne recevait pas de soins, sur quoi Pierre immédiatement s'est exclamé que lui mourrait si nous faisions venir un médecin... Cependant, l'heure passait et il devint évident que, sans soins, Pierre ne s'en sortirait pas non plus. Il se vidait de son sang sous nos yeux. La cuisine avait fini par ressembler à ce à quoi la salle de bains avait ressemblé le jour où Hélène s'était ouvert les veines. J'ai décroché le téléphone et j'ai appelé le Dr Wyatt.

— Vous avez pu le joindre ? demanda doucement Franca.

Béatrice hocha la tête.

— Oui, j'ai pu le joindre. Et il est venu tout de suite.

Guernesey, 1er mai 1945

Quand le Dr Wyatt était arrivé, vers cinq heures de l'après-midi, Pierre se trouvait dans un état comateux.

— Il faut l'hospitaliser, dit le médecin après lui avoir prodigué en hâte les premiers soins. Béatrice, appelle l'hôpital pour qu'ils envoient une ambulance... En espérant qu'ils ont encore de l'essence à mettre dedans.

Béatrice téléphona à l'hôpital puis regagna la cuisine.

— Comment est-ce arrivé ? demandait le Dr Wyatt à Hélène.

— Mon mari a tiré sur lui, répondit Hélène qui avait cessé de pleurer. Il était, aujourd'hui... eh bien, il était...

— Je sais comment il était aujourd'hui, l'interrompit sèchement le médecin. J'ai eu tout loisir de m'en rendre compte par moi-même ce matin.

Il avait appliqué sur les blessures de Pierre un pansement qui avait stoppé l'hémorragie, mais le jeune homme paraissait plus mort que vif.

— Bon Dieu, pourquoi ne m'avez-vous pas appelé plus tôt ? fit-il puis, sans attendre de réponse, il demanda : Où est M. Feldmann ?

Béatrice ouvrait déjà la bouche pour lui dire qu'Erich se trouvait dans la pièce voisine et luttait lui aussi contre la mort, mais, avant même qu'un son ne franchisse ses lèvres, Hélène prit la parole. Sa voix était étonnamment claire et ferme.

— Nous ne le savons pas, dit-elle. Mon mari a quitté la maison juste après avoir tiré. Il était comme fou. Nous n'avons pas pu le retenir.

Le Dr Wyatt ne parut pas douter de l'explication. Il hocha la tête et se pencha à nouveau sur son patient. Béatrice, atterrée, dévisageait Hélène. Celle-ci soutint son regard sans ciller. Une idée fulgurante traversa l'esprit de Béatrice. Elle ne veut pas le sauver, songea-t-elle, elle a décidé de le laisser mourir sans rien faire !

Ses genoux tremblèrent, elle s'assit lentement sur une chaise et comme dans un rêve regarda le médecin tenter de réanimer Pierre en attendant l'arrivée de l'ambulance. Les pensées se bousculaient dans sa tête. Que cherchait Hélène ? Pourquoi avait-elle menti au Dr Wyatt ? Elle condamnait Erich à mort en le laissant sans soins médicaux dans la pièce voisine. Devait-elle intervenir ? Devait-elle dire que la version d'Hélène était fausse ? Devait-elle… ?

Elle se demanda si Hélène n'avait pas été guidée par l'idée qu'elle-même, Béatrice, avait émise lors des premières discussions affolées qui avaient suivi l'échange de coups de feu : si Erich se rétablissait, il ferait immédiatement jeter Pierre en prison, ce qui revenait à l'attacher directement au poteau d'exécution.

Hélène sacrifiait-elle Erich pour sauver Pierre ? Sacrifiait-elle son mari pour un petit prisonnier de guerre français ?

L'ambulance arriva rapidement et Pierre fut emmené. Le Dr Wyatt prit congé des deux jeunes femmes et sauta dans sa voiture pour suivre l'ambulance. Il ralentit au bas de l'allée, s'engagea sur la route et disparut. Le silence paisible d'une belle fin de journée de printemps retomba sur le jardin et la maison.

Hélène et Béatrice étaient désormais seules avec Erich Feldmann.

Béatrice regarda Hélène de côté.

— Pourquoi as-tu fait ça ? demanda-t-elle. Pourquoi as-tu prétendu qu'Erich était parti ? Pourquoi as-tu... ?

— Qu'aurais-je dû faire, sinon ? demanda Hélène en retour.

— Est-ce à cause de Pierre ? Pour lui éviter d'être arrêté ?

— Non. Je n'ai pas fait ça pour sauver Pierre. Ce n'est pas du tout à lui que j'ai pensé.

— Ah... ?

— J'ai pensé à moi. C'est ma vie que je veux sauver.

Béatrice dévisagea Hélène. Elle n'arrivait pas à en croire ses oreilles. En d'autres termes, Hélène venait de lui expliquer qu'elle était décidée à laisser mourir son mari pour en être débarrassée à jamais. Béatrice avait l'impression de vivre un mauvais rêve. Toute la journée Hélène avait pleuré et tremblé, pas une fois ou presque elle ne s'était montrée à la hauteur de la situation et voilà qu'elle déclarait froidement qu'elle avait l'intention de laisser mourir son mari pour ne plus avoir à le supporter.

— Nous ne pouvons pas faire ça, dit Béatrice quand elle fut suffisamment revenue de sa stupeur pour parler. C'est... c'est comme un meurtre.

Le mot « meurtre » flotta dans la pièce comme un corps étranger sans représentation précise, mais menaçant et terrifiant.

— C'est Pierre ou Erich, dit Hélène, mais ce n'était pas sa motivation et c'était bien ce qui était monstrueux.

— Allons voir comment il va, dit simplement Béatrice.

Erich était allongé sur le sol de la salle à manger où seul subsistait le buffet tiré en travers à quelque distance du mur. Elles avaient glissé une couverture sous sa tête et étendu une autre couverture sur lui. Son visage avait pris une teinte cireuse, il perdait continuellement du sang et respirait faiblement. Il était néanmoins conscient et tourna la tête lorsque Béatrice et Hélène entrèrent.

— Bâtard, murmura-t-il sans desserrer les dents. Petit salaud de bâtard. Où est-il ? Il ne faut pas qu'il nous échappe.

Béatrice supposa qu'il parlait de Pierre. Qu'il soit, du moins à cet instant, à l'évidence parfaitement conscient de ce qui s'était passé prouvait combien faire venir un médecin pouvait se révéler dangereux pour Pierre.

Nous ne pouvons pourtant pas le laisser mourir, songea-t-elle, horrifiée.

Erich tenta de se redresser mais il n'y parvint pas. Sa tête retomba lourdement en arrière.

— Mal, gémit-il. J'ai mal. J'ai besoin d'un médecin.

— On n'arrive pas à en trouver un, dit Hélène.

Elle s'agenouilla à côté de lui et posa une main douce sur son front, vivante image de la bonne Samaritaine.

— Ce ne serait pas pire s'ils avaient tous été réquisitionnés. Mais nous continuons à chercher.

— L'hôpital, alors, souffla-t-il. Amène-moi à l'hôpital !

— Tu sais bien que nous n'avons pas de voiture, objecta doucement Hélène.

— Appelle Will.

— Nous ne savons pas où il est. Nous n'arrivons à joindre personne. Reste bien calme. Je suis certaine que ce soir le Dr Wyatt pourra venir.

— Ce soir, je serai mort, murmura Erich.

Une épaisse pellicule de sueur recouvrait son visage. Il perdait trop de sang et, maintenant que le premier choc était passé, la douleur, qu'il n'avait pas perçue jusque-là, prenait toute sa vigueur. La balle avait dû toucher des nerfs, déchirer les chairs, probablement même le poumon. Erich commença à geindre comme un petit enfant. A sa souffrance se mêlaient la peur de mourir et une fièvre croissante.

Béatrice aurait voulu se boucher les oreilles.

— Hélène, c'est monstrueux, dit-elle. Je ne peux pas supporter ça. Je...

Leurs rôles s'étaient curieusement inversés. Hélène était l'adulte, elle dominait désormais la situation. Béatrice était au bord de la crise de nerfs.

— Sors, lui dit Hélène. Et fais quelque chose de concret. Tu pourrais par exemple essayer de trouver de quoi préparer un dîner. Je reste avec Erich.

— Mais...

— Sors, répéta Hélène.

Il y avait dans sa voix une rudesse que Béatrice ne lui avait jamais entendue. Pour elle, l'enjeu était de taille. Déterminée à se libérer d'Erich, elle manifestait une force que personne n'aurait soupçonnée chez elle.

Béatrice se releva et sortit silencieusement. Le jardin était sec et chaud. Le soleil commençait seulement à décliner et les ombres à s'allonger. Il n'y avait pas un souffle d'air, aucune feuille, aucun brin d'herbe ne bougeait. Béatrice s'assit sur les marches de la véranda et prit son menton dans ses mains. Elle aurait pu descendre au village et voir si un paysan avait quelques œufs ou un morceau de pain à lui vendre, mais elle avait l'impression que tout ce qui s'était passé était inscrit sur sa figure, que tout le monde saurait en la voyant qu'Erich était en train d'agoniser par terre sur le sol de la salle à manger, qu'un médecin était venu, qu'elles ne lui avaient rien dit parce qu'Hélène avait décidé de le laisser mourir pour en être débarrassée.

C'était un cauchemar, un cauchemar épouvantable, et elle ignorait quand et comment il s'achèverait.

La faim lui ôtait toute force mais elle aurait été incapable de manger. Au reste, elle était persuadée qu'elle ne pourrait plus rien avaler de sa vie. A un moment, elle se leva et se dirigea d'un pas mal assuré vers la cuisine pour boire de l'eau, sinon, elle resta assise sur les marches et attendit.

Vers cinq heures et demie, Erich commença à gémir bruyamment. Jusque-là, aucun bruit n'était parvenu jusqu'au jardin. Béatrice avait seulement perçu des voix étouffées lorsqu'elle s'était rendue dans la cuisine. Elle en avait conclu qu'Erich et Hélène parlaient et cela lui avait redonné du courage. Si Erich parlait, peut-être n'était-il pas perdu. Quand elle l'entendit râler, elle sut que le dernier combat avait commencé.

4

— Il a agonisé pendant environ une heure, dit Béatrice avec dans les yeux quelque chose de l'horreur vécue ce jour-là. Quand un homme lutte et se bat des heures contre la mort, quand jamais il ne renonce alors qu'il sent bien qu'elle a déjà gagné la partie, quand il supplie qu'on l'aide, alors ces heures paraissent une éternité... Ça n'en finissait pas et je ne pouvais plus le supporter. Je me suis enfuie au fond du jardin, je me suis jetée par terre et j'ai plaqué mes poings sur mes oreilles. J'ai prié pour que ça cesse. Il devait horriblement souffrir. Nous n'avions ni morphine ni éther, rien. Il agonisait sans le moindre soulagement.

— Et Hélène est restée tout le temps auprès de lui ?

Béatrice hocha affirmativement la tête.

— Elle a tenu le coup. Dieu seul sait où elle en a trouvé la force. Je n'aurais pas pu. Je ne connais personne qui aurait pu. Erich mourait lentement dans d'horribles souffrances et elle restait tranquillement à son chevet, déterminée à mettre son plan à exécution. Je me disais : elle va craquer, elle ne peut pas endurer ça. Elle va appeler un médecin en catastrophe. Seul un monstre peut encore refuser de l'aider... Et Hélène n'était pas un monstre. C'était quelqu'un de fragile et de faible qui se plaignait beaucoup pour qu'on tire les marrons du feu à sa place et qu'on s'occupe d'elle. Elle était incapable de prendre une décision toute seule et incapable d'assumer une responsabilité. Pourtant, ce jour-là, elle n'a pas quitté Erich, elle l'a regardé mourir et elle n'est pas intervenue. Elle n'a rien fait, absolument rien.

Franca porta son verre à ses lèvres. Le vin était âcre et tiède.

— Je ne crois pas qu'elle était comme ça, dit-elle. Je veux dire, faible et fragile... Hélène savait très bien ce qu'elle voulait. Peut-être même était-elle de vous trois celle qui le savait le mieux. Et elle a toujours su imposer ses choix : elle est restée à Guernesey, elle est restée dans la maison, elle a eu, avec Alan et vous, une petite famille... Finalement, les choses se sont toujours passées ainsi qu'elle le désirait. Sa stratégie consistait à se faire passer pour faible et fragile et à se plaindre et mendier pour forcer les autres à faire ce qu'elle voulait. Qu'on la méprise pour sa faiblesse et son manque de caractère lui était égal car seul le résultat importait, et elle arrivait toujours à ses fins. Son comportement à la mort d'Erich était dans le droit fil de ce qu'elle avait toujours fait, sauf que cette fois-là les événements – en l'occurrence votre réaction – l'ont contrainte à adopter une stratégie différente. Elle ne pouvait pas s'asseoir dans un coin, pleurer et laisser faire Béatrice parce que Béatrice avait craqué. Hélène dut agir, ou plutôt dut pour une fois agir *ouvertement*, parce qu'en réalité elle n'a jamais cessé d'agir. Et elle a fait ça très bien. Elle n'était pas une autre, ce jour-là, Béatrice. Elle était toujours la même Hélène. Elle avait pris une décision et faisait en sorte de la mettre à exécution. Rien dans son comportement n'était de quelque façon inhabituel.

Béatrice jouait distraitement avec son verre vide.

— Oui, dit-elle à voix basse, vous avez raison, Franca. Elle était forte. Et égoïste. Et très maligne. J'ai vécu une vie entière sans m'en rendre compte. Je ne l'ai compris que le jour où elle a été enterrée. Quand Kevin m'a raconté ce qui s'était passé d'autre, ce fameux 1er mai 1945.

Franca plissa le front.

— Il s'est passé autre chose ? Je veux dire, comment a-t-il pu se passer quelque chose sans que vous le sachiez ?

Béatrice se pencha vers elle. Son visage reflétait un profond désarroi, sa voix était devenue un murmure.

— Je voudrais d'abord vous demander quelque chose, Franca. Vous êtes la première personne à qui j'ai dit la vérité, la vérité sur la mort d'Erich. Hormis le Dr Wyatt. Nous avons été obligées de le mettre au courant pour que notre histoire tienne debout. Mais Wyatt, qui cachait Julien, était en quelque sorte déjà dans la conspiration, il vivait dans son temps et savait ce à quoi une situation peut parfois contraindre. Sinon, personne n'a su. Personne. Et j'aimerais… j'aimerais savoir aujourd'hui quel est votre sentiment, Franca. Ce que vous pensez de nous. D'Hélène, de moi, de ce que nous avons fait. A vos yeux, Franca, était-ce un meurtre ? Sommes-nous des criminelles ?

Franca remontait la jetée du port à la recherche d'Alan ; la question que lui avait posée Béatrice tournait dans sa tête. Elle poussait la porte des restaurants ou des bars qui se trouvaient sur son chemin et elle fouillait du regard chaque banc de la promenade. Tous les réverbères du port étaient allumés de sorte que rien ne lui échappait. Alan pouvait néanmoins s'être enfoncé dans la vieille ville ou être parti à l'autre bout de l'île.

Béatrice lui avait paru si fatiguée, si épuisée nerveusement qu'elle l'avait encouragée à rentrer. Parler de la mort d'Erich l'avait vidée de son énergie.

« Ecoutez-moi, Béatrice, prenez la voiture, rentrez au Variouf et mettez-vous au lit. Vous n'êtes pas du tout en état d'arpenter les rues maintenant. Je chercherai Alan toute seule. »

Béatrice avait vivement protesté.

— Il n'en est pas question, Franca. Deux paires d'yeux valent mieux qu'une. Et si je rentre au Variouf avec votre voiture, vous n'en aurez plus.

— J'aurais la vôtre. Dès que j'aurai trouvé Alan.

— Et si vous ne le trouvez pas ?

— Je prendrai un taxi. Ce n'est vraiment pas un problème. »

Béatrice avait capitulé, signe qu'elle se sentait en aussi piètre forme qu'elle en avait l'air.

« Mais vous le ramenez, n'est-ce pas ? s'était-elle assurée une dernière fois.

— Je le ramène. Je vous le promets. »

Nulle part elle ne vit Alan et elle commençait à craindre d'être obligée de rentrer sans lui. Pauvre Béatrice, si on ne le lui ramenait pas, elle ne fermerait pas l'œil de la nuit.

De temps à autre, elle se retournait pour admirer le merveilleux décor qu'offrait la forteresse de Castle Cornet illuminée. La nuit était chaude et de nombreux promeneurs déambulaient dans les rues. On aurait pu se croire dans une cité balnéaire des bords de la Méditerranée.

« Criminelles… Sommes-nous des criminelles ?

— Vous n'êtes pas des criminelles, avait-elle répondu à Béatrice qui cherchait anxieusement à lire ses pensées dans ses yeux. Ce n'est pas vous qui avez tiré sur Erich, c'est Pierre. Ce que vous avez fait s'appelle de la non-assistance à personne en danger. »

Béatrice avait eu un geste agacé.

« Ça, c'est une définition juridique. Ce que je vous demande, c'est une interprétation symbolique, ce que notre acte, moralement, représentait. Et là, nous savons toutes les deux qu'il s'agissait d'un meurtre. Il n'y a pas de mot plus doux, n'est-ce pas ?

— On peut aussi argumenter que sauver Erich aurait condamné Pierre. Et, victime pour victime, Pierre avait beaucoup moins de choses à se reprocher qu'Erich.

— Mais sauver Pierre n'est pas ce qui nous motivait. Ce qui m'importe, c'est ce que nous avons alors pensé, ce que nous ressentions au fond de nous-mêmes. Je sais bien qu'aux yeux du monde nous nous en tirerions plutôt bien. Erich était un dignitaire nazi. Il a fait des choses réellement graves, il a apporté un soutien sans faille à un régime criminel. Et nous avons effectivement sauvé Pierre, un jeune prisonnier de guerre français qu'Erich a honteusement exploité et maltraité des années durant. Je crois que personne ne nous condamnerait pour ce que nous avons fait. Mais je sais que ce n'est pas la fidélité d'Erich à Hitler qui nous a incitées à le laisser mourir, et ce n'est pas non plus la vie de Pierre. Hélène voulait se débarrasser de son mari. Son mariage était une erreur et elle ne savait pas comment s'en dépêtrer. Une occasion s'est présentée, elle l'a saisie. C'est aussi simple que ça. Et aussi peu héroïque. Un meurtre banal qui n'avait rien à voir avec la guerre, les persécutions ou les exigences du temps. Rien du tout.

— Et vous, Béatrice, quelles étaient vos raisons ? » avait demandé Franca.

Béatrice l'avait regardée avec étonnement.

« Mes raisons ?

— Oui. Vous avez parlé d'Hélène, mais vous, Béatrice, qu'est-ce qui vous a poussée à agir ainsi ? Vous étiez une jeune fille indépendante et forte, vous l'avez prouvé suffisamment. Au lieu de vous enfuir au fond du jardin et de vous boucher les oreilles pour ne pas entendre Erich râler, vous auriez pu aller chercher un médecin. »

Tandis qu'elle marchait au bord du quai, Franca repensait à la réponse de Béatrice, franche et claire.

« Je voulais me venger. Me venger pour l'occupation de l'île. Me venger pour le départ de mes parents. Me venger pour toutes ces années où il avait illégalement vécu dans ma maison. Je ne l'aurais pas tué de mes propres mains, mais je ne voyais pas non plus de raison d'intervenir pour lui sauver la vie. »

Bien sûr, songea Franca, c'est compréhensible. Qui pourrait le lui reprocher ? Personne, assurément. Mais elle, elle ne se le pardonne pas. Jamais elle n'a accepté ce qu'elle a fait.

« Vous avez donc mis le Dr Wyatt dans le secret ? avait-elle demandé, en réalité essentiellement pour dire quelque chose sans revenir sur la réponse de Béatrice.

— Nous ne pouvions pas faire autrement. Il ne fallait pas qu'il dise qu'il était venu pour Pierre. Il a établi un certificat de décès stipulant qu'Erich était mort d'une hémorragie consécutive à une blessure volontaire par balle, bref qu'il avait lui-même mis fin à ses jours. Et il a signé le permis d'inhumer. Il nous a promis de garder le silence sur ce qui s'était véritablement passé. Nous avions naturellement prétendu que nous voulions sauver Pierre, ce qu'il a tout à fait compris. Pour lui, il s'agissait d'une situation d'exception, nous ne pouvions pas agir autrement. Il nous a été reconnaissant de ne lui avoir rien dit d'Erich lorsqu'il est venu soigner Pierre. Il n'aurait pas pu concilier à la fois sa conscience et son serment d'Hippocrate avec un refus d'apporter son aide à Erich. N'ayant rien su, il ne pouvait pas se faire de reproches. Toutefois, il nous a prévenues qu'il devrait mettre sa femme au courant puisqu'elle savait qu'il s'était rendu au chevet de Pierre et de plus qu'il avait été toute la journée parfaitement joignable. Nous n'étions pas inquiètes, Mme Wyatt garderait le secret… »

A ce stade de son récit, Béatrice avait souri et eu un petit haussement d'épaules en concluant : « Elle a tout de même fini par parler, n'est-ce pas ? Bah, on ne peut pas lui en vouloir. A son âge, elle n'a plus tout à fait la notion des choses. Nous serons sans doute bien pareilles… »

Cinq personnes, songea Franca. Cinq personnes savaient et se sont tues. Ce secret liait probablement Béatrice à Hélène bien plus qu'elle ne l'imaginait. Elles partageaient la complicité d'un crime. Cela les rendait indissociables, même si elles n'en avaient pas conscience.

Elle marchait quand elle remarqua soudain un homme sur un banc. Même sans voir son visage, elle sut que c'était Alan.

Ils étaient loin de *La Terrasse*, sur l'esplanade qui menait au quai d'embarquement des ferries. De grands panneaux indiquaient les files dans lesquelles les voitures devaient se ranger selon leur destination. A cette heure tardive, l'endroit était désert. D'immenses réverbères jetaient une lumière bleutée sur les parkings et les bâtiments administratifs endormis. On entendait le léger clapot de la houle contre les quais.

Franca s'approcha du banc.

— Alan ? fit-elle prudemment. Nous vous avons cherché partout.

Il se tourna vers elle.

Comme il a l'air tourmenté et seul, songea-t-elle avec compassion.

— Ah, Franca, c'est vous. Qu'est-ce que vous faites ici à une heure pareille ?

A son étonnement, elle constata qu'il n'était pas ivre. Il avait peut-être bu quelques verres de vin au cours de la journée, mais certainement pas une grande quantité d'alcool. La tournée des bars que lui prêtait Béatrice n'avait manifestement pas eu lieu.

— Je viens de vous le dire, nous vous cherchions. Votre mère et moi.

— Ma mère est là ?

— Non, je l'ai encouragée à rentrer. Elle n'était pas très en forme, aujourd'hui. Hélène, tout le reste…

Elle eut un geste vague de la main.

— Vous savez bien…
— Oui, dit-il, je sais bien.
Il se tourna à nouveau vers la mer. Elle resta un instant indécise, puis elle s'assit sur le banc à côté de lui.
— Vous voulez rentrer avec moi ? demanda-t-elle. Vous n'allez pas rester toute la nuit sur ce banc ?
— Quelle heure est-il ?
— Plus de onze heures, presque onze heures et demie.
— Je ne sais pas… J'ai envie de rester encore un peu.
— Béatrice se fait du souci.
Il eut un rire amer.
— Je parie qu'elle pense que je suis saoul à rouler par terre. C'est pour ça qu'elle voulait passer le port au peigne fin, je me trompe ? Et du coup, vous avez dû sacrifier votre temps et votre sommeil. Maman me voit déjà tanguer d'un banc à l'autre et finir par tomber inconscient dans l'un des bassins du port.
Franca faillit protester mais ce n'eût pas été honnête.
— Est-ce extraordinaire ? demanda-t-elle au lieu de ça. Je ne pense pas que vous puissiez réellement lui en vouloir.
Il secoua la tête.
— Non, dit-il d'un ton las. Je ne peux effectivement pas lui en vouloir.
— Cela dit, vous n'êtes pas ivre. Béatrice sera très soulagée.
— Et très surprise, ajouta-t-il. Surtout surprise.
Il se détourna à nouveau.
— Vous préférez que je m'en aille ? demanda Franca. Que je vous laisse tranquille ?
Il demeurait silencieux et Franca se demandait si elle devait répéter sa question quand il déclara soudain :

— Je me suis séparé de Maya. Définitivement.

— Pourquoi ?

Le mot avait à peine franchi ses lèvres que Franca se serait giflée. Elle connaissait Maya, elle savait ce qu'elle avait fait à Alan. Et Alan savait qu'elle était au courant. Comment pouvait-elle poser une question aussi stupide ? Alan ne s'en offusqua pourtant pas.

— Elle est pire que je ne l'imaginais, dit-il posément. Elle a fait des choses dont je ne l'aurais pas crue capable. Du temps, de l'énergie, de l'amour, quand je pense à ce que j'ai donné à une vulgaire...

Il laissa sa phrase en suspens, hésita, puis dit :

— De toute façon, ça n'a plus d'importance, maintenant.

— Maya est jeune et insouciante, dit Franca. Quand elle aura bien fait les quatre cents coups, elle s'assagira.

— Je ne sais pas. Honnêtement, j'en doute. Elle m'a aujourd'hui raconté des choses que tout être normal ne peut que réprouver. Elle n'a pas de conscience morale, Franca, pas la moindre. Elle n'a pas de fierté, aucun sens du respect et de la loyauté. Elle ne connaît aucune limite, aucun frein. Elle vit comme bon lui semble. Les sentiments des autres, elle s'en soucie comme d'une guigne. Elle se moque pas mal de notions surannées comme le bien d'autrui, ou de vieux machins poussiéreux comme la justice ou l'ordre. Ce sont des valeurs qui n'ont aucune signification pour elle. On n'est plus dans le registre de la jeunesse insouciante ou du sympathique besoin de profiter de la vie. Elle est tout simplement amorale et malhonnête. Et j'ai aimé cette femme. Mon Dieu... Je l'ai réellement aimée, ajouta-t-il dans un murmure rauque à peine audible.

Franca n'avait pas la moindre idée de ce qu'Alan avait appris sur Maya, mais elle comprit qu'il en était à la fois choqué et bouleversé. Au point de ne plus avoir aucun courage, pas même celui de boire, tant il savait que l'alcool serait impuissant à le consoler. Son désespoir lui serra le cœur.

— C'est difficile, je sais. C'est difficile d'apprendre la vérité sur quelqu'un, dit-elle d'une voix douce. Même s'il s'agit d'une vérité bien anodine. Il est toujours difficilement supportable de découvrir tous les recoins de la personnalité de quelqu'un. L'image que l'on s'en était faite s'effondre, et il faut renoncer à un bon paquet d'illusions. C'est douloureux et profondément déstabilisant.

Il se tourna enfin à nouveau vers elle. Son visage était empreint de tristesse mais il reflétait aussi une grande douceur.

— Oui, c'est vrai. Découvrir que l'on s'est illusionné sur quelqu'un fait singulièrement vaciller. On doute de soi, on doute de sa faculté de jugement, on doute de tout. Si on a pu se tromper à ce point, si on a pu être à ce point sourd et aveugle, sur quoi et sur qui se trompe-t-on encore ?

— Il n'y a pas que ça, dit Franca. Je crois que le pire est de se sentir blessé dans ses sentiments. Ce sont les sentiments qui trinquent en premier. Et rien ne fait plus mal que des sentiments déçus.

— Ça passe avec le temps, dit-il à voix basse, plus pour lui-même que pour elle. Un jour, ça passe.

Elle aurait aimé pouvoir le consoler, lui dire quelque chose qui l'aurait encouragé, qui aurait chassé l'accent de désarroi absolu de sa voix, mais rien ne lui vint à l'esprit, sinon ce qu'il venait lui-même de dire et que lui dictait sa raison, non son cœur.

— Béatrice a appris de Kevin quelque chose sur Hélène qui l'a bouleversée, dit-elle.

Béatrice ne lui avait pas demandé de garder le secret, c'est Franca qui d'elle-même avait considéré qu'il s'agissait d'une affaire confidentielle, pourtant, elle eut à cet instant le sentiment que Béatrice comprendrait qu'elle en parle à son fils ; pour le distraire de sa peine, pour lui montrer que ce qui lui était arrivé arrivait chaque jour à d'autres.

— Sur Hélène ? fit Alan. Kevin savait sur Hélène quelque chose que Béatrice ignorait ?

— Kevin devait être son grand confident. Elle se méfiait de la langue acérée de Béatrice. Avec Kevin, si doux et toujours bienveillant, elle se sentait comprise.

Alan esquissa un sourire qui cependant ne parvint pas à éclairer son visage.

— Notre chère Hélène avait un amant caché ? Elle vivait depuis des années une folle passion sans que personne n'en sache rien ?

Franca lui rendit son sourire, essentiellement pour le maintenir en vie un peu plus longtemps.

— Non, je crois qu'elle est bel et bien restée fidèle à son Erich au-delà de la mort. Et elle avait de bonnes raisons de l'être : il avait fait d'elle une femme richissime.

— Hélène était riche ? fit Alan, incrédule. Notre Hélène ?

— Elle était assise sur un tas d'or. Littéralement. Une bonne part du magot se trouvait dans l'armoire de sa chambre. Mais elle avait aussi au fil des années déposé de grosses sommes sur plusieurs comptes en banque. Elle ne devait pas avoir loin d'un demi-million de livres. Elle finançait toutes les extravagances de Kevin, sans doute à la fois pour se rendre intéressante et conserver l'intérêt qu'il lui portait. Kevin a fini par se rendre compte que ce ne pouvait pas être sa maigre rente qui lui permettait d'être aussi généreuse et il lui a demandé d'où lui venait son argent. Elle n'a pas pu se retenir de lui dire la vérité. Dès lors, Kevin est devenu son ami le plus fidèle. Il lui a pompé des sommes astronomiques.

— Mais d'où Hélène tenait-elle cette fortune ?

demanda Alan, profondément troublé. Je veux dire : d'où Erich la tenait-il puisque vous me dites que c'est lui qui la lui a léguée ?

— De Juifs, répondit Franca. Erich s'est enrichi en spoliant des Juifs. Il se rendait souvent en France, pendant la guerre. Il a mis la main sur l'argent et les bijoux de nombreux Juifs français déportés. Il avait également promis à deux riches familles juives de Guernesey de les aider à fuir en échange de l'ensemble de leurs biens. Il a obtenu ce qu'il avait demandé mais, le jour dit, il les a précipités dans les bras des gardes-côtes et fait abattre. Bref, il a laissé derrière lui une veuve richement pourvue, et en tout état de cause beaucoup mieux lotie qu'elle le faisait croire.

— Hélène était au courant ? demanda Alan. A l'époque ? Etait-elle au courant de ce qu'il faisait ? Savait-elle qu'il amassait consciencieusement une fortune au nez et à la barbe des gens ?

Franca secoua la tête.

— Non, elle l'ignorait. Elle l'a appris le jour où il est mort. Elle est restée à son chevet jusqu'à ce qu'il rende son dernier souffle. Il n'est pas mort tout de suite. C'est au cours de ces longues heures qu'il lui a parlé de l'argent et dit où elle le trouverait. Béatrice était dans le jardin. Elle n'a rien su.

— Mon Dieu, murmura Alan. Et pendant toutes ces années...

— ... elle n'en a pas soufflé mot. Avouer qu'elle était riche n'aurait pas servi ses intérêts. Béatrice aurait réussi tôt ou tard à lui demander de déménager.

— Dire qu'elle ne cessait de se plaindre d'avoir peu de moyens, se souvint Alan.

Il semblait déconcerté et toujours vaguement incrédule. Après quelques secondes d'un silence pensif, il reprit :

— De temps en temps, elle nous précisait le montant de sa rente de veuve, et elle ne manquait jamais d'ajouter que ce n'était « pas assez pour vivre mais trop pour mourir ». Elle avait raison, c'était vraiment peu.

— C'était une de ses ruses pour forcer Béatrice à s'occuper d'elle, dit Franca. Tous les moyens étaient bons. Elle était d'un égocentrisme féroce.

— Et Kevin était le seul à savoir...

— Oui, et il s'est bien gardé d'en parler, naturellement. Il n'allait pas tuer la poule aux œufs d'or. Le jour de l'enterrement, il s'est glissé subrepticement dans la maison de votre mère. Il espérait trouver de l'argent dans la chambre d'Hélène. Il est tombé sur Béatrice, c'est là qu'il lui a tout raconté. Kevin paraît avoir de gros ennuis financiers.

Alan plissa les yeux et parut plus attentif. Il se redressa imperceptiblement. Le désespoir qui l'accablait semblait soudain moins pesant.

— Kevin était donc le seul à être au courant, dit-il lentement. Kevin savait, et Hélène a été assassinée. Le soir où elle dînait chez Kevin. Le jour de son enterrement, Kevin a tenté de fouiller ses affaires pour trouver de l'argent...

Il ne dit rien de plus, mais le soupçon était là, précis, énorme. Franca laissa échapper un soupir horrifié.

— Oh, non ! Pas Kevin ! Ce n'est pas possible !

En même temps, elle vit sur le visage d'Alan que c'était une possibilité que lui n'avait pas peur d'envisager. A la réflexion, cela faisait longtemps qu'elle aussi avait compris qu'il n'y avait pas grand-chose d'impossible.

— Venez, rentrons au Variouf, dit-elle.

5

Vers minuit, quand Franca et Alan rentrèrent, il faisait doux et le ciel était encore dégagé. La maison était plongée dans l'ombre.

— Pourvu que Béatrice ait réussi à s'endormir, dit Franca. Elle était tellement fatiguée. Elle a vraiment besoin de récupérer.

Ils montèrent au premier sur la pointe des pieds et s'arrêtèrent devant la porte de la chambre de Franca. Alan lui pressa la main.

— Merci, dit-il.

— De quoi ?

— De m'avoir cherché et ramené à la maison.

Elle se sentit brusquement gênée.

— Je vous en prie... c'était naturel... Je suis heureuse que vous alliez bien.

— Non, ce n'était pas naturel. Mais c'était vraiment gentil.

— Un jour, vous êtes bien venu à mon secours, vous aussi, non ? Il aurait été tellement plus simple de ne pas vous embarrasser de cette étrangère hagarde et à demi folle. Vous ne me connaissiez pas du tout.

— Vous vous accrochiez à ma voiture, j'aurais eu du mal à vous ignorer.

— Tout de même, vous n'étiez pas obligé de vous donner ce mal, insista Franca qui presque en même temps se dit que décidément elle était épouvantablement maladroite avec les hommes.

Alan était séduisant, il lui plaisait, la nuit était

douce et claire. N'importe quelle autre femme aurait un peu flirté ou au moins cherché à répondre quelque chose de spirituel, ou de piquant, histoire de se mettre un tant soit peu en valeur. Et elle était là, comme une bûche, et elle alignait des phrases polies… Il devait la trouver parfaitement réfrigérante.

— Eh bien, dans ce cas, disons que nous nous sommes l'un et l'autre donné un certain mal pour nous venir mutuellement en aide, concéda-t-il sur un ton où Franca crut percevoir un soupçon d'agacement.

Elle fit alors quelque chose de fou. Quelque chose qu'elle n'avait encore jamais fait et dont elle ne se serait jamais crue capable : elle se dressa sur la pointe des pieds, piqua un baiser rapide sur la joue d'Alan et dit précipitamment :

— Excusez-moi, je dis parfois des choses idiotes.

Puis elle disparut dans sa chambre, ferma ostensiblement la porte et pensa que pour une fois elle avait fait ce dont elle avait envie. Alan la jugerait peut-être bizarre et trop entreprenante, mais elle ne s'en sentait pas moins à cet instant précis en plein accord avec elle-même et ses sentiments.

Elle le revit le lendemain matin au petit déjeuner. Il ne restait rien du temps radieux des jours précédents, comme si au cours de la nuit quelqu'un avait appuyé sur le bouton « pluie ». Quand elle descendit, il était attablé dans la salle à manger devant un bol de muesli aux fruits, des toasts et du café. Il posa le journal qu'il était en train de lire, se leva et l'embrassa.

— Bonjour, dit-il. Avez-vous bien dormi ? Du moins pendant les quelques heures qui restaient ?

— Comme une souche. Et j'avais à peine fermé les yeux que je me suis endormie. Quel dommage que le temps ait changé, reprit-elle en regardant par la fenêtre. Il faisait tellement beau, hier…

Il pleuvait dru, la mer avait disparu derrière de gros nuages bas et gris. Le vent faisait ployer les arbres.

Franca s'assit et empoigna la cafetière. Elle était embarrassée. Elle aurait aimé trouvé un sujet de conversation léger et anodin mais, naturellement, rien ne lui vint à l'esprit.

— Vous ne mangez rien ? remarqua Alan. Pas même un petit toast ?

Elle secoua la tête.

— Non, je vous remercie. Je ne mange pratiquement jamais le matin. En conséquence de quoi, vers dix heures j'ai d'ordinaire une faim de loup et avale n'importe quoi, du chocolat par exemple.

— Bah, vous pouvez vous le permettre.

Il prit un toast, commença distraitement à le beurrer, le reposa, le reprit.

— J'ai réfléchi, dit-il enfin après avoir jeté un rapide coup d'œil en direction de la porte et baissé la voix. Je pense que nous ne devrions pas garder nos soupçons pour nous. Nous devons parler à la police.

— Quels soupçons ? demanda Franca, étonnée.

— Kevin. Ce que vous m'avez raconté hier soir... Hélène, sa fortune, et le fait que Kevin ait été le seul à savoir.

— C'est ce que dit Kevin, l'interrompit vivement Franca. Il croit qu'elle n'en avait parlé qu'à lui, mais nous ne savons pas si c'est vrai. Il est possible qu'elle se soit confiée à d'autres personnes.

— Je ne pense pas. Sinon, l'île entière serait au courant. Guernesey est un village. Les secrets ne le restent jamais longtemps. Que rien de ce que savait Kevin n'ait transpiré relève déjà du miracle. Il faut dire aussi qu'il n'en a certainement jamais parlé à quiconque. Il était préférable que la source merveilleuse ne coule que pour lui. Non, je suis certain que Kevin était bien le seul à savoir.

— Mais…

— Hélène n'était pas sotte. Elle n'aurait par exemple jamais pris le risque de se confier à une pipelette comme Mae. Il ne faut pas oublier que cette affaire a aussi un volet judiciaire. Ces pauvres gens ont été spoliés. L'argent dont on parle a été volé. Hélène n'aurait jamais dû le conserver. Dire la vérité à Kevin était passablement étourdi de sa part, mais j'imagine qu'il fallait qu'elle s'en débarrasse, et aussi qu'elle soulage sa conscience. Kevin, qui était chroniquement fauché, était sans doute le moins mauvais confident. Hélène devait avoir compris qu'il avait tout intérêt à ne rien dire.

— Mais pourquoi Kevin aurait-il tué Hélène ? Il avait constamment besoin d'elle !

— Nous ignorons ce qui s'est réellement passé à Torteval le soir où Hélène a été assassinée. Nous ne connaissons que la version de Kevin. Ils se sont peut-être disputés. Elle lui a peut-être dit qu'elle en avait assez de lui donner de l'argent, que c'était terminé. De quoi pousser Kevin au désespoir. Je ne sais pas dans quoi il s'est embarqué, mais le fait est qu'en ce moment il a l'air aux abois. Vous disiez que ma mère l'a surpris dans la maison le jour de l'enterrement et qu'il semblait parti pour fouiller la chambre d'Hélène. C'était peut-être son plan, tuer Hélène pour mettre la main sur son argent.

— Kevin est la personne que j'imagine le moins commettant un acte pareil, dit Franca, perplexe. C'est-à-dire que… en réalité, je ne peux imaginer personne en train de faire ça, mais Kevin… Il me paraît si gentil, si inoffensif !

— Vous ne savez pas ce qu'il vit, à quelle pression il est soumis. Vous seriez étonnée du nombre de gens doux et inoffensifs qui se transforment en bêtes sauvages quand ils ont le couteau sous la gorge. Sa banque menaçait peut-être d'employer les grands moyens pour récupérer son argent. Ou bien quelqu'un de moins regardant avec la loi.

Franca fronça les sourcils.

— Que voulez-vous dire ?

— Je vois assez bien Kevin trempant dans quelque affaire louche, dit prudemment Alan. Cela dit, ce n'est qu'une supposition, rien ne me permet de l'affirmer. Mais ce besoin constant d'argent… Je connais Kevin depuis des années. Je sais de quoi il vit, et je sais comment il vit. Il mène plutôt grand train. Son compte doit être à découvert plus souvent qu'à son tour. En même temps, il ne doit pas s'agir de sommes bien méchantes. Pas au point de prendre des risques aussi fous…

— Quels « risques aussi fous » ? Jusqu'à maintenant, nous ne savons pas si…

Alan se pencha vers elle.

— Je trouve fou de se faufiler dans une maison pour fouiller les placards d'une femme qui vient de se faire assassiner. C'est vraiment risqué. S'il n'a rien à voir avec la mort d'Hélène, c'est le meilleur moyen de se faire soupçonner, au moins de complicité.

— Pour autant que je sache, il a acheté des serres et présumé de ses capacités de remboursement.

— On ne se ruine pas en achetant des serres. Il a très probablement pris un crédit, et peut-être eu deux, trois incidents de remboursement, mais ce n'est pas ça qui l'a mis au bord du précipice. Il a réussi à le faire croire à Hélène, et peut-être aussi à ma mère, mais sa version me semble plus que douteuse.

Franca se servit une seconde tasse de café. Un léger frisson la parcourut et elle noua ses doigts sur la tasse brûlante. La pièce n'était pas chauffée et un filet d'air froid et humide pénétrait par l'entrebâillement de la fenêtre. Alan la vit frissonner ; il se leva pour fermer la fenêtre et resta un instant à contempler pensivement le jardin sous la pluie.

— Il y a aussi le chauffeur de taxi, dit-il. D'après lui, une voiture l'a suivi tout le long du chemin, de Torteval au Variouf. Si c'était Kevin ?

— Ça m'étonnerait beaucoup. C'est un pur hasard que le chauffeur de taxi n'ait pas vu le numéro d'immatriculation.

— Ce n'est pas possible de lire le numéro d'une voiture qui roule pleins phares derrière vous, encore moins quand elle vous suit de près, et le taxi a dit qu'elle le collait carrément. Kevin peut avoir misé là-dessus.

— Il n'aurait pas misé là-dessus. C'est trop hasardeux.

Alan se tourna vers Franca. Elle fut frappée par son expression concentrée, par l'acuité de son regard. Elle vit en lui quelque chose de l'homme qu'il était au-delà de l'alcool, des nuits blanches et des liaisons improbables. Elle devina l'avocat brillant, l'homme fin, intelligent, structuré et réfléchi. L'essentiel de sa personnalité était là, mais combien fragile quand le démon de l'alcool se mettait à l'œuvre.

— Si on songe au rituel des dîners d'Hélène chez Kevin, cette soirée s'est tout de même passée d'une drôle de façon, remarqua-t-il. Jamais Hélène n'est rentrée seule en taxi. Kevin l'a toujours raccompagnée. Qu'il vienne la chercher et la raccompagne comme un… un parfait chevalier servant était même essentiel à la réussite d'une soirée. Hélène y tenait.

— Ce soir-là, le rituel a été mis à mal dès le début, se souvint Franca. Kevin n'est pas venu chercher Hélène, c'est Béatrice qui l'a accompagnée là-bas.

— Parce qu'Hélène n'était pas invitée seule. C'est par hasard qu'elle…

Alan s'interrompit.

— Au fait, reprit-il, pourquoi ma mère n'est-elle pas restée chez Kevin ? Qu'est-ce qu'elle a fabriqué, toute la soirée, dans les rochers de la pointe de Pleinmont ?

Il y avait longtemps que Franca s'attendait à ce qu'il lui pose cette question. Elle se sentit embarrassée.

— Elle... elle n'allait pas très bien... éluda-t-elle.

Le regard d'Alan se fit plus insistant.

— Pourquoi n'allait-elle pas bien ? Elle vous l'a certainement dit.

Franca hésita puis se lança :

— Elle vous avait téléphoné au cours de l'après-midi. Vous veniez de vous séparer de Maya et...

Elle n'acheva pas sa phrase mais Alan avait déjà compris.

— J'étais fin saoul, dit-il. Je m'en souviens. Ça l'a mise dans tous ses états, c'est ça ?

Franca hocha la tête.

— Elle était bouleversée, malheureuse et complètement désemparée. Je ne l'avais jamais vue comme ça. Elle ne se sentait pas de taille à supporter le babillage et les remarques d'Hélène une soirée entière, et... euh, elle a préféré se réfugier à Pleinmont.

Alan s'appuya au rebord de la fenêtre. Il avait l'air soucieux et pensif.

— Je lui en ai fait voir, dit-il à mi-voix. Pour une mère, ce doit être terrible d'avoir un fils saoul en permanence.

— Elle vous connaît aussi sous un autre jour, protesta Franca avec chaleur. Et en réalité, elle est très fière de vous.

Il sourit.

— Vous êtes vraiment gentille, Franca. Pourquoi n'étiez-vous pas chez Kevin ? Il ne vous avait pas invitée ?

— Mon mari était arrivé à l'improviste le matin même. Il voulait que je rentre en Allemagne avec lui, et moi je voulais divorcer. Nous étions convenus de dîner ensemble pour en parler.

— Et ? fit Alan.

— Pardon ?

— Vous rentrez en Allemagne ou vous divorcez ?

— Je divorce.

Alan hocha la tête mais s'abstint de tout commentaire.

— Il y a quelque chose qui cloche, dans votre théorie, Alan. Kevin ne peut pas avoir eu l'intention de demander de l'argent à Hélène puisqu'il nous avait également invitées, Béatrice et moi.

— Il n'en avait effectivement peut-être pas l'intention. On peut imaginer qu'il s'est dit qu'il ne pouvait pas éternellement inviter Hélène seule, qu'il devait de temps à autre inviter également le reste de la famille. Mais quand il s'est malgré tout retrouvé seul avec elle, il a sauté sur l'occasion pour lui demander de l'argent, ce qu'Hélène, cette fois, a refusé.

— Pourquoi aurait-elle refusé ? Ça faisait des années qu'elle acceptait de l'aider.

— Justement, il y a un moment où ça suffit. Il est possible qu'Hélène ait eu beaucoup d'argent, mais il est également possible qu'elle ait fini par se rendre compte qu'elle aussi pouvait en profiter un peu. Après tout, elle ne pouvait pas être certaine qu'elle n'aurait pas un jour besoin de soins coûteux dans une maison spécialisée. Elle a décidé d'arrêter les frais.

— Hum… fit dubitativement Franca.

Elle prit la cafetière et se servit une troisième tasse de café, ça lui vaudrait des palpitations pour le reste de la journée mais elle se sentait incapable de résister.

— Vous vous souvenez de ce qu'a dit le chauffeur de taxi ? poursuivit Alan. Qu'Hélène l'avait appelé, de chez Kevin. Normalement, ce ne sont pas les invités qui décrochent le téléphone pour appeler le taxi qui va les reconduire chez eux, non ? Kevin aurait été trop ivre pour le faire lui-même. Soit, mais ma mère dit qu'il était parfaitement clair et lucide quand elle lui a parlé quelque temps plus tard au téléphone. Elle n'a pas eu du tout l'impression qu'il avait trop bu. Par ailleurs, le taxi dit qu'Hélène parlait anormalement bas et paraissait troublée. Elle se tenait au milieu de la route quand il est arrivé. Nous connaissons tous les deux Hélène. Jamais elle n'aurait attendu seule dans le noir en pleine nuit au milieu de la route. Elle serait restée à l'intérieur, tout au plus sur le pas de la porte, jusqu'à ce que le taxi arrive et klaxonne. A moins que...

— Oui ?

— A moins qu'elle se soit sentie en danger. Que la menace ait été si forte qu'elle ait dû fuir de chez Kevin. Peut-être a-t-elle déjà dû téléphoner en cachette – ce qui expliquerait qu'elle ait chuchoté. Je la vois tout à fait réussissant d'une façon ou d'une autre à appeler un taxi sans se faire prendre, puis à se faufiler secrètement hors de la maison.

— Hormis le fait que je ne parviens décidément pas à imaginer Kevin en train de menacer qui que ce soit, encore moins au point de le faire fuir, je ne comprends pas – en admettant que ça se soit passé ainsi – pourquoi il aurait tranquillement attendu qu'Hélène appelle un taxi. C'est absurde. Et elle serait ensuite restée un bon moment au milieu de la route sans que Kevin la cherche ? Et vous ne trouvez pas étrange, dans le cas où l'on suit votre raisonnement, qu'elle n'ait pas appelé directement la police ?

Alan allait et venait entre la table et la fenêtre, il s'arrêta finalement devant la fenêtre. La pluie cessait progressivement mais de nouveaux nuages menaçants arrivaient de la mer et des rafales de vent agitaient les arbres mouillés.

— Je trouve très significatif de la part d'Hélène que

dans un cas comme celui-ci elle veuille avant toute chose rentrer à la maison. Que Kevin la menace a dû être un choc de taille. Jamais elle n'aurait imaginé ça de lui. Je ne crois pas qu'elle ait pensé à appeler la police. Kevin était son ami, son confident, une sorte de fils. Le seul être auquel elle ait parlé de l'argent que lui avait laissé Erich. On y réfléchit à deux fois avant d'envoyer la police aux trousses d'un ami aussi cher. Ce n'est pas évident. On cherche d'abord à comprendre.

Franca eut un léger haussement d'épaules.

— Et maintenant ? Que faisons-nous ?

— Nous devrions faire part de nos soupçons à la police.

— Et si nous allions d'abord voir Kevin ? suggéra Franca.

Alan était sur le point de répliquer quand Mae apparut sur le seuil de la salle à manger. Personne ne l'avait entendue arriver.

— Bonjour ! dit-elle timidement. J'ai frappé à la porte, mais je crois que vous ne m'avez pas entendue. J'ai rendez-vous avec Béatrice.

Elle portait une robe en lin à manches courtes jaune pâle et des chaussures blanches estivales peu en accord avec le temps de la matinée. Elle avait dû choisir cette tenue la veille et refuser d'en changer simplement parce qu'il pleuvait et faisait presque huit degrés de moins. La chair de poule hérissait la peau fripée de ses bras minces.

C'est bien Mae, songea Franca avec tendresse, elle préfère attraper la mort plutôt que de renoncer à une parcelle de coquetterie.

— Nous avons projeté d'aller à Saint Peter Port, poursuivit Mae. Nous nous promènerons un peu, puis nous déjeunerons quelque part.

— Je pense que ma mère est toujours là-haut, dit Alan. Je monte voir ce qu'elle fait. Assieds-toi et prends un café avec Franca.

Mae s'assit et noua avec reconnaissance ses doigts frigorifiés autour de la tasse.

— Brr... quel temps affreux, fit-elle en jetant un œil vers la fenêtre. On ne croirait pas qu'hier les gens déambulaient en maillot de bain.

— Si seulement il ne faisait pas aussi froid, renchérit Franca. J'ai eu du mal à me résoudre à enfiler un pull-over avant de descendre.

— Je suis passée par Saint Peter Port pour venir, raconta Mae. J'ai vu Maya et Kevin sur les quais. Eh bien, Maya, comme d'habitude, n'avait rien sur elle !

Franca réprima un sourire. Mae était à cent lieues d'imaginer qu'on pouvait lui retourner le compliment.

— Ils parlaient et gesticulaient sous la pluie, sans parapluie, sans imperméable, rien ! J'ai klaxonné, je leur ai fait signe, mais je ne suis même pas sûre qu'ils m'aient remarquée. Ils avaient l'air très absorbés par leur discussion.

Mae poussa un profond soupir et secoua la tête.

— Les jeunes d'aujourd'hui sont tout de même extraordinaires. Enfin, c'est comme ça... Sinon, reprit-elle en baissant la voix et en prenant des mines de conspiratrice, où en sont Maya et Alan ? Ça marche enfin ou pas ?

— Ils se sont séparés, répondit Franca. Et je ne pense pas qu'il faille tenter de les réconcilier. Ils ont une telle différence d'âge... Ils ne peuvent pas avoir la même conception de la vie. Ce serait mieux que chacun reconstruise quelque chose de son côté.

— Alan va avoir du mal, remarqua Mae qui ne pouvait pas s'empêcher de décharger sa petite-fille de toute responsabilité. C'est vrai, quelle femme aurait envie de s'embarrasser d'un homme qui boit ? Et ça n'a pas l'air d'aller en s'arrangeant. Il est vraiment instable.

Franca pensait que l'on pouvait en dire au moins

autant de Maya mais elle garda son avis pour elle. Discuter du sujet avec Mae n'eût mené à rien.

A cet instant, Béatrice entra derrière Alan qui venait de redescendre. Sans enthousiasme, elle demanda à Mae si elle tenait réellement à se rendre à Saint Peter Port par un temps aussi détestable. Mae prit un air signifiant qu'elle serait profondément offensée que Béatrice annule leur rendez-vous.

— Bon, bon, capitula Béatrice, mais tu veux vraiment partir comme ça ? Tu dois être frigorifiée !

— Je n'ai absolument pas froid, prétendit Mae. On peut partir quand tu veux.

Alan se tourna vers Franca.

— Ça ne vous dit pas de partir en même temps ? Nous irions ensuite de notre côté, mais rester ici toute la journée à regarder tomber la pluie me décourage à l'avance.

— C'est une bonne idée, Franca, intervint promptement Béatrice. Joignez-vous donc à Alan. S'il reste seul ici jusqu'à ce soir...

— ... il va à tous les coups boire jusqu'à plus soif, conclut Alan à sa place sur un ton amer. Pas de soucis, maman, je vais suffisamment trouver à m'occuper l'esprit pour ne pas me rabattre sur la bouteille.

— Alan n'avait rien bu, hier soir, dit Franca. Il était tout à fait bien.

Alan sourit.

— Merci, Franca. Je crains toutefois que cette déclaration n'impressionne guère ma mère. Elle est convaincue de mon intempérance chronique. Ce n'est pas un malheureux soir d'abstinence qui va la faire changer d'avis.

Un silence gêné s'installa brièvement, puis Mae déclara sur un ton exagérément enjoué :

— Bon, eh bien, allons-y ! Nous allons passer une petite journée formidable !

— Partez devant, dit Alan. Franca et moi vous rejoignons un peu plus tard. Nous ne sommes pas obligés de rester toute la journée bras dessus, bras dessous.

Il était évident qu'il n'avait pas envie d'être trop dans le voisinage de sa mère, surtout après qu'elle lui avait maladroitement rappelé qu'elle le tenait pour un buveur invétéré.

— Dis tout de suite que tu ne... commençait déjà Béatrice, vexée, quand Franca l'interrompit.

— Nous pourrions peut-être tous nous retrouver pour déjeuner quelque part ce midi ? proposa-t-elle vivement pour désamorcer la situation.

Ils convinrent de se retrouver vers une heure *Chez Bruno*, un restaurant italien situé sur le port. Il était dix heures, et il pleuvait toujours.

La pluie cessa presque brutalement à midi et demi. Un vent puissant déchira les nuages, laissant la place à des pans de ciel bleu toujours plus grands. Sous l'effet du soleil, la terre se réchauffa si vite que des nuées de vapeur montèrent du sol, saturant l'air d'humidité. Alan et Franca revenaient d'une promenade sur la falaise jusqu'à Moulin Huet Bay, mouillés jusqu'aux os, les cheveux dégoulinants et leurs vestes imperméables luisantes de pluie.

— A croire qu'il fallait qu'on rentre pour qu'il s'arrête de pleuvoir, dit Alan. On ne pouvait pas calculer plus mal notre sortie.

— Nous devons nous dépêcher de partir, dit Franca en regardant la pendule. Votre mère et Mae doivent déjà nous attendre.

— Bah, laissons tomber ce déjeuner, proposa Alan. Je n'ai vraiment pas envie de passer deux heures à écouter les bons conseils de ma mère devant une assiette de spaghettis.

— Nous ne pouvons pas les laisser en plan *Chez Bruno* comme ça, objecta Franca. Allez, courage, il faut y aller !

Alan soupira et, vaincu, sortit ses clés de voiture du fond d'une poche de son pantalon.

— Vous êtes dans quel état, sous votre veste, sèche ou trempée ? Avez-vous besoin de vous changer ?

— C'est bon. On peut y aller.

La voiture se trouvait à l'entrée du jardin, près du portail. Ils descendaient l'allée bordée de fleurs mouillées, arrosés çà et là par les gouttes qui tombaient encore des arbres, quand soudain Franca se figea sur place.

— Mince ! s'exclama-t-elle en allemand.

Alan la regarda sans comprendre.

— Qu'y a-t-il ?

Elle réfléchit rapidement.

— Finalement, je préférerais tout de même me changer, dit-elle alors, en anglais cette fois. Je ferais bien aussi de me recoiffer un peu... Je n'en aurai pas pour longtemps, vous m'attendez ?

— Bien sûr. Je descends tranquillement jusqu'à la voiture.

Elle regagna la maison en courant, monta dans sa chambre et ferma la porte derrière elle. En se levant, elle avait oublié. Elle avait oublié de prendre son comprimé. Elle ouvrit le tiroir de sa table de nuit et prit la boîte de tranquillisants. Elle était vide.

Vingt minutes s'étaient écoulées et elle n'avait toujours découvert aucun comprimé caché dans un recoin oublié de sa chambre. La boîte qu'elle conservait dans le tiroir de sa table de nuit était vide. Elle l'avait regardée, les yeux exorbités, sans comprendre. Elle essaya de se souvenir de ses gestes de la veille au soir : elle avait avalé un comprimé avant de partir à Saint Peter Port avec Béatrice. Elle s'était dépêchée, mais elle se rappela qu'elle avait pris le dernier comprimé d'un blister. Elle avait regardé dans la boîte et cru y voir un second blister plein. A l'évidence, elle s'était trompée : la seule chose qu'elle découvrit dans l'étui de carton était la notice explicative soigneusement pliée en huit.

— Et merde ! lâcha-t-elle à haute voix.

Elle avait été trop énervée, elle aurait dû faire plus attention, être moins négligente. A vrai dire, ça faisait un bon bout de temps qu'elle était négligente. Aucune pharmacie de l'île ne vendait la préparation dont elle avait besoin. Cela faisait au moins deux semaines qu'elle aurait dû téléphoner en Allemagne pour s'en faire envoyer.

Elle se tenait au milieu de la pièce.

Qu'est-ce qui m'a pris de laisser filer le temps comme ça ? se demandait-elle. Ça ne m'est encore jamais arrivé.

Elle recommença à fouiller sa chambre, sans pouvoir s'empêcher de penser à Erich qui, le jour de sa mort, en proie à une panique croissante, avait de même retourné la maison dans l'espoir de découvrir un ultime comprimé salvateur.

Tu n'es pas Erich, se répétait-elle, tu n'es pas comme lui. Calme-toi.

Plus facile à dire qu'à faire. Sa nervosité grandissait. Le picotement au bout de ses doigts s'accentuait. Plus que quelques minutes et ses mains trembleraient.

Elle regarda autour d'elle, crispée sur le contrôle de l'attaque de panique qu'elle sentait venir.

Je suis simplement inquiète parce que je sais que je n'ai pas mes médicaments, se dit-elle, sinon, je ne remarquerais rien. C'est mon imagination qui travaille. Ce n'est pas une véritable angoisse.

Elle ne pouvait pas rester éternellement dans sa chambre. Elle regarda sa montre : bientôt une heure, cela faisait maintenant vingt-cinq minutes qu'elle s'était éclipsée. Alan n'allait pas tarder à surgir pour voir ce qui se passait. Et elle ne s'était toujours pas changée alors qu'elle avait prétendu que c'était pour cette raison qu'elle remontait.

Ma valise, se dit-elle, il y en a peut-être encore une boîte dans ma valise. Où est-elle ?

Elle fouilla rapidement la pièce des yeux, puis elle se souvint qu'elle l'avait rangée au-dessus de l'armoire. Elle prit une chaise, monta dessus et ouvrit la valise. Elle ne voyait pas ce qu'elle faisait car, même debout sur la chaise, ses yeux n'arrivaient pas à la hauteur du couvercle. Ses mains glissèrent sur la doublure en tissu du fond, tâtonnèrent, fouillèrent chaque angle : la valise était vide.

Restait la poche intérieure. Elle se dressa sur la pointe des pieds pour atteindre la fermeture à glissière, tendit les bras. Elle portait encore ses bottes en caoutchouc ; soudain le bois lisse de la chaise se déroba sous ses pieds. Le rebord de l'armoire auquel elle tenta de se rattraper lui échappa et elle perdit l'équilibre. Au moment où elle partait en arrière, deux mains se plaquèrent sur ses hanches et la retinrent solidement.

— Attention ! C'est comme ça qu'on se casse quelque chose ! dit la voix d'Alan. Qu'est-ce que vous cherchez là-haut ?

Franca avait repris son équilibre, elle se retourna et regarda Alan. Il la lâcha.

— Merci, dit-elle. Il était vraiment moins une.

— Excusez-moi d'être entré comme ça dans votre chambre, mais depuis le temps que j'attendais dans la voiture, j'ai fini par me dire que quelque chose ne tournait pas rond. Et… mais vous ne vous êtes pas changée ? Vous avez même encore votre veste et vos bottes !

Difficile de le contester. Elle acquiesça d'un hochement de tête. Il lui tendit la main pour l'aider à descendre de la chaise.

— Vous êtes toute pâle, remarqua-t-il. Il y a quelque chose qui ne va pas ?

Elle se tenait devant lui, mouillée, les bras ballants, convaincue d'être pitoyable.

— Vous le savez bien, dit-elle d'un ton résigné. Vous savez bien ce qui ne va pas.

Il hocha la tête.

— Vos tranquillisants.

— J'en prends un le matin, un le soir, et c'est bon. Ce matin, je n'en ai pas pris, il faudrait absolument que j'en prenne un maintenant. Mais je n'en ai plus !

Elle fit un geste de la main en direction de la table de nuit. Le tiroir était ouvert, la boîte vide et la notice chiffonnée étaient posées sur le dessus, à côté de la lampe.

— Je suis trop bête ! s'exclama-t-elle en luttant de toutes ses forces contre les larmes qu'elle sentait poindre. Depuis des jours je crois que cette stupide notice est un blister plein. Je pensais que j'avais encore le temps d'en commander. Et là, j'espérais que... je me suis dit qu'il y en avait peut-être dans la valise...

— Mais il n'y avait rien.

— Rien. La valise est vide. Et je ne sais plus où chercher.

Alan fit le tour de la pièce des yeux.

— Il n'y a sans doute effectivement plus rien, dit-il.

— Oui. C'est bien ce que je crains.

Ils se regardèrent, aussi indécis et à court d'idées l'un que l'autre, puis Alan déclara :

— Mais vous n'avez pas besoin de ce truc !

Franca eut un rire amer.

— Vous savez mieux que personne que j'en ai besoin. Je suis certaine que vous vous souvenez de l'état dans lequel j'étais quand vous m'avez ramassée dans la rue l'année dernière.

— Comme vous le dites très justement, c'était l'année dernière, en septembre, je m'en souviens effectivement très bien. A présent nous sommes au mois de mai et la femme qui est devant moi a peu de choses en commun avec la jeune personne tremblante et perdue qui s'accrochait alors à ma voiture après un passage, disons « remarqué », à *La Terrasse*.

— Je n'ai pas changé, protesta Franca.

— Oh si, vous avez changé ! Vous ne pouvez peut-être pas vous en rendre compte parce que vous n'avez pas de recul par rapport à vous-même, mais vous avez beaucoup changé. Pour ma part, je crois que vous pouvez laisser tomber les comprimés.

Elle sentit la colère la gagner. Elle avait lu des dizaines de manuels pratiques de psychologie, elle connaissait toutes ces phrases par cœur :

Vous n'avez pas besoin de médicaments !

Vous êtes forte !

Vous n'avez rien ni personne à redouter !

Vous réussirez tout ce que vous entreprendrez !

Elle ne croyait plus à ces formules toutes faites, à ces pitoyables tentatives de balayer par la suggestion les difficultés au milieu desquelles un être se débattait. C'était parfaitement inefficace, il est vrai que ça n'aggravait pas non plus les choses, mais elle en avait assez de ces gens qui s'imaginaient la guérir à si bon compte.

— Qu'est-ce qui vous permet de croire ça ? demanda-t-elle sur un ton dur. Vous me connaissez donc si bien ?

Il ne réagit pas à son agressivité.

— Je ne vous connais pas extrêmement bien, c'est vrai. Mais j'ai deux yeux en état de fonctionner et je vous vois différente. Vous pouvez ne pas avoir envie de l'entendre, vous pouvez le contester, ce n'en est pas moins *mon* impression.

— Eh bien, peut-être qu'elle ne m'intéresse pas, rétorqua-t-elle avec insolence. Par ailleurs, ça ne manque pas de sel que justement vous qui…

Alan acheva sa phrase pour elle.

— ... êtes alcoolique vous permettiez de donner des conseils, dit-il. Ce n'est pas faux, mais cette particularité me donne aussi une certaine compétence, vous ne croyez pas ? Vous ne me faites pas du tout l'effet d'une personne instable, dépourvue d'autonomie, fragile et faible. Vous êtes une jeune femme active et énergique qui suit la voie qu'elle s'est tracée et qui, pour des raisons qui aujourd'hui n'ont plus lieu d'être, croit avoir besoin de psychotropes pour tenir debout.

Elle entendait ce qu'il disait mais les mots semblaient refuser de pénétrer dans sa tête.

— J'ai besoin de ces médicaments, dit-elle. Je ne peux pas vivre sans.

Il n'y avait plus de colère en elle, seulement de la résignation.

— Et vous ne pouvez pas en trouver ici ?

— Non. Je le sais depuis mon séjour de l'année dernière. Il faut que je les commande en Allemagne, par l'intermédiaire de mon analyste.

Alan se dirigea vers la table de nuit, prit la notice froissée et la glissa dans sa poche.

— Il y a là-dessus la composition exacte. Le nom des substances chimiques ne doit pas beaucoup varier d'une langue à l'autre. Avec un peu de chance, un pharmacien devrait pouvoir nous trouver une préparation similaire.

Franca haussa les épaules d'un air las.

— Je ne sais pas. Ce sont des médicaments que l'on délivre sur ordonnance, Alan. Ce ne sont pas de petites pilules anodines.

— Nous essaierons, dit-il d'une voix égale. Pouvons-nous y aller, maintenant, ou voulez-vous réellement vous changer ?

Elle le regarda sans comprendre.

— Vous voulez que je vous accompagne à Saint Peter Port ?

Il regarda sa montre.

— Une heure et quart ! Nous avions rendez-vous à une heure. Nous devons nous dépêcher. Nos chères vieilles ladies sont certainement déjà en train de nous voir au fond d'un fossé.

— Je ne peux pas venir.

— Pourquoi ?

Elle sentit à nouveau la colère la gagner. Cette stratégie ridicule qui consistait à faire semblant de ne pas comprendre commençait à lui taper sur les nerfs.

— Pourquoi ? Je me trompe peut-être mais j'avais l'impression d'avoir été claire ! Vous croyez que nous parlions de quoi, à l'instant ? Du temps qu'il fait ?

Elle entendait sa voix prendre une déplaisante inflexion aiguë sous l'effet de l'angoisse qui agaçait ses nerfs, de la panique qu'elle ne pourrait bientôt plus retenir.

Alan ne réagit pas à la provocation.

— Je crois que j'ai tout à fait compris de quoi nous parlions. Simplement, je ne vois pas pourquoi vous devriez rester à la maison. Vous n'avez pas de médicaments et vous craignez d'avoir une attaque de panique. D'accord, mais si elle doit survenir, elle surviendra, ici comme à Saint Peter Port. Vous ne serez nulle part sûre d'y échapper. Alors autant venir.

— Si je reste ici, elle ne sera pas aussi violente.

— En êtes-vous certaine ?

Elle se sentit d'un coup affreusement fatiguée.

— Je ne sais pas. Quand j'ai une crise, je me sens vraiment très mal, et je préférerais éviter de subir ça en public.

— Je vous comprends. Mais ici vous seriez complètement seule, je ne trouve pas que ce soit bien non plus.

Sa fatigue grandit et Franca comprit qu'elle était momentanément à l'abri d'une crise. Quand un épuisement aussi intense l'assaillait, cela signifiait que la panique avait reflué avant de faire son œuvre. C'était un peu comme si elle se muait temporairement en une faiblesse absolue. Il lui faudrait un certain temps avant de reprendre corps. Au moins le temps que Franca retrouve quelque énergie.

Elle n'eut même plus la force de retenir ses larmes. Elles jaillirent soudain de ses yeux et roulèrent sur ses joues.

— Je suis désolée, balbutia-t-elle. Je ne sais pas pourquoi je pleure. Je suis fatiguée. Je suis tellement fatiguée.

Les bras d'Alan l'entourèrent, elle sentit le contact humide de sa veste de pluie contre son visage, mais ce n'était pas désagréable, et de toute façon elle pleurait déjà tellement... Une douce obscurité l'enveloppa, les bras d'Alan étaient un réconfort, une consolation et un soutien.

Une voix lui parvint de très loin :

— Tu n'as pas de raison d'être désolée. Pleure. Pleure simplement, pleure tout ton saoul !

Elle se laissa aller à ses larmes, céda à ses bras, à sa voix. Même si elle en avait eu la force, elle n'y aurait pas résisté.

J'ai besoin de force, songeait-elle, j'ai absolument besoin de force.

A son étonnement, elle découvrit qu'elle avait trouvé une source où en puiser.

6

Quand ils arrivèrent enfin *Chez Bruno*, il était deux heures de l'après-midi.

— Ma mère doit être dans tous ses états, dit Alan. Elle est certainement persuadée que je suis affalé, ivre mort, dans un coin et que tu n'arrives pas à me traîner jusqu'ici.

Depuis la scène dans la chambre de Franca, ils avaient cessé de se vouvoyer. Franca avait pleuré pendant une demi-heure. Elle avait sangloté, tremblé, mais s'était aussi rendu compte que ce n'était pas tant parce qu'elle n'avait pas ses médicaments qu'elle pleurait que parce que des années de tristesse et de souffrance accumulées jaillissaient d'elle, des années d'indifférence de Michael, d'absence d'amour, de vexations et, de son côté à elle, des années de passivité.

Il l'avait laissée pleurer jusqu'à ce que ses larmes se tarissent d'elles-mêmes, jusqu'à ce qu'elle s'apaise, jusqu'à ce que son chagrin s'épuise. A un moment, il avait dit doucement en lui caressant les cheveux : « Je sais ce que tu ressens. Je sais tellement ce que tu ressens. »

Elle avait eu le sentiment qu'il s'accrochait à elle comme elle s'accrochait à lui, que lui aussi puisait du réconfort en elle, même si, en apparence, elle seule puisait de la force en lui.

« Ça va, maintenant », avait-elle enfin dit en se libérant, un peu confuse, de ses bras.

Elle s'était recoiffée d'un geste de la main.

« Je dois avoir une tête épouvantable.

— Tu es très jolie, dit-il, mais il faut que tu te nettoies un peu le visage sinon ma mère et Mae vont se poser des questions. »

Elle s'était rendue dans la salle de bains, s'était aspergée le visage d'eau froide, s'était mouchée et brossé les cheveux. Elle n'était toujours pas au mieux de sa forme, mais elle n'avait pas le temps de faire mieux.

Tant pis, songea-t-elle, et Alan n'est pas Michael. Il n'aura pas honte de se montrer avec moi dans cet état.

Durant le trajet jusqu'à Saint Peter Port, ils n'échangèrent pas un mot sur l'incident. Entre-temps, le vent avait chassé les derniers nuages et le ciel était aussi bleu que la veille.

— Je savais bien que la pluie ne durerait pas, dit Alan, heureux comme un enfant. Finalement, je connais encore bien mon île !

— As-tu déjà songé à t'y installer ?

— J'ai parfois un peu de nostalgie. Mais même en cherchant bien, l'île ne m'offrirait guère de possibilités professionnelles. Et c'est malgré tout un facteur à prendre en compte... C'est le facteur essentiel, ajouta-t-il après une courte pause, comme s'il devait lui-même s'en convaincre.

Arrivé devant le restaurant, Alan évoqua l'état dans lequel devait se trouver sa mère.

— Je n'ai jamais vu ta mère « dans tous ses états », remarqua Franca. C'est une personne extraordinairement forte. Je l'admire beaucoup.

— Hum... Je ne suis pas loin de penser qu'elle cultive parfois un peu trop ce côté « personne extraordinairement forte », dit pensivement Alan. Elle tient tant à cette image d'elle-même que ça la rend vulnérable. Tu m'as raconté qu'Hélène lui avait menti toute sa vie pour qu'elle ne la mette pas à la porte et s'occupe d'elle. Quand on y regarde de plus près, rien pourtant ne justifiait que maman gardât sous son toit pendant plus de cinquante ans la veuve d'un officier d'occupation. Elle aurait eu tant de possibilités... si elle ne s'était pas crue obligée de s'installer sur l'île et de cultiver ces roses qu'elle n'aimait pas. Mais quelque part, ça devait lui plaire d'offrir l'asile à Hélène, de jouer au chef de famille solide qui élève un enfant, s'occupe d'une vieille femme fragile et prend tout et tout le monde en charge. Je crois que ce qui l'accable le plus aujourd'hui, ce sont moins les événements actuels que la découverte que, en matière de force et de raffinement, Hélène l'ait surpassée. Elle a investi son énergie sur une personne qui n'en avait pas du tout besoin. Ça doit être dur à avaler.

Franca réfléchit à ce qu'Alan venait de dire en le suivant à l'intérieur du restaurant. Seules quelques tables étaient occupées ; le beau temps avait attiré les touristes sur la côte. Mae, dont la robe d'été s'avérait finalement en accord avec la couleur du ciel, était assise à une table dans un angle de la salle. Elle jetait autour d'elle des regards désespérés. Quand elle aperçut Alan et Franca, elle fit de grands gestes.

— Vous voilà enfin ! Vous avez plus d'une heure de retard ! Que s'est-il passé ?

— Maman est déjà partie, à ce que je vois, dit Alan.

Ils s'assirent en face de Mae et Alan reprit :

— Excuse-nous, Mae. Nous sommes allés faire une balade et nous avons complètement sous-estimé les distances. J'espère que tu as déjà mangé quelque chose.

Un verre de sherry était posé devant elle. Elle acquiesça.

— Oui, mais à vrai dire je n'avais pas beaucoup d'appétit. J'ai à peine touché à mon assiette.

Franca eut l'impression que ce n'était pas seulement leur retard, à Alan et elle-même, qui perturbait Mae. Il y avait autre chose dans l'air.

— Où est Béatrice ? demanda-t-elle.

— Elle n'est pas venue, répondit Mae sur un ton qui exprimait à la fois de la colère et du dépit. Tout de même, on peut me le dire quand on n'a pas envie de me voir. Je ne force personne. Mais qu'on me raconte que nous allons nous promener ensemble en ville, que nous déjeunerons ensuite gentiment quelque part, puis qu'on me laisse tomber comme une vieille chaussette et que je me retrouve à attendre toute seule pendant deux heures, je ne trouve pas ça correct. J'aurais très bien pu organiser ma journée autrement.

— Nous n'avons pas deux heures de retard, protesta Alan. Seulement un peu plus d'une heure.

— Je suis là depuis midi, insista Mae, et il est bientôt deux heures et demie.

— Depuis midi ? Mais pourquoi ? Et pourquoi ma mère n'est-elle pas venue ?

— Elle a rencontré un ami. Sur l'esplanade nord. Et de cet instant, elle a oublié que j'existais.

Alan plissa le front.

— Un ami ? Et elle est en ce moment avec lui ?

— Ils avaient l'air d'avoir envie de s'asseoir à une terrasse, sur le port, pour prendre un café. Le temps s'était mis au beau. Ils ne m'ont pas dit expressément qu'ils ne voulaient pas de moi, mais quand je dérange, je m'en rends compte. Et je ne m'impose pas… Béatrice m'a dit qu'elle serait là à une heure et demie, je devais vous prévenir qu'elle nous rejoindrait un peu plus tard. J'ai tout de suite compris qu'elle oublierait l'heure.

— Qui est-ce, cet ami ? demanda distraitement Alan qui étudiait la carte.

Il avait sauté toutes les pages pour s'arrêter sur celle des vins ; quand il s'en aperçut, il revint rapidement en arrière pour retrouver les plats de pâtes et de riz.

Mae se pencha légèrement en avant, baissa la voix et prit un air mystérieux.

— Vous n'allez pas le croire, dit-elle. Après toutes ces années... J'ai cru, d'abord, qu'elle se faisait des idées, mais elle avait raison. C'était bien lui.

— Et qui était-ce ? demanda Franca.

— Julien. Le Français. Le fameux Français de l'Occupation.

— Qui est Julien ? s'enquit Alan, étonné.

— Ce n'est pas possible ! s'exclama Franca en même temps que lui.

Alan commanda des *rigatoni* à la napolitaine et Franca, qui, après avoir tant pleuré, avait le sentiment de pouvoir s'autoriser un petit péché, des spaghettis aux quatre fromages. Ils burent un vin rouge italien pour accompagner leur plat et Alan voulut savoir qui était Julien. Mae avait sans doute promis un jour à Béatrice de ne rien dire de Julien à Alan ; en même temps, elle brûlait d'être celle qui lui révélerait quelques détails de la vie de sa mère.

— Ce qui est extraordinaire, dit-elle, c'est que déjà l'année dernière, un soir, Béatrice avait cru l'avoir reconnu. Nous étions au *Nautique*, ce devait être fin août ou début septembre, et soudain, elle a fait une drôle de tête et dit qu'elle l'avait vu, sur le quai, parmi les passants. Je lui ai répondu qu'elle devait se tromper. Après tout ce temps, je pensais que de toute façon il n'était pas possible qu'elle le reconnaisse, mais elle avait l'air assez sûre d'elle. Et ce matin, tout d'un coup, elle s'est figée sur place et elle a dit : « C'est Julien ! » Je dois avouer que, moi aussi, je l'aurais reconnu. C'est un vieux monsieur, il n'a pas loin de quatre-vingts ans, mais son visage a très peu changé. Il ne fait pas son âge, et c'est toujours un très bel homme... Déjà, à l'époque, il était rudement séduisant, il faut l'avouer, conclut Mae avec un soupir.

— Quelqu'un pourrait-il enfin m'expliquer qui est ce Julien ? répéta Alan. Pour que ma mère en oublie un rendez-vous à déjeuner avec nous trois, il doit avoir pour elle une importance certaine.

Mae baissa les yeux et Franca se dit que rien qu'à voir ses minauderies, même quelqu'un de moins intelligent qu'Alan aurait compris depuis longtemps de quoi il retournait.

— Un ami de jeunesse, dit-elle, du temps de la guerre. Il travaillait pour Erich Feldmann.

— Ah, ah, fit Alan, le premier amour de maman ?

Franca ne vit aucune raison d'en faire mystère.

— Oui, intervint-elle avant que Mae ne réponde. Ils ont vécu quelques grands moments romantiques. Il avait réussi à s'enfuir et…

— … ce sont mes parents qui l'ont caché, poursuivit Mae. Il vivait chez nous dans le grenier. C'était naturellement très dangereux. Mon père aurait pu y laisser sa vie.

— Je vois, fit Alan, et maman a passé quelques petites heures à flirter avec son amoureux dans votre grenier ?

— On peut le dire comme ça, oui, fit Mae.

On devinait, à son intonation, combien, aujourd'hui encore, elle avait du mal à accepter que Julien, autrefois, lui ait préféré Béatrice.

— Béatrice était naturellement beaucoup trop jeune, poursuivit-elle, et je trouve que…

— Il faut se remettre dans les conditions de l'époque, observa promptement Franca. Je crois que les gens, y compris les tout jeunes gens, avaient une conscience aiguë de la fragilité des choses. Tout pouvait basculer du jour au lendemain. On n'attendait pas d'avoir l'âge pour tomber amoureux. On prenait ce que la vie offrait, et on le prenait vite.

— On ne peut pas dire non plus que de nos jours les jeunes filles soient beaucoup plus patientes, remarqua Alan. J'ai même parfois l'impression qu'il n'y a plus vraiment d'âge pour commencer.

Mae hocha la tête d'un air entendu.

— C'est bien vrai, et je trouve cela fort regrettable. Ces enfants passent à côté des véritables sentiments, à côté de la véritable expérience d'un événement merveilleux. Je me rappelle encore combien j'étais consternée quand j'ai appris que Maya avait eu sa première expérience sexuelle à treize ans. A treize ans ! Sur la banquette arrière d'une voiture. Je parie qu'elle ne sait même plus comment ce garçon s'appelait.

— J'en suis bien certain, dit sèchement Alan. Se souvenir du nom de tous ses amants équivaudrait pour Maya à connaître par cœur l'annuaire de Jersey et Guernesey réunis. On ne peut exiger ça de personne.

Mae pinça les lèvres mais n'osa pas répliquer. Elle savait qu'Alan avait raison.

— Bon, eh bien, fit-elle en prenant son porte-monnaie dans son sac à main, je ne vais pas attendre Béatrice plus longtemps. Je trouve son comportement très impoli, mais dans un sens ça ne m'étonne pas d'elle.

— Range ton porte-monnaie, Mae, dit Alan, je t'invite. Et excuse l'oubli de maman. Mais si cet homme était son premier amour…

Il lui décocha son plus beau sourire, espérant lui en arracher un en retour. Mae ne se laissa pas attendrir. Elle quitta le restaurant la tête bien droite, le menton en avant, vivante image de la dignité offensée.

— Je constate que tu en sais plus long sur la vie de ma mère que moi-même, dit Alan après que Mae fut partie. A moi, elle n'a jamais rien raconté sur ce Julien.

— Je n'ai pas l'impression que les mères parlent très souvent de leur vie sentimentale à leurs fils. Ne prends pas ça personnellement, dit gentiment Franca.

Mais Alan avait déjà épuisé le sujet. Qui sa mère, un jour, avait ou n'avait pas fréquenté ne semblait l'intéresser que modérément. En revanche, il paraissait soulagé que Mae leur ait faussé compagnie.

— J'ai réfléchi, dit-il, je pense que le mieux serait d'aller chez Kevin et de lui dire carrément ce que nous soupçonnons. Nous verrons comment il réagit. Je peux lui proposer de le défendre. Je crois que ce serait fair-play.

— Si ce n'est pas lui, objecta Franca, ce dont je suis persuadée, il risque d'être très vexé. Et à juste titre. Ce n'est pas d'une broutille qu'on parle, Alan, c'est d'un meurtre. Et d'un meurtre particulièrement affreux... D'ailleurs, c'est la raison pour laquelle je ne peux pas imaginer que Kevin soit le meurtrier, ajouta-t-elle en secouant la tête. Même si tout concorde, Alan, même si tout ce que tu dis se tient, jamais, jamais Kevin n'aurait égorgé Hélène. Il l'aurait, à la rigueur, étranglée, ou assommée à coups de bouteille, dans un accès de désespoir, sous le coup de l'émotion, mais il n'aurait pas pu faire une chose aussi horrible. Kevin est... Kevin est beaucoup trop... délicat, dit-elle enfin en sachant que le mot qu'elle avait trouvé était maladroit mais juste. Il est trop délicat pour commettre un acte aussi barbare.

— Nous devons lui faire part de nos réflexions, s'obstina Alan. Il aura peut-être des choses à dire qui vont tout désamorcer. C'est mieux que d'aller directement au poste de police et de le mettre en situation de devoir ensuite s'expliquer devant une brochette d'officiers.

— Je me sens vraiment pitoyable, dit Franca.

Elle repoussa son assiette à moitié pleine, elle n'avait pas faim. La panique la guettait. Elle va me tomber dessus avant ce soir, songeait-elle, je ne sais pas quand, mais ce ne sera pas à un bon moment. Chez Kevin, peut-être.

A son tour, Alan repoussa son assiette. Il ne semblait pas avoir faim non plus.

— Je suis sûr que la police ne va pas tarder à avoir l'œil sur Kevin. Eux aussi réfléchissent, cherchent, échafaudent des hypothèses... Ils ne restent pas les bras croisés ; ils vont se rendre compte qu'il y a des points qui mériteraient quelques éclaircissements. Ça va prendre un peu de temps parce qu'ils ignorent encore certaines choses – qu'Hélène avait de l'argent, que Kevin lui soutirait tout ce qu'il pouvait, que le jour de l'enterrement il a essayé de s'introduire dans sa chambre pour la fouiller, etc. Mais, crois-moi, ils vont découvrir tout ça et ce jour-là Kevin ne va pas rire. En fait, nous lui rendons service en intervenant avant la police.

La démonstration d'Alan était convaincante, et cependant Franca avait un mauvais pressentiment. Elle s'efforça de le refouler dans un coin de sa tête. Après tout, elle était peut-être simplement déprimée parce qu'elle n'avait plus de médicaments.

— Bon, eh bien, allons-y, alors, dit-elle en se levant de table.

Le petit café possédait une terrasse située directement sur l'eau, un simple plancher de bois, des tables et des chaises modestes, des parasols effrangés. Le bâtiment était orienté de façon à arrêter le moindre souffle de vent, si bien qu'il commençait à y faire très chaud.

Béatrice, qui avait enlevé sa veste imperméable depuis longtemps, fit glisser son pull-over par-dessus sa tête. Elle portait dessous un tee-shirt blanc sur lequel une tête de cheval était imprimée.

— On n'aurait jamais cru qu'il allait faire une chaleur pareille aujourd'hui, dit-elle en tentant de remettre de l'ordre avec ses doigts dans ses cheveux ébouriffés.

Julien la regardait en souriant.

— Tu vas trouver ce que je vais dire un peu stupide, Béatrice, mais tu n'as pas beaucoup changé, tu sais. Tu as vieilli, bien sûr, comme moi, mais tes gestes, ton rire, ta façon de tenir la tête... c'est comme avant. Tu ne donnes pas l'impression d'être une vieille femme. Tu pourrais encore être la jeune fille qui lisait Victor Hugo avec moi dans le grenier du Variouf.

— Là, tu exagères, protesta Béatrice. Je suis à des années-lumière de cette jeune fille. Une vie entière m'en sépare.

— T'est-il arrivé de relire *Notre-Dame de Paris* depuis cette époque ?

Elle le regarda en se demandant ce qu'elle pouvait lui confier de ses sentiments.

— Je l'ai souvent relu, dit-elle finalement. Chaque ligne éveille des souvenirs. Et j'imagine que plus on vieillit, plus on ressasse ses souvenirs.

— Je l'ai moi aussi souvent relu. Et je ne pouvais pas m'empêcher de penser à nous.

Il sortit une boîte de cigarillos, en proposa un à Béatrice, qui refusa d'un geste de la tête. Elle n'avait jamais aimé les cigarillos.

— Après coup, on a tendance à magnifier les choses, poursuivit-il. Je dois réellement faire un effort pour me souvenir que cette période n'était pas du tout aussi romantique que je me laisse aller à le croire. Elle était dure, cruelle, j'étais désespéré. Les nazis me volaient ma vie. Je voyais le ciel bleu de la lucarne de mon grenier et j'aurais voulu pouvoir hurler contre mon destin. Mais tu le sais bien. Je me plaignais tellement, à l'époque.

— Oui, et en parlant de destin tu as utilisé le mot juste, remarqua Béatrice. C'était notre destin. Le tien comme le mien. Que nous n'en percevions plus aujourd'hui que son côté romantique est plutôt bon signe, ne nous l'interdisons pas. Cela signifie que nous avons accepté notre part de l'histoire, que nous nous sommes réconciliés avec notre destin. C'est bien. C'est mieux que sombrer dans l'amertume et être sujet à toutes les maladies.

Il eut un instant d'étonnement puis éclata de rire.

— Je reconnais bien là ton merveilleux sens pratique. Nous serions sujets à toutes les maladies ! Je crois que je ne connais pas une autre femme qui eût fait ce rapprochement.

Elle tournait son café en observant Julien avec une intensité extrême, comme elle le faisait depuis qu'ils étaient assis à cette table. Il avait près de quatre-vingts ans mais elle ne lui en aurait pas donné plus de soixante-dix. Ce qu'il lui avait dit de sa façon de se mouvoir, de la jeunesse de son apparence valait au moins autant pour lui. On pouvait lui retourner le compliment. Il n'avait pas l'air d'un homme âgé. Ses cheveux de jais étaient devenus blancs, des rides creusaient son visage, mais ses yeux avaient le même éclat, et ils étaient remarquablement vifs.

Il lui avait appris qu'il avait divorcé de Suzanne en 1965 et qu'il s'était ensuite remarié deux fois. Son deuxième mariage s'était également assez rapidement terminé par un divorce. Sa troisième femme était morte d'un cancer en 1992.

« Avec elle, j'ai réellement été heureux, avait-il ajouté. Nous nous comprenions, nous nous laissions mutuellement un grand espace de liberté. Cela tient sans doute au fait que nous n'étions plus jeunes. Nous étions plus sereins. Elle n'essayait pas de me changer, et je ne me retournais plus constamment sur les autres femmes. Il y a un moment où cela devient un peu ridicule, tu ne trouves pas ? Quand les cheveux gris prennent le dessus, en tout cas... Et je n'étais plus en manque. J'avais l'impression d'avoir rattrapé le temps perdu – si tant est que ce soit possible. Chaque période de la vie forme un tout en soi. Irréparable et irrattrapable. »

Ils demeurèrent un moment silencieux, puis Julien demanda, alors qu'il y avait des heures qu'ils étaient ensemble :

— Qu'est devenu ton – comment s'appelait-il ? – Frédéric ? Etes-vous toujours ensemble ?

Elle secoua la tête.

— Non, c'est terminé depuis longtemps. Il y a plus de quarante ans que nous sommes divorcés. Nous n'avons gardé aucun contact. Je ne sais même pas s'il est toujours en vie.

— C'est pour ça que tu es revenue à Guernesey, observa-t-il. Je pensais que tu t'étais définitivement établie à Cambridge. A l'époque, tu paraissais tellement décidée à quitter l'île.

— Ça ne s'est pas fait, dit-elle sur un ton qui donnait à comprendre qu'elle ne souhaitait pas approfondir le sujet. Finalement, j'ai passé pratiquement toute ma vie ici.

Il la regarda pensivement et attentivement mais ne fit pas de commentaires.

— Je suis venu quelquefois, dit-il. Il y a quelques semaines, en mars, et l'année dernière, en août. Là, j'arrive tout juste de Saint-Malo. Je vais rester quelques jours.

— Tu n'as jamais essayé d'entrer en contact avec moi, quand tu étais là. Pendant toutes ces années…

— Je pensais que tu étais à Cambridge, dit-il sans conviction.

Béatrice secoua la tête.

— Tu ne pouvais pas en être sûr. Ça aurait valu la peine d'essayer, ne serait-ce qu'une fois.

— Tu as raison. C'était… ça n'était pas vraiment possible.

Elle comprit ce qu'il voulait dire : elle n'avait plus de place dans sa vie, elle n'y avait plus accès. Elle appartenait à une autre époque. Il aurait fallu, pour qu'il l'intègre à sa nouvelle vie, qu'il mélange différents éléments, le passé et le présent, et apparemment il avait préféré ne pas le faire.

Mais il avait relu *Notre-Dame de Paris*, songea-t-elle et elle en éprouva une sorte de joie enfantine. Il l'a relu et a pensé à nous. Il ne m'a jamais tout à fait oubliée. Ils ne s'étaient pas vus depuis près de cinquante ans, pourtant, ils ne se sentaient pas étrangers. Ils étaient paisiblement assis l'un à côté de l'autre au soleil comme un vieux couple qui n'a pas besoin de parler pour se comprendre. Ils auraient pu remonter le fil du temps et se raconter mutuellement ce qu'ils avaient fait pendant toutes ces années, mais ils n'en éprouvaient pas le besoin. Ils avaient évoqué un événement ou un autre, pour l'essentiel ils étaient cependant demeurés silencieux. Puis Julien demanda :

— Vit-elle toujours ? Tu sais, la veuve de Feldmann. Elle était bien restée chez toi, après la guerre.

La question laissa Béatrice sans voix. Cela faisait deux semaines que la mort d'Hélène alimentait toutes les conversations de Guernesey. Que quelqu'un lui demande tranquillement de ses nouvelles était la dernière chose à laquelle elle s'attendait. Puis elle se souvint que Julien lui avait dit être arrivé le matin même de Bretagne.

— Hélène est morte, dit-elle. Elle a été assassinée il y a deux semaines. Nous l'avons trouvée dans le chemin juste derrière la maison. Quelqu'un l'a égorgée.

Elle faillit se sentir mal en prononçant ces mots. C'était tellement abominable. Elle aurait dû dire : « Elle était arrivée à la fin de sa vie, elle est morte doucement, dans son sommeil. » Ou bien : « Elle était très malade. Elle a été délivrée de ses souffrances. »

C'est ainsi que l'on parlait, habituellement, de la disparition d'une dame âgée. On ne disait pas : « Quelqu'un l'a égorgée. »

Mon Dieu, songea-t-elle.

— Mon Dieu, fit Julien, atterré. Ce n'est pas possible ! Qui a pu faire une chose pareille ?

— On l'ignore. La police ne semble avoir aucune piste.

Julien ne sut que répondre. Il tirait silencieusement sur son cigarillo, sous le choc. Béatrice alluma une cigarette en se demandant si elle ne devrait pas commander deux cognacs. Son regard errait sur le quai quand elle aperçut Franca et Alan qui venaient vers eux.

Elle bondit sur ses pieds et fit de grands signes.

— Alan ! Franca ! Nous sommes là, venez !

Ils regardèrent autour d'eux, surpris, puis découvrirent d'où venaient les appels. Deux minutes plus tard, ils étaient sur la terrasse.

— Alan, mon fils, dit Béatrice à l'intention de Julien. Alan, je te présente Julien. Un vieil ami.

Les deux hommes se serrèrent la main. Le sourire de Julien était franc et chaleureux, Alan paraissait plus réservé.

Le père et le fils, songea Franca, fascinée, et ils l'ignorent.

Béatrice la présenta également, Julien la salua de façon charmante. Il a dû être remarquablement beau, se dit Franca, et doué d'un charme redoutable. Bien qu'âgé, il était encore très séduisant.

Quel bel homme, songea-t-elle, et comme ce doit être difficile pour une femme de vivre avec lui.

— Maman, nous remontons au Variouf, dit Alan, veux-tu rentrer avec nous ? Ne compte pas sur Mae, elle est déjà repartie, et plutôt furieuse que tu lui aies posé un lapin.

— Allez-y, dit Béatrice. J'aimerais rester encore un peu à bavarder avec Julien. Je prendrai le car.

— Je peux aussi te raccompagner, proposa Julien. J'ai loué une voiture. Je suis arrivé ce matin de France, ajouta-t-il à l'intention d'Alan.

— Ah, fit Alan.

Quelque chose chez Julien le dérangeait visiblement, mais Franca ne parvenait pas à découvrir ce que c'était.

— Ce serait naturellement très aimable de votre part de raccompagner ma mère, dit-il.

— C'est tout à fait normal, répliqua Julien.

Il resta debout jusqu'à ce que Franca et Alan aient quitté la terrasse.

— Tu ne m'avais pas dit que tu avais un fils, dit-il à Béatrice.

— Il y a beaucoup de choses que je ne t'ai pas dites, répondit-elle.

7

— Ça tombe bien que nous n'ayons pas besoin de passer par la maison pour raccompagner maman, dit Alan alors qu'ils montaient en voiture. Nous pouvons aller directement chez Kevin, et maman ne nous demandera pas ce que nous faisons.

Franca abaissa la vitre de sa portière pour aspirer un peu d'air frais. Elle éprouvait un besoin urgent d'avaler un de ses comprimés, elle était en manque. Tout à sa chasse au criminel, Alan avait complètement oublié qu'il lui avait proposé de faire le tour des pharmacies pour trouver une préparation équivalente à celle qu'elle prenait habituellement. Il ne pensait qu'à discuter avec Kevin. Elle préféra ne pas le lui faire remarquer, d'autant qu'elle était convaincue qu'elle n'obtiendrait aucun médicament sans ordonnance et jugeait donc l'entreprise inutile.

Le soleil était maintenant très chaud. A l'épuisement de Franca se mêlaient les premiers signes de la même violente migraine qui surgissait quand elle affrontait Michael. Cette fois, il devait s'agir d'une réaction au manque.

Quelle tuile, songea-t-elle, à bout de forces.

— J'ai déjà vu ce type, dit Alan. Je ne me rappelle plus dans quel contexte, mais je connais ce visage.

— Peut-être un jour chez ta mère ?

Il secoua la tête.

— Non, non, ce n'était pas chez ma mère. Je m'en souviendrais… Ça va me revenir.

Il n'en parla plus jusqu'à ce qu'ils arrivent à Torteval. Le portail du jardin de la maison de Kevin était fermé, ils se garèrent le long du trottoir d'en face. La célèbre flèche conique de l'église se dressait dans un ciel à présent uniformément bleu. De gigantesques buissons d'hortensias bleus poussaient contre le mur du cimetière. Un très vieux mur de pierre moussu... Franca s'efforça d'imprimer l'image paisible et romantique dans sa tête, de puiser de la force dans la sérénité qui émanait du village niché au creux de ses jardins en fleurs. Elle avait besoin de s'armer contre la panique qui lentement refaisait surface et, têtue, résistait à sa volonté.

Des hortensias pour combattre l'angoisse... Elle tenta de tourner l'idée en dérision, mais elle ne parvint pas à en rire. L'étendue de son malaise n'avait rien de comique.

Ils ouvrirent le portail et pénétrèrent dans le jardin. Des abeilles bourdonnaient, à chaque souffle de vent, des pétales blancs tombaient des cerisiers en fleur. Toutes les portes et les fenêtres de la maison étaient closes. Alan actionna plusieurs fois le heurtoir de la porte d'entrée mais rien ne bougea à l'intérieur. Ils firent le tour de la maison sans découvrir âme qui vive.

— On dirait bien que Kevin n'est pas là, constata Alan, déçu. Je ne comprends pas. Où peut-il être ?

— Il est peut-être allé faire des courses, suggéra Franca.

Elle était secrètement soulagée. L'idée de confronter Kevin aux monstrueux soupçons qu'Alan semblait presque considérer déjà comme des faits avérés l'avait oppressée. Et puis elle pouvait maintenant espérer rentrer plus vite au Variouf. Avec un peu de chance, elle aurait retrouvé les murs protecteurs de sa chambre avant que la panique ne la submerge.

Le regard d'Alan se posa sur les serres, au fond du

jardin, dont les parois de verre renvoyaient l'éclat du soleil.

— Où sont donc les fameuses nouvelles serres prétendument responsables de ses difficultés financières chroniques ? s'interrogea-t-il en plissant le front. Parce que ces vieilleries, là-bas, ne datent manifestement pas d'hier.

— Aucune idée, dit pensivement Franca. C'est la première fois que je viens ici.

La maison dans laquelle Hélène avait passé la dernière soirée de sa vie... Franca leva les yeux sur la façade. Du lierre couvrait le pignon est. Des volets verts encadraient les fenêtres à croisillons. Difficile d'imaginer qu'un drame s'était noué derrière ces murs. Pourtant, il s'était passé quelque chose... forcément... car si Franca ne partageait pas les conclusions d'Alan, il n'y en avait pas moins plusieurs faits troublants qu'elle ne contestait pas.

Hélène était là, dans cette jolie maison accueillante, elle dînait avec Kevin, bavardait avec lui... Et soudain, elle avait entendu quelque chose, ou bien Kevin avait fait quelque chose, qui l'avait décidée à décrocher le téléphone pour commander un taxi, en chuchotant comme s'il ne fallait pas qu'on l'entende, et l'avait même tellement inquiétée qu'elle avait préféré attendre dehors, dans le noir, au milieu de la route, plutôt que dans la maison.

De quoi a-t-elle eu si peur ? se demanda Franca. Qu'est-ce qui a pu à ce point l'effrayer chez Kevin, qu'elle connaissait depuis toujours, qu'elle aimait, à qui elle se confiait, qui était comme un fils pour elle ?

— Il a peut-être un autre terrain quelque part sur l'île, réfléchit Alan à voix haute. Sur lequel se trouveraient ces serres de malheur. D'ailleurs, c'est peut-être là qu'il est en ce moment. Je vais voir si un voisin peut nous renseigner.

Elle le regarda, admirative devant tant d'autorité et

de détermination. Il avait bu un seul verre de vin. Il était bien quand il ne buvait pas, il était convaincant, décidé, sûr de lui. Franca ne savait que trop ce que signifiait être en manque. Alan, elle en était désormais persuadée, n'avait pas besoin d'alcool. Il avait peut-être commencé à boire parce qu'il pensait en avoir besoin pour être à la hauteur de ce que la vie exigeait de lui, mais il s'était trompé, il s'était dramatiquement sous-estimé. Il était beau, intelligent, cultivé, et probablement un brillant avocat. Cependant, Franca l'aurait parié, il n'avait jamais dû prendre la vraie mesure de sa propre valeur.

Ils regagnèrent le devant de la maison à l'instant où un jeune homme poussait le portail du jardin. Très grand, exceptionnellement mince, des cheveux blonds soigneusement entretenus qui prenaient des reflets argentés au soleil. Il était efféminé au point d'en être caricatural.

Il sursauta quand il découvrit Franca et Alan, mais il se ressaisit rapidement.

— Monsieur Shaye ? fit-il. Je ne sais pas si vous vous souvenez encore de moi. Steve Gray. Nous nous sommes vus deux ou trois fois chez votre mère, quand nous étions encore ensemble, Kevin et moi.

Alan fronça brièvement les sourcils, puis il se rappela.

— Oui, monsieur Gray, bonjour ! Je me souviens de vous. Nous cherchions Kevin. Il n'a pas l'air d'être chez lui.

— Il est rarement là, ces derniers temps, remarqua Steve du ton plaintif et attristé de l'amoureux éconduit. Je m'inquiète beaucoup pour lui.

Pour Alan l'occasion était trop belle.

— Ah bon ? Pourquoi ?

Steve paraissait avide d'ouvrir son cœur à quelqu'un.

— Il est tellement inquiet. Il a de gros soucis. On

dirait une bête traquée. Il a constamment besoin d'argent, je me demande bien pourquoi, au reste.

— D'après ce qu'on dit, il aurait acheté, ou fait construire, de nouvelles serres, dit Alan. Et il n'arriverait pas à rembourser ses emprunts.

— Ah ! s'exclama Steve, balayant l'idée d'un geste. Ce ne sont certainement pas ces serres qui l'ont mis sur la paille ! Ces vieux machins tordus... ça ne vaut pas un clou !

— Où se trouvent-elles ? Vous le savez ? demanda Alan en jetant un regard circulaire autour de lui. Parce qu'à l'évidence elles ne sont pas ici.

— Non, effectivement. Elles sont à Perelle Bay, directement en bord de mer. Elles faisaient partie d'une grande pépinière dont le propriétaire est mort il y a deux ans. Les héritiers ne voulaient pas conserver l'entreprise. Ils ont divisé le terrain et les bâtiments et ont vendu en parcelles. A l'époque, Kevin me disait que...

Il s'interrompit et posa un regard triste sur Franca.

— Kevin et moi sommes restés presque trois ans ensemble, expliqua-t-il. Quoique je ne sois pas sûr que Kevin ait toujours été très fidèle.

La vie sentimentale de Steve n'intéressait pas du tout Alan.

— Il vous a dit qu'on lui proposait d'acheter des serres à Perelle Bay ? demanda-t-il d'une voix tendue.

— Oui, c'est ça. Je le lui ai déconseillé. Je trouvais idiot d'acheter des serres qui se trouvaient à des kilomètres de sa pépinière. Je pensais que ça ne serait qu'une source de complications. En fin de compte, je lui ai prêté de l'argent pour les acheter.

— C'est où, Perelle Bay ? demanda Franca.

— Sur la côte Ouest, expliqua Alan, au nord de Pleinmont. En voiture, c'est à cinq minutes d'ici. Je ne trouve pas si étonnant que ça que Kevin y ait acquis un terrain et des serres.

— Il faisait beaucoup de mystère autour de ces serres, dit Steve. Il ne voulait même pas me les montrer. Si bien que j'ai pensé… eh bien, j'ai pensé qu'il y retrouvait un autre homme… alors un jour, je l'ai suivi. Elles sont bonnes à mettre par terre, les serres qu'il a achetées. De vraies ruines. Il y en a deux.

— Il y cultive quoi ?

Steve haussa les épaules.

— A l'époque, il n'y avait encore rien de planté, mais il venait à peine de les acheter. Il disait qu'il voulait y faire des légumes. Quand il a su que je l'avais suivi, il s'est mis dans une colère, mon Dieu… Je ne l'avais jamais vu aussi énervé.

Il passa ses doigts dans ses cheveux, si bien coupés et mis en plis au séchoir qu'ils retrouvèrent aussitôt leur place.

— Je crois que ce jour-là j'ai cassé ce qu'il y avait entre nous, dit-il. A la suite de ça, nos rapports ont commencé à se dégrader. Nous n'arrivions plus à nous entendre.

— J'en suis désolé, dit Alan.

Il paraissait tendu et impatient. Ce que Steve venait de raconter apportait de l'eau à son moulin. Il y avait quelque chose qui ne collait pas dans l'histoire de Kevin. Et ça le rendait encore plus suspect.

— Bon, eh bien, puisqu'il n'est pas là… autant que je reparte, dit Steve sans conviction. Il doit être à Perelle Bay, mais il n'est pas question que j'y remette les pieds. J'aimerais qu'on se réconcilie pour de bon, vous savez. J'aimais beaucoup Kevin. Et je crois que nous avons des tas de choses en commun.

Pauvre garçon, se dit Franca, émue. Il avait l'air profondément seul. Elle souhaita de tout cœur qu'il rencontre un jour un amour qui le rende heureux.

— Il faut absolument que nous parlions à Kevin, dit Alan. Le mieux est d'aller tout de suite à Perelle Bay.

Une expression d'effroi se peignit sur les traits de Steve.

— Ne lui parlez pas de moi ! Je vous en prie ! Il ne doit pas savoir que je vous ai mis au courant pour les serres. Il n'aura plus jamais confiance en moi, sinon ! Je vous en supplie, ne dites rien !

Sa crainte faisait peine à voir.

— Nous ne dirons rien, promit Alan. Ne vous inquiétez pas. Tu viens, Franca ?

Elle le suivit vers la voiture, résignée à devoir encore attendre avant de retrouver l'abri de sa chambre.

Ils les virent de loin, deux serres tout en longueur juste au bord de la plage. A présent que la marée était haute, les vagues mouraient à quelques mètres des bâtiments. Un promeneur solitaire marchait sur l'étroite bande de sable encore visible. Sinon, l'endroit était désert.

Ils descendirent de voiture et suivirent le sentier que des pas avaient tracé dans l'herbe et la bruyère en direction de la baie. En approchant, ils constatèrent que l'ancien amant de Kevin n'avait pas exagéré : les serres étaient dans un état de délabrement assez incroyable. Des pans entiers de parois de verre étaient rafistolés avec des planches, des volets de récupération remplaçaient les vitres qui manquaient. Difficile d'imaginer que quelqu'un se soit endetté jusqu'au cou pour acquérir deux ruines tout juste bonnes à raser.

— La voiture de Kevin est là, derrière ! dit Franca.

Elle était garée tout près des serres.

— Alors il est là lui aussi, se réjouit Alan. Finalement, nous avons de la chance.

Ils avaient atteint l'entrée de la première des serres. Alan ouvrit la porte, regarda à l'intérieur. Presque toutes les vitres des côtés avaient été remplacées par des planches, la serre, chaude et humide, était plongée dans la pénombre. Le centre de l'espace et le long des murs étaient occupés par des supports métalliques sur lesquels étaient posées des caissettes garnies de quelques plants de légumes souffreteux. L'ensemble donnait une impression de négligence et d'abandon surprenante quand on connaissait la méticulosité de Kevin.

— Et c'est avec ça que Kevin compte gagner de l'argent ? fit Alan, incrédule. Je n'ai jamais vu une pépinière aussi pitoyable.

— Oui, il ne doit pas réussir à s'en occuper correctement, dit Franca. Tout ça a l'air un peu délaissé.

— J'ai plutôt l'impression que c'est une couverture, dit Alan. Ça ne ressemble pas du tout à une pépinière en exploitation.

Il regarda autour de lui mais ne découvrit personne.

— Allons voir dans l'autre serre, dit-il. Si sa voiture est là, Kevin doit bien être quelque part.

Ils sortirent du misérable appentis. Franca prit une longue inspiration. L'air frais lui fit du bien. La touffeur qui régnait à l'intérieur avait accentué sa migraine et son sentiment d'oppression.

Ils ouvrirent la porte de la seconde serre. Il s'agissait d'une double porte, haute et très large, dont les deux battants pouvaient être rabattus sur l'extérieur. La plupart des vitrages avaient été là aussi remplacés par des planches ou du carton, cependant quelques ampoules électriques éclairaient l'intérieur. Les mêmes caissettes chichement garnies de plants de légumes s'alignaient le long des murs. Le long des murs seulement. Le centre de l'espace était occupé par un gros voilier vert et blanc. Un groupe d'hommes se tenaient autour.

L'un d'entre eux était Kevin.

Franca ne comprit pas immédiatement ce qu'elle voyait, et elle eut l'impression qu'Alan mettait lui aussi un certain temps à donner un sens à la scène qui se déroulait sous leurs yeux. La conversation s'interrompit brutalement et toutes les têtes se tournèrent vers eux. Kevin pâlit, les cernes qui soulignaient ses yeux parurent s'assombrir.

Ce fut lui qui, le premier, rompit le silence.

— Alan ! s'écria-t-il.

Alan et Kevin se dévisagèrent comme si chacun cherchait à percer les intentions de l'autre.

Le charme était rompu.

— C'est qui, ces deux-là ? fit l'un des hommes, d'une voix mauvaise.

Les pensées se bousculaient dans la tête de Franca. Un bateau de plaisance, cinq hommes inconnus, Kevin, des serres en ruine, la peur et le danger qui planaient… Les pièces du puzzle refusaient encore de se mettre en place mais son regard tomba sur Alan et elle vit à son expression qu'il venait de comprendre quelque chose et en tirait ses conclusions. Elle devina aussi, à un tressaillement à peine perceptible de ses traits, qu'il ferait l'innocent et garderait pour lui ce qu'il avait découvert.

— Nous sommes des amis de Kevin, dit-il. Nous faisions une balade en voiture et, en passant, je me suis dit que nous pouvions jeter un œil, voir s'il était là. Nous voulions simplement lui dire rapidement bonjour, nous ne pensions pas déranger.

Il s'exprimait sur un ton léger et sans malice. Ceux qui le connaissaient savaient qu'Alan n'affectait ce détachement que lorsqu'il voulait dissimuler quelque chose.

Il leva innocemment la main.

— C'est bon, Kevin, tu as à faire, nous te laissons. Nous allons remonter encore un peu la côte vers le nord. Franca n'est encore jamais venue par ici, et c'est là qu'il y a les plus belles plages de l'île.

— C'est vrai, dit Kevin en s'arrachant un sourire contraint. Elle n'a pas encore vu les plus belles plages.

— On y va, à bientôt, Kevin !

Alan fit un signe de tête aux hommes groupés près du bateau et poussa Franca devant lui vers la porte. Il la poussait d'une poigne de fer, elle réprima une grimace en sentant ses doigts s'enfoncer dans ses côtes.

Il était extraordinairement pressé de disparaître, mais il fallait qu'il prenne sur lui pour que leur retraite paraisse aussi naturelle que possible.

A peine dehors, il lui dit :

— Vite, à la voiture ! Mais sans courir ! Sinon ils sauront qu'on se doute de quelque chose.

— Qui sont ces gens ?

— Tu as vu le bateau ? Les yachts volés dans le port. C'est dans les prétendues serres de Kevin qu'ils sont repeints. Et, de là, sans doute convoyés en France.

Ils s'éloignaient à longs pas réguliers de la serre. Le cœur de Franca battait à tout rompre, elle sentit qu'elle commençait à transpirer. La menace encore diffuse et abstraite un instant plus tôt était devenue réalité. La solitude alentour n'était plus romantique et sauvage, mais insondable et dangereuse. Les vagues hostiles se fracassaient sur la grève, les cris d'avertissement des mouettes vrillaient les tympans. L'image d'Hélène surgit devant ses yeux, elle la vit sur le chemin de terre derrière la maison, baignant dans son sang, la gorge béante.

Soudain les pièces du puzzle se mirent en place et elle étouffa une exclamation horrifiée. Tout était lié, c'étaient les meurtriers d'Hélène qu'elle venait de rencontrer. Ils étaient seuls avec les meurtriers d'Hélène.

— Tu penses que Kevin... commença-t-elle.

— … a quelque chose à voir avec ça ? Evidemment. Il est en plein dedans. Et je connais aussi un des autres types. C'est un ex de Maya.

Franca se demanda qui sur l'île n'était pas un ex de Maya.

Tout à l'heure, la distance entre les serres et la voiture ne lui avait pas paru aussi longue. Avec les yeux des hommes qui avaient assassiné Hélène rivés sur son dos, le chemin lui semblait sans fin. Elle aurait voulu courir mais une force étrange freinait ses pas. Elle marchait aussi tranquillement que si elle se promenait par une belle journée d'été.

— Et je sais maintenant d'où je connais ce Julien, marmonna Alan. Je l'ai vu hier à *La Terrasse*. Il était avec Gérard, le type qui a demandé qui on était.

— Mais alors…

Il hocha la tête.

— Alors nous devons d'urgence prévenir ma mère qu'elle se méfie. Ou lui demander de le retenir jusqu'à ce que la police arrive. Mon portable est dans la voiture. Comment s'appelle le café où ils sont ?

— Je n'en ai aucune idée, dit Franca. Je n'ai pas fait attention.

— Ça va me revenir, dit Alan. J'y suis allé des dizaines de fois et…

Une voix dure l'interrompit :

— Hé, là-bas ! Restez où vous êtes !

Alan jura.

— Ils ont compris qu'on avait compris. Vite, on court, Franca, de toutes nos forces !

Elle sentit qu'il attrapait sa main, qu'il la tirait vers l'avant. Ses genoux flageolèrent, commencèrent à trembler.

— Je ne peux pas, souffla-t-elle, mais il la tira avec plus de force encore.

— Pense à Hélène ! Pense à ce qu'ils lui ont fait ! Il faut qu'on atteigne la voiture !

Elle trébuchait plus qu'elle ne courait. S'il ne lui avait pas tenu la main, elle serait tombée. Elle songea à Hélène et soudain la panique enfla, énorme vague noire prête à la submerger. Elle réussit à repousser l'assaut, mais elle savait déjà qu'elle ne pourrait pas éviter la prochaine vague. Elle s'abattrait sur elle, l'écraserait. Et elle ne pourrait plus faire un pas.

Elle entendait les malfrats courir derrière eux. Elle entendait leurs cris, percevait les vibrations du sol. Encore cinq cents mètres jusqu'à la voiture. Avaient-ils verrouillé les portières ? Et si elle ne démarrait pas ?

Dans les films, jamais elle ne démarrait et, comme elle avait l'impression d'être dans un film – ou de vivre un cauchemar – elle était déjà convaincue que la voiture les lâcherait.

— C'est le *Sea View*, entendit-elle Alan haleter à côté d'elle. Le bistro où est maman… Le *Sea View* !

C'est à cet instant que le premier coup de feu claqua. Il déchira l'air et effraya les mouettes qui s'enfuirent dans un tintamarre de cris perçants en écho à la détonation. Un second coup de feu claqua presque aussitôt. Encore trois cents mètres jusqu'à la voiture. Franca ne doutait plus qu'ils étaient déterminés à les abattre. Ils avaient beaucoup trop de choses sur la conscience pour prendre le risque de se faire arrêter. Ils n'avaient pas seulement volé et maquillé des bateaux de plaisance. Ils avaient aussi assassiné une femme.

Quand Alan tomba, il crut qu'une balle l'avait touché. Il fut étonné de ne ressentir aucune douleur. Il se disait qu'il devait pourtant avoir mal quelque part, tout en ayant le sentiment confus qu'il ne se posait cette question sans importance que parce qu'il était légèrement choqué et ne voulait pas penser à l'essentiel, pas penser que, quelques secondes plus tard, ils seraient sur lui et tireraient à bout portant.

Il essaya de se relever, une douleur fulgurante à la cheville droite lui arracha un gémissement et le cloua au sol. Avait-il reçu une balle à cet endroit ? Avait-il simplement trébuché et s'était-il fait une mauvaise entorse ? Ou bien s'était-il cassé quelque chose ? Il ne manquerait plus que ça !

Il se rendit compte que Franca s'était arrêtée. Elle avait failli tomber en même temps que lui. Elle le dévisageait, haletante, les yeux écarquillés et fixes comme un animal terrifié. Il prit les clés de la voiture dans une poche de son jean et les lui lança.

— Ne t'arrête pas ! Cours à la voiture ! Préviens la police ! Appelle maman ! Dépêche-toi !

Elle ne bougea pas.

— Pars ! Dépêche-toi ! insista-t-il.

Deux hommes arrivaient sur eux. L'un des deux était Gérard. Le petit malfrat dont le visage s'était imprimé de façon indélébile dans sa mémoire cet après-midi de plein soleil, dans Hauteville Road, devant l'appartement de Maya. Gérard, l'amant de Maya. Gérard, le tueur. Sans doute celui qui au sein de la bande se chargeait du sale boulot.

— Franca, pour l'amour du ciel, bouge ! Ne me regarde pas comme ça !

Leur première rencontre lui revint d'un coup en mémoire, c'était également dans Hauteville Road, et également le jour où il avait vu Gérard pour la première fois. Il avait pensé qu'elle avait l'air terrifié d'un lapin pris dans les phares d'une voiture. Lapin un jour, lapin toujours, se dit-il.

Mais comment une phrase aussi bête pouvait-elle lui être venue à l'esprit ?

— Va-t'en ! s'impatienta-t-il. Cours ou je te fais décamper !

La menace était absurde mais elle eut le mérite d'inciter Franca à parler.

— Non. Pas sans toi ! Viens, lève-toi ! Je t'aide !

— Laisse, Franca. Je ne peux pas. Dépêche-toi de filer. Et préviens ma mère !

Le regard de Franca vacillait.

Non, ne t'effondre pas maintenant ! la supplia-t-il intérieurement.

Elle partit en courant. Comme s'il avait appuyé sur un bouton mystérieux mais apparemment décisif. Elle courut jusqu'à la voiture, ouvrit la portière, se laissa tomber derrière le volant et mit le contact. Le moteur démarra instantanément. Elle enclencha la marche arrière puis fit demi-tour dans un hurlement de pneus. Un troisième coup de feu claqua. La voiture disparut en zigzaguant.

Alan poussa un soupir de soulagement et retomba dans l'herbe. Il ferma un instant les yeux. Quand il les rouvrit, Gérard était penché sur lui. Il vit ses traits grossiers, la lueur mauvaise dans son regard, son masque impassible, dur, son absence totale d'humanité.

Il pensa à Hélène. A la femme qui lui racontait des histoires et lui lisait des contes, qui le soir lui apportait un verre de lait chaud au lit. Il songea que c'était ce visage qu'elle avait vu au moment de mourir, ces yeux impitoyables. Elle n'avait pas pu espérer qu'il l'épargne. S'en était-elle rendu compte ? Ou bien tout s'était-il passé si vite qu'elle n'avait pas eu le temps de comprendre ce qui lui arrivait ?

Pourquoi avait-il fallu qu'il joue les détectives ? Pourquoi avait-il mis une telle insistance à vouloir rencontrer Kevin ?

C'est la fin, se dit-il. Un vague regret l'effleura d'avoir fait si peu de chose de sa vie. Puis il détourna la tête.

Il ne voulait pas voir le regard de Gérard.

8

— Je suis sincèrement désolé de ce qui est arrivé à Hélène, dit Julien. Tu as dû vivre des moments très durs.

Ils avaient à peine échangé un mot depuis que Franca et Alan étaient partis. Julien paraissait perdu dans ses pensées. Il avait commandé deux cafés coup sur coup. Béatrice s'était fait la remarque que son cœur devait battre des records de vitesse. Il buvait son café noir, sans sucre ni lait. Elle se demanda s'il l'avait toujours bu ainsi, puis elle se souvint qu'ils n'avaient pratiquement pas bu de vrai café de toute la guerre ; quant au sucre et au lait, ils n'en avaient pas eu de trop non plus.

— Ce fut un choc, répondit-elle à la remarque de Julien. C'est toujours un choc quand quelqu'un meurt brutalement, mais de cette façon... c'est tellement inconcevable. Parfois, je me réveille la nuit en pensant que j'ai rêvé. Puis je me rends compte que c'est véritablement arrivé. Que ça fait désormais partie de ma vie...

Elle eut un haussement d'épaules désabusé.

— ... du moins pour ce qu'il m'en reste. Je ne suis pas éternelle.

— Tu seras centenaire, pronostiqua Julien. En conclusion de quoi tu as encore trente années à tenir.

— Bah, fit-elle, stoïque, ça devrait pouvoir se faire.

Ils se regardèrent et Julien, soudain, tendit la main vers Béatrice. Elle la saisit et ils demeurèrent ainsi, main dans la main, l'un à côté de l'autre, en harmonie.

— Parfois, je me dis... que... commença Julien.

Il n'acheva pas sa phrase et Béatrice n'insista pas parce qu'elle savait ce qu'il avait été sur le point de dire. Il s'apprêtait à parler de la vie qu'ils auraient pu avoir ensemble, de la vie qu'ils ne s'étaient pas accordée et qui aurait peut-être été meilleure que celle que chacun de son côté avait eue. L'irréversibilité absolue de ce qu'ils avaient laissé passer avait dû lui apparaître.

— C'est agréable d'être ici avec toi, au bord de l'eau, dit-il au lieu de cela.

Le silence s'installa à nouveau entre eux. Béatrice se demanda s'il éprouvait la même tristesse que celle qui l'étreignait.

Chienne de vie qui n'en fait qu'à sa tête, songea-t-elle. Chienne de vie où tout va parfois de travers !

Mais la vie était ainsi faite et il fallait s'en accommoder. Elle s'efforça de dominer sa souffrance, cligna des yeux dans le soleil, s'accrocha à l'image de Castle Cornet, qui trônait, majestueuse et immuable, à l'entrée du port et avait accompagné chaque instant de sa vie. La solidité rassurante de la forteresse lui redonna un peu de sérénité.

Julien regarda sa montre.

— Il faut que j'y aille, dit-il. J'ai un rendez-vous. Excuse-moi d'être si brutal...

La jeune serveuse blonde apparut sur la terrasse, balaya les tables du regard puis se dirigea vers eux.

— Madame Shaye ? demanda-t-elle.

Béatrice leva les yeux.

— Oui ?

— On vous demande au téléphone. A l'intérieur, au comptoir.

— Ah bon ?

Béatrice était étonnée. Jamais on ne lui avait téléphoné dans un café ou un restaurant. Elle se leva.

— Ne pars pas tout de suite, Julien. Attends-moi, d'accord ? Ce ne sera certainement pas long.

Elle eut l'impression qu'il était nerveux, réellement pressé. Elle résolut de lui demander sans détour avec qui il avait rendez-vous. Elle s'était imaginé qu'il venait à Guernesey sans raisons particulières, simplement pour renouer avec ses souvenirs. Il fallait croire qu'elle se trompait.

Il n'a jamais eu rendez-vous avec moi, songea-t-elle, et une pointe de jalousie se ficha dans son cœur.

L'écouteur du téléphone était posé sur le comptoir à côté de l'appareil. La serveuse, qui l'avait précédée à l'intérieur, fit un geste de la main.

— C'est là, vous pouvez le prendre !

Béatrice souleva l'écouteur.

— Allô ? Béatrice Shaye à l'appareil, fit-elle.

A l'autre bout de la ligne, elle entendit la voix de Franca. Elle avait l'air dans tous ses états.

— Béatrice, vous êtes encore avec Julien ? Bon. Alors il faut absolument que vous l'empêchiez de partir. Pardon ? Non, je ne peux pas tout vous raconter, ce serait trop long. Il fait partie d'une bande qui vole des bateaux de plaisance dans les îles et les revend en France. Je sais que ça paraît complètement fou, mais Alan en est tout à fait certain. Kevin est lui aussi dans le coup. Il faut que j'appelle la police pour qu'ils aillent à Perelle Bay, et au *Sea View*. Julien ne doit surtout pas s'en aller. Béatrice, il est possible qu'il soit dangereux. Il est… il est peut-être impliqué dans la mort d'Hélène. Non, je suis sérieuse. Je vous en prie, Béatrice, croyez-moi. Je leur ai échappé de justesse. Empêchez seulement Julien de partir. Je vous en prie, faites ce que je vous demande. Il faut absolument que j'appelle la police, maintenant. Nous reparlerons plus tard !

Elle éteignit le portable. Elle avait eu le sentiment de mettre une éternité à réussir à le faire fonctionner. Elle se trouvait à l'entrée d'un village, sur la côte, où précisément, elle l'ignorait, mais elle supposait qu'elle ne devait pas être loin de Pleinmont. Elle s'était arrêtée au bord de la route et avait allumé le portable. Elle avait essayé d'obtenir la tonalité en conduisant, mais elle n'avait pas pu accéder au réseau. Elle pensait que, si elle n'arrivait toujours à rien, elle chercherait une cabine ou un café d'où téléphoner.

Elle s'était exhortée au calme ; si elle s'énervait, jamais ce maudit téléphone ne fonctionnerait.

Soudain l'appareil avait émis un bip, et elle avait même réussi à obtenir le service de renseignements de l'opérateur. Elle avait demandé le *Sea View*, à Saint Peter Port, et à sa propre surprise quelqu'un du café avait presque aussitôt répondu.

« Je souhaiterais parler à Mme Shaye, avait-elle dit, une dame de soixante-dix ans, aux cheveux blancs. Elle est sur la terrasse, directement au bord de l'eau. »

Il lui revint à l'esprit que la terrasse du café était entourée d'eau sur trois côtés si bien que sa description était plutôt vague, mais la serveuse lui dit qu'elle allait voir. Franca attendit, ses mains tremblaient. Avait-elle pris la bonne décision ? Aurait-elle dû appeler d'abord la police ? Oui, mais c'était prendre le risque que Julien disparaisse. Alan… Il ne fallait pas qu'elle pense à Alan. Elle se mit à transpirer, ses doigts picotèrent. Non, il ne fallait pas qu'elle pense à lui, surtout pas !

Puis elle avait entendu la voix de Béatrice et les mots s'étaient bousculés dans sa bouche pour lui raconter ce qui s'était passé et ce qu'elle devait faire. Elle ne lui avait pas parlé d'Alan et s'était dépêchée de raccrocher avant qu'elle ait le temps de lui poser des questions. Elle s'était rendu compte que Béatrice pensait qu'elle n'était pas dans son état normal et elle ne voulait pas discuter. Elle avait éteint le portable et profondément respiré.

Pourvu que Béatrice fasse ce que je lui ai demandé. Pourvu qu'elle ait compris, pourvu que...

Je n'ai pas le temps. Je n'ai pas le temps d'y penser. Il ne faut pas que j'y pense. Il faut que j'appelle la police.

Vite, le service des renseignements.

Elle ralluma le portable.

J'aurais dû appeler la police d'abord. C'était bien évidemment ce qu'il fallait faire. Pourquoi ne l'ai-je pas fait ? Quelle erreur ! Pourquoi ?

Ses mains tremblaient de plus en plus. Le mot « erreur » cognait dans sa tête. Elle faisait tout de travers. Toujours. Elle ne réfléchissait pas, ou alors de façon confuse et elle prenait les mauvaises décisions. Oui, toujours. Et il en avait toujours été ainsi. Elle avait choisi le mauvais métier. Elle avait choisi le mauvais mari. Au restaurant, elle choisissait les mauvais plats, dans les boutiques, la mauvaise robe. Et elle téléphonait dans le mauvais ordre. Il en allait de la vie d'Alan et elle appelait d'abord Béatrice, uniquement pour que ce Julien qui n'avait aucune importance puisse être arrêté.

C'était peut-être une erreur, mais une petite voix lui dit que si, au lieu de se dépêcher de téléphoner à la police, elle continuait à se poser des questions sur ce qu'elle aurait dû faire ou ne pas faire, l'erreur serait pire encore.

Ses mains tremblaient tellement qu'elle ne parvenait pas à appuyer sur les touches. Tout en elle vibrait, ses jambes, son corps. Elle était en nage. Des vagues de sueur successives l'inondaient par à-coups. Son angoisse prit le dessus, le désespoir la gagna, la paralysa.

La panique. La panique qui la défiait depuis le matin

revenait à la charge. Elle avait eu le temps de prendre des forces. Elle était plus déterminée que jamais. Il y avait des heures qu'elle guettait, qu'elle attendait, elle ne se laisserait pas juguler plus longtemps.

Pas maintenant ! Non, pas maintenant ! Il faut que j'appelle la police. Par pitié, pas maintenant !

Le souffle lui manqua. Quelque chose scintillait devant ses yeux. Elle ne parvint plus à fixer son regard, tout se mit à tourner autour d'elle. Le portable lui échappa et glissa sous les pédales de la voiture. Elle était à présent trempée comme si elle sortait de l'eau. Son souffle se fit de plus en plus court. L'angoisse l'enveloppait d'un brouillard qui à chaque seconde devenait plus épais et plus impénétrable. Il se collait à son corps, s'assombrissait. Il était noir. Le brouillard se mua en un mur noir qui avançait sur elle.

Mon Dieu, je vais mourir. Je vais mourir.

Elle luttait pour respirer. Elle avait toujours craint de s'étouffer pendant une crise. Cette fois, ça y était. Elle était à Guernesey, dans une voiture au bord d'une route, à l'entrée d'un village dont elle ne connaissait pas le nom, Alan était en danger de mort, ou peut-être même déjà mort, sauvagement assassiné comme Hélène, elle avait inquiété Béatrice en lui téléphonant et maintenant elle n'arrivait pas à appeler la police et elle allait mourir étouffée. Son pouls et son cœur battaient à tout rompre. Ses oreilles bourdonnaient. Elle voulut ouvrir la portière pour aspirer de l'air mais ses mains ne lui obéissaient pas. Incapable de se servir de ses yeux, il lui était impossible de localiser la poignée. Elle sentait le pare-brise se rapprocher d'elle, il lui écrasait la poitrine, l'empêchait de respirer, l'empêchait même de crier. Aucun son ne parvenait à franchir ses lèvres. Elle seule entendait les appels à l'aide qu'elle hurlait et qui résonnaient dans sa tête. Le danger se précisait, la menace enflait, elle se sentait de plus en plus mal, la mort approchait. Et à chaque seconde la situation d'Alan empirait.

Alan. Quelque chose se mit en marche dans son esprit embrumé, une association d'idées qui lui échappait encore. Elle devinait un point fixe au milieu du chaos, une chose à laquelle elle allait pouvoir se raccrocher. Il suffisait qu'elle s'en saisisse. C'était une image… Elle avait l'impression de courir après une feuille portée par le vent : chaque fois qu'elle tendait la main, la feuille s'envolait plus loin.

Ses doigts s'emparèrent d'un coin de la feuille, la retinrent. Une vague. L'image d'une vague. D'une vague qui enflait, enflait, grossissait encore, puis atteignait son point de rupture, cassait, s'effondrait dans un fracas de mousse, et s'éparpillait alors en inoffensives vaguelettes qui déferlaient et s'évanouissaient dans le sable.

Oui, Alan en avait parlé. Un jour, Alan lui avait parlé de vagues. Mais dans quel contexte ? Et qu'avait-il dit exactement ? Il fallait qu'elle retrouve ses mots. Elle avait la certitude que ça l'aiderait.

« Rien, absolument rien, ne peut dépasser son propre point culminant. Une fois celui-ci atteint, le mouvement inverse s'enclenche. C'est comme les vagues de la mer. »

Et il avait dit aussi autre chose.

« Souvenez-vous toujours de la façon dont l'angoisse est retombée. Vous avez pu à nouveau respirer, calmement et régulièrement. Vos tremblements ont cessé. Vous avez retrouvé vos esprits, été capable de nouveau de penser et réfléchir, et vous avez alors compris que vous n'alliez pas mourir. »

« Que vous n'alliez pas mourir. » Elle s'accrocha à ces mots, imagina la voix chaude et calme d'Alan qui les prononçait.

« Jamais vous n'en mourrez. Vous survivrez

toujours à votre panique. Cela signifie que vous n'avez aucune raison d'avoir peur comme vous avez peur. »

La vague enfla, enfla, enfla. Franca ne pouvait toujours pas respirer mais les mots d'Alan l'enveloppaient comme la promesse de surmonter l'épreuve. Elle réussit à ne plus s'arc-bouter contre la panique. Elle la laissa venir, la laissa s'imposer. Le mur noir était maintenant tout près. Si près… à quelques millimètres à peine… la catastrophe était imminente, elle était là, elle allait être avalée, aspirée, dissoute…

La vague atteignit son point culminant. Franca se débattit, ouvrit la bouche pour aspirer de l'air, une dernière poussée de sueur mouilla ses vêtements, puis la panique retomba, faiblit, diminua, devint insignifiante, s'éparpilla enfin en vaguelettes inoffensives qui s'évanouirent dans le sable.

Elle retrouva son souffle. Dans ses oreilles, le bourdonnement diminua. Le scintillement devant ses yeux disparut, des images surgirent, leur contour s'affina. Elle vit le volant devant elle puis, au-delà du pare-brise, des arbres, des fleurs, une route goudronnée qui entrait dans un village. Elle perçut l'odeur de l'habitacle de la voiture, mélange de vapeurs d'essence, d'odeur de tissu des sièges et de caoutchouc des pneus, auquel s'ajoutait le parfum âcre de sa transpiration. Elle entendit des oiseaux gazouiller, puis le grondement lointain d'un avion. Elle était éveillée et en vie. Aussi vivante qu'on peut l'être. Elle avait surmonté sa panique. Seule. Sans médicaments, et sans l'aide de personne. La vague l'avait submergée, roulée, ballottée ; à présent, elle relevait la tête et constatait qu'elle était indemne. L'épisode dramatique n'avait pas eu lieu. Elle avait souffert, eu effroyablement peur, mais finalement ça n'avait pas duré trop longtemps.

Si ça recommence, je m'en sortirai à nouveau, songea-t-elle.

Ce n'était pas le moment de savourer sa victoire. Alan avait besoin d'elle. Elle plongea sous le volant pour ramasser le portable. Il fallait qu'elle envoie immédiatement la police à Perelle Bay. Et au *Sea View*, à Saint Peter Port.

9

Béatrice regagna lentement la terrasse baignée de soleil. Les pensées se bousculaient dans sa tête. Ce que Franca venait de lui dire était tellement extraordinaire et inattendu qu'elle n'arrivait pas à le croire. Julien impliqué dans un trafic de bateaux volés ? Et n'avait-elle pas parlé aussi d'un lien avec la mort d'Hélène ? Franca devait avoir perdu la raison.

Que devait-elle faire ?

Elle songea à ce qu'elle savait de Franca.

Elle prenait des médicaments parce qu'elle avait de graves crises d'angoisse. Elle souffrait d'un complexe d'infériorité, doutait fortement d'elle-même et était animée d'un sentiment d'échec quasi pathologique. Elle avait pris de l'assurance, ces derniers temps, on ne pouvait le nier, mais une rechute ne pouvait pas être exclue. Quoique au téléphone... Elle avait parlé vite et paru essoufflée, mais elle n'avait pas du tout donné l'impression de ne pas savoir ce qu'elle racontait. En même temps, comment en juger ?

Quand il la vit revenir, Julien se leva et fourra sa boîte de cigarillos dans une poche de sa veste.

— Je suis désolé, Béatrice. Il faut réellement que j'y aille. Tout va bien ? Tu es toute pâle. Qui donc t'appelait ?

— Avec qui as-tu rendez-vous ? demanda-t-elle, ignorant sa question.

— Des gens que tu ne connais pas, dit-il sur un ton évasif. Des amis... Je suis déjà un peu en retard.

Il désigna les billets qu'il avait glissés sous le cendrier.

— Je t'invite.

Il posa la main sur son bras et se pencha pour l'embrasser mais elle recula la tête.

— Qu'y a-t-il ?

Béatrice était une personne directe et entière qui n'échafaudait pas de plans compliqués avant d'agir. Elle alla droit au but.

— Est-ce vrai que tu es en affaires avec des gens qui volent des bateaux pour les revendre en France ? demanda-t-elle.

Les yeux de Julien s'étrécirent. Il serra les lèvres.

— Qui t'appelait ?

Béatrice secoua la tête.

— Peu importe. Je veux seulement que tu répondes à ma question.

— Mon Dieu ! souffla-t-il en se cachant le visage dans les mains. Mon Dieu !

Il se laissa retomber sur sa chaise. L'espace d'un instant, ses nerfs parurent lâcher. Il avait soudainement l'air pitoyable et très vieux.

Béatrice le regardait fixement. Sans même le vouloir et en un éclair, elle avait obtenu ce que Franca lui avait demandé. Julien ne songeait plus à s'en aller. Sans doute n'était-il pas en état de le faire. Elle l'avait tellement surpris, tellement déconcerté, qu'il lui faudrait peut-être plusieurs minutes avant de se ressaisir. Elle comprit que Franca avait dit vrai. La réaction de Julien aurait sinon été bien différente. Il aurait été stupéfait, consterné. Ou bien il aurait éclaté de rire et lui aurait demandé si elle plaisantait. Il ne se serait pas effondré de cette façon, il ne serait pas devenu livide. Sa seule attitude était un aveu.

— Mon Dieu, murmura-t-elle à son tour.

Rien n'avait changé. La mer renvoyait les rayons du soleil en milliers de facettes scintillantes. Les mouettes jubilaient dans l'air chaud et léger. Aux tables voisines, les clients parlaient et riaient. Castle Cornet, toujours aussi imposant, veillait avec bienveillance sur l'animation estivale.

Pourtant tout était différent, sombre, menaçant. Béatrice avait l'impression qu'autour d'elle la lumière s'était éteinte, qu'un mur s'était dressé entre Julien et elle d'un côté et le reste du monde de l'autre. Ils n'appartenaient plus au reste du monde. Ils étaient seuls.

D'un coup ce fut comme si les années s'évanouissaient. Julien n'était plus un vieil homme au visage marqué et aux cheveux blancs, elle n'était plus la vieille dame qui fêterait bientôt ses soixante-douze ans. Elle voyait le jeune Julien au regard brûlant, elle entendait son rire, mais elle voyait aussi ses larmes et sa révolte. Elle le voyait dans le grenier, le voyait regarder le ciel bleu par la lucarne, et elle percevait son désespoir, sa colère et sa peur. Elle le voyait pleurer sur les années qu'on lui volait et elle se désespérait de ne pouvoir lui rendre sa liberté, de ne pouvoir lui rendre la vie qu'on lui avait prise.

Elle était une toute jeune fille impuissante à lui venir en aide. A l'époque, oui, mais pas aujourd'hui.

Elle reprit pied dans la réalité. Le mur s'évanouit, le soleil, les mouettes, les gens étaient à nouveau tout proches. Tous ses sens étaient en éveil, elle sut ce qu'elle devait faire.

Elle secoua Julien par l'épaule.

— Viens. Dépêche-toi. La police sera là d'une minute à l'autre. Je ne sais pas comment ils s'y sont pris, mais Franca et Alan ont compris ce que toi et tes amis trafiquiez et Franca est en train de mettre la police au courant. Nous devons filer.

Il la regarda en écarquillant les yeux. Elle lui prit la main et l'incita à se lever.

— Vite, nous n'avons pas beaucoup de temps.

Elle le traîna derrière elle jusque dans la rue.

— Où est ta voiture ?

— Pardon ?

— Ta voiture. Tu as dis, tout à l'heure, que tu avais loué une voiture.

Il parut enfin reprendre ses esprits.

— Ah, elle est un petit peu plus bas dans la rue. Le long du trottoir.

Ils trouvèrent la voiture et s'y engouffrèrent.

— Et où va-t-on ? demanda Julien.

— Je ne sais pas, répondit Béatrice. Mais démarre.

— Ça fait presque vingt ans que je baigne là-dedans, dit Julien. Si tu préfères : ça fait presque vingt ans que je suis un malfaiteur. Une vocation tardive.

— Pourquoi fais-tu ça ?

Il haussa les épaules.

— Le goût du risque. L'aventure. L'argent est encore ce qui m'intéresse le moins. Je ne me voyais pas cesser toute activité à soixante ans. Il me fallait de nouveaux défis. Je les ai trouvés. Mais ce n'était assurément pas respectable.

Le hasard des routes les avait menés à Petit Bôt Bay. Ils avaient laissé la voiture sur la falaise, puis ils étaient descendus vers la baie en se frayant un chemin parmi les ajoncs, les fougères et les fleurs. La plage était baignée de soleil, et les estivants relativement nombreux. La marée avait atteint son point le plus haut et recouvert la dernière bande de sable blond. Quelques baigneurs jouaient dans les vagues. Un voilier tirait des bords à l'entrée de la baie. Béatrice et Julien s'étaient installés sur un rocher plat adossé à la falaise et situé à l'écart, dont la base était léchée par les vagues mais dont le sommet offrait un refuge confortable.

— L'équipe est mouvante, expliqua Julien. Hormis le chef, je suis le seul à en avoir toujours fait partie.

Nous volons des bateaux de plaisance dans toutes les îles de l'archipel, nous les repeignons et les revendons en France. C'est là que j'interviens. Dans la revente. C'est moi qui m'en occupe. Je trouve les acquéreurs et j'organise le transfert des fonds.

Béatrice clignait des yeux dans le soleil. Elle se sentait nauséeuse.

— Je n'arrive pas à faire coller cette histoire avec l'image que j'ai de toi, dit-elle.

— Quelle image as-tu de moi ?

— Tu es l'homme que j'ai aimé. Je te vois comme quelqu'un d'insouciant, quelqu'un de tourné sur lui-même, d'assez individualiste. Mais dans un livre ou dans un jeu, tu serais pour moi du côté des « bons ». Tu comprends ce que je veux dire ?

— Oui, je comprends. Il faut que tu révises ta position.

— Oui, on dirait.

— J'ai toujours su que ce que nous faisions était répréhensible. Je ne me suis jamais caché la vérité. Mais...

— Mais ?

— Eh bien, jusqu'à présent il s'agissait seulement de vol. De vol et de recel. Maintenant...

Le soleil n'avait pas faibli, pourtant Béatrice avait la chair de poule et un frisson la parcourut.

Franca avait dit vrai.

— Et pour Hélène ? Avez-vous réellement quelque chose à voir avec sa mort ?

— Je n'en savais rien jusqu'à hier, dit Julien. Plus exactement, je ne savais pas qu'il s'agissait d'Hélène. En fait, je suis ici depuis hier, pas depuis ce matin. Je t'ai raconté des histoires parce que... ça m'a paru plus simple. Bref, hier Gérard – un type de la bande, parfaitement antipathique – m'a appris qu'ils avaient eu un gros pépin, qu'une femme qui les avait repérés avait été tuée. Une vieille femme qui avait eu essentiellement la malchance de se trouver au mauvais endroit au mauvais moment… J'ai eu du mal à encaisser le coup… c'est le moins que l'on puisse dire.

Il demeura un instant silencieux. Il plongea la main dans du sable qui s'était accumulé dans une cavité du rocher, le fit glisser entre ses doigts. A quelques mètres d'eux, des enfants jouaient au frisbee. Leurs corps maigres et bronzés bondissaient de rocher en rocher.

— J'ignorais totalement qu'il s'agissait d'Hélène, reprit-il. Et je ne savais pas non plus que… qu'elle avait été égorgée. Les bateaux, c'était déjà suffisamment grave. Voler est une chose, tuer en est une autre.

— Kevin Hammond fait partie de votre bande ? voulut savoir Béatrice qui se rendait lentement compte que Franca lui avait pratiquement tout dit.

— Kevin Hammond ? C'est le pépiniériste chez qui nous maquillons les bateaux, depuis environ deux ans. Il a déniché des serres à Perelle Bay. Pour nous, l'endroit est idéal, discret, isolé… Tu connais Kevin ? demanda-t-il en se tournant vers elle.

— Nous sommes amis depuis de longues années. Hélène l'appréciait beaucoup. Il était son confident, son ami de cœur. C'est après avoir dîné chez lui qu'elle a été assassinée. Elle a dû entendre ou voir quelque chose qui ne lui était pas destiné.

— Je ne sais pas exactement ce qui s'est passé, mais tu as certainement raison.

— C'est Kevin qui… ?

— Non. C'est Gérard. C'est le genre à faire ça. C'est un tueur à gages notoire, il exerçait ses talents dans le Midi, Marseille, Nice… Il entretient je ne sais quels liens avec la mafia française. J'ai toujours été opposé à ce qu'on le fasse travailler. Je le trouvais dangereux. Malheureusement, je n'avais pas mon mot à dire.

— Franca m'a dit qu'elle envoyait la police à Perelle Bay.

Un rictus passa sur le visage de Julien.

— Alors ils sont tous coincés. C'est là-bas que je devais aller. Ils sont venus prendre livraison d'un bateau qui doit être convoyé à Calais. La bande est presque au complet. Ils doivent partir à marée haute. Enfin, c'est ce qui était prévu. La police les a peut-être pris de court.

— Je l'espère, dit Béatrice avec véhémence. J'espère de tout mon cœur que ces sales types vont se faire pincer. Dieu sait qu'Hélène n'était pas un ange, mais elle n'a pas mérité de mourir comme ça. Personne ne le mérite. Jamais je ne pourrai oublier l'image monstrueuse de... de... Et tout ce sang...

Elle haussa les épaules et noua ses bras autour de son corps comme si elle voulait se protéger de ce que la vie infligeait à ses créatures.

— Je veux qu'ils payent pour ce qu'ils ont fait. Je veux que Gérard finisse sa vie derrière des barreaux.

Julien hocha lentement la tête. Sans regarder Béatrice, il demanda :

— Et moi, pourquoi ne veux-tu pas que je paye ?

— Pardon ?

— Je fais partie de la bande. Pourquoi ne veux-tu pas que je finisse mes jours derrière des barreaux ?

— Tu n'as rien à voir avec la mort d'Hélène.

— Il ne s'agit que d'Hélène ?

Elle réfléchit. Dans un sens, il s'agissait précisément d'Hélène.

— Je veux qu'elle soit vengée. Elle m'a menti, elle m'a trompée, elle m'a volé une bonne partie de ma vie. Mais je l'ai laissée faire. Les victimes sont souvent aussi responsables que les bourreaux. C'est moi qui ai donné à Hélène la place qu'elle a finalement prise dans ma vie. Si je ne l'avais pas voulu, elle n'y serait pas parvenue. Je ne pense pas avoir le droit de la condamner.

— Ça, c'est ta raison qui parle. Mais ton cœur, que dit-il ?

Le frisbee rasa leurs têtes et tomba dans l'eau. Les enfants s'esclaffèrent et sautèrent derrière en poussant des cris aigus.

— Mon cœur me dit qu'Hélène m'a apporté quelque chose. Si absurde que cela puisse paraître, je sais qu'une partie de ma force, c'est elle qui me l'a donnée. Elle était constamment présente, elle se plaignait sans discontinuer. Elle mendiait mon attention, mes faveurs, elle a remué ciel et terre pour que je reste près d'elle. Et aujourd'hui, je me dis que j'en avais besoin. J'avais besoin qu'elle soit là sans cesse à réclamer quelque chose, j'avais besoin du numéro de charme qu'elle me faisait, j'avais besoin de ses pleurnicheries et de ses minauderies. J'étais forte parce qu'elle était faible. Si ce n'est pas tout à fait la vérité, c'est au moins l'illusion que nous avons entretenue une vie entière sans faiblir, à laquelle nous nous sommes l'une et l'autre accrochées, et qui, somme toute, était notre raison d'être. Alors…

Elle esquissa un haussement d'épaules qui lui donna l'air d'être plus sereine qu'elle n'était.

— J'ai fait la paix avec elle. Mais pour qu'*elle* soit en paix, il est important que ses meurtriers soient jugés.

— Je comprends, mais ça ne répond toujours pas à ma question, insista Julien. Pourquoi m'as-tu prévenu ?

— Par amitié.

Il lui lança un regard sceptique.

— Par amitié ?

— De ton côté, tu n'éprouvais pas autre chose.

— Et toi ?

Béatrice estimait qu'elle avait passé l'âge de faire des façons.

— De mon côté, c'était de l'amour. Que pouvais-tu attendre d'autre d'une gamine de quatorze ans ? C'était de l'amour, et il fut suffisamment fort et profond pour empoisonner toutes les relations amoureuses que j'ai pu avoir par la suite.

— Mon Dieu, murmura Julien.

Elle prit sur elle pour refouler la vague de nostalgie qui la gagnait.

— Bref, toujours est-il que je trouve que personne ne doit plus t'enfermer. Tu as été suffisamment privé de liberté comme ça. Et alors que tu n'avais rien fait pour le mériter. Disons que, si tant est qu'elle existe, tu as déjà payé pour ta complicité dans la mort d'Hélène. La justice a eu son dû.

Il la regarda.

— Tu es une femme étonnante, Béatrice. Tu ne veux plus me voir enfermé ? Réellement ?

Il lut sur son visage combien elle était sincère.

— Non, répondit-elle, je ne veux plus jamais voir ça de ma vie. Il y avait dans tes yeux une expression que je n'ai jamais oubliée. Elle m'a toujours poursuivie. Elle a... constamment été en moi. C'est pour ça que j'ai pris cette décision, tout à l'heure, au *Sea View*. Pour toi.

— Il faut que je quitte l'île tout de suite, dit Julien. Avant que la police n'apprenne mon nom et que les contrôles soient renforcés.

Il eut brusquement l'air inquiet. Jusque-là, il avait donné l'impression d'être dépassé par les événements, choqué au point de ne plus savoir quoi faire. Il était à présent en pleine possession de ses moyens, prêt à réagir, et il avait compris qu'il devait se dépêcher.

— Il faut que je parte, répéta-t-il en se levant.

Béatrice se leva à son tour.

— C'est à toi de voir comment tu repars. Je souhaite de tout cœur que tu réussisses.

Ils se regardaient. Il n'y aurait pas de prochaine fois, ils avaient conscience qu'ils ne se reverraient plus. Ni l'un ni l'autre ne savait quoi dire. Mais Béatrice était déjà ailleurs.

— Alan, fit-elle, prise soudain d'inquiétude. Franca ne m'a pas dit où il était. Pourquoi est-ce elle qui a téléphoné et pas lui ? Il faut que j'aille à Perelle Bay. Conduis-moi vite à la maison, Julien. Je pourrai prendre ma voiture. Mon Dieu, pourvu qu'il ne soit rien arrivé à Alan !

10

De loin, déjà, elle vit le barrage de police. Elle vit la foule qui se pressait, les curieux qui mystérieusement surgissaient dès qu'il se passait quelque chose. Elle entendit une voix dans un mégaphone mais ne comprit pas ce qu'elle disait. Un hélicoptère tournait au-dessus de la côte. Elle reconnut une vedette de la police des mers à l'entrée de la baie. Son inquiétude grandit, se mua en peur. Il s'était passé quelque chose de grave. Elle le sentait. Elle accéléra mais dut presque aussitôt freiner. C'était dangereux, il y avait beaucoup trop de monde.

Un policier se mit en travers de son chemin, posa la main sur le capot de la voiture et lui fit signe de couper son moteur. Elle abaissa la vitre de sa portière.

— Qu'y a-t-il ? demanda-t-elle.

— Vous ne pouvez pas aller plus loin, madame. Je dois vous demander de vous arrêter.

— Je cherche mon fils, dit-elle. Il est là.

— Où, là, madame ?

— Je ne sais pas, quelque part avec les gens que vous avez arrêtés.

Le policier lui jeta un regard suspicieux.

— Quel est votre nom ?

— Shaye. Béatrice Shaye.

— Un instant, s'il vous plaît.

Il s'éloigna de quelques pas pour se concerter avec l'un de ses collègues.

En un éclair, Béatrice bondit hors de sa voiture et

s'élança vers les serres. Elle courait à travers la foule en bousculant les gens. Derrière elle, l'officier de police criait.

— Madame Shaye ! Madame Shaye ! Mais attendez, voyons !

Elle ne songea même pas à ralentir. Une ambulance était stationnée de l'autre côté du périmètre de sécurité. Son cœur s'arrêta. Que venait faire une ambulance ? Il y avait des blessés ? Est-ce qu'Alan était blessé ?

Mon Dieu, non, supplia-t-elle intérieurement. Pas Alan. Pas lui. Ne me faites pas ça, je vous en prie ! Mon Dieu !

Elle avait atteint la barrière métallique dressée par la police pour éloigner les badauds. Elle s'y accrocha, haletante, et tenta d'analyser ce qu'elle voyait.

Deux ambulanciers remontaient le chemin sablonneux de la plage en portant une civière. Un corps recouvert d'un drap était allongé dessus.

Pourquoi n'ont-ils pas découvert la tête ? se demanda Béatrice. Elle connaissait la réponse, bien sûr, mais se poser la question était un moyen de différer l'instant où il faudrait regarder la vérité en face. La personne qui était sur la civière était morte.

Plus loin, des hommes sortaient des serres. Ils étaient menottés. Des policiers lourdement armés les encadraient. La scène avait quelque chose d'irréel, d'excessif. On aurait dit le tournage d'un film. Mais il manquait les caméras, les projecteurs, le metteur en scène qui criait des indications scéniques aux acteurs. Pourtant, une scène pareille ne pouvait pas être réelle. La réalité ne ressemblait pas à ça.

Béatrice déplaça légèrement la barrière et se faufila de l'autre côté. Un policier qui se tenait à quelques mètres de là la regarda, stupéfait.

— Madame... protesta-t-il, mais, le temps qu'il se ressaisisse et tente de l'arrêter, elle était loin.

Elle traversa la prairie – heureusement qu'elle portait les baskets qu'elle affectionnait tant. Avec ses chaussures à talons, Mae n'aurait pas fait deux mètres.

Elle fut devant la civière. L'espace d'un instant, ses sentiments, ses pensées, tout ce qui en elle vivait, bougeait, palpitait cessa de fonctionner. Elle ne fut plus qu'une enveloppe vide, une machine qui faisait ce qui devait être fait. Rien de ce qui se passait autour d'elle ne la touchait plus.

Avant même que les brancardiers aient compris ce qu'elle faisait, elle rejeta le drap blanc qui masquait le corps qu'ils transportaient.

Les yeux sans vie de Kevin Hammond étaient grands ouverts sur le ciel.

11

— Ce que je ne comprends pas, maman, mais alors, vraiment pas, c'est comment tu as pu laisser filer ce Julien ?

Alan se tenait sur la véranda de la maison de sa mère, confortablement installé dans un fauteuil, son pied couvert d'un gros pansement posé sur une chaise devant lui. Il s'était déchiré un ligament et le médecin lui avait prescrit le repos absolu, recommandation superflue puisqu'il était incapable de poser le pied par terre.

Béatrice, qui était assise à côté de lui sur le banc, un verre de sherry à la main, secoua la tête d'un air désolé.

— Tu sais, j'étais très choquée par ce que je venais d'apprendre. C'était tout de même difficile à avaler. Et dans un sens, je n'y croyais pas vraiment. Je pensais que Franca était ivre, ou avait perdu la tête. Ce qu'elle racontait était tellement absurde. Quand je suis revenue à la table, Julien était en train de partir. Il était pressé.

— Pardi ! Il avait rendez-vous avec ses acolytes à Perelle Bay. N'empêche qu'il n'y est pas allé. Comme s'il avait eu une intuition.

— Quand je suis arrivée là-bas, observa Béatrice, ça grouillait de policiers. Il a sûrement vu la même chose que moi et fait demi-tour. Tu ne t'attendais tout de même pas à ce qu'il se jette sciemment dans la gueule du loup !

— Ça m'agace, qu'il s'en soit tiré, s'obstina Alan. Sa place est en prison, au même titre que les autres.

Béatrice s'abstint de répondre et piqua du nez dans son verre de sherry. Franca, qui arrivait à cet instant et avait entendu les derniers mots d'Alan, posa un regard insistant sur Béatrice. Celle-ci lui rendit son regard sans ciller. Franca acquiesça presque imperceptiblement. Elle avait compris, et elle se garderait de porter un jugement.

Ils avaient tous trois été longuement interrogés par la police, surtout Alan qui avait servi d'otage et vu Kevin se faire abattre sous ses yeux alors qu'ils étaient tous retranchés dans la serre.

Il était toujours étonné d'être en vie. Quand il était tombé, il avait été persuadé que c'était fini. Pour quelle raison Gérard l'aurait-il épargné ? Puis il l'avait entendu dire aux autres : « La femme va rameuter les flics, dans deux minutes ils seront là. On est coincés. Vite, embarquez-le dans la serre ! »

Des bras solides l'empoignèrent et le mirent debout. Il faillit s'évanouir de douleur quand son pied reposa sur le sol. Le chemin jusqu'à la serre lui parut ne jamais devoir finir, jamais il n'avait eu aussi mal de sa vie. A l'intérieur, il s'effondra entre un pot de fleurs dans lequel végétaient quelques violettes du Cap et une corbeille en osier remplie de bulbes. Il respirait par à-coups et s'efforçait de se concentrer sur autre chose que la douleur qui irradiait dans toute sa jambe. Il regarda Kevin qui détourna les yeux. Les hommes discutaient entre eux mais ils parlaient trop bas pour qu'il puisse comprendre ce qu'ils disaient.

Tout ce qui dès lors se produisit lui parvint comme à travers un brouillard épais. La douleur paralysait son corps et son esprit. A un moment, il comprit que la police était dehors, puis que des renforts arrivaient. Les gangsters avaient déclaré qu'ils détenaient un otage. Il mit un long moment à saisir que c'était de lui qu'il était question.

Il n'avait aucune notion du temps. Il apprit plus tard que la scène avait duré plus de deux heures. Deux heures ou deux jours, il eût été incapable de faire la différence. Rien n'existait au-delà de sa douleur. Tout lui était égal. Il souhaitait seulement que sa souffrance cesse.

Comment le coup de feu était-il parti ? Il dut faire un gros effort de mémoire pour donner un sens à ce qu'il avait perçu et fournir à la police un tableau aussi proche que possible de la réalité. Recroquevillé sur lui-même entre son pot de violettes du Cap et ses bulbes, les yeux clos, centré sur la douleur qu'il sentait maintenant battre derrière ses tempes, il n'était attentif qu'à lui et à sa peur. La voix de l'un des hommes lui était soudain parvenue, sans doute parce que, suraiguë, nerveuse, elle trahissait un début de panique.

« Ils arrivent ! Merde ! Les flics arrivent !

— Calme-toi, fit Gérard. Y a qu'à leur dire qu'on descend l'otage. Si c'est ce qu'ils veulent, qu'ils continuent à avancer ! »

Quelqu'un cria quelque chose à l'intention de la police.

« Ils continuent à avancer ! cria un homme. Ils continuent quand même ! Saloperies de serres ! On aurait dû se tirer !

— Ouais. Eh bien, tant pis pour l'otage, dit Gérard. Mais il faut qu'ils voient. Collez-le debout ! »

Plus encore que la mort, Alan redoutait qu'ils le mettent sur ses pieds. La douleur serait intolérable. Il gémit quand deux hommes le tirèrent par les bras pour le soulever.

« Je vous en prie ! Non ! supplia-t-il. Non ! »

Ils n'eurent cure de ses plaintes. Alan eut beau faire

porter son poids sur sa jambe indemne, la douleur le transperça au point que les larmes lui montèrent aux yeux, puis roulèrent sur ses joues sans qu'il puisse les retenir. Il pressentit qu'ils voulaient le traîner devant la porte. Il ne savait pas comment il le supporterait. Il espéra qu'il perdrait connaissance.

Ils le prirent par les aisselles. Alan avait l'impression d'être un sac mouillé. Quand ils s'arrêtèrent devant la porte, il avait un voile noir devant les yeux. Il se retenait de gémir. Quelque part au fond de son esprit embrumé, il ne voulait pas qu'il soit dit que les dernières minutes de sa vie il avait hoqueté comme un enfant.

Ce qui s'était ensuite produit, il avait maintes fois essayé de se le remémorer pour l'inspecteur qui l'interrogeait, mais des trous, des absences subsistaient.

« Il a pointé son arme sur moi.

— Qui ?

— Le Français. Ils l'appellent Gérard. Je ne sais pas si c'est son vrai nom.

— Il a donc pointé son arme sur vous. Il se tenait à quelle distance de vous, approximativement ?

— A trois pas. Peut-être quatre. J'étais devant la porte, il se tenait en retrait, dans la serre, à quelques centimètres de moi. Son arme était pointée sur moi, quasi à bout portant.

— Vous avez vu mes collègues qui arrivaient ? »

Il essaya de se souvenir, mais il ne lui revint que des images floues, des impressions qui refusaient de prendre forme.

« Non. Je ne crois pas m'en être rendu compte. Je ne voyais rien que le pistolet, il était tellement près. Et je n'étais pas en état de réfléchir. Le douleur me rendait dingue.

— Que s'est-il passé ensuite ?

— Tout est allé si vite… et je n'ouvrais pas souvent les yeux. Mais je crois que Kevin se tenait à quelques pas de moi, sur ma gauche. Puis Gérard a tiré... et Kevin a poussé un cri.

— Ah ? Et il a crié quoi ?

— Il a crié : “Non !” Et je l’ai vu devant moi.

— Il s’est jeté devant vous ? »

Alan haussa les épaules dans un geste d’impuissance.

« Je sais seulement que je l’ai vu brusquement devant moi. Et que, dans le même instant, il s’est effondré. »

Gérard avait touché Kevin au cœur. Il était mort sur le coup.

« Est-il possible qu’il ait été poussé ?

— Je ne sais pas. Je ne sais vraiment pas. Mais j’ai du mal à l’imaginer. Pourquoi ses complices l’auraient-ils poussé ?

— Pourquoi M. Hammond se serait-il sacrifié pour vous ? »

Alan s’était posé la question. Mille fois. Pourquoi Kevin se serait-il sacrifié pour lui ? Pourquoi aurait-il donné sa vie pour lui ?

« Je ne sais pas. Je suppose qu’il a obéi à une sorte de réflexe. Pour empêcher Gérard de tirer. Il a peut-être cru qu’il ne tirerait pas si quelqu’un s’interposait... A moins qu’il ait éprouvé un sentiment de culpabilité. Kevin Hammond était un ami de longue date de la famille. La maison de ma mère lui était ouverte. Hélène était morte. L’idée que quelqu’un d’autre dût mourir lui était peut-être insupportable. Il aurait tout fait pour l’empêcher... Il a tout fait pour l’empêcher », se reprit-il.

Alan avait aussi une autre idée mais, rien ne permettant de l’étayer, il préférait la garder pour lui. Au reste, c’était seulement une impression, lui-même ne savait pas sur quoi elle reposait, simplement quelque chose lui disait que Kevin avait cherché volontairement à mourir. Il voulait mourir. Quand il y repensait, Alan se disait qu'il y avait longtemps qu'il percevait chez Kevin un désir diffus de mort. Peut-être le percevait-il depuis toujours. Kevin n'était pas de ce monde, et cela n'avait rien à voir avec ses préférences sexuelles. C'était un rêveur, un homme qui recherchait plus la compagnie des fleurs que celle de ses congénères. Un jeune homme qui appréciait une vieille dame qui le traitait avec bienveillance et respect, une vieille dame qui avait souffert autant que lui de la cruauté de la vie et de l'insensibilité des hommes. Kevin avait tenté de se tenir à l'écart de tout ce qui était vulgaire, laid et agressif. Il s'était construit une vie plus belle, plus pure et plus douce que celle des autres. Son drame avait été de se trouver finalement mêlé de plus près que le commun des mortels à l'aspect véritablement noir, malfaisant et violent de la vie. Depuis qu'il avait pactisé avec le crime organisé, il devenait chaque jour plus gris, plus fatigué et plus triste. En l'espace de deux ans, c'était devenu une ombre. Peut-être, en une fraction de seconde, avait-il repéré et saisi la possibilité d'en finir, et ainsi mis un terme à une vie qu'il ne se sentait plus de taille à affronter.

Ensuite, tout était allé très vite. Le coup de feu avait à peine claqué que la police avait donné l'assaut. Alan gisait alors à demi conscient sur le seuil de la serre. Les hommes qui le soutenaient l'avaient laissé tomber quand Kevin s'était effondré. Il ne savait pas pourquoi Gérard n'avait pas fait feu une seconde fois. Peut-être parce que la police avait réagi particulièrement vite. A moins que voir soudain Kevin étendu sans vie devant lui ait effrayé cet homme venimeux comme un serpent au point de lui faire perdre son sang-froid.

Alan ne savait pas s'il était mort ou vivant. C'est seulement lorsqu'un médecin se pencha sur lui, palpa son pied et lui injecta un produit miraculeux qui aussitôt endormit sa douleur qu'il comprit qu'il en avait réchappé. Puis Franca fut là, elle lui tenait la main, disait qu'elle était désolée de ne pas être intervenue plus vite, qu'elle avait d'abord appelé le *Sea View*, mais que ça n'avait servi à rien puisque Julien avait tout de même disparu, puis qu'elle avait eu une attaque de panique, que ça avait encore pris du temps...

Il ne comprenait pas réellement ce qu'elle racontait ni où elle voulait en venir, mais il avait plusieurs fois répété, sur un ton lénifiant : « Tout va bien. Tout va bien, maintenant. » Il avait regardé son visage penché sur lui et s'était senti apaisé et en sécurité.

Il ne savait pas encore que Kevin était mort.

Béatrice était peinée de la disparition de Kevin, tous le sentaient. Accrochée à son verre de sherry, elle dit :

— Je ne boirai plus jamais avec lui.

Alan et Franca comprirent sans qu'elle le dise qu'elle parlait de Kevin.

— Kevin était faible, remarqua Alan qui aussitôt se demanda pourquoi il disait quelque chose qui ne pouvait pas être une consolation pour sa mère. Quelqu'un de moins faible ne se serait pas laissé embringuer comme lui dans une histoire pareille, précisa-t-il alors.

Ses complices s'étaient montrés loquaces. Ils avaient complaisamment expliqué à la police que Kevin était entré en contact avec la bande deux ans et demi auparavant, par l'intermédiaire d'un très jeune Français avec lequel il avait eu une brève liaison. Kevin avait compris relativement vite qu'il avait affaire à des gens peu recommandables, mais il était sans défense dans les mains de son amant. Il aurait fait n'importe quoi pour conserver son amour. C'est ainsi qu'il avait commencé à leur rendre de menus services : il avait joué les messagers, transmis des informations, confirmé des renseignements. De fil en aiguille, il en était arrivé à se laisser convaincre d'acheter les serres désaffectées de Perelle Bay et à accepter que son nom et son entreprise servent de paravent à leurs activités illicites. Ils avaient alors entreposé et repeint un premier bateau dans les serres. Peu de temps après, la liaison de Kevin avec le jeune Français avait volé en éclats et Kevin avait voulu se retirer de l'affaire. C'est là qu'ils avaient commencé à le faire chanter : s'il refusait de continuer à jouer le jeu, ils le dénonçaient. Ils ne prenaient pas grand risque : en cas de pépin, ils gagnaient la France en quelques heures et disparaissaient de la circulation. Kevin, en revanche, aurait été ruiné, tout ce qu'il avait construit réduit à néant. Il ne pouvait pas leur fausser compagnie.

Et, manque de chance, dans un moment d'égarement, il avait confié à son ami qu'il avait trouvé en Hélène une source inépuisable de financement, ce que celui-ci s'était empressé de rapporter au reste de la bande. Dès lors, ils n'avaient eu de cesse de lui réclamer de l'argent, le contraignant ainsi à constamment solliciter la générosité d'Hélène.

« Nos affaires devenaient de plus en plus risquées et de moins en moins lucratives, raconta un des membres de la bande à la police. Bref, l'argent rentrait difficilement. Quand on était à sec, on sonnait le pépiniériste et il tapait la vieille. Une fois, l'année dernière, il a refusé. On lui a bousillé sa bagnole pour lui donner une leçon. Il a compris et s'est tout de suite montré à nouveau très coopératif. »

Béatrice, Alan, Franca, tous furent affectés d'apprendre après coup ce que Kevin avait dû endurer. Il subissait une pression effroyable et à l'évidence n'avait osé se confier à personne. Le soir du 1er mai, qui devait se terminer tragiquement pour Hélène, la situation avait pris une tournure plus dramatique encore. Quelques jours auparavant, il avait annoncé son intention ferme et définitive de couper les ponts.

En réponse, Gérard l'avait informé de sa visite pour le soir du 1er mai.

— Je présume que c'est pour cette raison qu'il nous avait invitées à dîner. Il devait penser qu'ils lui ficheraient la paix si nous étions là. Quand je lui ai dit, en déposant Hélène, que je ne restais pas et que Franca ne venait pas non plus, il a dû se sentir épouvantablement mal…

A ce souvenir, un frisson parcourut Béatrice et elle serra son verre de sherry un peu plus fort.

— Il y a beaucoup de choses que je ne comprends que maintenant, dit-elle. Son anxiété, cette manie soudaine de s'enfermer à clé… Je trouvais qu'il devenait un peu bizarre. En réalité, il avait simplement peur. Il était malade de peur et il avait de bonnes raisons de l'être.

— C'est ce Gérard qui a tué Hélène ? demanda Franca.

Elle venait juste d'être interrogée par la police et ne savait pas encore ce qu'il était sorti des autres interrogatoires.

Béatrice hocha la tête.

— Ils ont trouvé des traces de sang sur le couteau à cran d'arrêt qu'il portait sur lui. Indéniablement le sang d'Hélène. Elle devait se trouver dans la salle à manger avec Kevin quand les types sont arrivés. Ils sont entrés par la porte de la cuisine, Kevin s'en est rendu compte et les a rejoints sans leur dire qu'il y avait quelqu'un dans la maison. Là, ils ont sorti le grand jeu, l'ont menacé de représailles personnelles, de crever les pneus de sa voiture, de casser les vitres de sa maison, que sais-je encore, tandis que Kevin suppliait qu'ils le laissent arrêter. Apparemment, Hélène a entendu la conversation. Elle s'est peut-être simplement levée de table pour voir ce que Kevin fabriquait depuis si longtemps dans la cuisine et, en approchant, elle aura saisi des bribes de phrases qui l'auront intriguée et, du coup, écouté la suite derrière la porte. Elle a dû tomber de haut. J'imagine qu'elle a ensuite appelé un taxi du téléphone du salon en parlant le plus bas possible, puis qu'elle a encore attendu quelque temps dans la maison. Quand elle s'est glissée dehors, une porte a claqué.

Béatrice se tut un moment.

— Elle a dû avoir effroyablement peur, remarqua Franca.

— Hélène qu'une araignée terrorisait, dit Béatrice. Hélène qui ne pouvait regarder une série policière à la télévision sans se cacher les yeux. Et qui se retrouve au centre d'un véritable drame...

Ils échangèrent un regard, tous ressentaient la même chose. Hélène était encore tellement présente qu'ils s'attendaient presque à la voir surgir sur le seuil de la véranda, dans une robe d'été à frous-frous beaucoup trop jeune pour elle. Elle aurait ouvert de grands yeux et dit : « Oh, mais vous êtes tous là ! Pourquoi personne ne me dit rien ? » Ils auraient perçu le reproche dans sa voix et se seraient tus, gênés. Hélène aurait alors pris un verre et se serait servi un sherry. Elle aurait caressé affectueusement la tête d'Alan, aurait complimenté Franca, de quelques mots sincères. Puis elle se serait assise et aurait commencé à se lamenter. Sur le temps, ou sur la politique internationale. Sur Misty, dont les poils maculaient tous les sièges de la maison. Au bout d'un moment, Béatrice, excédée, se serait exclamée : « Oui, Hélène, nous le savons ! La vie est dure, et la tienne tout particulièrement. Peux-tu maintenant te taire, que nous profitions de cette belle journée ?

— Oh ! » aurait articulé Hélène, vexée, avant de serrer les lèvres.

— Gérard a tout de suite saisi que quelqu'un venait de quitter la maison, reprit Béatrice. Kevin a bien essayé de tourner autour du pot, mais un coup d'œil dans la salle à manger a suffi à le convaincre que quelqu'un avait entendu des choses qu'il n'aurait pas dû entendre. Il a d'abord fouillé le jardin – personne n'avait entendu Hélène téléphoner – puis il a eu l'idée de regarder dans la rue et il l'a vue monter dans un taxi. Personne ne se promène la nuit dans Torteval, dès lors Gérard a vite compris que c'était elle qui se trouvait chez Kevin. Il a sauté dans sa voiture, l'a suivie et l'a tuée. Pour l'empêcher de parler. Hélène est morte pour cette seule et unique raison.

— Si Michael n'avait pas débarqué ce matin-là... dit Franca. Si Alan n'avait...

— Si je ne m'étais pas copieusement abruti d'alcool, dit Alan, voyant qu'elle n'achèverait pas sa phrase, maman ne serait pas allée se changer les idées sur les rochers de Pleinmont, et tu ne te serais pas retrouvée dans un restaurant face à ton mari. Vous seriez allées chez Kevin avec Hélène et elle serait peut-être encore en vie. Ça ne sert à rien de revenir là-dessus. Et ça ne sert à rien de se faire des reproches. C'est arrivé, on n'y changera rien. Après tout, c'était peut-être le destin.

— Oui, peut-être, dit Béatrice. Peut-être était-ce depuis le début la destinée d'Hélène de mourir cinquante-cinq ans exactement après son mari, égorgée sur le chemin de terre de Petit Bôt Bay. C'était écrit. Rien n'aurait pu la sauver, personne n'aurait pu la protéger.

Béatrice posa son verre et se leva.

— Vous voulez que je vous dise ? commença-t-elle d'une voix dure que démentait son expression. Croyez-le ou non : elle me manque. Elle me manque et elle me manquera sans doute jusqu'à la fin de mes jours.

Elle traversa la terrasse à pas rapides et descendit dans le jardin. Franca avait vu des larmes briller dans ses yeux. Elle pleurerait quelque part à l'abri des regards. Personne ne la verrait.

— Pauvre maman, dit Alan, en fait, elle l'aimait vraiment. A sa façon à elle.

— Oui, acquiesça Franca. Je le pense aussi.

Alan pressa sa main.

— Quels sont tes projets ?

— Qu'est-ce que tu veux dire ?

— Eh bien, précisément ce que je dis. Tu restes encore quelque temps ici ?

— Une semaine ou deux. Je n'aimerais pas me sauver comme une voleuse et laisser Béatrice toute seule. Il faut qu'elle s'habitue à sa nouvelle vie. A son âge, ce n'est pas quelque chose de facile.

— Elle me fait l'impression d'une vieille dame dont le mari vient de mourir, dit Alan. Le mariage n'était pas heureux, c'était essentiellement un amoncellement de frustrations, mais au fil du temps elles étaient devenues indissociables, et aujourd'hui c'est comme si elle avait été amputée. Elle a le sentiment d'avoir perdu une part d'elle-même, qu'elle ait aimé ou non cette part n'importe pas. Elle est dans le même état d'esprit qu'une veuve.

— Il va falloir qu'elle mette ses sentiments au clair, qu'elle réfléchisse à sa haine, à son amour, à son besoin d'indépendance, à son agressivité et à son chagrin. Elle ne pourra pas faire l'économie d'un vrai travail sur elle-même, d'une réflexion complètement honnête. C'est à ce prix qu'elle retrouvera son équilibre.

Il la regarda. Son regard parut à Franca infiniment tendre.

— Tu sais de quoi tu parles, dit-il.

— Je le sais, oui. Je le sais précisément.

— Quand comptes-tu retourner en Allemagne ?

— Quand j'aurai le sentiment de pouvoir laisser Béatrice seule. Il faut que je m'occupe de mon divorce. Que je clarifie ces histoires de partage. Il faut que je me cherche un appartement, que je... Que je réfléchisse un peu à la suite, ajouta-t-elle en haussant légèrement les épaules.

Il l'observa pensivement.

— Fais ta demande de divorce. Clarifie ce que tu dois clarifier. Mais avant de chercher un appartement, un travail et que sais-je encore... viens me voir à Londres. J'en serais heureux.

Elle posa sur lui un regard dubitatif.

— Tu veux que je vienne te voir à Londres ?

— Viens au moins voir Londres. Donne-nous une chance de nous connaître. Sans obligation. Nous sortons l'un et l'autre d'une histoire pénible. Il va nous falloir du temps. Mais restons en contact.

— Ça devrait être possible, dit Franca sur un ton prudent. Je pense que je devrais pouvoir venir à Londres.

— Promis ? demanda Alan.

— Promis, répondit Franca.

EPILOGUE

Le patron du *Nautique* s'approcha des deux vieilles dames qui occupaient une table près de la baie vitrée.

— Deux sherrys, comme d'habitude ?

— Deux sherrys, comme d'habitude, répondit Béatrice. Et deux salades d'avocat à l'orange.

— Ça marche ! lança le patron en souriant mais sans bouger pour transmettre la commande. Pas croyable, n'est-ce pas ? fit-il alors. Ça va bientôt faire un an qu'on parlait à ce même endroit des bateaux qu'on volait dans le port. Comment s'appelait le dernier en date, déjà ? Il avait un drôle de nom…

— *Heaven Can Wait,* répondit Béatrice.

— Exact. *Heaven Can Wait.* Quand je pense que c'est votre fils qui a démantelé la bande !

— Il ne faut rien exagérer. Il a eu la bonne réaction au bon moment.

— Mais la mort de M. Hammond, quelle tristesse ! Qui aurait imaginé que des choses aussi épouvantables pouvaient arriver chez nous, dans des îles si tranquilles ?

— Il en arrive partout. C'est comme ça.

— Oui, c'est bien vrai, ça, soupira le patron.

En réalité, l'émotion suscitée par les vols et les deux morts brutales avait été tout à fait à son goût. Rien de tel qu'un bon fait divers pour doper les affaires. Les gens sortaient de chez eux, discutaient, buvaient deux fois plus que d'habitude sans s'en rendre compte. Il n'avait eu que des raisons de se réjouir.

Il regagna son comptoir. Mae dit :

— Ce bonhomme ne me plaît qu'à moitié. Il aime trop le sensationnel.

Elle-même avait été très affectée par les événements. En l'espace de quelques jours, deux personnes qu'elle appréciait, qui avaient fait partie de sa vie, avaient trouvé une fin tragique. Elle ne parvenait toujours pas à l'admettre. Ça lui paraissait tellement invraisemblable, tellement monstrueux. Elle aurait voulu se réveiller et découvrir que ce n'était qu'un mauvais rêve, que rien n'avait changé.

— La plupart des gens aiment le sensationnel, observa Béatrice. Il ne fait pas exception, voilà tout. La mort d'Hélène, celle de Kevin ont alimenté les conversations de l'île pendant des semaines. Les gens étaient contents d'avoir quelque chose à se mettre sous la dent.

Mae soupira. Finalement, elle avait toujours autant de mal à soutenir une conversation avec Béatrice, pourtant ce n'était pas faute d'essayer, au reste c'était elle qui avait eu l'initiative de cette soirée, pour qu'elles puissent « à nouveau tranquillement papoter entre amies ».

Deux sherrys leur furent apportés, servis comme de coutume dans de hautes flûtes à champagne.

— Si ça ne te fait rien, j'aimerais trinquer à Maya, proposa timidement Mae. Elle est enfin sur la bonne voie.

— Vous avez beaucoup de chance de lui avoir trouvé ce stage au *Chalet Hotel*, dit Béatrice. Parce que, enfin, elle n'a jamais terminé ses études. Quant à sa réputation, elle est déplorable…

Mae pinça les lèvres. Depuis qu'elle la connaissait, elle ne s'était toujours pas habituée à la franchise avec laquelle Béatrice mettait les pieds dans le plat.

— Maya est réellement en train de changer, dit-elle pour défendre sa petite-fille. La fin de son histoire avec Alan l'a choquée. Je pense sincèrement qu'elle va faire quelque chose de sa vie.

— C'est possible. En tout cas, ce serait un souci de moins pour toi et on ne peut que te le souhaiter.

Béatrice ne parvenait pas à dire un mot gentil sur Maya. Elle ne lui pardonnait pas d'avoir gâché des années de la vie d'Alan.

Mae comprit qu'il valait mieux changer de sujet.

— Tu crois que Franca va réellement divorcer ? demanda-t-elle sur un ton dubitatif. J'ai l'impression que son mari va la harceler jusqu'à ce qu'elle revienne sur sa décision et consente à un nouvel essai de vie commune.

— Ça m'étonnerait qu'elle accepte, dit Béatrice qui avait accompagné Franca à l'aéroport la veille. Elle avait l'air extrêmement déterminée, quand elle est partie.

Mae ne put contenir sa curiosité.

— Et pour Alan ? Ils vont se revoir ? D'après ce que tu disais l'autre jour, j'ai cru comprendre que…

— … qu'ils s'aimaient beaucoup ? C'est un fait. Ils s'aiment beaucoup. Quand son divorce sera sur les rails, Franca ira voir Alan à Londres. La suite, on verra.

— Je me demande ce que ça peut donner, deux personnalités aussi fragiles ensemble… fit mine de s'interroger Mae.

— Ils ne sont pas fragiles, répliqua Béatrice. Ils sortent l'un et l'autre d'une période difficile. C'est tout. Ils vont se reprendre en main. J'en suis persuadée.

— Si tu le dis…

La conversation retomba.

Dehors, la chaude journée ensoleillée s'acheminait imperceptiblement vers un long et clair soir de juin. Les voiliers regagnaient la marina. Le ciel était d'un bleu tendre tirant sur le mauve. Les gens qui déambulaient sur les quais avaient presque tous un cornet de glace à la main. Le drapeau britannique flottait au sommet de Castle Cornet.

Le patron apporta les deux salades commandées et en même temps déposa un vase sur la table.

— Il n'y avait pas de fleurs sur votre table ! L'erreur est maintenant réparée !

Elle attendit d'éprouver ce que toujours elle éprouvait à la vue d'une rose. Ce détestable sentiment d'être passée à côté de la vie. De ne pas avoir eu le choix.

Le vase contenait une rose rouge sombre. Béatrice effleura les pétales veloutés du bout des doigts. Quelle douceur extraordinaire, se dit-elle. Quelle fleur magnifique.

Plusieurs secondes s'écoulèrent et rien ne vint. La rose était toujours simplement magnifique, les pétales sous ses doigts délicieusement doux. Elle avait envie de respirer son parfum.

C'est nouveau, songea-t-elle, stupéfaite.

— Tu regardes cette rose comme si tu n'en avais encore jamais vu, remarqua Mae. On ne dirait pas que tu es tombée dedans quand tu étais petite !

— Tu n'as pas complètement tort, dit Béatrice pensivement. Je n'avais encore jamais vu de roses. Jamais avec les yeux avec lesquels je les vois aujourd'hui.

Mae se demanda ce que Béatrice voulait dire. Faute de trouver une explication, elle se dit qu'avec l'âge son amie devenait décidément un peu bizarre.

— Sais-tu ce qui s'est passé pour Julien ? demanda-t-elle.

— Non, bien sûr que non. Il ne va pas prendre le risque de refaire surface avant un bon moment.

— Tout de même, tu aurais imaginé qu'il s'acoquine avec des gangsters ?

— Oh... de la part de Julien, je crois que je me suis toujours attendue à tout.

— Hum...

Mae observa attentivement Béatrice.

— Sinon, comment vas-tu ? demanda-t-elle. Je veux dire, toute seule dans ta maison, sans Hélène ?

— Elle me manque.

— Vraiment ?

— Vraiment.

Béatrice laissa son regard errer sur le port. Quelque chose avait changé. Elle avait fait la paix. Tardivement, mais elle y était parvenue. Elle avait fait la paix avec les roses.

Et avec Hélène.

— Viens, dit-elle à Mae, payons et rentrons à la maison. Je suis fatiguée.

— Entendu, dit Mae. Rentrons.

Achevé d'imprimer par N.I.I.A.G.
en Mai 2005
pour le compte de France Loisirs, Paris

N° d'éditeur : 42622
Dépôt légal : Mai 2005
Imprimé en Italie